Das Buch

Höllenqualen und panische Angst gehören zum Ehealltag von Rosie Daniels, die mit dem Polizisten Norman verheiratet ist. Als die Schläge des brutalen Ehemannes eines Tages zu einer Fehlgeburt führen, hält Rosie es nicht mehr aus – sie flieht in eine andere Stadt. Mit diesem Entschluß nimmt eine Reihe von außergewöhnlichen Ereignissen ihren Lauf.

Das mysteriöse Bild einer aus der Antike stammenden Frau in purpurroter Toga fasziniert Rosie. Die Frau im Bild, Rose Madder, übernimmt von nun an eine entscheidende Rolle in ihrem Leben. In ungewöhnlichen Begegnungen entführt die geheimnisvolle Unbekannte Rosie in die Welt des Mythischen, und nach vierzehnjähriger Ehehölle scheint sich für die junge Frau nun endlich ein Weg in ein selbstbestimmtes Leben anzubahnen. Doch der von Rachegelüsten besessene Norman ist Rosie dicht auf den Fersen …

Ein unerbittliches Katz-und-Maus-Spiel, das sich in rasantem Tempo einem apokalyptischen Ende nähert.

Stephen King, der Meister des Grauens, kommt auch hier wieder den Abgründen der menschlichen Seele auf die Spur und sorgt für atemlose Spannung.

Der Autor

Stephen King alias Richard Bachman gilt weltweit unbestritten als der Meister der modernen Horrorliteratur. Seine Bücher haben eine Weltauflage von 100 Millionen weit überschritten. Seine Romane wurden von den besten Regisseuren verfilmt. Stephen King lebt mit seiner Frau, der Schriftstellerin Tabitha King, und drei Kindern in Bangor/Maine. »Stephen King ist ein Geschichtenerzähler, ein intelligenter, gewitzter, hochspezialisierter Handwerker – der Handwerker des Schreckens.« *(Süddeutsche Zeitung)*

STEPHEN KING

DAS BILD

Roman

Aus dem Englischen
von Joachim Körber

WILHELM HEYNE VERLAG
MÜNCHEN

HEYNE ALLGEMEINE REIHE
Nr. 01/10453

Titel der Originalausgabe
ROSE MADDER
erschienen bei Viking, Penguin Inc., New York

Umwelthinweis:
Dieses Buch wurde auf
chlor- und säurefreiem Papier gedruckt.

Printed in Germany 1998
Umschlaggestaltung: Atelier Ingrid Schütz, München
Satz: Leingärtner, Nabburg
Druck und Bindung: Elsnerdruck, Berlin

ISBN 3-453-12959-8

Für Joan Marks

Ich bin richtig Rosie,
Und ich bin Rosie Richtig,
Ihr glaubt mir besser,
Ich bin ziemlich wichtig …

Maurice Sendak

Ein blutiger
Dotter. Ein Brandloch,
das sich in einem Blatt Papier ausbreitet.
Eine erboste Rose, die gerade zu erblühen droht.

May Swenson

Prolog

Dunkle Küsse

Sie sitzt in der Ecke und versucht, Luft in einem Zimmer einzuatmen, in dem es bis eben noch genügend gegeben hat, die aber nun völlig verschwunden zu sein scheint. Wie aus weiter Ferne hört sie ein dünnes *Hchch-hchch* und weiß, es ist die Luft, die ihren Hals hinabströmt und in fiebrigen, kurzen Stößen wieder entweicht, aber das ändert nichts an dem Gefühl, daß sie hier in der Ecke ihres Wohnzimmers ertrinkt, während sie die Fetzen des Romans betrachtet, in dem sie gelesen hatte, als ihr Mann nach Hause kam.

Nicht, daß es ihr viel ausmacht. Die Schmerzen sind so groß, sie kann nicht auf Nebensächlichkeiten wie Atmung oder die Tatsache achten, daß kein Sauerstoff mehr in der Luft zu sein scheint, die sie einatmet. Die Schmerzen haben sie verschluckt wie der Wal angeblich Jonas, diesen heiligen Kriegsdienstverweigerer. Sie pochen wie eine giftige Sonne, die tief in ihrem Inneren scheint, an einer Stelle, wo bis heute abend nur das angenehme Gefühl von etwas heranwachsendem Neuen vorgeherrscht hat. Etwas Gutem.

Schmerzen wie diese hat sie, soweit sie sich erinnern kann, noch niemals empfunden – nicht einmal damals, mit dreizehn, als sie mit dem Fahrrad einem Schlagloch ausweichen wollte, stürzte, sich den Kopf auf dem Asphalt aufschlug und eine Platzwunde zuzog, die, wie sich später herausstellte, genau elf Stiche lang war. Sie erinnerte sich an eine silberne Lanze des Schmerzes, gefolgt von einer dunklen, sternenerfüllten Überraschung, die in Wirklichkeit eine kurze Ohnmacht gewesen war ... aber jene Schmerzen hielten keinem Vergleich mit diesen Qualen stand. Diesen schrecklichen Qualen. Ihre Hand auf ihrem Bauch spürt Haut, die keine Haut mehr ist; als wäre ihr Leib aufgeschnitten und das lebende Baby durch einen heißen Stein ersetzt worden.

O Gott, bitte, denkt sie. *Bitte laß das Baby unversehrt sein.*

Aber jetzt, wo ihr Atmen sich endlich ein wenig normalisiert, stellt sie fest, daß das Baby *nicht* unversehrt ist, daß er dafür gesorgt hat. Wenn du im vierten Monat schwanger bist, dann ist das Baby immer noch mehr ein Teil von dir als von sich selbst, und wenn du in einer Ecke hockst, das Haar dir in verschwitzten Strähnen am Gesicht klebt und du dich fühlst, als hättest du einen heißen Stein verschluckt …

Etwas haucht dunkle, feuchte Küsse auf die Innenseiten ihrer Oberschenkel.

»*Nein*«, flüstert sie, »*nein*. O gütiger Gott, *nein*. Großer Gott, barmherziger Gott, lieber Gott, *nein*.«

Laß es Schweiß sein, denkt sie. *Laß es Schweiß sein … oder vielleicht hab ich mir auch in die Hose gemacht. Ja, das ist es wahrscheinlich. Als er mich zum drittenmal geschlagen hat, hat es so weh getan, daß ich mir in die Hose gemacht und es nicht mal bemerkt habe. Das ist es.*

Aber es ist weder Schweiß noch Pipi. Es ist Blut. Sie sitzt hier, in der Ecke des Wohnzimmers, betrachtet das verstümmelte Taschenbuch, das halb auf dem Sofa und halb unter dem Beistelltisch liegt, und ihre Gebärmutter ist im Begriff, das Baby zu erbrechen, das sie bis jetzt ohne Beschwerden oder irgendwelche Probleme getragen hat.

»*Nein*«, stöhnt sie, »*nein*, lieber Gott, bitte sag nein.«

Sie kann den Schatten ihres Mannes sehen, der verzerrt und in die Länge gezogen wie eine Vogelscheuche oder der Schatten eines Gehängten an der Wand des Durchgangs vom Wohnzimmer in die Küche tanzt. Sie kann einen Schattentelefonhörer sehen, der an ein Schattenohr gepreßt wird, und den langen Schatten der Spiralkordel. Sie kann sogar seine Schattenfinger sehen, die die Spiralen aus dem Kabel drehen, sie einen Moment festhalten und dann in ihre ursprüngliche Form zurückschnalzen lassen wie eine schlechte Gewohnheit, die man einfach nicht ablegen kann.

Ihr erster Gedanke ist, daß er die Polizei ruft. Was selbstverständlich lächerlich ist – er *ist* die Polizei.

»Ja, ein Notfall«, sagt er. »Das können Sie aber singen, wunderbar, und sie ist obendrein schwanger.« Er horcht, läßt die Schnur durch die Finger gleiten, und als er wieder spricht, ist sein Ton gereizt. Die Andeutung von Zorn in seiner Stimme läßt ihre Angst wieder aufflackern und füllt ihren Mund mit einem metallischen Geschmack. Wer würde sich mit ihm anlegen, ihm widersprechen? Oh, wer könnte so närrisch sein, das zu tun? Selbstverständlich nur jemand, der ihn nicht kannte – der ihn nicht so kannte, wie *sie* ihn kannte. »Selbstverständlich werde ich sie nicht bewegen, halten Sie mich für einen Idioten?«

Ihre Finger gleiten unter ihr Kleid und am Schenkel hinauf zum durchnäßten, heißen Baumwollstoff ihres Schlüpfers. *Bitte*, denkt sie. Wie oft ist ihr dieses Wort durch den Kopf gegangen, seit er ihr das Buch aus den Händen gerissen hat? Sie weiß es nicht, aber da ist es schon wieder. *Bitte laß die Flüssigkeit an meinen Fingern klar sein. Bitte, lieber Gott. Bitte laß sie klar sein.*

Aber als sie die Hand unter dem Kleid hervorzieht, sind ihre Fingerspitzen rot von Blut. Noch während sie sie betrachtet, frißt sich ein monströser Krampf durch ihr Inneres wie das Blatt einer Säge. Sie muß die Zähne zusammenbeißen, um einen Schrei zu unterdrücken. Sie hat Verstand genug, in diesem Haus nicht zu schreien.

»Vergessen Sie diesen Quatsch, kommen Sie einfach her! Aber dalli!« Er knallt den Hörer auf die Gabel.

Sein Schatten tanzt an der Wand und schwillt an, und plötzlich steht er unter dem Torbogen und sieht sie mit seinem geröteten, hübschen Gesicht an. Die Augen in diesem Gesicht sind so ausdruckslos wie Glasscherben, die am Rand einer Landstraße funkeln.

»Nun sieh dir das an«, sagt er, hebt kurz beide Hände und läßt sie dann mit einem leisen Klatschen wieder an die Seite sinken. »Sieh dir diese Schweinerei an.«

Sie streckt ihm die eigene Hand entgegen, zeigt ihm die blutigen Fingerspitzen – einen deutlicheren Vorwurf wagt sie nicht.

»Ich weiß«, sagt er, als würde die Tatsache, daß er es weiß, alles erklären und die ganze Angelegenheit in einen zusammenhängenden, rationalen Kontext bringen. Er wendet sich ab und betrachtet starr das zerfetzte Taschenbuch. Er hebt das

Stück auf der Couch auf, dann bückt er sich und holt das unter dem Beistelltisch hervor. Als er sich aufrichtet, kann er den Umschlag sehen, der eine Frau in weißer Bauernbluse zeigt, die am Bug eines Schiffs steht. Ihr Haar weht dramatisch im Wind und entblößt die alabasterfarbenen Schultern. Der Titel, *Miserys Reise*, ist mit roten Buchstaben geprägt.

»*Das* ist das Problem«, sagt er und fuchtelt mit den Überresten des Taschenbuchs vor ihr wie ein Mann mit einer zusammengerollten Zeitung vor einem Welpen, der auf den Boden gepinkelt hat. »Wie oft hab ich dir schon gesagt, was ich davon halte, daß du so einen Mist liest?«

An sich lautet die Antwort darauf: *niemals*. Sie weiß, sie könnte hier genauso in der Ecke sitzen und eine Fehlgeburt haben, wenn er nach Hause gekommen wäre und gesehen hätte, wie sie die Nachrichten im Fernsehen anschaute oder einen Knopf an einem seiner Hemden annähte, oder einfach nur auf der Couch lag und ein Nickerchen machte. Es sind schwere Zeiten für ihn, eine Frau namens Wendy Yarrow macht ihm Ärger, und wenn Norman Ärger hat, müssen andere es ausbaden. *Wie oft habe ich dir schon gesagt, was ich davon halte, daß du so einen Mist liest?* hätte er unabhängig davon gebrüllt, um was für einen Mist es sich handelte. Und dann, kurz bevor er mit den Fäusten loslegte: *Ich will mit dir reden, Schatz. Aus der Nähe.*

»Verstehst du nicht?« flüstert sie. »Ich verliere das Baby.«

Es ist unglaublich, aber er lächelt. »Du kannst wieder eins bekommen«, sagt er. Als würde er ein Kind trösten, das seine Eistüte hat fallen lassen. Dann trägt er das zerrissene Taschenbuch in die Küche, wo er es zweifellos in den Mülleimer werfen wird.

Du Dreckskerl, denkt sie, ohne zu wissen, daß sie es denkt. Die Krämpfe setzen wieder ein, diesmal nicht nur einer, sondern viele, sie schwärmen in ihr aus wie gräßliche Insekten, und sie streckt den Kopf tief in die Ecke und stöhnt. *Du Dreckskerl, wie ich dich hasse.*

Er kommt aus dem Durchgang und geht auf sie zu. Sie strampelt mit den Füßen und versucht, sich in der Wand zu verkriechen, während sie mit schreckerfüllten Augen zu ihm aufschaut. Einen Moment ist sie überzeugt, daß er sie diesmal umbringen wird, ihr nicht nur weh tun oder ihr das Baby nehmen, das sie sich so lange gewünscht hat, sondern sie richtig umbringen wird. Es hat etwas Unmenschliches an sich, wie er mit gesenktem Kopf, an den Seiten hängenden Händen und schwellenden Oberschenkelmuskeln auf sie zukommt. Bevor man Leute wie ihren Mann Schmier nannte, gab es einen anderen Ausdruck dafür, und dieser Ausdruck kommt ihr jetzt in den Sinn, als sie ihn mit dem gesenkten Kopf und Händen, die wie Pendel aus Fleisch an den Armen baumeln, das Zimmer durchqueren sieht, denn genau so sieht er aus – wie ein Bulle.

Sie stöhnt, schüttelt den Kopf, strampelt mit den Füßen. Ein Schuh gleitet von ihrem Fuß und bleibt auf der Seite liegen. Sie kann frische Schmerzen spüren, Krämpfe bohren sich in ihren Unterleib wie Anker mit alten, rostigen Widerhaken, und sie spürt mehr Blut fließen, kann aber nicht aufhören zu strampeln. Wenn er so ist, kann sie gar nichts in ihm sehen; nur eine Art schrecklicher Leere.

Er steht über ihr und schüttelt resigniert den Kopf. Dann geht er in die Hocke und schiebt die Arme unter sie. »Ich werde dir nicht weh tun«, sagt er, während er niederkniet, damit er sie ganz hochheben kann, »also sei keine Memme.«

»Ich blute«, flüstert sie und erinnert sich, daß er der Person am Telefon gesagt hat, er würde sie nicht bewegen, selbstverständlich würde er das nicht tun.

»Ja, ich weiß«, antwortet er, aber ohne Interesse, geschweige denn Mitgefühl. Er sieht sich in dem Zimmer um und versucht zu entscheiden, wo der Unfall passiert ist – sie weiß so sicher, was er denkt, als wäre sie in seinem Kopf. »Macht nichts, es wird aufhören. Sie werden die Blutung stoppen.«

Werden sie auch die Fehlgeburt stoppen können? schreit sie in ihrem eigenen Kopf, ohne daran zu denken, daß er es auch kann, wenn sie es kann, oder auf die argwöhnische Weise zu achten, wie er sie ansieht. Und wieder läßt sie sich selbst nicht hören, was sie noch denkt: *Ich hasse dich. Hasse dich.*

Er trägt sie durch das Zimmer zur Treppe. Er kniet nieder und legt sie am Fuß der Treppe hin.

»Bequem?« fragt er fürsorglich.

Sie macht die Augen zu. Sie kann ihn nicht mehr ansehen, nicht jetzt. Sie glaubt, daß sie verrückt wird, wenn sie es tut.

»Gut«, sagt er, als hätte sie geantwortet, und als sie die Augen aufschlägt, sieht sie den Ausdruck, den er manchmal annimmt – diese Leere. Als wäre sein Geist weggeflogen und hätte nur den Körper zurückgelassen.

Wenn ich ein Messer hätte, könnte ich ihn erstechen, denkt sie ... aber wieder ist es ein Gedanke, den sie sich nicht einmal selbst hören, geschweige denn ernsthaft in Erwägung ziehen läßt. Er ist nur ein tiefes Echo, möglicherweise ein Widerhall des Wahnsinns ihres Mannes, so sanft wie der Flügelschlag von Fledermäusen in einer Höhle.

Mit einem Mal strömt wieder Leben in sein Gesicht, und er steht mit knackenden Knien auf. Er sieht an seinem Hemd hinab und vergewissert sich, daß kein Blut daran ist. Prima. Er sieht in die Ecke, wo sie zusammengebrochen ist. Da *ist* Blut, ein paar Tropfen und Spritzer. Mehr Blut fließt aus ihr, schneller und heftiger; sie kann spüren, wie es sie mit einer ungesunden, irgendwie begierigen Wärme tränkt. Es ist ein Sturzbach, als hätte das Blut den Fremdling schon die ganze Zeit aus seiner winzigen Wohnstatt spülen wollen. Fast kommt es ihr vor – oh, was für ein schrecklicher Gedanke –, als hätte sich ihr eigenes Blut auf die Seite ihres Mannes gestellt ... welche Seite das auch immer sein mag.

Er geht wieder in die Küche und bleibt etwa fünf Minuten dort. Sie kann hören, wie er sich zu schaffen macht, während die eigentliche Fehlgeburt stattfindet und die Schmerzen ihren Höhepunkt erreichen und mit einem flüssigen Schwall wieder abklingen, den sie so sehr spürt wie hört. Plötzlich ist ihr, als säße sie in einem Sitzbad voll warmer, dicklicher Flüssigkeit. Einer Art Blutsoße.

Sein in die Länge gezogener Schatten tanzt in dem Durchgang, als der Kühlschrank geöffnet und wieder geschlossen wird, und dann wird ein Schränkchen (das leise Quietschen verrät ihr, daß es das unter der Spüle ist) auf- und wieder zugemacht. Wasser läuft in das Spülbecken, und dann fängt er, kaum vorstellbar, etwas zu summen an – sie glaubt, es könnte

»When a Man Loves a Woman« sein –, während ihr Baby aus ihr herausgespült wird.

Als er aus dem Durchgang herauskommt, hat er ein Sandwich in einer Hand – logisch, er hat noch kein Abendessen bekommen und muß hungrig sein – und einen feuchten Lappen aus dem Korb unter der Spüle in der anderen. Er geht in der Ecke in die Hocke, wohin sie gestolpert ist, nachdem er ihr das Taschenbuch aus der Hand gerissen und ihr drei feste Schläge in den Magen verpaßt hat – *wumm, wumm, wumm,* leb wohl, Fremdling –, und macht sich daran, die getrockneten Blutstropfen und Spritzer mit dem Lappen aufzuwischen; der größte Teil des Blutes und der restlichen Schweinerei ist hier, an der Treppe, genau da, wo er sie haben will.

Beim Saubermachen ißt er sein Sandwich. Sie findet, der Belag zwischen den Brotscheiben riecht wie der Rest des gegrillten Schweinefleischs, das sie Samstag abend mit ein paar Nudeln machen wollte – eine leichte Mahlzeit vor dem Fernseher, während der Abendnachrichten.

Er schaut den Lappen an, der leicht rosa verfärbt ist, dann in die Ecke, dann wieder auf den Lappen. Er nickt, reißt einen großen Bissen aus dem Sandwich und steht auf. Als er diesmal wieder aus der Küche kommt, kann sie das leise Heulen einer näher kommenden Sirene hören. Wahrscheinlich der Krankenwagen, den er gerufen hat.

Er durchquert den Raum, kniet sich neben ihr hin und nimmt ihre Hände. Er runzelt die Stirn, weil sie so kalt sind, dann reibt er sie sanft, während er mit ihr spricht.

»Es tut mir leid«, sagt er. »Es ist einfach ... soviel ist passiert ... die Hure aus dem Motel ...« Er verstummt, wendet sich einen Moment ab, dann sieht er sie wieder an. Er läßt ein seltsames, klägliches Lächeln sehen. *Seht nur, wem ich das zu erklären versuche,* scheint dieses Lächeln zu sagen. *Soweit ist es schon gekommen – herrje.*

»Baby«, flüstert sie. »Baby.«

Er drückt ihre Hände, drückt sie so fest, daß es weh tut.

»Vergiß das Baby, hör mir zu. In einer oder zwei Minuten werden sie hier sein.« Ja – der Krankenwagen ist schon sehr nahe und saust heulend durch die Nacht wie ein unaussprechlicher Hund. »Du bist nach unten gegangen und ausgerutscht. Du bist gestürzt. Hast du verstanden?«

Sie sieht ihn schweigend an. Die Schmerzen in ihrem Unterleib klingen ein wenig ab, und als er ihr diesmal die Hände zusammendrückt – fester denn je –, spürt sie es wirklich und stöhnt.

»*Hast du verstanden?*«

Sie sieht in seine eingesunkenen, abwesenden Augen und nickt. Ein durchdringender Geruch von Salzwasser und Kupfer steigt rings um sie herum auf. Keine Blutsoße mehr – jetzt ist es, als würde sie in einem umgeschütteten Chemiebaukasten sitzen.

»Gut«, sagt er. »Weißt du, was passieren wird, wenn du etwas anderes sagst?«

Sie nickt.

»Sag es. Es ist besser für dich, wenn du es sagst. Sicherer.«

»Du würdest mich umbringen«, flüstert sie.

Er nickt zufrieden. Wie ein Lehrer, der einem denkfaulen Schüler eine komplizierte Antwort aus der Nase gezogen hat.

»Ganz recht. Und ich würde es auskosten. Bis ich mit dir fertig wäre, würde dir das, was heute abend passiert ist, wie ein eingeklemmter Finger vorkommen.«

Draußen pulsiert scharlachrotes Licht in der Einfahrt.

Er nimmt den letzten Bissen seines Sandwichs in den Mund und steht auf. Er wird zur Tür gehen und sie hereinlassen, der besorgte Ehemann, dessen schwangere Frau unglücklich gestürzt ist. Bevor er sich abwenden kann, hält sie ihn an der Manschette seines weißen Hemds fest. Er schaut auf sie hinab.

»Warum?« flüstert sie. »Warum das Baby, Norman?«

Einen Augenblick sieht sie einen Ausdruck in seinem Gesicht, den sie kaum glauben kann – so etwas wie Angst. Aber weshalb sollte er Angst vor ihr haben? Oder vor dem Baby?

»Es war ein Unfall«, sagt er. »Das ist alles, nur ein Unfall. Ich hatte nichts damit zu tun. Und so sollte es sich besser anhören, wenn du mit ihnen redest. Sonst gnade dir Gott.«

Sonst gnade mir Gott, denkt sie.

Draußen schlagen Türen; Schritte laufen zum Haus, das metallene Zähneklappern und Scheppern der Bahre ist zu hören, auf der sie an ihren Platz unter der Sirene gerollt werden wird. Er dreht sich noch einmal zu ihr um, sein Kopf ist in der Bullenhaltung gesenkt, seine Augen milchig.

»Du wirst wieder ein Baby bekommen, und so was wird nicht mehr passieren. Dem nächsten wird nichts geschehen. Ein Mädchen. Oder ein süßer kleiner Junge. Das Geschlecht spielt keine Rolle, richtig? Wenn es ein Junge wird, kaufen wir ihm ein kleines Baseballtrikot. Wenn es ein Mädchen wird ...« – er macht eine unbestimmte Geste –, »... eine Damenhaube oder so was. Wirst schon sehen. So wird es sein.« Dann lächelt er, und bei dem Anblick möchte sie am liebsten schreien. Als würde man einen Leichnam in seinem Sarg grinsen sehen. »Hör auf meine Worte, alles wird gut. Darauf kannst du dich verlassen, Herzblatt.«

Dann macht er die Tür auf, läßt die Sanitäter herein und sagt ihnen, sie sollten sich beeilen, überall sei Blut. Sie schließt die Augen, als sie zu ihr kommen, damit sie keine Möglichkeit haben, in ihr Innerstes zu sehen, und sie drängt ihre Stimmen so gut sie kann in den Hintergrund.

Keine Angst, Rose, mach kein Theater, es ist eine Kleinigkeit, nur ein Baby, du kannst ein neues haben.

Eine Nadel piekst in ihren Arm, dann wird sie hochgehoben. Sie läßt die Augen geschlossen und denkt: *Ja, gut, ich schätze, ich kann ein neues Baby haben. Ich kann es haben und vor ihm in Sicherheit bringen. Vor seiner mörderischen Wut.*

Aber die Zeit vergeht, und langsam verschwindet der Gedanke, ihn zu verlassen – der ohnehin nie richtig formuliert worden ist –, wie das Wissen um eine rationale, wache Welt im Schlaf versinkt; mit der Zeit gibt es keine Welt mehr für sie, außer der Welt des Traums, in dem sie lebt, eines Traums, der denen gleicht, die sie als kleines Mädchen hatte, in denen sie lief und lief, wie in einem Wald ohne Wege oder einem schattigen Labyrinth, während der Hufschlag eines großen Tieres sie verfolgte, ein furchteinflößendes, wahnsinniges Geschöpf, das unaufhaltsam näher kam und sie irgendwann einmal erwischt hätte, sooft sie auch Haken schlug oder um Biegungen lief oder Spurts einlegte oder Kehrtwendungen machte.

Dem wachen Geist ist das Konzept des Traums bekannt, aber für den Träumenden gibt es kein Erwachen, keine wirkliche Welt, keine sichere Zuflucht; nur das kreischende Tohuwabohu des Schlafs. Rose McClendon Daniels schlief noch neun weitere Jahre im Wahnsinn ihres Mannes.

I

Ein Tropfen Blut

I

Alles in allem waren es vierzehn Jahre in der Hölle, aber das bekam sie kaum mit. Den größten Teil dieser Jahre verbrachte sie in einer so tiefen Benommenheit, daß sie dem Tode gleichkam, und mehr als einmal war sie fast überzeugt davon, daß sich ihr Leben so gar nicht abspielte, daß sie eines Tages erwachen, gähnen und sich strecken würde – so hübsch wie die Heldin eines Zeichentrickfilms von Walt Disney. Diesen Gedanken hatte sie meistens dann, wenn er sie so sehr verprügelt hatte, daß sie eine Weile das Bett hüten mußte, um sich wieder zu erholen. Das machte er drei- bis viermal pro Jahr. 1985 – das Jahr von Wendy Jarrow, das Jahr der offiziellen Disziplinarmaßnahme, das Jahr der »Fehlgeburt« – war es fast ein dutzendmal geschehen. Im September dieses Jahres erlebte sie den zweiten und letzten Krankenhausaufenthalt als Folge von Normans Anwandlungen ..., den jedenfalls bis jetzt letzten. Sie hatte Blut gehustet. Er hinderte sie drei Tage lang daran, zu gehen, weil er hoffte, es würde wieder aufhören, aber als es statt dessen schlimmer wurde, befahl er ihr einfach, was sie sagen sollte (er befahl ihr *immer*, was sie sagen sollte) und brachte sie ins St. Mary's. Dorthin brachte er sie, weil die Sanitäter sie nach der »Fehlgeburt« ins City General gebracht hatten. Wie sich herausstellte, hatte sie eine gebrochene Rippe, die in die Lunge stach. Sie erzählte die Geschichte vom Sturz die Treppe hinunter zum zweitenmal innerhalb von drei Monaten und war überzeugt, daß nicht einmal der Internist, der die Untersuchung und Behandlung überwachte, sie diesmal glaubte, aber niemand stellte unbequeme Fragen; sie verarzteten sie nur und schickten sie wieder nach Hause. Aber Norman wußte, er hatte Glück gehabt, und danach war er vorsichtiger.

Manchmal, wenn sie nachts im Bett lag, schossen ihr Bilder durch den Kopf wie seltsame Kometen. Das häufigste war das der Faust ihres Mannes, mit getrocknetem Blut an den

Knöcheln und auf der Goldgravur seines Rings von der Polizeiakademie. Manchmal waren die Worte auf diesem Ring – *Hilfsbereitschaft, Loyalität, Kameradschaft* – am Morgen in die Haut ihres Bauchs gedrückt oder auf einer ihrer Brüste abgebildet. Dabei mußte sie nicht selten an die blauen Stempel des Fleischbeschauers denken, die man auf Schweineschnitzeln oder Steaks sehen konnte.

Sie war immer dabei, gerade einzudösen, entspannt und gelöst, wenn diese Bilder kamen. Dann sah sie die Faust auf sich zukommen, wurde sofort hellwach und lag zitternd neben ihm und hoffte, er würde sich, selbst im Halbschlaf, nicht umdrehen und ihr einen Schlag in den Magen oder auf den Oberschenkel verpassen, weil sie ihn gestört hatte.

Sie kam in diese Hölle, als sie achtzehn war, und erwachte etwa einen Monat nach ihrem zweiunddreißigsten Geburtstag aus der Benommenheit, fast ein halbes Leben später. Was sie aufweckte, war ein einziger Tropfen Blut, nicht größer als ein Zehncentstück.

2

Sie sah ihn beim Bettenmachen. Er war auf dem Laken, auf ihrer Seite, etwa dort, wo das Kissen lag, wenn das Bett gemacht war. Sie hätte sogar das Kissen ein wenig nach links schieben und dadurch den Fleck verstecken können, der eingetrocknet eine häßlich kastanienbraune Farbe angenommen hatte. Sie sah, wie einfach es gewesen wäre, und fühlte sich versucht, es zu tun, und zwar hauptsächlich, weil sie das Laken nicht einfach wechseln konnte; sie hatte kein sauberes weißes Bettzeug mehr, und wenn sie eines mit Blumenmuster als Ersatz für das weiße mit dem Tropfen Blut darauf aufzog, würde sie auch das andere durch eins mit Blumenmuster ersetzen müssen. Wenn nicht, würde er sich mit Sicherheit beschweren.

Sieh sich einer das an, konnte sie ihn sagen hören. *Die verdammten Laken passen nicht mal zusammen – unten ein weißes und darüber eins mit Blumen drauf. Herrgott, warum mußt du so schlampig sein? Komm hierher, ich will mit dir reden – aus der Nähe.*

Sie stand auf ihrer Seite des Bettes unter einem Strahl der Frühlingssonne, die faule Schlampe, die den ganzen Tag damit verbrachte, das kleine Haus zu putzen (ein einziger verschmierter Fingerabdruck in der Ecke des Badezimmerspiegels konnte Auslöser für einen Schlag sein) und zwanghaft darüber zu grübeln, was sie ihm zum Abendessen machen sollte; sie stand da und betrachtete den winzigen Blutfleck auf dem Laken, und dabei sah ihr Gesicht so vollkommen erschlafft und leblos aus, daß ein Beobachter sie für geistig zurückgeblieben hätte halten können. *Ich hab gedacht, meine verdammte Nase hätte aufgehört zu bluten*, sagte sie zu sich. *Das hab ich wirklich.*

Er schlug sie nicht oft ins Gesicht; dazu war er zu schlau. Ins Gesicht wurden die betrunkenen Arschlöcher geschlagen, die er in seiner Laufbahn als uniformierter Polizist und dann als städtischer Detective zu Hunderten verhaftet hatte. Schlug man jemanden – zum Beispiel seine Frau – zu oft ins Gesicht, dann verloren die Geschichten vom Die-Treppe-Hinunterfallen, Mitten-in-der-Nacht-gegen-die-Toilettentür-Laufen oder Im-Garten-auf-den-Rechen-Treten ihre Glaubwürdigkeit. Dann merkten es die Leute. Dann redeten die Leute. Und mit der Zeit bekam man Ärger, auch wenn die Frau den Mund hielt, denn die Zeiten, als die Leute noch wußten, wie man sich um seine eigenen Angelegenheiten kümmert, waren offensichtlich vorbei.

Das alles bezog jedoch nicht sein Temperament mit ein. Er hatte ein böses Temperament, ein *sehr* böses, und manchmal ging es einfach mit ihm durch. Das war gestern abend passiert, als sie ihm das zweite Glas Eistee gebracht und dabei etwas auf seine Hand geschüttet hatte. Wumm, und ihre Nase blutete wie ein zerbrochenes Wasserrohr, ehe er noch recht wußte, was er tat. Sie sah seinen angewiderten Gesichtsausdruck, als ihr das Blut über Mund und Kinn lief, dann den Ausdruck besorgter Berechnung – wenn ihre Nase nun tatsächlich gebrochen sein sollte? Das bedeutete wieder einen Ausflug ins Krankenhaus. Einen Augenblick hatte sie gedacht, daß ihr nun eine richtige Tracht Prügel bevorstand, eine, nach der sie zusammengekrümmt in der Ecke lag, stöhnte und weinte und versuchte, soviel Luft zu bekommen, daß sie sich erbrechen konnte. In ihre Schürze. Immer in ihre Schürze. In diesem Haus schrie man nicht laut auf oder widersprach dem Hausherrn, und ganz sicher erbrach man sich nicht auf den Fußboden – das heißt, wenn man wollte, daß man den Kopf auf den Schultern behielt.

Dann hatte sein geschärfter Selbstschutzinstinkt die Oberhand gewonnen, und er hatte ihr einen mit Eis gefüllten Waschlappen geholt und sie ins Wohnzimmer geführt, wo sie sich aufs Sofa legte und den behelfsmäßigen Eisbeutel zwischen die tränenden Augen drückte. Dahin mußte man ihn halten, informierte er sie, wenn man die Blutung rasch stoppen und die resultierende Schwellung gering halten wollte. Natürlich galt seine Hauptsorge der Schwellung. Morgen war Markttag, und eine geschwollene Nase konnte man nicht mit einer Sonnenbrille verbergen wie ein blaues Auge.

Dann hatte er zu Ende gegessen – gebratener Barsch und neue Röstkartoffeln.

Es gab keine nennenswerte Schwellung, wie ihr ein Blick heute morgen in den Spiegel verraten hatte (er selbst hatte sie schon mit einem prüfenden Blick betrachtet und zufrieden genickt, bevor er eine Tasse Kaffee getrunken hatte und zur Arbeit gegangen war), und die Blutung hatte nach fünfzehn Minuten mit dem Eisbeutel aufgehört ... hatte sie jedenfalls geglaubt. Aber irgendwann im Lauf der Nacht, während sie schlief, war ihr ein verräterischer Tropfen Blut aus der Nase gelaufen und hatte diesen Fleck hinterlassen, was bedeutete, sie mußte trotz ihrer Rückenschmerzen das Bett abziehen und neu machen. In letzter Zeit hatte sie immer Rückenschmerzen; selbst wenn sie sich kaum bückte und nur leichte Sachen hob, hatte sie Schmerzen. Ihr Rücken war eines seiner liebsten Ziele. Im Gegensatz zu dem, was er »Schläge ins Gesicht« nannte, war es sicher, jemanden in den Rücken zu schlagen ... das heißt, wenn die fragliche Person ihren Mund halten konnte. Norman bearbeitete ihre Nieren seit vierzehn Jahren, und die Blutspuren, die sie immer häufiger in ihrem Urin fand, überraschten oder beunruhigten sie längst nicht mehr. Es war nur eine von vielen unangenehmen Begleiterscheinungen der Ehe, und wahrscheinlich gab es Millionen Frauen, denen es noch schlechter ging. Tausende allein in dieser Stadt. So hatte sie es jedenfalls immer gesehen, bis jetzt.

Sie betrachtete den Blutfleck, spürte ungewohnten Groll in ihrem Kopf pochen und spürte noch etwas, ein Kribbeln wie die Stiche winziger Nadeln, aber sie wußte nicht, daß es sich so anfühlte, wenn man endlich aufwachte.

Auf ihrer Seite des Betts stand ein kleiner Wiener Schaukelstuhl, den sie, ohne daß sie den Grund erklären konnte, immer als Pus Stuhl betrachtet hatte. Dorthin wich sie nun zurück und setzte sich, ohne den kleinen Blutfleck aus den Augen zu lassen, der auf dem weißen Laken prangte. Sie saß fast fünf Minuten in Pus Stuhl, und dann zuckte sie zusammen, als eine Stimme in dem Zimmer ertönte, weil sie anfangs gar nicht bemerkte, daß es ihre eigene war.

»Wenn es so weitergeht, wird er mich umbringen«, sagte sie, und als sie ihren ersten Schrecken überwunden hatte, nahm sie an, daß sie zu dem Blutstropfen sprach – dem kleinen Teil von ihr, der schon tot, der aus ihrer Nase gelaufen und auf dem Laken gestorben war.

Die Antwort darauf erfolgte nur in ihrem Kopf, und sie war unendlich viel schrecklicher als die Möglichkeit, die sie laut ausgesprochen hatte.

Vielleicht auch nicht. Hast du daran schon mal gedacht? Vielleicht auch nicht.

3

Sie hatte *nicht* daran gedacht. Der Gedanke, daß er sie eines Tages zu fest oder an der falschen Stelle schlagen würde, war ihr oft durch den Kopf gegangen (aber sie hatte ihn bis heute nie laut ausgesprochen, nicht einmal zu sich selbst), jedoch nie die Möglichkeit, daß sie *überleben* könnte …

Das Kribbeln in ihren Muskeln und Gelenken wurde stärker. Normalerweise saß sie nur mit im Schoß gefalteten Händen auf Pus Stuhl und sah über das Bett und durch die Badezimmertür ihr Bild im Spiegel, aber heute morgen fing sie an zu schaukeln und bewegte den Stuhl mit kurzen, ruckartigen Bewegungen vor und zurück. Sie mußte schaukeln. Das summende, kribbelnde Gefühl in ihren Muskeln *verlangte*, daß sie schaukelte. Um nichts auf der Welt wollte sie ihr eigenes Spiegelbild sehen, mochte ihre Nase auch kaum geschwollen sein.

Komm hier rüber, Süße, ich will mit dir reden – aus der Nähe.

Vierzehn Jahre lang. Hundertachtundsechzig Monate, angefangen damit, daß er sie in ihrer Hochzeitsnacht an den Haaren gezogen und in die Schulter gebissen hatte, weil sie eine Tür zugeschlagen hatte. Eine Fehlgeburt. Ein durchstochener Lungenflügel. Das Schreckliche, das er ihr mit dem Tennisschläger angetan hatte. Die alten Narben an den Stellen ihres Körpers, die von der Kleidung verborgen wurden. Größtenteils Bißspuren. Norman biß für sein Leben gern. Zuerst hatte sie sich einzureden versucht, daß es Liebkosungen waren. Seltsamer Gedanke, daß sie jemals so jung gewesen war, aber sie mußte es wohl gewesen sein.

Komm hier rüber, ich will mit dir reden – aus der Nähe.

Plötzlich konnte sie das Kribbeln identifizieren, das mittlerweile ihren ganzen Körper ergriffen hatte. Sie verspürte Zorn, *Wut*, und diese Erkenntnis war von Staunen begleitet.

Verschwinde von hier, sagte dieser tief verborgene Teil von ihr plötzlich. *Verschwinde auf der Stelle von hier, noch in dieser Minute. Nimm dir nicht mal Zeit, dich zu kämmen. Geh einfach.*

»Das ist lächerlich«, sagte sie und schaukelte schneller denn je vor und zurück. Der Blutfleck auf dem Laken tanzte vor ihren Augen. Von hier aus sah er wie der Punkt unter einem Ausrufungszeichen aus. »Das ist lächerlich, wohin sollte ich gehen?«

Überall hin, wo er nicht ist, meldete sich die Stimme wieder. *Aber du mußt es sofort tun. Bevor …*

Bevor was?

Das war einfach. Bevor sie wieder einschlief.

Ein anderer Teil ihres Verstands – der gewohnheitsmäßige, zaghafte Teil – stellte plötzlich fest, daß sie diesen Gedanken ernsthaft in Erwägung zog, und stimmte ein entsetztes Gezeter an. Ihr Heim verlassen, wo sie vierzehn Jahre gewohnt hatte? Das Haus, wo sie alles mit einem Griff finden konnte? Den Mann, der sie, wenn auch cholerisch und schnell mit den Fäusten, stets gut versorgt hatte? Der Gedanke war lächerlich. Sie mußte ihn vergessen, und zwar sofort.

Und das hätte sie wahrscheinlich auch getan, mit *ziemlicher Sicherheit* getan, wäre da nicht der Tropfen Blut auf dem Laken gewesen. Der einzelne, dunkelrote Tropfen.

Dann schau eben nicht hin! rief der Teil ihres Verstands nervös, der sich für praktisch und vernünftig hielt. *Um Himmels willen, schau nicht hin, es wird dir nur Scherereien einhandeln!*

Aber sie stellte fest, daß sie nicht mehr wegsehen konnte. Ihre Augen blieben starr auf den Fleck fixiert, und sie schaukelte noch schneller. Ihre in weiße flache Turnschuhe gekleideten Füße trommelten einen immer schnelleren Rhythmus auf dem Boden (das Kribbeln war inzwischen fast ausschließlich in ihrem Kopf, schüttelte ihr Gehirn durch, heizte sie auf), und sie dachte: *Vierzehn Jahre. Vierzehn Jahre wollte er mit mir reden – aus der Nähe. Die Fehlgeburt. Der Tennisschläger. Drei Zähne, einen davon hab ich geschluckt. Die gebrochene Rippe. Die Schläge. Das Kneifen. Und natürlich die Bisse. Ziemlich viele Bisse. Ziemlich viele …*

Hör auf! Es ist sinnlos, so was zu denken, weil du nicht fortgehen kannst, er würde dir folgen und dich zurückbringen, er würde dich finden, er ist Polizist, da gehört es zu seinen Aufgaben, Leute zu finden, darin ist er gut …

»Vierzehn Jahre«, murmelte sie, und jetzt dachte sie nicht an die letzten vierzehn, sondern an die nächsten. Denn die andere Stimme, die tiefere Stimme hatte recht. Vielleicht tötete er sie *nicht*. Vielleicht *nicht*. Und wie würde sie sein, wenn er noch mal vierzehn Jahre mit ihr redete – aus der Nähe? Würde sie sich noch bücken können? Würde sie eine Stunde täglich haben – oder auch nur fünfzehn Minuten –, wenn sich ihre Nieren nicht wie heiße Steine in ihrem Rücken anfühlen würden? Würde er sie möglicherweise so fest schlagen, daß eine wichtige Verbindung abstarb, so daß sie einen Arm oder ein Bein nicht mehr bewegen konnte oder eine Gesichtshälfte von ihr schlaff und ausdruckslos herunterhing wie bei der armen Mrs. Diamond, die im Store 24 unten am Hügel arbeitete?

Sie stand unvermittelt und so heftig auf, daß die Lehne von Pus Stuhl gegen die Wand schlug. Sie blieb einen Moment schwer atmend stehen, ohne den Blick von dem kastanienfarbenen Fleck abzuwenden, dann ging sie zur Tür ins Wohnzimmer.

Was machst du da? kreischte Ms. Praktisch-Vernünftig in ihrem Kopf – der Teil von ihr, der es in Kauf zu nehmen schien, verstümmelt oder getötet zu werden, nur um weiterhin in den Genuß des Privilegs zu kommen, daß sie wußte, in welcher Schublade die Teebeutel waren und wo unter der Spüle sie die Putzlappen aufbewahrte. *Wohin willst du denn überhaupt …*

Sie brachte die Stimme zum Schweigen, obwohl sie bis zu diesem Augenblick nicht gewußt hatte, daß sie das konnte. Dann holte sie die Handtasche vom Tisch und ging durch das Wohnzimmer zur Eingangstür. Plötzlich kam ihr der Raum ziemlich groß vor, der Weg sehr weit.

Ich muß das hier Schritt für Schritt angehen. Wenn ich nur einen Schritt im voraus plane, wird mich der Mut verlassen.

Aber eigentlich glaubte sie nicht, daß das ein Problem sein würde. Zunächst einmal hatte ihr Tun etwas Halluzinatorisches angenommen – ganz bestimmt konnte sie doch nicht einfach aus einer Laune heraus ihrem Haus und ihrer Ehe den Rücken kehren, oder? Es mußte ein Traum sein, richtig? Und da war noch etwas: Nicht im voraus zu planen, das war ihr in Fleisch und Blut übergegangen, angefangen in ihrer Hochzeitsnacht, als er sie wie ein Hund gebissen hatte, weil sie eine Tür zugeschlagen hatte.

Nun, du kannst nicht einfach so gehen, selbst wenn du nur bis zum Ende des Blocks kommst, bevor dir die Luft ausgeht, sagte Ms. Praktisch-Vernünftig. *Zieh wenigstens diese Jeans aus, wo man sehen kann, wie breit dein Hintern geworden ist. Und kämm dich.*

Sie hielt inne und war einen Moment nahe dran, die ganze Sache aufzugeben, bevor sie auch nur zur Eingangstür gekommen war. Dann entlarvte sie den Rat als das, was er war – ein verzweifelter Versuch, sie im Haus zu halten. Und ein listiger obendrein. Es dauerte nicht lange, um eine Jeans gegen einen Rock auszuwechseln oder sich das Haar zurechtzuzupfen und mit einem Kamm durchzufahren, aber für eine Frau in ihrer Situation war es mit Sicherheit lang genug.

Wofür? Selbstverständlich, um wieder einzuschlafen. Bis sie den Reißverschluß an der Seite des Rocks hochgezogen hatte, würden ihr ernsthafte Zweifel kommen, und bis sie mit dem Kämmen fertig wäre, würde sie zum Ergebnis gekommen sein, daß sie einfach einen kurzen Anfall von Wahnsinn erlebt hatte, einen vorübergehenden Blackout, der wahrscheinlich mit ihrem Monatszyklus zu tun hatte.

Dann würde sie ins Schlafzimmer zurückkehren und die Laken wechseln.

»Nein«, murmelte sie. »Das werde ich nicht. Auf keinen Fall.«

Aber als sie eine Hand auf den Türknauf legte, verweilte sie wieder.

Sie kommt wieder zu Verstand! rief Ms. Praktisch-Vernünftig, deren Stimme eine Mischung aus Erleichterung, Jubel und – war es möglich? – gelinder Enttäuschung ausdrückte. *Halleluja, das Mädchen kommt wieder zu Verstand! Besser spät als nie!*

Jubel und Erleichterung der Stimme in ihrem Kopf verwandelten sich in stummes Entsetzen, als sie rasch zum Sims über dem Kamin ging, den er vor zwei Jahren eingebaut hatte. Wonach sie suchte, würde wahrscheinlich sowieso nicht da sein, es gehörte zu seinen eisernen Regeln, daß er es erst gegen Monatsende dort ließ (»Damit du nicht in Versuchung kommst«, sagte er), aber es konnte nicht schaden, wenn sie nachsah. Und sie kannte die Nummer des Schlosses; er hatte einfach die erste und letzte Zahl ihrer Telefonnummer vertauscht.

Das WIRD schmerzhaft! schrie Ms. Praktisch-Vernünftig. *Wenn du etwas nimmst, das ihm gehört, wird es ziemlich schmerzhaft, das weißt du! ZIEMLICH!*

»Ist sowieso nicht da«, murmelte sie – aber sie war da, die hellgrüne BankCard der Merchant's Bank mit seinem eingestanzten Namen.

Nimm sie nicht! Wage es nicht!

Aber sie stellte fest, *daß* sie es wagte – sie mußte sich nur diesen Tropfen Blut ins Gedächtnis zurückrufen. Außerdem war es auch *ihre* Karte, *ihr* Geld; war das nicht der Sinn des Eheversprechens?

Aber es ging an sich gar nicht um das Geld, wirklich nicht. Es ging darum, die Stimme von Ms. Praktisch-Vernünftig zum Schweigen zu bringen; es ging darum, diese plötzliche, unerwartete Flucht in die Freiheit zu etwas Notwendigem statt etwas Freiwilligem zu machen. Ein Teil von ihr wußte, wenn ihr das nicht gelang, würde sie *wirklich* nicht weiter als bis zum Ende des Blocks kommen, bevor die ganze unsichere Zukunft wie eine Nebelbank vor ihr liegen und sie hastig kehrtmachen und nach Hause gehen würde, um schnellstens die Betten neu zu beziehen, damit sie noch vor dem Mittag den Boden schrubben konnte ... und so schwer es zu glauben war, als sie heute morgen aufgestanden war, hatte sie an nichts anderes gedacht als daran, die Böden zu schrubben.

Sie achtete nicht auf das Zetern der Stimme in ihrem Kopf, holte die BankCard vom Sims, ließ sie in ihre Handtasche fallen und ging rasch wieder zur Tür.

Tu es nicht! wimmerte die Stimme von Ms. Praktisch-Vernünftig. *O Rosie, dafür wird er dir nicht nur weh tun, dafür schlägt er dich krankenhausreif, vielleicht bringt er dich sogar um – weißt du das denn nicht?*

Sie wußte es wohl, ging aber trotzdem weiter, Kopf gesenkt und Schultern nach vorne gereckt, wie eine Frau, die bei starkem Gegenwind läuft. Das alles *würde* er wahrscheinlich tun ... aber vorher mußte er sie erst einmal haben.

Diesmal zögerte sie nicht, als ihre Hand den Türknauf berührte – sie drehte ihn, öffnete die Tür und ging hinaus. Es war ein wunderschöner, sonniger Tag Mitte April, Knospen zeigten sich an den Ästen der Bäume. Ihr Schatten fiel, als wäre er mit einer scharfen Schere aus Kohlepapier ausgeschnitten worden, über die Stufen und das frische Gras. Sie stand da, atmete die Frühlingsluft in vollen Zügen und roch die Erde, die durch einen Regenschauer in der Nacht, als sie schlafend mit einem Nasenloch über dem trocknenden Blutfleck im Bett gelegen hatte, durchnäßt (und wahrscheinlich erfrischt) worden war.

Die ganze Welt wacht auf, dachte sie. *Nicht nur ich.*

Ein Mann im Jogginganzug lief auf dem Bürgersteig vorbei, als sie die Tür ins Schloß zog. Er hob die Hand zum Gruß, und sie grüßte zurück. Sie lauschte, ob die Stimme in ihr wieder mit ihrem Gezeter anfangen würde, doch die Stimme blieb stumm. Vielleicht hatte der Diebstahl der BankCard sie so geschockt, daß sie schwieg, vielleicht besänftigte sie auch nur die überirdische Ruhe dieses Aprilmorgens.

»Ich gehe«, murmelte sie. »Ich gehe wirklich und wahrhaftig.«

Aber sie blieb noch einen Moment, wo sie war, wie ein Tier, das so lange in einem Käfig gehaust hat, daß es die Freiheit, die sich ihm bietet, gar nicht begreifen kann. Sie griff hinter sich und berührte den Knauf der Tür – der Tür, die zu *ihrem* Käfig führte.

»Nicht mehr«, flüsterte sie. Sie klemmte die Handtasche unter einen Arm und ging die ersten zwölf Schritte hinein in die Nebelbank, die jetzt ihre Zukunft bildete.

4

Diese zwölf Schritte führten sie zu der Stelle, wo der betonierte Gehweg mit dem Bürgersteig verschmolz – die Stelle, wo vor etwa einer Minute der Jogger vorbeigelaufen war. Sie wandte sich nach links, blieb aber stehen. Norman hatte ihr einmal erzählt, daß Menschen, die glaubten, sie würden sich zufällig für eine Richtung entscheiden – zum Beispiel, wenn sie sich im Wald verirrt hatten –, fast immer in die Richtung ihrer dominierenden Hand gingen. Wahrscheinlich spielte es keine Rolle, aber sie stellte fest, sie wollte nicht mal, daß er recht damit hatte, in welche Richtung sie die Westmoreland Street hinunterging, als sie das Haus verließ.

Nicht mal das.

Sie wandte sich nach rechts statt nach links, die Richtung ihrer dummen Hand, und ging bergab. Sie ging am Store 24 vorbei und unterdrückte den Impuls, die Hand zu heben und ihr Gesicht zu verbergen, als sie daran vorbeiging. Sie kam sich schon vor, als wäre sie auf der Flucht, und ein schrecklicher Gedanke nagte in ihrem Gehirn wie eine Ratte an Käse: Wenn er nun früher von der Arbeit nach Hause kam und sie sah? Wenn er sie in Jeans und Turnschuhen die Straße entlang schlendern sah, Handtasche unter einen Arm geklemmt und mit ungekämmtem Haar? Er würde sich fragen, was, um alles in der Welt, sie hier zu suchen hatte, wo sie doch zu Hause sein und die Böden im Erdgeschoß schrubben sollte, richtig? Und er würde bestimmt wollen, daß sie zu ihm kam. Ja. Er würde wollen, daß sie dorthin kam, wo er stand, damit er mit ihr reden konnte – aus der Nähe.

Das ist albern. Welchen Grund hätte er, jetzt nach Hause zu kommen? Er ist erst vor einer Stunde gegangen. Das ist Unsinn.

Ja ... aber manchmal machten die Leute eben etwas Unsinniges. Sie, zum Beispiel – was machte sie denn gerade? Und angenommen, er hatte eine plötzliche Eingebung. Wie oft hatte er ihr gesagt, daß Cops nach einer Weile einen sechsten Sinn entwickelten, daß sie wußten, wenn etwas Ungewöhnliches geschehen würde? *Man bekommt diese kleine Nadel am Rückenansatz,* hatte er einmal gesagt. *Ich weiß nicht, wie ich es sonst beschreiben sollte. Ich weiß, die meisten Menschen würden lachen, aber frag einen Cop – der lacht nicht. Diese kleine Nadel hat mir ein paarmal das Leben gerettet, Süße.*

Angenommen, er spürte diese Nadel die letzten zwanzig Minuten, oder so? Angenommen, er war in sein Auto eingestiegen und nach Hause gefahren? Dann müßte er genau diesen Weg nehmen, und sie verfluchte sich schon, weil sie nach rechts statt nach links von ihrem Gehweg abgebogen war. Dann kam ihr noch ein unangenehmerer Gedanke, der auf gräßliche Weise plausibel schien ... ganz zu schweigen von seiner ausgleichenden ironischen Gerechtigkeit. Wenn er nun am zwei Blocks vom Polizeirevier entfernten Geldautomaten gehalten hatte, weil er zwanzig Piepen oder so zum Mittagessen wollte? Und nachdem er feststellen mußte, daß er seine

Karte nicht bei sich hatte, war er nach Hause gefahren, um sie zu holen.

Nimm dich zusammen. So weit wird es nicht kommen. So weit wird es ganz und gar nicht *kommen.*

Ein Auto bog einen halben Block entfernt in die Westmoreland ein. Es war rot, und *das* war ein Zufall, denn *sie* hatten ein rotes Auto ... besser gesagt, *er* hatte eins; das Auto gehörte ihr ebensowenig wie die BankCard oder das Geld, das sie damit holen konnte. Ihr rotes Auto war ein neuer Sentra, und – Zufall über Zufall! – war das Auto, das auf sie zukam, nicht auch ein roter Sentra?

Nein, es ist ein Honda!

Aber es war *kein* Honda, das wollte sie nur glauben. Es war ein *Sentra,* ein brandneuer roter Sentra. *Sein* roter Sentra. Ihr schlimmster Alptraum war buchstäblich in dem Moment wahr geworden, als sie daran gedacht hatte.

Einen Augenblick fühlten sich ihre Nieren unglaublich schwer an, unglaublich schmerzhaft, unglaublich *voll,* und sie war sicher, sie würde sich in die Hose machen. Hatte sie wirklich geglaubt, sie könnte ihm entkommen? Sie mußte den Verstand verloren haben.

Jetzt ist es zu spät, sich darüber den Kopf zu zerbrechen, sagte Ms. Praktisch-Vernünftig zu ihr. Deren bibbernde Hysterie war verschwunden; sie schien der einzige Teil ihres Verstands zu sein, der noch einen klaren Gedanken fassen konnte, und der sprach nun mit dem kalten, berechnenden Tonfall eines Geschöpfs, das Überleben über alles stellt. *Du solltest dir schnellstens überlegen, was du ihm sagen willst, wenn er anhält und dich fragt, was du hier zu suchen hast. Und es sollte gut sein. Du weißt, wie schlau er ist und wieviel er sieht.*

»Die Blumen«, murmelte sie. »Ich hab einen kleinen Spaziergang gemacht, weil ich sehen wollte, wessen Blumen schon austreiben, das ist alles.« Sie war stehengeblieben, preßte die Schenkel fest zusammen und versuchte zu verhindern, daß der Damm brach. Würde er ihr glauben? Sie wußte es nicht, aber es würde genügen müssen. Etwas anderes fiel ihr nicht ein. »Ich wollte nur bis zur Ecke St. Mark's Avenue gehen und dann zurückkommen, um die Böden zu ...«

Sie verstummte und sah mit großen, fassungslosen Augen, wie das Auto – doch ein Honda, nicht neu, und eigentlich mehr orange als rot – langsam an ihr vorbeifuhr. Die Frau hinter dem Lenkrad betrachtete sie mit einem merkwürdigen Blick, und die Frau auf dem Bürgersteig dachte: *Wenn er es gewesen wäre, hätte keine Geschichte gereicht, wie plausibel auch immer – er hätte dir die Wahrheit im Gesicht geschrieben gesehen, unterstrichen und mit Neonscheinwerfern angestrahlt. Bist du* jetzt *bereit, wieder zurückzukehren? Vernunft anzunehmen und zurückzukehren?*

Sie konnte es nicht. Der überwältigende Drang zu urinieren war vorbei, aber ihre Blase fühlte sich immer noch schwer und übervoll an, ihre Nieren pochten immer noch, ihre Beine zitterten, und das Herz schlug ihr so heftig in der Brust, daß sie es mit der Angst zu tun bekam. Sie hätte unmöglich wieder den Hügel hinauf gehen können, obwohl es nicht besonders steil war.

Doch, du kannst. Du weißt, daß du es kannst. Du hast in deiner Ehe Schlimmeres bewältigt und überlebt.

Okay – vielleicht *hätte* sie es den Hügel hinauf geschafft, aber jetzt ging ihr ein anderer Gedanke durch den Kopf. Manchmal rief er an. Für gewöhnlich fünf- oder sechsmal pro Monat, aber manchmal auch öfter. Nur hallo, wie geht es dir, soll ich einen Karton H-Milch oder einen Becher Eis mitbringen, okay, tschüs. Aber sie spürte nichts Fürsorgliches an diesen Anrufen, keine Zuneigung. Er überwachte sie, das war alles, und wenn sie nicht ans Telefon ging, würde es einfach läuten. Sie hatten keinen Anrufbeantworter. Sie hatte ihn einmal gefragt, ob es nicht praktisch wäre, sich einen zuzulegen. Er hatte ihr einen durch und durch unfreundlichen Stoß gegeben und gesagt, sie sollte ihren Kopf gebrauchen. *Du* bist der Anrufbeantworter, hatte er gesagt.

Wenn er nun anrief und sie war nicht da?

Dann wird er denken, daß ich früher zum Markt gegangen bin, das ist alles.

Aber das würde er nicht. Das war es. Heute vormittag die Fußböden, heute nachmittag der Markt. So war es immer gewesen, und er ging davon aus, daß es so immer sein würde.

Spontaneität wurde in der Westmoreland Street 908 nicht gefördert. Wenn er anrief ...

Sie setzte sich wieder in Bewegung, wohl wissend, daß sie die Westmoreland an der nächsten Ecke verlassen mußte, auch wenn sie sich nicht sicher war, wohin die Tremont in beiden Richtungen führte. Das war im Moment nicht wichtig; wichtig war, sie befand sich auf dem direkten Heimweg ihres Mannes, wenn er, wie gewöhnlich, auf der I-295 von der Stadt zurückkam, und sie kam sich vor, als wäre sie mitten aufs Schwarze einer Schießscheibe gebunden worden.

Sie bog nach links in die Tremont ab und passierte weitere ruhige Vorstadthäuschen, die durch niedrige Hecken oder dekorative Baumreihen voneinander getrennt waren – russische Oliven schienen hier besonders *en vogue* zu sein. Ein Mann, der mit seiner Hornbrille, den Sommersprossen und dem auf den Kopf gedrückten, formlosen blauen Hut wie Woody Allen aussah, goß gerade die Blumen, schaute auf und winkte ihr verhalten zu. Es schien, als wollte heute jeder gutnachbarschaftlich sein. Sie vermutete, daß es am Wetter lag, hätte aber darauf verzichten können. Sie konnte sich nur allzu leicht vorstellen, wie *er* ihr später hinterher kam, wie er geduldig ihrer Spur folgte, Fragen stellte, seine kleinen Tricks anwandte, um dem Gedächtnis auf die Sprünge zu helfen, und an jeder Tür ihr Bild zeigte.

Wink zurück. Er soll dich nicht als unfreundliche Zeitgenossin zur Kenntnis nehmen, unfreundliche Zeitgenossen bleiben einem im Gedächtnis, also wink einfach zurück und geh weiter.

Sie winkte zurück und ging weiter. Der Drang zu pinkeln war wieder da, aber damit würde sie leben müssen. Keine Erleichterung war in Aussicht – vor ihr lagen nichts als mehr Häuser, mehr Hecken, mehr hellgrüne Rasenflächen, mehr russische Olivenbäume.

Sie hörte ein Auto hinter sich und wußte, daß er es war. Sie drehte sich mit weit aufgerissenen, dunklen Augen um und sah einen rostigen Ford Tempo kaum schneller als mit Schrittgeschwindigkeit die Straße entlangkriechen. Der alte Mann hinter dem Lenkrad trug einen Strohhut und einen Ausdruck verbissener Entschlossenheit zur Schau. Sie drehte sich rasch wieder um, bevor er ihre eigene ängstliche Miene registrieren konnte, stolperte und ging dann resolut mit gesenktem Kopf weiter. Der pochende Schmerz in ihren Nieren war zurückgekehrt, und nun pochte auch ihre Blase. Sie schätzte, daß ihr nicht mehr als eine Minute blieb, höchstens zwei, bis sie es nicht mehr halten konnte. Wenn das passierte, konnte sie ein unbemerktes Entkommen getrost in den Wind schreiben. Die Leute erinnerten sich vielleicht nicht an eine Frau mit hellbraunem Haar, die an einem strahlenden Frühlingsmorgen die Straße entlang ging, aber sie konnte sich nicht vorstellen, daß sie eine Frau mit hellbraunem Haar und einem wachsenden dunklen Fleck im Schritt ihrer Jeans vergessen würden. Sie mußte sich des Problems annehmen, und zwar auf der Stelle.

Zwei Häuser weiter auf ihrer Straßenseite stand ein schokoladenbrauner Bungalow. Die Jalousien waren heruntergelassen, drei Zeitungen lagen auf der Veranda. Eine vierte lag auf dem Gehweg am Fuß der Eingangstreppe. Rosie sah sich rasch um, erblickte niemanden, der sie beobachtete, und eilte hastig durch den Vorgarten des Bungalows und an der Seite entlang. Der Garten war menschenleer. Ein rechteckiges Blatt Papier hing am Knauf des Fliegengitters aus Aluminium. Sie ging mit kleinen, verkrampften Schritten hin und las die vorgedruckte Nachricht: *Schöne Grüße von Ann Corao, Ihrer hiesigen Avon-Beraterin! Diesmal konnte ich Sie leider nicht zu Hause antreffen, aber ich komme wieder! Danke! Rufen Sie mich an unter 555-1731, wenn Sie über die vorzüglichen Produkte von Avon Kosmetik reden möchten!* Das an den unteren Rand gekritzelte Datum war der 17.4., vor zwei Tagen.

Rosie sah sich noch einmal um, stellte fest, daß sie auf der einen Seite von Hecken und auf der anderen von russischen Oliven vor Blicken geschützt wurde, öffnete Gürtel und Reißverschluß ihrer Jeans und hockte sich in der Nische zwischen der hinteren Treppe und den LP-Gastanks hin. Es war zu spät, sich Gedanken zu machen, wer – wenn überhaupt – sie aus den Obergeschossen der umliegenden Häuser beobachten konnte. Und außerdem, angesichts der Erleichterung schienen solche Fragen – zumindest im Augenblick – eher nebensächlich zu sein.

Weißt du, du bist verrückt.

Ja, selbstverständlich wußte sie das ... aber als der Druck auf ihre Blase nachließ und der Strahl ihres Urins als zickzackförmiges Rinnsal zwischen die Platten der hinteren Veranda floß, spürte sie, wie plötzlich eine irre Freude ihr Herz erfüllte. In diesem Augenblick wußte sie, wie es sein mußte, wenn man einen Fluß in ein fremdes Land überquerte, die Brücke hinter sich in Brand steckte und dann am Ufer stand, erleichtert aufatmete und zusah, wie die einzige Möglichkeit der Rückkehr in Flammen aufging.

5

Sie ging fast zwei Stunden, durch ein unbekanntes Viertel nach dem anderen, bevor sie zu einer Einkaufspassage im, wie sie meinte, westlichen Stadtteil gelangte. Vor einem Geschäft mit dem Schild Paint 'n Carpet World stand ein Münzfernsprecher, und als sie von dort ein Taxi rief, stellte sie erstaunt fest, daß sie sich gar nicht mehr in der Stadt befand, sondern im Vorort Mapleton. Sie hatte große Blasen an beiden Fersen, was kein Wunder war – sie mußte mehr als sieben Meilen gegangen sein.

Das Taxi kam fünfzehn Minuten nach ihrem Anruf, und bis dahin hatte sie den Gemischtwarenladen am anderen Ende der Passage besucht und eine billige Sonnenbrille und ein leuchtendrotes Halstuch gekauft. Sie erinnerte sich, Norman hatte ihr einmal gesagt, wenn man die Aufmerksamkeit von seinem Gesicht ablenken wollte, trug man am besten etwas Grellbuntes, das die Aufmerksamkeit des Betrachters in eine andere Richtung lenkte.

Der Taxifahrer war ein dicker Mann mit ungekämmtem Haar, blutunterlaufenen Augen und Mundgeruch. Auf seinem weiten, verblaßten T-Shirt war eine Karte von Vietnam abgebildet. WENN ICH STERBE, KOMME ICH IN DEN

HIMMEL, WEIL ICH MEINE ZEIT IN DER HÖLLE SCHON HINTER MIR HABE, lautete die Legende unter der Karte. IRON TRIANGLE, 1969. Seine roten Knopfaugen musterten sie rasch von den Lippen über die Brüste zu den Hüften, dann schien er offenbar das Interesse zu verlieren.

»Wohin soll's denn gehen, Süße?« fragte er.

»Können Sie mich zum Greyhound-Bahnhof bringen?«

»Sie meinen Portside?«

»Ist das der Busbahnhof?«

»Jawoll.« Er schaute auf und sah ihr via Rückspiegel in die Augen. »Liegt aber auf der anderen Seite der Stadt. Macht locker zwanzig Piepen. Können Sie sich das leisten?«

»Selbstverständlich«, sagte sie, dann holte sie tief Luft und fuhr fort: »Glauben Sie, Sie können unterwegs an einem Geldautomaten der Merchant's Bank halten?«

»Wenn nur alle Probleme des Lebens so einfach zu lösen wären«, sagte er und klappte die Flagge seines Taxameters herunter. $ 2,50, zeigte es an. GRUNDGEBÜHR.

Sie setzte den Anfang ihres neuen Lebens auf den Augenblick, als die Ziffern der Taxameteranzeige von $ 2,50 auf $ 2,75 wechselte und das Wort GRUNDGEBÜHR verschwand. Sie würde nie wieder Rose Daniels sein, wenn sie es nicht mußte – nicht nur, weil Daniels *sein* Name war, und daher gefährlich, sondern weil sie ihn hinter sich gelassen hatte. Sie würde wieder Rosie McClendon sein, das Mädchen, das im Alter von achtzehn Jahren in der Hölle verschwunden war. Sie vermutete, daß sie manchmal gezwungen sein würde, ihren angeheirateten Namen zu verwenden, aber in Herz und Kopf würde sie trotzdem Rosie McClendon bleiben.

Ich bin richtig Rosie, dachte sie, während das Taxi über die Trunkatawny Bridge fuhr, und mußte lächeln, als die Worte von Maurice Sendak und die Stimme von Carole King wie zwei Geister durch ihren Verstand schwebten. *Und ich bin Rosie Richtig.*

Aber war sie das auch? War sie wirklich richtig?

Ich fange an, es herauszufinden, dachte sie. *Hier und jetzt.*

6

Der Taxifahrer hielt auf dem Iroquois Square und deutete auf eine Reihe von Geldautomaten an einer Plaza mit Springbrunnen und einer abstrakten Chromskulptur. Die Maschine ganz links war hellgrün.

»Okay?« fragte er.

»Ja, danke. Bin gleich wieder da.«

Aber es dauerte doch etwas länger. Zuerst schien es, als könnte sie trotz der großen Tastatur der Maschine die Geheimzahl nicht richtig eingeben, und als sie den Teil der Prozedur endlich gemeistert hatte, konnte sie sich nicht entscheiden, wieviel sie abheben sollte. Sie tippte sieben fünf Komma null null, zögerte über der BESTÄTIGEN-Taste und zog die Hand zurück. Wenn er sie erwischte, würde er sie verprügeln, weil sie weggelaufen war – daran bestand nicht der geringste Zweifel. Aber wenn er sie schon so sehr verprügelte, daß sie im Krankenhaus landete (*oder dich umbringt*, murmelte eine leise Stimme in ihr, *er könnte dich tatsächlich umbringen, und es wäre dumm von dir, das zu vergessen*), dann nur deswegen, weil sie seine BankCard gestohlen … und benutzt hatte. Wollte sie diese strenge Bestrafung nur wegen fünfundsiebzig Dollar riskieren? Lohnte sich das?

»Nein«, murmelte sie und streckte die Hand wieder aus. Diesmal tippte sie drei fünf null Komma null null … doch dann zögerte sie wieder. Sie wußte nicht, wieviel genau von dem, was er als »Barschaft« bezeichnete, sich auf dem Girokonto befand, das die Maschine belastete, aber dreihundertfünfzig Dollar mußte schon ein beachtlicher Teil davon sein. Er würde so *wütend* werden …

Sie bewegte ihre Hand zu der ABBRECHEN/WIEDERHOLEN-Taste, und dann fragte sie sich wieder, was *das* noch für eine Rolle spielte.

Er würde so oder so wütend werden. Jetzt gab es kein Zurück mehr.

»Brauchen Sie noch lange, Ma'am?« fragte eine Stimme hinter ihr. »Meine Kaffeepause ist nämlich gleich vorbei.«

»Oh, tut mir leid!« sagte sie und zuckte etwas zusammen. »Nein, ich war nur ... in Gedanken.« Sie drückte die BESTÄTIGEN-Taste. Die Worte BITTE WARTEN leuchteten auf dem Monitor des Automaten auf. Die Wartezeit dauerte nicht lange, aber lange genug, daß sie sich vorstellen konnte, wie die Maschine plötzlich einen schrillen, heulenden Sirenenton von sich geben und eine mechanische Stimme bellen würde: *»DIESE FRAU IST EINE DIEBIN! HALTET SIE AUF! DIESE FRAU IST EINE DIEBIN!«*

Aber statt sie eine Diebin zu nennen, ließ der Monitor nun ein DANKESCHÖN aufleuchten, wünschte ihr einen angenehmen Tag und spie siebzehn Zwanziger und einen Zehner aus.

Rosie schenkte dem jungen Mann hinter ihr ein nervöses Lächeln ohne Blickkontakt, dann eilte sie wieder zum Taxi zurück.

7

Portside war ein flaches, weiträumiges Gebäude mit schlichten, sandsteinfarbenen Wänden. Alle möglichen Busse – nicht nur Greyhounds, auch Trailways, American Pathfinders, Eastern Highways und Continental Expresses – umringten die Schalterhalle und bohrten die hohen, platten Gesichter tief in die Ladebuchten. Für Rosie sahen sie wie Chromferkel aus, die an einer außerordentlich häßlichen Mutter saugten.

Sie stand vor dem Haupteingang und sah hinein. Die Schalterhalle war längst nicht so überfüllt, wie sie halb gehofft (Sicherheit in der Menge) und halb befürchtet hatte (da sie vierzehn Jahre lang fast niemanden, außer ihrem Mann und den Kollegen gesehen hatte, die er manchmal nach Hause brachte, hatte sie mehr als nur einen Anflug von Agoraphobie entwickelt), wahrscheinlich weil es mitten in der Woche war und die nächsten Ferien vor der Tür standen. Trotzdem schätzte sie, daß sich rund zweihundert Leute drinnen aufhalten mußten, die ziellos herumschlenderten, auf altmodischen Holzbänken mit hohen Lehnen saßen, Videospiele spielten, Kaffee in der Snackbar tranken oder wegen Fahrkarten anstanden. Kleine Kinder hielten die Hände ihrer Mütter umklammert, legten die Köpfe zurück und blökten wie verirrte Kälber zu dem verblaßten Holzfällerfresko an der Decke hinauf.

Ein Lautsprecher, der hallte wie die Stimme Gottes in einem Filmepos von Cecil B. DeMille, verkündete Ziele: Erie, Pennsylvania; Nashville, Tennessee; Jackson, Mississippi; Miami, Florida (die körperlose, hallende Stimme sprach es *Miamuh* aus); Denver, Colorado.

»Lady«, sagte eine müde Stimme hinter ihr, »he, Lady, eine milde Gabe. Eine milde Gabe, was meinen Sie?«

Sie drehte sich um und sah einen jungen Mann mit blassem Gesicht und einer Fülle schmutziger schwarzer Haare, der mit dem Rücken an einer Mauer des Bahnhofsgebäudes saß. Er hielt ein Pappkartonschild im Schoß. OBDACHLOS & AIDS-KRANK, stand darauf. BITTE UM HILFE.

»Sie haben doch was Geld übrig, oder nicht? Helfen Sie mir? Sie wern noch mit Ihrem Schnellboot auf dem Saranac Lake rumbrausen, wenn ich längst tot bin. Okay?«

Plötzlich fühlte sie sich seltsam und schwindlig am Rand einer geistigen und emotionalen Überlastung. Das Schaltergebäude schien vor ihren Augen zu wachsen, bis es so groß wie eine Kathedrale war und die Flutwellen der Menschen in den Gängen und Alkoven etwas Gräßliches bekamen. Ein Mann, an dessen Hals seitlich ein runzliger, pulsierender Fleischsack hing, stapfte mit gesenktem Kopf an ihr vorbei und zog einen Seesack an seiner Kordel hinter sich her. Der Sack zischte wie eine Schlange, während er über den schmutzigen Fliesenboden rutschte. Eine Micky-Maus-Puppe ragte aus der Öffnung des Seesacks heraus und grinste sie blind an. Der gottgleiche Sprecher verkündete den versammelten Reisenden, daß der Trailways-Eilbus nach Omaha in zwanzig Minuten von Tor 17 losfahren würde.

Ich kann das nicht, dachte sie. *Ich kann nicht in dieser Welt leben. Es geht nicht nur darum, daß ich nicht weiß, wo die Teebeutel und Putzlappen sind; die Tür, hinter der er mich geschlagen hat, ist auch die Tür, die dieses Chaos und diesen Wahnsinn ferngehalten hat. Und ich kann sie nie wieder passieren.*

Einen Augenblick sah sie vor ihrem geistigen Auge ein erstaunlich klares Bild der Sonntagsschule ihrer Kindheit – Adam und Eva mit Feigenblättern und identischen Mienen von Scham und Elend, wie sie barfuß einen steinigen Pfad einer bitteren, unfruchtbaren Zukunft entgegengingen. Hinter ihnen lag der Garten Eden, üppig und voller Blumen. Ein Engel mit Flügeln stand vor der geschlossenen Pforte, das Schwert in seiner Hand erstrahlte in einem schrecklichen Licht.

»*Wage* es nicht, es so zu sehen!« schrie sie plötzlich, und der Mann, der neben der Tür saß, zuckte so heftig zurück, daß er fast sein Schild fallen ließ. »*Wage* es nicht!«

»Herrje, tut mir *leid!*« sagte der Mann mit dem Schild und verdrehte die Augen. »Gehen Sie weiter, wenn Sie so denken.«

»Nein, ich ... nicht wegen Ihnen ... ich dachte an meinen ...«

Da wurde ihr bewußt, wie absurd das war, was sie da tat – einem Bettler, der an der Tür eines Busbahnhofs saß, ihre Situation erklären zu wollen. Sie hielt immer noch zwei Dollar in der Hand, das Wechselgeld des Taxifahrers. Sie warf sie in die Zigarrenkiste neben dem jungen Mann mit dem Schild und floh hastig in die Portside Schalterhalle.

8

Ein anderer junger Mann – mit einem dünnen Errol-Flynn-Bärtchen und einem hübschen, wenig vertrauenerweckenden Gesicht – hatte im hinteren Teil der Schalterhalle ein Spiel, das sie aus Fernsehshows als Drei-Karten-Monte kannte, auf seinem Koffer aufgebaut.

»Wollen Sie das Pik As finden?« fragte er. »Wollen Sie das Pik As finden, Lady?«

In Gedanken sah sie eine Faust auf sich zurasen. Sah einen Ring am dritten Finger, einen Ring mit den eingravierten Worten *Hilfsbereitschaft*, *Loyalität* und *Kameradschaft*.

»Nein, danke«, sagte sie. »Damit hatte ich noch nie Probleme.«

Als sie an ihm vorbei ging, zeigte sein Gesichtsausdruck, daß er dachte, sie hätte nicht mehr alle Tassen im Schrank, aber das machte nichts. Er war nicht ihr Problem. Ebensowenig der Mann am Eingang, der vielleicht Aids hatte, vielleicht auch nicht, oder der Mann mit der Geschwulst am Hals und der Micky-Maus-Puppe, die aus seinem Seesack ragte. Ihr Problem war Rose Daniels – Korrektur, Rosie *McClendon* –, und das war ihr *einziges* Problem.

Sie ging den Mittelgang entlang, blieb aber stehen, als sie einen Abfalleimer sah. Ein knapper Befehl – HALLE SAUBERHALTEN! – stand auf seinem runden grünen Bauch geschrieben. Sie klappte die Handtasche auf, holte die BankCard heraus, betrachtete sie einen Moment und schob sie dann durch die Klappe der Tonne. Sie gab sie nur ungern her, war aber gleichzeitig erleichtert, daß sie sie losgeworden war. Wenn sie sie behielt, konnte sie der Versuchung vielleicht nicht widerstehen, sie erneut zu benützen ... und Norman war nicht dumm. Brutal, ja. Dumm, nein. Sie wäre gut beraten, wenn sie das nicht vergaß.

Sie holte tief Atem, hielt ihn eine oder zwei Sekunden an, ließ ihn entweichen und ging zu den ANKUNFT/ABFAHRT-Monitoren in der Mitte des Gebäudes. Sie drehte sich nicht um. Hätte sie es getan, hätte sie den jungen Mann mit dem Errol-Flynn-Oberlippenbärtchen gesehen, der den Abfalleimer schon danach durchsuchte, was die verschrobene Lady mit der Sonnenbrille und dem roten Halstuch weggeworfen hatte. Für den jungen Mann hatte es wie eine Kreditkarte ausgesehen. Wahrscheinlich nicht, aber das konnte man nie mit Sicherheit sagen, wenn man nicht nachsah. Und manchmal hatte man Glück. Manchmal? Verdammt, *oft*. Man nannte es nicht umsonst das Land der unbegrenzten Möglichkeiten.

9

Die nächste größere Stadt im Westen war nur zweihundertfünfzig Meilen entfernt, was ihr zu nahe vorkam. Sie entschied sich für eine noch größere, fünfhundertfünfzig Meilen weiter. Es war eine Stadt an einem See, wie diese, aber in der nächsten Zeitzone. In einer halben Stunde fuhr ein Continental Express dorthin ab. Sie ging zu den Fahrkartenschaltern und stellte sich an.

Das Herz schlug ihr heftig in der Brust, und ihr Mund war trocken. Kurz ehe die Person vor ihr mit ihrer Transaktion fertig war und den Schalter freigab, hielt sie den Handrücken vor den Mund und unterdrückte ein Rülpsen, das brennend in ihr aufstieg und nach dem Kaffee von heute morgen schmeckte.

Wage es nicht, hier eine der beiden Versionen deines Namens zu verwenden, ermahnte sie sich. *Wenn sie einen Namen wollen, mußt du ihnen einen anderen nennen.*

»Kann ich Ihnen helfen, Ma'am?« fragte der Schalterbeamte und sah sie über eine Halb-Brille an, die prekär auf seiner Nasenspitze balancierte.

»Angela Flyte«, sagte sie. Es war der Name ihrer besten Freundin in der Junior High School, die letzte Freundschaft, die sie geschlossen hatte. An der Aubreyville High School war Rosie fest mit dem Jungen gegangen, der sie eine Woche nach dem Abschluß geheiratet hatte, und sie hatten ein Land mit zwei Einwohnern gebildet … dessen Grenzen normalerweise für Touristen geschlossen waren.

»Pardon, Ma'am?«

Ihr wurde klar, daß sie einen Namen statt eines Zielorts genannt hatte, und wie seltsam

(der Mann betrachtet wahrscheinlich meine Handgelenke und den Hals, ob die Zwangsjacke irgendwelche Spuren hinterlassen hat)

sich das anhören mußte. Sie errötete verwirrt und verlegen und versuchte, ihre Gedanken zu beruhigen und in eine Art Ordnung zu bringen.

»Tut mir leid«, sagte sie, und da kam ihr eine unangenehme Erkenntnis: Was die Zukunft auch für sie bereithalten mochte, diese einfache, klägliche Redewendung würde ihr wahrscheinlich folgen wie eine Blechdose, die an den Schwanz eines streunenden Hundes gebunden worden war. Vierzehn Jahre lang war eine geschlossene Tür zwischen ihr und dem größten Teil der Welt gewesen, und im Augenblick kam sie sich wie eine ängstliche kleine Maus vor, die ihr Loch im Sockel der Küche verwechselt hat.

Der Mann sah sie immer noch an, doch jetzt waren die Augen über der lustigen Halb-Brille ungeduldig. »Kann ich Ihnen helfen oder nicht, Ma'am?«

»Ja, bitte. Ich möchte eine Fahrkarte für den Bus um 11:05 Uhr.«

Sie nannte das Ziel, obwohl sie glaubte, daß das nicht nötig gewesen wäre; es ging nur ein Bus von Continental Express um 11:05 Uhr.

»Sind noch Plätze frei?« fragte sie zaghaft.

»Oh, ich schätze etwa vierzig. Hin und zurück oder einfach?«

»Einfach«, sagte sie und spürte wieder, wie ihr Wärme in die Wangen schoß, als ihr bewußt wurde, wie folgenreich ihre Worte waren. Sie versuchte zu lächeln und sagte es noch einmal, mit etwas mehr Nachdruck: »Einfach, bitte.«

»Das macht neunundfünfzig Dollar und siebzig Cent«, sagte er, und sie spürte, wie ihre Knie vor Erleichterung weich wurden. Sie hatte mit einem viel höheren Fahrpreis gerechnet; sogar mit der Möglichkeit, daß er fast alles verlangen würde, was sie hatte.

»Danke«, sagte sie, und er mußte die aufrichtige Dankbarkeit in ihrer Stimme gehört haben, denn er sah von dem Formular auf, das er zu sich zog, und lächelte sie an. Der ungeduldige, wachsame Blick war aus seinen Augen verschwunden.

»War mir ein Vergnügen«, sagte er. »Gepäck, Ma'am?«

»Ich ... ich habe kein Gepäck«, sagte sie und hatte plötzlich Angst vor seinem Blick. Sie versuchte, sich eine Erklärung zurechtzulegen – ganz bestimmt kam es ihm verdächtig vor, eine Frau allein, die nur mit einer Handtasche als Gepäck in eine weit entfernte Stadt fuhr –, aber ihr fiel keine Erklärung ein. Doch sie sah, daß das keine Rolle spielte. Er war nicht argwöhnisch, nicht einmal neugierig. Er nickte nur und stellte ihr den Fahrschein aus. Da kam ihr unvermittelt eine alles andere als angenehme Erkenntnis: Sie war nichts Neues in Portside. Dieser Mann sah ständig Frauen wie sie, die sich hinter dunklen Brillen versteckten, Fahrkarten in andere Zeitzonen kauften; Frauen, die aussahen, als hätten sie irgendwann einmal vergessen, wer sie waren und was sie vorhatten und warum.

10

Rosie verspürte eine gewaltige Erleichterung, als der Bus den Bahnhof Portside verließ (pünktlich), links abbog, wieder über die Trunkatawny Bridge zurückfuhr und dann auf der I-78 Richtung Westen rollte. Als sie die letzte der drei Innenstadtausfahrten passierten, sah sie die Glasfassade des dreieckigen Bauwerks, in dem das neue Polizeirevier untergebracht war. Sie überlegte sich, daß ihr Mann in diesem Augenblick hinter einem der Fenster sitzen konnte, daß er vielleicht sogar den großen, glänzenden Bus sah, der die Interstate entlangkroch. Sie schloß die Augen und zählte bis hundert. Als sie sie wieder aufschlug, war das Gebäude hinter ihr zurückgeblieben. Für immer, hoffte sie.

Sie hatte einen Sitz im hinteren Viertel des Busses genommen, wo der Dieselmotor nicht weit von ihr entfernt konstant brummte. Sie machte wieder die Augen zu und lehnte das Gesicht an die Scheibe. Sie konnte nicht schlafen, sie war zu aufgekratzt, um zu schlafen, aber sie konnte sich ausruhen. Sie hatte eine Ahnung, als könnte sie soviel Ruhe brauchen, wie sie nur bekommen konnte. Immer noch setzte sie in Erstaunen, wie plötzlich alles geschehen war – ein Ereignis, das mehr einem Herzinfarkt oder einem Schlaganfall glich als einer Veränderung im Leben. Veränderung? Das war milde ausgedrückt. Sie hatte es nicht nur verändert, sie hatte es entwurzelt wie eine Frau, die ein Usambaraveilchen aus seinem Topf riß. Veränderung im Leben, wahrhaftig. Nein, sie würde niemals schlafen. Schlaf war unmöglich.

Und mit diesem Gedanken versank sie nicht im Schlaf, sondern in jenem Zwischenreich zwischen Schlafen und Wachsein. Hier glitt sie langsam hin und her wie eine Luftblase, spürte am Rande das Summen des Dieselmotors, hörte die Reifen auf dem Asphalt, ein Kind vier oder fünf Reihen weiter, das seine Mutter fragte, wann sie bei Tante Norma sein würden. Aber sie spürte auch, daß sie losgelöst von sich war und ihr Verstand sich geöffnet hatte wie eine Blume (selbstverständlich eine Rose) – wie er sich nur öffnen kann, wenn er weder in dem einen noch in dem andern Zustand ist.

Ich bin richtig Rosie …

Carole Kings Stimme, die die Worte von Maurice Sendak sang. Sie kamen hallend aus einer fernen Kammer durch den Flur geschwebt, in dem sie sich befand, von den glasklaren, geisterhaften Tönen eines Klaviers begleitet.

… und ich bin Rosie Richtig …

Ich werde doch schlafen, dachte sie. *Allen Ernstes. Das muß man sich vorstellen!*

Ihr glaubt mir besser … Ich bin ziemlich wichtig …

Sie befand sich nicht mehr in dem grauen Flur, sondern in einem dunklen, offenen Raum. Ihre Nase, ihr ganzer Kopf, war von den Gerüchen des Sommers erfüllt, so süß und kräftig, daß es fast überwältigend war. Über allem lag der Duft von Geißblatt, in ganzen Schwaden. Sie konnte Grillen hören, und als sie aufschaute, sah sie das polierte Knochengesicht des Mondes hoch über sich. Sein weißes Leuchten war allgegenwärtig und verwandelte den Nebel, der von dem verfilzten Gras um ihre bloßen Beine aufstieg, in Rauch.

Ich bin richtig Rosie … und ich bin Rosie Richtig …

Sie hob die Hände mit gespreizten Fingern, so daß sich die Daumen fast berührten; damit rahmte sie den Mond wie ein Bild ein, und als der Nachtwind ihre bloßen Arme streichelte, konnte sie spüren, wie ihr Herz vor Glück anschwoll und sich dann vor Angst zusammenzog. Sie spürte etwas dösendes Wildes an diesem Ort, als könnten Tiere mit gewaltigen Zähnen in dem duftenden Unterholz lauern.

Rose. Komm hierher, Süße. Ich will mit dir reden – aus der Nähe.

Sie drehte den Kopf und sah seine Faust aus der Dunkelheit herausgeschnellt kommen. Eiskalte Funken des Mondlichts glitzerten auf den gravierten Buchstaben des Rings von der Polizeiakademie. Sie sah seine verkrampft verzerrten Lippen, fast ein Lächeln ...

... und erwachte stöhnend und mit schweißnasser Stirn auf ihrem Sitz. Sie mußte eine ganze Weile schwer geatmet haben, denn ihre Fensterscheibe war beschlagen und feucht von ihrem Atem. Sie wischte mit dem Handrücken eine Stelle frei und sah hinaus. Die Stadt war fast vollständig hinter ihnen zurückgeblieben; sie fuhren durch eine vorstädtische Landschaft mit Tankstellen und Imbißbuden, aber dahinter konnte sie weite Felder erkennen.

Ich bin ihm entkommen, dachte sie. *Was mir auch jetzt passieren mag, ich bin ihm entkommen. Selbst wenn ich in Hauseingängen oder unter Brücken schlafen muß, ich bin ihm entkommen. Er wird mich nie wieder schlagen, denn ich bin ihm entkommen.*

Aber sie stellte fest, daß sie es nicht so recht glauben konnte. Er würde wütend auf sie sein und versuchen, sie zu finden. Da war sie ganz sicher.

Aber wie kann er das? Ich habe meine Spuren verwischt; ich mußte nicht mal den Namen meiner alten Schulfreundin niederschreiben, um meine Fahrkarte zu bekommen. Ich hab die BankCard weggeworfen, das war das Wichtigste. Also wie sollte er mich finden können?

Sie wußte es nicht genau ... aber es war sein *Beruf,* Leute zu finden, und sie mußte sehr, sehr vorsichtig sein.

Ich bin richtig Rosie ... und ich bin Rosie Richtig ...

Ja, sie vermutete, daß beides stimmte, aber sie hatte sich in ihrem ganzen Leben noch nie ziemlich wichtig gefühlt. Statt dessen fühlte sie sich wie ein winziges Stück Treibgut mitten im weiten Ozean. Das Entsetzen, das sie gegen Ende ihres kurzen Traums erfüllt hatte, war noch da, aber die Spuren von Hochgefühl und Glück auch; ein Gefühl, daß sie, wenn auch nicht mächtig, doch immerhin endlich frei war.

Sie lehnte sich in ihrem hohen Bussitz zurück und sah, wie die letzten Imbißrestaurants und Werkstätten aus ihrem Blickfeld verschwanden. Dann sah sie nur noch das Land – frisch gepflügte Felder und Baumreihen, die die sagenhafte, wolkige grüne Färbung annahmen, welche ausschließlich dem April vorbehalten ist. Sie sah die Bäume vorübergleiten, hatte die Hände fest im Schoß gefaltet und ließ sich von dem großen silbernen Bus in ihre neue Zukunft bringen.

II

Die Güte von Fremden

I

Sie erlebte eine Menge schlimme Stunden in den ersten Wochen ihres neuen Lebens, aber selbst in der ziemlich schlimmsten von allen – als sie um drei Uhr morgens aus dem Bus ausstieg und eine Schalterhalle betrat, die dreimal so groß wie Portside war –, bereute sie ihre Entscheidung nicht.

Aber sie hatte Todesangst.

Rosie stand unter dem Bogen von Tor 62, umklammerte die Handtasche fest mit beiden Händen und sah sich mit großen Augen um, während Menschenmassen sich an ihr vorbeidrängten; manche zogen Koffer hinter sich her, manche balancierten zugebundene Kartons auf den Schultern, andere hatten einen Arm um die Schultern ihrer Freundin oder die Taille ihres Freunds gelegt. Vor Rosies Augen lief ein Mann auf eine Frau zu, die gerade aus Rosies Bus ausgestiegen war, packte sie und wirbelte sie so heftig herum, daß ihre Füße völlig vom Boden abhoben. Die Frau kreischte vor Freude und Angst, und ihr Aufschrei hallte grell wie ein Elektronenblitz durch die überfüllte, chaotische Halle.

Rechts von Rosie standen eine Reihe Videospiele, und obwohl es finsterste Nacht war, saßen an allen Kinder – die meisten hatten die Baseballmützen verkehrt herum aufgesetzt und die Haare an den Seiten abrasiert. »Neuer Versuch, Weltraumkadett!« forderte die Maschine dicht bei Rosie mit knirschender Roboterstimme. »Neuer Versuch, Weltraumkadett! Neuer Versuch, Weltraumkadett!«

Sie ging langsam an den Videospielen vorbei in die Schalterhalle und wußte nur eines mit Sicherheit: Sie würde um diese Zeit nicht wagen, die Halle zu verlassen. Sie dachte sich, die Chancen standen ausgezeichnet, daß sie vergewaltigt, getötet und in die nächste Mülltonne gesteckt werden würde, wenn sie es tat. Sie sah nach links und erblickte zwei uniformierte Polizisten, die auf der Rolltreppe vom oberen Stockwerk herunterkamen. Einer wirbelte den Schlagstock in einem komplizierten Muster herum. Der andere grinste auf eine harte, humorlose Weise, bei der sie an einen Mann denken mußte, den sie achthundert Meilen hinter sich zurückgelassen hatte. Er grinste, aber seine rastlosen Augen grinsten nicht mit.

Wenn ihre Aufgabe nun darin besteht, jede Stunde oder so durch die Halle zu gehen und jeden hinauszuwerfen, der keine Fahrkarte hat? Was willst du dann machen?

Darum würde sie sich kümmern, wenn es soweit war; so würde sie es machen. Vorerst entfernte sie sich von der Rolltreppe und ging zu einem Alkoven, wo ein rundes Dutzend Reisende auf Hartplastikstühlen saßen. Kleine Münzfernseher waren an den Lehnen dieser Stühle festgeschraubt. Rosie behielt die Polizisten im Auge und stellte erleichtert fest, daß sie auf die andere Seite der Schalterhalle gingen, weg von ihr. In zweieinhalb Stunden, höchstens drei, würde es Tag werden. Danach konnten sie sie schnappen und rauswerfen. Bis dahin aber wollte sie hierbleiben, im Licht und unter Menschen.

Sie setzte sich auf einen der Fernsehstühle. Zwei Sitze weiter döste ein Mädchen in verblichener Jeansjacke, die einen Rucksack auf dem Schoß hatte. Ihre Augen kreisten unter den purpurn geschminkten Lidern, und ein langer, silberner Speichelfaden hing von ihrer Unterlippe. Vier Worte waren in verschnörkelten blauen Großbuchstaben auf ihren rechten Handrücken tätowiert: ICH LIEBE MEINEN SÜSSEN. *Wo ist dein Süßer jetzt, Herzblatt?* dachte Rosie. Sie betrachtete den grauen Fernsehschirm, dann die gekachelte Wand rechts von ihr. Dort hatte jemand mit rotem Leuchtfilzstift die Worte LUTSCH MEINEN AIDSKRANKEN SCHWANZ hingekritzelt. Sie wandte sich rasch ab, als könnten die Worte ihr die Netzhäute verbrennen, wenn sie sie zu lange ansah, und ließ den Blick durch die Schalterhalle schweifen. An der Wand gegenüber hing eine große, beleuchtete Uhr. Es war 3:16 Uhr.

Zweieinhalb Stunden, und ich kann gehen, dachte sie und wartete.

2

Sie hatte eine Limonade getrunken und einen Hamburger gegessen, als der Bus vergangenen Nachmittag gegen sechs Rast gemacht hatte, seitdem nichts mehr, und sie war hungrig. Sie saß in dem Fernsehalkoven, bis die Zeiger der großen Uhr auf vier vorgerückt waren, dann beschloß sie, einen Happen zu sich zu nehmen.

Sie ging zu der kleinen Cafeteria neben dem Fahrkartenschalter, wobei sie unterwegs über mehrere schlafende Gestalten steigen mußte. Viele hatten die Arme beschützend um ausgebeulte, mit Tesa geklebte Müllsäcke aus Plastik gelegt, und als Rosie Kaffee und Saft und eine Schüssel Special K bekommen hatte, war ihr klar geworden, daß sie sich keine Sorgen hätte machen brauchen, die Polizisten könnten sie hinauswerfen. Die Schlafenden hier waren keine Durchreisenden; sie waren Obdachlose, die im Busbahnhof Unterschlupf gefunden hatten. Sie taten Rosie leid, aber auf perverse Weise fand sie sie auch tröstlich – es war gut zu wissen, daß es morgen nacht auch für *sie* einen Platz geben würde, wenn sie wirklich einen brauchte.

Und wenn er hierherkommt, in diese Stadt, was meinst du, wo er zuerst nachsehen wird? Was meinst du, wird seine allererste Anlaufstelle sein?

Das war albern – er würde sie nicht finden, er konnte sie *unmöglich* finden –, aber trotzdem strichen eiskalte Finger an ihrer Wirbelsäule entlang.

Nach dem Essen fühlte sie sich besser, kräftiger und wacher. Als sie fertig war (sie blieb über der Tasse Kaffee sitzen, bis sie merkte, daß der Hilfskellner, ein Chicano, sie mit unverhohlener Ungeduld ansah), ging sie langsam in den Fernsehalkoven zurück. Unterwegs fiel ihr Blick auf einen blau-weißen Kreis über einer Bude in der Nähe der Autovermietungen mit ihren Kiosks. Um den äußeren blauen Streifen des Kreises herum standen die Worte TRAVELLER'S AID – HILFE FÜR REISENDE, und Rosie dachte, nicht ohne einen Anflug von Humor, wenn jemals eine Reisende Hilfe gebraucht hatte, dann sie.

Sie machte einen Schritt auf den beleuchteten Kreis zu. Im Inneren der Kabine saß ein Mann, wie sie sah – ein Typ mittleren Alters mit schütterem Haar und einer Hornbrille. Er las Zeitung.

Sie machte noch einen Schritt in seine Richtung, doch dann blieb sie stehen. Sie wollte doch nicht wirklich dorthin gehen, oder? Was, um alles in der Welt, wollte sie ihm sagen? Daß sie ihren Mann verlassen hatte? Daß sie nur mit ihrer Handtasche, seiner BankCard und den Kleidungsstücken, die sie am Leibe trug, weggegangen war?

Warum nicht? fragte Ms. Praktisch-Vernünftig, und das völlige Fehlen von Mitgefühl in ihrer Stimme traf Rosie wie ein Schlag ins Gesicht. *Wenn du schon den Mut aufgebracht hast, ihn zu verlassen, warum bringst du jetzt nicht auch den Mut auf, es durchzustehen?*

Sie wußte nicht, ob das so war oder nicht, aber sie wußte, einem Fremden um vier Uhr morgens den wichtigsten Sachverhalt ihres Lebens zu erklären, würde schwierig werden. *Wahrscheinlich würde er mir sowieso nur sagen, daß ich mich verziehen soll. Wahrscheinlich besteht seine Aufgabe darin, Leuten zu helfen, ihre verlorenen Fahrkarten zu ersetzen oder über Lautsprecher die Namen von Kindern durchzusagen, denen die Eltern abhanden gekommen waren.*

Aber ihre Füße trugen sie trotzdem in Richtung der Bude von Traveller's Aid, und ihr wurde klar, daß sie *doch* die Absicht hatte, sich an den Fremden mit dem schütteren Haar und der Hornbrille zu wenden, und zwar aus dem einfachsten Grund der Welt: Sie hatte keine andere Wahl. In nächster Zeit würde sie wahrscheinlich einer Menge Leute erzählen müssen, daß sie ihren Mann verlassen, daß sie vierzehn Jahre hinter verschlossenen Türen in einem Zustand der Benommenheit existiert, daß sie verdammt wenig Lebenserfahrung und keine Ausbildung hatte, daß sie Hilfe brauchte und daß sie auf die Güte von Fremden angewiesen war.

Aber das alles ist eigentlich nicht meine Schuld, oder? dachte sie, und ihre Ruhe erstaunte sie, verblüffte sie fast.

Sie kam zu der Bude und legte die Hand, mit der sie gerade

nicht den Griff der Handtasche umklammert hielt, auf den Tresen. Sie sah hoffnungsvoll und ängstlich auf den geneigten Kopf des Mannes mit der Hornbrille hinab und betrachtete seine sommersprossige Kopfhaut unter den ordentlich in dünnen Strähnen darübergelegten Haaren. Sie wartete darauf, daß er aufschauen würde, aber er war völlig in seine in einer fremden Sprache geschriebene Zeitung versunken, die wie Griechisch oder Russisch aussah. Er blätterte vorsichtig eine Seite um und betrachtete stirnrunzelnd das Bild von zwei Fußballspielern, die um einen Ball kämpften.

»Pardon?« sagte sie mit leiser Stimme, worauf der Mann in der Bude den Kopf hob.

Bitte, laß seine Augen freundlich sein, dachte sie plötzlich. *Auch wenn er nichts tun kann, bitte, laß seine Augen freundlich sein … und mach, daß er* mich *sieht, die echte Frau, die hier steht und nichts hat, außer dem Träger ihrer billigen Supermarkt-Handtasche, woran sie sich festhalten kann.*

Und sie sah, seine Augen *waren* freundlich. Schwach und verschwommen hinter den dicken Brillengläsern … aber freundlich.

»Entschuldigen Sie bitte, aber können Sie mir helfen?« fragte sie.

3

Der freiwillige Helfer von Traveller's Aid stellte sich als Peter Slowik vor und hörte sich Rosies Geschichte schweigend und aufmerksam an. Sie erzählte ihm soviel sie konnte, da sie bereits zu dem Schluß gekommen war, daß sie nicht mit der Freundlichkeit von Fremden rechnen konnte, wenn sie, sei es aus Stolz oder Scham, die Wahrheit über sich zurückhielt. Das einzig Wichtige, das sie ihm verschwieg – weil sie nicht wußte, wie sie es ihm begreiflich machen sollte –, war die Tatsache, wie *unbewaffnet* sie sich fühlte, wie vollkommen unvorbereitet auf die Welt. Erst in den letzten achtzehn Stunden hatte sie erfahren, wieviel von der Welt sie nur aus dem Fernsehen oder der Tageszeitung kannte, die ihr Mann nach Hause brachte.

»Soweit ich verstehe, sind Sie Hals über Kopf gegangen«, sagte Mr. Slowik, »aber haben Sie sich während der Busfahrt keine Gedanken gemacht, was Sie tun oder wohin Sie gehen könnten, wenn Sie hier ankommen? Überhaupt keine Gedanken?«

»Ich dachte mir, ich würde für den Anfang vielleicht ein Frauenhotel finden«, sagte sie. »Gibt es die noch?«

»Ja, ich weiß mindestens von dreien, aber selbst das billigste hat Preise, die Sie wahrscheinlich binnen einer Woche ruinieren würden. Es sind Hotels für reiche Ladys, die eine Woche zum Einkaufen in die Stadt kommen oder um Verwandte zu besuchen, die kein Gästezimmer haben, um sie unterzubringen.«

»Oh«, sagte sie. »Und wie ist es mit dem CVJM?«

Mr. Slowik schüttelte den Kopf. »Die haben ihre letzte Jugendherberge 1990 geschlossen. Sie wurden von Verrückten und Drogensüchtigen überrannt.«

Sie verspürte einen Anflug von Panik, doch dann dachte sie an die Obdachlosen, die mit den Händen um den geklebten Müllsack mit ihren Habseligkeiten auf dem Boden schliefen. *Das bleibt mir immer noch*, dachte sie.

»Haben *Sie* einen Vorschlag?« fragte sie.

Er betrachtete sie einen Moment, klopfte mit dem Kugelschreiber an seine Unterlippe, ein kleiner Mann mit durchschnittlichem Gesicht und ein wenig wäßrigen Augen, der sie trotzdem wahrgenommen und mit ihr gesprochen hatte – und der nicht gesagt hatte, sie solle sich verziehen. *Und selbstverständlich hat er mir nicht gesagt, ich solle mich nach vorne beugen, damit er mit mir reden kann – aus der Nähe*, dachte sie.

Slowik schien zu einer Entscheidung gekommen zu sein. Er machte seine Jacke auf (ein Polyesterjackett von der Stange, das auch schon bessere Zeiten gesehen hatte) und holte eine Visitenkarte heraus. Auf der Seite, wo sein Name und das Symbol von Traveller's Aid abgebildet waren, schrieb er sorgfältig eine Adresse. Dann drehte er die Karte um und unterschrieb auf der leeren Seite mit Buchstaben, die ihr grotesk groß vorkamen. Angesichts seiner zu groß geratenen Signatur mußte sie an etwas denken, das ihr Geschichtslehrer an der High School der Klasse einmal erzählt hatte – warum John Hancock seinen Namen mit besonders großen Buchstaben auf die Unabhängigkeitserklärung geschrieben hatte. »Damit King George ihn ohne seine Brille lesen kann«, sollte Hancock gesagt haben.

»Können Sie die Adresse lesen?« fragte er und gab ihr die Karte.

»Ja«, sagte sie. »251 Durham Avenue.«

»Gut. Stecken Sie die Karte ein und verlieren Sie sie nicht. Wahrscheinlich wird sie jemand sehen wollen, wenn Sie dort sind. Ich schicke Sie zu einer Institution namens Daughters and Sisters. Das ist ein Haus für mißhandelte Frauen. Ziemlich einmalig. Nach allem, was Sie mir erzählt haben, denke ich, Sie sind qualifiziert.«

»Wie lange werden sie mich bleiben lassen?«

Er zuckte die Achseln. »Ich glaube, das ist von Fall zu Fall verschieden.«

Das bin ich also jetzt, dachte sie. *Ein Fall.*

Er schien ihre Gedanken zu lesen, denn er lächelte. Das Lächeln entblößte unschöne Zähne, schien aber aufrichtig zu sein. Er tätschelte ihre Hand. Es war eine hastige Bewegung, linkisch und etwas schüchtern. »Wenn Ihr Mann Sie so schlimm geschlagen hat, wie Sie sagen, Ms. McClendon, dann haben Sie Ihre Situation auf jeden Fall verbessert, wo Sie auch enden.«

»Ja«, sagte sie. »Das glaube ich auch. Und wenn nichts mehr hilft, bleibt mir immer noch der Fußboden hier, richtig?«

Er sah sie betroffen an. »Oh, ich glaube nicht, daß es soweit kommen wird.«

»Vielleicht doch. Könnte sein.« Sie nickte zwei Obdachlosen zu, die am Ende der Bank auf ihren ausgebreiteten Mänteln schliefen. Einer hatte eine schmutzige, orangefarbene Mütze über das Gesicht gezogen, um das unbarmherzige Licht abzuhalten.

Slowik betrachtete sie einen Moment, dann sah er Rosie wieder an. »Soweit wird es nicht kommen«, wiederholte er, diesmal selbstsicherer. »Die städtischen Busse halten direkt vor dem Haupteingang; gehen Sie nach links, dann sehen Sie es schon. Verschiedene Abschnitte des Bordsteins sind in den entsprechenden Farben der Buslinien gestrichen. Sie müssen mit der Linie Orange fahren, also stehen Sie am orangefarbenen Abschnitt. Verstanden?«

»Ja.«

»Kostet einen Dollar, der Fahrer will es passend haben. Er wird sauer sein, wenn Sie kein Kleingeld haben.«

»Ich hab jede Menge Kleingeld.«

»Gut. Steigen Sie an der Ecke Dearborn und Elk aus, dann gehen Sie zwei Blocks die Elk entlang ... vielleicht auch drei, ich weiß nicht mehr genau. Wie auch immer, so kommen Sie zur Durham Avenue. Da müssen Sie sich links halten. Sie müssen etwa vier Blocks gehen, aber es sind kurze Blocks. Ein großes, weißes Holzhaus. Ich würde sagen, es sieht aus, als könnte es einen neuen Anstrich vertragen, aber vielleicht sind sie inzwischen dazu gekommen. Können Sie sich das alles merken?«

»Ja.«

»Noch was. Bleiben Sie im Busbahnhof, bis es Tag wird. Gehen Sie vorher nirgendwo hin – nicht mal zur städtischen Haltestelle.«

»Das hatte ich auch nicht vor«, sagte sie.

4

Sie hatte nur zwei bis drei Stunden Schlaf im Continental Express bekommen, der sie hierhergebracht hatte, und daher war eigentlich nicht überraschend, was passierte, als sie aus dem Bus der Linie Orange ausstieg: Sie verlief sich. Rosie kam später zum Ergebnis, daß sie auf der Elk Street in die falsche Richtung gegangen sein mußte, aber die Wirkung – ein fast dreistündiger Fußmarsch in einer fremden Stadt – war viel wichtiger als die Ursache. Sie ging Block für Block und suchte nach der Durham Avenue, ohne sie zu finden. Ihre Füße taten weh. Ihr Rücken pochte. Sie bekam Kopfschmerzen. Und in dieser Gegend gab es ganz bestimmt keine Peter Slowiks; die Gesichter, die sie nicht völlig unbeachtet ließen, betrachteten sie mit Mißtrauen, Argwohn oder regelrechter Geringschätzung.

Nicht lange, nachdem sie aus dem Bus ausgestiegen war, kam sie an einer schmutzigen, fragwürdig aussehenden Bar namens The Wee Nip vorbei. Die Rollos waren heruntergelassen, die Leuchtreklame für Bier dunkel, ein Gitter war vor die Tür gezogen worden. Als sie rund zwanzig Minuten später wieder zu derselben Bar kam (ohne zu merken, daß sie diesen Weg schon einmal gegangen war, bis sie die Bar sah; alle Häuser sahen gleich aus), waren die Rollos immer noch unten, aber die Bierreklame beleuchtet und das Gitter zurückgerollt. Ein Mann in grüner Drillicharbeitskleidung lehnte mit einem halbvollen Bierkrug an der Tür. Sie sah auf die Uhr und stellte fest, daß es noch nicht einmal halb sieben war.

Rosie senkte den Kopf, bis sie den Mann nur noch aus dem Augenwinkel sehen konnte, hielt den Träger ihrer Handtasche fester und ging etwas schneller. Sie vermutete, daß der Mann an der Tür wußte, wo die Durham Avenue lag, aber sie hatte nicht die Absicht, ihn nach dem Weg zu fragen. Er sah aus wie ein Mann, der sich gern mit seinen Mitmenschen – besonders Frauen – unterhielt, und zwar aus der Nähe.

»Hey Baby, hey Baby«, sagte er, als sie am Wee Nip vorbeiging. Seine Stimme klang vollkommen tonlos, fast wie die eines Roboters. Und obwohl sie ihn nicht ansehen wollte, konnte sie nicht anders, als einen kurzen, ängstlichen Blick über die Schulter auf ihn zu werfen. Er hatte einen hohen Haaransatz, blasse Haut, auf der eine Anzahl Male wie teilweise verheilte Brandnarben abstanden, und einen dunkelroten Walroßschnurrbart, bei dem sie an David Crosby denken mußte. Reste von Bierschaum hingen daran. »He Baby willstes besorgt haben siehst gar nicht schlecht aus sogar ziemlich gut tolle Titten was meinste willstes besorgt haben 'n tollen Ritt willstes besorgt haben willstes von hinten was meinste?«

Sie wandte sich von ihm ab und zwang sich, mit konstanten Schritten und gesenktem Kopf zu gehen, wie eine Moslemfrau auf dem Weg zum Markt; zwang sich, ihn in keiner Weise mehr zur Kenntnis zu nehmen. Wenn sie das tat, kam er ihr vielleicht nach.

»He Baby laß uns mit allen vieren auf'n Boden was meinste? Laß uns runter laß es uns von hinten machen laß es uns treiben treiben *treiben*.«

Sie ging um die Ecke und ließ einen langen Atemstoß entweichen, der wie etwas Lebendiges im hektischen, ängstlichen Rhythmus ihres Herzschlags pulsierte. Bis zu diesem Augenblick hatte sie ihre Heimatstadt und ihre altbekannte Umgebung nicht im geringsten vermißt, aber jetzt verschmolzen ihre Angst vor dem Mann vor der Bar und ihre Desorientierung – *warum* mußten alle Häuser gleich aussehen, *warum?* – zu einem Gefühl, das fast Heimweh gleichkam. Sie hatte sich noch nie so schrecklich allein gefühlt, war noch nie so überzeugt gewesen, daß alles ein schlimmes Ende nehmen würde. Der Gedanke kam ihr, daß sie diesem Alptraum vielleicht nie entkommen, daß er ein Vorgeschmack darauf sein konnte, wie ihr restliches Leben aussehen könnte. Sie spielte sogar mit dem Gedanken, daß es gar keine Durham Avenue *gab*, daß Mr. Slowik von Traveller's Aid, der so einen netten Eindruck machte, in Wahrheit ein sadistischer Irrer war, dem es Spaß machte, Leute, die in der Klemme steckten, noch tiefer reinzureiten.

Als ihre Uhr Viertel nach acht zeigte – die Sonne war längst aufgegangen und versprach einen für die Jahreszeit ungewöhnlich heißen Tag –, näherte sie sich einer dicken Frau im Hauskleid, die am Ende ihrer Einfahrt stand und mit langsamen, stilisierten Bewegungen leere Mülleimer auf einen Leiterwagen lud.

Rosie nahm die Sonnenbrille ab. »Pardon?«

Die Frau wirbelte sofort herum. Sie hatte den Kopf gesenkt und den trotzigen Ausdruck einer Frau, die gelegentlich von der anderen Straßenseite oder aus vorbeifahrenden Autos Fettsack genannt wurde. »Was wollnse?«

»Ich suche 251 Durham Avenue«, sagte Rosie. »Ein Haus, das Daughters and Sisters heißt. Ich hatte eine Wegbeschreibung, aber ich glaube …«

»Was, die Wohlfahrtslesben? Da hast du das falsche Mädchen gefragt, Baby. Ich kann nichts mit Drogentussis anfangen. Hau ab. Verpiß dich.«

Damit drehte sie sich wieder zu ihrem Leiterwagen um und zog die scheppernden Mülleimer auf dieselbe langsame, zeremonielle Weise die Einfahrt hinauf, wobei sie sie mit einer Hand abstützte. Ihre Pobacken schwabbelten ungehindert unter dem weiten Hauskleid. »Haste nicht gehört? *Verpiß* dich gefälligst. Sonst ruf ich die Polizei.«

Das letzte Wort war wie ein fester Schlag auf eine empfindliche Stelle. Rosie setzte die Sonnenbrille wieder auf und entfernte sich hastig. Polizei? Nein, danke. Sie wollte nichts mit der Polizei zu tun haben. Mit *keinem* Polizisten. Aber als sie etwas Distanz zwischen sich und die dicke Lady gebracht hatte, stellte Rosie fest, daß es ihr tatsächlich etwas besser ging. Sie hatte immerhin herausfinden können, daß Daughters and Sisters (in manchen Vierteln als Wohlfahrtslesben bekannt) tatsächlich existierte, und das war ein Schritt in die richtige Richtung.

Zwei Blocks weiter kam sie zu einem Tante-Emma-Laden mit einem Fahrradständer davor und einem Schild im Schaufenster: OFENFRISCHE BRÖTCHEN. Sie ging hinein, kaufte ein Brötchen – es war noch warm, und Rosie mußte an ihre Mutter denken – und fragte den Mann hinter dem Tresen, ob er ihr den Weg zur Durham Avenue beschreiben könne.

»Da haben Sie ja noch ein schönes Stück vor sich«, sagte er.

»Ach ja? Wieviel?«

»Zwei Meilen oder so. Kommen Sie mit.«

Er legte ihr eine knochige Hand auf die Schulter, führte sie zur Tür zurück und zeigte auf eine belebte Kreuzung, nur einen Block entfernt. »Das da ist die Dearborn Avenue.«

»O Gott, wirklich?« Rosie war nicht sicher, ob sie lachen oder weinen sollte.

»So isses. Das Problem, an der Dearborn was zu finden, liegt nur darin, daß sie fast durch die ganze Stadt geht. Sehen Sie das geschlossene Kino da?«

»Ja.«

»Da müssen Sie nach rechts auf die Dearborn abbiegen. Sie müssen sechzehn bis achtzehn Blocks gehen. Ist 'n gutes Stück. Besser, Sie nehmen den Bus.«

»Wahrscheinlich«, sagte Rosie, wohl wissend, daß sie das nicht tun würde. Ihr Kleingeld war alle, und wenn ihr ein Busfahrer die Hölle heiß machte, weil sie das Fahrgeld nicht passend hatte, würde sie wahrscheinlich in Tränen ausbrechen. (Der Gedanke, daß der Mann, mit dem sie sich unterhielt, ihr jederzeit gern vier Vierteldollarmünzen für einen Dollarschein gegeben hätte, kam ihr in ihrer Verwirrung und Müdigkeit nicht in den Sinn.)

»Dann kommen Sie zur –«

»– Elk Street.«

Er sah sie erstaunt an. »Lady! Wenn Sie den Weg kennen, warum haben Sie dann überhaupt gefragt?«

»Ich kenne ihn *nicht*«, sagte sie, und obwohl die Stimme des alten Mannes nicht unfreundlich gewesen war, konnte sie Tränen in sich aufsteigen spüren. »Ich weiß *nichts!* Ich lauf schon seit Stunden rum, ich bin *müde* und –«

»Schon gut, schon gut«, sagte er, »macht nichts, regen Sie sich nicht auf, Sie kommen schon hin. Steigen Sie an der Elk aus dem Bus aus. Durham ist nur zwei oder drei Blocks weiter. Kinderleicht. Haben Sie die Adresse?«

Sie nickte.

»Gut, dann los«, sagte er. »Dürfte kein Problem sein.«

»Danke.«

Er holte ein zerknittertes, aber sauberes Taschentuch aus der Gesäßtasche. Das hielt er ihr mit einer knotigen Hand hin. »Wischen Sie sich mal das Gesicht ab, Teuerste«, sagte er. »Sie tropfen.«

5

Sie ging langsam die Dearborn Avenue entlang, schenkte den Bussen, die an ihr vorbeischnarchten, kaum Beachtung, und ruhte sich an jeder zweiten oder dritten Haltestelle auf einer Bank aus. Ihre Kopfschmerzen, die weitgehend darauf zurückzuführen waren, daß sie sich verlaufen hatte, hatten nachgelassen, aber ihre Füße und ihr Rücken schmerzten mehr denn je. Sie brauchte eine Stunde, bis sie zur Elk Street kam. Sie wandte sich nach rechts und fragte die erste Person, der sie begegnete – eine schwangere junge Frau –, ob dies der Weg zur Durham Avenue sei.

»Hau ab«, sagte die schwangere junge Frau, deren Gesicht so haßerfüllt wurde, daß Rosie unwillkürlich zwei Schritte zurückwich.

»Pardon«, sagte Rosie.

»Wer hat dir überhaupt gesagt, daß du mich ansprechen sollst, das wüßte *ich* gern! Geh mir aus dem Weg!« Damit rempelte sie Rosie so grob an, daß sie um ein Haar in den Rinnstein gestürzt wäre. Rosie sah ihr fassungslos nach, dann drehte sie sich um und ging weiter.

6

Sie ging langsamer denn je die Elk Street entlang, eine Straße mit kleinen Geschäften – chemische Reinigungen, Blumenläden, Lebensmittelläden mit Obstauslagen auf dem Bürgersteig, Schreibwarenläden. Sie war jetzt so müde, sie wußte nicht, wie lange sie sich noch auf den Beinen halten, geschweige denn gehen konnte. Hatte Mr. Slowik ihr gesagt, daß sie auf der Durham rechts oder links abbiegen sollte? Sie konnte sich nicht erinnern. Sie wandte sich nach rechts und stellte fest, daß die Hausnummern von vierhundertfünfzig an aufwärts gingen.

»Andersrum«, murmelte sie und machte wieder kehrt. Zehn Minuten später stand sie vor einem sehr großen Holzhaus (das wahrhaftig einen frischen Anstrich vertragen konnte), drei Stockwerke hoch, mit einem großen, gepflegten Rasen. Die Jalousien waren heruntergelassen. Auf der Veranda standen Korbstühle, ein rundes Dutzend, aber im Moment war keiner besetzt. Kein Schild, auf dem Daughters and Sisters stand, aber die Hausnummer auf der Säule links neben den Stufen zur Veranda war 251. Sie ging langsam den Plattenweg entlang, dann die Stufen hinauf, und nun hielt sie die Handtasche an der Seite.

Sie werden dich wegschicken, flüsterte eine Stimme. Sie kam aus ihrem tiefsten Inneren, aus einer düsteren Höhle der Seele, wo Fledermäuse an den Klauen von der Decke hingen und erdfarbene Eidechsen blind an den Wänden krabbelten. *Sie werden dich wegschicken, dann kannst du zum Busbahnhof zurück. Du solltest beizeiten hinkommen, damit du dir ein hübsches Plätzchen auf dem Boden sichern kannst.*

Die Klingel war mit Isolierband überklebt, das Schlüsselloch mit Metall abgedeckt. Links von der Tür befand sich ein Kartenschlitz, der brandneu aussah, darüber das Kästchen einer Sprechanlage. Unter dem Kästchen klebte ein kleines Schild mit der Aufschrift: BESUCHER KNOPF DRÜCKEN UND SPRECHEN.

Rosie drückte den Knopf. Im Verlauf ihrer morgendlichen Wanderung hatte sie sich einiges überlegt, was sie sagen konnte, um sich vorzustellen, aber jetzt, wo sie tatsächlich hier war, fiel ihr nicht einmal mehr die einfachste und kümmerlichste Floskel ein. Ihr Verstand war vollkommen leer. Sie ließ einfach den Knopf los und wartete. Die Sekunden verstrichen, jede einzelne wie ein kleiner Bleibarren. Sie wollte nochmals den Knopf drücken, als eine Frauenstimme aus dem Lautsprecher ertönte. Sie hörte sich blechern und emotionslos an.

»Kann ich Ihnen helfen?«

Der Mann mit dem Schnurrbart vor dem Wee Nip hatte ihr angst gemacht, und die schwangere junge Frau hatte sie verblüfft, aber beide hatten sie nicht zum Weinen gebracht. Doch als sie diese Stimme hörte, kamen die Tränen – sie konnte sie nicht zurückhalten.

»Ich hoffe, daß Sie das können«, sagte Rosie und wischte sich mit der freien Hand die Wangen ab. »Es tut mir leid, aber ich bin allein und fremd in der Stadt, ich kenne niemanden und brauche eine Bleibe. Wenn Sie belegt sind, würde ich das verstehen, aber könnte ich wenigstens einen Moment reinkommen und ein Glas Wasser trinken?«

Einen Augenblick herrschte Schweigen. Rosie streckte wieder die Hand nach dem Knopf aus, als die blecherne Stimme fragte, wer sie geschickt habe.

»Der Mann in der Bude von Traveller's Aid am Busbahnhof. David Slowik.« Sie dachte nach, dann schüttelte sie den Kopf. »Nein, das stimmt nicht. *Peter*. Sein Name war Peter, nicht David.«

»Hat er Ihnen eine Karte gegeben?« fragte die blecherne Stimme.

»Ja.«

»Bitte suchen Sie sie.«

Sie klappte die Handtasche auf und kramte scheinbar stundenlang darin herum. Gerade als frische Tränen in ihren Augen brannten und ihren Blick verschwimmen ließen, fand sie die Karte. Sie war unter einem Kleenex versteckt gewesen.

»Ich hab sie«, sagte sie. »Soll ich sie durch den Briefschlitz schieben?«

»Nein«, sagte die Stimme. »Direkt über Ihrem Kopf ist eine Kamera.«

Sie sah erstaunt auf. Tatsächlich sah sie eine über der Tür montierte Kamera, die mit ihrem runden schwarzen Auge auf sie heruntersah.

»Bitte halten Sie sie vor die Kamera. Nicht die Vorder-, sondern die Rückseite.«

Als sie das tat, fiel ihr ein, wie Slowik die Visitenkarte unterschrieben hatte, die Unterschrift so groß er sie nur machen konnte. Jetzt kannte Rosie den Grund dafür.

»Okay«, sagte die Stimme. »Ich laß Sie rein.«

»Danke«, sagte Rosie.

Sie wischte sich mit dem Kleenex die Wangen ab, aber es half nichts; sie weinte heftiger denn je und schien einfach nicht aufhören zu können.

7

An diesem Abend, als Norman Daniels in seinem Wohnzimmer auf dem Sofa lag, zur Decke hinaufstarrte und bereits überlegte, wie er es anfangen könnte, das Miststück zu finden (*ein Anhaltspunkt*, dachte er, *ich brauche einen Anhaltspunkt, auf dem ich aufbauen kann, ein klitzekleiner würde genügen*), wurde seine Frau in das Büro von Anna Stevenson geführt. Inzwischen verspürte Rosie eine seltsame, aber höchst willkommene Ruhe – die Art von Ruhe, die man in einem altbekannten Traum verspürt. Sie war halb davon überzeugt, *daß* sie träumte.

Sie hatte ein spätes Frühstück – oder ein frühes Mittagessen – bekommen, anschließend war sie in eines der Zimmer im Erdgeschoß geführt worden, wo sie sechs Stunden wie eine Tote geschlafen hatte.

Bevor man sie in Annas Büro brachte, hatte sie noch mal etwas zu essen bekommen – Brathuhn, Kartoffelpüree, Erbsen. Sie hatte schuldbewußt, aber herzhaft zugelangt, aber das Gefühl nicht abschütteln können, daß sie Traumessen ohne den geringsten Nährwert zu sich nahm. Als Dessert gab es eine Schale Götterspeise, in der Stücke von Dosenfrüchten schwebten wie Insekten in Bernstein. Sie merkte, daß die anderen Frauen am Tisch sie ansahen, aber ihre Neugier schien freundlicher Natur zu sein. Sie unterhielten sich miteinander, aber Rosie konnte ihrer Unterhaltung nicht folgen. Jemand erwähnte die Indigo Girls, und immerhin wußte sie, wer die waren – sie hatte sie einmal in *Austin City Limits* gesehen, während sie darauf wartete, daß Norman von der Arbeit nach Hause kam.

Als sie bei der Götterspeise angelangt waren, legte eine der Frauen eine Platte von Little Richard auf, zu der zwei andere Frauen mit kreisenden Hüftschwüngen Jitterbug tanzten. Gelächter und Beifall ertönten. Rosie betrachtete die Tänzerinnen mit einem lethargischen Desinteresse und fragte sich, ob das Wohlfahrtslesben waren. Später, als der Tisch abgeräumt wurde, wollte Rosie helfen, aber sie ließen sie nicht.

»Komm mit«, sagte eine der Frauen; Rosie glaubte, daß ihr Name Consuela war. Eine breite Narbe, die unter dem Auge begann, entstellte ihre linke Gesichtshälfte. »Anna möchte dich kennenlernen.«

»Wer ist Anna?«

»Anna Stevenson«, sagte Consuela, während sie Rosie einen kurzen Flur von der Küche aus hinunterführte. »Sie ist die Chefin.«

»Wie ist sie?«

»Wirst schon sehen«, sagte Consuela. Sie öffnete die Tür zu einem Raum, der möglicherweise einmal eine Vorratskammer gewesen war, trat aber nicht ein.

Der Raum wurde vom unordentlichsten Schreibtisch beherrscht, den Rosie je in ihrem Leben gesehen hatte. Die Frau, die dahinter saß, war etwas untersetzt, aber unbestreitbar hübsch. Mit ihrem kurzen, aber ordentlich frisierten Haar erinnerte sie Rosie an Beatrice Arthur, die Maude in der alten Comedy-Serie im Fernsehen gespielt hatte. Die strenge Kombination aus weißer Bluse und schwarzem Hosenanzug betonte die Ähnlichkeit noch mehr, und Rosie näherte sich dem Schreibtisch nur zögernd. Sie war mehr als halb überzeugt, daß sie nun, nachdem sie gegessen und ein paar Stunden geschlafen hatte, wieder auf die Straße geschickt werden würde.

Sie schwor sich, nicht aufzubrausen oder zu betteln, sollte das geschehen; immerhin war es ihr Haus, und sie stand schon mit zwei Mahlzeiten in ihrer Schuld. Und sie mußte sich keinen Platz auf dem Boden des Busbahnhofs erkämpfen, jedenfalls noch nicht – sie hatte immer noch genug Geld für ein paar Nächte in einem billigen Hotel oder Motel. Es könnte schlimmer sein. *Viel* schlimmer.

Sie wußte, daß das alles richtig war, aber das spröde Verhalten und die offenen blauen Augen der Frau – Augen, die im Lauf der Jahre Hunderte Rosies kommen und gehen gesehen haben mußten – schüchterten sie trotzdem ein.

»Setzen Sie sich«, bat Anna, und als Rosie auf dem einzigen Stuhl des Zimmers saß (sie mußte einen Stapel Papiere herunternehmen und daneben auf den Boden legen – das nächste

Regal war voll), stellte Anna sich vor und fragte Rosie nach ihrem Namen.

»Ich würde sagen, eigentlich Rose Daniels«, sagte sie, »aber ich habe mich für McClendon entschieden – meinen Mädchennamen. Ich glaube, das ist nicht rechtmäßig, aber ich will den Namen meines Mannes nicht mehr tragen. Er hat mich geschlagen, darum habe ich ihn verlassen.« Sie überlegte sich, daß sich das anhören mußte, als hätte sie ihn gleich verlassen, als er es das erstemal getan hatte, und sie griff sich mit der Hand an die Nase, die sich am Ansatz des Nasenrückens immer noch etwas wund anfühlte. »Aber wir waren lange verheiratet, bis ich den Mut aufbrachte.«

»Von was für einer Zeitspanne reden wir?«

»Vierzehn Jahre.« Rosie stellte fest, daß sie Anna Stevenson nicht mehr in die offenen blauen Augen sehen konnte. Sie betrachtete ihre Hände, die sie so fest im Schoß ineinander verkrallt hatte, daß die Knöchel weiß hervortraten.

Jetzt wird sie mich fragen, warum es so lange gedauert hat, bis ich aufgewacht bin, dachte sie. *Sie wird mich nicht fragen, ob es vielleicht einem perversen Teil von mir gefallen hat, geschlagen zu werden, aber sie wird es denken.*

Aber statt überhaupt nach einem Warum zu fragen, wollte die Frau wissen, wie lange Rosie schon fort war.

Das war eine Frage, die sie, wie sie feststellen mußte, nur schwer beantworten konnte, aber nicht nur, weil sie sich jetzt in der Central Standard Time Zeitzone befand. Die Stunden im Bus hatten ihr Zeitgefühl, in Verbindung mit dem ungewöhnlichen Schlaf am hellichten Tag, gründlich durcheinandergebracht. »Rund sechsunddreißig Stunden«, sagte sie nach einigem Kopfrechnen. »So ungefähr.«

»Hm-hmm.« Rosie rechnete immer damit, daß Anna ihr Formulare reichen oder sie selbst ausfüllen würde, aber die Frau sah sie nur über die chaotische Topographie ihres Schreibtisches hinweg unverwandt an. Es war beunruhigend. »Und jetzt erzählen Sie mir davon. Erzählen Sie mir alles.«

Rosie holte tief Luft und erzählte Anna von dem Tropfen Blut auf dem Laken. Sie wollte Anna nicht den Eindruck vermitteln, sie wäre so faul – oder verrückt –, ihren Mann nach vierzehn Jahren zu verlassen, weil sie das Bett nicht frisch beziehen wollte, hatte aber schreckliche Angst, daß es sich genau so anhören müßte. Sie sah sich außerstande, die komplexen Gefühle zu erklären, die der Fleck in ihr ausgelöst hatte, und sie konnte die Wut nicht erklären, die sie überkommen hatte – eine Wut, die ihr neu und wie ein alter Freund zugleich vorgekommen war –, aber sie erzählte Anna, sie hätte so stark geschaukelt, daß sie beinahe Pus Stuhl zerbrochen hätte.

»So nenne ich meinen Schaukelstuhl«, sagte sie und errötete so heftig, daß ihre Wangen sich anfühlten, als würden sie gleich zu rauchen anfangen. »Ich weiß, das ist albern –«

Das tat Anna Stevenson mit einer Handbewegung ab. »Was haben Sie getan, nachdem Sie beschlossen hatten, zu gehen? Erzählen Sie mir das.«

Rosie erzählte ihr von der BankCard, und daß sie sicher gewesen war, Norman würde ahnen, was sie vorhatte, und nach Hause kommen. Sie brachte es nicht fertig, dieser strengen Schönheit zu sagen, daß sie solche Angst gehabt hatte, daß sie in einen fremden Garten gegangen war, um zu pinkeln, aber sie berichtete, wie sie die BankCard benutzt, wieviel sie abgehoben hatte und wie sie in diese Stadt gekommen war, weil sie weit genug entfernt zu sein schien und es nicht mehr lange dauerte, bis der Bus fuhr. Die Worte sprudelten aus ihr heraus, unterbrochen von Perioden des Schweigens, in denen sie überlegte, was sie als nächstes sagen sollte, und staunend darüber nachdachte, was sie getan hatte. Schließlich schilderte sie Anna, wie sie sich heute morgen verirrt hatte, und zeigte ihr Peter Slowiks Karte. Anna gab sie ihr nach einem raschen Blick darauf zurück.

»Kennen Sie ihn gut?« fragte Rosie. »Mr. Slowik?«

Anna lächelte – doch Rosie fand, das Lächeln hatte einen bitteren Beigeschmack. »O ja«, sagte sie. »Er ist ein Freund von uns. Wirklich.«

»Wie dem auch sei, schließlich kam ich hierher«, sagte Rosie abschließend. »Ich weiß nicht, was als nächstes kommt, aber so weit habe ich es immerhin geschafft.«

Die Andeutung eines Lächelns umspielte Anna Stevensons Mundwinkel. »Das haben Sie. Und Sie haben es gar nicht schlecht angestellt.«

Rosie nahm all ihren verbliebenen Mut zusammen – die letzten sechsunddreißig Stunden hatten ihr einen Großteil davon genommen – und fragte, ob sie noch eine Nacht im Haus von Daughters and Sisters verbringen könnte.

»Sogar viel länger, wenn es erforderlich sein sollte«, entgegnete Anna. »Rechtlich gesehen ist dies ein Asyl – ein privates Frauenhaus. Sie können bis zu acht Wochen bleiben, und selbst das ist kein festes Limit. In der Hinsicht sind wir bei Daughters and Sisters ziemlich flexibel.« Sie plusterte sich ein wenig (und wahrscheinlich unbewußt) auf, als sie das sagte, und Rosie fiel etwas ein, das sie vor schätzungsweise tausend Jahren im Französischunterricht gelernt hatte: *L'etat, c'est moi.* Doch dann wurde der Gedanke von Fassungslosigkeit ausgelöscht, als ihr wirklich klar wurde, was die Frau gesagt hatte.

»Acht … acht …«

Sie dachte an den blassen jungen Mann, der vor dem Eingang des Busbahnhofs Portside gesessen hatte, den mit dem Schild OBDACHLOS & AIDSKRANK auf dem Schoß, und plötzlich wußte sie, wie er sich fühlen würde, sollte ihm einmal ein Fremder im Vorbeigehen einen Hundertdollarschein in seine Zigarrenkiste werfen.

»Pardon, haben Sie acht *Wochen* gesagt?«

Putzen Sie sich die Ohren, kleine Lady, würde Anna Stevenson gleich schroff sagen. *Ich sagte acht* Tage. *Glauben Sie, wir würden Ihresgleichen acht Wochen hier wohnen lassen? Seien wir doch vernünftig, ja?*

Statt dessen nickte Anna. »Aber die wenigsten Frauen, die zu uns kommen, müssen so lange bleiben«, sagte sie. »Das ist ein Punkt, auf den wir sehr stolz sind. Und Sie werden letztlich für Unterkunft und Verpflegung bezahlen müssen, aber wir finden, unsere Preise hier sind ziemlich bescheiden.« Sie ließ wieder dieses kurze, aufgeplusterte Lächeln sehen. »Sie müssen wissen, daß die Unterkünfte alles andere als luxuriös sind. Der größte Teil des zweiten Stocks ist in einen Schlafsaal umgewandelt worden. Er enthält dreißig Betten – nun, Pritschen –, und zufällig ist eines davon frei, deshalb können wir Sie aufnehmen. Das Zimmer, in dem Sie heute geschlafen haben, gehört einer unserer hausinternen Beraterinnen. Wir haben drei.«

»Müssen Sie niemanden fragen?« flüsterte Rosie. »Meinen Namen einem Komitee vorlegen, oder so?«

»*Ich* bin das Komitee«, antwortete Anna, und Rosie dachte später, daß es wahrscheinlich Jahre her sein mußte, daß diese Frau zum letztenmal den Unterton von Arroganz in ihrer eigenen Stimme gehört hatte. »Daughters and Sisters wurde von meinen Eltern gegründet, die wohlhabend waren. Es existiert eine großzügige Stiftung. Ich entscheide, wer bleiben darf und wer nicht … aber die Reaktionen der anderen Frauen auf potentielle D&S-Kandidatinnen spielen eine gewichtige Rolle. Möglicherweise eine entscheidende. Die Reaktionen auf Sie waren positiv.«

»Das ist gut, oder nicht?« fragte Rosie zaghaft.

»Ja, allerdings.« Anna suchte auf ihrem Schreibtisch, räumte Unterlagen beiseite und fand schließlich hinter dem Power Book Computer, der links von ihr stand, was sie gesucht hatte. Sie hielt Rosie ein Blatt Papier mit dem grünen Briefkopf von Daughters and Sisters hin. »Hier. Lesen Sie das durch und unterschreiben Sie. Im wesentlichen steht darin, daß Sie bereit sind, sechzehn Dollar pro Nacht zu bezahlen, Unterkunft und Verpflegung, und daß ein Zahlungsaufschub gewährt wird, sollte es erforderlich sein. Es ist nicht mal rechtsgültig; nur ein Versprechen. Es wäre angenehm, wenn Sie jeweils die Hälfte im voraus bezahlen könnten, zumindest eine Weile.«

»Das kann ich«, sagte Rosie. »Ich hab immer noch etwas Geld. Ich weiß nicht, wie ich Ihnen danken soll, Mrs. Stevenson.«

»Ms. für meine Geschäftspartner und Anna für Sie«, sagte sie und sah zu, wie Rosie ihren Namen unten auf das Blatt kritzelte. »Und Sie müssen mir ebensowenig danken wie Peter Slowik. Die Vorsehung hat Sie hierher geführt – die göttliche Vorsehung, wie in einem Roman von Charles Dickens.

Das ist meine feste Überzeugung. Ich habe zu viele Frauen gebrochen hier hereinkriechen und geheilt wieder hinausgehen gesehen, als daß ich es nicht glauben könnte. Peter ist einer von zwei Dutzend Leuten in der Stadt, die Frauen zu mir schicken, aber die Macht, die Sie zu ihm geführt hat, Rose … das war die Vorsehung.«

»Die göttliche Vorsehung.«

»Ganz genau.« Anna studierte Rosies Unterschrift, dann legte sie das Blatt Papier rechts von sich auf ein Regal, und Rosie war überzeugt, daß es innerhalb der nächsten vierundzwanzig Stunden dort im allgemeinen Durcheinander verschwinden würde.

»Nun gut«, sagte Anna im Tonfall von jemandem, der langweilige Formalitäten hinter sich gebracht hat und sich nun dem zuwendet, was ihm wirklich Spaß macht. »Was können Sie?«

»Können?« wiederholte Rosie. Plötzlich fühlte sie sich wieder schwach. Sie wußte, was jetzt kommen würde.

»Ja, *können*, was können Sie? Zum Beispiel Stenokenntnisse?«

»Ich …« Sie schluckte. Sie hatte an der Aubreyville High Stenographie I und II belegt gehabt, und sie hatte in beiden Kursen eine Eins bekommen, aber heutzutage würde sie einen Krakel nicht mehr vom anderen unterscheiden können. Sie schüttelte den Kopf. »Nein. Kein Steno. Früher, aber jetzt nicht mehr.«

»Andere Sekretärinnenkenntnisse?«

Sie schüttelte den Kopf. Warme Nässe brannte in ihren Augen. Sie blinzelte sie erbost weg. Die Knöchel ihrer verschränkten Hände wurden wieder weiß.

»Schreibmaschine?«

»Nein.«

»Mathe? Buchhaltung? Finanzen?«

»Nein!«

Anna Stevenson fand zwischen den Papierbergen einen Bleistift, zog ihn heraus und klopfte mit dem Radiergummi gegen ihre weißen Zähne. »Können Sie bedienen?«

Rosie wollte mit aller Verzweiflung ja sagen, dachte aber an die riesigen Tabletts, die Bedienungen den ganzen Tag herumtragen mußten … und dann dachte sie an ihren Rücken und ihre Nieren.

»Nein«, flüsterte sie. Sie verlor den Kampf gegen die Tränen; das kleine Zimmer und die Frau auf der anderen Seite verschwammen allmählich. »Jedenfalls noch nicht. Vielleicht in einem oder zwei Monaten. Mein Rücken … im Moment bin ich nicht kräftig genug.« Oh, das hörte sich wie eine Lüge an. Wenn Norman so etwas im Fernsehen hörte, lachte er immer zynisch und erzählte etwas von Wohlfahrts-Cadillacs und Essensmarkenmillionären.

Anna Stevenson indessen schien nicht besonders beeindruckt zu sein. »Was für Fähigkeiten haben Sie denn, Rosie? Irgendwelche?«

»Ja!« sagte sie und war selbst betroffen über den schroffen, zornigen Unterton in ihrer Stimme, den sie allerdings nicht mildern oder gar verschwinden lassen konnte. »O ja, wahrhaftig! Ich kann abstauben, ich kann Geschirr spülen, ich kann Betten machen, ich kann staubsaugen, ich kann Essen für zwei Personen zubereiten, ich kann einmal die Woche mit meinem Mann schlafen. Und ich kann einen Knuff vertragen. Das ist auch eine meiner Fähigkeiten. Glauben Sie, eines der hiesigen Sportstudios hat eine Stelle als Sparringspartner frei?«

Dann konnte sie die Tränen *nicht* mehr zurückhalten. Sie weinte in die hohlen Hände hinein, wie so oft in den Jahren, seit sie ihn geheiratet hatte, weinte und wartete darauf, daß Anna ihr sagen würde, daß sie hinausgehen sollte, daß sie das freie Bett auch einer Frau geben konnte, die keine Klugscheißerin war.

Etwas stieß gegen ihren linken Handrücken. Sie ließ die Hand sinken und sah, daß es eine Kleenex-Box war. Anna Stevenson hielt sie ihr hin. Und es war unglaublich, aber Anna Stevenson lächelte.

»Ich glaube nicht, daß Sie für jemand den Sparringspartner machen müssen«, sagte sie. »Ich glaube, auch für Sie wird alles gut werden – wie meistens. Hier, trocknen Sie Ihre Tränen.«

Und während Rosie das tat, erzählte Anna ihr vom Whitestone Hotel, mit dem Daughters and Sisters eine langjährige und nützliche Beziehung verband. Das Whitestone gehörte einer Firma, in deren Aufsichtsrat Annas wohlhabender Vater einmal gesessen hatte, und viele Frauen hatten dort wieder gelernt, wie befriedigend es sein konnte, für seinen Lebensunterhalt zu arbeiten. Anna versicherte Rosie, daß sie nur so schwer arbeiten mußte, wie es ihr Rücken zuließ, und wenn sich ihr allgemeines körperliches Befinden in den nächsten einundzwanzig Tagen nicht verbesserte, würde sie von dem Job befreit und zu Untersuchungen in ein Krankenhaus gebracht werden.

»Außerdem bekommen Sie eine Frau als Partnerin, die sich auskennt. Sie wird Ihre Ausbildung übernehmen und für Sie verantwortlich sein. Wenn Sie etwas stehlen, muß sie dafür geradestehen, nicht Sie ... aber Sie sind keine Diebin, oder?«

Rosie schüttelte den Kopf. »Nur die BankCard meines Mannes, das ist alles, und die hab ich nur einmal benützt. Um sicherzustellen, daß ich wegkam.«

»Sie werden im Whitestone arbeiten, bis Sie etwas gefunden haben, das Ihnen mehr zusagt, was ganz sicher geschehen wird – die Vorsehung, vergessen Sie das nicht.«

»Die göttliche Vorsehung.«

»Ja. Wir bitten Sie nur, Ihre Arbeit im Whitestone so gewissenhaft wie möglich zu erledigen – und sei es nur im Interesse aller Frauen, die nach Ihnen kommen. Können Sie mir folgen?«

Rosie nickte. »Nichts für die Nachfolgerin verderben.«

»Nichts für die Nachfolgerin verderben, genau. Schön, daß Sie bei uns sind, Rose McClendon.« Anna stand auf und streckte beide Hände in einer Geste aus, die mehr als nur ein wenig der unbewußten Arroganz ausdrückte, die Rosie schon in ihr gespürt hatte. Rosie zögerte, dann stand sie auf und schüttelte die dargebotenen Hände. Nun hatten sie die Finger über dem überquellenden Schreibtisch verschränkt. »Drei Dinge muß ich Ihnen noch sagen«, sagte Anna. »Sie sind wichtig, also konzentrieren Sie sich und hören Sie mir gut zu. Können Sie das?«

»Ja«, sagte Rosie. Sie war fasziniert von Anna Stevensons offenem blauen Blick.

»Erstens, Sie sind keine Diebin, weil Sie die BankCard genommen haben. Es war ebenso Ihr Geld wie seins. Zweitens, es ist nicht illegal, wenn Sie Ihren Mädchennamen wieder annehmen – der gehört Ihnen Ihr ganzes Leben lang. Drittens, Sie können frei sein, wenn Sie es wollen.«

Sie machte eine Pause und sah Rosie über ihre verschränkten Hände hinweg mit diesen bemerkenswert blauen Augen an.

»Haben Sie mich verstanden? *Sie können frei sein, wenn Sie es wollen*. Frei von seinen Händen, frei von seinen Gedanken, frei von *ihm*. Möchten Sie das? Frei sein?«

»Ja«, sagte Rosie mit leiser, zitternder Stimme. »Das möchte ich mehr als alles andere auf der Welt.«

Anna Stevenson beugte sich über den Schreibtisch und küßte Rosie sanft auf die Wange. Gleichzeitig drückte sie Rosies Hände. »Dann sind Sie an der richtigen Stelle. Willkommen zu Hause, meine Liebe.«

8

Es war Anfang Mai, Frühling, die Zeit, da die Phantasie eines jungen Mannes sich unbeschwert Gedanken an die Liebe zuwenden sollte, eine wunderbare Jahreszeit und zweifellos ein großartiges Gefühl, aber Norman Daniels gingen andere Dinge durch den Kopf. Er hatte einen Anhaltspunkt gewollt, einen kleinen Anhaltspunkt, und nun hatte er ihn. Es hatte zu lange gedauert – fast drei gottverdammte Wochen –, aber endlich hatte er ihn gefunden.

Er saß achthundert Meilen von der Stelle entfernt, wo seine Frau gerade Hotelbetten abzog, auf einer Parkbank, ein großer Mann in rotem Polohemd und grauer Gabardinhose. In einer Hand hielt er einen fluoreszierenden grünen Tennisball. Die Muskeln seines Unterarms spannten sich rhythmisch, während er ihn drückte.

Ein zweiter Mann kam über die Straße, stand am Rand des Bürgersteigs, sah in den Park, erblickte den Mann auf der Bank und ging auf ihn zu. Er duckte sich, als ein Frisbee in der Nähe vorbeisegelte, dann blieb er wie angewurzelt stehen, als ein deutscher

Schäferhund, der dem Frisbee nachjagte, seinen Weg kreuzte. Dieser zweite Mann war jünger und schmäler als der Mann auf der Bank. Er hatte ein hübsches, wenig vertrauenerweckendes Gesicht und einen schmalen Errol-Flynn-Schnurrbart. Vor dem Mann mit dem Tennisball in der Hand blieb er stehen und sah ihn unsicher an.

»Kann ich dir helfen, Bruder?« fragte der Mann mit dem Tennisball.

»Heißen Sie Daniels?«

Der Mann mit dem Tennisball nickte zustimmend.

Der Mann mit dem Errol-Flynn-Schnurrbart deutete über die Straße zu einem neuen Hochhaus mit jeder Menge Winkeln und Glas. »Der Typ da drin hat gesagt, ich soll rübergehen und mit Ihnen reden. Er sagte, Sie könnten mir vielleicht mit meinem Problem helfen.«

»War es Lieutenant Morelli?« fragte der Mann mit dem Tennisball.

»Ja. So hieß er.«

»Und was hast du für ein Problem?«

»Sie wissen schon«, sagte der Mann mit dem Errol-Flynn-Schnurrbart.

»Ich will dir was sagen, Bruder – vielleicht, vielleicht auch nicht. Wie auch immer, ich bin der Boß, und du bist nur ein kleines schwanzlutschendes Halbblut mit jeder Menge Probleme am Hals. Ich finde, du solltest mir besser sagen, was ich hören will, oder? Und im Moment will ich hören, was für ein Problem du hast. Immer raus damit.«

»Mich haben sie wegen 'ner Drogensache eingebuchtet«, sagte der Mann mit dem Errol-Flynn-Schnurrbart. Er sah Daniels verdrossen an. »Hab einem von der Drogenfahndung 'nen Eightball verkauft.«

»Ups«, sagte der Mann mit dem Tennisball. »Das ist ein Vergehen. Es kann *jedenfalls ein Vergehen sein. Aber es kommt noch schlimmer, richtig? Sie haben in deiner Brieftasche was gefunden, das mir gehört, richtig?«*

»Klar. Ihre verfluchte BankCard. Mein Pech. Da find ich mal 'ne BankCard, und dann gehört sie einem Scheißcop.«

»Setz dich«, sagte Daniels liebenswürdig, aber als der Mann mit dem Errol-Flynn-Schnurrbart zur rechten Seite der Bank

wollte, schüttelte der Polizist ungeduldig den Kopf. »Andere Seite, Schlappschwanz. Andere Seite.«

Der Mann mit dem Schnurrbart wich zurück, dann setzte er sich zaghaft links von Daniels hin. Er sah zu, wie dessen rechte Hand den Tennisball mit einem konstanten, schnellen Rhythmus drückte. Drücken ... drücken ... drücken. Dicke blaue Venen schwollen an der weißen Unterseite des Arms an wie Wasserschlangen.

Das Frisbee flog vorbei. Die beiden Männer beobachteten den deutschen Schäferhund, wie er ihm hinterherjagte und mit den langen Beinen galoppierte wie ein Pferd.

»Schöner Hund«, sagte Daniels. »Schäferhunde sind wunderschöne Hunde. Ich hab Schäferhunde immer gemocht, du auch?«

»Klar, toll«, sagte der Mann mit dem Schnurrbart, obwohl er der Meinung war, der Hund sah potthäßlich aus und hätte einem wahrscheinlich mit Vergnügen ein neues Arschloch herausgebissen, wenn man ihm die Chance gegeben hätte.

»Wir müssen über eine ganze Menge reden«, sagte der Polizist mit dem Tennisball. »Ich glaube, das wird eines der wichtigsten Gespräche deines jungen Lebens werden, mein Freund. Bist du bereit dazu?«

Der Mann mit dem Schnurrbart schluckte einen Kloß in seinem Hals hinunter und wünschte sich – schätzungsweise zum achthundertsten Mal an diesem Tag –, er hätte die verdammte BankCard weggeworfen. Warum hatte er es nicht getan? Warum war er so ein verdammter Idiot gewesen?

Aber er wußte, warum er so ein verdammter Idiot gewesen war – weil er sich gedacht hatte, mit der Zeit würde er einen Weg finden, sie anzuzapfen. Weil er Optimist war. Immerhin war das hier Amerika, das Land der unbegrenzten Möglichkeiten. Außerdem (und das kam der Wahrheit schon etwas näher) hatte er schlicht und einfach vergessen, daß er sie in der Brieftasche hatte, hinter den Visitenkarten versteckt, die er sammelte. Koks hatte diese Wirkung – es hielt einen auf Trab, aber man konnte sich verdammt noch mal nicht erinnern, warum *man auf Trab war.*

Der Cop sah ihn an und lächelte, aber das Lächeln erreichte nicht seine Augen. Die Augen sahen ... gierig aus. Plötzlich kam sich der Mann mit dem Schnurrbart wie eins der drei kleinen Schweinchen vor, das direkt neben dem großen bösen Wolf auf der Parkbank saß.

»Hören Sie, Mann, ich hab Ihre BankCard nie benutzt. Lassen Sie uns das gleich klarstellen. Das haben sie Ihnen doch gesagt, oder nicht? Ich hab sie nicht ein einziges verdammtes Mal benutzt.«

»Natürlich nicht«, sagte der Cop halb lachend. »Du hast die Geheimzahl nicht gewußt. Die ist von meiner Telefonnummer abgeleitet, und das ist eine Geheimnummer ... wie bei den meisten Cops. Aber ich wette, das weißt du schon. Ich wette, das hast du überprüft.«

»Nein!« sagte der Mann mit dem Schnurrbart. »Nein, hab ich nicht!« Aber selbstverständlich hatte er es. Er hatte im Telefonbuch nachgesehen, nachdem er erfolglos mehrere verschiedene Versionen der Adresse auf der Karte ausprobiert hatte – Hausnummer und Postleitzahl. Anfangs hatte er überall in der Stadt die Tasten von Geldautomaten gedrückt. Er hatte Tasten gedrückt, bis seine Finger wund waren und er sich wie ein Arschloch vorkam, das am beschissensten einarmigen Banditen der Welt spielte.

»Was wird passieren, wenn wir die Computeraufzeichnungen der Geldautomaten der Merchant's Bank überprüfen?« fragte der Polizist. »Wir werden meine Karte nicht tausendmal in der ABBRECHEN/WIEDERHOLEN-Rubrik finden, was? He, wenn nicht, lad ich dich zum Steakessen ein. Was hältst du davon, Bruder?«

Der Mann mit dem Schnurrbart wußte nicht, was er davon halten sollte. Ihm wurde richtig mulmig. Verdammt mulmig. Unterdessen bearbeiteten die Finger des Polizisten unaufhörlich den Tennisball – drücken, loslassen, drücken, loslassen. Es war direkt unheimlich, daß er nie damit aufhörte.

»Dein Name ist Ramon Sanders«, sagte der Polizist namens Daniels. »Du hast ein ellenlanges Vorstrafenregister. Diebstahl, Betrug, Drogen, Sitte. Alles außer Überfall, Raub, solche Verbrechen. Gewaltverbrechen kommen für euch nicht in Frage, richtig? Ihr Schwuchteln laßt euch nicht gern verprügeln, oder? Nicht mal die, die wie Schwarzenegger aussehen. Oh, es macht ihnen nichts aus, ein Netzhemd zu tragen und vor irgendeinem Homo-Club die Muskeln spielen zu lassen, aber wenn tatsächlich jemand zuschlägt, macht ihr Jungs euch schleunigst dünn. Oder nicht?«

Ramon Sanders sagte nichts. Was bei weitem das Klügste zu sein schien.

»Mir macht es nichts aus, auch mal zuzuschlagen«, sagte der Cop namens Daniels. »Oder zu treten. Sogar beißen.« Er sprach fast nachdrücklich. Er schien durch den deutschen Schäferhund, der gerade mit dem Frisbee im Maul auf sie zugetrottet kam, hindurch zu sehen. »Was sagst du dazu, Engelchen?«

Ramon sagte auch darauf nichts und bemühte sich, seine steinerne Miene zu wahren, aber eine Menge kleine rote Lichter in seinem Kopf leuchteten auf, und ein unangenehmes Kribbeln lief seine Nervenbahnen entlang. Sein Herzschlag beschleunigte wie ein Zug, der den Bahnhof verläßt und ins weite Land hinausfährt. Er warf dem Mann im roten Polohemd immer wieder verstohlene Blicke zu, und was er sah, gefiel ihm immer weniger. Der rechte Unterarm des Mannes war jetzt straff gespannt, die Venen prall voll Blut, die Muskeln wie frischgebackene Brötchen gewölbt.

Daniels schien es nicht zu stören, daß Ramon nicht antwortete. Er wandte dem kleineren Mann das Gesicht zu und lächelte ... oder schien zu lächeln, wenn man die Augen außer acht ließ. Die Augen waren blank und glänzten wie zwei neue Vierteldollarstücke.

»Ich hab gute Neuigkeiten für dich, mein kleiner Held. Du kommst um die Anklage wegen der Drogengeschichte herum. Hilf mir ein bißchen, und du bist frei wie ein Vogel. Was sagst du dazu?«

Er wollte eigentlich nur weiter den Mund halten, aber das schien jetzt nicht mehr möglich zu sein. Diesmal laberte der Cop nicht nur vor sich hin, diesmal wollte er eine Antwort.

»Das wäre toll«, sagte Ramon und hoffte, daß es die richtige war. »Das ist riesig, echt irre, danke, daß Sie mir eine Chance geben.«

»Nun, vielleicht mag ich dich, Ramon«, sagte der Cop, und dann machte er etwas Erstaunliches, das Ramon nie von einem stiernackigen Ex-Marine mit Bürstenschnitt erwartet hätte: er legte Ramon die linke Hand zwischen die Beine und fing an, ihn zu streicheln, direkt vor aller Augen, vor den Kindern auf dem Spielplatz und allen, die zufällig herüberschauten. Er bewegte die Hand sanft im Uhrzeigersinn, seine Handfläche glitt hin und her und auf und ab auf dem kleinen Stückchen Fleisch, das mehr oder weniger Ramons Leben beherrschte, seit zwei Kumpels seines Vaters – Männer, die Ramon Onkel Bill und Onkel Carlo nennen mußte – ihm abwechselnd einen geblasen hatten, als er neun Jahre alt war. Was dann passierte, war wahrscheinlich nichts Außergewöhnliches, ob-

wohl es in dem Moment ausgesprochen *bizarr zu sein schien: Er bekam einen Steifen.*

»Ja, vielleicht mag ich dich, vielleicht mag ich dich sogar sehr, ein schmieriger kleiner Schwanzlutscher in glänzenden schwarzen Hosen und spitzen Schuhen, wer sollte so einen nicht mögen?« Während er redete, verpaßte der Cop seinem Schwanz weiter eine Politur. Ab und zu veränderte er den Rhythmus und drückte etwas, so daß Ramon stöhnte. »Und es ist gut, daß ich dich mag, Ramon, das solltest du besser glauben, denn diesmal haben sie dich echt festgenagelt. Bei einem Vergehen erwischt. Aber weißt du, was mich stört? Lessington und Brewster – die Cops, die dich geschnappt haben – haben heute morgen in der Wachstube gelacht. Sie haben über dich gelacht, das ist okay, aber ich hab das Gefühl, als hätten sie auch über mich *gelacht, und das ist* nicht *okay. Es gefällt mir nicht, wenn Leute über mich lachen, und normalerweise laß ich mir das nicht gefallen. Aber heute morgen mußte ich gute Miene zum bösen Spiel machen, und heute nachmittag werde ich dein bester Freund sein und eine schwerwiegende Drogenanklage verschwinden lassen, obwohl du meine Scheiß-BankCard gehabt hast. Kannst du dir denken, warum?«*

Das Frisbee schwebte wieder vorbei, von dem deutschen Schäferhund verfolgt, aber diesmal sah ihn Ramon Sanders kaum. Er hatte unter den Händen des Polizisten einen Ständer wie ein Fahnenmast bekommen und war ängstlich wie eine Maus unter den Krallen einer Katze.

Die Hand drückte fester, und Ramon stieß ein heiseres, kurzes Heulen aus. Seine milchkaffeebraune Haut war schweißgebadet; sein Schnurrbart sah aus wie ein toter Regenwurm nach einem schweren Gewitter.

»Kannst du es dir denken, Ramon?«

»Nein«, sagte Ramon.

»Weil die Frau, die die Karte weggeworfen hat, meine Frau war«, sagte Daniels. »Darum haben Lessington und Brewster gelacht, vermute ich. Sie nimmt meine BankCard, sie hebt ein paar hundert Piepen vom Konto ab – Geld, das ich verdient habe –, *und als die Karte wieder auftaucht, hat sie ein schmieriger kleiner Schwanzlutscher namens Ramon. Kein Wunder, daß sie mich auslachen.«*

Bitte, *wollte Ramon sagen,* bitte tun Sie mir nicht weh, ich werde Ihnen alles sagen, aber bitte tun Sie mir nicht weh. *Das wollte er sagen, aber er bekam kein Wort heraus. Kein einziges. Sein Arschloch hatte sich so zusammengezogen, daß es kaum noch die Größe eines Reifenventils zu haben schien.*

Der große Polizist beugte sich näher zu ihm, so nahe, daß Ramon Zigarettenrauch und Scotch in seinem Atem riechen konnte.

»Und jetzt, wo ich dir alles gesagt habe, möchte ich, daß du mir alles sagst.« Das Reiben hörte auf; kräftige Finger packten Ramons Hoden durch den dünnen Stoff seiner Hose. Der Umriß seines erigierten Penis war deutlich über der Hand des Cops zu erkennen; er sah wie einer der Miniaturbaseballschläger aus, die man in Baseballstadien als Souvenirs kaufen konnte. Ramon konnte die Kraft dieser Hand spüren. »Und du solltest mir besser das Richtige sagen, Ramon. Weißt du, warum?«

Ramon schüttelte benommen den Kopf. Er fühlte sich, als hätte jemand in seinem Körper einen Warmwasserhahn aufgedreht, und das Wasser strömte ihm aus allen Poren.

Daniels streckte die rechte Hand aus, die mit dem Tennisball, bis sie sich direkt unter Ramons Nase befand. Dann schloß er die Hand mit einem plötzlichen, teuflischen Schnappen. Ein Plop und ein kurzes, schroffes Flüstern – pfffhhhhh *– ertönten, als seine Finger durch die fluoreszierende Pelzhaut des Balls drangen. Der Ball wurde zusammengequetscht, dann schnalzte sein Innerstes halb nach außen.*

»Das kann ich auch mit der linken Hand«, sagte Daniels. »Glaubst du mir das?«

Ramon wollte sagen, daß er es glaubte, brachte aber immer noch keinen Ton heraus. Statt dessen nickte er.

»Wirst du daran denken?«

Ramon nickte wieder.

»Okay. Und nun zu dem, was du mir sagen sollst, Ramon. Ich weiß, du bist nur ein stinkender kleiner schwuler Schmalzkopf, der nicht viel von Frauen weiß, davon abgesehen, daß du in jungen Jahren wahrscheinlich deine Mutter in den Arsch gefickt hast – weißt du, irgendwie siehst du einfach wie ein Mutterficker aus –, aber du kannst ja deine Phantasie anstrengen. Was meinst du, wie man sich fühlt, wenn man nach Hause kommt und feststellen muß, daß die

Frau, die geschworen hat, dich zu lieben, zu ehren und dir verdammt noch mal zu gehorchen *– mit deiner BankCard abgehauen ist? Wie, meinst du, fühlt man sich, wenn man herausfindet, daß sie die Karte benützt hat, um sich einen verdammten Urlaub zu finanzieren, um sie danach in den Mülleimer eines Busbahnhofs zu werfen, wo sie ein schmieriger kleiner Arschficker wie du finden konnte?«*

»Nicht besonders gut«, flüsterte Ramon. »Ich wette, man fühlt sich nicht besonders gut, bitte tun Sie mir nicht weh, Officer, bitte tun Sie mir nicht –«

Daniels drückte langsam mit der Hand zu, bis die Sehnen an seinem Handgelenk vorstanden wie die Saiten einer Gitarre. Eine Woge von Schmerzen, schwer wie flüssiges Blei, rollte in Ramons Bauch, und er versuchte zu schreien. Aber nur ein heiseres Röcheln kam heraus.

»Nicht besonders gut?« *flüsterte Daniels ihm ins Gesicht. Sein Atem war warm und feucht und alkoholgeschwängert und rauchig. »Mehr fällt dir dazu nicht ein? Was bist du doch für ein hirnloser Schwachkopf. Aber ich denke, es ist auch keine völlig falsche Antwort.«*

Die Hand ließ los, aber nur ein wenig. Ramons Unterleib bildete ein Meer der Schmerzen, aber sein Penis war steif wie zuvor. Er hatte nie auf Schmerzen gestanden und konnte nicht begreifen, was die Ledertypen daran fanden, daher konnte er nur vermuten, daß er noch einen Steifen hatte, weil die Hand des Cops ihm das Blut abschnürte. Er schwor sich, sollte er dies hier lebend überstehen, würde er schnurstracks zur Kirche St. Patrick's gehen und fünfzig Gegrüßet-seist-du-Marias sagen. Fünfzig? Hundert*fünfzig.*

»Da drin lachen sie über mich«, sagte der Cop und nickte mit dem Kinn in Richtung des brandneuen Polizeireviers auf der anderen Straßenseite. »Sie lachen, o ja. Der große, starke Norman Daniels, und wißt ihr was? Seine Frau ist ihm davongelaufen … aber vorher hat sie sich noch die Zeit genommen, fast das gesamte Guthaben abzuheben.«

Daniels stieß ein unartikuliertes Knurren aus, wie man es normalerweise nur im Zoo hören konnte, und drückte Ramons Eier noch mal. Die Schmerzen waren unerträglich. Er beugte sich nach vorne und erbrach sich zwischen die Knie – weiße Quarkflocken, und dazwischen Spuren von Braun, bei denen es sich wahrscheinlich um die Überreste der Quesadilla *handelte, die er zu Mittag gegessen hatte. Daniels schien es nicht zu bemerken. Er betrachtete gedankenverloren den Himmel über dem Klettergerüst.*

»Soll ich zulassen, daß sie dich herumreichen, damit noch mehr Leute lachen können?« fragte er. »Damit sie sich nicht nur im Polizeirevier, sondern auch im Gericht die Mäuler zerreißen können? Ich glaube nicht.«

Er drehte sich um und sah Ramon in die Augen. Er lächelte. Ramon wollte schreien, als er dieses Lächeln sah.

»Und nun die große Frage«, sagte der Cop. »Wenn du lügst, mein kleiner Held, reiß ich dir den Sack ab und stopf ihn dir ins Maul.«

Daniels drückte Ramons Hoden erneut, und nun legten sich dunkle Schleier über Ramons Wahrnehmung. Er kämpfte verzweifelt dagegen an. Wenn er ohnmächtig wurde, würde der Cop ihn wahrscheinlich aus reiner Gehässigkeit töten.

»Hast du verstanden, was ich sage?«

»Ja!« schluchzte Ramon. »Ich hab verstannen! Ich hab verstannen!«

»Du warst im Busbahnhof und hast gesehen, wie sie die Karte in den Mülleimer geworfen hat. Das weiß ich. Und jetzt will ich wissen, wohin sie dann gegangen ist.«

Ramon hätte vor Erleichterung weinen können, denn obwohl es keine große Chance gab, diese Frage beantworten zu können, konnte er es zufällig doch. Er hatte der Frau einmal nachgesehen, um sich zu vergewissern, daß sie sich nicht umdrehte ... und dann, fünf Minuten später, als er die grüne Plastikkarte schon längst in der Brieftasche hatte, hatte er sie noch einmal gesehen. Mit diesem roten Ding über den Haaren war sie auch kaum zu übersehen gewesen – es leuchtete wie eine frisch gestrichene Scheunenwand.

»Sie war am Fahrkartenschalter!« rief Ramon aus der Dunkelheit heraus, die ihn unbarmherzig umfing. »Am Schalter!«

Das wurde mit einem weiteren grausamen Drücken belohnt. Ramon fühlte sich allmählich, als wären seine Eier aufgerissen, mit Benzin übergossen und angezündet worden.

»Ich weiß, *daß sie am Schalter war!« sagte Daniels halb lachend, halb schreiend zu ihm. »Was hätte sie in Portside zu suchen gehabt, wenn sie nicht mit dem Bus wegfahren wollte? Eine soziologische Studie über Abschaum wie dich schreiben? An* welchem *Schalter*

möchte ich wissen, an welchem verdammten Schalter und um welche verdammte Uhrzeit?«

Gott und der Jungfrau Maria sei Dank, auch auf diese beiden Fragen wußte er die Antwort.

»Continental Express!« schrie er und kam sich vor, als wäre er meilenweit von seiner eigenen Stimme entfernt. »Ich hab sie am Schalter von Continental Express gesehen, halb elf, Viertel vor elf!«

»Continental? Bist du ganz sicher?«

Ramon Sanders anwortete nicht. Er kippte auf der Bank zur Seite, eine Hand baumelte herab, die schlanken Finger waren ausgestreckt. Sein Gesicht war totenblaß, abgesehen von zwei purpurnen Flecken auf den Wangen. Ein junger Mann und eine junge Frau kamen vorbei, erblickten den Mann, der auf der Bank lag, und sahen Daniels an, der mittlerweile die Hand von Ramons Hoden weggenommen hatte.

»Keine Bange«, sagte Daniels und schenkte dem Paar ein breites Lächeln. »Er ist Epileptiker.« Er verstummte und lächelte noch breiter. »Ich kümmere mich um ihn. Ich bin Polizist.«

Sie gingen etwas schneller und drehten sich nicht noch mal um.

Daniels legte Ramon einen Arm um die Schultern. Die Knochen darunter fühlten sich so zerbrechlich wie die Schwingen eines Vogels an. »Komm schon, großer Junge«, sagte er und zog Ramon in eine sitzende Haltung. Ramons Kopf kreiste wie die Blüte auf einem gebrochenen Stengel. Er rutschte fast augenblicklich wieder zurück und gab leise, belegte Grunzlaute von sich. Daniels zog ihn wieder hoch, und diesmal konnte Ramon das Gleichgewicht halten.

Daniels saß neben ihm und beobachtete, wie der deutsche Schäferhund vergnügt dem Frisbee hinterherjagte. Er beneidete Hunde, wirklich. Sie hatten keine Verantwortung, mußten nicht arbeiten gehen – jedenfalls nicht in diesem Land –, sie bekamen ihr Futter, einen Platz zum Schlafen und mußten sich nicht mal Gedanken über Himmel oder Hölle machen, wenn die Reise zu Ende war. Er hatte damals in Aubreyville Pater O'Brian einmal danach gefragt, und der Pater hatte ihm gesagt, daß Tiere keine Seele hatten – wenn sie starben, erloschen sie einfach wie Wunderkerzen am vierten Juli. Sicher, der Schäferhund hatte wahrscheinlich keine sechs Monate nach seiner Geburt die Eier verloren, aber …

»Aber in gewisser Weise ist auch das ein Segen«, murmelte Daniels. Er tätschelte Ramons Schritt, wo der Penis allmählich erschlaffte, während die Hoden anschwollen. »Richtig, großer Junge?«

Ramon murmelte tief in seiner Kehle etwas. Es war die Stimme eines Mannes, der einen schrecklichen Alptraum hat.

Nun denn, dachte Daniels, was man hatte, das hatte man, und damit mußte man sich begnügen. Im nächsten Leben hatte er vielleicht Glück und wurde ein deutscher Schäferhund, der nichts zu tun hatte, außer im Park Frisbees nachzujagen und auf dem Weg nach Hause, wo eine hübsche Portion Purina Hundefutter auf ihn wartete, den Kopf zum Fenster rauszustrecken, aber in diesem Leben war er ein Mann mit den Problemen eines Mannes.

Aber wenigstens war *er ein Mann, im Gegensatz zu diesem schwulen kleinen Schmalzkopf.*

Continental Express. Ramon hatte sie gegen halb elf oder Viertel vor elf am Fahrkartenschalter von Continental Express gesehen, und wahrscheinlich hatte sie nicht allzu lange gewartet – er wäre jede Wette eingegangen, daß sie zuviel Angst vor ihm hatte, um lange zu warten. Also mußte er nach einem Bus suchen, der Portside zwischen elf Uhr vormittags und ein Uhr nachmittags verlassen hatte. Wahrscheinlich auf dem Weg in eine Großstadt, wo sie glaubte, untertauchen zu können.

»Aber das kannst du nicht«, sagte Daniels. Er sah zu, wie der Schäferhund hochsprang und mit seinen langen, weißen Zähnen das Frisbee aus der Luft schnappte. Nein, das konnte sie nicht. Sie glaubte *vielleicht, daß sie es konnte, aber da täuschte sie sich. Er würde anfangs am Wochenende arbeiten, hauptsächlich mit dem Telefon. Anders konnte er es nicht machen; es war eine Menge los im Revier, ein Großeinsatz stand vor der Tür* (sein *Einsatz, wenn er Glück hatte). Aber das machte nichts. Bald würde er Rose seine ungeteilte Aufmerksamkeit widmen können, und dann würde es nicht mehr lange dauern, bis sie bedauerte, was sie getan hatte. Ja. Sie würde es für den Rest ihres Lebens bedauern, eine Zeitspanne, die möglicherweise kurz war, aber ganz bestimmt außerordentlich … nun …*

»Außerordentlich intensiv*«, sagte er laut. Ja, das war das richtige Wort.* Genau *das richtige Wort.*

Er stand auf und ging mit schnellen Schritten zur Straße und dem Polizeirevier auf der anderen Seite, wobei er den halb bewußtlosen jungen Mann, der mit gesenktem Kopf und schlaff im Schritt gefalteten Händen auf der Bank saß, keines Blickes mehr würdigte. Im Denken von Norman Daniels, Detective Inspector 2. Kl., existierte Ramon einfach nicht mehr. Er dachte an seine Frau und alle Dinge die sie lernen mußte. An alle Dinge, über die sie sich unterhalten mußten. Und sie würden *sich darüber unterhalten, sobald er sie aufgespürt hatte. Über alle möglichen Dinge – Schiffe und Segel und Siegelwachs, ganz zu schweigen davon, was mit Ehefrauen passierte, die gelobten, zu lieben, zu ehren und zu gehorchen, aber dann mit den BankCards ihrer Männer die Mücke machten. Über all diese Dinge.*

Sie würden sich ausführlich darüber unterhalten – aus der Nähe.

9

Sie machte wieder ein Bett, aber diesmal war es in Ordnung. Es war ein anderes Bett, in einem anderen Zimmer, in einer anderen Stadt. Am besten aber war, dies war ein Bett, in dem sie nie geschlafen hatte und nie schlafen würde.

Ein Monat war vergangen, seit sie das Haus achthundert Meilen östlich von hier verlassen hatte, und ihre Lage hatte sich erheblich verbessert. Momentan war ihr schlimmstes Problem ihr Rücken, und auch der wurde besser; sie war ganz sicher. Zugegeben, im Augenblick waren die Schmerzen in den Nieren schlimm und unangenehm, aber dies war das achtzehnte Zimmer des Tages, und als sie im Whitestone angefangen hatte, war sie nach zwölf Zimmern einer Ohnmacht nahe gewesen und konnte nach dem vierzehnten nicht mehr – da hatte sie Pam um Hilfe bitten müssen. Vier Wochen konnten den Zustand eines Menschen deutlich verbessern, dachte Rosie, besonders wenn es vier Wochen ohne harte Schläge in die Nieren oder die Magengrube waren.

Trotzdem, für heute war es genug.

Sie ging zur Flurtür, streckte den Kopf hinaus und sah in beide Richtungen. Sie sah nur ein paar vom Frühstück übriggebliebene Tabletts des Zimmerservice, Pams Wagen vor der Lake Michigan Suite am Ende des Flurs und ihren eigenen Wagen hier vor 624.

Rosie hob einen Stapel frische Waschlappen am Ende des Wagens hoch, unter dem eine Banane lag. Sie nahm sie, ging durch das Zimmer zu dem Plüschsessel am Fenster von 624 und setzte sich. Sie schälte die Banane und aß sie langsam, während sie über den See sah, der an diesem stillen, regnerischen Nachmittag im Mai wie ein Spiegel funkelte. Ihr Herz und ihr Verstand waren von einem einzigen, schlichten Gefühl erfüllt – Dankbarkeit. Ihr Leben war nicht perfekt, jedenfalls noch nicht, aber es war besser, als sie an jenem Tag Mitte April für möglich gehalten hätte, als sie auf der Veranda von Daughters and Sisters gestanden und die Sprechanlage und das mit Metall abgedeckte Schlüsselloch gesehen hatte. In dem Augenblick hatte sie eine Zukunft voller Elend und Not vor sich gesehen. Jetzt taten ihre Nieren weh, ihre Füße taten weh, und sie wußte mit Sicherheit, daß sie nicht den Rest ihres Lebens als Aushilfszimmermädchen im Whitestone Hotel verbringen wollte, aber die Banane schmeckte ausgezeichnet, und der Sessel unter ihr fühlte sich herrlich an. In diesem Augenblick hätte sie ihren Platz im Weltgefüge mit keinem anderen getauscht. In den Wochen, seit sie Norman verlassen hatte, war sich Rosie der kleinen Freuden immer deutlicher bewußt geworden: vor dem Einschlafen eine halbe Stunde lesen; sich mit den anderen Frauen über Filme oder Fernsehsendungen unterhalten, während sie gemeinsam den Abwasch erledigten; oder sich einfach nur fünf Minuten Zeit nehmen, um sich hinzusetzen und eine Banane zu essen.

Außerdem tat es gut *zu wissen, was als nächstes kommen würde,* und überzeugt zu sein, es würde nichts Unerwartetes und Schmerzhaftes sein. Zum Beispiel zu wissen, daß man nur noch zwei Zimmer zu machen hatte, und dann konnten sie und Pam mit dem Dienstbotenfahrstuhl nach unten und zum Hinterausgang hinaus. Auf dem Weg zur Bushaltestelle (sie konnte die Linien Orange, Rot und Blau inzwischen mühelos auseinanderhalten) machten sie wahrscheinlich einen Abstecher ins Hot Pot, auf einen Kaffee. Kleinigkeiten. Einfache Freuden. Die Welt konnte so schön sein. Sie vermutete, daß sie das als Kind gewußt, es aber vergessen hatte. Jetzt lernte sie es neu, und es war eine herrliche Lektion. Sie hatte nicht alles, was sie sich wünschte, längst nicht, aber vorerst hatte sie genug ... zumal sie nicht wußte, wie der Rest aussah. Das mußte warten, bis sie aus Daughters and Sisters raus war, und sie hatte das Gefühl, als würde sie bald umziehen, wahrscheinlich das nächstemal, wenn auf Annas Liste, wie die Bewohnerinnen von D & S sie nannten, ein Zimmer frei wurde.

Ein Schatten fiel über die offene Hoteltür, und bevor sie auch nur überlegen – wohin mit der halb gegessenen Banane – geschweige denn aufstehen konnte, streckte Pam den Kopf herein. »Ertappt, Baby«, sagte sie und kicherte, als Rosie zusammenzuckte.

»Mach das *nie* wieder, Pammy! Ich hätte fast einen Herzschlag bekommen.«

»Oh, sie würden dich nie feuern, weil du dich hingesetzt und eine Banane gegessen hast«, sagte Pam. »Du solltest sehen, was hier sonst alles los ist. Was hast du noch übrig, 22 und 20?«

»Ja.«

»Soll ich dir helfen?«

»Oh, du mußt nicht –«

»Es macht mir nichts aus«, sagte Pam. »Wirklich nicht. Wenn wir sie uns zusammen vornehmen, haben wir die zwei Zimmer in fünfzehn Minuten fertig. Was sagst du dazu?«

»Ich sage ja«, antwortete Rosie dankbar. »Und ich lade dich nach der Arbeit im Hot Pot ein – zu Kaffee und Kuchen, wenn du willst.«

Pam grinste. »Wenn sie noch von der Schokoladentorte haben, dann will ich ganz sicher.«

10

Gute Tage – vier Wochen lang gute Tage, mehr oder weniger.

Als sie in dieser Nacht mit hinter dem Kopf verschränkten Armen auf ihrer Pritsche lag, in die Dunkelheit starrte und hörte, wie die Frau, die gestern abend gekommen war, zwei oder drei Pritschen links von ihr leise schluchzte, überlegte sich Rosie, daß ihre Tage weitgehend aus einem negativen Grund gut waren: Es gab keinen Norman Daniels. Sie spürte allerdings, daß bald mehr als seine Abwesenheit erforderlich sein würde, um sie auszufüllen und zu befriedigen.

Noch ist es nicht soweit, dachte sie und machte die Augen zu. *Im Augenblick genügt mir das. Die einfachen Tage mit Arbeit, Essen, Schlaf … aber ohne Norman Daniels.*

Sie döste ein, löste sich von ihrem bewußten Denken, und in ihrem Kopf sang Carole King wieder das Schlummerlied, das sie in den meisten Nächten in den Schlaf wiegte: *Ich bin richtig Rosie … Und ich bin Rosie Richtig … Ihr glaubt mir besser … Ich bin ziemlich wichtig …*

Dann kam die Dunkelheit und eine Nacht – sie wurden immer häufiger –, in der es keine Alpträume gab.

III
Vorsehung

I

Als Rosie und Pam Haverford am folgenden Mittwoch nach der Arbeit mit dem Dienstbotenfahrstuhl nach unten kamen, sah Pam blaß und unwohl aus. »Es ist wegen meiner Periode«, sagte sie, als Rosie ihrer Besorgnis Ausdruck verlieh. »Ich hab Krämpfe wie ein Tier.«

»Möchtest du auf einen Kaffee mitkommen?«

Pam dachte darüber nach, dann schüttelte sie den Kopf. »Geh ohne mich. Ich möchte nur zurück zu D & S, ein freies Schlafzimmer suchen, bevor alle von der Arbeit zurückkommen und anfangen zu palavern. Ein, zwei Midol schlucken und ein paar Stunden schlafen. Wenn ich das mache, fühl ich mich vielleicht hinterher wieder wie ein Mensch.«

»Ich komme mit dir«, sagte Rosie, als die Fahrstuhltüren sich öffneten und sie hinausgingen.

Pam schüttelte den Kopf. »O nein«, sagte sie, und ein kurzes Lächeln erhellte ihr Gesicht. »Ich komme ganz gut allein zurecht, und du bist alt genug, auch ohne Anstandsdame eine Tasse Kaffee zu trinken. Wer weiß – vielleicht lernst du sogar jemand Interessantes kennen.«

Rosie seufzte. Für Pam bedeutete *jemand Interessantes* immer ein Mann, normalerweise mit Muskeln, die wie geologische Verwerfungen unter den hautengen T-Shirts vorstanden, aber soweit es Rosie betraf, hätte sie den Rest ihres Lebens auf diesen Typ Mann verzichten können.

Außerdem war sie verheiratet.

Sie betrachtete ihren Ehering und den Verlobungsring mit dem Diamanten daneben, als sie auf die Straße hinausgingen. Wieviel dieser Blick mit dem zu tun hatte, was kurze Zeit später geschehen sollte, dessen war sie nie sicher, aber er rief ihr den Verlobungsring, an den sie im Normalfall so gut wie nie dachte, ins Gedächtnis zurück. Er hatte etwas mehr als ein halbes Karat, bei weitem das Wertvollste, das ihr Mann ihr jemals geschenkt hatte, und bis heute war sie nie auf die Idee gekommen, daß er *ihr* gehörte und sie ihn hergeben konnte, wenn (und auf welche Weise auch immer) sie wollte.

Rosie wartete trotz Pams Einwänden, daß es vollkommen unnötig sei, mit ihr an der Bushaltestelle direkt um die Ecke des Hotels. Es gefiel ihr überhaupt nicht, wie Pam aussah – leichenblasse Wangen, dunkle Ringe unter den Augen, kleine Schmerzfältchen in den Mundwinkeln. Außerdem tat es gut, sich um jemand anderen zu kümmern, statt umgekehrt. Um ein Haar wäre sie mit Pam in den Bus eingestiegen, um sich zu vergewissern, daß sie den Rückweg wohlbehalten schaffte, aber letztendlich war der Lockruf von frischem, heißem Kaffee (und vielleicht einem Stück Kuchen) einfach zu stark.

Sie stand am Bordstein und winkte Pam, als Pam sich an eines der Busfenster setzte. Pam winkte zurück, als der Bus anfuhr. Rosie blieb noch einen Moment stehen, dann drehte sie sich um und ging den Hitchens Boulevard Richtung Hot Pot entlang. Logischerweise schweiften ihre Gedanken zu ihrem ersten Spaziergang durch die Stadt ab. Sie konnte sich kaum an jene Stunden erinnern – am deutlichsten erinnerte sie sich an Angst und Desorientierung –, aber zumindest zwei Personen ragten so deutlich auf wie Felsen in Nebelschwaden: die schwangere Frau und der Mann mit dem David-Crosby-Schnurrbart. Der ganz besonders. Wie er mit einem Bierkrug in der Hand unter der Tür der Kneipe stand und sie ansah. Mit ihr

(he Baby he Baby)

redete. Oder sie anquatschte. Diese Erinnerungen beschäftigten ihr Denken eine ganze Weile, wie es nur unsere schlimmsten Erfahrungen vermögen – Erinnerungen an Zeiten, als wir uns verloren und hilflos fühlten und völlig außerstande, unser Leben selbst in die Hand zu nehmen –, und daher lief sie am Hot Pot vorbei, ohne es überhaupt zu sehen, so blicklos und voller Abscheu waren ihre unachtsamen Augen. Sie dachte immer noch an den Mann im Türrahmen der Bar und überlegte, wie sehr er ihr angst gemacht und wie sehr er sie an Norman erinnert hatte. Nichts an seinem Gesicht; hauptsächlich seine Haltung. Die Art, wie er dagestanden hatte, als wäre jeder Muskel gespannt, und zum Sprung bereit und als reiche auch nur ein einziger Blick von ihr, um ihn von der Leine zu lassen –

Eine Hand packte sie am Oberarm, und Rosie hätte beinahe laut aufgeschrien. Sie sah sich um und rechnete damit, entweder Norman oder den Mann mit dem dunkelroten Schnurrbart zu sehen. Statt dessen sah sie einen jungen Mann in einem konservativen Sommeranzug. »Tut mir leid, wenn ich Sie erschreckt habe«, sagte er, »aber ich dachte einen Augenblick, Sie würden direkt vor die Autos laufen.«

Sie sah sich um und stellte fest, daß sie an der Ecke Hitchens und Watertower Drive stand, einer der verkehrsreichsten Kreuzungen der Stadt, und mindestens drei ganze Blocks vom Hot Pot entfernt, möglicherweise vier. Der Verkehr sauste vorbei wie ein Fluß aus Metall. Plötzlich kam ihr der Gedanke, daß ihr der junge Mann an ihrer Seite möglicherweise das Leben gerettet hatte.

»D-danke. Vielen Dank.«

»Kein Problem«, sagte er, als auf der gegenüberliegenden Seite des Watertower Drive das grüne Licht der Fußgängerampel aufleuchtete. Der junge Mann warf Rosie einen letzten neugierigen Blick zu, dann trat er mit den anderen Fußgängern vom Bordstein auf den Zebrastreifen und verschwand in der Menge.

Rosie blieb stehen, wo sie war, und verspürte die vorübergehende Verwirrung und Erleichterung von jemand, der aus einem wirklich schlimmen Alptraum erwacht ist. *Und genau den hatte ich,* dachte sie. *Ich war wach, und bin die Straße entlang spaziert, aber ich hatte trotzdem einen schlimmen Traum. Oder eine Erinnerung.* Sie sah an sich hinab und stellte fest, daß sie die Handtasche mit verkrampften Händen an sich drückte, wie damals, vor fünf Wochen, während der langen, beängstigenden Suche nach der Durham Avenue. Sie schlang den Träger über die Schulter, drehte sich um und ging den Weg zurück, den sie gekommen war.

Das schicke Einkaufszentrum der Stadt fing gleich hinter dem Watertower Drive an; das Viertel, das sie gerade passierte, während sie den Watertower Drive hinter sich ließ, bestand aus viel kleineren Geschäften. Viele sahen etwas heruntergekommen aus, etwas verzweifelt an den Rändern. Rosie ging langsam und sah in Second-Hand-Bekleidungsgeschäfte, die versuchten, sich als Grunge-Boutiquen auszugeben; in Schuhgeschäfte mit Schildern wie KAUFT AMERIKANISCHE SCHUHE und RÄUMUNGSVERKAUF in den Fenstern; in einen Laden der »All-for-a-Dollar«-Kette, in dessen Schaufenster sich Puppenbabys aus Mexiko oder Manila türmten; in ein Ledergeschäft namens Motorcycle Mama und in ein Geschäft namens Avec Plaisir, wo eine erstaunliche Auswahl von Gegenständen – Dildos, Handschellen und im Schritt offene Slips – auf schwarzem Samt ausgestellt waren. Da schaute sie eine ganze Weile hinein, wunderte sich, daß die Sachen da lagen, wo jeder sie sehen konnte, und überquerte schließlich die Straße. Einen halben Block entfernt konnte sie das Hot Pot sehen, aber inzwischen hatte sie beschlossen, doch lieber auf Kaffee und Kuchen zu verzichten; sie wollte einfach mit dem nächsten Bus zu D & S zurückfahren. Genug Abenteuer für einen Tag.

Aber es kam anders. An der gegenüberliegenden Ecke der Kreuzung, die sie gerade überquert hatte, sah sie eine unscheinbare Ladenfassade mit einem Neonschild, PFANDLEIHHAUS – JUWELEN AN- UND VERKAUF, im Schaufenster. Letzteres erweckte Rosies Aufmerksamkeit. Sie betrachtete erneut ihren Verlobungsring und mußte an etwas denken, was Norman ihr kurz vor der Hochzeit gesagt hatte – *Wenn du den auf der Straße trägst, dann dreh den Stein nach innen, Rose. Es ist ein verdammt großer Klunker, und du bist nur ein kleines Mädchen.*

Sie hatte ihn einmal gefragt (bevor er ihr beigebracht hatte, daß es sicherer war, keine Fragen zu stellen), wieviel er gekostet hatte. Er hatte mit einem Kopfschütteln und einem knappen, nachsichtigen Lächeln geantwortet – dem Lächeln eines Vaters, dessen Kind wissen will, warum der Himmel blau ist oder wieviel Schnee es am Nordpol gibt. *Laß gut sein,* hatte er gesagt. *Du sollst nur wissen, es ging darum, entweder den Klunker oder einen neuen Buick. Ich hab mich für den Klunker entschieden. Weil ich dich liebe, Rose.*

Als sie jetzt an der Straßenecke stand, konnte sie sich immer noch gut erinnern, was sie da empfunden hatte – Angst, denn man *mußte* Angst vor einem Mann haben, der zu so einer Extravaganz fähig war, einem Mann, der einen Ring einem neuen Auto vorzog. Aber sie hatte sich auch etwas atemlos und sexy gefühlt. Denn es war romantisch. Er hatte ihr einen so großen Diamanten gekauft, daß man ihn nicht ungefährdet auf der Straße sehen lassen konnte. Ein Diamant so groß wie das Ritz. *Weil ich dich liebe, Rose.*

Vielleicht hatte er das ... aber es war vierzehn Jahre her, und das Mädchen, das er geliebt hatte, hatte leuchtende Augen und feste Brüste, einen flachen Bauch und lange, straffe Schenkel gehabt. Wenn dieses Mädchen auf die Toilette ging, hatte sie kein Blut im Urin gefunden.

Rosie stand an der Ecke vor dem Laden mit dem Neonschild im Schaufenster und betrachtete ihren Verlobungsring. Sie wartete ab, was sie empfinden würde – ein Echo von Angst oder womöglich gar Romantik –, aber als sie überhaupt nichts spürte, drehte sie sich zur Tür der Pfandleihe um. Sie würde Daughters and Sisters bald verlassen, und wenn es in diesem Laden jemand gab, der ihr eine angemessene Geldsumme für den Ring gab, konnte sie reinen Herzens gehen, ohne Schulden für Unterkunft und Verpflegung, und behielt vielleicht sogar noch ein paar hundert Dollar übrig.

Vielleicht will ich ihn auch nur loswerden, dachte sie. *Vielleicht will ich nicht noch mal einen Tag damit verbringen, den Buick, den er nie gekauft hat, am Ringfinger meiner linken Hand mit mir herumzuschleppen.*

Das Schild an der Tür trug die Aufschrift LIBERTY CITY – KREDITE UND PFANDLEIHEN. Das kam ihr einen Augenblick seltsam vor – sie hatte mehrere Spitznamen für diese Stadt gehört, aber alle hatten entweder mit dem See oder dem Wetter zu tun. Dann ließ sie den Gedanken fallen, machte die Tür auf und trat ein.

2

Sie hatte damit gerechnet, daß es dunkel sein würde, und es *war* dunkel, aber es erfüllte auch ein unerwartetes goldenes Leuchten das Liberty City Kredite & Pfandleihen. Die Sonne stand schon tief am Himmel, schien direkt die Hitchens entlang und sandte ihre langen, wärmenden Strahlen durch die Westfenster der Pfandleihe. Einer davon verwandelte ein aufgehängtes Saxophon in ein Instrument, das aussah, als wäre es aus Feuer gemacht.

Und das ist kein Zufall, dachte Rosie. *Jemand hat das Saxophon absichtlich dort aufgehängt. Jemand, der schlau ist.* Das stimmte wahrscheinlich, dennoch fühlte sie sich ein wenig verzaubert. Sogar der Geruch des Ladens trug seinen Teil zu dieser Verzauberung bei – der Geruch von Staub und Alter und Geheimnissen. Links von sich konnte sie ganz leise viele Uhren ticken hören.

Sie ging langsam den Mittelgang entlang, vorbei an Reihen akustischer Gitarren, die an den Hälsen aufgehängt worden waren, auf der einen, und verglasten Schaukästen voller Stereoanlagen auf der anderen Seite. Es schien eine große Zahl dieser übergroßen Kompaktanlagen vorhanden zu sein, die im Fernsehen immer »Gettoblaster« genannt wurden.

Am anderen Ende des Gangs befand sich ein langer Tresen, über dem ein weiteres, halbkreisförmiges Neonschild hing. GOLD, SILBER, JUWELEN, stand da in Blau zu lesen. Darunter, in Rot: WIR KAUFEN WIR VERKAUFEN WIR TAUSCHEN.

Ja, aber muß man auf dem Bauch gekrochen kommen wie ein Reptil? dachte Rosie mit der kleinsten Andeutung eines Lächelns und näherte sich dem Tresen. Ein Mann saß dahinter auf einem Hocker. Er hatte sich eine Juwelierslupe ins Auge geklemmt. Damit betrachtete er etwas, das vor ihm auf einem Samtpolster lag. Als sie näher kam, konnte Rosie erkennen, daß es sich um eine Taschenuhr mit abgeschraubtem Rückteil handelte. Der Mann hinter dem Tresen stocherte mit einem so dünnen Instrument darin herum, daß sie es kaum erkennen konnte.

Er war jung, dachte sie, möglicherweise noch nicht einmal dreißig. Sein Haar war lang, fast bis zu den Schultern, und er trug eine blaue Seidenweste über einem schlichten weißen T-Shirt. Sie fand die Kombination ungewöhnlich, aber durchaus ansprechend.

Etwas bewegte sich links von ihr. Sie drehte sich in diese Richtung um und sah einen älteren Herrn, der auf dem Boden kauerte und Taschenbuchstapel unter einem Schild mit der Aufschrift AUS DER GUTEN ALTEN ZEIT durchsah. Sein Mantel war wie ein Fächer um ihn herum ausgebreitet, und seine Aktentasche – schwarz, altmodisch und fadenscheinig an den Säumen – stand geduldig neben ihm wie ein treuer Hund.

»Kann ich Ihnen helfen, Ma'am?«

Sie wandte ihre Aufmerksamkeit wieder dem Mann hinter dem Tresen zu, der die Lupe aus dem Auge genommen hatte und sie freundlich grinsend ansah.

Seine Augen waren haselnußbraun, mit einem leichten Grünstich, sehr hübsch, und sie fragte sich kurz, ob Pam ihn wohl als *jemand Interessantes* einstufen würde. Vermutlich nicht. Nicht genug tektonische Platten, die sich unter dem Hemd verschoben.

»Schon möglich«, sagte sie.

Sie zog Ehering und Verlobungsring ab, dann steckte sie den schlichten Goldreif wieder an. Er rutschte zu weit hoch und schien zu locker zu sitzen, aber sie schätzte, daran würde sie sich gewöhnen. Eine Frau, die ihr eigenes Haus für immer verließ, ohne sich auch nur frische Unterwäsche anzuziehen, konnte sich wahrscheinlich an vieles gewöhnen. Sie legte den Diamantring neben die alte Uhr, an der der Juwelier gearbeitet hatte, auf das Samtkissen.

»Was würden Sie sagen, wieviel ist der wert?« fragte sie ihn. Und dann fügte sie als nachträglichen Einfall hinzu: »Wieviel würden Sie mir dafür geben?«

Er streifte den Ring über seinen Daumen, dann hielt er ihn in den staubigen Sonnenstrahl, der durch das dritte der westlichen Fenster über seine Schulter fiel. Der Stein ließ bunte Funken vor ihren Augen tanzen, und einen Moment verspürte sie einen Stich des Bedauerns. Dann sah der Juwelier kurz zu ihr auf, nur ein rascher Seitenblick, aber lange genug, daß sie etwas in seinen haselnußfarbenen Augen sah, das sie nicht gleich verstand – ein Blick, der zu sagen schien: *Soll das ein Witz sein?*

»Was?« fragte sie. »Was ist?«

»Nichts«, sagte er. »'nen Moment noch.« Er klemmte die Lupe ins Auge und betrachtete den Stein ihres Verlobungsrings lange. Als er wieder aufschaute, war sein Blick eindeutiger und leichter zu interpretieren. Sogar unmöglich mißzuverstehen. Plötzlich wußte Rosie alles, aber sie verspürte keine Überraschung, keine Wut und kein aufrichtiges Bedauern. Bestenfalls eine Art resignierter Verlegenheit: Warum war es ihr vorher nie aufgefallen? Wie hatte sie nur so dumm sein können?

Das warst du nicht, antwortete ihr diese tiefe Stimme. *Echt nicht, Rosie. Wenn du nicht im Grunde deines Herzens geglaubt hättest – von Anfang an –, daß der Ring eine Imitation ist, wärst du schon viel früher in so einen Laden gegangen. Hast du nach deinem zweiundzwanzigsten Geburtstag wirklich noch allen Ernstes geglaubt, daß dir Norman Daniels einen Ring geschenkt hätte, der mehrere tausend Dollar wert ist? Wirklich?*

Nein, wahrscheinlich nicht. Zunächst einmal wäre sie ihm das nie wert gewesen. Und außerdem, ein Mann, der drei Schlösser an der Eingangstür hatte, drei an der Hintertür, Bewegungsmelder im Garten und eine Alarmanlage in seinem nagelneuen Sentra, hätte seine Frau nie und nimmer mit einem Diamanten, so groß wie das Ritz, zum Einkaufen gehen lassen.

»Er ist eine Imitation, richtig?« fragte sie den Juwelier.

»Nun«, sagte er, »es ist ein echter *Zirkon,* aber mit Sicherheit kein Diamant, falls Sie das meinen.«

»*Selbstverständlich* meine ich das«, sagte sie. »Was sollte ich sonst meinen?«

»Alles in Ordnung?« fragte der Juwelier. Er sah aufrichtig besorgt aus, und jetzt, wo Rosie ihn aus der Nähe sah, hatte sie den Eindruck, daß er eher fünfundzwanzig als dreißig sein mußte.

»Verdammt«, sagte sie. »Ich weiß nicht. Wahrscheinlich.«

Sie holte allerdings ein Kleenex aus der Handtasche – für den Fall, daß sie in Tränen ausbrach; heutzutage konnte sie nie sicher sein, wann es dazu kam. Oder vielleicht in hysterisches Lachen; auch das war in letzter Zeit ein paarmal vorgekommen. Es wäre schön, wenn sie beide Extreme vermeiden könnte, jedenfalls vorerst. Wenn sie dieses Geschäft zumindest mit dem bißchen Würde verlassen könnte, das sie noch hatte.

»Ich hoffe es«, sagte er, »denn Sie befinden sich in bester Gesellschaft. Glauben Sie mir. Sie wären überrascht, wie viele Damen, Damen wie Sie –«

»Ach, hören Sie auf«, sagte sie zu ihm. »Wenn ich was zum Aufrichten brauche, kaufe ich mir einen Stütz-BH.« Sie hatte in ihrem ganzen Leben noch nie etwas Derartiges zu einem Mann gesagt – es war regelrecht anzüglich –, aber sie hatte sich auch in ihrem ganzen Leben noch nie so *gefühlt* … als würde sie im Weltraum spazierengehen oder schwindelig über ein Hochseil ohne Netz laufen. Aber war es in gewisser Weise nicht perfekt? War es nicht der einzig angemessene Epilog zu ihrer Ehe? *Ich hab mich für den Klunker entschieden,* hörte sie ihn im Geiste sagen; seine Stimme hatte gefühlvoll gebebt, und seine grauen Augen waren sogar ein wenig feucht geworden. *Weil ich dich liebe, Rose.*

Einen Augenblick rückte der hysterische Lachanfall in greifbare Nähe. Sie hielt ihn durch schiere Willenskraft auf Armeslänge von sich.

»Ist er *überhaupt* etwas wert?« fragte sie. »Irgendwas? Oder hat er ihn irgendwo aus einem Kaugummiautomaten gezogen?«

Diesmal bemühte er gar nicht erst die Lupe, sondern hielt den Ring nur wieder ins Sonnenlicht. »Tatsächlich ist er ein *bißchen was* wert«, sagte er und schien erleichtert, daß er immerhin doch eine gute Nachricht für sie hatte. »Der Stein liegt in der Preisklasse zehn Dollar, aber die Fassung … die könnte schon an die zweihundert gekostet haben. Natürlich kann *ich* Ihnen soviel nicht dafür geben«, fügte er hastig hinzu. »Mein Dad würde mir die Hölle heiß machen. Oder nicht, Robbie?«

»Dein Dad macht dir immer die Hölle heiß«, sagte der alte Mann, der bei den Taschenbüchern kauerte. »Dafür sind Kinder da.« Er sah nicht auf.

Der Juwelier sah ihn an, dann wieder Rosie und steckte sich einen Finger in den halboffenen Mund, als wolle er sich übergeben. Die Geste hatte Rosie seit der High School nicht mehr gesehen, sie mußte lächeln. Der Mann mit der Weste erwiderte das Lächeln. »Ich könnte Ihnen fünfzig dafür geben«, sagte er. »Interessiert?«

»Nein, danke.« Sie hob den Ring auf, betrachtete ihn nachdenklich und wickelte ihn dann in das unbenützte Kleenex in ihrer Hand.

»Versuchen Sie es in den anderen Geschäften hier in der Gegend«, sagte er. »Wenn jemand sagt, daß er Ihnen mehr gibt, gehe ich mit. Das ist Dads Geschäftspolitik, und es ist eine gute Geschäftspolitik.«

Sie ließ das Kleenex in die Handtasche fallen und klappte sie zu. »Danke, ich glaube nicht«, sagte sie. »Ich behalte ihn.«

Sie stellte fest, daß der Mann bei den Taschenbüchern – den der Juwelier Robbie genannt hatte – sie mit einem seltsam konzentrierten Gesichtsausdruck ansah, aber Rosie beschloß, daß ihr das einerlei war. Sollte er sie doch ansehen. Dies war ein freies Land.

»Der Mann, der ihn mir geschenkt hat, hat behauptet, er sei soviel wert wie ein neues Auto«, sagte sie. »Können Sie sich das vorstellen?«

»Ja«, antwortete er wie aus der Pistole geschossen, und sie erinnerte sich, wie er ihr gesagt hatte, daß sie sich in bester Gesellschaft befand, daß eine Menge Frauen hierherkamen und unangenehme Wahrheiten über ihre Kostbarkeiten erfuhren. Sie vermutete, daß dieser Mann trotz seiner Jugend schon eine Menge Variationen desselben Grundthemas gehört haben mußte.

»Ich kann es mir denken«, sagte sie. »Nun, dann sollten Sie verstehen, weshalb ich den Ring behalten möchte. Sollte ich mich je in einen anderen verlieben – oder auch nur glauben, daß ich es tue –, kann ich ihn hervorholen, ansehen und darauf warten, daß das Fieber nachläßt.«

Sie mußte an Pam Haverford denken, die lange, unregelmäßige Narben an beiden Unterarmen hatte. Im Sommer 1992 hatte ihr Mann sie betrunken durch eine Glastür gestoßen. Pam hatte die Arme gehoben, um das Gesicht zu schützen, als sie durch die Scheibe flog, das Ergebnis waren sechzig Stiche an einem und hundertundfünf am anderen Arm. Und trotzdem zerfloß sie fast vor Glück, wenn ein Bauarbeiter oder Anstreicher ihr nachpfiff, und wie sollte man das nennen? Ausdauer oder Dummheit? Anpassungsfähigkeit oder Amnesie? Rose bezeichnete es insgeheim als Haverfords Syndrom und hoffte nur, daß sie ihm nicht verfiel.

»Wie Sie meinen, Ma'am«, antwortete der Juwelier. »Aber es tut mir leid, daß ich der Überbringer schlechter Nachrichten bin. Ich persönlich finde ja, genau deshalb haben Pfandleihen ihren schlechten Ruf. Wir haben fast immer die Aufgabe, den Leuten zu sagen, daß die Sachen nicht das sind, wofür sie sie halten. Niemand mag das.«

»Nein«, stimmte sie zu. »Das mag niemand, Mr. ...«

»Steiner«, sagte er. »Bill Steiner. Mein Dad ist Abe Steiner. Hier ist unsere Karte.«

Er hielt ihr die Karte hin, aber sie schüttelte lächelnd den Kopf. »Ich hätte keine Verwendung dafür. Schönen Tag noch, Mr. Steiner.«

Sie ging zur Tür, aber diesmal nahm sie den dritten Gang, weil der ältere Herr mit der Aktentasche in einer und ein paar alten Taschenbüchern in der anderen Hand ein paar Schritte auf sie zugegangen war. Sie war nicht sicher, ob er mit ihr reden wollte, wußte aber ganz bestimmt, sie wollte nicht mit *ihm* reden. Im Augenblick wollte sie nur so schnell wie möglich raus aus Liberty-City Kredite & Pfandleihen, in einen Bus einsteigen und vergessen, daß sie je hier gewesen war.

Sie bemerkte nur am Rande, daß sie eine Abteilung der Pfandleihe passierte, wo sich kleine Figuren und Bilder, gerahmte wie ungerahmte, auf den staubigen Regalen drängten. Sie hatte den Kopf erhoben, sah aber nichts; sie war nicht in der Stimmung für Kunst, darstellende oder andere. Daher war es um so bemerkenswerter, daß sie unvermittelt, fast schlitternd, stehenblieb. Es war, als hätte sie das Bild überhaupt nicht gesehen, jedenfalls nicht bei dieser ersten Gelegenheit.

Es war, als hätte das Bild *sie* gesehen.

3

Die übermächtige Faszination, die davon ausging, war etwas noch nie Dagewesenes in ihrem Leben, aber das kam ihr nicht außergewöhnlich vor – sie führte nun schon seit über einem Monat ein Leben fernab aller gewohnten Bahnen. Auch kam ihr die Faszination (jedenfalls anfangs) nicht unnormal vor. Der Grund dafür war einfach: Nach vierzehn Jahren Ehe mit Norman Daniels, in denen sie vom Rest der Welt abgeschnitten gewesen war, hatte sie keinen Maßstab, um das Normale vom Unnormalen zu unterscheiden. Ihr Maßstab dafür, wie sich die Welt in einer bestimmten Situation verhielt, bestand weitgehend aus Fernsehserien und vereinzelten Filmen, in die er sie mitgenommen hatte (Norman Daniels hatte sich keinen Film mit Clint Eastwood entgehen lassen). Innerhalb des von diesen Medien vorgegebenen Rahmens schien ihre Reaktion auf das Bild fast normal zu sein. In Filmen und Fernsehserien waren Leute ständig wie vor den Kopf geschlagen.

Und im Grunde genommen spielte es auch keine Rolle. Wichtig war, wie das Bild sie ansprach und vergessen ließ, was sie gerade über ihren Ring herausgefunden hatte und daß sie nur aus der Pfandleihe rauswollte; sie vergessen ließ, wie erleichtert ihre wunden Füße sein würden, wenn sie den Bus der Linie Blau sah, der vor dem Hot Pot hielt; sie *alles* vergessen ließ. Sie dachte nur: *Seht euch das an! Ist das nicht das* schönste *Bild von der Welt!*

Es war ein Ölgemälde in einem Holzrahmen, etwa einen Meter breit und fünfundsechzig Zentimeter hoch, und es lehnte links an einer stehengebliebenen Uhr und rechts an einem kleinen nackten Cherub. Ringsum standen Bilder (eine alte, verblaßte Fotografie von St. Paul's Cathedral; ein Aquarell, das Obst in einer Schale zeigte; Gondeln bei Dämmerung auf dem Canale Grande; eine Jagdszene, die zeigte, wie eine Meute der Unaussprechlichen ein Paar der Ungenießbaren durch eine nebelverhangene englische Moorlandschaft jagte), aber die würdigte sie kaum eines Blickes. Sie interessierte sich für das Bild der Frau auf dem Hügel, nur dafür. Thema und Ausführung unterschieden sich nicht nennenswert von Bildern, die in Pfandleihen, Souvenirläden und Buden am Straßenrand überall im ganzen Land (auf der ganzen Welt, was das betraf) vor sich hin schimmelten, aber als sie es sah, gingen ihr Augen und Herz vor jener reinen, offenbarungsgleichen Aufregung über, die nur Kunstwerken vorbehalten bleibt, welche uns zutiefst berühren – dem Lied, das uns zum Weinen brachte; der Geschichte, die uns die Welt deutlich aus einer anderen Perspektive zeigte, zumindest eine Weile; dem Gedicht, das uns mit Lebensfreude erfüllte; dem Tanz, der uns eine kurze Zeit vergessen ließ, daß wir eines Tages nicht mehr sein werden.

Ihre emotionale Reaktion war so unvermittelt, so heftig und so vollkommen ohne Zusammenhang mit ihrem wahren, praktischen Leben, daß ihr Denken einfach aussetzte und sie nicht wußte, wie sie mit diesem unerwarteten Feuerwerk fertig werden sollte. Einen Augenblick kam sie sich vor wie ein Getriebe, dessen Schalthebel urplötzlich in den Leerlauf gesprungen ist – obwohl der Motor wie verrückt drehte, tat sich nichts. Dann faßte die Kupplung, und das Getriebe lief reibungslos weiter.

Ich will es für meine neue Wohnung, darum bin ich so aufgeregt, dachte sie. *Genau aus diesem Grund will ich es haben.*

Diesen Gedanken griff sie eifrig und dankbar auf. Sicher, es war nur eine Einzimmerwohnung, aber man hatte ihr versichert, daß es ein *großes* Zimmer war, mit einer kleinen Kochnische und einem Bad. Wie auch immer, in jedem Fall würde es die erste Unterkunft ihres Lebens sein, die ihr und nur ihr allein gehörte. Das machte sie so wichtig, und deshalb waren auch die Sachen, die sie dafür auswählte, so wichtig ... und das erste war das Allerwichtigste, weil es den Ton für alles angeben würde, was danach kam.

Ja. So hübsch es auch sein mochte, es blieb ein Zimmer, in dem Dutzende Singles mit geringem Einkommen vor ihr gelebt hatten und Dutzende nach ihr leben würden. Aber dennoch würde es ein wichtiger Ort sein. Die vergangenen fünf Wochen waren ein Zwischenspiel gewesen, eine Grauzone zwischen ihrem alten und ihrem neuen Leben. Wenn sie in das Zimmer einzog, das ihr in Aussicht gestellt worden war, würde ihr neues Leben – ihr Leben als *Single* – wirklich beginnen ... und dieses Bild, das Norman nie gesehen und beurteilt hatte, das *nur ihr* gehörte, konnte ein Symbol dieses neuen Lebens sein.

So erklärte, begründete und rechtfertigte ihr Verstand – vernünftig, gesund und in keiner Weise darauf vorbereitet, etwas zu erkennen oder einzusehen, das auch nur entfernt nach Übersinnlichem oder Paranormalen roch – gleichzeitig ihre heftige Reaktion auf das Bild der Frau auf dem Hügel.

4

Es war das einzige Bild in der Reihe, das mit Glas geschützt war (Rosie erinnerte sich dunkel, daß Ölgemälde für gewöhnlich nicht verglast wurden, vielleicht, weil sie atmen mußten, oder so), und in der unteren linken Ecke befand sich ein kleiner gelber Aufkleber, auf dem stand: $ 75 ODER ?

Sie streckte leicht zitternde Hände aus und ergriff den Bilderrahmen. Sie nahm das Bild behutsam vom Regal und trug es durch den Gang zurück. Der alte Mann mit der altmodischen Aktentasche war immer noch da und beobachtete sie immer noch, aber Rosie bemerkte ihn kaum. Sie ging direkt zum Tresen und stellte das Bild vorsichtig vor Bill Steiner ab.

»Haben Sie was gefunden, das Ihnen gefällt?« fragte er.

»Ja.« Sie klopfte auf das Preisschild in der Ecke des Rahmens. »Hier steht fünfundsiebzig Dollar oder Fragezeichen. Sie haben mir gesagt, Sie könnten mir fünfzig für meinen Verlobungsring geben. Wären Sie bereit, zu tauschen? Meinen Ring gegen dieses Bild?«

Steiner ging seine Seite des Tresens entlang, hob die Durchgangsklappe am Ende hoch und kam auf Rosies Seite. Er betrachtete das Bild so sorgfältig wie ihren Ring … aber diesmal mit einer gewissen Heiterkeit.

»Daran kann ich mich gar nicht erinnern. Ich glaub nicht, daß ich es schon mal gesehen hab. Muß der alte Herr eingekauft haben. Er ist der Kunstliebhaber der Familie; ich bin nur ein besserer Laufbursche.«

»Soll das heißen, Sie können nicht –«

»Feilschen? Hören Sie auf. Ich feilsche bis zum Sankt-Nimmerleins-Tag, wenn Sie mich lassen. Aber diesmal muß ich das gar nicht. Ich gehe mit Vergnügen auf Ihr Angebot ein – sogar im Tausch. Dann muß ich nicht mit ansehen, wie Sie hier rausgehen und das Gesicht praktisch am Boden hängen haben.«

Und wieder folgte eine Premiere; ehe sie überlegen konnte, was sie da tat, legte Rosie Bill Steiner die Arme um den Hals und drückte ihn kurz, aber begeistert an sich. »Danke!« rief sie. »Vielen Dank!«

Steiner lachte. »O Mann, gern geschehen«, sagte er. »Ich glaube, eben bin ich in diesen heiligen Hallen zum erstenmal von einem Kunden umarmt worden. Sehen Sie noch andere Bilder, die Sie unbedingt haben wollen, Lady?«

Der alte Mann mit dem Mantel – den Steiner Robbie genannt hatte – kam herüber, um sich das Bild anzusehen. »Wenn man bedenkt, wie die meisten Kunden von Pfandleihen aussehen, ist das wahrscheinlich ein Glück«, sagte er.

Bill Steiner nickte. »Damit magst du wohl recht haben.«

Rosie hörte sie kaum. Sie kramte in ihrer Handtasche nach dem Kleenex, in das sie den Ring eingewickelt hatte. Sie brauchte länger als nötig gewesen wäre, um es zu finden, weil ihr Blick immer wieder zu dem Bild auf dem Tresen schweifte. *Ihrem* Bild. Zum erstenmal dachte sie voller Ungeduld an das

Zimmer, das sie bekommen würde. Ihr eigenes Zimmer, nicht nur eine Pritsche unter vielen. Ihr eigenes Zimmer, und ihr eigenes Bild, das sie an die Wand hängen konnte. *Das werde ich als erstes machen,* dachte sie, als sie das Bündel Zellstoff in die Finger bekam. *Als allererstes.* Sie wickelte den Ring aus und hielt ihn Steiner hin, aber er beachtete ihn vorerst gar nicht; er studierte das Bild.

»Es ist ein Original, kein Druck«, sagte er, »und ich halt es nicht für besonders gut. Darum ist es wahrscheinlich hinter Glas. Jemand wollte es aufpolieren. Was soll dieses Gebäude unten am Hügel sein? Ein ausgebranntes Plantagenhaus?«

»Ich glaube, es sollen die Ruinen eines Tempels sein«, sagte der alte Mann mit der schäbigen Aktentasche leise. »Möglicherweise ein griechischer Tempel. Aber es ist schwer zu sagen, richtig?«

Es *war* schwer zu sagen, da das fragliche Gebäude fast bis zum Dach im Unterholz verborgen war. Reben wuchsen an den fünf Säulen davor hinauf. Eine sechste lag in Bruchstücken da. In der Nähe der umgestürzten Säule lag eine umgefallene Statue, so überwuchert, daß man lediglich ein glattes, weißes Steingesicht, das zu Gewitterwolken aufschaute, mit denen der Maler begeistert den Himmel ausgefüllt hatte, über dem Grün erkennen konnte.

»Ja«, sagte Steiner. »Wie auch immer, mir kommt es vor, als wäre das Gebäude nicht in der richtigen Perspektive – es ist zu groß für die Stelle, wo es ist.«

Der alte Mann nickte. »Aber das ist eine notwendige Täuschung. Sonst würde man nichts sehen als das Dach. Was die umgestürzte Säule und die Statue betrifft, keine Chance – die wären überhaupt nicht zu sehen.«

Rosie war der Hintergrund gleichgültig; ihre ganze Aufmerksamkeit galt der zentralen Figur des Gemäldes. Auf der Hügelkuppe stand eine Frau und sah auf die Ruinen des Tempels hinunter, so daß jeder, der das Bild betrachtete, nur ihren Rücken sehen konnte. Ihr Haar war blond und hing zu einem Zopf geflochten den Rücken hinab. Um einen ihrer anmutigen Oberarme – den rechten – trug sie einen breiten Goldreif. Die linke Hand hatte sie erhoben, und obwohl man es nicht mit Sicherheit sagen konnte, sah es aus, als würde sie die Augen abschirmen. Das war seltsam angesichts des wolkenverhangenen Gewitterhimmels, dennoch schien sie genau das zu tun. Sie trug ein kurzes Gewand – eine Toga, vermutete Rosie, die eine milchweiße Schulter entblößt ließ. Die Farbe des Kleidungsstücks war ein leuchtendes Purpurrot. Es war unmöglich zu sagen, was, wenn überhaupt, sie an den Füßen trug; das Gras, in dem sie stand, reichte fast bis zu ihren Knien, wo die Toga aufhörte.

»Wie würdest du es nennen?« fragte Steiner. Er sprach zu Robbie. »Klassisch? Neo-Klassisch?«

»Ich würde es Kitsch nennen«, sagte Robbie grinsend, »aber ich glaube, ich verstehe auch, weshalb diese Frau es haben will. Es hat eine emotionale Qualität, die ziemlich aufwühlend ist. Die *Elemente* sind vielleicht klassisch – wie man sie auf alten Stahlstichen sehen kann –, aber die Stimmung ist wildromantisch. Und dann die Tatsache, daß die Hauptfigur uns den Rücken zuwendet. Das erscheint mir *sehr* seltsam. Alles in allem ... nun, man kann nicht sagen, daß die junge Dame das *beste* Bild aus dem Laden ausgewählt hat, aber ich bin sicher, es ist das *eigentümlichste.*«

Rosie hörte sie immer noch kaum. Sie entdeckte unablässig neue Einzelheiten an dem Bild, die ihre Aufmerksamkeit auf sich lenkten. Zum Beispiel die dunkelviolette Kordel um die Taille der Frau, die zu dem Schnitt des Gewands paßte, und die vage Andeutung der linken Brust, die durch den erhobenen Arm enthüllt wurde. Die beiden Männer mäkelten nur herum. Es war ein *wunderbares* Gemälde. Sie dachte, sie könnte es stundenlang betrachten, und wenn sie ihr neues Zimmer hatte, würde sie wahrscheinlich genau das tun.

»Kein Titel, keine Signatur«, sagte Steiner. »Es sei denn ...«

Er drehte das Bild herum. Auf dem Karton der Rückseite standen in sanften, etwas verschwommenen Kohlestrichen die Worte ROSE MADDER geschrieben.

»Nun«, sagte er zweifelnd, »da haben wir ja den Namen der Künstlerin, wie es aussieht. Komischer Name. Vielleicht ein Pseudonym.«

Robbie schüttelte den Kopf, machte den Mund auf, um etwas zu sagen, aber dann sah er, daß die Frau, die sich für das Bild entschieden hatte, es auch besser wußte.

»Es ist der Name des *Bildes*«, sagte sie, und dann fügte sie aus Gründen, die sie nie hätte erklären können, noch hinzu: »Rose ist *mein* Name.«

Steiner sah sie vollkommen verständnislos an.

»Vergessen Sie es, das ist nur ein Zufall.« Aber war es das wirklich? fragte sie sich. »Sehen Sie.« Sie drehte das Bild behutsam wieder um. Dann tippte sie auf das Glas über der Toga, die die Frau im Vordergrund trug. »Diese Farbe – dieses Purpurrot – nennt man Rose Madder.«

»Sie hat recht«, sagte Robbie. »Entweder der Künstler – oder wahrscheinlich derjenige, dem das Bild zuletzt gehört hat, weil Kohle ziemlich schnell wieder abgeht –, hat das Bild nach der Farbe des Chitons benannt.«

»Bitte«, sagte Rose zu Steiner, »können wir zur Sache kommen? Ich muß mich auf den Heimweg machen. Ich bin sowieso schon spät dran.«

Steiner wollte sie noch einmal fragen, ob sie sicher sei, aber er sah es ihr an. Und er sah noch etwas – sie hatte etwas leicht Abgespanntes an sich, das darauf hindeutete, daß sie es in letzter Zeit nicht leicht gehabt hatte. Es war das Gesicht einer Frau, die aufrichtiges Interesse und Besorgnis als Spott betrachten könnte, oder möglicherweise als Schachzug, um das Geschäft zu seinen Gunsten zu beeinflussen. Daher nickte er nur. »Den Ring für das Bild, fairer Tausch. Und wir sind beide zufrieden.«

»Ja«, sagte Rosie und schenkte ihm ein strahlendes Lächeln. Es war das erste richtige Lächeln, das sie irgend jemandem seit vierzehn Jahren geschenkt hatte, und als es am strahlendsten war, schloß er sie ins Herz. »Und wir sind beide zufrieden.«

5

Sie blieb einen Moment draußen stehen, betrachtete fassungslos blinzelnd die Autos, die vorbeirasten, und kam sich vor wie als kleines Kind, wenn sie mit ihrem Vater aus dem Kino gekommen war – benommen, ihr halbes Denken in der wirklichen Welt, die andere Hälfte immer noch in der Welt des schönen Scheins.

Aber das Bild war durchaus real; wenn ihr Zweifel kamen, mußte sie nur auf das Paket hinuntersehen, das sie unter ihrem linken Arm trug.

Die Tür hinter ihr ging auf, und der ältere Mann kam heraus. Jetzt hatte sie sogar bei ihm ein gutes Gefühl und schenkte ihm ein Lächeln von der Art, wie die Leute es denjenigen vorbehalten, mit denen sie etwas Seltsames oder Wunderbares zusammen erlebt haben.

»Madam«, sagte er, »würden Sie in Erwägung ziehen, mir einen kleinen Gefallen zu tun?«

Ihr Lächeln wich einem argwöhnischen Gesichtsausdruck. »Das kommt drauf an, was es ist, aber es ist nicht meine Art, Fremden einen Gefallen zu tun.« Das war selbstverständlich eine Untertreibung. Sie war nicht einmal daran gewöhnt, mit Fremden zu *reden.*

Er sah fast verlegen aus, was eine beruhigende Wirkung auf sie hatte.

»Ja, nun, ich weiß, es hört sich seltsam an, aber es könnte für uns beide von Vorteil sein. Ich heiße übrigens Lefferts. Rob Lefferts.«

»Rosie McClendon«, sagte sie. Sie überlegte, ob sie ihm die Hand geben sollte, ließ es aber sein. Wahrscheinlich hätte sie ihm nicht mal ihren Namen nennen sollen. »Ich glaube wirklich nicht, daß ich Zeit habe, jemand einen Gefallen zu tun, Mr. Lefferts – ich bin eh schon spät dran, und –«

»Bitte.«

Er stellte seine abgenutzte Aktentasche ab, griff mit der rechten Hand in die braune Tüte, die er bei sich hatte, und holte eines der alten Taschenbücher heraus, die er in der Pfandleihe gefunden hatte. Der Umschlag zeigte das stilisierte Bild eines Mannes in einem schwarzweiß gestreiften Sträflingsanzug, der in eine Höhle oder eine Tunnelöffnung trat.

»Ich möchte nur, daß Sie den ersten Absatz dieses Buches lesen. Laut.«

»Hier?« Sie sah sich um. »Hier auf der Straße? Warum, um Himmels willen?«

Er wiederholte nur: »Bitte«, und sie nahm das Buch und dachte, wenn sie tat, was er verlangte, würde sie sich vielleicht ohne weitere Fisimatenten aus dem Staub machen können. Was nicht schlecht wäre, denn sie fing an zu glauben, daß er nicht ganz richtig im Kopf war. Vielleicht nicht gefährlich, aber dennoch nicht ganz richtig. Und wenn er *doch* gefährlich sein sollte, wollte sie es herausfinden, solange das Liberty City Kredite & Pfandleihen – und Bill Steiner – noch in Reichweite waren.

Der Titel des Buches lautete *Dark Passage,* der Autor hieß David Goodis. Es war nicht überraschend, überlegte sich Rosie, als sie das Impressum überblätterte, daß sie noch nie von ihm gehört hatte (auch wenn ihr der Titel vage bekannt vorkam); *Dark Passage* war 1946 veröffentlicht worden, siebzehn Jahre bevor sie geboren wurde.

Sie sah Rob Lefferts an. Er nickte ihr eifrig zu und zitterte fast vor Erwartung … und Hoffnung? Wie konnte das sein? Aber es sah ganz wie Hoffnung *aus.*

Rosie, die selbst ein bißchen aufgeregt wurde (gleich und gleich gesellt sich gern, hatte ihre Mutter oft gesagt), fing an zu lesen. Wenigstens war der erste Absatz kurz.

»Es war ein harter Schlag. Parry war unschuldig. Außerdem war er ein anständiger Kerl, der nie jemandem Ärger machte und nur ein anständiges Leben führen wollte. Aber für die andere Seite sprach einfach zuviel und für seine Seite praktisch nichts. Die Geschworenen entschieden, daß er schuldig sei. Der Richter verurteilte ihn zu lebenslänglich, und er wurde nach San Quentin gebracht.«

Sie sah auf, schlug das Buch zu und hielt es ihm hin.

»Okay?«

Er lächelte sichtlich erfreut. »Ganz ausgezeichnet, Ms. McClendon. Nun warten Sie … nur noch eine … mir zuliebe ...« Er blätterte rasch durch das Buch und gab es ihr wieder. »Bitte nur den Dialog. Die Szene spielt zwischen Parry und einem Taxifahrer. Von ›Nun, es ist komisch‹ an. Sehen Sie es?«

Sie sah es, und diesmal hatte sie keine Einwände. Sie hatte sich überlegt, daß Lefferts nicht gefährlich war, vielleicht nicht einmal verrückt. Außerdem verspürte sie dieses seltsame Gefühl der Erregung, als würde gleich etwas wirklich Interessantes passieren ... oder wäre schon im Gange.

Klar, jede Wette, sagte die innere Stimme fröhlich zu ihr. *Das Bild, Rosie – weißt du nicht mehr?*

Ja, logisch. Das Bild. Wenn sie nur daran dachte, ging ihr das Herz über, und sie fühlte sich glücklich.

»Das ist sehr merkwürdig«, sagte sie, lächelte aber. Sie konnte nicht anders.

Er nickte, aber sie vermutete, er hätte genau so genickt, wenn sie ihm gesagt hätte, ihr Name sei Madame Bovary. »Ja, ja, ich bin sicher, daß es den Eindruck macht, aber ... *haben* Sie die Stelle, wo Sie anfangen sollen?«

»Hm-hmm.«

Sie überflog den Dialog rasch und versuchte, durch das, was sie sagten, ein Gefühl dafür zu bekommen, wer diese Leute waren. Der Taxifahrer war leicht; im Geiste schuf sie rasch ein Bild von Jackie Gleason als Ralph Kramden in den Wiederholungen der *Honeymooners,* die sie nachmittags auf Kanal Achtzehn zeigten. Parry war etwas schwieriger – 08/15-Held, vermutete sie, im Dutzend billiger. Ach was, es war so oder so nichts Aufregendes. Sie räusperte sich, fing an, vergaß ziemlich schnell, daß sie mit einem verpackten Bild unter dem Arm an einer belebten Straßenecke stand und merkte nichts von den neugierigen Blicken, die sie und Lefferts auf sich zogen.

»*›Nun, es ist komisch‹, sagte der Fahrer. ›Ich sehe den Leuten an den Gesichtern an, was sie denken. Ich kann erraten, was sie tun. Manchmal kann ich sogar sagen, wer sie sind ... bei Ihnen, zum Beispiel.‹*

›Na gut, ich. Was ist mit mir?‹

›Sie haben Schwierigkeiten.‹

›Ich hab nicht das geringste Problem‹, sagte Parry.

›Das können Sie mir nicht erzählen, Bruder‹, sagte der Fahrer. ›Ich weiß es. Ich kenne die Menschen. Und ich will Ihnen noch was sagen. Ihr Problem sind Frauen.‹

›Erste Niete. Ich bin glücklich verheiratet.‹«

Plötzlich, einfach so, hatte sie die Stimme für Parry: Er war James Woods, nervös und aufgedreht, aber mit einem grimmigen Sinn für Humor. Das gefiel ihr, und sie las weiter, erwärmte sich für die Story und sah vor ihrem inneren Auge eine Szene aus einem Film, der nie gedreht worden war – Jackie Gleason und James Woods in einem Taxi, das in der Dunkelheit durch die Straßen einer anonymen Stadt fuhr.

»*›Ich würde sagen, Treffer. Sie sind nicht verheiratet. Aber Sie waren es, und die Ehe war nicht glücklich.‹*

›Oh, ich verstehe. Sie waren dabei. Sie haben sich die ganze Zeit im Schrank versteckt.‹

Der Fahrer sagte: ›Ich will Ihnen erzählen, wie sie war. Es war nicht leicht, mit ihr auszukommen. Sie wollte hoch hinaus. Und je mehr sie bekam, desto mehr wollte sie. Und sie bekam immer, was sie wollte. So sieht es aus.‹«

Rosie hatte das Ende der Seite erreicht. Sie verspürte einen seltsamen kalten Schauer auf dem Rücken, als sie Lefferts das Buch gab, der mittlerweile aussah, als wollte er vor Glück zerspringen.

»Ihre Stimme ist wunderbar!« sagte er zu ihr. »Tief, aber nicht dröhnend, melodiös und sehr deutlich, ohne erkennbaren Akzent – das alles habe ich gleich gemerkt, doch die Stimme allein sagt nicht viel aus. Aber Sie können lesen! Sie können wirklich *lesen!*«

»*Natürlich* kann ich lesen«, sagte Rosie. Sie wußte nicht, ob sie amüsiert oder ärgerlich sein sollte. »Sehe ich aus, als wäre ich von Wölfen großgezogen worden?«

»Nein, natürlich nicht, aber häufig sind nicht einmal sehr gute Leser imstande, laut zu lesen – auch wenn sie nicht gerade stottern, können sie sehr wenig hineinlegen. Und Dialoge sind *viel* schwerer als normaler Text … der Härtetest, könnte man sagen. Aber bei Ihnen habe ich zwei verschiedene Menschen gehört. Ich habe sie wirklich gehört. Ich …«

Er streckte die Hand aus und berührte sie zaghaft an der Schulter, als sie sich abwenden wollte. Eine Frau mit etwas mehr Lebenserfahrung hätte gewußt, daß es sich um eine Sprechprobe handelte, auch wenn sie an einer Straßenecke stattfand, und wäre demzufolge nicht besonders überrascht gewesen von dem, was Lefferts als nächstes sagte. Rosie jedoch war so verblüfft, daß ihr vorübergehend die Worte fehlten, als er ihr einen Job anbot.

6

In dem Augenblick, als Rob Lefferts seiner geflohenen Frau an einer Straßenecke zuhörte, saß Norman Daniels in seinem kleinen Kabuff im dritten Stock des Polizeireviers, hatte die Füße auf den Schreibtisch gelegt und die Hände hinter dem Kopf verschränkt. Es war das erstemal seit Jahren, daß es ihm möglich war, die Füße hochzulegen; unter normalen Umständen war sein Schreibtisch vollgestapelt mit Formularen, Imbißverpackungen, halb geschriebenen Berichten, abteilungsinternen Rundschreiben, Merkzetteln und anderem Mist. Norman gehörte nicht zu den Menschen, die ihren Kram automatisch aufräumen (in nur fünf Wochen sah das Haus, das Rosie all die Jahre blitzsauber gehalten hatte, etwa so aus wie Miami nach dem Hurrikan Andrew), und normalerweise sah man das auch seinem Büro an, aber heute sah es eindeutig ordentlich aus. Er hatte fast den ganzen Tag mit Aufräumen verbracht und drei große Plastiksäcke voll Abfall zu den Müllcontainern im Keller geschleppt, weil er die Arbeit nicht den Niggerweibern überlassen wollte, die zwischen Mitternacht und sechs Uhr morgens zum Putzen kamen. Was man den Niggern überließ, blieb liegen – diese Lektion hatte Normans Vater ihm beigebracht, und das war völlig richtig. Es gab eine ganz grundlegende Tatsache, die die Politiker und Weltverbesserer entweder nicht verstanden oder nicht verstehen wollten: Nigger hatten keine Ahnung von Arbeit. Das war ihre afrikanische Mentalität.

Norman ließ den Blick langsam über seinen Schreibtisch schweifen, auf dem sich nun außer seinen Füßen und dem Telefon nichts mehr befand, dann sah er zu der Wand rechts von sich. Jahrelang war sie mit Anforderungszetteln, Laborberichten und Speisekarten zugeklebt gewesen – ganz zu schweigen von seinem Kalender, auf dem er mit Rotstift seine Gerichtstermine eintrug –, aber jetzt war sie vollkommen kahl. Er beendete seine visuelle Rundreise bei dem Stapel Spirituosenkartons neben der Tür. Dabei überlegte er, wie unvorhersehbar das Leben war. Er hatte ein impulsives Temperament und war der erste, der es auch zugab. Dieses Temperament brachte ihn immer wieder *in Schwierigkeiten, auch das hätte er bereitwillig zugegeben. Und hätte man ihm vor einem Jahr eine Vision seines Büros gewährt, wie es heute aussah, hätte er eine simple Schlußfolgerung daraus gezogen: Sein Temperament hatte ihn schließlich und endlich in eine Klemme gebracht, aus der er sich nicht herausreden konnte, und er war gefeuert worden. Entweder hatte er genügend Verweise aufgehäuft, daß seine Entlassung nach den Vorschriften des Reviers gerechtfertigt wäre, oder er war endlich einmal dabei erwischt worden, wie er jemandem wirklich weh tat, wie er wahrscheinlich Ramon Sanders, dem kleinen Schmalzkopf, weh getan hatte. Der Gedanke, daß es eine Rolle spielte, ob einem Schwulenbengel wie Ramon ein bißchen weh getan wurde, war selbstverständlich lächerlich – der heilige Antonius war er ganz sicher nicht –, aber man mußte sich an die Spielregeln halten … oder durfte sich zumindest nicht dabei erwischen lassen, wie man sie brach. Wie man beispielsweise nicht sagen durfte, daß Nigger keine Ahnung hatten, was Arbeiten bedeutete, obwohl das selbstverständlich jeder wußte (zumindest jeder Weiße).*

Aber er war nicht *gefeuert worden. Er zog um, das war alles. Er zog aus diesem beschissenen kleinen Kabuff aus, in dem er seit dem ersten Jahr der Amtszeit von Präsident Bush untergebracht war. Er zog in ein richtiges Büro um, wo die Wände bis zur Decke hinauf reichten und bis zum Boden hinunter gingen. Nicht gefeuert;* befördert. *Dabei mußte er an einen alten Song von Chuck Berry denken, der so ging:* C'est la vie, it goes to show you never can tell.

Die Razzia war über die Bühne gegangen, das Riesending, und es hätte nicht besser laufen können, wenn er selbst das Drehbuch dazu geschrieben hätte. Eine fast unvorstellbare Verwandlung war passiert: Sein Arsch hatte sich in Gold verwandelt, zumindest hier.

Es war ein Crack-Syndikat gewesen, das die ganze Stadt überzog, die Sorte Verbrecherring, dessen Segmente man nie komplett und auf einmal erwischte ... aber diesmal war es ihm gelungen. Alles hatte sich zusammengefügt; als hätte man an einem Craps-Tisch in Atlantic City ein Dutzend Siebener hintereinander gewürfelt und dabei jedesmal sein Geld verdoppelt. Sein Team hatte am Ende über zwanzig Leute verhaftet, ein halbes Dutzend davon richtig große Tiere, und die Verhaftungen waren rechtens – nicht einmal eine Spur von Anstiftung zu einer Straftat. Der Bezirksstaatsanwalt erlebte wahrscheinlich Orgasmen, wie er sie nicht mehr kannte, seit er in der Junior High School seinen Cockerspaniel in den Arsch gefickt hatte. Norman, der einmal geglaubt hatte, dieser schmierige kleine Wichser würde ihn anklagen, wenn es ihm nicht gelingen würde, sein Temperament zu zügeln, war zum Musterknaben des Staatsanwalts geworden. Chuck Berry hatte vollkommen recht: Man wußte nie.

»Der Kühlschrank war mit Fertiggerichten und Ginger Ale vollgestopft«, murmelte Norman lächelnd. Es war ein fröhliches Lächeln, das die meisten dazu gebracht hätte zurückzulächeln, aber Rosie wäre dabei ein kalter Schauer über den Rücken gelaufen, und sie hätte sich gewünscht, unsichtbar zu sein. Sie nannte es Normans beißendes Lächeln.

Dazu kam ein schöner Frühling, ein wunderschöner Frühling, aber unter der Oberfläche war es ein ziemlich mieser Frühling gewesen. Ein total beschissener *Frühling, um genau zu sein, und Rose war der Grund dafür. Er war davon ausgegangen, daß er ihre Eskapade schon längst beendet haben würde, aber es war ihm nicht gelungen. Rose war immer noch da draußen. Irgendwo da draußen.*

Er war noch am selben Tag, als er seinen guten Freund Ramon auf der Parkbank gegenüber dem Polizeirevier verhört hatte, nach Portside gegangen. Er hatte ein Bild von Rose mitgenommen, aber das hatte ihm nicht viel geholfen. Als er die Sonnenbrille und den grellroten Schal erwähnte (wertvolle Informationen, die er im Protokoll von Ramon Sanders' erstem Verhör entdeckt hatte), hatte einer der beiden Schalterbeamten von Continental, die tagsüber Dienst taten, Treffer gebrüllt. Das Problem war nur, der Kartenverkäufer konnte sich nicht erinnern, was Roses Ziel gewesen war, und die Unterlagen konnte man nicht überprüfen, weil es keine Unterlagen gab. *Sie hatte ihre Fahrkarte bar bezahlt und kein Gepäck aufgegeben.*

Der Fahrplan von Continental hatte drei Möglichkeiten offeriert, aber Norman hielt die dritte – ein Bus, der um 13:45 Uhr nach Süden aufgebrochen war – für die unwahrscheinlichste. Sie hätte bestimmt nicht so lange im Bahnhof herumsitzen wollen. Damit blieben zwei andere Möglichkeiten: eine zweihundertfünfzig Meilen entfernt gelegene Stadt und eine weitere, größere Stadt im Herzen des Mittelwestens.

Dann hatte er, wie er sich erst ganz allmählich eingestand, einen Fehler gemacht, einen Fehler, der ihn mindestens zwei Wochen gekostet hatte: Er war davon ausgegangen, daß sie sich nicht zu weit von ihrer Heimat entfernen würde, von der Gegend, wo sie aufgewachsen war, nicht eine ängstliche kleine Maus wie sie. Aber jetzt …

Normans Handflächen waren von einem feinen Netz halbkreisförmiger weißer Narben bedeckt. Sie stammten von seinen Fingernägeln, aber ihre wahre Ursache lag tief im Innern von Normans Kopf begründet, einem Brennofen, der fast sein ganzes Leben lang auf Hochtouren lief.

»Du solltest echt Angst *vor mir haben«, murmelte er. »Und wenn du jetzt noch keine hast, ich garantiere dir, bald wirst du sie haben.«*

Ja. Er mußte sie wiederhaben. Ohne Rose bedeutete ihm alles, was in diesem Frühling passiert war – der ruhmreiche Abschluß seiner Untersuchung, die gute Presse, die Reporter, die ihn verblüfften, indem sie zur Abwechslung einmal respektvolle Fragen stellten, sogar die Beförderung – überhaupt nichts. Die Frauen, mit denen er geschlafen hatte, seit Rose abgehauen war, bedeuteten ihm auch nichts. Wichtig war, sie hatte ihn verlassen. *Noch wichtiger war,* er hatte nicht die geringste Ahnung gehabt, daß sie es vorhatte. *Und das Allerwichtigste war,* sie hatte seine BankCard mitgenommen. *Sie hatte sie nur einmal benutzt und lächerliche dreihundertfünfzig Dollar abgehoben, aber darum ging es nicht. Es ging darum, daß sie etwas genommen hatte, was ihm gehörte; sie hatte vergessen, wer der Obermacker im Dschungel war, und dafür würde sie bezahlen. Und zwar einen hohen Preis.*

Einen hohen.

Eine der Frauen, mit denen er geschlafen hatte, seit Rose fort war, hatte er erwürgt. Er hatte sie erwürgt und dann hinter einem Getreidesilo am Westufer des Sees versteckt. Sollte er das auch auf sein unbeherrschtes Temperament schieben? Er wußte es nicht, was sollte man dazu sagen? Konnte man es fassen? Er wußte nur, er hatte sich eine Frau aus dem wandelnden Fleischmarkt an der Fremont Street aufgerissen, einen kleinen Rotschopf in rehbraunen Hot Pants, deren große Daisy-Mae-Titten aus dem Büstenhalter quollen. Er sah nicht, was für eine große Ähnlichkeit sie mit Rose hatte (zumindest redete er sich das heute ein und glaubte es wahrscheinlich selbst), jedenfalls nicht, bis er es ihr auf dem Rücksitz seines derzeitigen Dienstwagens besorgte, eines unauffälligen, vier Jahre alten Chevys. Da hatte sie den Kopf gedreht, das Licht eines der Getreidesilos in der Nähe hatte ihr einen Moment ins Gesicht geschienen, und in diesem Augenblick war *die Hure Rose gewesen, das Flittchen, das ihn verlassen hatte, ohne auch nur eine Nachricht zu hinterlassen, ohne auch nur* ein verdammtes Wort, *und ehe er recht wußte, was er da tat, hatte er den Büstenhalter um den Hals der Hure geschlungen, die Zunge hing ihr aus dem Mund, und die Augen quollen der Hure aus den Höhlen wie Glasmurmeln. Und das Schlimmste war, als sie tot war, hatte die Hure nicht mehr die geringste Ähnlichkeit mit Rose gehabt.*

Nun, er war nicht in Panik geraten ... aber weshalb sollte er auch? Schließlich war es nicht das erstemal gewesen.

Hatte Rose das gewußt? Es gespürt?

War sie darum ausgerissen? Weil sie Angst gehabt hatte, er könnte ...

»Sei kein Arschloch«, murmelte er und machte die Augen zu.

Keine gute Idee. Denn er sah, was er in letzter Zeit häufig in seinen Träumen sah: eine grüne BankCard der Merchant's Bank, die zu enormer Größe angewachsen war und in der Luft schwebte wie ein geldscheingrünes Luftschiff. Er machte die Augen hastig wieder auf. Seine Hände taten weh. Er öffnete die Fäuste und nahm die halbrunden Wunden in seinen Handflächen ohne Überraschung zur Kenntnis. Er hatte sich an die Wundmale seiner Unbeherrschtheit gewöhnt und wußte, wie er damit fertig werden mußte: durch eiserne Selbstbeherrschung. Das bedeutete, mit Denken und Planen, und das begann mit einer kritischen Aufarbeitung.

Er hatte die Polizei in der näher gelegenen der beiden Städte angerufen, sich ausgewiesen und Rose als Hauptverdächtige bei einem großen Kreditkartenschwindel genannt (das mit der Karte war am schlimmsten, und es ging ihm nicht mehr aus dem Sinn; der Gedanke, daß sie es gewagt hatte, die BankCard vom Kaminsims zu nehmen, trieb ihn zum Wahnsinn). Er nannte den Namen Rose McClendon, weil er sicher war, daß sie ihren Mädchennamen wieder angenommen hatte. Sollte sich das Gegenteil herausstellen, würde er die Tatsache, daß die Verdächtige und der ermittelnde Polizist denselben Namen hatten, einfach als Zufall abtun. So was war schon vorgekommen. Schließlich ging es hier um Daniels, nicht um Trzewski oder Beauschatz.

Außerdem hatte er den Cops zwei Bilder von Rose gefaxt. Eines war ein Foto von ihr, wie sie auf den Stufen zum Garten saß; ein Kollege von ihm, Roy Foster, hatte es Ende August gemacht. Es war nicht besonders gut – zunächst einmal zeigte es, wieviel Speck sie angesetzt hatte, seit sie dreißig geworden war –, aber es war schwarzweiß, und man konnte ihr Gesicht hinreichend deutlich erkennen. Das zweite war ein Phantombild derselben Frau, das Al Kelly, ein verdammt begabter Hurensohn, auf Normans Bitte hin in seiner Freizeit gemacht hatte – allerdings mit einem Tuch um den Kopf.

Die Cops in der anderen Stadt, der näher gelegenen Stadt, hatten alle richtigen Fragen gestellt und alle richtigen Anlaufstellen aufgesucht, die Absteigen, die Asyle, wo man manchmal die Gästeliste einsehen konnte, wenn man wußte, wen und wie man fragen mußte – aber ohne Ergebnis. Norman selbst hatte so oft er Zeit hatte telefoniert und mit wachsender Frustration nach einer Spur gesucht. Er hatte sogar die Gebühr für eine gefaxte Liste der Personen bezahlt, die in letzter Zeit einen Führerschein beantragt hatten, ebenfalls ergebnislos.

Der Gedanke, daß sie ihm entkommen, daß sie der gerechten Strafe für das, was sie getan hatte, entgehen könnte (besonders dafür, daß sie es gewagt hatte, die BankCard zu nehmen), war ihm noch nicht in den Sinn gekommen, aber er kam widerwillig zu der Einsicht, daß er es doch in der anderen Stadt hätte versuchen sollen; offenbar hatte sie solche Angst vor ihm, daß ihr zweihundertfünfzig Meilen nicht weit genug waren.

Nicht, daß achthundert Meilen ausreichen würden, eine Tatsache, die sie bald erfahren sollte.

Inzwischen hatte er lange genug hier rumgesessen. Es wurde Zeit, eine Sackkarre oder einen Transportwagen zu finden und seinen Plunder in das zwei Stockwerke höher gelegene neue Büro zu schaffen. Er schwang die Füße vom Tisch, und in diesem Augenblick läutete das Telefon. Er nahm ab.

»Spricht dort Inspektor Daniels?« fragte die Stimme am anderen Ende.

»So ist es«, antwortete er und dachte (ohne große Freude): Oberinspektor Daniels, um genau zu sein.

»Hier ist Oliver Robbins.«

Oliver Robbins. Der Name kam ihm bekannt vor, aber …

»Von Continental Express. Ich habe einer Frau, nach der Sie suchen, eine Busfahrkarte verkauft.«

Daniels setzte sich kerzengerade in seinem Sessel auf. »Ja, Mr. Robbins, ich erinnere mich genau.«

»Ich habe Sie im Fernsehen gesehen«, sagte Robbins. »Es ist toll, daß Sie die Typen geschnappt haben. Crack ist ein Teufelszeug. Wissen Sie, wir sehen am Busbahnhof ständig, wie Leute es nehmen.«

»Ja«, sagte Daniels und achtete darauf, daß man seiner Stimme seine Ungeduld nicht anhörte. »Das glaube ich gern.«

»Müssen die Typen wirklich ins Gefängnis?«

»Ich glaube, die meisten schon. Womit kann ich Ihnen helfen?«

»Eigentlich hoffe ich, daß ich Ihnen *helfen kann«, sagte Robbins. »Wissen Sie noch, Sie haben gesagt, ich sollte Sie anrufen, wenn mir noch was einfällt? Wegen der Frau mit der Brille und dem roten Schal, meine ich.«*

»Ja«, sagte Norman. Seine Stimme klang ruhig und freundlich, aber die Hand, mit der er den Hörer hielt, hatte er wieder fest zur Faust geballt, und die Nägel gruben sich ihm tief ins Fleisch.

»Nun, ich hätte es nicht für möglich gehalten, aber heute morgen unter der Dusche ist mir noch was eingefallen. Ich habe den ganzen Tag darüber nachgedacht und bin sicher, daß ich mich nicht irre. Sie hat es tatsächlich so gesagt.«

»Was hat sie wie gesagt?« fragte er. Seine Stimme klang immer noch vernünftig, ruhig – sogar freundlich –, aber nun konnte man helles Blut in den Furchen seiner geballten Faust sehen. Norman

Daniels zog eine leere Schublade seines Schreibtischs auf und ließ die Hand darüber hängen. Eine kleine Taufe für den Mann, der nach ihm in dieses beschissene Loch ziehen mußte.

»Sehen Sie, sie sagte mir nicht, wohin sie wollte; ich *habe es* ihr *gesagt. Darum ist es mir wahrscheinlich nicht gleich eingefallen, als Sie mich gefragt haben, Inspektor Daniels, obwohl ich bei so was normalerweise ein gutes Gedächtnis habe.«*

»Ich komme nicht ganz mit.«

»Normalerweise nennen einem die Leute, die eine Fahrkarte kaufen, ihr *Ziel«, sagte Robbins. »›Nach Nashville, hin und zurück‹, oder: ›Nach Lansing, einfach, bitte.‹ Können Sie mir folgen?«*

»Ja.«

»Diese Frau hat es nicht so gemacht. Sie sagte nicht den Namen der Stadt, sie nannte die Uhrzeit, *wann sie fahren wollte. Das ist mir heute morgen unter der Dusche eingefallen. Sie sagte: ›Ich möchte eine Fahrkarte für den Bus um 11:05 Uhr. Sind noch Plätze frei?‹ Als wäre es nicht wichtig, wohin sie fuhr, sondern nur –«*

»– daß sie so schnell wie möglich so weit wie möglich fortkam!« rief Norman Daniels aus. »Ja! Ja, natürlich! Danke, Mr. Robbins!«

»Freut mich, daß ich Ihnen weiterhelfen konnte.« Robbins schien über den Gefühlsausbruch am anderen Ende der Leitung etwas verwundert zu sein. »Diese Frau, hinter der scheint ihr Jungs aber echt her zu sein.«

»Das stimmt«, sagte Norman. Er lächelte wieder dieses Lächeln, bei dem Rosie immer eine Gänsehaut bekommen hatte und sich mit dem Rücken zur Wand stellen wollte, um ihre Nieren zu schützen. »Worauf Sie sich verlassen können. Dieser Bus um 11:05 Uhr, Mr. Robbins – wohin fährt der?«

Robbins sagte es ihm, und dann fragte er: »Gehörte sie auch zu dem Crack-Ring? Die Frau, nach der Sie suchen?«

»Nein, sie ist eine Kreditkartenbetrügerin«, sagte Norman, und Robbins setzte zu einer Antwort an – offenbar wollte er sich auf einen gemütlichen kleinen Plausch einlassen –, aber Norman legte den Hörer auf und schnitt ihn mitten im Wort ab. Er legte die Füße wieder auf den Schreibtisch. Er konnte sich Zeit damit lassen, einen Wagen zu finden und seinen Plunder abzutransportieren. Er lehnte sich in seinem Sessel zurück und sah zur Decke. »Eine Kreditkar-

tenbetrügerin, klar doch«, sagte er. »Aber es ist ja bekannt, was sie über den langen Arm des Gesetzes sagen.«

Er streckte den linken Arm aus, öffnete die Faust und ließ die blutverschmierte Handfläche sehen. Er krümmte die Finger, die ebenfalls blutig waren.

»Der lange Arm des Gesetzes, Miststück«, sagte er und fing plötzlich an zu lachen. »Der verdammt lange Arm des Gesetzes, der nach dir greift. Worauf du dich verlassen kannst.« Er krümmte und streckte die Finger und sah, wie kleine Blutstropfen auf die Schreibtischplatte fielen, doch das war ihm gleich; er lachte und fühlte sich großartig.

Endlich lief alles wieder wie geplant.

7

Als sie wieder im D & S war, fand Rosie Pam im Aufenthaltsraum im Keller auf einem Klappstuhl. Pam hielt ein Taschenbuch in der Hand, beobachtete aber Gert Kinshaw und ein mageres kleines Geschöpf, das vor etwa zehn Tagen eingetroffen war – Cynthia irgendwer. Cynthia hatte eine schrille Punkfrisur – halb grün, halb orange – und sah aus, als würde sie nicht mehr als fünfundvierzig Kilo wiegen. Sie trug einen dicken Verband über dem linken Ohr, das ihr Freund mit nicht unbeträchtlichem Erfolg abzureißen versucht hatte. Sie trug ein Oberteil mit dem Bild von Peter Tosh in der Mitte einer verschnörkelten, blaugrünen psychedelischen Korona. NOT GONNA GIVE IT UP! verkündete das T-Shirt. Wann immer sie sich bewegte, konnte man in den viel zu großen Armlöchern des T-Shirts ihre Brüste, nicht größer als Teetassen, und die kleinen, erdbeerfarbenen Brustwarzen sehen. Sie keuchte, und ihr Gesicht war schweißgebadet, und doch schien sie sich fast ausgelassen darüber zu freuen, wer sie war und wo sie war.

Gertrude Kinshaw und Cynthia unterschieden sich wie Tag und Nacht. Rosie war nie richtig dahintergekommen, ob Gertrude, genannt Gert, eine Beraterin, eine Dauerbewohnerin von D & S oder sozusagen nur eine gute Bekannte war. Sie kam, blieb ein paar Tage und verschwand wieder. Häufig saß sie bei den Therapiesitzungen im Kreis (diese wurden zweimal täglich bei D & S abgehalten, Teilnahme an vier pro Woche war für die Bewohnerinnen Pflicht), aber Rosie hatte nie gehört, daß sie irgend etwas gesagt hätte. Sie war groß, mindestens ein Meter zweiundachtzig, und kräftig – ihre Schultern waren breit und rund und dunkelbraun, ihre Brüste so groß wie Melonen, ihr Bauch eine gewaltige, schwingende Wampe, die die T-Shirts Größe XXXL ausbeulte und über den Bund der Jogginghosen ging, die sie ständig trug. Normalerweise hatte sie ihr Haar zu einem Gewirr struppiger Zöpfe geflochten (das sah *sehr* verworren aus) und hatte so frappante Ähnlichkeit mit den Frauen, die man in Waschsalons sitzen sah, wo sie Twinkies futterten und die neueste Ausgabe des *National Enquirer* lasen, daß man leicht ihren gewölbten Bizeps, die kräftigen Muskeln ihrer Oberschenkel unter den alten grauen Jogginghosen und die Art und Weise übersah, mit der ihr riesiger Hintern beim Gehen *nicht* schwabbelte. Rosie hörte sie, wenn überhaupt, nur bei diesen Seminaren im Übungsraum reden.

Gert brachte allen Bewohnerinnen von D & S, die es lernen wollten, die hohe Kunst der Selbstverteidigung bei. Rosie hatte selbst ein paar Lektionen genommen und versuchte immer noch, jeden Tag mindestens einmal die Übungen zu machen, die Gert »Sechs Methoden, ein Arschloch aufs Kreuz zu legen« nannte. Sie war nicht besonders gut und konnte sich nicht vorstellen, daß sie sie je an einem richtigen Mann ausprobieren würde – dem Kerl mit dem David-Crosby-Schnurrbart, der an der Tür des Wee Nip gelehnt hatte, zum Beispiel –, aber sie mochte Gert. Besonders gefiel ihr, wie sich Gerts breites, dunkles Gesicht veränderte, wenn sie unterrichtete, weil es da aus seiner üblichen hölzernen Reglosigkeit ausbrach und Lebhaftigkeit und Intelligenz ausdrückte. Tatsächlich hübsch wurde. Rosie hatte Gert einmal gefragt, was sie denn nun genau unterrichtete, Taekwan-do oder Jiu-Jitsu oder Karate? Möglicherweise eine andere Sportart? Gert hatte nur die Achseln gezuckt. »Ein bißchen hiervon und ein bißchen davon«, hatte sie gesagt. »Reste.«

Jetzt hatten sie die Tischtennisplatte beiseite geschoben und eine graue Matte auf den Boden des Hobbyraums gelegt. Acht oder neun Klappstühle standen an einer der mit Kieferpaneelen verkleideten Wand, zwischen der uralten Stereoanlage und dem prähistorischen Fernseher, in dem alles entweder hellgrün oder blaßrosa aussah. Der einzige besetzte Stuhl im Augenblick war der von Pam. Mit dem Buch auf dem Schoß, dem mit einem blauen Faden zurückgebundenen Haar und den prüde zusammengepreßten Knien sah sie wie ein Mauerblümchen beim High-School-Tanz aus. Rosie setzte sich neben sie und lehnte das verpackte Bild gegen ihre Schienbeine.

Gert, die gut und gerne hundertzwanzig Kilo wog, und Cynthia, die die Waage wahrscheinlich nur in Georgia Giants und mit einem vollgepackten Rucksack auf dem Rücken knapp über fünfzig gebracht hätte, umkreisten einander. Cynthia keuchte und grinste breit. Gert war ruhig und stumm, leicht vornüber gebeugt und hatte die Arme vor sich ausgestreckt. Rosie betrachtete sie amüsiert und ein wenig nervös. Es war, als würde man ein Eichhörnchen beobachten, das einen Bären attackieren wollte.

»Ich hab mir schon Sorgen um dich gemacht«, sagte Pam. »Und mich allen Ernstes gefragt, ob wir einen Suchtrupp losschicken sollten.«

»Ich hatte einen *unglaublichen* Nachmittag. Aber was ist mit dir? Wie geht es dir?«

»Besser. Meiner Meinung nach ist Midol die Lösung für alle Probleme dieser Welt. Aber das ist unwichtig, was war bei dir los? Du strahlst ja richtig.«

»Echt?«

»Echt. Also schieß los. Wie kommt's?«

»Nun, mal sehen«, sagte Rosie. Sie zählte alles an den Fingern ab. »Ich hab festgestellt, daß mein Verlobungsring Tinnef ist, ich hab ihn gegen ein Bild eingetauscht – das werd ich in meine Wohnung hängen, wenn ich eine bekomme –, ich hab einen Job angeboten bekommen …« Sie machte eine Pause –

eine rhetorische Pause – und fügte dann hinzu: »… und ich hab *jemand Interessantes* kennengelernt.«

Pam sah sie mit großen Augen an. »Das hast du erfunden!«

»Nee. Ich schwöre bei Gott. Aber mach keinen Aufstand, er ist fünfundsechzig, wenn nicht älter.« Sie sprach von Robbie Lefferts, aber vor ihrem geistigen Auge sah sie kurz Bill Steiner mit seiner blauen Seidenweste und den interessanten Augen. Doch das war lächerlich. In dieser Phase ihres Lebens brauchte sie Liebe etwa so sehr wie Herpes. Und außerdem, war sie nicht zu dem Ergebnis gekommen, daß Steiner mindestens sieben Jahre jünger sein mußte als sie? Wirklich nur ein Baby. »Er hat mir den Job angeboten. Sein Name ist Robbie Lefferts. Aber der soll uns jetzt nicht weiter kümmern – willst du mein neues Bild sehen?«

»Ach, komm schon und laß knacken!« sagte Gert aus der Mitte des Zimmers. Sie hörte sich liebenswürdig und gereizt zugleich an. »Das hier ist nicht der Schulball, Süße.« Das letzte Wort sprach sie wie *Süühße* aus.

Cynthia stürmte auf sie zu, daß der Zipfel ihres zu großen T-Shirts flatterte. Gert drehte sich zur Seite, packte das Mädchen mit dem zweifarbigen Haar an den Unterarmen und wirbelte sie herum. Cynthia flog mit den Füßen nach oben durch die Luft und landete auf dem Rücken. *»Huuiii!«* sagte sie und sprang wieder in die Höhe wie ein Gummiball.

»Nein, ich will dein *Bild* nicht sehen«, sagte Pam. »Es sei denn, es zeigt den Typ. Ist er echt fünfundsechzig? Also *da* hab ich meine Zweifel.«

»Vielleicht älter«, sagte Rosie. »Da war aber *noch* einer. Der hat mir gesagt, daß der Diamant meines Verlobungsrings nur ein Zirkon ist. Dann hat er ihn gegen das Bild eingetauscht.« Sie machte eine Pause. *»Der* war keine fünfundsechzig.«

»Wie hat er ausgesehen?«

»Braune Augen«, sagte Rosie und beugte sich über ihr Bild. »Aber ich erzähl dir nichts mehr, wenn du mir nicht sagst, was du davon hältst.«

»Rosie, sei kein *Spielverderber!*«

Rosie grinste – sie hatte das Vergnügen eines harmlosen kleinen Geplänkels fast schon vergessen – und riß weiter das Packpapier auf, mit dem Bill Steiner die erste wirklich sinnvolle Anschaffung ihres neuen Lebens eingewickelt hatte.

»Okay«, sagte Gert zu Cynthia, die sie wieder umkreiste. Gert sprang langsam auf ihren großen braunen Füßen auf und ab. Ihre Brüste wogten wie Wellen im Ozean unter dem weißen T-Shirt, das sie trug. »Du hast gesehen, wie es geht, und jetzt mach es nach. Vergiß nicht, du kannst mich nicht herumwirbeln – ein Floh wie du würde sich einen Bruch heben, wenn er versucht, eine Dampfwalze wie mich herumzuwirbeln –, aber du kannst mithelfen, daß ich mich selbst herumwirble. Alles klar?«

»Klar wie Kloßbrühe«, sagte Cynthia. Ihr Grinsen wurde noch breiter und entblößte winzige, spitze weiße Zähne. Für Rosie sahen sie wie die Zähne eines kleinen, aber gefährlichen Tiers aus; vielleicht die eines Mungos. *»Ger*trude *Kin*shaw, *komm ran!«*

Gert stürmte los, Cynthia packte sie an den feisten Unterarmen, rammte ihr mit einem Selbstvertrauen, das Rosie, wie sie genau wußte, nie und nimmer aufgebracht hätte, ihre knabenhafte Hüfte in die Flanke … und plötzlich flog Gert durch die Luft und überschlug sich, eine Halluzination in weißem T-Shirt und grauer Jogginghose. Das T-Shirt rutschte hoch und ließ den größten BH erkennen, den Rosie je gesehen hatte; die beigen Lycrakörbchen sahen wie Artilleriegeschosse aus dem Ersten Weltkrieg aus. Als Gert auf der Matte landete, erbebte das ganze Zimmer.

»Jaaaaaa!« schrie Cynthia, tanzte ausgelassen herum und schüttelte die verschränkten Hände über dem Kopf. *»Da liegt sie, die dicke Mama! Jaaaaaa! JAAAAAA! Zum Auszählen auf der Matte! Zum verfluchten Aus –«*

Mit einem Lächeln – ein seltsamer Ausdruck, der ihrem Gesicht etwas Grausames verlieh – hob Gert Cynthia hoch, hielt sie einen Moment über den Kopf, während sie ihre baumstammgleichen Beine gespreizt hatte, und ließ sie dann kreisen wie einen Flugzeugpropeller.

»Ouuuuhhh, ich muß gleich kotzen!« schrie Cynthia, aber sie lachte auch. Sie wirbelte herum, daß ihr grün-orangenes Haar

und das psychedelische Shirt nur als Schlieren zu sehen waren. *»Ouuuuhhh, gleich kommt's mir HOCH!«*

»Gert, das reicht«, sagte eine leise Stimme. Es war Anna Stevenson, die am unteren Ende der Treppe stand. Sie trug wieder Schwarz und Weiß (Rosie hatte sie in anderen Farbkombinationen gesehen, aber nicht vielen), diesmal schwarze Röhrenhosen und eine weiße, hochgeschlossene Seidenbluse mit langen Ärmeln. Rosie beneidete sie um ihre Eleganz. Sie beneidete Anna *immer* um ihre Eleganz.

Gert, die leicht beschämt aussah, stellte Cynthia vorsichtig wieder auf die Füße.

»Mir fehlt nichts, Anna«, sagte Cynthia. Sie machte vier unsichere Zick-Zack-Schritte über die Matte, stolperte, setzte sich und fing an zu kichern.

»Das sehe ich«, bemerkte Anna trocken.

»Ich hab Gert auf die Matte geworfen«, sagte sie. »Das hätten Sie sehen sollen. Ich glaube, das war der größte Nervenkitzel meines Lebens. Ehrlich.«

»Da bin ich ganz sicher, aber Gert wird dir sicher sagen, daß sie sich selbst herumgewirbelt hat«, sagte Anna. »Du hast ihr nur geholfen, zu tun, was ihr Körper sowieso tun wollte.«

»Ja, kann schon sein«, sagte Cynthia. Sie stand vorsichtig wieder auf, fiel prompt wieder auf ihren Allerwertesten (das bißchen, das sie hatte) und kicherte erneut. »Herrje, als hätte jemand das ganze Zimmer auf einen Plattenteller gelegt.«

Anna kam durch das Zimmer zu Rosie und Pam. »Was hast du da?« fragte sie Rosie.

»Ein Bild. Ich habe es heute nachmittag gekauft. Es ist für meine neue Wohnung, wenn ich eine habe. Mein Zimmer.« Und dann fügte sie ein wenig ängstlich hinzu: »Was meinen Sie?«

»Ich weiß nicht – gehen wir damit ins Licht.«

Anna hielt das Bild seitlich am Rahmen, trug es durch das Zimmer und stellte es auf die Tischtennisplatte. Die fünf Frauen stellten sich im Halbkreis darum auf. Nein, stellte Rosie fest, als sie sich umsah, sie waren zu siebt. Robin St. James und Consuela Delgado waren zu ihnen nach unten gekommen – sie standen hinter Cynthia und sahen über ihre schmalen, feingliedrigen Schultern. Rosie wartete darauf, daß jemand das Schweigen brach – sie setzte auf Cynthia –, aber als sich das Schweigen in die Länge zog, wurde sie nervös.

»Und?« fragte sie schließlich. »Was meint ihr? Nun sagt doch schon.«

»Es ist ein seltsames Bild«, sagte Anna.

»Ja«, stimmte Cynthia zu. »Unheimlich. Aber ich hab schon mal so eins gesehen.«

Anna sah Rosie an. »Warum hast du es gekauft, Rosie?«

Rosie zuckte die Achseln und fühlte sich nervöser denn je. »Ich kann es wirklich nicht erklären. Es war, als hätte es mich angesprochen.«

Anna überraschte sie – und zerstreute ihre Bedenken erheblich –, indem sie lächelte und nickte. »Ja. Ich glaube, letztlich geht es genau darum bei der Kunst, und zwar nicht nur bei Bildern – es ist dasselbe mit Büchern und Geschichten und Skulpturen und sogar Sandburgen. Manche Dinge sprechen uns an, das ist alles. Es ist, als würden die Leute, die sie geschaffen haben, in unseren Köpfen sprechen. Aber dieses spezielle Bild ... findest du es schön, Rosie?«

Rosie sah es an und versuchte, das Bild so zu sehen, wie sie es im Liberty City Kredite und Pfandleihen gesehen hatte, als seine stumme Zunge so vehement zu ihr gesprochen hatte, daß sie wie vom Donner gerührt stehenblieb und alle anderen Gedanken aus ihrem Kopf verdrängt wurden. Sie betrachtete die blonde Frau in der dunkelroten Toga (oder dem Chiton – so hatte Mr. Lefferts es genannt), die im hohen Gras auf dem Hügel stand, und bemerkte wieder den Zopf, der gerade an ihrem Rücken herunterhing, und den Goldreif über dem rechten Ellbogen. Dann ließ sie den Blick zu dem verfallenen Tempel und der umgestürzten

(Gottheit)

Statue am Fuß des Hügels schweifen. Zu dem, was die Frau in der Toga betrachtete.

Woher weißt du, daß sie das betrachtet? Wie kannst *du das wissen? Du kannst doch ihr Gesicht nicht sehen!*

Das stimmte natürlich ... aber was *gab* es dort sonst zu betrachten?

»Nein«, sagte Rosie. »Ich habe es nicht gekauft, weil ich es schön fand. Ich habe es gekauft, weil es mir *stark* vorkam. Wie es bewirkt hat, daß ich so plötzlich stehenblieb, das war stark. Muß ein Bild schön sein, damit es gut ist, was meint ihr?«

»Nee«, sagte Consuela. »Denk an Jackson Pollock. Bei seinen Gemälden ging es nicht um Schönheit, sondern um Energie. Oder Diane Arbus, was ist mit der?«

»Wer ist das?« fragte Cynthia.

»Eine Fotografin, die berühmt wurde mit Bildern von Frauen mit Bart oder rauchenden Liliputanern.«

»Oh.« Cynthia dachte darüber nach, und plötzlich strahlte ihr Gesicht, weil ihr etwas eingefallen war. »Ich hab mal ein Bild gesehen, das war bei einer Party, wo ich als Cocktailkellnerin gearbeitet habe. In einer Kunstgalerie. Es war von einem Mann namens Applethorpe, Robert Applethorpe, und wollt ihr wissen, was drauf war? Ein Kerl, der den Pimmel eines anderen verschlungen hat! Im Ernst! Und der tat nicht nur so, wie in einem Pornoheft. Ich meine, der Kerl hat sich *Mühe* gegeben, er hat sich reingekniet und Überstunden gemacht. Man sollte nicht glauben, daß ein Kerl so ein Riesenstück von einem alten Besenstiel in seinen –«

»*Mapplethorpe*«, sagte Anna trocken.

»Hm?«

»*Mapple*thorpe, nicht *Apple*thorpe.«

»O ja, kann schon sein.«

»Der ist inzwischen gestorben.«

»Tatsächlich?« fragte Cynthia. »Und woran?«

»Aids.« Anna betrachtete immer noch Rosies Bild und sprach geistesabwesend weiter. »In gewissen Kreisen auch als Besenstielkrankheit bezeichnet.«

»Du hast gesagt, du hast schon mal ein Bild wie das von Rosie gesehen«, knurrte Gert. »Wo war das, Winzling? In derselben Kunstgalerie?«

»Nein.« Als sie über Mapplethorpe gesprochen hatte, da hatte Cynthia nur interessiert ausgesehen; jetzt liefen ihre Wangen rot an, und an den Mundwinkeln bildeten sich die Grübchen eines zaghaften, defensiven Lächelns. »Und es war nicht *genau* dasselbe, weißt du, sondern …«

»Los, raus damit«, sagte Rosie.

»Nun, mein Dad war Methodistenpfarrer in Bakersfield«, sagt Cynthia. »Und zwar Bakersfield, Kalifornien, wo ich herkomme. Wir wohnten im Pfarrhaus, und unten in den kleinen Empfangszimmern hingen alle möglichen alten Bilder. Manche zeigten Präsidenten, manche Blumen, manche Hunde. Die waren nicht wichtig. Einfach Sachen, die man an die Wand hängt, damit sie nicht so kahl aussieht.«

Rosie nickte und dachte an die anderen Bilder auf den verstaubten Regalen der Pfandleihe – Gondeln in Venedig, Obstschalen, Hunde und Füchse. Einfach Sachen, die man an die Wand hängt, damit sie nicht so kahl aussieht. Münder ohne Zungen.

»Aber da war eins … es hieß …« Sie runzelte die Stirn und versuchte, sich zu erinnern. »Ich glaube, es hieß ›DeSoto schaut nach Westen‹. Es zeigte diesen Eroberer in Blechhosen und mit 'nem Hut wie 'ne Suppenschüssel, der von Indianern umgeben auf einer Felsenklippe stand. Und er sah über einen meilenweiten Wald zu einem riesengroßen Fluß. Ich glaube, es war der Mississippi. Aber, wißt ihr … die Sache war die …«

Sie sah unsicher in die Runde. Ihre Wangen waren röter denn je, das Lächeln verschwunden. Der dicke Verband über ihrem Ohr sah sehr weiß aus, sehr *auffällig,* wie ein eigentümliches Accessoire, das auf die Seite ihres Kopfs aufgepfropft worden war, und Rosie überlegte kurz – nicht zum erstenmal, seit sie zu D & S gekommen war –, warum so viele Männer so brutal waren. Was stimmte nicht mit ihnen? War es etwas, das vergessen worden war, oder etwas Häßliches, das unerklärlicherweise eingebaut worden war, wie ein fehlerhafter Schaltkreis in einen Computer?

»Immer raus damit, Cynthia«, sagte Anne. »Wir werden dich nicht auslachen. Oder?«

Die Frauen schüttelten die Köpfe.

Cynthia verschränkte die Hände hinter dem Rücken wie ein kleines Mädchen, das aufgefordert wurde, vor der ganzen Klasse ein Gedicht aufzusagen. »Nun«, sagte sie mit deutlich leiserer Stimme als sonst, »es war, als würde der Fluß sich *bewegen,* das hat mich fasziniert. Das Bild hing in dem Zimmer, wo mein Vater Donnerstag abends seine Bibelstunde abhielt, und ich ging da rein, saß manchmal eine Stunde oder länger vor diesem Bild und betrachtete es wie einen Fernseher. Ich sah zu, wie sich der Fluß bewegte … oder wartete darauf, *ob* er sich bewegte. Ich kann mich nicht mehr genau erinnern, aber ich war auch erst neun oder zehn. Ich weiß aber noch ganz deutlich, wie ich dachte, *wenn* sich der Fluß bewegte, würde eines Tages ein Floß oder Boot oder ein Indianerkanu vorbeitreiben, und dann würde ich es mit Sicherheit wissen. Aber eines Tages kam ich in das Zimmer, und das Bild war weg. Peng. Ich glaube, meine Mutter hat mal in das Zimmer geschaut und mitbekommen, daß ich einfach nur vor dem Bild saß, ihr wißt schon, und –«

»Sie hat es mit der Angst bekommen und es abgehängt«, sagte Robin.

»Ja, wahrscheinlich hat sie es auf den Müll geworfen«, sagte Cynthia. »Ich war nur ein Kind. Aber dein Bild erinnert mich daran, Rosie.«

Pam betrachtete es eingehend. »Jawoll«, sagte sie, »kein Wunder. Ich kann sehen, wie die Frau atmet.«

Da lachten sie alle, und Rosie lachte mit ihnen.

»Nein, *das* ist es nicht«, sagte Cynthia. »Es ist nur … es sieht ein bißchen altmodisch aus, weißt du … wie ein Bild in einem Klassenzimmer … und es ist blaß. Abgesehen von den Wolken und ihrem Kleid, sind alles blasse Farben. Bei dem DeSoto-Bild war alles blaß gehalten, außer dem Fluß. Der Fluß war leuchtend silberfarben. Er sah *gegenwärtiger* aus als der Rest des Bilds.«

Gert drehte sich zu Rosie um. »Erzähl uns von deinem Job. Du hast doch was von einem Job gesagt.«

»Erzähl uns *alles*«, sagte Pam.

»Ja«, sagte Anna. »Erzähl uns alles. Und ich frage mich, ob du anschließend kurz in mein Büro kommen könntest.«

»Ist es … ist es das, worauf ich gewartet habe?«

Anna lächelte. »Allerdings, ich glaube, das ist es.«

8

»Es ist ein optimales Zimmer, eines der besten auf unserer Liste, und ich hoffe, du wirst so entzückt sein, wie ich es war«, sagte Anna. Auf einer Ecke ihres Schreibtischs befand sich ein wackeliger Stapel von Handzetteln, mit denen das bevorstehende Sommeranfangs-Picknick und -Konzert von Daughters and Sisters angekündigt wurde, eine Veranstaltung, die zu gleichen Teilen dazu diente, Spenden zu sammeln, Öffentlichkeitsarbeit zu leisten und zu feiern. Anna nahm einen, drehte ihn herum und kritzelte hastig eine Skizze auf die Rückseite. »Kochnische hier, Klappbett da, hier ein kleiner Wohnzimmerbereich. Da ist das Bad. Es ist kaum groß genug, daß man sich darin umdrehen kann, und damit du dich auf die Toilette setzen kannst, mußt du praktisch die Füße in die Dusche strecken, aber es gehört *dir.*«

»Ja«, murmelte Rosie. »Mir.« Ein Gefühl, das sie seit Wochen nicht mehr gehabt hatte – daß dies alles ein wunderbarer Traum war und sie jeden Moment wieder neben Norman aufwachen würde –, kam über sie.

»Die Aussicht ist hübsch – selbstverständlich ist es nicht der Lakeshore Drive, aber der Bryant Park ist sehr schön, besonders im Sommer. Erster Stock. In den achtziger Jahren ist das Viertel ein bißchen runtergekommen, aber sie machen allmählich wieder was draus.«

»Hört sich an, als hätten Sie selbst schon dort gewohnt«, sagte Rosie.

Anna zuckte die Achseln – eine anmutige, geschmeidige Geste – und zeichnete den Flur vor dem Zimmer und das Treppenhaus ein. Sie machte die Skizze mit raschen, leichten Bleistiftstrichen und der knappen Präzision einer Zeichnerin. Als sie sprach, sah sie nicht auf. »Ich war bei vielen Anlässen dort«, sagte sie, »aber das hast du selbstverständlich nicht gemeint, oder?«

»Nein.«

»Ein Teil von mir geht mit jeder Frau, die uns verläßt. Ich nehme an, das hört sich kitschig an, was mich aber nicht stört. Es stimmt, und nur darauf kommt es an. Was meinst du?«

Rosie umarmte sie impulsiv und bedauerte es sofort, als sie merkte, wie Anna erstarrte. *Ich hätte es nicht tun sollen,* dachte sie, als sie wieder losließ. *Ich wußte es.* So war es. Anna Stevenson war eine herzliche Frau, daran bestand kein Zweifel – vielleicht sogar eine Heilige –, aber da war diese seltsame Arroganz, und da war noch etwas: Anna mochte es nicht, wenn ihr andere zu dicht auf die Pelle rückten. Am wenigsten mochte sie es, berührt zu werden.

»Tut mir leid«, sagte Rosie und wich zurück.

»Sei nicht albern«, antwortete Anna brüsk. »Wie findest du es?«

»Großartig«, sagte Rosie.

Anna lächelte, und der kurze peinliche Vorfall war schnell vergessen. Sie malte ein X an die Wohnzimmerwand neben dem kleinen Rechteck, wo sich das einzige Fenster des Zimmers befand.

»Dein neues Bild ... ich wette, du bist der Meinung, daß es genau hierher gehört.«

»Das glaube ich auch.«

Anna legte den Bleistift weg. »Freut mich, daß ich dir helfen kann, Rosie, und ich bin froh, daß du zu uns gekommen bist. Hier, du tropfst.«

Wieder ein Kleenex, aber Rosie bezweifelte, daß es noch dieselbe Box war, aus der Anna ihr bei ihrem ersten Gespräch eins gegeben hatte; sie hatte eine Ahnung, als würden hier jede Menge Kleenex verbraucht werden.

Sie nahm es und wischte sich die Augen ab.

»Weißt du, du hast mir das Leben gerettet«, sagte sie heiser. »Du hast mir das Leben gerettet, und das werde ich nie, niemals vergessen.«

»Schmeichelhaft, aber unzutreffend«, sagte Anna mit ihrer trockenen, ruhigen Stimme. »Ich habe dir ebensowenig das Leben gerettet, wie Cynthia unten im Übungsraum Gert herumgewirbelt hat. Du hast dir selbst das Leben gerettet, als du deine Chance genutzt und den Mann verlassen hast, der dich gequält hat.«

»Trotzdem danke. Und sei es nur dafür, daß ich hier sein durfte.«

»Gern geschehen«, sagt Anna, und nun sah Rosie zum erstenmal in der ganzen Zeit ihres Aufenthalts bei D & S auch in Anna Stevensons Augen Tränen glitzern. Sie gab die Kleenex-Box mit einem verhaltenen Lächeln zurück.

»Hier«, sagte sie. »Sieht so aus, als könntest du auch eins gebrauchen.«

Anna lachte, nahm ein Kleenex, benutzte es und warf es in den Papierkorb. »Ich hasse es, zu weinen. Das ist mein größtes, dunkelstes Geheimnis. Hin und wieder denke ich, daß ich damit fertig bin, daß ich damit fertig sein *muß*, und dann passiert es mir wieder. So ähnlich geht es mir mit Männern.«

Rosie mußte wieder kurz an Bill Steiner und seine haselnußbraunen Augen denken.

Anna nahm den Bleistift wieder in die Hand und kritzelte etwas unter die grobe Skizze des Appartments. Dann gab sie Rosie das Blatt. Sie hatte eine Adresse darunter geschrieben: 897 Trenton Street.

»Da wirst du wohnen«, sagte Anna. »Es liegt praktisch auf der anderen Seite der Stadt, aber du bist ja jetzt mit den Buslinien vertraut, richtig?«

Lächelnd – und auch noch ein bißchen weinend – nickte Rosie.

»Du gibst diese Adresse vielleicht einigen Freundinnen, die du hier gefunden hast, und vielleicht auch einmal neuen Freunden, aber im Augenblick kennt sie außer uns beiden niemand.« Was sie sagte, kam Rosie einstudiert vor – eine Abschiedsrede. »Wenn jemand bei dir auftaucht, hat er die Adresse nicht von *hier*. So handhaben wir das bei D & S. Nach fünfundzwanzig Jahren Umgang mit mißhandelten Frauen bin ich der Überzeugung, daß es nicht anders geht.«

Pam hatte Rosie das alles erklärt; ebenso Consuela Delgado und Robin St. James. Diese Unterweisungen fanden stets während der »Vergnügungsstunde« statt, wie die Bewohnerinnen die abendliche Hausarbeit bei D & S nannten, aber Rosie hatte sie eigentlich nicht gebraucht; es waren nur drei oder vier Therapiesitzungen im Salon erforderlich, damit jemand, der auch nur halbwegs intelligent war, alles Notwendige über die Hausordnung erfuhr. Es gab Annas Liste, und es gab Annas Vorschriften.

»Machst du dir große Sorgen seinetwegen?« fragte Anna.

Rosies Aufmerksamkeit war ein wenig abgeschweift; nun war sie sofort wieder bei der Sache. Zuerst war sie nicht einmal sicher, von wem Anna sprach.

»Dein Mann – machst du dir große Sorgen seinetwegen? Ich weiß, in den ersten zwei oder drei Wochen, als du hier warst, hast du Angst gehabt, daß er dich verfolgen würde ... daß er dich ›aufspüren‹ würde, wie du dich ausgedrückt hast. Wie denkst du jetzt darüber?«

Rosie dachte gründlich über die Frage nach. Zuerst einmal war *Angst* ein unzureichendes Wort, um die Gefühle zu beschreiben, die sie während ihrer ersten Woche bei D & S gehegt hatte, was Norman betraf; nicht einmal Todesangst traf es vollkommen, denn der Kern ihrer Gefühle wurde von anderen Empfindungen überlagert – und teilweise verändert: Scham darüber, daß ihre Ehe gescheitert war; Heimweh nach den wenigen Habseligkeiten, die ihr wirklich etwas bedeuteten (zum Beispiel Pus Stuhl); einem euphorischen Gefühl, frei zu sein, das sich mindestens einmal täglich zu erneuern schien; und eine so kalte Erleichterung, daß es manchmal beängstigend war; ein Gefühl, wie es ein Seiltänzer haben könnte, der an der am weitesten draußen gelegenen Stelle stolpert, als er ein tiefes Tal überquert ... und das Gleichgewicht wiedererlangt.

Aber Angst war vorherrschend gewesen; daran bestand kein Zweifel. In den ersten zwei Wochen bei D & S hatte sie immer wieder denselben Traum gehabt: Sie saß auf einem Korbstuhl auf der Veranda, als vor dem Haus ein brandneuer roter Sentra am Bordstein hielt. Die Fahrertür ging auf, und Norman stieg aus. Er trug ein schwarzes T-Shirt mit einer Karte von Südvietnam darauf. Manchmal standen unter der Karte die Worte ZU HAUSE IST DA, WO DEIN HERZ IST, manchmal OBDACHLOS & AIDS. Seine Hosen waren blutbefleckt. Winzige Knochen – sie sahen wie Fingerknochen aus – baumelten an seinen Ohrläppchen. In einer Hand hielt er eine Art Maske, an der Blutspritzer und dunkle

Fleischfetzen klebten. Sie wollte von dem Stuhl aufstehen, wo sie saß, konnte es aber nicht; es war, als wäre sie gelähmt. Sie konnte nur sitzenbleiben und zusehen, wie er langsam mit seinen baumelnden Knochenohrringen den Fußweg herauf kam, um mit ihr zu reden – aus der Nähe. Er lächelte, und sie sah, daß seine Zähne ebenfalls blutverschmiert waren.

»Rosie?« fragte Anna leise. »Bist du noch da?«

»Ja«, sagte sie atemlos und gepreßt. »Ich bin noch da, und ja, ich habe immer noch Angst vor ihm.«

»Weißt du, das überrascht mich nicht. Ich nehme an, auf einer bestimmten Ebene wirst du immer Angst vor ihm haben. Aber es geht dir sicher besser, wenn du daran denkst, daß du immer längere Zeiträume erleben wirst, wo du vor nichts Angst hast ... und du nicht mal an ihn *denken* wirst. Aber das habe ich eigentlich nicht gefragt. Ich wollte wissen, ob du immer noch Angst hast, daß er hinter dir her ist.«

Ja, davor hatte sie immer noch Angst. Nein, nicht mehr solche Angst. Sie hatte im Lauf der letzten vierzehn Jahre eine Menge seiner beruflichen Telefongespräche mitgehört, und sie hatte oft gehört, wie er sich mit Kollegen über Fälle unterhielt, manchmal unten im Hobbyraum, manchmal auf der Veranda. Sie nahmen fast nie Notiz von ihr, wenn sie ihnen Kaffee nachschenkte oder frisches Bier brachte. Fast immer führte Norman diese Unterhaltungen an; er sprach mit hastiger, ungeduldiger Stimme, während er mit einer Bierflasche in seiner riesigen Pranke vornübergebeugt am Tisch saß, trieb die anderen zur Eile an, räumte ihre Zweifel aus und weigerte sich, ihre Spekulationen ernstzunehmen. Selten einmal hatte er sich auch mit ihr über einen Fall unterhalten. Selbstverständlich interessierten ihn ihre Ideen kein bißchen, aber sie war eine praktische Wand, an der er seine eigenen abprallen lassen konnte. Er war schnell, ein Mann, der Ergebnisse am liebsten gestern haben wollte, und er neigte dazu, das Interesse an Fällen zu verlieren, wenn sie einmal drei Wochen alt waren. Er nannte sie so wie Gert ihre Selbstverteidigungstechniken: Reste.

Gehörte *sie* jetzt auch zu seinen Resten?

Wie sehr wollte sie das glauben. Wie sehr versuchte sie es. Und doch ... es gelang ihr ... nicht ganz.

»Ich weiß nicht«, sagte sie. »Ein Teil von mir sagt, wenn er aufkreuzen wollte, dann hätte er es schon längst getan. Aber ein anderer glaubt, daß er immer noch nach mir sucht. Und er ist kein Lastwagenfahrer oder Klempner. Er ist ein Cop. Er *weiß*, wie man Leute sucht.«

Anna nickte. »Ja, ich weiß. Das macht ihn besonders gefährlich, und darum mußt du besonders vorsichtig sein. Und du darfst nie vergessen, *du bist nicht allein.* Diese Zeit ist endgültig vorbei für dich, Rosie. Wirst du dir das merken?«

»Ja.«

»Ganz bestimmt?«

»Ja.«

»Und wenn er *doch* aufkreuzt, was tust du dann?«

»Ihm die Tür vor der Nase zuschlagen und abschließen.«

»Und dann?«

»911 rufen.«

»Ohne zu zögern?«

»Ohne zu zögern«, sagte sie, und das entsprach der Wahrheit, aber Angst würde sie trotzdem haben. Warum? Weil Norman ein Cop war, und *sie* würden auch Cops sein, die Leute, die sie anrief. Weil sie wußte, daß Norman immer seinen Kopf durchsetzte – er war ein Leitwolf. Weil Norman ihr eines immer und immer wieder gesagt hatte: Alle Cops waren eine verschworene Gemeinschaft.

»Und was tust du, nachdem du 911 angerufen hast?«

»Ich rufe dich an.«

Anna nickte. »Du kommst zurecht. Prima zurecht.«

»Ich weiß.« Sie sagte es zuversichtlich, aber ein Teil von ihr hatte seine Zweifel ... würde immer seine Zweifel haben, vermutete sie, bis er aufkreuzte und die Sache aus dem Bereich reiner Spekulation herausholte. Wenn das geschah, würde das ganze Leben, das sie in den vergangenen anderthalb Monaten geführt hatte – D & S, das Whitestone Hotel, Anna, ihre neuen Freundinnen – in dem Moment verblassen wie ein Traum, aus dem man wach wurde, wenn sie eines Abends die Tür aufmachte und Norman davorstehen sah? War das möglich?

Rosie sah zu ihrem Gemälde, das neben der Bürotür an der Wand lehnte, und plötzlich wußte sie, daß das nicht möglich war. Das Gemälde stand verkehrt herum an der Wand, so daß nur die Rückseite zu sehen war, aber Rosie stellte fest, daß sie es trotzdem sehen konnte; das Bild der Frau auf dem Hügel mit den Gewitterwolken am Himmel über und dem halb versunkenen Tempel unter ihr war vor Rosies geistigem Auge kristallklar, nicht im geringsten wie in einem Traum. Sie glaubte nicht, daß *überhaupt etwas* ihr Bild in einen Traum verwandeln konnte.

Und mit etwas Glück werden diese Fragen nie beantwortet werden müssen, dachte sie und lächelte ein wenig.

»Was ist mit der Miete, Anna? Wieviel?«

»Dreihundertzwanzig Dollar im Monat. Kommst du wenigstens zwei Monate über die Runden?«

»Ja.« Das wußte Anna selbstverständlich; wenn Rosie für ihren Start ins Leben nicht genügend auf der hohen Kante gehabt hätte, würden sie dieses Gespräch überhaupt nicht führen. »Scheint durchaus angemessen zu sein. Was die Miete betrifft, wird es immerhin ein guter Anfang für mich.«

»Ein guter Anfang«, wiederholte Anna. Sie stützte das Kinn mit gegeneinander gepreßten Fingern ab und warf Rosie einen scharfen Blick zu. »Das bringt mich auf das Thema deines neuen Jobs. Es hört sich absolut wundervoll an, aber gleichzeitig klingt es –«

»Fragwürdig? Vorübergehend?« Diese Worte waren ihr auf dem Nachhauseweg in den Sinn gekommen ... ebenso die Tatsache, daß sie trotz Robbie Lefferts' Begeisterung nicht vor Montagvormittag wußte, ob der Job wirklich etwas für sie *war* – jedenfalls nicht mit Sicherheit.

Anna nickte. »Das sind nicht die Worte, die ich selbst gebraucht hätte – ich weiß nicht genau, welche Worte es gewesen wären –, aber sie treffen es ganz gut. Es ist nur so, wenn du im Whitestone aufhörst, kann ich dir nicht *garantieren,* ob ich dich wieder dort unterbringen kann, schon gar nicht auf die Schnelle. Es kommen immer neue Mädchen hierher zu D & S, wie du selbst genau weißt, und denen muß meine erste Sorge gelten.«

»Selbstverständlich. Das verstehe ich.«

»Ich würde selbstverständlich tun, was in meiner Macht steht, aber –«

»Wenn es mit dem Job nicht klappt, den mir Mr. Lefferts angeboten hat, werde ich mir eine Stelle als Kellnerin suchen«, sagte Rosie ruhig. »Meinem Rücken geht es viel besser, darum glaube ich, daß ich es schaffen würde. Und mit Dawns Hilfe könnte ich vielleicht in einem Seven Eleven oder Piggly-Wiggly die Nachtschicht übernehmen.« Dawn war Dawn Verecker, die in einem der Hinterzimmer Anfängerkurse in der Bedienung einer Registrierkasse gab. Rosie war eine aufmerksame Schülerin gewesen.

Anna sah Rosie immer noch scharf an. »Aber du glaubst nicht, daß es dazu kommt, oder?«

»Nein.« Sie warf wieder einen Blick auf ihr Bild. »Ich glaube, es wird klappen. In der Zwischenzeit verdanke ich dir soviel ...«

»Du weißt, was du in der Hinsicht tun kannst, oder?«

»Es weitergeben.«

Anna nickte. »Ganz recht. Solltest du eines Tages eine andere Version von dir die Straße hinuntergehen sehen – eine Frau, die hilflos aussieht und vor ihrem eigenen Schatten Angst hat –, dann gib es weiter.«

»Darf ich dich etwas fragen, Anna?«

»Jederzeit.«

»Du hast gesagt, deine Eltern haben Daughters and Sisters gegründet. Warum? Und warum führst du es weiter? Oder gibst es weiter, wenn dir das lieber ist?«

Anna zog eine Schreibtischschublade auf, kramte darin und zog ein dickes Taschenbuch heraus. Sie warf es Rosie über den Schreibtisch hinweg zu, und die fing es auf, starrte es an und erfuhr einen Augenblick so lebhaften Wiedererkennens, daß er einem dieser Flashback-Momente gleichkam, wie Kriegsveteranen sie manchmal erleiden. In diesem Augenblick erinnerte sie sich nicht nur an die Nässe auf den Innenseiten ihrer Oberschenkel, ein Gefühl wie kleine, dunkle Küsse, sondern schien sie erneut zu erleben. Sie konnte Normans Schatten sehen, wie er in der Küche stand und telefonierte. Sie konnte seine Schattenfinger sehen, die unablässig an einer Schattenschnur zogen. Sie konnte hören, wie er der Person am anderen Ende sagte, daß es sich *selbstverständlich* um einen Notfall handelte, daß seine Frau schwanger war. Und dann sah sie ihn ins Zimmer zurückkommen und die Fetzen des Taschenbuchs aufheben, das er ihr aus den Händen gerissen hatte, bevor er anfing sie zu schlagen. Dieselbe Rothaarige war auf dem Umschlag des Buchs zu sehen, das Anna ihr zugeworfen hatte. Diesmal trug sie ein Ballkleid und lag in den Armen eines hübschen Zigeuners, der leuchtende Augen und – so schien es – ein Paar zusammengerollte Socken vorne in der Hose stecken hatte.

Das ist das Problem, hatte Norman gesagt. *Wie oft hab ich dir schon gesagt, was ich davon halte, daß du so einen Mist liest?*

»Rose?« Das war Anna, die sich besorgt anhörte. Außerdem schien ihre Stimme aus weiter Ferne zu kommen, wie die Stimmen, die sie manchmal in Träumen hörte. »Rose, alles in Ordnung?«

Sie sah von dem Buch auf (*Miserys Liebhaber,* lautete der mit derselben roten Folie gestanzte Titel, und darunter stand: *Paul Sheldons leidenschaftlichster Roman!*) und zwang sich zu einem Lächeln. »Ja, alles klar. Sieht scharf aus.«

»Liebesschnulzen sind meine heimliche Leidenschaft«, sagte Anna. »Sie sind besser als Schokolade, weil man davon nicht dick wird, und die Männer darin sind besser als richtige Männer, weil sie einen nicht um vier Uhr nachts anrufen und winseln, daß man ihnen noch mal eine Chance geben soll. Aber sie sind Schund, und weißt du, warum?«

Rosie schüttelte den Kopf.

»Weil sich für alles, was in der Welt passiert, Erklärungen darin finden. Es gibt darin für *alles* einen Grund. Sie sind vielleicht genauso an den Haaren herbeigezogen wie die Artikel in der Regenbogenpresse, und sie stehen vielleicht in krassem Gegensatz zu dem, wie sich die Leute im wirklichen Leben verhalten, das weiß auch jemand, der nur halbwegs intelligent ist, aber sie sind *da,* bei Gott. In einem Buch wie *Miserys Liebhaber* würde Anna Stevenson Daughters and Sisters zweifellos leiten, weil sie selbst mißhandelt worden ist ... oder ihre

Mutter. Aber ich wurde nie mißhandelt, und soweit ich weiß, meine Mutter auch nicht. Mein Mann hat mich häufig *vernachlässigt* – wir sind seit zwanzig Jahren geschieden, falls Pam oder Gert es dir nicht erzählt haben –, aber niemals mißhandelt. Im wirklichen Leben, Rosie, tun die Leute manchmal eben etwas, ob gut oder schlecht, *einfach nur so.* Glaubst du das?«

Rosie nickte langsam mit dem Kopf. Sie dachte daran, wie oft Norman sie geschlagen, ihr weh getan, sie zum Weinen gebracht hatte ... und dann brachte er ihr manchmal völlig grundlos ein halbes Dutzend rote Rosen und ging mit ihr Essen. Wenn sie ihn fragte, weshalb, aus welchem Anlaß, zuckte er nur die Schultern und sagte, ihm sei danach, ihr »was Gutes zu tun«. Mit anderen Worten, *einfach deshalb.* Mommy, weshalb muß ich im Sommer um acht Uhr ins Bett, obwohl es draußen noch hell ist? *Deshalb.* Daddy, weshalb mußte Großvater sterben? *Deshalb.* Norman glaubte wahrscheinlich, daß diese vereinzelten Belohnungen und Essenseinladungen aus heiterem Himmel eine ganze Menge wettmachten, daß sie der Ausgleich für das waren, was er höchstwahrscheinlich als sein »aufbrausendes Temperament« bezeichnete. Er würde nie erfahren (und hätte es wahrscheinlich auch gar nicht begriffen, selbst wenn sie es ihm gesagt hätte), daß sie ihr mehr angst machten als sein Zorn und seine Wutanfälle. Bei denen wußte sie wenigstens, wie sie damit umgehen mußte.

»Ich *hasse* die Vorstellung, daß alles, was geschieht, nur darauf zurückzuführen ist, was uns andere angetan haben«, sagte Anna bedrückt. »Es nimmt uns alles aus den Händen, es erklärt *nicht im mindesten* die vereinzelten Heiligen und Teufel, die unter uns sind, und was am wichtigsten ist, im Grunde meines Herzens glaube ich, daß es nicht der Wahrheit entspricht. Aber in Büchern wie denen von Paul Sheldon, da macht es sich gut. Es ist tröstlich. Man kann zumindest eine Weile glauben, daß Gott nicht geisteskrank ist und den Menschen in der Geschichte, die man mag, nichts Böses zustößt. Kann ich mein Buch wiederhaben? Ich werde es heute abend zu Ende lesen. Und jede Menge heißen Tee dazu trinken. *Literweise.*«

Rosie lächelte, und Anna lächelte zurück.

»Du kommst zum Picknick, Rosie, oder nicht? Es findet am Ettinger's Pier statt. Wir können jede Hilfe gebrauchen. Wie immer.«

»Oh, darauf kannst du dich verlassen«, sagte Rosie. »Das heißt, wenn Mr. Lefferts nicht glaubt, daß ich ein Wunderkind bin, und mich auch samstags arbeiten läßt.«

»Das bezweifle ich.« Anna stand auf und kam um den Schreibtisch herum; Rosie stand ebenfalls auf. Und nun, wo ihre Unterhaltung fast zu Ende war, fiel ihr die wichtigste Frage von allen ein.

»Wann kann ich einziehen, Anna?«

»Morgen, wenn du möchtest.« Anna bückte sich und hob das Bild hoch. Sie studierte nachdenklich die mit Kohle geschriebenen Worte auf der Rückseite, dann drehte sie es um.

»Du hast gesagt, es ist seltsam«, sagte Rosie. »Warum?«

Anna klopfte mit einem Fingernagel auf die Glasplatte. »Weil die Frau in der Mitte steht und uns trotzdem den Rücken zuwendet. Das scheint mir höchst ungewöhnlich für diese Art von Bild, weil es sonst ziemlich konventionell ausgeführt ist.« Nun sah sie Rosie an, und als sie fortfuhr, klang ihre Stimme rechtfertigend. »Bei dem Gebäude am Fuß des Hügels stimmt übrigens die Perspektive nicht.«

»Ja. Das hat auch der Mann gesagt, der mir das Bild verkauft hat. Mr. Lefferts sagte, daß das wahrscheinlich absichtlich so gemacht wurde. Sonst würden einige der Elemente verlorengehen.«

»Ich nehme an, das stimmt.« Sie betrachtete es noch ein paar Augenblicke. »Aber es hat *etwas,* nicht? Eine unheilschwangere Atmosphäre.«

»Ich verstehe nicht, was du meinst.«

Anna lachte. »Ich auch nicht ... aber es hat etwas an sich, bei dem ich an meine Liebesromane denken muß. Starke Männer, lüsterne Frauen, überschäumende Hormone. *Unheilschwanger* ist das einzige Wort, das mir einfällt, mit dem ich auch nur annähernd beschreiben kann, was ich meine. Die Ruhe vor dem Sturm. Wahrscheinlich liegt es nur am Himmel.« Sie drehte den Rahmen wieder um und studierte die Worte auf der Rückseite. »Hat das zuerst deine Aufmerksamkeit erweckt? Dein eigener Name.«

»Nee«, sagte Rosie, »als ich das *Rose Madder* auf der Rückseite sah, wollte ich das Bild schon kaufen.« Sie lächelte. Ich schätze, das ist nur Zufall – wie es sie in den Liebesromanen nicht gibt, die du so gerne liest.«

»Ich verstehe.« Aber Anna sah nicht so aus, als verstünde sie es wirklich. Sie strich mit dem Daumen über die Blockbuchstaben, die leicht verschmierten.

»Ja«, sagte Rose. Plötzlich fühlte sie sich aus einem unerfindlichen Grund sehr nervös. Es war, als hätte irgendwo in der anderen Zeitzone, wo es gerade Abend wurde, ein Mann an sie gedacht. »Schließlich ist Rose ein ziemlich häufiger Name – nicht wie Evangeline oder Petronella.«

»Da hast du wohl recht.« Anna gab ihr das Bild zurück. »Aber es ist trotzdem komisch, daß er mit Zeichenkohle geschrieben ist.«

»Wieso?«

»Kohle verschmiert leicht. Wenn sie nicht abgedeckt wird – und das sind die Worte auf der Rückseite deines Bilds nicht –, verschwindet sie in kurzer Zeit völlig. Die Worte *Rose Madder* müssen erst vor kurzem auf die Rückseite geschrieben worden sein. Aber warum? Das Bild selbst sieht nicht gerade neu aus; es muß mindestens vierzig Jahre alt sein, möglicherweise achtzig oder hundert. Und noch etwas ist seltsam daran.«

»Was?«

»Es ist nicht signiert«, sagte Anna.

IV

Der Teufelsrochen

I

Norman verließ seine Heimatstadt am Sonntag, dem Tag, bevor Rosie ihren neuen Job antreten sollte ... obwohl sie immer noch nicht überzeugt war, daß sie dafür geeignet war. Er fuhr mit dem Continental Express Bus um 11:05 Uhr. Das war keine Frage des Geldes; es schien lediglich wichtig – lebens*wichtig – zu sein, daß er sich in Rose hineinversetzte. Norman wollte sich immer noch nicht eingestehen, wie tief ihn ihre unerwartete Flucht erschüttert hatte. Er redete sich ein, daß er wegen der BankCard außer sich war – nur deswegen, nichts sonst –, aber im Grunde seines Herzens wußte er es besser. Es war, weil er keinen blassen Schimmer gehabt hatte. Nicht einmal eine Vorahnung.*

Lange Zeit hatte er in ihrer Ehe stets genau gewußt, was sie dachte, und meistens auch, was sie träumte. Die Tatsache, daß sich das geändert hatte, machte ihn verrückt. Seine größte Angst – die er sich nicht eingestehen wollte, aber auch nicht vollkommen aus den tieferen Strömungen seines Denkens vertreiben konnte – war die, daß sie ihre Flucht womöglich wochen- oder monatelang geplant hatte, vielleicht sogar ein ganzes Jahr. Hätte er gewußt, warum und wie sie fortgegangen war (hätte er, mit anderen Worten, von dem einen Tropfen Blut gewußt), wäre ihm das möglicherweise ein Trost gewesen. Vielleicht hätte es ihn auch mehr erschüttert denn je.

Wie dem auch sei, ihm war klar geworden, daß sein erster Impuls – den Hut des Ehemanns ab- und den des Detective aufzusetzen – ein Fehler gewesen war. Nach Oliver Robbins' Anruf hatte er eingesehen, daß er beide *Hüte absetzen und einen von ihren aufsetzen mußte. Er mußte denken wie sie, und wenn er mit demselben Bus fuhr wie sie, war das ein Anfang.*

Er stieg mit der Reisetasche in der Hand die Stufen des Busses hinauf, blieb neben dem Fahrersitz stehen und sah den Gang entlang.

»Möchten Sie nicht weitergehen, Kumpel?« fragte der Mann hinter ihm.

»Möchten Sie wissen, wie es ist, mit einer gebrochenen Nase herumzulaufen?« antwortete Norman, ohne zu zögern. Darauf wußte der Mann hinter ihm nichts zu erwidern.

Er ließ sich noch einen Moment Zeit und überlegte sich, welchen Sitz
(sie)
er haben wollte, dann ging er den Gang entlang dorthin. Sie war bestimmt nicht bis zum Ende des Busses durchgegangen; seine pingelige Rose hätte nur dann einen Sitz bei der Toilettenkabine genommen, wenn gar kein anderer mehr frei gewesen wäre, und Normans guter Freund Oliver Robbins (bei dem er seine Fahrkarte gekauft hatte, genau wie sie) hatte ihm versichert, daß der Bus um 11:05 Uhr selten voll besetzt war. Sie saß bestimmt nicht über dem Rad (zu holperig) oder zu weit vorne (zu auffällig). Nee, etwa in der Mitte wäre ihr genau recht, und zwar auf der linken Seite des Busses, weil sie Linkshänderin war, und Leute, die glaubten, daß sie völlig willkürlich suchten, gingen häufig einfach in die Richtung ihrer dominierenden Hand.

In seinen Jahren als Polizist war Norman zu der Überzeugung gekommen, daß Telepathie durchaus möglich war, aber auf Schwerstarbeit beruhte ... ganz und gar unmöglich, wenn man den falschen Hut aufhatte. Man mußte in den Kopf des Menschen eindringen, den man verfolgte, wie ein kleines, wühlendes Tier, und man mußte nach etwas horchen, das kein Rhythmus war, sondern eine Gehirnwelle: kein Gedanke, sondern eine Denkweise. Und wenn man die schließlich gefunden hatte, konnte man eine Abkürzung nehmen – man konnte die Kurve der Gedanken seines Opfers schneiden, und eines Nachts, wenn er oder sie es am wenigsten erwartete, war man da, trat hinter der Tür hervor ... oder lag mit einem Messer in der Hand unter dem Bett, um es in dem Moment, wenn die Bettfedern quietschten und der arme Teufel (in diesem Fall die arme Teufelin) sich hinlegte, durch die Matratze nach oben zu stoßen.

»Wenn du es am wenigsten erwartest«, murmelte Norman, der, wie er hoffte, auf ihrem Sitz saß. Das gefiel ihm, darum sagte er es noch mal, als der Bus den Parkplatz verließ, um nach Westen zu fahren. »Wenn du es am wenigsten erwartest.«

Es war eine lange Fahrt, aber er genoß sie. Zweimal ging er an Raststätten auf die Toilette, obwohl er eigentlich gar nicht mußte, *weil er wußte, daß* sie *gemußt hatte, und sie hätte nur ungern die Toilette im Bus benutzt. Rose war pingelig, aber Rose hatte auch schwache Nieren. Wahrscheinlich ein kleines genetisches Geschenk ihrer verstorbenen Mutter, die Normans Meinung nach immer wie die Sorte Hündin ausgesehen hatte, die an keinem Fliederbusch vorbeitrotten konnte, ohne sich hinzuhocken und zu pinkeln.*

An der zweiten Raststätte sah er ein halbes Dutzend Leute um einen Kippenkasten an der Ecke des Gebäudes herumstehen. Er sah einen Moment sehnsüchtig hin, dann ging er an ihnen vorbei ins Innere. Er hätte alles für eine Zigarette gegeben, aber Rose bestimmt nicht; sie rauchte nicht. Statt dessen blieb er stehen und betatschte ein paar Plüschtiere, weil Rose so einen Mist mochte, und dann kaufte er einen Taschenbuchkrimi aus dem Ständer neben der Tür, weil sie manchmal so einen Scheiß las. Er hatte ihr tausendmal gesagt, daß echte Polizeiarbeit nicht das geringste mit dem Quatsch zu tun hatte, den sie in diesen Büchern verzapften, und sie hatte ihm jedesmal zugestimmt – wenn er es sagte, mußte es wahr sein –, aber sie las die Dinger trotzdem weiter. Es hätte ihn nicht sehr überrascht zu erfahren, daß Rosie denselben Ständer gedreht, sich ein Buch ausgesucht ... und es dann zögernd zurückgestellt hatte, weil sie keine fünf Dollar für drei Stunden Zerstreuung ausgeben wollte, wo sie doch so wenig Geld hatte und so viele offene Fragen blieben.

Er aß einen Salat und zwang sich, das Buch zu lesen, und dann ging er zurück zu seinem Platz im Bus. Wenig später fuhren sie wieder los, und Norman saß mit dem Buch auf dem Schoß da und sah, wie die Felder immer weiter wurden, je mehr der Osten das Land aus seinem Griff freigab. Als der Fahrer sagte, daß es Zeit wäre, die Uhren umzustellen, tat er es, freilich nicht, weil ihn Zeitzonen auch nur einen Scheißdreck gekümmert hätten (die nächsten dreißig Tage oder so würde er seiner eigenen Uhr folgen), sondern weil Rose es mit Sicherheit getan hatte. Er nahm das Buch in die Hand, las über einen Vikar, der eine Leiche in seinem Garten fand, und legte es gelangweilt wieder weg. Doch das war nur an der Oberfläche. Darunter war er ganz und gar nicht gelangweilt. Darunter fühlte er sich auf seltsame Weise wie Goldlöckchen in der alten Kindergeschichte. Er saß auf dem Stuhl von Baby-Bär, er hatte das Buch von Baby-Bär auf dem Schoß, und er wollte das kleine

Häuschen von Baby-Bär finden. Und wenn alles nach Plan verlief, würde es nicht mehr lange dauern, bis er unter dem kleinen Bettchen von Baby-Bär lag.

»Wenn du es am wenigsten erwartest«, sagte er. »Wenn du es am wenigsten erwartest.«

Er stieg in den frühen Stunden des nächsten Morgens aus dem Bus aus, blieb gleich neben der Tür stehen, ließ den Blick durch die hohe Schalterhalle schweifen und bemühte sich, die Zuhälter und Huren, die Stricher und Bettler nicht mit den Augen eines Cops zu sehen, sondern so, wie sie sie gesehen haben mußte, als sie um dieselbe Zeit aus demselben Bus ausgestiegen war und dieselbe Schalterhalle gesehen hatte – zur selben Stunde, wenn die menschliche Natur stets ihren Tiefpunkt erreicht hat.

Er stand da und ließ die hallende Welt in sich einströmen: wie sie aussah, roch, schmeckte und sich anfühlte.

Wer bin ich? *fragte er sich.*

Rose Daniels, *antwortete er.*

Wie fühle ich mich?

Winzig. Hilflos. Und ängstlich. Das ist im Augenblick das Wichtigste. Ich bin durch und durch ängstlich.

Einen Augenblick überwältigte ihn eine gräßliche Vorstellung: Was wäre, wenn Rose in ihrer Angst und Panik die falsche Person angesprochen hatte? Das war nicht unmöglich; für eine bestimmte Sorte übler Typen waren Orte wie dieser regelrechte Fischgründe. Was wäre, wenn die falsche Person sie ins Dunkel geführt, ausgeraubt und getötet hatte? Es hatte keinen Sinn, sich einzureden, daß das unwahrscheinlich war; als Polizist wußte er es besser. Wenn ein Crackhead zum Beispiel ihren albernen Verlobungsring sah …

Er holte mehrmals tief Luft, nahm sich zusammen und konzentrierte sich wieder mit dem Teil seines Verstands, der versuchte, Rose zu sein. Was blieb ihm auch anderes übrig? Wenn sie ermordet worden war, war sie eben ermordet worden. Daran könnte er nichts ändern, also war es am besten, wenn er gar nicht darüber nachdachte … und außerdem, er konnte den Gedanken nicht ertragen, daß sie ihm auf diese Weise entkommen sein könnte, daß ein zugeknallter Nigger etwas genommen haben könnte, das Norman Daniels gehörte.

Vergiß es, *sagte er zu sich.* Vergiß es, tu deinen Job. Und im Augenblick besteht dein Job darin, wie Rosie zu gehen, wie Rosie zu sprechen und wie Rosie zu denken.

Er ging langsam in die Schalterhalle, hielt seine Brieftasche in der Hand (das war sein Ersatz für ihre Handtasche) und betrachtete die Leute, die an ihm vorbeiströmten, manche mit Koffern, die sie zogen, manche mit zugeschnürten Pappkartons auf den Schultern, manche mit den Armen um die Schultern ihrer Freundin oder die Taille ihres Freunds. Vor seinen Augen lief ein Mann auf eine Frau und einen kleinen Jungen zu, die gerade aus Normans Bus ausgestiegen waren. Der Mann gab der Frau einen Kuß, dann schnappte er sich den Jungen und warf ihn hoch in die Luft. Der kleine Junge kreischte vor Angst und Freude.

Ich habe Angst – alles ist neu für mich, alles ist anders, und ich stehe Todesängste aus, *sagte Norman Daniels sich.* Gibt es etwas, dessen ich sicher sein kann? Etwas, dem ich trauen kann? Irgend etwas?

Er ging über den breiten Fliesenboden, aber langsam, langsam, lauschte dem Geräusch seiner Schritte und versuchte, alles durch Roses Augen zu sehen, alles durch Roses Haut wahrzunehmen. Ein rascher Blick zu den Jungs mit den glasigen Augen (bei einigen war es nur die Müdigkeit um drei Uhr morgens; bei einigen war es Nebraska Red) in der Nische mit den Videospielen, dann wieder zur Schalterhalle. Sie sieht die Reihe der Münzfernsprecher, aber wen sollte sie anrufen? Sie hat keine Freunde, keine Familie – nicht einmal die sprichwörtliche alte Tante in der Wüste von Texas oder den Bergen von Tennessee. Sie sieht zur Tür auf die Straße hinaus und überlegt sich vielleicht, ob sie hinausgehen und sich ein Zimmer für die Nacht suchen soll, damit sie eine Tür zwischen sich und der großen, verwirrenden, gefährlichen Welt zuschlagen kann – dank seiner BankCard hat sie ja genügend Geld für ein Zimmer –, aber macht sie es wirklich?

Noman blieb stirnrunzelnd am Fuß der Rolltreppe stehen und stellte die Frage anders: Mache *ich* es?

Nein, *entschied er,* ich nicht. Zunächst einmal will ich nicht um halb vier Uhr morgens in ein Motel, wo sie mich um zwölf wieder rausschmeißen; auf diese Weise bekomme ich nichts für mein Geld. Ich kann noch etwas länger wach bleiben, meine Nerven noch ein wenig länger strapazieren, wenn es sein muß. Aber noch etwas anderes hält mich hier: Ich bin in einer fremden Stadt, und es dauert noch mindestens zwei Stunden bis zur Dämmerung. Ich habe eine Menge Krimiserien im Fernsehen gesehen, ich habe eine Menge Kriminalromane gelesen, und ich bin mit einem Cop verheiratet. Ich weiß, was einer Frau zustoßen kann, die sich bei Dunkelheit allein hinauswagt, darum denke ich, ich warte bis Sonnenaufgang.

Also, was mache ich? Wie vertreibe ich mir die Zeit?

Sein knurrender Magen beantwortete die Frage für ihn.

Ja, ich hole mir etwas zu essen. Die letzte Rast war um sechs Uhr abends, und ich habe ziemlichen Hunger.

Nicht weit vom Fahrkartenschalter entfernt war eine Cafeteria, und dorthin ging Norman, stieg über die Penner und unterdrückte den Wunsch, ein paar häßliche, verlauste Köpfe gegen den nächstbesten Metallstuhl zu treten. Das war ein Wunsch, den er neuerdings immer häufiger unterdrücken mußte. Er haßte Obdachlose; betrachtete sie als Hundescheiße auf zwei Beinen. Er haßte ihre winselnden Entschuldigungen und ihr albernes Getue, wenn sie einen auf unzurechnungsfähig machten. Als einer, der nur halb im Koma lag, zu ihm gestolpert kam und ihn fragte, ob er etwas Kleingeld übrig hätte, konnte Norman kaum den Impuls unterdrücken, den Penner zu packen und ihm auf altmodische Weise den Arm auszukugeln. Statt dessen sagte er mit leiser Stimme: »Lassen Sie mich bitte in Ruhe«, denn das hätte sie *gesagt, und genau so hätte sie es gesagt.*

Er wollte sich Speck und Rührei von der Warmhalteplatte holen, aber dann fiel ihm ein, daß sie das nicht aß, wenn er nicht drauf bestand, was er manchmal tat (was sie aß, war ihm vollkommen gleichgültig, aber es war wichtig, sehr *wichtig, daß sie nie vergaß, wer der Boß war). Statt dessen bestellte er Frühstücksflocken, eine lauwarme Tasse Kaffee und eine halbe Grapefruit, die aussah, als wäre sie mit der* Mayflower *von England herübergekommen. Nach dem Essen fühlte er sich besser, wacher. Als er fertig war, griff er automatisch nach einer Zigarette, strich kurz über die Packung in seiner Brusttasche, ließ die Hand aber wieder sinken. Rose rauchte nicht, demzufolge würde Rose auch nicht das Verlangen verspüren wie er jetzt. Als er einen oder zwei Augenblicke über das Thema meditiert hatte, stellte sich das Verlangen wie erwartet wieder ein.*

Als er die Cafeteria verließ, stehenblieb und sich mit der freien Hand das Hemd am Rücken in die Hose steckte, sah er als erstes einen großen, blau-weißen Kreis, in dem die Worte TRAVELLER'S AID auf dem äußeren Streifen standen.

Plötzlich ging in Normans Kopf ein helles Licht an.

Gehe ich dorthin? Gehe ich zu dem Stand unter dem großen, tröstlichen Schild? Glaube ich, daß das etwas für mich ist?

Selbstverständlich – was sonst?

Er ging hin, aber auf Umwegen, zuerst an dem Stand vorbei und dann wieder zurück, wobei er den Mann, der darin saß, genau betrachtete. Er war ein Judenbengel mit spindeldürrem Hals, der um die Fünfzig zu sein schien und etwa so gefährlich aussah wie Bambis Freund Klopfer. Er las die Zeitung, die Norman als die Prawda *identifizieren konnte, und ab und zu hob er den Kopf und warf einen raschen, ziellosen Blick in die Schalterhalle. Hätte Norman noch einen auf Rose gemacht, hätte Klopfer ihn zweifellos gesehen, aber Norman machte wieder auf Norman, Detective Inspector Daniels im Einsatz, und das bedeutete, er verschmolz mit der Szenerie. Größtenteils schritt er im Halbkreis hinter dem Stand auf und ab (es kam darauf an, in Bewegung zu bleiben; an Orten wie diesem ging man kaum ein Risiko ein, entdeckt zu werden, wenn man nicht stehenblieb), hielt sich so, daß Klopfer ihn nicht sehen konnte, blieb aber in Hörweite von Klopfers Gesprächen.*

Gegen Viertel nach vier kam eine weinende Frau zum Stand von Traveller's Aid. Sie erzählte Klopfer, daß sie mit dem Greyhound von New York City gekommen sei und ihr im Schlaf jemand die Geldbörse aus der Tasche gestohlen hatte. Es folgte eine Menge Blah-blah, die Frau verbrauchte mehrere von Klopfers Kleenex-Tüchern, und zuletzt nannte er ihr die Adresse eines Hotels, wo sie zwei Nächte bleiben konnte, bis ihr Mann ihr Geld schickte.

Wenn ich dein Mann wäre, Lady, würde ich dir das Geld selbst bringen, *dachte Norman, der weiter hinter der Bude auf und ab ging.* Außerdem würde ich dir einen kräftigen Arschtritt verpassen, weil du so blöd gewesen bist.

Als Klopfer mit dem Hotel telefonierte, nannte er seinen Namen, Peter Slowik. Das genügte Norman. Als sich der Judenbengel wie-

der mit der Frau unterhielt und ihr den Weg beschrieb, gab Norman seinen Posten hinter dem Stand auf und ging zu den Münzfernsprechern, wo es tatsächlich zwei Telefonbücher gab, die nicht verbrannt, zerrissen oder mitgenommen worden waren. Er konnte die Informationen, die er brauchte, später bekommen, indem er sein eigenes Polizeirevier anrief, aber das wollte er eigentlich lieber nicht. Je nachdem, wie es mit dem Prawda*-lesenden Judenbengel lief, konnte es gefährlich sein, Leute anzurufen, weil es sich eventuell später rächte. Wie sich herausstellte, war es auch gar nicht nötig. Es standen nur drei Slowiks und ein Slowick im städtischen Telefonbuch. Nur einer davon hieß Peter.*

Daniels schrieb Klopfersteins Adresse auf, verließ den Busbahnhof und ging zum Taxistand. Der Fahrer des ersten Taxis war ein Weißer – ein Hoffnungsschimmer –, und Norman fragte ihn, ob es ein Hotel in der Stadt gab, wo man ein Zimmer gegen Barzahlung bekommen konnte und sich, wenn das Licht aus war, kein Küchenschabenwettrennen anhören mußte. Der Fahrer dachte nach, dann nickte er. »Das Whitestone. Gut, billig, Bargeld wird akzeptiert, keine Fragen.«

Norman machte die hintere Tür des Taxis auf und stieg ein. »Fahren wir«, sagte er.

2

Robbie Lefferts war da, wie er es versprochen hatte, als Rosie der atemberaubenden Rothaarigen mit den langen Model-Beinen am Montagvormittag ins Aufnahmestudio C von Tape Engine folgte, und er war so nett zu ihr wie an der Straßenecke, als er sie gebeten hatte, ihm laut aus einem der Taschenbücher vorzulesen, die er gerade gekauft hatte. Rhoda Simons, die Frau um die Vierzig, die ihre Regisseurin sein würde, war ebenfalls nett zu ihr, aber … *Regisseurin!* So ein seltsames Wort im Zusammenhang mit Rosie McClendon, die nicht einmal an der Schulaufführung ihrer Abschlußklasse teilgenommen hatte. Curtis Hamilton, der Tontechniker, war auch nett, obwohl er anfangs so sehr mit seinen Knöpfen beschäftigt war, daß er ihr nur rasch und geistesabwesend die Hand schütteln konnte. Als Rosie mit Robbie und Ms. Simons eine Tasse Kaffee trank, bevor sie die Segel setzten (wie Robbie sich ausdrückte), gelang es ihr, die Tasse ganz normal zu halten, ohne einen Tropfen zu verschütten. Aber als sie durch die Schwingtür in die kleine verglaste Aufnahmekabine trat, überkam sie ein so heftiger Anfall von Panik, daß sie fast den Stapel Fotokopien fallengelassen hätte, die Rhoda »Skript« nannte. Sie fühlte sich fast wie in dem Moment, als sie das rote Auto die Westmoreland Street hochkommen gesehen und gedacht hatte, es wäre Normans Sentra.

Sie merkte, wie sie sie von der anderen Seite der Glasscheibe ansahen – sogar der ernste junge Curtis Hamilton sah sie jetzt an –, und ihre Gesichter sahen verzerrt und verschwommen aus, als würde sie sie durch Wasser statt durch Luft sehen. *So sehen Goldfische die Menschen, die sich herunterbeugen, damit sie in das Aquarium schauen können,* dachte sie, und gleich darauf: *Ich kann es nicht. Wie, in Gottes Namen, konnte ich mir das nur je einbilden?*

Ein lautes Klicken ertönte, und sie zuckte zusammen.

»Ms. McClendon?« Es war die Stimme des Tontechnikers. »Könnten Sie sich vor das Mikrophon setzen, damit ich eine Probe machen kann?«

Sie war nicht sicher, ob sie das konnte. Sie war nicht einmal sicher, ob sie sich überhaupt bewegen konnte. Sie stand wie angewurzelt da und sah durch die Kabine zum Mikrophon, dessen Kopf ihr entgegenragte wie der einer gefährlichen, futuristischen Schlange. Und selbst *wenn* es ihr gelingen würde, durch die Kabine zu gehen, würde sie keinen Ton herausbringen, wenn sie sich gesetzt hatte, nicht einmal ein trockenes Krächzen.

In diesem Moment sah Rosie alles zusammenbrechen, was sie sich aufgebaut hatte – es raste vor ihrem geistigen Auge mit der alptraumhaften Geschwindigkeit eines alten Keystone-Kops-Kurzfilms vorüber. Sie sah vor sich, wie sie aus dem hübschen Zimmer hinausgeworfen wurde, in dem sie erst seit vier Tagen wohnte, wenn ihre minimalen Geldreserven zu Ende gingen, und sah, wie ihr alle bei

Daughters and Sisters die kalte Schulter zeigten, sogar Anna selbst.

Ich kann dir ja schlecht dein altes Zimmer wiedergeben, oder? hörte sie Anna in ihrem Kopf sagen. *Es kommen immer neue Mädchen hierher zu D & S, wie du selbst sehr gut weißt, und denen muß meine erste Sorge gelten. Warum warst du so dumm, Rosie? Wie konntest du nur auf die Idee kommen, daß je eine* Darstellerin *aus dir werden könnte, und sei es nur auf diesem bescheidenen Niveau?* Sie sah, wie sie in den Cafés der Innenstadt abgewiesen wurde, wo sie sich als Kellnerin bewarb, nicht wegen ihres Aussehens, sondern wegen ihres *Geruchs* – nach Niederlage, Scham und enttäuschten Erwartungen.

»Rosie?« Das war Rob Lefferts. »Würden Sie sich bitte setzen, damit Curt eine Probe machen kann?«

Er wußte es nicht, die Männer wußten es beide nicht, aber Rhoda Simons wußte es … oder vermutete es wenigstens. Sie hatte den Bleistift genommen, der in ihrem Haar steckte, und kritzelte auf einem Block, der vor ihr lag. Sie sah jedoch nicht an, was sie kritzelte; sie sah Rosie an und hatte die Stirn gerunzelt.

Plötzlich merkte Rosie wie eine Ertrinkende, die nach jedem beliebigen Stück Treibgut greift, das sie noch einen Moment über Wasser halten könnte, wie sie an das Bild dachte. Sie hatte es genau dort aufgehängt, wo Anna vorgeschlagen hatte, neben dem Fenster im Wohnzimmerbereich – dort hatte sogar noch ein Nagel in der Wand gesteckt, den der Vormieter zurückgelassen hatte. Es war der perfekte Platz dafür, besonders am Abend; man konnte eine Weile zum Fenster hinausschauen, wenn die Sonne über dem grün-schwarzen Baumbestand des Bryant Park unterging, dann das Bild betrachten, und dann wieder den Park. Beides schien perfekt zusammenzupassen, Fenster und Bild, Bild und Fenster. Sie wußte nicht, warum das so war, aber es war so. Aber wenn sie das Zimmer verlor, würde sie auch das Bild abhängen müssen …

Nein, es muß dort bleiben, dachte sie. *Es* gehört *dorthin!*

Das verlieh ihr endlich Flügel. Sie ging langsam zum Tisch, legte ihr Skript (es handelte sich um die vergrößerten Fotokopien der Seiten eines Taschenbuchs, das 1951 veröffentlicht worden war) vor sich und nahm Platz. Nur kam es ihr eher so vor, als *fiele* sie, als wären ihre Knie von Bolzen gehalten worden, die gerade jemand herausgezogen hatte.

Du kannst es, Rosie, versicherte ihr die tiefe Stimme, aber jetzt klang ihre Zuversicht gezwungen. *Du hast es an der Straßenecke vor der Pfandleihe geschafft, und du kannst es auch hier.*

Es überraschte sie nicht besonders, daß sie davon nicht überzeugt war. Aber der anschließende Gedanke überraschte sie: *Die Frau in dem Bild hätte keine Angst; die Frau in dem dunkelroten Chiton hätte vor* diesem *Klacks überhaupt keine Angst.*

Der Gedanke war natürlich lachhaft; wenn es die Frau in dem Bild gegeben hätte, dann hätte sie in einer antiken Welt gelebt, wo Kometen als Vorboten von Unheil angesehen wurden, wo man glaubte, daß Götter auf Berggipfeln wohnten, und wo die meisten Leute lebten und starben, ohne jemals ein Buch zu sehen. Wenn die Frau von damals in diesen Raum versetzt werden würde, in einen Raum mit Glaswänden und kaltem Licht und einem Schlangenkopf aus Stahl, der aus dem einzigen Tisch herausragte, würde sie entweder schreiend zur Tür laufen oder gleich das Bewußtsein verlieren.

Aber Rosie hatte eine Ahnung, als hätte die Frau in dem dunkelroten Chiton in ihrem ganzen Leben nie das Bewußtsein verloren, als wäre wesentlich mehr als ein Tonstudio erforderlich, um sie zum Schreien zu bringen.

Du denkst an sie, als gäbe es sie wirklich, sagte die tiefe Stimme. Sie hörte sich nervös an. *Bist du sicher, daß das klug ist?*

Wenn es mir hilft, das hier durchzustehen, dann allerdings, dachte sie zurück.

»Rosie?« Es war die Stimme von Rhoda Simons, die aus den Lautsprechern sprach. »Alles in Ordnung?«

»Ja«, sagte sie und stellte erleichtert fest, daß ihre Stimme doch noch da war, wenn auch etwas krächzend. »Ich habe Durst, das ist alles. Und schreckliche Angst.«

»Unter der linken Tischseite finden Sie einen Kühlschrank mit Evian-Mineralwasser und Obstsäften«, sagte Rhoda. »Und was die Angst betrifft, das ist durchaus normal. Und sie wird vorbeigehen.«

»Erzählen Sie mir noch ein bißchen, Rosie«, bat Curtis sie. Er hatte sich einen Kopfhörer aufgesetzt und machte sich an einer Reihe von Schiebereglern zu schaffen.

Die Panik *ging* vorbei, dank der Frau in dem dunkelroten Gewand. Als Beruhigungsmittel war es sogar besser, an sie zu denken, als fünfzehn Minuten in Pus Stuhl zu schaukeln.

Nein, es ist nicht sie, du bist es, sagte die tiefe Stimme zu ihr. *Du hast Oberwasser, zumindest momentan, aber das kannst du dir ganz allein anrechnen. Und würdest du mir einen Gefallen tun, ganz gleich, wie das hier ausgeht? Versuch, nicht zu vergessen, wer hier richtig Rosie ist und wer Rosie Richtig.*

»Sagen Sie einfach irgendwas«, sagte Curtis zu ihr. »Spielt keine Rolle, was.«

Einen Moment war sie vollkommen ratlos. Ihr Blick fiel auf das Skript vor ihr. Die erste Seite war eine Kopie des Umschlags. Er zeigte eine spärlich bekleidete Frau, die von einem vierschrötigen, unrasierten Mann mit einem Messer bedroht wurde. Der Mann hatte einen Schnurrbart, und ein Gedanke, so flüchtig, daß sie ihn kaum mitbekam

(willstes besorgt haben willstes von hinten was meinste)

strich über ihr Bewußtsein hinweg wie ein übelriechender Atemzug.

»Ich werde ein Buch mit dem Titel *Der Teufelsrochen* lesen«, sagte sie mit einer, wie sie hoffte, normalen Sprechstimme. »Es wurde 1951 von Lion Books veröffentlicht, einem kleinen Taschenbuchverlag. Auf dem Umschlag steht zwar, daß der Name des Autors ... reicht das?«

»Mit der Tonspur ist alles klar«, sagte Curtis und stieß sich mit den Füßen ab, so daß er mit dem Drehstuhl von einem Ende des Mischpults zum anderen rollte. »Erzählen Sie mir noch ein bißchen für die Aussteuerung. Aber Sie hören sich prima an.«

»Ja, wunderbar«, sagte Rhoda, und Rosie glaubte nicht, daß sie sich die Erleichterung in der Stimme der Regisseurin einbildete.

Ermutigt drehte sich Rosie wieder zum Mikrophon um.

»Auf dem Umschlag steht, daß es von Richard Racine geschrieben wurde, aber Mr. Lefferts – Rob – hat gesagt, es stamme in Wirklichkeit von einer Frau namens Christina Bell. Es ist Teil einer Serie von Audio-Büchern mit dem Titel *Women in Disguise,* und ich habe diesen Job bekommen, weil die Frau, die die Romane von Christina Bell lesen sollte, eine Rolle in einer –«

»Alles klar«, sagte Curtis.

»Mein Gott, sie hört sich an wie Liz Taylor in *Telefon Butterfield 8*«, sagte Rhoda Simons und klatschte wahrhaftig in die Hände.

Robbie nickte. Er grinste, eindeutig entzückt. »Rhoda wird Ihnen helfen, aber wenn Sie es lesen wie *Dark Passage* vor dem Liberty City, werden wir alle sehr glücklich sein.«

Rosie beugte sich hinunter, konnte gerade noch verhindern, daß sie mit dem Kopf gegen die Kante der Tischplatte knallte, und holte sich eine Flasche Evian-Mineralwasser aus dem Kühlschrank. Als sie den Verschluß aufdrehte, stellte sie fest, daß ihre Hände zitterten. »Ich werde mir größte Mühe geben. Das verspreche ich.«

»Ich weiß«, sagte er.

Denk an die Frau auf dem Hügel, sagte Rosie zu sich. *Denk daran, wie sie gerade jetzt auf dem Hügel steht und vor nichts Angst hat, das in ihrer Welt auf sie zu kommt, oder sich aus meiner von hinten an sie anschleicht. Sie besitzt keine einzige Waffe, aber sie hat keine Angst – man muß ihr Gesicht nicht sehen, um das zu wissen, man erkennt es an der Haltung ihres Rückens. Sie ist …*

»… auf *alles* vorbereitet«, murmelte Rosie und lächelte.

Robbie beugte sich auf seiner Seite der Glasscheibe nach vorne. »Pardon? Das hab ich nicht mitgekriegt.«

»Ich sagte, ich bin bereit«, sagte sie.

»Aussteuerung ist gut«, sagte Curtis und wandte sich an Rhoda, die ihre eigene Fotokopie des Romans neben ihren Notizblock gelegt hatte. »Ich warte nur auf Sie, Professor.«

»Okay, Rosie, zeigen wir ihnen, was eine Harke ist«, sagte Rhoda. »Dies ist *Der Teufelsrochen* von Christina Bell. Auftraggeber ist Audio Concepts, Regie führt Rhoda Simons, es liest Rose McClendon. Band läuft. Aufnahme eins auf los, und … *los.*«

O Gott, ich kann nicht, dachte Rosie wieder, doch dann verdrängte sie alle Gedanken bis auf ein einziges, deutlich strahlendes Bild: den Goldreif, den die Frau in dem Bild am rechten Oberarm trug. Als sie ihn deutlich vor sich sah, verging auch dieser neuerliche Anfall von Panik.

»Kapitel eins.

Nella bemerkte erst, daß der kleine Mann in dem zerschlissenen grauen Mantel ihr folgte, als sie sich zwischen zwei Straßenlaternen befand und der Eingang einer abfallübersäten Gasse neben ihr klaffte wie die Kiefer eines alten Mannes, der mit Essen im Mund gestorben ist. Aber da war es zu spät. Sie hörte das Geräusch von Schuhen mit Stahlkappen an den Absätzen hinter sich näher kommen, und eine große, schmutzige Hand schoß aus der Dunkelheit hervor …«

3

Rosie steckte an diesem Abend um Viertel nach sieben den Schlüssel ins Schloß ihrer Wohnungstür in der Trenton Street. Sie war müde und verschwitzt – der Sommer war in diesem Jahr früh über die Stadt hereingebrochen –, aber gleichzeitig sehr glücklich. In einem Arm trug sie eine Tüte Lebensmittel. Eine Anzahl gelber Handzettel ragte daraus hervor, Werbung für das Sommeranfangs-Picknick und -Konzert von Daughters and Sisters. Rosie hatte bei D & S vorbeigeschaut und berichtet, wie ihr erster Tag bei der Arbeit gelaufen war (sie war förmlich damit herausgeplatzt), und als sie ging, hatte Robin St. James sie gefragt, ob sie nicht eine Handvoll Flugblätter mitnehmen und versuchen wollte, sie bei den Händlern in ihrem Viertel auszulegen. Rosie, die sich größte Mühe gab, sich nicht anmerken zu lassen, wie stolz sie war, überhaupt »ein Viertel« zu *haben,* willigte ein, so viele mitzunehmen, wie sie konnte.

»Du rettest mir das Leben«, sagte Robin. Sie war in diesem Jahr für den Kartenverkauf zuständig und machte kein Hehl aus der Tatsache, daß sie bis jetzt keinen besonders großen Zuspruch hatten. »Und wenn dich jemand fragt, Rosie, dann sag ihnen, daß sich hier keine ausgerissenen Teenager aufhalten und wir *keine Lesben sind.* Diese Gerüchte sind das halbe Problem beim Kartenverkaufen. Machst du das?«

»Klar«, hatte Rosie geantwortet, aber genau gewußt, daß sie das nicht tun würde. Sie konnte sich nicht vorstellen, daß sie einem Händler, den sie vorher noch nie gesehen hatte, einen Vortrag darüber halten würde, was es mit Daughters and Sisters auf sich hatte ... und was *nicht.*

Aber ich kann sagen, daß sie nette Frauen sind, dachte sie, schaltete den Ventilator in der Ecke ein und machte den Kühlschrank auf, um ihre Lebensmittel zu verstauen. Dann sagte sie laut: »Nein, ich werde sagen: *Ladys.* Nette *Ladys.*«

Klar, das wäre wahrscheinlich besser. Männer – besonders die über Vierzig – fanden dieses Wort aus unerfindlichen Gründen ansprechender als *Frauen.* Es war albern (und das Theater, das manche Frauen wegen mancher Ausdrücke machten, war Rosies Meinung nach noch alberner), aber als sie darüber nachdachte, fiel ihr plötzlich wieder etwas ein: Noman hatte manchmal über die Prostituierten gesprochen, die er verhaftete. Er nannte sie nie Ladys (dieses Wort gebrauchte er, wenn er von den Frauen seiner Kollegen erzählte, zum Beispiel: »Bill Jessups Frau ist eine richtige nette Lady«); er nannte sie auch nie Frauen. Er nannte sie Schnallen. Die Schnallen hier und die Schnallen da. Bis zu diesem Augenblick war ihr nie klar geworden, wie sehr sie dieses Wort mit seinem harten, kehligen Klang verabscheute. *Schnallen.* Als wäre man kurz davor, sich zu übergeben.

*Vergiß ihn, Rosie, er ist nicht hier. Er wird auch nicht hierher*kommen.

Wie immer erfüllte dieser Gedanke sie mit Freude, Staunen und Dankbarkeit. Man hatte ihr gesagt – vor allem in den Gruppensitzungen bei D & S –, daß diese Gefühle vorübergehen würden, aber das konnte sie kaum glauben. Sie war unabhängig. Sie war dem Ungeheuer entkommen. Sie war frei.

Rosie schlug die Kühlschranktür zu, drehte sich um und sah durch das Zimmer. Es war sparsam möbliert und – abgesehen von ihrem Bild – praktisch schmucklos, trotzdem hätte sie vor Freude jubilieren können. Diese hübschen beigen

Wände hatte Norman Daniels nie gesehen; aus diesem Sessel hatte Norman Daniels sie nie gestoßen, weil sie »vorlaut« gewesen war; Norman Daniels hatte nie in diesen Fernseher geschaut, über die Nachrichten geschimpft oder über eine Wiederholung von *All in the Family* oder *Cheers* gelacht. Am besten aber war, es gab keine einzige Ecke, wo sie weinend gehockt und sich gesagt hatte, daß sie sich in ihre Schürze erbrechen müßte, wenn ihr schlecht wurde. Denn er war nicht hier. Und er würde nicht hierher*kommen.*

»Ich bin frei«, murmelte Rosie ... und dann umarmte sie sich tatsächlich selbst vor Freude.

Sie ging durch das Zimmer zu dem Bild. Der Chiton der blonden Frau schien im Licht der Frühlingssonne förmlich zu leuchten. Und *sie* war eine Frau, dachte Rosie, keine Lady, und mit Sicherheit keine Schnalle. Sie stand oben auf ihrem Hügel und sah furchtlos hinab zu dem verfallenen Tempel und den umgestürzten Göttern ...

Göttern? Aber es ist nur einer ... oder nicht?

Nein, sah sie jetzt, in Wirklichkeit waren es zwei – der eine, der neben der umgestürzten Säule gelassen zum bewölkten Himmel hinauf sah, und dann noch einer, ziemlich weit rechts. Der sah seitlich durch das hohe Gras. Man konnte gerade noch die weiße Wölbung der steinernen Stirn erkennen, das Rund eines Auges und ein Ohrläppchen; der Rest war verborgen. Sie hatte den Burschen bis jetzt nicht bemerkt – und wenn schon? Wahrscheinlich hatte sie *eine Menge* in dem Bild noch nicht bemerkt, viele kleine Details – es war wie eines dieser Suchbilder, voll mit Einzelheiten, die einem auf den ersten Blick gar nicht auffielen, und ...

... und das war Quatsch. Das Bild war im Grunde genommen ganz einfach.

»Nun«, flüsterte Rosie, »das *war* es.«

Sie mußte an Cynthias Geschichte von dem Bild im Pfarrhaus denken, wo sie aufgewachsen war ... »DeSoto schaut nach Westen.« Wie Cynthia stundenlang davor saß, wie vor dem Fernseher, um zu sehen, ob sich der Fluß bewegte.

»*Sie hat so getan,* als ob der Fluß sich bewegt«, sagte Rosie, schob das Fenster hoch und hoffte, daß ein Lüftchen durch das Apartment wehen würde. Die piepsigen Stimmen kleiner Kinder auf dem Spielplatz und größerer auf dem Baseballfeld drangen herein. »*Sie hat so getan,* das ist alles. Das haben Kinder so an sich. Hab ich auch gemacht.«

Sie klemmte einen Stock in das Fenster – wenn man das nicht tat, blieb es eine Weile oben und sauste dann mit Karacho herunter – und betrachtete wieder das Bild. Ein unheimlicher Gedanke, so nachdrücklich, daß er zur Gewißheit wurde, war ihr plötzlich gekommen. Die Falten in dem dunkelroten Gewand waren nicht mehr dieselben. Sie hatten sich verändert. Sie hatten sich verändert, weil die Frau in dem Gewand sich bewegt hatte.

»Du hast den Verstand verloren, wenn du das annimmst«, flüsterte Rosie. Ihr Herz klopfte. »Du bist vollkommen *irr* geworden. Das ist dir doch klar, oder nicht?«

Es war ihr klar. Trotzdem ging sie ganz dicht an das Bild heran und betrachtete es eingehend. In dieser Haltung blieb sie fast dreißig Sekunden, die Augen keine fünf Zentimeter von der gemalten Frau auf dem Hügel entfernt, und hielt den Atem an, damit das Glas vor dem Bild nicht beschlug. Schließlich wich sie zurück und ließ mit einem Seufzer, der fast Erleichterung ausdrückte, die Luft aus ihren Lungen entweichen. Die Falten in dem Chiton hatten sich kein bißchen verändert. Sie war ganz sicher. (Nun, *fast* sicher.) Ihre Phantasie spielte ihr nach einem langen Tag Streiche – einem Tag, der wunderbar und schrecklich anstrengend zugleich gewesen war.

»Ja, aber ich hab ihn überstanden«, sagte sie zu der Frau in dem Chiton. Es kam ihr bereits vollkommen normal vor, mit der Frau in dem Bild zu reden. Vielleicht ein wenig exzentrisch, na und? Wem schadete es? Wer wußte es schon? Und daß die Frau ihr den Rücken zukehrte, machte es irgendwie leichter zu glauben, daß sie wirklich zuhörte.

Rosie ging ans Fenster, stützte sich mit den Händen auf dem Sims ab und sah hinaus. Auf der anderen Straßenseite liefen Kinder zu den Schlagmalen oder stießen sich mit den Schaukeln ab. Direkt unter ihr hielt ein Auto am Bordstein. Früher einmal hätte der Anblick eines einparkenden Autos sie in Todesangst versetzt und ihr Visionen von Normans Faust und Normans Ring beschert, der auf sie zugeschossen kam, während die Worte *Hilfsbereitschaft, Loyalität* und *Kameradschaft* immer größer wurden, bis die ganze Welt nur noch aus ihnen zu bestehen schien … aber diese Zeit war vorbei. Gott sei Dank.

»Eigentlich habe ich ihn nicht nur überstanden«, erzählte sie dem Bild. »Ich glaube, ich habe meine Sache ziemlich gut gemacht. Robbie hat es gewußt, glaube ich, aber Rhoda mußte ich *wirklich* überzeugen. Ich glaube, sie wollte mich eigentlich nicht haben, weil *Robbie* mich entdeckt hatte, weißt du?« Sie drehte sich wieder zu dem Bild um, wie eine Frau sich einer Freundin zuwendet, deren Gesicht sie entnehmen will, was sie von einem Einfall oder einer Ansicht hält, aber die Frau in dem Bild sah selbstverständlich nach wie vor den Hügel hinab zu dem verfallenen Tempel, kehrte Rosie den Rücken zu und gab ihr keinerlei Anhaltspunkte.

»Du weißt, wie zickig wir *Schnallen* sein können«, sagte Rosie und lachte. »Aber ich glaube, ich habe sie wirklich überzeugt. Wir haben nur fünfzig Seiten geschafft, aber gegen Ende war ich viel besser, und außerdem sind diese alten Taschenbücher alle kurz. Ich wette, ich bin Mittwoch nachmittag damit fertig, und weißt du, was das Beste ist? Ich bekomme fast hundertzwanzig Dollar pro Tag – nicht pro *Woche*, pro *Tag* –, und sie haben *noch drei* Romane von Christina Bell. Wenn Robbie und Rhoda mir die geben, kann ich –«

Sie verstummte und betrachtete das Bild mit großen Augen und hörte die Schreie vom Spielplatz ebensowenig wie die Schritte, die gerade vom Erdgeschoß heraufkamen. Sie studierte wieder die Gestalt am äußersten rechten Bildrand – Wölbung der Stirn, Wölbung des sanften, pupillenlosen Auges, Wölbung des Ohrs. Plötzlich kam ihr eine Einsicht. Sie hatte recht und unrecht zugleich gehabt – recht insofern, als die zweite umgestürzte Statue vorher nicht zu sehen gewesen war, falsch mit der Annahme, der Kopf aus Stein wäre einfach irgendwie aufgetaucht, während sie fort gewesen war, um *Der Teufelsrochen* aufzunehmen. Ihr Eindruck, daß sich die Falten in dem Gewand der Frau verändert hatten, war möglicherweise ein Versuch ihres Unterbewußtseins gewesen, diesen ersten, falschen Eindruck zu erhärten, indem es eine Art Halluzination hervorrief. Immerhin schien das ein klein wenig logischer zu sein als das, was sie jetzt sah.

»Das Bild ist *größer*«, sagte Rosie.

Nein. Das stimmte nicht ganz.

Sie hob die Hände, prüfte die Abmessungen des Bilds und vergewisserte sich, daß es immer noch den Bereich von neunzig mal sechzig Zentimetern der Wand bedeckte. Darüber hinaus war auch die Größe des Passepartouts unverändert, also was war das Problem?

Der zweite Stein war vorher nicht da, das *ist das Problem,* dachte sie. *Vielleicht …*

Rosie verspürte plötzlich ein Schwindelgefühl, und ein wenig schlecht war ihr auch. Sie kniff die Augen fest zu und rieb sich die Schläfen, wo sich erste Kopfschmerzen meldeten. Als sie die Augen wieder aufschlug und das Bild betrachtete, sprang es ihr wie beim erstenmal in die Augen, nicht als unterschiedliche Elemente – der Tempel, die umgestürzten Statuen, das rosa Gewand –, sondern als Ganzes, das sie mit seiner drängenden, lautlosen Stimme ansprach.

Jetzt gab es mehr zu sehen. Sie war fast überzeugt, daß dieser Eindruck keine Halluzination war, sondern eine Tatsache. Das Bild war nicht wirklich *größer,* aber sie konnte an beiden Seiten mehr erkennen … und oben und unten auch. Es war, als hätte ein Filmvorführer gerade bemerkt, daß er die falsche Linse benützte, sie ausgetauscht und damit vom normalen Fünfunddreißig-Millimeter-Format auf Cinerama Breitwand-Format gewechselt. Nun konnte man nicht nur Clint sehen, sondern auch die Cowboys rechts und links von ihm.

Du bist verrückt, Rosie. Bilder werden nicht größer.

Nicht? Wie sollte man dann den zweiten Gott erklären? Sie war sicher, daß er die ganze Zeit da gewesen war, und jetzt sah sie ihn nur, weil …

»Weil das Bild jetzt mehr *rechts* hat«, murmelte sie. Sie hatte die Augen weit aufgerissen, aber es war schwer zu sagen, ob ihr Blick Entsetzen oder Staunen ausdrückte. »Außerdem mehr *links,* mehr *rechts,* mehr *oben* und mehr *u* –«

Plötzlich klopfte es mehrmals hinter ihr an der Tür, so schnell hintereinander und leicht, daß die Klopflaute fast ineinander überzugehen schienen. Rosie wirbelte herum und kam sich vor, als würde sie sich unter Wasser oder in Zeitlupe bewegen.

Sie hatte die Tür nicht abgesperrt.

Es klopfte erneut. Sie erinnerte sich an das Auto, das sie unten am Bordstein einparken gesehen hatte – ein kleines Auto, wie es ein Mann, der allein reiste, wahrscheinlich bei Hertz oder Avis mieten würde –, und plötzlich wurden ihre Gedanken an das Bild von einem anderen Gedanken verdrängt, der in den dunklen Farben von Resignation und Verzweiflung gemalt war: Norman hatte sie doch gefunden. Er hatte eine Weile gebraucht, es aber irgendwie doch geschafft.

Bruchstücke ihrer letzten Unterhaltung mit Anna fielen ihr ein – Anna, die sie fragte, was sie tun würde, sollte Norman *doch* aufkreuzen. Die Tür abschließen und 911 wählen, hatte sie geantwortet, aber sie hatte vergessen, die Tür abzuschließen, und ein Telefon besaß sie nicht. Das war der Gipfel der Ironie, zumal sie einen Stecker in der Ecke des Wohnzimmerbereichs hatte, und der Stecker war angeschlossen – sie hatte heute in der Mittagspause die Telefongesellschaft aufgesucht und die Anschlußgebühr bezahlt. Die Dame, die sie bediente, hatte ihr ihre neue Telefonnummer auf eine kleine weiße Karte geschrieben, Rosie hatte sie in die Handtasche gesteckt und war zur Tür hinausmarschiert. Einfach an den Telefonen vorbei, die verkauft wurden. Sie hatte gedacht, sie könnte eines mindestens zehn Dollar billiger bekommen, wenn sie Ende der Woche zur Lakeview Mall marschierte. Und weil sie lumpige zehn Dollar hatte sparen wollen, würde sie jetzt ...

Auf der anderen Seite der Tür herrschte Stille, aber als sie zu der Ritze unter der Tür sah, konnte sie die Form seiner Schuhe sehen. Große, schwarze, glänzende Schuhe würden es sein. Er trug keine Uniform mehr, die schwarzen Schuhe aber nach wie vor. Es waren harte Schuhe. Das konnte sie bezeugen, weil sie im Lauf der Jahre mit ihm häufig die Spuren seiner Fußtritte an Beinen und Bauch und Pobacken gehabt hatte.

Das Klopfen wurde wiederholt, dreimal drei Klopftöne in rascher Folge: *Tok-tok-tok,* Pause, *Tok-tok-tok,* Pause, *Tok-tok-tok.*

Wieder dachte Rosie wie bei dem Anfall schrecklicher, atemloser Panik heute morgen in der Aufnahmekabine an die Frau in dem Bild, die dort auf ihrem bewachsenen Hügel stand und keine Angst vor dem aufziehenden Gewitter oder Gespenstern und Geistern, die in den Tempelruinen hausen mochten, oder einfach nur umherziehenden Räuberbanden hatte. Sie hatte vor *gar nichts* Angst. Das sah man an der Haltung ihres Rückens, an der nonchalant erhobenen Hand, sogar (davon war Rosie fest überzeugt) an der Form der einen, kaum sichtbaren Brust.

Ich bin nicht sie, ich habe *Angst – so große Angst, daß ich mir fast in die Hose mache – aber ich werde mich dir nicht einfach ergeben, Norman. Ich schwöre bei Gott, das werde ich nicht.*

Einen Moment versuchte sie, sich an den Wurf zu erinnern, den Gert Kinshaw ihr beigebracht hatte, bei dem man die Unterarme seines angreifenden Gegners packte und sich dann zur Seite drehte. Es nützte nichts – wenn sie versuchte, sich die entscheidende Drehung vorzustellen, konnte sie nur Norman auf sich zukommen sehen, der die Zähne fletschte (sein beißendes Lächeln, wie sie es immer nannte) und mit ihr reden wollte – aus der Nähe.

Ganz aus der Nähe.

Ihre Lebensmitteltüte stand immer noch auf dem Küchentresen, daneben lagen die gelben Flugblätter. Sie hatte die verderblichen Sachen herausgenommen und in den Kühlschrank getan, aber die wenigen Dosen, die sie auf dem Markt gekauft hatte, waren noch in der Tüte. Sie ging mit Beinen, die so gefühllos waren wie Holz, zum Tresen und griff in die Tüte hinein.

Wieder klopfte es dreimal: *Tok-tok-tok.*

»Ich komme«, sagte Rosie. Sie fand, daß sich ihre Stimme erstaunlich ruhig anhörte. Sie holte die größte Dose aus der Tüte heraus, zwei Pfund Obstsalat. So gut sie konnte, schloß sie die Hand darum, dann stapfte sie mit ihren tauben Holzbeinen zur Tür. »Ich komme, Moment noch, bin gleich da.«

4

Während Rosie einkaufte, lag Norman Daniels in seiner Unterwäsche auf einem Bett im Whitestone Hotel, rauchte eine Zigarette und sah zur Decke hinauf.

Er hatte das Rauchen angefangen wie viele Jungs, indem er Zigaretten aus den Pall-Mall-Packungen seines Vaters stibitzt und eine Tracht Prügel riskiert hatte, wenn er erwischt wurde; eine Möglichkeit, die er als lohnenden Preis für den Zuwachs an Ansehen betrachtete, der einem zuteil wurde, wenn man in der Innenstadt an der Ecke State und Route 49 gesehen wurde, an einen Telefonmast vor dem Aubreyville Drugstore and Post Office gelehnt, den Kragen der Jacke hochgeschlagen und eine Kippe im Mundwinkel hängen, als wäre nichts dabei: Irre, Baby, ich bin echt der große Mr. Cool.

Wenn deine Freunde in ihren alten Autos vorbeifuhren, woher sollten sie wissen, daß du die Kippe aus der Packung auf der Kommode deines Alten geklaut hattest oder daß beim einzigen Mal, wo du all deinen Mut zusammengenommen und versucht hattest, dir selbst eine Packung im Drugstore zu kaufen, der alte Gregory dir ins Gesicht gelacht und gesagt hatte, du solltest dich erst wieder blicken lassen, wenn du dich rasieren müßtest?

Mit fünfzehn war das Rauchen etwas Tolles gewesen, etwas ganz *Tolles, ein Ausgleich für alles, was er nicht haben konnte (zum Beispiel ein Auto, nicht einmal eine alte Rostlaube, wie seine Freunde welche fuhren – Autos mit Spachtelmasse auf den Kotflügeln und weißem »Plastikblech« um die Scheinwerfer und Stoßstangen, die mit Draht festgebunden waren), und als er sechzehn war, war er süchtig – zwei Packungen pro Tag und ein* echter *Raucherhusten am Morgen.*

Drei Jahre, nachdem er Rose geheiratet hatte, war ihre ganze Familie – Vater, Mutter, ihr sechzehn Jahre alter Bruder – auf eben der Route 49 ums Leben gekommen. Sie waren auf der Rückfahrt vom Baggersee am Philo's Quarry, wo sie zum Baden gewesen waren, als ein Kieslaster auf die Gegenfahrbahn geriet und sie plattmachte wie Fliegen auf einer Fensterscheibe. Den Kopf des alten McClendon hatten sie dreißig Meter von der Unfallstelle entfernt im Straßengraben gefunden, mit offenem Mund und einem gehörigen Pflat-

scher Krähenscheiße in einem Auge (damals war Daniels schon Cop, und Cops hörten so etwas).

Das alles hatte Daniels nicht im geringsten bekümmert; im Gegenteil, der Unfall freute ihn diebisch. Seiner Meinung nach hatte der neugierige alte Sack genau das bekommen, was er verdiente. McClendon hatte die Angewohnheit gehabt, seiner Tochter Fragen zu stellen, die ihn nichts angingen. Rose war nicht mehr McClendons Tochter – jedenfalls nicht mehr vor dem Gesetz. Vor dem Gesetz war sie Norman Daniels' Frau geworden.

Er machte einen tiefen Zug an der Zigarette, blies drei Rauchringe und sah zu, wie sie langsam zur Decke schwebten. Draußen hupte und plärrte der Verkehr.

Er war erst einen halben Tag hier und haßte diese Stadt bereits. Sie war zu groß. Sie bot zu viele Möglichkeiten, sich zu verstecken. Nicht, daß das eine Rolle gespielt hätte. Denn alles verlief genau nach Plan, und bald würde eine sehr harte und sehr schwere Backsteinwand auf Craig McClendons untreue kleine Tochter Rosie herunterfallen.

Bei der Beerdigung der McClendons – einem Dreifachbegräbnis, an dem praktisch jeder in Aubreyville teilnahm –, hatte Daniels angefangen zu husten und nicht mehr aufhören können. Die Leute hatten sich zu ihm umgedreht und ihn angestarrt, und dieses Gaffen haßte er mehr als alles andere auf der Welt. Mit rotem Gesicht und rasend vor Verlegenheit (aber trotzdem außerstande, mit dem Husten aufzuhören), hatte sich Daniels an seiner schluchzenden Frau vorbeigedrängt und die Kirche verlassen, während er vergebens eine Hand auf den Mund preßte.

Draußen stand er und hustete so sehr, daß er sich mit den Händen auf den Knien abstützen mußte, um nicht ohnmächtig zu werden, und er betrachtete mit tränenden Augen alle anderen, die herausgekommen waren, um eine Zigarette zu rauchen, drei Männer und zwei Frauen, denen es nicht gelang, den Entzug auch nur die lausige halbe Stunde einer Beerdigung zu ertragen, und da entschied er ganz plötzlich, daß er aufhören würde zu rauchen. Einfach so. Er wußte, wahrscheinlich war der Hustenanfall auf seine üblichen Sommerallergien zurückzuführen, aber das interessierte ihn nicht. Es war eine verdammt dumme Angewohnheit, vielleicht die dümmste auf diesem Planeten, und der Teufel sollte ihn holen, wenn einmal ein Leichenbeschauer Pall Mall *als Todesursache in seinen Totenschein eintrug.*

An dem Tag, als er nach Hause gekommen war und feststellen mußte, daß Rosie sich aus dem Staub gemacht hatte – an dem Abend, um genau zu sein, als er herausfand, daß die BankCard verschwunden war, und er dem Unvermeidlichen ins Auge sehen mußte –, war er zum Store 24 unten am Hügel gegangen und hatte seine erste Packung Zigaretten seit fünfzehn Jahren gekauft. Er war zu seiner alten Marke zurückgekehrt wie ein Mörder zum Schauplatz seiner Tat. In hoc signo vinces *hieß es auf jeder blutroten Packung, in diesem Zeichen sollst du siegen, seinem alten Herrn zufolge, der Daniels' Mutter bei einer Reihe häuslicher Streitereien besiegt hatte, aber bei sonst nicht viel, soweit Norman das je mitbekommen hatte.*

Nach dem ersten Zug war ihm schwindlig geworden, und als er die erste Zigarette geraucht hatte, bis ganz zum Filter hinunter, war er überzeugt, daß er kotzen, ohnmächtig werden oder einen Herzanfall haben würde. Vielleicht alles drei zugleich. Aber nun war er hier, rauchte wieder seine zwei Packungen am Tag und bellte wieder das altbekannte Husten von ganz tief unten in der Lunge heraus, wenn er sich morgens aus dem Bett wälzte. Es war, als hätte er nie aufgehört.

Aber das machte nichts; er machte eine Phase großer seelischer Belastung durch, wie die Psychofritzen immer sagten, und wenn jemand eine Phase großer seelischer Belastung durchmachte, nahm der häufig wieder seine alten Gewohnheiten an. Gewohnheiten – besonders schlechte wie Rauchen und Trinken – waren Krücken, behauptete der Volksmund. Na und? Wenn man hinkte, was war falsch daran, eine Krücke zu benützen? Wenn er sich um Rosie gekümmert hatte (dafür gesorgt hatte, falls es zu einer formlosen Scheidung kam, daß es eine zu seinen Bedingungen war, sozusagen), würde er alle Krücken wieder wegwerfen.

Diesmal endgültig.

Norman drehte den Kopf und sah zum Fenster hinaus. Noch nicht dunkel, aber es dämmerte. Dunkel genug, daß er sich auf den Weg machen konnte. Er wollte nicht zu spät zu seiner Verabredung kommen. Er drückte die Zigarette in dem überquellenden Aschenbecher neben dem Telefon auf dem Nachttisch aus, schwang die Füße vom Bett und zog sich an.

Es bestand kein Grund zur Eile, das war das Schöne daran; er hatte all seinen angesammelten Resturlaub abzufeiern, und Captain Hardaway hatte nicht die geringsten Sperenzchen gemacht, als Norman ihm gesagt hatte, daß er ihn nehmen wollte. Dafür gab es zwei Gründe, vermutete Norman. Erstens, die Zeitungen und Fernsehsender hatten ihn zum Superstar des Monats gemacht; zweitens, Captain Hardaway konnte ihn nicht leiden, hatte ihm zweimal wegen angeblicher übertriebener Brutalität im Einsatz die Schnüffler des Internal Affairs Department, der Abteilung für Innere Angelegenheiten, auf den Hals gehetzt und war zweifellos froh darüber, daß er ihn eine Zeitlang loswurde.

»Heute nacht, du Miststück«, murmelte Norman, als er mit dem Fahrstuhl nach unten fuhr, allein mit seinem Spiegelbild in dem altersblinden Spiegel an der Rückwand der Kabine. »Heute nacht, wenn ich Glück habe. Und ich fühle mich, als hätte *ich Glück.«*

Eine Reihe Taxis standen am Bordstein, aber Daniels beachtete sie nicht. Taxifahrer führten Protokoll, und manchmal erinnerten sie sich an Gesichter. Nein, er würde wieder mit dem Bus fahren. Diesmal einem städtischen Bus. Er ging mit raschen Schritten zur Bushaltestelle an der Ecke, wobei er sich fragte, ob er sich das mit seinem Glück nur einbildete, entschied aber, daß dem nicht so war. Er war nahe dran, er wußte es. Er wußte es, weil er sich wieder in ihren Kopf hineinversetzt hatte.

Der Bus – der die Strecke der Linie Grün fuhr – kam um die Ecke und rollte zur Haltestelle, wo Norman stand. Er stieg ein, bezahlte seine vier Münzen, setzte sich ganz hinten hin – heute abend mußte er nicht Rose sein, was für eine Erleichterung – und sah zum Fenster hinaus, während die Straßen vorbeirollten. Reklamen von Bars. Reklamen von Restaurants. DELI. BIER. PIZZA PORTIONSWEISE. SEXY GIRLS OBEN OHNE.

Du gehörst nicht hierher, Rose, *dachte er, als der Bus an einem Restaurant namens Pop's Kitchen vorbeifuhr – »Rindfleisch aus Kansas City«, verkündete ein blutrotes Neonschild im Fenster.* Du gehörst nicht hierher, aber das macht nichts, weil ich jetzt hier bin. Ich bin gekommen, um dich nach Hause zu bringen. Jedenfalls, um dich *irgendwohin* zu bringen.

Das Dickicht der Neonschilder und der dunkle, violette Himmel weckten Gedanken an einen alten Song von Bob Seger in ihm, einen aus der guten alten Zeit, als das Leben noch nicht so merkwürdig und irgendwie klaustrophobisch gewesen war, wie die Wände eines Zimmers, das immer kleiner wurde und einen langsam einschnürte. »When the streetlights for liquor start bringin' on the night«, lautete der Text dieses alten Songs, »they'll be slippin' into darkness, slippin' out of sight.« Das waren wahre Worte. Sein ganzes Leben als Erwachsener war er ein Cop gewesen, und er wußte, daß dies wahre Worte waren. Aber er konnte auch in die Dunkelheit schlüpfen. In die Dunkelheit und außer Sicht. Ein Cop, der nicht lernte, mit den Wölfen zu heulen – dem Abschaum der Straße –, machte es nicht sehr lange.

Er hatte die ganze Fahrt über die Straßenschilder im Auge behalten und war sicher, daß sie sich jetzt der Carolina Street näherten. Er stand auf, ging nach vorne und hielt sich an der Stange fest. Als der Bus anhielt und die Türen aufgingen, stieg er die Stufen hinunter und schlüpfte ohne ein Wort in die Dunkelheit.

Er hatte sich am Zeitungskiosk im Hotel einen Stadtplan gekauft, sechs Dollar und fünfzig Cent, ungeheuerlich, aber wenn er nach dem Weg gefragt hätte, wäre der Preis möglicherweise höher. Die Leute erinnerten sich an jemand, der nach dem Weg fragte; manchmal erinnerten sie sich sogar fünf Jahre später noch daran, unglaublich, aber wahr. Darum war es besser, nicht zu fragen. Falls etwas passierte. Etwas Schlimmes. Wahrscheinlich würde nichts passieren, aber »Vorsicht ist die Mutter der Porzellankiste« und »Keine unnötigen Risiken« waren immer noch die besten Lebensregeln.

Nach seinem Plan traf sich die Carolina Street etwa vier Querstraßen westlich der Bushaltestelle mit dem Beaudry Place. Ein hübscher kleiner Spaziergang an einem warmen Abend. Am Beaudry Place wohnte der kleine Judenbengel von Traveller's Aid.

Daniels ging langsam, fast schlendernd, mit den Händen in den Taschen. Seine Miene war versonnen und etwas dümmlich und verriet nicht, daß seine Sinne auf Alarmstufe Gelb gestellt waren. Er taxierte jedes vorbeifahrende Auto, jeden Fußgänger, der an ihm vorbeikam, und hielt besonders nach Leuten Ausschau, die besonders ihn ansahen. Die ihn sahen. *Es gab niemanden, und das war gut so.*

Als er Klopfers Haus gefunden hatte – und genau das war es, ein Haus, kein Apartment, wieder ein Glücksfall –, ging er zweimal daran vorbei und beobachtete das Auto in der Einfahrt und das

Licht im Fenster zur Straße. Wohnzimmerfenster. Die Vorhänge waren offen, aber die Jalousie heruntergelassen. Dahinter konnte er ein flackerndes buntes Leuchten erkennen, das vom Fernseher stammen mußte. Klopfer war wach, Klopfer war zu Hause, Klopfer sah fern und mümmelte wahrscheinlich eine oder zwei kleine Möhren, bevor er zum Busbahnhof ging, wo er versuchen würde, Frauen zu helfen, die zu dumm waren, um Hilfe zu verdienen. Oder zu schlecht.

Klopfer hatte keinen Ehering getragen und auf Norman sowieso den Eindruck einer heimlichen Schwuchtel gemacht, aber Vorsicht war besser als Nachsicht. Er schlich sich in die Einfahrt, sah in Klopfers vier oder fünf Jahre alten Ford hinein und suchte nach etwas, das darauf hindeutete, ob der Mann allein lebte oder nicht. Er sah nichts, das irgendwelche Alarmglocken auslöste.

Zufrieden schaute er wieder die Straße entlang und sah niemanden.

Du hast keine Maske, *dachte er.* Du hast nicht mal einen Nylonstrumpf, den du dir über das Gesicht ziehen kannst, Normie, oder?

Nein, er hatte keinen.

Du hast ihn vergessen, richtig?

Nun ... nein, eigentlich nicht. Er hatte ihn nicht vergessen. Er hatte eine Ahnung, daß es einen Judenbengel weniger auf der Welt geben würde, wenn morgen früh die Sonne aufging. Denn manchmal geschah selbst in friedlichen Wohngegenden wie dieser etwas Schlimmes. Manchmal brachen Leute ein – natürlich überwiegend Nigger und Junkies –, und schon war es passiert. Traurig, aber wahr. Scheiße passierte eben, wie man T-Shirts und Autoaufklebern entnehmen konnte. Und auch wenn man es nur schwer glauben wollte, manchmal passierte die Scheiße eben den Guten und nicht den Bösen. Zum Beispiel Prawda-*lesenden Judenbengeln, die Ehefrauen halfen, sich vor ihren Männern zu verstecken. So was konnte man einfach nicht durchgehen lassen; das paßte nicht in eine zivilisierte Gesellschaft. Wenn sich jeder so verhielte, dann gäbe es gar keine zivilisierte Gesellschaft.*

Freilich war es ein allgemein verbreitetes Verhalten, weil die meisten Menschenfreunde damit durchkamen. Die meisten Menschenfreunde hatten selbstverständlich auch nicht den Fehler gemacht, seiner Frau zu helfen ... und dieser *Mann hatte es. Norman wußte das so genau, wie er seinen eigenen Namen kannte. Dieser Mann* hatte *ihr geholfen.*

Er ging die Treppe hinauf, sah sich noch einmal rasch um und läutete. Er wartete, dann läutete er noch einmal. Nun hörten seine Ohren, die ohnehin auf das leiseste Geräusch eingestellt waren, langsam näher kommende Schritte, nicht klack-klack-klack, *sondern* schlurf-schlurf-schlurf, *Klopfer in Socken, wie niedlich.*

»Ich komme«, rief Klopfer.

Die Tür ging auf. Klopfer sah ihn mit hinter der Hornbrille schwimmenden Augen an. »Kann ich Ihnen helfen?« fragte er. Sein Oberhemd war offen und nicht in die Hose gesteckt, und er trug es über einem Unterhemd mit Trägern, wie Norman selbst sie trug, und das war plötzlich zuviel, das war der letzte Tropfen, der Tropfen, der das Faß zum Überlaufen brachte, und Norman war rasend vor Wut. Daß so ein Mann so ein Unterhemd tragen durfte! Das Unterhemd eines weißen Mannes!

»Ich glaube, das können Sie«, sagte Norman, und etwas an seiner Stimme oder seinem Gesicht – möglicherweise beidem – mußte Slowik erschreckt haben, denn er riß die braunen Augen auf und wich zurück, während er nach der Tür griff, um sie Norman vor der Nase zuzuschlagen. Aber wenn er das vorhatte, war es zu spät. Norman handelte schnell, packte Slowik am Hemd und drängte ihn in das Haus zurück. Norman hob einen Fuß und trat die Tür hinter sich zu, wobei er sich so anmutig wie Gene Kelly in einem Musical von MGM vorkam.

»Ja, das glaube ich«, sagte er wieder. »Ich hoffe für dich, daß du es kannst. Ich werde dir ein paar Fragen stellen, Klopfer, gute *Fragen, und du solltest zu deinem krummnasigen Judengott beten, daß dir ein paar gute Antworten dazu einfallen.«*

»Raus hier!« schrie Slowik. »Oder ich rufe die Polizei!«

Darüber konnte Norman Daniels nur herzlich kichern, und dann wirbelte er Slowik herum und drehte ihm die linke Hand hoch, bis sie das knochige rechte Schulterblatt berührte. Slowik fing an zu schreien. Norman griff ihm zwischen die Beine und packte ihn an den Hoden.

»Aufhören«, sagte er. »Sofort aufhören, sonst zerquetsche ich deine Eier wie Trauben. Du wirst sie platzen hören können.«

Klopfer verstummte. Er keuchte und stieß ein gelegentliches leises Wimmern aus, aber das störte Norman nicht weiter. Er drängte Klopfer ins Wohnzimmer, wo er mit der Fernbedienung auf dem Tisch den Fernseher lauter stellte.

Dann führte er seinen neuen Freund im Gänsemarsch in die Küche und ließ ihn los. »Stell dich an den Kühlschrank«, sagte er. »Ich möchte sehen, daß du den Arsch und die Schultern an das gute Stück drückst, und wenn du dich auch nur einen Zentimeter davon entfernst, werde ich dir die Lippen abreißen. Kapiert?«

»J-j-ja«, sagte Klopfer. »Wer-wer-wer sind Sie?« Er sah immer noch wie Bambis Freund Klopfer aus, hörte sich allmählich aber an wie der verfluchte Woodsy Eule.

»Irving R. Levine, NBC-Nachrichten«, sagte Norman. »So verbringe ich meine Freizeit.« Er zog die Schubladen unter dem Küchentresen auf, ließ Klopfer aber dabei nicht aus den Augen. Er hielt es für unwahrscheinlich, daß der alte Klopf versuchen würde, zu fliehen, aber ausgeschlossen war es nicht. Wenn die Leute ein bestimmtes Maß an Angst überschritten, wurden sie so unberechenbar wie Tornados.

»Was ... ich weiß nicht, was –«

»Du mußt *auch nicht wissen was«, sagte Norman. »Das ist ja gerade das Schöne daran, Klopf. Du mußt überhaupt nichts wissen, außer den Antworten auf ein paar ganz einfache Fragen. Alles andere kannst du mir überlassen. Ich bin ein Profi. Du kannst mich als deinen Freund und Helfer betrachten.«*

In der fünften und letzten Schublade fand er, wonach er gesucht hatte: zwei Topflappenhandschuhe mit Blumenmuster. Wie süß. Genau das, was der gutgekleidete Judenbengel brauchte, wenn er seine tleinen koscheren Kasserollen aus seinem tleinen koscheren Ofen holen wollte. Norman zog sie an, dann wischte er rasch die Griffe ab, wo er Fingerabdrücke hinterlassen haben könnte. Dann spazierte er mit Klopfer ins Wohnzimmer zurück, wo er die Fernbedienung aufhob und energisch an der Vorderseite seines Hemds abwischte.

»Wir werden ein nettes kleines Gespräch unter vier Augen führen, Klopfer«, sagte Norman dabei. Sein Hals war wie zugeschnürt, die Stimme, die herauskam, hatte nichts Menschliches mehr, nicht einmal für Norman selbst. Es überraschte Norman nicht, daß er einen stahlharten Ständer hatte. Er warf die Fernbedie-

nung aufs Sofa und drehte sich zu Slowik um, der mit hängenden Schultern dastand, während ihm Tränen unter der Hornbrille hervorkullerten. Der im Unterhemd eines weißen Mannes dastand. »Ich werde mit dir reden – aus der Nähe. Ganz aus der Nähe. Glaubst du das? Das solltest du glauben, Klopfer. Das solltest du verdammt wirklich.«

»Bitte«, stöhnte Slowik. Er streckte Norman seine zitternden Hände entgegen. »Bitte tun Sie mir nicht weh. Sie haben den falschen Mann – wen immer Sie wollen, ich bin es nicht. Ich kann Ihnen nicht helfen.«

Aber letztendlich half Slowik ihm ganz schön. Da befanden sie sich freilich schon im Keller, denn Norman hatte angefangen zu beißen, und nicht einmal der zu voller Lautstärke aufgedrehte Fernseher konnte die Schreie des Mannes ganz übertönen. Doch Schreie hin oder her, er war wirklich eine ganz schöne Hilfe.

Als das Fest vorbei war, fand Norman die Müllbeutel unter der Spüle. In einen warf er die Topflappenhandschuhe und sein eigenes Hemd, das jetzt nicht mehr in der Öffentlichkeit getragen werden konnte. Er würde den Beutel mitnehmen und später beseitigen.

Oben, in Klopfers Schlafzimmer, fand er nur ein Kleidungsstück, das auch nur annähernd ausreichte, seinen eigenen, wesentlich kräftigeren Oberkörper zu bedecken: ein ausgebeultes, verwaschenes Sweatshirt der Chicago Bulls. Norman legte es aufs Bett, dann ging er in Klopfers Bad und drehte Klopfers Dusche auf. Während er wartete, bis das heiße Wasser warm wurde, durchsuchte er Klopfers Arzneischränkchen, fand eine Flasche Advil und nahm vier. Seine Zähne taten weh, sein Kiefer schmerzte. Seine gesamte untere Gesichtshälfte war mit Blut und Haaren und kleinen Hautfetzen bedeckt.

Er ging unter die Dusche, nahm Klopfers Seife, Irischer Frühling, und ermahnte sich, die ebenfalls in den Müllbeutel zu werfen. Eigentlich wußte er nicht, was ihm diese Vorsichtsmaßnahmen nützen würden, weil er keine Ahnung hatte, wieviel forensische Spuren er unten im Keller hinterlassen hatte. Da unten war er eine Zeitlang echt ausgerastet.

Während er sich die Haare wusch, fing er an zu singen: »Raaamblin' Rose … Raaamblin' Rose … where you raaamble … no one knows ... wild and windblown ... that's how you've grown ... who can cling to ... a Raaamblin' Rose?«

Er drehte die Dusche ab, trat heraus und betrachtete sein schwaches, geisterhaftes Ebenbild in dem beschlagenen Spiegel über dem Waschbecken.

»Ich kann es«, sagte er tonlos. »Ich *kann es, nur ich.«*

5

Bill Steiner hob die freie Hand, um noch einmal zu klopfen, und verfluchte sich innerlich wegen seiner Nervosität – normalerweise wurde er nicht so nervös, wenn es um Frauen ging –, als sie antwortete. »Ich komme! Einen Moment noch, bin gleich da.« Gott sei Dank hörte sie sich nicht zornig an, also hatte er sie vielleicht nicht aus der Badewanne geholt.

Was, um alles in der Welt, hab ich hier auch zu suchen? fragte er sich zum wiederholten Mal, als sich Schritte der Tür näherten. *Es ist wie eine Szene in einer halbgaren Komödie, die nicht einmal Tom Hanks noch retten könnte.*

Das stimmte vielleicht, aber eines wußte er mit Sicherheit: die Frau, die letzte Woche in seinen Laden gekommen war, ging ihm nicht mehr aus dem Sinn. Statt sie im Lauf der Zeit allmählich zu vergessen, schien er sich immer deutlicher an sie zu erinnern. Zweierlei stand fest: Er brachte zum erstenmal in seinem Leben einer Frau Blumen, die er nicht mal kannte, und seit seinem sechzehnten Lebensjahr war er nicht mehr so nervös gewesen, wenn er sich mit einer Frau verabreden wollte.

Als die Schritte auf der anderen Seite die Tür erreichten, stellte Bill fest, daß eine der großen Margeriten gleich aus dem Strauß fallen würde. Er schob sie hastig wieder hinein, und als er aufschaute, sah er die Frau, die ihren falschen Diamantring gegen ein schlechtes Bild getauscht hatte, mit Mordlust in den Augen und einer über dem Kopf erhobenen Konservendose – Obstsalat, wie es aussah – vor sich stehen. Sie schien hin und her gerissen zwischen dem Wunsch nach einem Erstschlag und der allmählichen Erkenntnis, daß es sich nicht um die Person handelte, die sie erwartet hatte. Es war, fand Bill später, einer der seltsamsten und exotischsten Augenblicke seines Lebens.

Die beiden sahen einander über die Schwelle von Rosies Apartment in der Tremont Street an, er mit seinem Strauß Frühlingsblumen aus dem Geschäft zwei Türen weiter in der Hitchens Avenue, sie mit der über dem Kopf hochgehaltenen Zwei-Pfund-Dose Obstsalat, und obwohl die Pause nicht länger als zwei oder drei Sekunden gedauert haben konnte, kam sie ihm sehr lang vor. Auf jeden Fall lang genug, daß ihm eines klar wurde, das beunruhigend, unfaßbar, ärgerlich, erstaunlich und wunderbar zugleich war. Obwohl er halb damit gerechnet hatte, änderte sich nicht das geringste, als er sie wiedersah; vielmehr wurde es nur noch schlimmer. Sie war keine Schönheit, jedenfalls entsprach sie nicht dem Schönheitsideal der Medien, aber für ihn war sie wunderschön. Wenn er ihre vollen Lippen und den Umriß ihres Kinns sah, blieb ihm fast das Herz stehen, und unter dem katzenhaften Leuchten ihrer blau-grauen Augen wurden seine Knie weich. Sein Blutdruck schien zu hoch zu sein, seine Wangen fühlten sich zu heiß an. Er wußte ganz genau, was diese Empfindungen bedeuteten, und sie verdrossen ihn, weil sie ihn zu ihrem Sklaven machten.

Er hielt ihr die Blumen hin und lächelte hoffnungsvoll, ließ aber die erhobene Konservendose nicht aus den Augen.

»Frieden?« sagte er.

6

Seine Einladung, mit ihm essen zu gehen, folgte so rasch auf ihre Erkenntnis, daß er nicht Norman war, daß sie zu ihrer Überraschung zusagte. Sie vermutete, daß die Erleichterung auch ihren Teil dazu beitrug. Erst als sie auf dem Beifahrersitz seines Ford Escort saß, meldete sich Ms. Praktisch-Vernünftig, die ziemlich auf der Strecke geblieben war, wieder zu Wort und fragte sie, was sie sich dabei dachte, mit einem Mann auszugehen (einem *wesentlich jüngeren* Mann), den sie nicht einmal kannte; hatte sie den Verstand verloren? In den Fragen schwang aufrichtige Angst mit, aber Rosie entlarvte sie als bloße Tarnung. Die entscheidende Frage war so schrecklich, daß nicht einmal Ms. Praktisch-Vernünftig sie in Rosies Kopf auszusprechen wagte.

Was ist, wenn Norman dich erwischt? Das war die entscheidende Frage. Was wäre, wenn Norman sie beim Abendessen mit einem fremden Mann erwischte? Einem jüngeren, gutaussehenden Mann? Die Tatsache, daß Norman sich achthundert Meilen entfernt im Westen aufhielt, spielte für Ms. Praktisch-Vernünftig, die eigentlich gar nicht praktisch und vernünftig war, sondern nur ängstlich und verwirrt, keine Rolle.

Aber Norman war nicht das *einzige* Problem. Sie war in ihrem ganzen Leben nie mit einem anderen Mann als Norman allein gewesen, und im Augenblick waren ihre Emotionen ein einziges Durcheinander. Mit ihm zu Abend essen? Na klar. Genau. Ihr Hals war zugeschnürt und dünn wie ein Nadelöhr, und ihr Magen produzierte Seifenblasen wie eine Waschmaschine.

Hätte er etwas Besseres getragen als saubere, verwaschene Jeans und ein Oxford-Shirt, oder hätte er auch nur einen ansatzweise zweifelnden Blick auf ihre eigene anspruchslose Kombination von Rock und Pullover geworfen, hätte sie nein gesagt, und wenn das Lokal, wohin er sie brachte, zu schwierig ausgesehen hätte (das war das einzige Wort, das ihr einfiel), hätte sie wahrscheinlich nicht einmal aus seinem Buick aussteigen können.

Aber das Restaurant sah anheimelnd aus, nicht abweisend, mit seiner hell erleuchteten roten Fassade; es hieß Pop's Kitchen und hatte Ventilatoren an der Decke und rot-weiß karierte Decken auf rustikalen Holztischen. Der Neonreklame im Schaufenster zufolge wurde in Pop's Kitchen Rindfleisch aus Kansas City serviert. Die Kellner waren ältere Herren mit schwarzen Schuhen und unter den Achseln geschnürten weißen Schürzen. Rosie kamen sie wie auf Taille geschnittene weiße Kleider vor. Die Leute, die an den Tischen saßen, sahen wie sie und Bill aus – nun, jedenfalls wie Bill: Mittelschicht, mittleres Einkommen, zwanglose Kleidung. Rosie fand das Restaurant fröhlich und locker, ein Lokal, wo man atmen konnte.

Vielleicht, aber sie sehen nicht *wie du aus,* flüsterte ihr Verstand, *und bilde dir bloß nichts anderes ein, Rosie. Sie sehen selbstbewußt aus, sie sehen glücklich aus, aber vor allem sehen sie aus, als gehörten sie hierher. Du nicht, und du wirst nie hierher gehören. Du warst zu viele Jahre bei Norman, hast zu oft in der Ecke gesessen und dich in deine Schürze erbrochen. Du hast vergessen, wie die Leute sind und worüber sie sich unterhalten ... wenn du es überhaupt je gewußt hast. Wenn du versuchst, wie diese Leute zu sein, wenn du auch nur* im Traum *daran denkst, du könntest wie diese Leute sein, wird es dir am Ende das Herz brechen.*

Stimmte das? Ein schrecklicher Gedanke, daß es so sein könnte, denn ein Teil von ihr *war* glücklich – glücklich, daß Bill Steiner zu ihr gekommen war, daß er Blumen mitgebracht hatte, daß er mit ihr Essen ging. Sie hatte nicht die geringste Ahnung, was sie für ihn empfand, aber allein weil er sie gebeten hatte mitzukommen, fühlte sie sich schon jung und verzaubert. Sie konnte nicht anders.

Sei ruhig glücklich, sagte Norman. Er flüsterte ihr die Worte ins Ohr, als sie und Bill Steiner Pop's Kitchen betraten; es wirkte so nahe und so realistisch, daß sie fast glaubte, er stünde neben ihr. *Genieß es, so lange du noch kannst, denn später wird er dich mit in die Dunkelheit hinaus nehmen, und dann wird er mit dir reden wollen – aus der Nähe. Vielleicht läßt er das mit dem Reden auch. Vielleicht zerrt er dich einfach in die nächste Gasse und besorgt es dir im Stehen an der Wand.*

Nein, dachte sie. Plötzlich waren die hellen Lichter in dem Restaurant *zu* hell, und sie konnte alles hören, *alles,* sogar das langsame, träge Keuchen der Ventilatoren an der Decke, die die Luft aufwirbelten. *Nein, das ist gelogen, er ist nett, und was du sagst, ist gelogen!*

Die Antwort erfolgte auf den Fuß und unausweichlich, das Evangelium nach Norman: *Niemand ist nett, Süße – wie oft hab ich dir das schon gesagt? Im tiefsten Inneren ist jeder Abschaum von der Straße. Du, ich, alle.*

»Rose?« fragte Bill. »Alles in Ordnung? Sie sehen blaß aus.«

Nein, es war nicht alles in Ordnung mit ihr. Sie wußte, die Stimme in ihrem Kopf log, sie gehörte einem Teil von ihr, der immer noch von Normans Gift besudelt war, aber Wissen und Empfinden waren zwei Paar Schuhe. Sie konnte nicht inmitten dieser ganzen Leute sitzen, so einfach war das, und ihre Seifen und Parfums und Shampoos riechen oder das Murmeln ihrer Unterhaltungen hören. Sie konnte sich nicht normal mit dem Kellner unterhalten, der sich mit der Spezialitätenkarte zu ihr beugte, die wahrscheinlich teilweise in einer fremden Sprache geschrieben war. Aber am allerwenigsten konnte sie sich auf Bill Steiner konzentrieren – mit ihm reden, seine Fragen beantworten und sich die ganze Zeit fragen, wie sich sein Haar unter ihrer Hand anfühlen würde.

Sie machte den Mund auf, um ihm zu sagen, daß *nicht* alles in Ordnung war, daß ihr speiübel wurde und er sie lieber nach Hause bringen sollte, vielleicht ein andermal. Doch dann dachte sie, wie im Aufnahmestudio, an die Frau in dem dunkelroten Chiton, die auf ihrem bewachsenen Hügel stand und eine Hand erhoben hatte, während ihre Schulter im seltsamen, wolkenverhangenen Licht jenes Ortes leuchtete. Wie sie dort oben stand, vollkommen furchtlos, über einem verfallenen Tempel, der unheimlicher aussah als jedes Haus, das Rosie je in ihrem Leben gesehen hatte. Als sie sich das blonde, zu einem Zopf geflochtene Haar vorstellte, den goldenen Armreif und die kaum sichtbare Rundung der Brust, ließ das Flattern in Rosies Bauch nach.

Ich kann es durchstehen, dachte sie. *Ich weiß nicht, ob ich tatsächlich einen Bissen runterbringe, aber sicher bringe ich den Mut auf, eine Zeitlang in diesem sauberen, hellerleuchteten Raum bei ihm zu sitzen. Und soll ich mir Gedanken machen, ob er mich später vergewaltigen wird? Ich glaube, nichts liegt diesem Mann ferner, als jemand zu vergewaltigen. Das ist nur eines von Normans Hirngespinsten – Norman, der glaubt, daß kein Schwarzer ein Kofferradio besitzt, das er nicht einem Weißen gestohlen hat.*

Das entsprach der Wahrheit, und sie entspannte sich erleichtert und lächelte Bill an. Es war ein klägliches, an den Mundwinkeln zittriges Lächeln, aber es war besser als gar keines. »Mir geht es gut«, sagte sie. »Ich hab nur ein bißchen Angst, das ist alles. Sie dürfen mich nicht im Stich lassen.«

»Angst vor mir etwa?«

Allerdings Angst vor dir, sagte Norman von der Stelle in ihrem Kopf, wo er hauste wie ein bösartiger Tumor.

»Nein, eigentlich nicht.« Sie sah ihm ins Gesicht. Es kostete sie einige Anstrengung, und sie spürte, wie ihre Wangen rot wurden, aber es gelang ihr. »Es ist nur so, Sie sind erst der zweite Mann in meinem Leben, mit dem ich je ausgegangen bin, und wenn das eine Verabredung ist, dann ist es meine erste richtige seit dem Abschlußball der High School. Und das war 1981.«

»Großer Gott«, sagte er. Er sagte es leise und ohne eine Spur von Scherzhaftigkeit. »Jetzt bekomme *ich* ein wenig Angst.«

Der Kellner – Rosie war nicht sicher, ob es sich um den Oberkellner handelte oder ob das ein anderer war – kam zu ihnen und fragte, ob sie einen Raucher- oder einen Nichtrauchertisch wollten.

»Rauchen Sie?« fragte Bill, worauf Rosie hastig den Kopf schüttelte. »Irgendwo ein bißchen abseits wäre prima«, sagte Bill zu dem Mann im schwarzen Anzug, und Rosie sah kurz etwas Grau-Grünes – sie glaubte, es war ein Fünfdollarschein –, das von Bills Hand in die des Kellners wanderte. »Vielleicht in einer Ecke?«

»Gewiß, Sir.« Er führte sie durch den hell erleuchteten Saal unter den träge kreisenden Ventilatoren durch.

Als sie sich gesetzt hatten, fragte Rosie Bill, wie er sie gefunden hatte, obwohl sie vermutete, daß sie es bereits wußte. In Wirklichkeit interessierte sie mehr, *warum* er sie gefunden hatte.

»Durch Robbie Lefferts«, sagte er. »Robbie kommt alle paar Tage vorbei und schaut nach, ob ich neue Taschenbücher bekommen habe – nun, eigentlich *alte* Taschenbücher; Sie wissen, was ich meine ...«

Sie erinnerte sich an David Goodis – *Es war ein harter Schlag. Parry war unschuldig* – und lächelte.

»Ich wußte, er hat Sie eingestellt, damit Sie die Romane von Christina Bell lesen, weil er extra vorbeigekommen ist und es mir gesagt hat. Er war völlig aus dem Häuschen.«

»Tatsächlich?«

»Er sagte, Sie hätten die beste Stimme, die er gehört hat seit Kathy Bates' Aufzeichnung von *Das Schweigen der Lämmer,* und das will viel heißen – Robbie ist ein regelrechter Verehrer dieser Aufzeichnung und der Aufnahme, wie Robert Frost ›The Death of the Hired Man‹ liest. Die hat er auf einer alten Caedmon-LP mit 33 $^{1}/_{3}$ Umdrehungen. Sie ist zerkratzt, aber unglaublich gut.«

Rosie schwieg. Sie war überwältigt.

»Also hab ich ihn um Ihre Adresse gebeten. Nun, das ist vielleicht ein bißchen geflunkert. Die häßliche Wahrheit ist, ich hab ihn angefleht. Robbie kann nicht nein sagen, wenn man ihn anfleht. Und um ihm nicht unrecht zu tun, Rosie ...«

Aber den Rest bekam sie nicht mehr mit. *Rosie,* dachte sie. *Er hat mich Rosie genannt. Ich hab ihn nicht darum gebeten, er hat es einfach getan.*

»Möchten die Herrschaften vielleicht etwas trinken?« Ein Kellner war neben Bill aufgetaucht. Älter, würdevoll, gutaussehend – er wirkte wie ein Literaturprofessor am College. *Einer mit einer Neigung für taillierte weiße Kleider,* dachte Rosie und hätte fast gekichert.

»Ich hätte gern einen Eistee«, sagte Bill. »Und Sie, Rosie?«

Schon wieder. Er hat es schon wieder gesagt. Woher weiß er, daß ich nie wirklich eine Rose war, sondern immer richtig Rosie?

»Hört sich gut an.«

»Zwei Eistee, ausgezeichnet«, sagte der Kellner, worauf er eine kurze Liste von Spezialitäten herunterbetete. Zu Rosies Erleichterung waren sie alle in Englisch, und als sie *London broil* hörte, verspürte sie sogar einen leichten Anflug von Hunger.

»Wir überlegen und sagen Ihnen gleich Bescheid«, sagte Bill.

Der Kellner ging, und Bill drehte sich wieder zu Rosie um.

»Und noch etwas muß ich Robbie zugute halten«, sagte er. »Er schlug vor, daß ich im Studio vorbeischauen sollte ... Sie sind im Corn Building, richtig?«

»Ja, Tape Engine heißt das Studio.«

»Hm-hmm. Er hat vorgeschlagen, ich sollte im Studio vorbeischauen, damit wir alle drei nach den Aufnahmen mal was trinken gehen können. Sehr besorgt, fast väterlich. Als ich ihm sagte, daß ich das nicht könnte, mußte ich ihm regelrecht *versprechen*, daß ich Sie vorher anrufen würde. Und das habe ich versucht, Rosie, aber ich konnte Ihre Nummer nicht von der Auskunft bekommen. Haben Sie eine Geheimnummer?«

»Ich habe noch gar kein Telefon«, sagte sie und wich ihm damit aus. Es *war* selbstverständlich eine Geheimnummer, das hatte dreißig Dollar extra gekostet; Geld, das sie sich eigentlich nicht leisten konnte, aber noch weniger konnte sie es sich leisten, daß ihre Nummer in ihrer Heimatstadt auf dem Bildschirm eines Polizeicomputers auftauchte. Sie wußte, weil Norman sich immer darüber beschwert hatte, daß die Polizei Geheimnummern nicht so einfach abrufen konnte wie normale, die im Telefonbuch standen. Das war illegal, eine Verletzung der Privatsphäre, die die Leute freiwillig aufgaben, wenn sie der Telefongesellschaft erlaubten, ihre Nummern ins Buch einzutragen. Das hatten die Gerichte entschieden, und Norman war, wie fast alle Polizisten, die sie im Lauf ihrer Ehe kennengelernt hatte, von einem unversöhnlichen Haß auf die Gerichte und deren Arbeit erfüllt.

»Warum konnten Sie nicht im Studio vorbeikommen? Waren Sie nicht in der Stadt?«

Er nahm seine Serviette, faltete sie auseinander und legte sie sorgfältig auf seinen Schoß. Als er wieder aufsah, stellte sie fest, daß sich sein Gesicht irgendwie verändert hatte, aber sie brauchte einen Moment, bis ihr das Offensichtliche klar wurde – er wurde rot.

»Nun, ich glaube, ich wollte nicht im Rudel mit Ihnen ausgehen«, sagte er. »Dabei kann man nicht richtig mit jemand reden. Ich wollte Sie einfach … nun … näher kennenlernen.«

»Und nun sind wir hier«, sagte sie leise.

»Ja, das stimmt. Nun sind wir hier.«

»Aber *warum* wollten Sie mich kennenlernen? Mit mir ausgehen?« Sie machte eine Pause, dann sprach sie auch den Rest aus. »Ich meine, ich bin ein bißchen alt für Sie, oder nicht?«

Er sah sie einen Moment ungläubig an, dann entschied er, daß sie einen Witz gemacht hatte, und lachte. »Klar«, sagte er. »Und wie alt sind Sie genau, Großmütterchen? Siebenundzwanzig? Achtundzwanzig?«

Zuerst dachte sie, daß *er* jetzt einen Witz machte – und keinen besonders guten –, aber dann merkte sie, daß es ihm trotz des flapsigen Tonfalls ernst war. Er versuchte nicht einmal, ihr zu schmeicheln, sondern sprach nur das Offensichtliche aus. Jedenfalls das für *ihn* Offensichtliche. Die Erkenntnis schockierte sie, und ihre Gedanken stoben wieder in alle Richtungen auseinander. Nur einer drang mit einer gewissen Klarheit durch: Die Veränderungen in ihrem Leben hörten nicht damit auf, daß sie einen Job und eine Wohnung gefunden hatte; damit fingen sie erst an. Es war, als wäre alles, was bis zu diesem Augenblick geschehen war, nur eine Art Vorbeben gewesen, und dies der Anfang des eigentlichen Bebens. Keines Erdbebens, sondern einer Erschütterung ihres Lebens, und plötzlich war sie begierig darauf und in einer Weise aufgeregt, die sie nicht verstand.

Bill wollte etwas sagen, aber da kam der Kellner mit dem Eistee. Bill bestellte Steak, und Rosie verlangte London broil. Als der Kellner fragte, wie sie es wollte, lag ihr zuerst medium-durch auf der Zunge – so aß sie ihr Rindfleisch, weil Norman sein Rindfleisch so aß –, aber dann überlegte sie es sich anders.

»Blutig«, sagte sie. »Sehr.«

»Ausgezeichnet!« sagte der Kellner, als wäre es wirklich sein Ernst, und als er sich entfernte, überlegte Rosie, was für ein wunderbarer Ort das Utopia eines Kellners sein mußte – ein Ort, wo jede Wahl stets exzellent, ausgezeichnet, superb war.

Als sie sich wieder Bill zuwandte, stellte sie fest, daß er sie immer noch mit seinen Augen ansah – seinen beunruhigenden Augen mit diesem vagen grünen Ton. Sexy Augen.

»War sie sehr schlimm?« fragte er. »Ihre Ehe?«

»Was meinen Sie?« fragte sie linkisch.

»Sie wissen genau, was ich meine. Ich treffe diese Frau im Pfandleihhaus meines Vaters, ich unterhalte mich zehn Minuten mit ihr, und dann passiert mir etwas Unglaubliches – ich kann sie nicht mehr vergessen. So was hab ich schon im Film gesehen oder in den Zeitschriften gelesen, wie man sie in Wartezimmern von Ärzten findet, aber geglaubt habe ich nie daran. Und jetzt, bumm, ist es da, direkt vor meiner Nase. Ich sehe ihr Gesicht im Dunkeln, wenn ich das Licht ausmache. Ich denke an sie, wenn ich zu Mittag esse. Ich –« Er verstummte und warf ihr einen nachdenklichen, besorgten Blick zu. »Ich hoffe, ich mache Ihnen keine Angst.«

Er machte ihr *eine Menge* Angst, aber gleichzeitig dachte sie, daß sie noch nie etwas so Wunderbares gehört hatte. Ihr war überall heiß (ausgenommen an den Füßen, die waren eiskalt), und sie konnte immer noch hören, wie sich die Ventilatoren an der Decke drehten. Es schienen mindestens tausend zu sein, ein ganzes Bataillon von Ventilatoren.

»Diese Lady kommt und will mir ihren Ehering verkaufen, den sie für einen Diamanten hält ... aber tief in ihrem Innersten weiß sie es besser. Als ich herausfinde, wo sie wohnt, und sie besuchen komme – mit einem Blumenstrauß in der Hand und meinem Herzen auf der Zunge, könnte man sagen –, bin ich nur so knapp davon entfernt, daß sie mir mit einer Dose Obstsalat den Schädel einschlägt.« Er hielt die rechte Hand hoch, Daumen und Zeigefinger einen Zentimeter auseinander.

Rosie hob ebenfalls die Hand hoch – die linke – und hielt Daumen und Zeigefinger zwei Zentimeter auseinander. »Eigentlich war es nur so knapp«, sagte sie. »Und in der Beziehung bin ich wie Roger Clemens – ich habe eine *ausgezeichnete* Kontrolle über meinen Schlaf.«

Darüber mußte er sehr lachen. Es hatte einen schönen Klang, ehrlich und aus dem Bauch heraus. Nach einem Moment stimmte sie ein.

»Wie dem auch sei, die Dame feuert die Rakete nicht ab, sondern macht nur diese kurze einschüchternde Abwärtsbewegung damit, und dann versteckt sie sie hinter dem Rücken wie ein kleiner Junge den *Playboy*, den er aus der Schreibtischschublade seines Dad gestohlen hat. Sie sagt: ›O mein Gott, es tut mir leid‹, und ich frage mich, wie *ex* der Ex-Mann sein kann, wenn die Dame ins Pfandleihhaus meines Dad kommt und den Ring noch am Finger trägt. Klar?«

»Ja«, sagte sie. »Ich denke schon.«

»Für mich ist das wichtig. Wenn es so aussieht, als wäre ich neugierig, okay, wahrscheinlich bin ich es, aber ... ich bin dieser Frau ganz plötzlich sehr zugetan und will nicht, daß sie vergeben ist. Andererseits möchte ich auch nicht, daß sie Angst hat und sich nur mit einer Jumbo-Dose Obstsalat zur Tür wagt, wenn jemand klopft. Ergibt das alles für Sie irgendeinen Sinn?«

»Ja«, sagte sie. »Der Ex-Mann ist ziemlich ex.« Und dann fügte sie aus einem unerfindlichen Grund hinzu: »Er heißt Norman.«

Bill nickte ernst. »Ich verstehe, warum Sie ihn verlassen haben.«

Rosie fing an zu kichern und schlug die Hände vor den Mund. Ihr Gesicht fühlte sich heißer denn je an. Schließlich bekam sie sich unter Kontrolle, aber da mußte sie sich schon die Augenwinkel mit der Serviette abtupfen.

»Okay?« fragte er.

»Ja. Ich denke schon.«

»Möchten Sie darüber reden?«

Plötzlich stand ihr ein Bild mit der Deutlichkeit eines lebhaften Alptraums vor Augen. Es war Normans alter Tennisschläger, der Prince, dessen Griff mit grünem Klebeband umwickelt war. Soweit sie wußte, hing er immer noch zu Hause unten an der Kellertreppe. In den ersten Jahren ihrer Ehe hatte er sie mehrmals damit verprügelt. Dann, etwa sechs Monate nach ihrer Fehlgeburt, hatte er sie anal damit vergewaltigt. Sie hatte in den Therapiesitzungen bei D & S eine Menge Sachen von ihrer Ehe mitgeteilt (so nannten sie es dort, *mitteilen*, ein Wort, das sie abscheulich und zutreffend zugleich fand), aber diese kleine Kostbarkeit hatte sie für sich behalten – wie man sich fühlte, wenn man von einem Mann, der breitbeinig über einem saß und einem die Knie außen gegen die Oberschenkel preßte, den mit Klebeband umwickelten Griff eines Tennisschlägers in den Arsch gebohrt bekam; was man empfand, wenn er sich über einen beugte und sagte, wenn man sich wehrte, würde er das Wasserglas auf dem Nachttisch zerschlagen und einem mit den Scherben die Kehle durchschneiden. Wie man sich fühlte, wenn man da lag, die Dentyne-Zahnpasta in seinem Atem roch und sich fragte, wie schlimm er einen da hinten verletzte.

»Nein«, sagte sie und war froh, daß ihre Stimme nicht zitterte. »Ich will nicht über Norman reden. Er hat mich mißhandelt, und ich habe ihn verlassen. Ende der Geschichte.«

»Okay«, sagte Bill. »Und er ist für immer aus Ihrem Leben verschwunden?«

»Für immer.«

»Weiß *er* das auch? Wissen Sie, ich frage nur, weil Sie so zur Tür gekommen sind. Sie haben mit Sicherheit keinen Abgesandten von der Kirche der Heiligen der Letzten Tage erwartet.«

»Ich weiß nicht, ob er es weiß oder nicht«, sagte sie, nachdem sie kurz darüber nachgedacht hatte – sicher war es eine durchaus berechtigte Frage.

»Haben Sie Angst vor ihm?«

»O ja. Worauf Sie sich verlassen können. Aber das hat nicht unbedingt viel zu sagen. Ich habe vor *allem* Angst. Für mich ist alles neu. Meine Freundinnen von ... meine Freundinnen sagen, ich werde darüber hinwegkommen, aber ich weiß nicht.«

»Sie hatten keine Angst, mit mir essen zu gehen.«

»O doch, ich hatte Angst. *Todesangst.*«

»Warum sind Sie dann mitgekommen?«

Sie machte den Mund auf, um zu sagen, was sie schon vorhin gedacht hatte – daß er sie überrumpelt hatte –, aber dann ließ sie es sein. Das entsprach der Wahrheit, aber es war nicht die Wahrheit *in* der Wahrheit, und auf diesem Gebiet wollte sie keine Notlügen. Sie wußte nicht, ob sie beide eine Zukunft nach diesem einen Essen in Pop's Kitchen hatten (allein schon die Tatsache, daß sie so kurz, nachdem sie Norman verlassen hatte, mit ihm ausgegangen war, kam ihr jetzt irrational, möglicherweise irrsinnig vor), aber falls ja, wären Ausflüchte ein schlechtes Fundament dafür.

»Weil ich es wollte«, sagte sie. Ihre Stimme klang leise, aber deutlich.

»Okay. Kein Wort mehr darüber.«

»Und auch nicht über Norman.«

»Ist das ohne Flachs sein richtiger Name?«

»Ja.«

»Wie Norman Bates?«

»Wie Norman Bates.«

»Darf ich Sie etwas anderes fragen, Rosie?«

Sie lächelte leicht. »Wenn ich Ihnen nicht versprechen muß zu antworten.«

»Einverstanden. Sie haben gedacht, Sie wären älter als ich, richtig?«

»Ja«, sagte sie. »Das stimmt. Wie alt *sind* Sie denn, Bill?«

»Dreißig. Damit müssen wir in der Altersstraße fast dieselbe Hausnummer haben ... auf jeden Fall sind wir im selben Block. Aber Sie sind automatisch davon ausgegangen, daß Sie nicht nur älter sind, sondern viel älter. Und nun kommt die Frage. Sind Sie bereit?«

Rosie zuckte nervös die Achseln.

Er beugte sich zu ihr und richtete den Blick seiner faszinierenden, grüngetönten Augen auf sie. »Wissen Sie, daß Sie wunderschön sind?« fragte er. »Das ist kein Schmus und keine Floskel ... jedenfalls glaube ich es nicht. Mir kommt es wie eine ganz normale neugierige Frage vor. *Wissen* Sie, daß Sie schön sind? Sie wissen es nicht, richtig?«

Sie machte den Mund auf. Außer einem leisen, kehligen Röcheln kam nichts heraus. Es war mehr ein Pfeifen als ein Seufzen.

Er legte die Hand auf ihre und drückte sie sanft. Die Berührung dauerte nur kurz, reizte ihre Nerven aber trotzdem wie ein elektrischer Schlag, und im nächsten Moment hatte sie nur Augen für ihn – sein Haar, seinen Mund und besonders seine Augen. Der Rest der Welt war verschwunden, als wären sie beide auf einer Bühne, wo sämtliche Lichter gelöscht worden waren bis auf einen einzigen, grellen Spot.

»Machen Sie sich nicht über mich lustig«, sagte sie. Ihre

Stimme zitterte. »Bitte, machen Sie sich nicht über mich lustig. Das könnte ich nicht ertragen.«

»Nein, das würde ich nie tun.« Er sagte es, ohne nachzudenken, als wäre es etwas, über das kein weiteres Wort mehr zu verlieren ist, Fall abgeschlossen. »Aber ich werde Ihnen sagen, was ich sehe.« Er lächelte, streckte die Hand aus und berührte ihre wieder. »Ich werde Ihnen *immer* sagen, was ich sehe. Versprochen.«

7

Sie sagte ihm, er brauche sie nicht die Treppe hinauf zu begleiten, aber er bestand darauf, und sie war froh darüber. Als das Essen kam, hatte sich ihr Gespräch weniger persönlichen Dingen zugewandt – er stellte zu seinem Entzücken fest, daß ihre Anspielung auf Roger Clemens nicht nur so dahergeredet gewesen war und sie einiges an Fan-Wissen über Baseball besaß; sie hatten beim Essen eine Menge über die Mannschaften der Stadt gesprochen und gingen von Baseball ungezwungen zu Basketball über. Bis zur Fahrt zurück hatte sie kaum einmal an Norman gedacht, doch da stellte sie sich vor, was sie empfinden würde, wenn sie die Tür aufmachte und er wäre da, in ihrem Zimmer, säße vielleicht mit einer Tasse Kaffee auf dem Bett und betrachtete ihr Bild mit der Tempelruine und der Frau auf dem Hügel.

Als sie die schmale Treppe hinaufgingen, Rosie voraus, Bill einen oder zwei Schritte hinter ihr, machte sie sich noch wegen etwas anderem Gedanken: Wenn er ihr nun einen Gutenachtkuß geben wollte? Und wenn er sie nach dem Kuß fragte, ob er mit reinkommen konnte?

Na logisch *wird er mit reinkommen wollen,* sagte Norman mit der übertrieben geduldigen Stimme zu ihr, die er stets gebrauchte, wenn er versuchte, nicht wütend auf sie zu sein, aber trotzdem wütend wurde. *Er wird sogar darauf bestehen. Weshalb sollte er sonst ein Essen für fünfzig Dollar springen lassen? Herrgott, du solltest dich geschmeichelt fühlen – es gibt hübschere Schnallen als dich auf der Straße, und die bekommen nicht mal fünfzig Dollar fürs volle Programm. Er wird mit reinkommen wollen, und er wird dich ficken wollen, und vielleicht ist das gut so, vielleicht muß es sein, damit du die Rosinen aus dem Kopf bekommst.*

Sie konnte den Schlüssel aus der Handtasche holen, ohne ihn fallen zu lassen, aber dann zitterte sie mit der Spitze um den Schlitz in der Metallplatte des Schlosses herum, ohne ihn zu treffen. Er legte seine Hand auf ihre und schob den Schlüssel ins Schloß. Als er sie berührte, spürte sie wieder den elektrischen Schlag und konnte nicht anders, sie mußte daran denken, was der Schlüssel, der ins Schloß glitt, ihr ins Gedächtnis rief.

Sie machte die Tür auf. Kein Norman, es sei denn, er hätte sich in der Dusche oder im Schrank versteckt. Nur ihr hübsches Zimmer mit den beigen Wänden, dem Bild neben dem Fenster und der Lampe über dem Spülbecken. Kein Zuhause, noch nicht, aber besser als der Schlafsaal bei D & S.

»Nicht schlecht, wissen Sie«, sagte er nachdenklich. »Kein Apartment in einem Vorort, aber wirklich nicht schlecht.«

»Möchten Sie reinkommen?« fragte sie mit vollkommen tauben Lippen – als hätte ihr jemand eine Novokainspritze verpaßt. »Ich könnte Ihnen eine Tasse Kaffee machen ...«

Gut! rief Norman aus seiner Festung in ihrem Kopf heraus. *Bringen wir es hinter uns, Süße, was? Du gibst ihm den Kaffee, und er gibt dir die Sahne. Gutes Geschäft!*

Bill schien sehr gründlich darüber nachzudenken, ehe er den Kopf schüttelte. »Das wäre vielleicht keine so gute Idee«, sagte er. »Jedenfalls nicht heute abend. Ich glaube, Sie haben nicht die geringste Ahnung, wie Sie auf mich wirken.« Er lachte ein bißchen nervös. »Ich glaube, *ich* habe nicht die geringste Ahnung, wie Sie auf mich wirken.« Er schaute über ihre Schulter und sah etwas, worauf er lächelte und ihr beide nach oben gestreckten Daumen zeigte. »Mit dem Bild haben Sie recht gehabt – damals hätte ich es nicht geglaubt, aber es ist so. Ich nehme an, Sie haben dabei schon dieses Zimmer vor Augen gehabt, hm?«

Sie schüttelte den Kopf und lächelte ebenfalls. »Als ich das Bild gekauft habe, wußte ich noch gar nicht, daß dieses Zimmer existiert.«

»Dann müssen Sie eine Hellseherin sein. Ich wette, wo Sie es aufgehängt haben, sieht es am Spätnachmittag und Abend besonders gut aus. Wenn die Sonne schräg darauf scheint.«

»Ja, dann sieht es schön aus«, sagte Rosie, fügte aber nicht hinzu, daß das Bild ihrer Meinung nach zu jeder Tageszeit gut aussah – genau richtig und genau am richtigen Platz.

»Ich nehme an, es langweilt Sie noch nicht?«

»Nein, überhaupt nicht.«

Und sie wollte hinzufügen: *Es hat ein paar ziemlich komische Tricks auf Lager. Warum kommst du nicht rein und siehst es dir genauer an? Vielleicht siehst du etwas Erstaunlicheres als eine Lady, die bereit ist, dir mit einer Dose Obstsalat den Schädel einzuschlagen. Sag du mir, Bill – hat sich das Bild irgendwie von normaler Größe auf Cinemascope aufgeblasen, oder bilde ich es mir nur ein?*

Das alles sagte sie selbstverständlich nicht.

Bill legte ihr die Hände auf die Schultern, und sie sah feierlich zu ihm auf, wie ein Kind, das ins Bett gebracht wird, als er sich nach vorne beugte und ihr an der empfindlichen Stelle zwischen den Brauen einen Kuß auf die Stirn gab.

»Danke, daß du mit mir ausgegangen bist«, sagte er.

»Danke, daß du mich eingeladen hast.« Sie spürte eine Träne an ihrer linken Wange hinunterkullern und wischte sie mit dem Knöchel ab. Sie schämte sich nicht und hatte keine Angst, weil er es sah; sie hatte den Eindruck, daß sie ihm den Anblick einer Träne zumuten konnte, und das war schön.

»Hör zu«, sagte er. »Ich hab ein Motorrad – eine alte Harley-Maschine. Sie ist groß, und manchmal geht der Motor vor roten Ampeln aus, aber sie ist bequem ... und ich bin ein bemerkenswert sicherer Motorradfahrer, wenn ich das selbst einmal sagen darf. Einer von sechs Harley-Fahrern in Amerika, die einen Helm tragen. Wenn es Samstag schön ist, könnte ich vorbeikommen und dich gleich morgens abholen. Ich kenne ein Plätzchen dreißig Meilen entfernt, am See. Wunderschön. Zum Schwimmen ist es noch zu kalt, aber wir könnten ein Picknick machen.«

Zuerst konnte sie gar nicht antworten – sie war einfach platt, weil er *wieder* mit ihr ausgehen wollte. Und dann die Vorstellung, mit ihm Motorrad zu fahren … wie würde das sein? Einen Augenblick konnte Rosie nur daran denken, wie es sich anfühlen würde, wenn sie auf zwei Rädern hinter ihm saß und mit fünfzig oder sechzig Meilen pro Stunde durch den Wind pflügte. Die Arme um ihn zu legen. Eine gänzlich unerwartete Hitze durchpulste sie, so etwas wie ein Fieber, und sie erkannte es im ersten Moment gar nicht, daß sie vor langer, langer Zeit schon einmal etwas Ähnliches empfunden hatte.

»Rosie? Was sagst du?«

»Ich … Nun …«

Was *sollte* sie sagen? Rosie strich sich mit der Zunge nervös über die Oberlippe, wandte sich von ihm ab, damit sie einen klaren Gedanken fassen konnte, und sah den Stapel gelber Flugblätter auf dem Tisch liegen. Als sie Bill wieder ansah, verspürte sie Enttäuschung und Erleichterung zugleich.

»Ich kann nicht. Am Samstag ist das Picknick vom Daughters and Sisters. Es findet ein Softballspiel statt, Wettrennen, Hufeisenwerfen, Kunstgewerbebuden – all solche Sachen. Und abends ein Konzert, das richtig Geld bringen soll. Dieses Jahr haben wir die Indigo Girls. Ich habe versprochen, ich würde von fünf Uhr an den T-Shirt-Stand übernehmen, und das sollte ich auch tun. Ich verdanke ihnen so viel.«

»Wir könnten locker um fünf wieder zurück sein«, sagte er. »Vier, wenn du möchtest.«

Sie *wollte* … aber sie hatte weitaus schwerwiegendere Bedenken als nur, zu spät zu kommen, um T-Shirts zu verkaufen. Würde er es verstehen, wenn sie es ihm erklärte? Wenn sie sagte: *Ich würde gerne meine Arme um dich legen, während du Gas gibst, und es würde mir gefallen, wenn du eine Lederjacke tragen würdest, damit ich mein Gesicht an deine Schulter legen, den angenehmen Geruch einatmen und das leise Quietschen hören kann, wenn du dich bewegst. Das würde mir gefallen, aber ich habe Angst davor, was ich später herausfinden könnte, wenn der Ausflug vorbei ist … nämlich daß der Norman in meinem Kopf die ganze Zeit recht damit gehabt hat, was du wirklich willst. Am meisten angst macht mir, daß ich den elementaren Grundsatz im Leben meines Mannes überprüfen muß, den, den er nie laut aussprechen mußte, weil es nicht nötig war: daß es ganz normal war, wie er mich behandelt hat, ganz natürlich. Nicht vor den Schmerzen habe ich Angst; über Schmerzen weiß ich Bescheid. Ich habe Angst vor dem Ende dieses kurzen, süßen Traums. Weißt du, davon hatte ich so wenige.*

Ihr wurde klar, was sie sagen mußte, und im nächsten Moment wußte sie, daß sie es nicht sagen konnte, weil sie es in so vielen Filmen gehört hatte, wo es sich immer so sehr wie ein Winseln anhörte: *Tu mir nicht weh.* Das mußte sie sagen. *Bitte, tu mir nicht weh. Der beste Teil von mir, den ich noch habe, wird sterben, wenn du mir weh tust.*

Aber er wartete immer noch auf eine Antwort. Wartete darauf, daß sie *etwas* sagte.

Rose machte den Mund auf, um nein zu sagen, sie sollte zum Picknick ebenso dort sein wie zum Konzert, vielleicht ein andermal. Dann sah sie das Bild, das neben dem Fenster an der Wand hing. *Sie* würde nicht zögern, dachte Rosie; sie würde die Stunden bis zum Samstag zählen, und wenn sie schließlich hinter ihm auf das Stahlroß stieg, würde sie ihm die ganze Fahrt über den Rücken klopfen, damit er ihm noch mehr die Sporen gab. Einen Augenblick konnte Rosie sie fast dort sitzen sehen, den Saum des dunkelroten Chitons hochgezogen, die bloßen Schenkel fest an seine Hüften gepreßt.

Das heiße Pulsieren durchfuhr sie wieder, diesmal stärker. Schöner.

»Okay«, sagte sie. »Ich komme mit. Unter einer Bedingung.«

»Heraus damit.« Er grinste und schien sich riesig zu freuen.

»Bring mich zu Ettinger's Pier – da steigt die Party von D & S – und bleib zum Konzert. Ich besorge die Karten. Das ist meine Einladung.«

»Abgemacht«, sagte er sofort. »Kann ich dich um halb neun abholen, oder ist das zu früh?«

»Nein, prima.«

»Du solltest eine Jacke und vielleicht einen Pullover anziehen«, sagte er. »Wenn wir nachmittags nach Hause fahren, kannst du sie eventuell in den Satteltaschen verstauen, aber wenn wir aufbrechen, ist es mit Sicherheit noch kalt.«

»Gut«, sagte sie und dachte schon, daß sie sich die Sachen von Pam Haverford leihen mußte, die ungefähr dieselbe Größe hatte. Rosies gesamte Garderobe für draußen bestand im Augenblick aus einer leichten Jacke, und ihr Budget ließ Einkäufe in der Richtung nicht zu, jedenfalls in nächster Zeit nicht.

»Dann sehn wir uns am Samstag. Und noch mal danke für heute abend.« Er schien kurz zu überlegen, ob er ihr noch einen Kuß geben sollte, doch dann nahm er einfach ihre Hand und drückte sie kurz.

»Gern geschehen.«

Er drehte sich um und lief rasch, wie ein Junge, die Treppe hinunter. Sie konnte nicht anders, sie mußte es mit der Art und Weise vergleichen, wie Norman sich bewegte – entweder mit gesenktem Kopf stapfend oder mit einer unheimlichen, pfeilschnellen Geschwindigkeit. Sie sah seinem in die Länge gezogenen Schatten an der Wand nach, bis er verschwunden war, dann machte sie die Tür zu, schloß beide Schlösser ab, lehnte sich dagegen und sah durch das Zimmer zu ihrem Bild.

Es hatte sich wieder verändert. Sie war fast sicher.

Rosie ging hin und stellte sich mit hinter dem Rücken verschränkten Händen und leicht nach vorne gerecktem Kopf davor, eine Haltung, die auf komische Weise an Karikaturen von Galeristen oder Museumsbesuchern erinnerte, wie sie im *New Yorker* erschienen.

Ja, stellte sie fest, obwohl die Abmessungen des Bildes unverändert geblieben waren, hätte sie schwören können, daß es irgendwie wieder breiter geworden war. Rechts, neben dem zweiten Steingesicht – das blind seitwärts durch das hohe Gras sah –, konnte sie jetzt etwas erkennen, was wie die Ausläufer einer Waldlichtung aussah. Links, jenseits der Frau auf dem Hügel, konnte sie Kopf und Schultern eines kleinen, zottigen Pferdes ausmachen. Es trug Scheuklappen, knabberte an dem hohen Gras und schien vor ein Gefährt gespannt zu sein – möglicherweise ein Karren, möglicherweise eine Kutsche oder Karosse. Diesen Teil konnte Rosie nicht sehen; er lag außerhalb des Bilds (jedenfalls bis jetzt). Sie konnte aber einen Teil seines Schattens erkennen, und noch einen zweiten Schatten, der daraus hervorwuchs. Sie glaubte, daß es sich bei diesem zweiten Schatten um Kopf und Schultern eines Menschen handeln konnte. Möglicherweise jemand, der neben dem Fahrzeug stand, vor das das Pferd gespannt war. Oder vielleicht –

Oder vielleicht hast du den Verstand verloren, Rosie. Du glaubst doch nicht wirklich, daß dieses Bild größer wird, oder? Oder mehr zeigt, wenn dir das lieber ist?

Aber in Wahrheit *glaubte* sie es, sie *sah* es, und der Gedanke erfüllte sie mehr mit Aufregung als mit Angst. Sie wünschte sich, sie hätte Bill nach seiner Meinung gefragt; sie hätte zu gern gewußt, ob er auch sah, was sie sah ... oder zu sehen *glaubte.*

Samstag, schwor sie sich. *Vielleicht kann ich ihn am Samstag fragen.*

Sie zog sich aus, und als sie in dem kleinen Bad stand und sich die Zähne putzte, hatte sie Rose Madder, die Frau auf dem Hügel, vollkommen vergessen. Sie hatte auch Norman vergessen, und Anna und Pam, und die Indigo Girls am Samstagabend. Sie dachte an ihr Abendessen mit Bill Steiner und ging ihre Verabredung mit ihm noch einmal Minute für Minute, Sekunde für Sekunde durch.

8

Sie lag im Bett, war am Eindösen und lauschte dem Konzert der Grillen, das aus dem Bryant Park herüber klang.

Dösend erinnerte sie sich – ohne Schmerzen und scheinbar aus großer Entfernung – an das Jahr 1985 und ihre Tochter Caroline. Soweit es Norman betraf, hatte es nie eine Caroline gegeben, woran auch die Tatsache nichts änderte, daß er Rosies zaghaftem Vorschlag zugestimmt hatte, Caroline sei ein schöner Name für ein Mädchen. Für Norman war sie nur eine Kaulquappe gewesen, die ein frühes Ende gefunden hatte. Wenn es eine weibliche Kaulquappe sein sollte, weil sich seine Frau einem Hirngespinst hingab, na und? Achthundert Millionen Rotchinesen war das scheißegal, um es in Normansprache auszudrücken.

1985 – was für ein Jahr das gewesen war. Ein Jahr in der Hölle. Sie hatte

(Caroline)

das Baby verloren, Norman beinahe seinen Job (und sie hatte eine Ahnung, als wäre er nur knapp einer Verhaftung entronnen), sie war mit einer gebrochenen Rippe ins Krankenhaus eingeliefert worden, die fast ihre Lunge durchbohrt hatte, und als kleine Zugabe war sie mit dem Griff eines Tennisschlägers in den Arsch gefickt worden. Es war auch das Jahr, in dem ihr bis dahin bemerkenswert stabiler Verstand ein wenig ins Schleudern geraten war, aber inmitten all der übrigen Festivitäten bemerkte sie kaum, daß ihr eine halbe Stunde auf Pus Stuhl manchmal wie fünf Minuten vorkam und sie an manchen Tagen acht- oder neunmal duschte, bis Norman von der Arbeit nach Hause kam.

Sie mußte im Januar schwanger geworden sein, denn ab da wurde ihr morgens schlecht, und im Februar blieb ihre erste Periode aus. Der Fall, der für Normans »offizielle Disziplinierung« verantwortlich war – die er bis zum Tag seiner Pensionierung in den Akten stehen haben würde –, hatte im März seinen Anfang genommen.

Wie war sein Name? fragte sie sich in ihrem Bett, immer noch zwischen Schlaf und Wachsein, aber im Augenblick immer noch näher an letzterem. *Der Mann, mit dem der ganze Ärger angefangen hat, wie war sein Name?*

Einen Moment fiel er ihr nicht ein, nur die Erinnerung, daß er ein Schwarzer gewesen war … ein Niggerbursche, in Normansprache. Dann kam sie darauf.

»Bender«, murmelte sie im Dunkeln und lauschte dem leisen Zirpen der Grillen. »Richie Bender. Das war sein Name.«

1985, ein Jahr in der Hölle. Ein *Leben* in der Hölle. Und jetzt dieses Leben. Dieses Zimmer. Dieses Bett. Und das Zirpen der Grillen.

Rosie machte die Augen zu und schlief ein.

9

Keine drei Meilen von seiner Frau entfernt lag Norman in seinem eigenen Bett, döste ein, sank in die Dunkelheit und lauschte dem konstanten Brummen des Verkehrs auf der Lakefront Avenue, acht Stockwerke unter ihm.

Seine Zähne und sein Kiefer taten immer noch weh, aber der Schmerz war jetzt weit weg, unwichtig, hinter einer Mischung von Aspirin und Scotch versteckt.

Im Halbschlaf mußte auch er an Richie Bender denken; es war, als hätten sich Norman und Rosie, ohne es zu wissen, kurz auf telepathischem Wege geküßt.

»Richie«, murmelte er im Halbdunkel seines Hotelzimmers, und dann legte er den Unterarm über seine geschlossenen Augen. »Richie Bender, du Kotzbrocken. Du elender Kotzbrocken.«

Es war an einem Samstag gewesen – am ersten Samstag im März 1985. Vor zehn Jahren, mehr oder weniger. Gegen elf Uhr an diesem Tag war ein Niggerbursche in das Payless-Geschäft Ecke 60th und Saranac spaziert, hatte dem Kassierer zwei Kugeln in den Kopf gejagt, die Kasse geplündert und war wieder hinausgegangen. Während Norman und sein Partner den Angestellten an der Leergutannahme nebenan verhörten, kam ein anderer Nigger zu ihnen, der eine Buffalo-Bills-Jacke trug.

»Ich kenn den Nigger«, sagte er.

»Und was für einen Nigger, Bruder?« fragte Norman.

»Den Nigger, der das Payless überfallen hat«, antwortete der Nigger. »Ich hab genau da drüben bei dem Briefkasten gestanden, als er rausgekommen ist. Heißt Richie Bender. Böser Nigger. Verkauft Crack in seinem Motelzimmer da unten.« Er hatte nach Osten gezeigt, zum Bahnhof.

»Was soll das für'n Motel sein?« fragte Harley Bissington.

Harley war an jenem unglückseligen Tag Normans Partner gewesen.

»Ray'road Motel«, hatte der Farbige geantwortet.

»Du weißt nicht zufällig, welches Zimmer?« hatte Harley gefragt. »Reicht dein Wissen über die zur Debatte stehende Mißgeburt so weit, mein dunkelhäutiger Freund?«

Harley hatte fast immer so geredet. Manchmal erheiterte es Nor-

man. Aber häufiger hätte er ihn am liebsten an einer seiner schmalen kleinen Strickkrawatten gepackt und ihn besinnungslos gewürgt.

Ihr dunkelhäutiger Freund wußte es, natürlich wußte er es. Zweifellos war er selbst zwei- bis dreimal die Woche dort – vielleicht fünf- oder sechsmal, wenn seine finanzielle Situation es erlaubte –, und kaufte Stoff vom bösen Nigger Richie Bender. Ihr dunkelhäutiger Freund und seine ganzen dunkelhäutigen Niggerfreunde. Wahrscheinlich hatte der Bursche gerade irgendeinen Krach mit Richie Bender, aber das ging Norman und Harley nichts an; Norman und Harley wollten nur wissen, wo der Killer steckte, damit sie ihn am Arsch packen und ins County-Gefängnis schleifen und den Fall abschließen konnten, bevor die Cocktailstunde anfing.

Der Nigger mit der Bills-Jacke konnte sich nicht an Benders Zimmernummer erinnern, aber er konnte ihnen trotzdem genau beschreiben, wo es lag: Erdgeschoß, Hauptflügel, zwischen dem Cola-Automaten und den Zeitungsständern.

Norman und Harley waren zum Railroad Motel gefahren, eindeutig eines der besseren Etablissements Amerikas, und hatten an die Tür zwischen dem Cola-Automaten und den Zeitungsständern geklopft.

Eine schlampige Mulattenschnalle in einem glänzenden roten Kleid, das einen ausgezeichneten Blick auf BH und Slip ermöglichte, offensichtlich stoned, hatte ihnen die Tür aufgemacht, und die beiden Polizisten konnten drei leere Crack-Phiolen auf dem Fernseher des Motelzimmers sehen, und als Norman sie fragte, wo Richie Bender war, machte sie den Fehler, ihm ins Gesicht zu lachen. »Ich hab kein kitschigen Binder«, sagte sie. »Und ihr, Jungs, seht zu, daß ihr euch mitsamt euren blassen Ärschen verzieht.«

Bis dahin war alles soweit klar, doch danach gingen die verschiedenen Aussagen etwas durcheinander. Norman und Harley sagten aus, daß Ms. Wendy Yarrow (in jenem Frühjahr und Sommer in der Küche der Daniels' gemeinhin als die »schlampige Mulattenschnalle« bezeichnet) eine Nagelfeile aus der Handtasche genommen und zweimal damit auf Norman Daniels eingestochen hatte. Er hatte auf jeden Fall zwei lange Schnittwunden abbekommen, eine auf der Stirn und eine auf dem rechten Handrücken, aber Ms. Yarrow behauptete, Norman habe sich selbst in die Hand geschnitten, und die Wunde über den Augenbrauen habe sein Partner ihm zuge-

fügt. Das hatten sie gemacht, sagte sie weiter, nachdem sie sie ins Zimmer 12 des Railroad Motel gestoßen, ihr die Nase und vier Finger gebrochen, neun Knochen des linken Fußes zertrümmert hatten, indem sie darauf traten (abwechselnd, behauptete sie), ihr die Haare büschelweise ausgerissen und sie wiederholt in den Unterleib geschlagen hatten. Danach hatte der Kleinere sie vergewaltigt, berichtete sie den Schnüfflern von IAD. Der Breitschultrige hatte ebenfalls versucht, sie zu vergewaltigen, aber zunächst keinen hochgekriegt. Er biß sie mehrmals in die Brüste und ins Gesicht, und dann brachte er eine Erektion zustande, erzählte sie ihnen, »aber er hat mir alles auf die Schenkel gespritzt, ehe er ihn reinbekommen konnte. Dann hat er mich noch mal geschlagen. Er sagte mir, daß er mit mir reden wollte – aus der Nähe, aber er hat fast nur mit seinen Fäusten geredet.«

Norman, der auf seinem Bett im Whitestone lag, der auf Decken lag, die seine Frau in der Hand gehabt hatte, drehte sich auf die Seite und versuchte, 1985 zu verdrängen. Aber es wollte sich nicht verdrängen lassen. Was nicht überraschend kam; wenn es einmal da war, wollte es nicht wieder verschwinden. 1985 war anhänglich, wie ein geschwätziges, aufgeblasenes Arschloch von einem Nachbarn, den man einfach nicht loswerden konnte.

Wir haben einen Fehler gemacht, *dachte Norman.* Wir haben dem gottverdammten Nigger in der Football-Jacke geglaubt.

Ja, das war ein Fehler gewesen, richtig, sogar ein ziemlich großer. Und sie hatten geglaubt, daß eine Frau, die ganz so aussah, als gehörte sie zu einem Richie Bender, sich auch in Richie Benders Zimmer aufhalten mußte, und das war entweder ein zweiter Fehler oder die Fortsetzung des ersten, was an sich aber keine Rolle spielte, weil es am Ende auf dasselbe hinauslief. Ms. Wendy Yarrow war Teilzeitkellnerin, Teilzeitnutte und Vollzeit-Drogensüchtige, aber sie war nicht in Richie Benders Zimmer gewesen und hatte nicht einmal gewußt, daß es überhaupt einen Richie Bender auf diesem Planeten gab. Wie sich herausstellte, war Richie Bender tatsächlich *der Mann, der das Payless überfallen und den Kassierer umgelegt hatte, aber sein Zimmer lag nicht zwischen dem Cola-Automaten und den Zeitungsständern; das war Wendy Yarrows Zimmer, und Wendy Yarrow war ganz allein gewesen, zumindest an diesem besonderen Tag.*

Richie Benders Zimmer lag auf der anderen Seite *des Cola-Automaten, und dieser Irrtum hätte Norman Daniels und Harley Bissington um ein Haar ihre Jobs gekostet, aber schließlich hatten die Typen vom IAD die Geschichte mit der Nagelfeile geglaubt, und es gab keine Spermaspuren, die einen Beweis für Ms. Yarrows angebliche Vergewaltigung geliefert hätten. Ihre Behauptung, daß der ältere der beiden – der es tatsächlich geschafft hatte, ihn ihr reinzustecken – ein Kondom benutzt und es anschließend die Toilette hinuntergespült hatte, ließ sich nicht beweisen.*

Aber es hatte andere Probleme gegeben. Selbst ihre größten Anhänger im Revier hatten zugeben müssen, daß die Inspektoren Daniels und Bissington bei ihren Bemühungen, diese fünfzig Kilo schwere Raubkatze mit der Nagelfeile zur Räson zu bringen, vielleicht ein bißchen zu weit gegangen waren; so hatte sie zum Beispiel tatsächlich *ein paar gebrochene Finger. Darum die offizielle Verwarnung. Und das war noch nicht alles gewesen. Das aufmüpfige Luder hatte diesen Itzig gefunden … diesen kleinen, kahlköpfigen Itzig …*

Aber die Welt war voll von aufmüpfigen Ludern, die nur Ärger machten. Seine Frau, zum Beispiel. Aber sie war ein aufmüpfiges Luder, gegen das er etwas unternehmen konnte … immer vorausgesetzt, er bekam ein bißchen Schlaf.

Norman drehte sich auf die andere Seite, und da begann 1985 endlich zu verblassen. »Wenn du es am wenigsten erwartest, Rose«, murmelte er. »Dann werde ich dich erwischen.«

Fünf Minuten später war er eingeschlafen.

10

Die schlampige Schnalle, so hat er sie genannt, dachte Rose in ihrem Bett. Sie war inzwischen auch fast eingeschlafen, aber noch nicht ganz; sie konnte immer noch die Grillen im Park hören. *Die schlampige Mulattenschnalle. Wie sehr er sie gehaßt hatte!*

Ja, selbstverständlich hatte er sie gehaßt. Zunächst einmal war da der Schlamassel mit den Ermittlern vom IAD gewesen. Norman und Harley Bissington waren gerade noch mal mit heiler Haut aus der Sache rausgekommen, um dann festzustellen, daß die schlampige Mulattenschnalle sich einen Anwalt genommen hatte (einen glatzköpfigen, jüdischen Schmerzensgeldjäger, in Normansprache), der in ihrem Auftrag eine enorme Zivilklage gegen sie eingereicht hatte. Gegen Norman, Harley, das ganze Polizeirevier. Und dann, nicht lange vor Rosies Fehlgeburt, war Wendy Yarrow ermordet worden. Man fand sie hinter einem der Getreidesilos am Westufer des Sees. Sie hatte über hundert Stichwunden, und ihre Brüste waren abgeschnitten worden .

Ein Perverser, hatte Norman zu Rosie gesagt, und obwohl er nicht lächelte, als er den Hörer auflegte – jemand im Cop-Shop mußte echt aufgeregt gewesen sein, daß er ihn zu Hause anrief –, klang unbestreitbar Zufriedenheit aus seiner Stimme heraus. *Sie hat das Spiel einmal zu oft gespielt und einen Joker aus dem Blatt gezogen. Berufsrisiko.* Da hatte er ihr sehr zärtlich über das Haar gestreichelt und gelächelt. Nicht das beißende Lächeln, bei dem sie schreien wollte, aber zum Schreien war ihr trotzdem zumute gewesen, denn auf einmal hatte sie gewußt, einfach so, was Wendy Yarrow, der schlampigen Mulattenschnalle, zugestoßen war.

Siehst du, wie gut du es hast? hatte er sie gefragt und ihr den Hals mit seinen großen, schwieligen Händen gestreichelt, die Schultern, die Wölbungen ihrer Brüste. *Siehst du, wie gut du es hast, daß du dich nicht auf der Straße verkaufen mußt, Rose?*

Dann – vielleicht einen Monat später, vielleicht auch sechs Wochen – war er aus der Garage gekommen, hatte Rosie einen Liebesroman lesen gesehen und entschieden, daß er mit ihr darüber reden mußte, wie sie ihre Freizeit gestaltete. Daß er dringend mit ihr darüber reden mußte – aus der Nähe.

1985, ein Jahr in der Hölle.

Rosie lag im Bett, hatte die Hände unter das Kissen geschoben, döste dem Einschlafen entgegen und lauschte dem Zirpen der Grillen, das zum Fenster hereindrang und sich so nahe anhörte, als wäre ihr Zimmer auf wundersame Weise zum Musikpavillon im Park befördert worden, und sie dachte an eine Frau, die mit an den schweißnassen Wangen festklebendem Haar, einem Unterleib, so hart wie Stein, und in den vom Schock dunklen Augenhöhlen rollenden Augen in der Ecke auf dem Boden hockte, während die dunklen Küsse ihre Schenkel kitzelten; diese Frau war noch Jahre davon entfernt, den Tropfen Blut auf dem Laken zu sehen, sie hatte nicht gewußt, daß es so etwas wie Daughters and Sisters oder Männer wie Bill Steiner gab, sie hatte die Arme gekreuzt und hielt sich an den Schultern fest und betete zu einem Gott, an den sie nicht mehr glaubte, daß es keine Fehlgeburt sein sollte, nicht das Ende ihres kleinen, süßen Traums, doch dann dachte sie, als sie spürte, wie es passierte, daß es vielleicht so besser war. Sie wußte, wie Norman seinen Pflichten als Ehemann nachkam; wie mochte es mit der Erfüllung seiner Pflichten als Vater bestellt sein?

Das leise Zirpen der Grillen wiegte sie in den Schlaf. Und sie konnte sogar Gras riechen – moschusartigen, süßlichen Duft, der im Mai fehl am Platze wirkte. Es war der Geruch, den sie mit frisch gemähten Wiesen im August assoziierte.

Ich habe noch nie das Gras im Park gerochen, dachte sie schläfrig. *Bewirkt das die Liebe – zumindest die Zuneigung – bei einem? Schärft sie einem die Sinne, während sie einen gleichzeitig verrückt macht?*

In weiter Ferne hörte sie ein Grollen wie von Donner. Auch das war seltsam, denn der Himmel war klar gewesen, als Bill sie nach Hause gebracht hatte – sie hatte aufgesehen und gestaunt, wieviel Sterne sie trotz der grellen, orangefarbenen Straßenlaternen erkennen konnte.

Sie döste ein, entschlummerte, versank in den letzten traumlosen Schlaf, den sie für lange Zeit haben sollte, und ihr letzter Gedanke, bevor die Dunkelheit sie verschlang, war: *Wie kann ich Grillen hören oder Gras riechen? Das Fenster ist* nicht *offen; ich hab es zugemacht, bevor ich ins Bett gegangen bin. Zugemacht und verriegelt.*

V

Grillen

I

Am späten Mittwoch nachmittag schwebte Rosie förmlich ins Hot Pot. Sie bestellte sich eine Tasse Tee und ein Stück Kuchen, setzte sich ans Fenster und aß und trank langsam, während sie den endlosen Strom der Fußgänger draußen beobachtete – um diese Zeit überwiegend Büroangestellte auf dem Weg nach Hause. Da sie nicht mehr im Whitestone arbeitete, lag das Hot Pot nicht mehr auf ihrem Weg, aber sie war trotzdem, ohne darüber nachzudenken, hierhergekommen, was möglicherweise daran lag, daß sie hier so viele angenehme Stunden mit Pam verbracht und nach der Arbeit Tee getrunken hatte, möglicherweise aber auch daran, daß sie nicht besonders entdeckungsfreudig war – jedenalls noch nicht – und sie dieses Lokal kannte und sich dort sicher fühlte.

Sie war gegen zwei Uhr mit *Der Teufelsrochen* fertig gewesen und hatte unter dem Tisch nach ihrer Handtasche gegriffen, als Rhoda Simons sich über Lautsprecher meldete. »Möchten Sie eine kleine Pause, bevor wir mit dem nächsten anfangen, Rosie?« hatte sie gefragt, und das war es, einfach so. Sie hatte gehofft, sie würde die anderen drei Bell/Racine-Romane auch bekommen, hatte *geglaubt,* sie würde sie bekommen, aber nichts kam der Erleichterung gleich, es tatsächlich zu *wissen.*

Und das war nicht alles. Als sie um vier Uhr aufgehört hatten (da hatten sie bereits zwei Kapitel eines düsteren kleinen Thrillers mit dem Titel *Kill All My Tomorrows* hinter sich), fragte Rhoda Rosie, ob es ihr was ausmachen würde, ein paar Minuten mit ihr auf die Damentoilette zu kommen.

»Ich weiß, das hört sich grotesk an«, sagte sie, »aber ich würde für eine Zigarette sterben, und das ist der einzige Platz in diesem ganzen verdammten Gebäude, wo ich mich traue, ab und zu eine zu paffen. Das moderne Leben ist eine Qual, Rosie.«

In der Toilette hatte sich Rhoda eine Capri angezündet und sich mit einer Anmut, die auf lange Übung schließen ließ, auf den Sims zwischen zwei Waschbecken gesetzt. Sie schlug die Beine übereinander, hakte den linken Fuß hinter der rechten Wade ein und sah Rosie abschätzend an.

»Ihre Frisur gefällt mir«, sagte sie.

Rosie berührte verlegen ihre Haare. Sie hatte sich aus einer Laune heraus gestern abend im Schönheitssalon eine neue Frisur machen lassen, fünfzig Dollar, die sie sich nicht leisten konnte ... und trotzdem ausgeben mußte. »Danke«, sagte sie.

»Robbie will Ihnen einen Vertrag anbieten, wissen Sie.«

Rosie schüttelte stirnrunzelnd den Kopf. »Nein, das weiß ich *nicht*. Was soll das heißen?«

»Er sieht vielleicht aus wie Mr. Pennybags auf den Gemeinschaftskarten beim Monopoly, aber Robbie ist seit 1975 in der Audiobuchbranche tätig und weiß, wie gut Sie sind. Er weiß es besser als Sie selbst. Sie glauben, daß Sie ihm eine Menge schuldig sind, nicht?«

»Ich *weiß*, daß es so ist«, antwortete Rosie steif. Ihr gefiel der Verlauf nicht, den diese Unterhaltung nahm; sie mußte an die Stücke von Shakespeare denken, wo jemand seinem Freund einen Dolch in den Rücken stieß und sie dann ellenlang darüber monologisierten, wie unvermeidlich es gewesen war.

»Vergessen Sie über Ihrer Dankbarkeit nur nicht Ihre eigenen Interessen«, sagte Rhoda, schnippte die Asche fein säuberlich ins Waschbecken und spülte sie mit etwas kaltem Wasser hinunter. »Ich kenne Ihre Lebensgeschichte nicht und *will* sie auch nicht unbedingt kennen, aber Sie haben *Der Teufelsrochen* in nur hundertvier Takes geschafft, was ein verdammtes Phänomen ist, und ich weiß, Sie hören sich wie die junge Elizabeth Taylor an. Ich weiß auch – weil es Ihnen förmlich ins Gesicht geschrieben steht –, daß Sie allein leben, es aber nicht gewöhnt sind. Sie sind so *tabula rasa*, daß es beängstigend ist. Wissen Sie, was ich damit meine?«

Rosie war sich nicht hundertprozentig sicher – etwas von wegen naiv sein, glaubte sie –, aber das wollte sie Rhoda nicht zeigen. »Ja, natürlich.«

»Gut. Aber verstehen Sie mich um Himmels willen nicht falsch – ich versuche nicht, Robbie eins auszuwischen oder mir selbst ein Stück von Ihrem Kuchen abzuschneiden. Ich denke an Ihren Erfolg. Rob auch. Und Curtis. Es ist nur so, daß Rob auch an seine Brieftasche denkt. Audiobücher sind immer noch eine ziemlich neue Branche. Wären sie das Filmgeschäft, würden wir noch mitten in der Stummfilmzeit stecken. Verstehen Sie, was ich damit sagen will?«

»Gewissermaßen.«

»Wenn Robbie sich Ihre Aufzeichnungen von *Der Teufelsrochen* anhört, dann denkt er an eine Audioversion von Mary Pickford. Ich weiß, das hört sich verrückt an, aber es stimmt. Sogar die Art und Weise, wie er Sie kennengelernt hat, paßt dazu. Einer Legende zufolge soll Lana Turner in Schwab's Drugstore entdeckt worden sein. Nun, Robbie entwirft im Geiste schon seine eigene Legende, wie er Sie im Pfandleihhaus seines Freundes Steiner entdeckt hat, wo Sie sich antike Postkarten angesehen haben.«

»Hat er Ihnen das erzählt?« fragte sie und verspürte ein Gefühl der Zuneigung für Robbie Lefferts in sich aufwallen, das fast Liebe gleichkam.

»Nn-nnn, aber wo er Sie gefunden hat und was Sie dort gemacht haben, ist eigentlich nicht wichtig. Tatsache ist, Sie sind *gut*, Rosie, Sie sind wirklich richtig begabt. Es ist fast, als wären Sie für diesen Job geboren worden. Rob hat Sie entdeckt, aber das gibt ihm nicht für den Rest seines Lebens ein Recht an Ihrer Person. Lassen Sie nicht zu, daß er Sie zu seinem Eigentum macht.«

»Das würde er nie tun«, sagte Rosie. Sie war ängstlich, aufgeregt und erleichtert, und das alles zur gleichen Zeit. Außerdem war sie ein wenig wütend auf Rhoda wegen der zynischen Art, aber diese Empfindungen verschwanden alle unter einer strahlenden Schicht von Freude und Erleichterung: Sie würde noch eine Weile zurechtkommen. Und wenn Robbie ihr *wirklich* einen Vertrag anbot, hatte sie vielleicht für noch länger ausgesorgt. Für Rhoda Simons war es gut und schön, Vorsicht zu predigen; Rhoda wohnte nicht in einem möblierten Zimmer drei Blocks von dem Stadtviertel entfernt, wo man sein Auto nicht am Bordstein parkte, wenn man sein Radio und seine Radkappen behalten wollte; Rhoda hatte einen Mann, der Buchhalter war, ein Haus in einem Vorort und einen silbernen Nissan Baujahr 1994. Rhoda besaß eine Visa und eine American Express Card. Noch besser, Rhoda hatte eine Blue Cross Card und Ersparnisse, von denen sie leben konnte, falls sie krank wurde und nicht mehr arbeiten konnte. Für Leute, die das alles hatten, überlegte Rosie, war es wahrscheinlich so natürlich wie das Atmen, in geschäftlichen Dingen zur Vorsicht zu mahnen.

»Vielleicht nicht«, sagte Rhoda, »aber Sie könnten sich als eine kleine Goldmine erweisen, Rosie, und manchmal verändern sich die Menschen, wenn sie eine Goldmine finden. Sogar nette Menschen wie Robbie Lefferts.«

Rosie, die ihren Tee trank und zum Fenster hinaussah, erinnerte sich daran, wie Rhoda die Zigarette unter dem Kaltwasserhahn ausgemacht, die Kippe in den Abfalleimer geworfen hatte und dann zu ihr gekommen war. »Ich weiß, Sie sind in einer Situation, wo Ihnen ein sicherer Job wichtig ist, und ich will nicht sagen, daß Robbie ein schlechter Mensch ist – ich arbeite seit 1982 immer wieder mal mit ihm und weiß, daß er es nicht ist –, aber ich bitte Sie trotzdem, die Tauben auf dem Dach im Auge zu behalten, während Sie darauf achten, daß Ihnen der Spatz in der Hand nicht wegfliegt. Haben Sie mich verstanden?«

»Nicht ganz, nein.«

»Willigen Sie ein, für den Anfang sechs Bücher zu machen, nicht mehr. Von acht Uhr morgens bis vier Uhr nachmittags, hier bei Tape Engine. Ein Tausender pro Woche.«

Rosie starrte sie an und fühlte sich, als hätte ihr jemand das Rohr eines Staubsaugers in den Hals gesteckt und die ganze Luft aus ihren Lungen gesogen. »*Tausend* Dollar pro *Woche?* Sind Sie *verrückt?*«

»Fragen Sie Curt Hamilton, ob *er* mich für verrückt hält«, sagte Rhoda gelassen. »Vergessen Sie nicht, es ist nicht nur die Stimme, es sind die *Takes.* Sie haben den *Teufelsrochen* mit hundertvier hinbekommen. Niemand, den ich kenne, hätte es unter zweihundert geschafft. Sie haben eine ausgezeichnete

Stimme, aber das absolut Unglaubliche ist Ihre Atemtechnik. Wie konnten Sie nur so eine tolle Technik entwickeln, wo Sie doch nicht mal singen?«

Da hatte Rosie ein Bild aus einem Alptraum vor sich gesehen: Wie sie in der Ecke saß und ihre Nieren anschwollen und pochten wie aufgeblähte Beutel voll Wasser; wie sie die Schürze mit den Händen hochhielt und zu Gott betete, daß sie sie nicht vollmachen würde, weil es so weh tat, sich zu übergeben, weil es ein Gefühl war, als würden ihre Nieren dabei mit langen, spitzen Pflöcken durchbohrt werden. Wie sie am Boden saß und gedehnt und flach ein-, aber langsam und ruhig wieder ausatmete, da das am besten funktionierte; wie sie versuchte, ihren rasenden, panischen Herzschlag dem ruhigeren Rhythmus ihres Atmens anzupassen, während sie anhören mußte, wie Norman sich in der Küche ein Sandwich machte und mit seinem überraschend guten Barsänger-Tenor »Daniel« oder »Take A Letter, Maria« sang.

»Ich weiß nicht«, hatte sie zu Rhoda gesagt. »Bevor ich Sie kennenlernte, hab ich nicht mal gewußt, was Atemtechnik ist. Ich nehme an, es ist einfach eine Begabung.«

»Dann schätzen Sie sich glücklich, Mädchen«, sagte Rhoda. »Wir sollten lieber wieder raufgehen; Curt wird denken, daß wir hier drinnen abartige Frauenrituale praktizieren.«

Robbie hatte von seinem Büro in der Innenstadt angerufen und ihr gratuliert, daß sie den *Teufelsrochen* fertig hatte – gerade als sie Feierabend machen wollte, war das gewesen –, und er hatte zwar nicht direkt von einem Vertrag gesprochen, sie aber gefragt, ob sie am Freitag mittag mit ihm essen gehen würde, damit sie sich über eine, wie er sich ausdrückte, »geschäftliche Vereinbarung« unterhalten konnten. Rosie hatte eingewilligt und nachdenklich aufgelegt. Sie hatte gedacht, daß Rhodas Beschreibung genau zutraf: Robbie Lefferts sah *wirklich* wie der kleine Mann auf den Monopolykarten aus.

Als sie den Hörer in Curtis' Büro auflegte – ein überfülltes, enges Kabuff, wo Tausende Visitenkarten mit Reißzwecken an den Korkwänden festgesteckt waren – und ins Studio zurückkehrte, um ihre Handtasche zu holen, war Rhoda bereits fort, wahrscheinlich auf eine letzte Zigarette in der Damentoilette.

Curt beschriftete Tonbandkartons. Er sah auf und grinste sie an. »Prima Arbeit heute, Rosie.«

»Danke.«

»Rhoda sagt, Robbie wird Ihnen einen Vertrag anbieten.«

»Das hat sie gesagt«, stimmte Rosie zu. »Und ich glaube, sie könnte recht haben. Klopfen wir auf Holz.«

»Nun, Sie sollten beim Feilschen eines nicht vergessen«, sagte Curtis und verstaute die Kartons auf einem hohen Regal, wo Dutzende gleicher Boxen nebeneinander standen wie dünne weiße Bücher. »Wenn Sie fünfhundert Dollar für *Der Teufelsrochen* bekommen haben, dann hat Robbie schon verdient … weil Sie ihm wahrscheinlich siebenhundert Dollar an Studiozeit gespart haben. Kapiert?«

Sie hatte in der Tat kapiert, und nun saß sie im Hot Pot und hatte eine unerwartet strahlende Zukunft vor sich. Sie hatte Freunde, eine Bleibe, einen Job und die Aussicht auf mehr Arbeit, wenn sie mit Christina Bell fertig war. Einen Vertrag, der möglicherweise tausend Dollar die Woche bedeutete, was mehr war, als Norman verdiente. Es war verrückt, aber es entsprach der Wahrheit. *Könnte* der Wahrheit entsprechen, verbesserte sie sich.

Oh, und noch was. Sie hatte eine Verabredung für Samstag … den *ganzen* Samstag, wenn man das Konzert der Indigo Girls am Abend mitzählte.

Rosies sonst so ernstes Gesicht erstrahlte in einem Lächeln, und sie verspürte den völlig unangemessenen Wunsch, sich selbst auf die Schulter zu klopfen.

Sie aß den letzten Bissen ihres Stück Kuchens, sah wieder zum Fenster hinaus und fragte sich, ob das alles tatsächlich wahr sein konnte, ob es tatsächlich ein richtiges Leben gab, wo die Leute aus ihrem Gefängnis ausbrachen, rechts abbogen … und im Himmel landeten.

2

Einen halben Block entfernt schaltete die Fußgängerampel von Rot auf Grün. Pam Haverford, die ihre weiße Zimmermädchenschürze gegen ein Paar enge rote Hosen getauscht hatte, überquerte mit zwei Dutzend anderen Passanten die Straße.

Sie hatte heute eine Stunde länger gearbeitet und keinen Grund zu der Annahme, Rosie könnte im Hot Pot sein ... aber sie dachte es trotzdem. Man könnte es weibliche Intuition nennen.

Sie sah kurz den Brocken von einem Mann an, der neben ihr über die Straße ging, und den sie vor ein paar Minuten am Zeitungskiosk des Whitestone gesehen hatte, wenn sie sich recht erinnerte.

Er hätte sich als *jemand Interessantes* erweisen können, wären seine Augen nicht gewesen ... die vollkommen leer wirkten. Er sah sie ganz kurz an, als sie auf den gegenüberliegenden Bordstein traten, und angesichts der Ausdruckslosigkeit in diesen Augen – dem Eindruck, als würde etwas in ihnen *fehlen* – bekam sie eine Gänsehaut.

3

Im Hot Pot beschloß Rosie plötzlich, daß sie noch eine Tasse Tee wollte. Sie hatte keinen Grund zu der Annahme, Pam könnte reinschauen – sie mußte seit einer Stunde Feierabend haben –, aber sie nahm es trotzdem an. Vielleicht weibliche Intuition.

Sie stand auf und drehte sich zur Theke um.

4

Das kleine Luder neben ihm war irgendwie niedlich, dachte Norman, enge rote Hosen, knackiger Arsch.

Er fiel ein paar Schritte zurück – damit ich die Aussicht besser genießen kann, meine Liebe –, aber kaum hatte er das getan, betrat sie ein kleines Restaurant. Norman schaute im Vorbeigehen ins Schaufenster, sah aber nichts Interessantes, nur ein paar alte Weiber, die Scheiße mit Zuckerguß aßen und Tee oder Kaffee schlürften, und ein paar Kellner, die auf ihre typische Weise herumliefen, tänzelnd wie Schwuchteln.

Die alten Damen scheinen das zu mögen, *dachte Norman.* Dieser Schwuchtelgang mußte fette Trinkgelder einbringen. *Es* mußte *so sein; weshalb sollten erwachsene Männer sonst so rumlaufen? Schließlich konnten sie nicht* alle *Tunten sein ... oder doch?*

Sein Blick ins Hot Pot – desinteressiert und flüchtig – zeigte ihm nur eine Lady, die deutlich jünger war als die blaugetönten Schrullen in Hosenanzügen, die an den meisten Tischen saßen. Sie ging vom Fenster weg zum Tresen am anderen Ende der Teestube (jedenfalls vermutete er, daß man solche Lokale so nannte). Er sah rasch auf ihren Arsch, weil sein Blick immer *zuerst dorthin wanderte, wenn er eine Frau unter Vierzig sah, und kam zum Ergebnis, daß er zwar nicht schlecht, mit Sicherheit aber auch keinen Brief an Mutter nach Hause wert war.*

Roses Arsch hat auch mal so ausgesehen, *dachte er.* Damals, bevor sie sich gehenließ und er so fett wie ein gottverdammter Fußschemel wurde.

Die Frau, die er durch das Fenster sah, hatte auch eine tolle Frisur, viel besser als ihr Allerwertester, aber das Haar weckte keine Gedanken an Rose in ihm. Rose war eine »Brünette«, wie Normans Mutter immer gesagt hatte, und sie machte nicht viel aus ihrem Haar (was ihr Norman bei der unattraktiven mausbraunen Farbe auch nicht verdenken konnte). Normalerweise band sie es mit einem Gummiband zu einem Pferdeschwanz zurück; wenn sie zum Essen oder ins Kino gingen, flocht sie es höchstens einmal mit einer Plastikhaarspange zusammen, wie sie im Drugstore verkauft wurden.

Die Frau, auf die Normans Blick kurz fiel, als er ins Hot Pot sah, war keine Brünette, sondern eine Blondine mit schlanken Hüften, und sie hatte das Haar nicht zu einem Pferdeschwanz oder Knoten hochgebunden. Es hing als sorgfältig geflochtener Zopf an ihrem Rücken hinab.

5

Das Beste an dem ganzen Tag, möglicherweise noch besser als Rhodas unfaßbare Neuigkeit, daß Rosie für Robbie Lefferts tausend Dollar pro Woche wert sein könnte, war der Ausdruck von Pam Haverfords Gesicht, als sich Rosie mit ihrer frischen Tasse Tee von der Registrierkasse des Hot Pot abwandte.

Zuerst sah Pam über sie hinweg, ohne sie zu erkennen … und dann drehte sie den Kopf ruckartig zurück, und ihre Augen wurden groß.

Pam fing an zu grinsen, und dann *kreischte* sie wirklich und wahrhaftig und brachte damit vermutlich mindestens ein halbes Dutzend Herzschrittmacher in dem kleinen Raum gefährlich nahe an den roten Bereich.

»Rosie? Bist du das? O … mein … *Gott*!«

»Ich bin es«, sagte Rosie lachend und errötete. Sie bemerkte, daß sich Leute zu ihnen umdrehten, und stellte fest – Wunder über Wunder –, daß es ihr nicht das geringste ausmachte.

Sie gingen mit ihrem Tee zu Rosies Tisch am Fenster, und Rosie ließ sich von Pam sogar zu einem zweiten Stück Kuchen überreden, obwohl sie fünfzehn Pfund abgenommen hatte, seit sie in die Stadt gekommen war, und keinesfalls wieder zunehmen wollte, wenn sie es vermeiden konnte.

Pam sagte ihr immer wieder, daß sie es nicht *glauben* könne, sie könne es einfach nicht *glauben*, eine Bemerkung, die Rosie als Schmeichelei abgetan hätte, hätte sie nicht gesehen, wie Pams Blick immer wieder von ihrem Gesicht zu ihrer Frisur wanderte, als wollte sie sich vergewissern, daß wirklich alles der Wahrheit entsprach.

»Du siehst damit fünf Jahre jünger aus«, sagte sie. »Verdammt, Rosie, du siehst damit wie ein steiler Zahn aus!«

»Für fünfzig Dollar sollte ich damit wie Marilyn Monroe aussehen«, antwortete Rosie lächelnd … aber seit ihrer Unterhaltung mit Rhoda lag ihr die Summe, die sie für die Frisur ausgegeben hatte, nicht mehr so schwer auf der Seele.

»Woher hast du –«, begann Pam, dann brach sie ab. »Es ist das Bild, das du gekauft hast, richtig? Du hast dir das Haar machen lassen wie die Frau auf dem Bild.«

Rosie dachte, daß sie daraufhin erröten würde, aber sie errötete nicht. Sie nickte nur. »Die Frisur hat mir gefallen, darum dachte ich, ich versuch's mal.« Sie zögerte. »Und was die andere Farbe betrifft, ich kann immer noch nicht glauben, daß ich es gemacht habe. Ich habe mir zum erstenmal in meinem ganzen Leben die Haare färben lassen.«

»Zum ersten –! Das glaub ich dir nicht!«

»Stimmt aber.«

Pam beugte sich über den Tisch und sagte mit einem kehligen, verschwörerischen Flüstern: »Es ist passiert, was?«

»Was meinst du? Was ist passiert?«

»Du hast *jemand Interessantes* kennengelernt!«

Rosie machte den Mund auf. Machte ihn zu. Machte ihn wieder auf, obwohl sie nicht die geringste Ahnung hatte, was sie sagen sollte. Wie sich herausstellte, gar nichts. Statt Worten kam Gelächter heraus. Sie lachte, bis ihr Tränen über die Wangen liefen, und es dauerte nicht lange, da stimmte Pam ein.

6

Rosie brauchte keinen Schlüssel, um die Tür von 897 Trenton Street zu öffnen – an Wochentagen wurde sie erst gegen acht Uhr abends abgeschlossen –, aber sie brauchte den kleineren, damit sie in ihren Briefkasten sehen konnte (R. McCLENDON war auf die Vorderseite aufgeklebt worden und verkündete stolz, daß sie hierhergehörte, ja, allerdings), der leer war, abgesehen von einem Wurfzettel des Wal-Mart Supermarkts.

Als sie die Treppe zum ersten Stock hinaufging, schüttelte sie einen anderen Schlüssel aus dem Täschchen. Damit konnte sie die Tür ihrer Wohnung aufschließen, und außer dem Hausmeister hatte keiner mehr einen. Sie gehörte ihr – genau wie der Briefkasten. Ihre Füße waren müde – sie war die ganzen drei Meilen von der Innenstadt zu Fuß gegangen, da sie sich zu rastlos und glücklich fühlte, in einem Bus zu sitzen, und außerdem wollte sie mehr Zeit zum Nachdenken und Träumen, als sie im Bus gehabt hätte. Trotz der beiden Stücke Kuchen im Hot Pot hatte sie Hunger, aber das tiefe Knurren ihres Magens trug zu ihrem Glücksgefühl bei, statt sie davon abzulenken. Hatte sie sich jemals in ihrem ganzen Leben so glücklich gefühlt? Sie glaubte nicht. Das Glücksgefühl durchdrang vom Kopf aus ihren ganzen Körper, und obwohl ihre Füße müde waren, fühlten sie sich doch leicht an. Und ihre Nieren taten kein bißchen weh, trotz des langen Fußmarschs.

Als Rosie ihr Zimmer betreten hatte (und diesmal vergaß sie nicht, die Tür abzuschließen), fing sie wieder an zu kichern. Pam und ihr *jemand Interessantes*. Sie war gezwungen gewesen, einiges zuzugeben – schließlich hatte sie vor, Bill Samstag abend mit zum Konzert der Indigo Girls zu nehmen, und da würden die Frauen von D & S ihn kennenlernen –, aber als sie sich dagegen wehrte, sie hätte ihr Haar nur Bills wegen gefärbt und zu einem Zopf geflochten (wovon sie selbst ziemlich überzeugt war), hatte Pam als Antwort nur komisch die Augen verdreht und ihr übertrieben zugeblinzelt. Es war nervtötend ... aber auch ziemlich süß.

Sie machte das Fenster auf, ließ die milde Frühlingsluft und die Geräusche des Parks herein und ging dann zu dem kleinen Küchentisch, wo ein Taschenbuch neben den Blumen lag, die Bill ihr am Montagabend gebracht hatte. Die Blumen verwelkten allmählich, aber sie glaubte nicht, daß sie es über sich bringen würde, sie wegzuwerfen. Jedenfalls nicht vor Samstag. Gestern nacht hatte sie von ihm geträumt, hatte geträumt, daß sie mit ihm auf seinem Motorrad fuhr. Er fuhr immer schneller und schneller, und irgendwann einmal war ihr ein schreckliches, wunderbares Wort eingefallen. Ein Zauberwort. Sie konnte sich nicht mehr genau daran erinnern, was es gewesen war, etwas Sinnloses wie *deffle* oder *feffle*, aber in dem Traum schien es ein wunderbares Wort gewesen zu sein … und machtvoll. *Sprich es nicht aus, wenn es dir nicht wirklich und wahrhaftig Ernst damit ist*, hatte sie gedacht, wie sie sich erinnern konnte, während sie über eine Landstraße fuhren, wo links Berge aufragten und rechts Sonnenstrahlen blau und golden auf dem hinter Fichten gelegenen See blitzten. Vor ihnen lag ein bewachsener Hügel, und sie wußte, auf der anderen Seite davon lag eine Tempelruine. *Sprich es nicht aus, wenn du nicht bereit bist, dich mit Leib und Seele hinzugeben*.

Plötzlich hatte sie das Wort gesagt, es kam aus ihrem Mund wie ein elektrischer Schlag. Die Reifen von Bills Harley hatten von der Straße abgehoben – einen Moment hatte sie den vorderen gesehen, der sich zehn Zentimeter über dem Asphalt drehte –, und sie hatte ihren Schatten gesehen, nicht neben, sondern *unter* ihnen. Bill hatte Gas gegeben, und plötzlich schossen sie dem klaren blauen Himmel entgegen, stiegen von der Straße zwischen den Bäumen empor wie ein Unterseeboot aus dem Ozean, und da war sie in ihrem Bett aufgewacht, die Laken um sich herum zusammengeknäult, zitternd und doch im Griff einer gewaltigen Hitze, die in ihrem Zentrum verborgen zu sein schien, unsichtbar und mächtig, wie die Sonne bei einer Sonnenfinsternis.

Sie hatte starke Zweifel, ob sie fliegen würden, wie machtvoll die Zauberworte auch sein mochten, die sie ausprobierte, aber sie dachte, daß sie die Blumen doch noch eine Weile behalten würde. Vielleicht würde sie sogar ein paar zwischen den Seiten eben dieses Buches pressen.

Sie hatte das Buch bei Elaine's Dreams gekauft, wo sie sich die neue Frisur hatte machen lassen. Der Titel lautete: *Schlicht und elegant: Zehn Frisuren zum Selbermachen*. »Die sind gut«, hatte Elaine zu ihr gesagt. »Selbstverständlich sollte man sich das Haar immer von einem Friseur machen lassen, das ist meine Meinung, aber wenn man es sich aus Geld- oder Zeitgründen nicht jede Woche leisten kann und der Meinung ist, bevor man die 800er Nummer anruft und sich den Topsy-Tail-Kunstzopf bestellt, könnte man sich auch gleich erschießen, dann ist dieses Buch ein anständiger Kompromiß. Aber versprechen Sie mir um Himmels willen, daß Sie vorher zu mir kommen, wenn ein netter Mann sie nach Westwood zum Ball des Country Club einlädt.«

Rosie setzte sich und schlug Frisur Nr. 3 auf, »Klassischer Zopf«, ... den man, wurde sie gleich im ersten Abschnitt informiert, auch »Klassischer Französischer Zopf« nannte. Sie studierte die Schwarzweißbilder, welche eine Frau zeigten, die ihr Haar zuerst teilte und dann flocht, und als sie am Ende angekommen war, befolgte sie die Anweisungen rückwärts und löste den Zopf. Wie sich herausstellte, war es wesentlich leichter, ihn am Abend zu lösen, als am Morgen neu zu flechten; es kostete sie eine Dreiviertelstunde und jede Menge Flüche, bis sie ihn wenigstens ungefähr wieder so hinbekam wie gestern abend, als sie Elaine's Dreams verlassen hatte. Aber es hatte sich gelohnt; Pams ungenierter Aufschrei des Erstaunens im Hot Pot war all die Mühe wert.

Als sie mit ihrer Arbeit fertig war, mußte sie wieder an Bill Steiner denken (der in ihren Gedanken niemals weit weg gewesen war), und sie fragte sich, ob ihm ihr Zopf gefallen würde. Ob ihm ihr Haar *blond* gefallen würde. Oder ob er die Veränderungen überhaupt nicht bemerken würde. Sie fragte sich, ob sie unglücklich wäre, wenn er sie nicht bemerkte, dann seufzte sie und rümpfte die Nase. Natürlich wäre sie unglücklich. Andererseits, wenn er es nicht nur bemerkte, sondern auch wie Pam reagierte (selbstverständlich ohne den Aufschrei)? Vielleicht nahm er sie sogar in die Arme, wie sie es in den Liebesromanen taten ...

Sie griff nach ihrer Handtasche, aus der sie den Kamm holen wollte, und begann einen harmlosen kleinen Tagtraum, wie der Samstag morgen sich gestalten könnte – wie Bill den Zopf mit einem Stück Samtband flocht (weshalb er ein Stück Samtband bei sich haben sollte, konnte völlig ungeklärt bleiben; das war das Schöne bei Tagträumen am Küchentisch), als ihre Gedanken von einem leisen Geräusch auf der gegenüberliegenden Seite des Zimmers abgelenkt wurden.

Zirp. Zirp-zirp.

Eine Grille. Aber das Geräusch drang nicht durch das offene Fenster aus dem Bryant Park herüber. Es war viel näher.

Zirp-zirp. Zirp-zirp.

Sie ließ den Blick an der Sockelleiste entlangschweifen und sah etwas hüpfen. Sie stand auf, öffnete das Schränkchen links von der Spüle und nahm eine Glasschüssel heraus. Sie durchquerte das Zimmer, blieb aber unterwegs kurz stehen und hob den Werbezettel des Wal-Mart vom Sessel im Wohzimmerbereich auf. Dann kniete sie neben dem Insekt nieder, das es fast bis zur freien Südecke geschafft hatte, wo Rosie ihren Fernseher hinstellen wollte, falls sie tatsächlich dazu kam, sich einen zu kaufen, ehe sie hier auszog. Nach dem heutigen Tag schien der Gedanke, in eine größere Wohnung umzuziehen – und zwar bald –, nicht mehr nur ein frommer Wunsch zu sein.

Es *war* eine Grille. Wie sie es hier hoch in den ersten Stock geschafft hatte, blieb ein Geheimnis, aber es war zweifellos eine Grille. Dann fiel Rosie des Rätsels Lösung ein, und sie lieferte auch die Erklärung, warum sie das Geräusch gestern nacht vor dem Einschlafen so deutlich gehört hatte. Die Grille mußte mit Bill heraufgekommen sein, wahrscheinlich in den Umschlägen seiner Hose. Ein kleines zusätzliches Präsent zu den Blumen.

Du hast nicht nur eine *Grille gehört*, meldete sich plötzlich Ms. Praktisch-Vernünftig zu Wort. Diese spezielle Stimme hatte in letzter Zeit nicht viel zu sagen gehabt. Sie klang eingerostet und ein bißchen heiser. *Du hast ein ganzes* Feld *voller Grillen gehört. Oder einen ganzen Park.*

Quatsch, antwortete sie unverdrossen, während sie die Glasschüssel über das Insekt stülpte und dann den Zettel darunter schob, wobei sie das Tier mit einer Ecke anschubste, bis es hüpfte, und sie das Papier ganz unter die Schüssel schieben konnte. *Meine Phantasie hat eine Grille in einen Chor verwandelt, das ist alles. Vergiß nicht, ich war am Einschlafen. Wahrscheinlich war ich schon halb weg in einem Traum.*

Sie hob die Schüssel auf, drehte sie um und drückte den Wurfzettel fest auf den Rand, damit die Grille nicht entkommen konnte, bevor Rosie es wollte. Die Grille hüpfte derweil auf und ab und prallte mit ihrem gepanzerten Rücken gegen die Abbildung des neuen Romans von John Grisham, den man im Wal-Mart für nur sechzehn Dollar zuzüglich Steuern kaufen konnte. Rosie summte »When You Wish Upon a Star«, trug die Grille zum offenen Fenster, nahm den Wurfzettel herunter und hielt die Schüssel ins Freie. Insekten konnten aus viel größerer Höhe herunterfallen und unbeschadet ihrer Wege gehen (hüpfen, verbesserte sie sich im Geiste), wenn sie landeten. Sie war sicher, daß sie das irgendwo gelesen oder möglicherweise in einem Dokumentarfilm über Tiere im Fernsehen gesehen hatte.

»Los doch, Jiminy«, sagte sie. »Sei ein braver Junge und spring. Siehst du den Park da unten? Hohes Gras, jede Menge Tau zu trinken, ein Haufen Grillenmäd –«

Sie brach ab. Das Insekt war nicht in Bills Hosenaufschlägen heraufgekommen, weil er Montag abend Jeans getragen hatte, als er sie zum Essen eingeladen hatte. Sie durchforstete ihr Gedächtnis, weil sie ganz sicher sein wollte, fand aber immer wieder dieselbe Information, ohne den Schatten eines Zweifels. Oxford-Hemd und Levi's ohne Aufschläge. Sie erinnerte sich, daß seine Kleidung sie beruhigt hatte; sie war ihr der Beweis gewesen, daß er sie nicht in ein schickes Restaurant führen wollte, wo man sie angestarrt hätte.

Bluejeans, keine Aufschläge.

Also woher war Jiminy gekommen?

Was spielte das für eine Rolle? Wenn die Grille nicht in einem von Bills Hosenaufschlägen heraufgekommen war, dann in denen eines anderen, so einfach war das, sie war einfach auf dem Treppenabsatz im ersten Stock herausgehüpft, als sie etwas unruhig wurde – he, danke fürs Mitnehmen, Kumpel. Dann war sie unter der Tür durchgeschlüpft, na und? Sie konnte sich weniger angenehme ungebetene Gäste vorstellen.

Als wollte sie dem zustimmen, hüpfte die Grille plötzlich aus der Schüssel und wagte den Sprung.

»Schönen Tag noch«, sagte Rosie. »Kannst gern wieder reinschauen. Jederzeit.«

Als sie die Schüssel wieder an ihren Platz trug, wehte ihr ein sanfter Windstoß den Zettel des Wal-Mart aus der Hand, der träge zu Boden flatterte. Sie bückte sich, um ihn aufzuheben, doch als ihre Finger noch einen Zentimeter davon entfernt waren, erstarrte sie. Zwei Grillen, beide tot, lagen an der Sockelleiste, eine auf der Seite, die andere mit in die Luft gestreckten Beinchen auf dem Rücken.

Eine Grille hätte sie verstehen und akzeptieren können, aber drei? In einem Zimmer im ersten Stock? Wie sollte man das erklären?

Und jetzt sah Rosie noch etwas, das ganz in der Nähe der toten Grillen in einer Fuge zwischen zwei Bodendielen lag. Sie kniete hin, fischte es aus der Fuge und hielt es sich vor die Augen.

Es war eine Kleeblüte. Eine kleine rosafarbene Kleeblüte.

Sie sah in die Fuge, aus der sie die Blüte gezogen hatte; sie betrachtete noch einmal die beiden toten Grillen; dann wanderte ihr Blick langsam an der beigen Wand hinauf... zu ihrem Bild, das dort neben dem Fenster hing. Zu Rose Madder (der Name war so gut wie jeder andere), die auf ihrem Hügel stand, während das neu entdeckte Pferd hinter ihr Gras fraß.

Rosie spürte deutlich ihren Herzschlag – eine große gedämpfte Trommel, die in ihren Ohren erklang –, als sie sich zu dem Bild beugte, zum Maul des Pferdes, und sah, wie sich das Bild in Schichten alter Farbe auflöste, wie die Pinselstriche sichtbar wurden. Unter dem Maul befanden sich die waldgrünen und olivgrünen Töne des Grases, die der Künstler mit raschen, abwärts gerichteten Pinselstrichen aufgetragen zu haben schien. Rosafarbene Pünktchen waren dazwischen zu erkennen. Klee.

Rose betrachtete die winzige rosafarbene Blüte auf ihrer Handfläche, dann hielt sie sie dicht an das Bild. Die Farbe war exakt dieselbe. Plötzlich, und ganz ohne nachzudenken, hob sie die Hand auf Höhe ihrer Lippen und blies die winzige Blüte zu dem Bild. Sie rechnete halb damit (nein, es war mehr als das; einen Moment war sie felsenfest davon überzeugt), daß die kleine Blüte durch die Oberfläche des Bildes schweben und in die Welt eindringen würde, die ein unbekannter Künstler vor sechzig, achtzig, möglicherweise hundert Jahren geschaffen hatte.

Natürlich passierte nichts dergleichen. Die rosafarbene Blüte traf das Glas über dem Gemälde (ungewöhnlich, daß ein

Ölgemälde verglast wurde, hatte Robbie an dem Tag gesagt, als sie ihn kennenlernte), prallte ab und schwebte zu Boden wie ein einziges Kügelchen zusammengeknüllter Zellstoff. Das Bild mochte vielleicht verzaubert sein, aber die Glasscheibe davor eindeutig nicht.

Und wie sind die Grillen dann herausgekommen? Du glaubst doch wirklich, *daß es so gewesen ist, oder? Daß die Grillen und die Kleeblüte irgendwie aus dem Bild herausgefallen sind*?

Gott stehe ihr bei, aber das glaubte sie *tatsächlich*. Sie war überzeugt, wenn sie dieses Zimmer verlassen hatte und unter Menschen war, würde ihr der Gedanke vollkommen lächerlich vorkommen oder ganz verschwinden, aber im Augenblick glaubte sie daran: Die Grillen waren aus dem Gras unter den Füßen der blonden Frau in dem dunkelroten Chiton herausgehüpft. Irgendwie waren sie aus der Welt von Rose Madder in die von Rosie McClendon gehüpft.

Wie? Sind sie einfach irgendwie durch das Glas getropft?

Nein, selbstverständlich nicht. Das war albern, aber –

Sie streckte ihre leicht zitternden Hände aus und nahm das Bild von seinem Haken. Sie trug es in die Kochnische, stellte es auf den Tresen und drehte es um. Die mit Kohle geschriebenen Worte auf der Rückseite waren verschmierter denn je; sie wüßte nicht mit Sicherheit, daß sie ROSE MADDER lauteten, wenn sie es nicht früher gesehen hätte.

Zögernd und ängstlich (vielleicht hatte sie aber auch die ganze Zeit Angst gehabt und merkte es erst jetzt richtig) berührte sie die Rückseite. Die Rückseite knisterte, als Rosie darüber strich. Knisterte zu sehr. Und als sie weiter unten dagegen stieß, wo das braune Papier im Rahmen verschwand, spürte sie etwas … etwas *Ungewöhnliches*…

Sie schluckte, und ihr Hals war so trocken, daß es weh tat. Sie öffnete eine der Schubladen mit einer Hand, die jemand anderem zu gehören schien, holte ein Buttermesser heraus und näherte die Schneide langsam dem braunen Packpapier.

Tu es nicht! kreischte Ms. Praktisch-Vernünftig. *Laß es sein, Rosie, du hast keine Ahnung,* was *da rauskommen könnte!*

Sie verweilte einen Moment mit der Messerspitze an dem braunen Papier, dann legte sie es vorerst einmal beiseite. Sie hob das Bild, betrachtete den unteren Rahmen und stellte mit einem distanzierten Teil ihres Verstandes fest, daß ihre Hände inzwischen ziemlich heftig zitterten. Sie war im Grunde genommen nicht überrascht von dem, was sie sah – einen Riß im Holz, der an seiner dicksten Stelle mindestens sechs bis sieben Millimeter breit war. Sie stellte das Bild wieder auf den Tresen, hielt es mit der rechten Hand fest und führte mit der linken – ihrer klugen Hand – die Messerspitze wieder an das braune Packpapier.

Nicht, Rosie. Ms. Praktisch-Vernünftig kreischte diesmal nicht; sie schluchzte. *Bitte tu es nicht, bitte laß es gut sein.* Aber das war ein lächerlicher Rat, wenn man darüber nachdachte; wenn sie ihn beim erstenmal befolgt hätte, als sich Ms. P-V zu Wort gemeldet hatte, würde sie immer noch bei Norman leben. Oder bei ihm sterben.

Sie schlitzte das Papier mit dem Messer an der Stelle auf, wo sie die Unebenheiten spürte. Ein halbes Dutzend Grillen purzelten auf den Tresen, vier tot, eine kläglich zappelnd, die sechste lebendig genug, daß sie auf die Arbeitsplatte hüpfen konnte, bevor sie ins Spülbecken fiel. Zusammen mit den Grillen fielen auch ein paar pinkfarbene Kleeblüten heraus, ein paar Grashalme … und ein Teil eines trockenen braunen Blatts. Rosie hob es auf und betrachtete es neugierig. Es war ein Eichenblatt. Sie war fast sicher.

Rosie arbeitete gründlich (und achtete nicht auf die Stimme von Ms. Praktisch-Vernünftig) und schnitt mit dem Messer einmal ganz um den Rand des Rahmens herum durch das Packpapier. Als sie es entfernte, fielen weitere Schätze heraus: Ameisen (fast alle tot, nur zwei oder drei konnten noch krabbeln), der plumpe Kadaver einer Biene, mehrere Blütenblätter eines Gänseblümchens, die man abzupfen sollte, während man »Er liebt mich, er liebt mich nicht« sang … und ein paar dünne weiße Haare. Diese hielt sie ans Licht und umklammerte das umgedrehte Bild fester mit der rechten Hand, während ihr ein Schauer über den Rücken lief wie große Füße, die eine Treppe hochgingen. Rosie wußte genau, was ihr ein Tierarzt sagen würde, wenn sie die Haare zu ihm brächte, damit er sie sich unter dem Mikroskop ansah; es waren

Roßhaare. Genauer gesagt die Haare eines kleinen, zotteligen Pferdes. Eines Pferdes, das momentan in einer anderen Welt Gras fraß.

Ich verliere den Verstand, dachte sie ruhig, und das war nicht die Stimme von Ms. Praktisch-Vernünftig; das war ihre eigene Stimme, die für den zentralen, pragmatischen Kern ihrer Gedanken und ihrer Persönlichkeit sprach. Sie hörte sich nicht hysterisch oder zickig an; sie sprach vernünftig, ruhig und mit einem erstaunten Unterton. Es war, vermutete sie, derselbe Tonfall, mit dem ihr Verstand den unausweichlichen Tod zur Kenntnis nehmen würde, wenn seine Ankunft sich nicht länger leugnen ließe.

Aber sie *glaubte* nicht, daß sie den Verstand verlor, nicht so, wie sie gezwungen wäre, an den Tod infolge, sagen wir, einer Krebserkrankung zu glauben, wenn sie ein bestimmtes Stadium erreicht hätte. Sie hatte die Rückseite ihres Bildes aufgeschnitten, und Gras, Haare und Insekten – manche noch am Leben – waren herausgefallen. War das so schwer zu glauben? Vor ein paar Jahren hatte sie in der Zeitung einen Artikel über eine Frau gelesen, die ein kleines Vermögen in Aktien in der Rückseite eines alten Familienporträts versteckt gefunden hatte; dagegen nahmen sich ein paar Insekten kümmerlich aus.

Aber lebende, Rosie? Und was ist mit der Kleeblüte, die noch frisch war, und dem grünen Gras? Das Blatt war vertrocknet, aber du weißt ja, was du darüber denkst ...

Sie dachte, daß es schon vertrocknet herübergeweht worden war. In dem Bild war es Sommer, aber man konnte schon im Juni abgestorbenes Laub finden.

Also wiederhole ich: Ich verliere den Verstand.

Aber es war alles *da*, hier auf der Arbeitsplatte ihrer Kochnische, ein Durcheinander von Insekten und Gras.

Gegenstände.

Keine Träume oder Halluzinationen, sondern konkrete Gegenstände.

Und da war noch etwas, worüber sie eigentlich lieber nicht nachdenken wollte. Das Bild hatte zu ihr gesprochen. Nein, nicht laut, aber von dem Augenblick an, als sie es zum erstenmal gesehen hatte, sprach es zu ihr. Ihr Name stand auf der Rückseite – jedenfalls eine Version davon –, und gestern hatte sie mehr, als sie sich leisten konnte, dafür ausgegeben, daß ihr Haar wie das der Frau in dem Bild aussah.

Mit einer plötzlichen Entschlossenheit schob sie die flache Seite des Messers unter den oberen Teil des Rahmens und drückte nach oben. Sie hätte sofort aufgehört, wenn sie starken Widerstand gespürt hätte – es war das einzige Küchenmesser, das sie hatte, und sie wollte die Klinge nicht abbrechen –, aber die Nägel, die den Rahmen zusammenhielten, gaben problemlos nach. Sie zog die obere Strebe weg, hielt das Glas mit der anderen Hand fest, damit es nicht auf den Tresen kippte und zerbrach, und legte sie beiseite. Eine weitere tote Grille fiel auf die Arbeitsplatte. Einen Augenblick später hielt Rosie die bloße Leinwand in Händen. Ohne Passepartout und Rahmen war die Leinwand etwa fünfundvierzig Zentimeter hoch. Sanft strich Rosie mit einem Finger über die längst getrocknete Ölfarbe, spürte die winzigen Höhenunterschiede einzelner Farbschichten, spürte sogar die feinen Rillen, die der Pinsel des Künstlers hinterlassen hatte. Es war ein interessantes, etwas unheimliches Gefühl, doch es hatte nichts Übernatürliches an sich; ihr Finger glitt nicht durch die Oberfläche in die andere Welt hinüber.

Das Telefon, das sie erst gestern gekauft und in die Steckdose an der Wand gesteckt hatte, läutete zum erstenmal. Rosie hatte die Lautstärke auf maximal gestellt; als sie das plötzliche schrille Trillern hörte, stieß sie selbst einen Schrei aus. Ihre Hand verkrampfte sich, ihr ausgestreckter Finger hätte um ein Haar die bemalte Leinwand durchbohrt.

Sie legte das Bild auf den Küchentisch, lief hastig zum Telefon und hoffte, es wäre Bill. Sie dachte, wenn er es wäre, würde sie ihn zu sich einladen – damit er sich ihr Bild einmal genau ansehen konnte. Und damit sie ihm das Zeug zeigen konnte, das herausgefallen war. Die *Gegenstände*.

»Hallo?«

»Hallo, Rosie?« Nicht Bill. Eine Frau. »Hier spricht Anna Stevenson.«

»Oh, Anna! Hallo! Wie geht es Dir?«

Aus dem Spülbecken erklang ein hartnäckiges *Zirp-zirp*.

»Nicht besonders gut«, sagte Anna. »Gar nicht besonders gut. Etwas sehr Unerfreuliches ist geschehen, und ich muß es dir sagen. Möglicherweise hat es nichts mit dir zu tun – ich hoffe es von ganzem Herzen –, aber vielleicht doch.«

Rosie setzte sich und verspürte eine Angst, wie sie sie nicht empfunden hatte, als sie die Umrisse toter Insekten spürte, die unter der Rückseite ihres Gemäldes steckten. »Anna, was ist los?«

Rosie hörte sich mit wachsendem Entsetzen an, was Anna ihr erzählte. Als sie fertig war, fragte sie, ob Rosie zu Daughters and Sisters kommen und die Nacht dort verbringen wollte.

»Ich weiß nicht«, sagte Rosie benommen. »Ich muß nachdenken. Ich ... Anna, ich muß jetzt jemand anderen anrufen. Ich rufe Sie zurück.«

Sie legte auf, bevor Anna etwas sagen konnte, wählte 411, fragte nach einer Nummer, bekam sie und wählte.

»Liberty City«, sagte die Stimme eines älteren Mannes.

»Ja, könnte ich Mr. Steiner sprechen?«

»Ich *bin* Mr. Steiner«, antwortete die etwas heisere Stimme amüsiert. Rosie war einen Moment verwirrt, dann fiel ihr ein, daß er im Geschäft seines Vaters arbeitete.

»Bill«, sagte sie. Ihr Hals war wieder trocken und tat weh. »Bill, ich meine ... ist er da?«

»Bleiben Sie dran, Miß.« Ein Rascheln, ein Poltern, als der Hörer hingelegt wurde, dann, etwas entfernt: *»Billy! Eine Lady für dich!«*

Rosie machte die Augen zu. Wie aus weiter Ferne hörte sie die Grille im Spülbecken: *Zirp-zirp*

Eine lange, unerträgliche Pause. Eine Träne glitt unter den Wimpern ihres linken Auges hervor und rollte ihre Wange hinab. Ihr folgte eine aus dem rechten Auge, und Rosie ging ein Vers aus einem alten Country-Song durch den Kopf: »Well, the race is on and here comes Pride up the backstretch ... Heartache is goin' to the inside ...« Sie wischte die Tränen ab. Wie viele Tränen hatte sie in ihrem Leben nicht schon abgewischt. Wenn die Hindus mit ihrer Reinkarnation recht hatten, wollte sie gar nicht wissen, was sie in ihrem vorherigen Leben gewesen sein mußte.

Der Hörer wurde hochgenommen. »Hallo?« Eine Stimme, die sie jetzt in ihren Träumen hörte.

»Hallo, Bill.« Es war nicht ihre normale Sprechstimme, eigentlich nicht einmal ein Flüstern. Mehr der Hauch eines Flüsterns.

»Ich kann Sie nicht verstehen«, sagte Bill. »Könnten Sie etwas lauter sprechen, Ma'am?«

Sie wollte nicht lauter sprechen, sie wollte auflegen. Aber das konnte sie nicht. Denn wenn Anna recht hatte, konnte Bill auch in Gefahr sein – in großer Gefahr. Das heißt, wenn ein gewisser Jemand den Eindruck hatte, daß er ihr zu nahestand. Sie räusperte sich und versuchte es noch einmal. »Bill? Ich bin es, Rosie.«

»Rosie!« rief er entzückt. »He, wie geht's dir?«

Seine ungekünstelte, unverhohlene Freude machte alles nur noch schlimmer; plötzlich war ihr zumute, als würde ihr jemand ein Messer in den Eingeweiden herumdrehen. »Ich kann am Samstag nicht mir dir ausgehen«, stieß sie hastig hervor. Nun flossen die Tränen schneller und quollen unter ihren Lidern hervor wie klebriges, heißes Fett. »Ich kann überhaupt nicht mit dir ausgehen. Ich muß den Verstand verloren haben, daß ich es je geglaubt habe.«

»Natürlich kannst du! Herrgott, Rosie! Was soll das?«

Die Panik in seiner Stimme – kein Zorn, wie sie halb erwartet hatte, sondern echte Panik – war schlimm, aber irgendwie war seine Bestürzung schlimmer. Sie konnte es nicht ertragen.

»Ruf mich nicht an und komm nicht her«, befahl sie ihm, und plötzlich konnte sie Norman mit schrecklicher Klarheit sehen, wie er mit hochgestelltem Kragen im strömenden Regen gegenüber von ihrem Haus stand und eine Straßenlaterne schwach seine untere Gesichtshälfte beleuchtete – wie einer der vierschrötigen, brutalen Schurken in den Romanen von »Richard Racine«.

»Rosie, ich verstehe nicht –«

»Das weiß ich, und das ist gut so«, sagte sie. Ihre Stimme bebte und drohte zu brechen. »Komm einfach nicht mehr in meine Nähe, Bill.«

Sie legte den Hörer hastig auf, sah das Telefon einen Moment an und stieß dann einen lauten, gequälten Schrei aus. Sie fegte das Telefon mit den Handrücken von ihrem Schoß. Der Hörer flog, so weit es seine Schnur zuließ, und blieb auf dem Boden liegen, wo sich das Summen des Freizeichens auf seltsame Weise wie das Zirpen der Grillen anhörte, das sie Montag nacht in den Schlaf gewiegt hatte. Plötzlich konnte sie das Geräusch nicht mehr ertragen und dachte, wenn sie es auch nur noch dreißig Sekunden anhören müßte, würde ihr der Kopf platzen. Sie stand auf, lief zur Wand, ging in die Hocke und zog das Telefonkabel heraus. Als sie versuchte, wieder aufzustehen, trugen ihre zitternden Beine sie nicht mehr. Sie blieb auf dem Boden sitzen, verbarg das Gesicht in den Händen und ließ den Tränen freien Lauf. Sie hatte wirklich keine andere Wahl.

Anna hatte immer wieder betont, daß sie nicht sicher sei, daß Rosie auch nicht sicher sein könne, was auch immer sie vermutete. Aber Rosie *war* sicher. Es war Norman. Norman war hier, Norman hatte endgültig den Verstand verloren, Norman hatte Annas Ex-Mann Peter Slowik umgebracht, und Norman suchte nach ihr.

7

Fünf Blocks vom Hot Pot entfernt, wo er vier Sekunden früher seiner Frau durch das Fenster direkt in die Augen hätte sehen können, betrat Norman einen Trödelladen namens No More Than 5. »Jeder Artikel im Laden unter 5 $!« lautete das Motto des Ladens. Es stand in Druckbuchstaben unter einem erbärmlich gezeichneten Porträt von Abraham Lincoln. Lincolns bärtiges Gesicht grinste breit, und er blinzelte mit einem Auge, und Norman fand, er hatte große Ähnlichkeit mit einem Mann, den er einmal hatte festnehmen müssen, weil er seine Frau und alle vier Kinder erwürgt hatte. In diesem La-

den, der buchstäblich keinen Steinwurf vom Liberty City Kredite & Pfandleihe entfernt war, kaufte Norman alles an Verkleidung, was er heute zu tragen beabsichtigte: eine Sonnenbrille und eine Mütze mit dem Schriftzug CHISOX über dem Schirm.

Als jemand mit über zehn Jahren Berufserfahrung als Detective Inspector war Norman zur Überzeugung gelangt, daß Verkleidungen nur in drei Fällen angesagt waren: in Spionagefilmen, Sherlock-Holmes-Geschichten und bei Halloween-Partys. Bei Tage, wenn Make-up stets wie Make-up und eine Verkleidung stets wie eine Verkleidung aussah, waren sie besonders nutzlos. Und die Schnallen von Daughters and Sisters, diesem New-Age-Hurenhaus, wohin sein Kumpel Peter Slowik, wie er schließlich zugegeben hatte, Normans Rambling Rose geschickt hatte, würden besonders mißtrauisch werden, wenn ein Raubtier um ihr Wasserloch herumschlich. Für solche Schnallen war Paranoia erheblich mehr als nur eine Lebenseinstellung; sie war ihnen in Fleisch und Blut übergegangen.

Die Mütze und die Sonnenbrille würden ihren Zweck erfüllen; an diesem Spätnachmittag hatte er lediglich etwas vor, das sein erster Partner als Detective, Gordon Satterwaite, »ein bißchen Rumschnüffeln« genannt hatte. Außerdem hatte es Gordon gefallen, seinen jungen Kollegen am Kragen zu packen und ihm zu sagen, daß es Zeit für die, wie er sich auszudrücken pflegte, »alte Gummischuhnummer« wurde. Gordon war ein dicker, stinkender, tabakkauender Fettsack mit braunen Zähnen gewesen, und Norman hatte ihn praktisch von dem Moment an, als er ihn zum erstenmal gesehen hatte, verabscheut. Gordon war sechsundzwanzig Jahre Cop und neunzehn davon Inspektor gewesen, aber er hatte kein Gespür für die Arbeit. Norman schon. Sein Job gefiel ihm nicht, und er haßte den Abschaum, mit dem er reden (und manchmal, bei einem Undercover-Job, sogar arbeiten) mußte, aber er hatte dennoch ein Gespür dafür, und dieses Gespür war ihm im Lauf der Jahre eine unschätzbare Hilfe gewesen. Es hatte ihm geholfen, den Fall abzuschließen, der ihm die Beförderung einbrachte, den Fall, der ihn – wenn auch nur kurz – zum Liebling der Medien gemacht hatte. Bei den Ermittlungen kamen sie, wie fast immer, wenn das organisierte Verbrechen beteiligt war, irgendwann einmal an den Punkt, wo die Spur, der sie folgten, in einem verwirrenden Labyrinth divergierender Spuren verschwand und ein direkter Zugriff unmöglich war. Der Unter-

schied bei dem Drogenfall war, daß Norman Daniels – zum erstenmal in seiner Laufbahn – das Kommando hatte, und als er mit Logik nicht mehr weiterkam, tat er etwas, das die meisten Cops nicht konnten oder wollten: Er verließ sich auf seine Intuition, setzte seine ganze berufliche Zukunft darauf, was sie ihm sagte, und handelte aggressiv und furchtlos.

Für Norman gab es so etwas wie »ein bißchen Rumschnüffeln« nicht; für Norman gab es nur Fischzüge. Wenn man nicht mehr weiter wußte, ging man an einen Ort, der etwas mit dem Fall zu tun hatte, und betrachtete ihn mit vollkommen unvoreingenommenen Augen, nicht mit wertlosen Einfällen und unausgegorenen Mutmaßungen befrachtet, und wenn man das tat, war man wie ein Angler in einem langsam treibenden Boot, warf die Schnur aus und holte sie ein, warf sie aus und holte sie ein und wartete darauf, daß etwas anbiß. Manchmal biß nichts an. Manchmal erwischte man nur einen untergegangenen Ast oder einen alten Gummistiefel oder einen Fisch, den nicht mal ein ausgehungerter Waschbär fressen würde.

Aber manchmal fing man auch einen, der ausgesprochen gut schmeckte.

Er setzte Mütze und Brille auf, dann bog er nach links auf die Harrison Street ab und machte sich auf den Weg zur Durham Avenue. Es war gut und gerne ein Fußmarsch von drei Meilen zu der Gegend, wo Daughters and Sisters lag, aber das machte Norman nichts aus; er konnte den Weg nutzen, um den Kopf frei zu bekommen. Bis er Nr. 251 erreicht hatte, würde er einem leeren Blatt Fotopapier gleichen: Er würde bereit sein, die Bilder und Einfälle zu empfangen, die sich einstellen mochten, aber nicht versuchen, sie so zu verändern, daß sie zu seinen Vorurteilen paßten. Wenn man keine Vorurteile hatte, kam man nicht in Versuchung.

Den überteuerten Stadtplan hatte er in der Gesäßtasche, aber er blieb nur einmal stehen, um ihn zu Rate zu ziehen. Er befand sich noch keine Woche in der Stadt und hatte sich ihre Geographie schon besser eingeprägt als Rosie, was aber wiederum weniger auf sein Training zurückzuführen war, es war einfach eine Begabung.

Als er gestern morgen mit schmerzenden Händen und Schultern und Lenden und so wundem Kiefer aufgewacht war, daß er den Mund nicht weiter als halb aufbekam (sein erster Versuch eines frühmorgendlichen Gähnens, als er die Füße aus dem Bett schwang, war qualvoll gewesen), durchfuhr ihn die niederschmetternde Einsicht, daß das, was er mit Peter Slowik – alias Klopferstein, alias Der Erstaunliche Großstadt-Judenbube – gemacht hatte, wahrscheinlich ein Fehler gewesen war. Wie gravierend, das war schwer zu sagen, weil er sich an vieles von dem, was in Slowiks Haus geschehen war, nur noch vage erinnern konnte, aber ein Fehler war es trotzdem gewesen; als er vor dem Zeitungskiosk des Hotels stand, war er überzeugt, daß er das »wahrscheinlich« weglassen konnte. »Wahrscheinlich«, das war sowieso nur was für die feinen Pinkel dieser Welt – das war ein unausgesprochener, aber felsenfester Grundsatz seiner Weltanschauung etwa seit seinem zwölften Lebensjahr, als seine Mutter verschwunden war und sein Vater mit dem Prügeln so richtig losgelegt hatte.

Er hatte am Kiosk eine Zeitung gekauft und sie im Fahrstuhl, auf dem Rückweg in sein Zimmer, hastig überflogen. Es stand nichts über Peter Slowik darin, aber das war für Norman nur eine geringfügige Erleichterung. Klopfers Leichnam war möglicherweise nicht mehr rechtzeitig für eine Meldung in der Frühausgabe gefunden worden; möglicherweise lag er immer noch dort, wo Norman ihn zurückgelassen hatte (wo er glaubte, daß er ihn zurückgelassen hatte, verbesserte er sich; es war alles ziemlich verschwommen), im Keller hinter den Heißwasserboiler gequetscht. Aber Typen wie Klopfer, die eine Menge Arbeit im öffentlichen Dienst machten und eine Menge Menschenfreunde zu Freunden hatten, blieben nicht lange unentdeckt. Jemand würde sich Sorgen machen, ein anderer Jemand würde in seinem gemütlichen kleinen Kaninchenloch in der Beaudry Street nach ihm suchen, und schließlich würde ein weiterer Jemand eine ausgesprochen unangenehme Entdeckung hinter dem Heißwasserboiler machen.

Und tatsächlich, was gestern morgen nicht in der Zeitung gestanden hatte, stand jetzt darin, auf Seite eins des Lokalteils: STÄDTISCHER SOZIALARBEITER IN SEINEM HAUS BRUTAL ERMORDET. *Aus dem Artikel ging hervor, daß Traveller's Aid nur eine der ehrenamtlichen Tätigkeiten von Klopfer gewesen war… und er war nicht gerade arm gewesen. Laut der Zeitung hatte seine Familie – deren letzter Sproß Klopf gewesen war – einiges auf der hohen Kante. Die Tatsache, daß er um drei Uhr nachts am Bus-*

bahnhof arbeitete und durchgebrannte Ehefrauen zu den Huren von Daughters and Sisters schickte, lieferte für Norman nur den Beweis, daß der Mann entweder nicht alle Tassen im Schrank hatte oder sexuell verkorkst sein mußte. Wie auch immer, er war der typische wohltätige Mistkäfer gewesen, hatte hier und da gearbeitet und war wahrscheinlich an den meisten Tagen so sehr damit beschäftigt gewesen, die Welt zu retten, daß er nicht dazu gekommen war, seine Unterwäsche zu wechseln. Traveller's Aid, die Heilsarmee, Telefonseelsorge, Bosnienhilfe, Rußlandhilfe (man sollte meinen, ein Judenbub wie Klopf hätte wenigstens genug Verstand gehabt, das auszulassen; von wegen), und dazu zwei oder drei »Frauenangelegenheiten«. Auf letztere ging der Zeitungsartikel nicht näher ein, aber eine davon kannte Norman bereits: Daughters and Sisters, auch unter dem Namen Lesbo Babes in Toyland bekannt. Am Samstag sollte ein Gedenkgottesdienst für Klopfer stattfinden, aber die Zeitung nannte es einen »Gedächtniskreis«. Heiliger Gott im Himmel.

Norman wußte, Slowiks Tod hätte mit jeder Sache zu tun haben können, für die der Mann gearbeitet hatte ... oder mit keiner. Die Cops würden auch sein Privatleben unter die Lupe nehmen (immer vorausgesetzt, daß ein Arbeitstier wie Klopfer überhaupt ein Privatleben hatte), und sie würden auch die Möglichkeit nicht ausschließen, daß es sich um eines der zunehmend populären »Verbrechen ohne Motiv« handelte, von einem Psycho begangen, der zufällig hereinspaziert war. Sozusagen auf der Suche nach einem Häppchen.

Das alles freilich würde für die Huren von Daughters and Sisters weitgehend ohne Bedeutung sein; Norman wußte das so genau, wie er seinen eigenen Namen kannte. In seinem Job hatte er jede Menge Erfahrungen mit Frauenhäusern sammeln können, und es wurden im Lauf der Jahre immer mehr, in denen die Leute, die Norman als New-Age-Körnerfresser bezeichnete, in zunehmendem Maße Einfluß auf das Denken und Handeln der Leute bekamen. Den New-Age-Körnerfressern zufolge kam jeder aus einer zerrütteten Familie, jeder unterdrückte das Kind in sich, und jeder mußte sich vor den gemeinen, bösen Leuten da draußen hüten, die die Stirn besaßen und versuchten, durchs Leben zu gehen, ohne zu winseln und zu heulen und jeden Abend zu einem Zwölf-Stufen-Programm zu laufen. Die Körnerfresser waren Arschlöcher, aber manche – und dafür waren Frauen bei Institutionen wie diesem Daughters and Sisters häufig die besten Beispiele – konnten extrem mißtrauische *Arschlöcher sein.* Mißtrauisch? *Scheiße, bei ihnen bekam der Ausdruck »Bunkermentalität« eine vollkommen neue Bedeutung.*

Norman hatte gestern fast den ganzen Tag in der Bibliothek verbracht und einige interessante Dinge über Daughters and Sisters herausgefunden. Als absoluter Knaller entpuppte sich, daß die Leiterin, Anna Stevenson, bis 1983 Mrs. Klopfer gewesen war, als sie sich offenbar von ihm scheiden ließ und ihren Mädchennamen wieder annahm. Das kam einem nur wie ein Riesenzufall vor, wenn man nicht mit den Paarungsgewohnheiten und -ritualen der Körnerfresser vertraut war. Sie liefen zwar paarweise, waren aber nicht imstande, im Zaumzeug zu laufen, jedenfalls keine weiten Strecken. Irgendwann einmal wollte der eine immer hü und der andere hott. Sie konnten einfach die simple Wahrheit nicht einsehen: politisch korrekte Ehen funktionierten nicht.

Klopfers Ex-Frau führte ihre Institution nicht nach dem Motto der meisten Häuser für mißhandelte Frauen, deren Maxime lautete: »Nur Frauen wissen Bescheid, nur Frauen haben das Sagen.« In einem Artikel in der Sonntagsbeilage, der vor etwas mehr als einem Jahr veröffentlicht worden war, hatte die Stevenson (Norman sah fassungslos, was für eine Ähnlichkeit sie mit der Fotze Maude in der alten Fernsehserie hatte) diese Vorgehensweise als »nicht nur sexistisch, sondern regelrecht dumm« abgelehnt. Eine Frau namens Gert Kinshaw wurde ebenfalls zu dem Thema interviewt. »Männer sind nicht unsere Feinde, es sei denn, sie erweisen sich als unsere Feinde«, sagte sie. »Aber wenn sie zuschlagen, schlagen wir zurück.« Es war ein Bild von ihr abgedruckt, eine große alte Niggerhure, die Norman vage an den Footballspieler William »Kühlschrank« Perry aus Chicago erinnerte. »Solltest du je versuchen, mich zu schlagen, Baby, werde ich dich als Trampolin benützen«, hatte er gemurmelt.

Aber dieses Zeug, so interessant es sein mochte, war vollkommen irrelevant. In dieser Stadt mochte es Männer wie Frauen geben, die wußten, wo das Haus lag, und Besuche machen durften, und es wurde vielleicht nur von einer New-Age-Körnerfresserin geleitet, statt von einem Komitee, aber in einer Hinsicht, da war er ganz sicher, würden sie hundertprozentig wie ihre traditionelleren Kolleginnen sein: Nach dem Tod von Peter Slowik würden sie Alarmstufe

Rot auslösen. Sie würden nicht dieselben Mutmaßungen anstellen wie die Cops; bis das Gegenteil bewiesen wurde, würden sie davon ausgehen, daß der Mord an Slowik etwas mit ihnen zu tun hatte ... genauer gesagt, mit einer der Frauen, die Slowik in den letzten sechs bis acht Monaten seines Lebens zu ihnen geschickt hatte. In dem Zusammenhang war Rosies Name möglicherweise schon aufgetaucht.

Warum hast du es getan? *fragte er sich.* Warum, in Gottes Namen, hast du es getan? Es hätte andere Möglichkeiten gegeben, das herauszufinden, was du jetzt weißt, und du kennst sie. Herrgott noch mal, du bist Polizist, natürlich kennst du sie! Also warum hast du sie aufgeschreckt? Die fette Schlampe aus dem Zeitungsartikel, Dirty Gertie Wie Heißt Sie Noch, steht wahrscheinlich mit einem Fernglas am Wohnzimmerfenster der verdammten Bude und hält nach jedem baumelnden Pimmel Ausschau, der vorbeispaziert. Wenn sie nicht inzwischen durch ihre Twinkie-Fresserei einen Herzschlag bekommen hat. Also warum hast du es getan? Warum?

Die Antwort war da, aber er wandte sich hastig ab, bevor sie in sein Bewußtsein vordringen konnte; wandte sich ab, weil die Folgerungen zu trostlos waren. Er hatte es getan, weil er außerstande gewesen war, es nicht *zu tun. Er hatte Klopfer aus demselben Grund abgemurkst, aus dem er die rothaarige Hure in den braunen Hot Pants erwürgt hatte – weil etwas aus der tiefen Grube seines Verstands heraufgekrochen war und ihn dazu* gezwungen *hatte. Dieses Ding kam immer öfter heraus, aber er wollte nicht daran denken. Das war besser. Sicherer.*

Inzwischen war er am Ziel; Palazzo Muschi lag direkt vor seiner Nase.

Norman schlenderte gemächlich zur anderen Seite der Durham Street hinüber, der mit den geraden Hausnummern, weil er wußte, eventuelle Beobachter würden sich durch einen Passanten auf der anderen Straßenseite nicht so bedroht fühlen. Als Posten im Ausguck stellte er sich weiterhin den schwarzen Koloß vor, der in der Zeitung abgebildet gewesen war, eine gigantische Großpackung Muskeln mit einem lichtstarken Fernglas in der einen und einem schmelzenden Klumpen Mallo Eiscreme in der anderen Hand. Er ging noch etwas langsamer, aber nicht sehr – Alarmstufe Rot, *ermahnte er sich,* sie haben Alarmstufe Rot.

Es war ein großes, weißes Holzhaus, nicht mehr streng viktorianisch, eine dieser zweistöckigen Beleidigungen für die Augen, wie sie um die Jahrhundertwende gebaut worden waren. Von vorne sah es schmal aus, aber Norman war in einem ähnlichen Haus wie diesem aufgewachsen und wäre jede Wette eingegangen, daß es fast bis zur Straße auf der gegenüberliegenden Seite des Blocks reichte.

Mit 'ner Hure-Hure hier und 'ner Hure-Hure da, *dachte Norman und achtete sorgfältig darauf, daß er sein gemächliches Schlendern nicht veränderte und das Haus nicht mit einem langen, starren Blick verschlang, sondern in kleinen Schlucken.* Hier 'ne Hure, da 'ne Hure, überall 'ne Hure-Hure.

Ganz genau. Überall 'ne Hure-Hure.

Er spürte wieder die altbekannte Wut hinter seinen Schläfen pochen, und mit ihr kam das vertraute Bild, das stellvertretend für alles stand, was er nicht ausdrücken konnte: die BankCard. Die grüne BankCard, die sie zu stehlen gewagt hatte. Das Bild dieser Card stand ihm immer vage vor Augen, sie war ein Sinnbild für alle Schrecken und Zwänge seines Lebens – die Kräfte, gegen die er aufbegehrte, die Gesichter (zum Beispiel das seiner Mutter, so weiß und teigig und irgendwie verschlagen), die ihm manchmal in den Sinn kamen, wenn er nachts im Bett lag und einzuschlafen versuchte, die Stimmen, die in seinen Träumen sprachen. Beispielsweise die seines Vaters. »Komm hierher, Normie, ich hab dir was zu sagen, und zwar aus der Nähe.« Manchmal bedeutete das einen Faustschlag, und manchmal, wenn man Glück hatte und er betrunken war, eine Hand, die einem zwischen die Beine griff.

Aber das alles war jetzt unwichtig; wichtig war nur das Haus auf der anderen Straßenseite. Er würde nicht noch einmal so einen guten Blick darauf werfen können, und wenn er die wenigen Sekunden vergeudete, weil er an die Vergangenheit dachte, wer war dann der Gelackmeierte?

Jetzt war er direkt gegenüber. Hübscher Rasen, schmal, aber tief. Hübsche Blumenbeete voller Frühlingsblumen flankierten die lange Veranda. Efeuumrankte Metallstäbe steckten in der Mitte von jedem. Die schwarzen Plastikzylinder am oberen Ende der Stangen waren jedoch vom Efeu befreit worden, und Norman wußte warum: Sie waren mit Fernsehkameras bestückt, die überlappende Ansichten der Straße in beide Richtungen zeigten. Wenn jetzt gerade je-

mand die Monitore im Inneren überwachte, würden sie einen schwarz-weiß gekleideten Mann mit Baseballmütze und Sonnenbrille sehen, der sich von einem Bildschirm zum nächsten bewegte, gebückt und mit leicht durchgedrückten Knien, damit er trotz seiner eins achtundachtzig für den unaufmerksamen Beobachter etwas kleiner wirkte.

Eine weitere Kamera war über einer Eingangstür montiert, für die es kein Schlüsselloch geben würde; Schlüssel waren zu leicht nachzumachen, Schlösser zu leicht zu knacken, wenn man mit einem Satz Dietriche umgehen konnte. Nein, mit Sicherheit hatten sie ein Magnetkartenschloß, eine Zifferntastatur, oder beides. Und hinten im Garten logischerweise noch mehr Kameras.

Als er an dem Haus vorbeiging, riskierte Norman einen letzten Blick in den Garten an der Seite. Da war Gemüse angepflanzt, und zwei Huren in kurzen Hosen steckten lange Stäbe – Tomatenstöcke, vermutete er – in den Boden. Eine sah wie eine Tacofresserin aus: olivfarbene Haut und langes, zu einem Pferdeschwanz gebundenes Haar. Eine Figur wie Dynamit und um die Fünfundzwanzig. Die andere war jünger, möglicherweise nicht mal zwanzig, eine dieser Punk-Grunge-Schlampen, die sich das Haar in zwei verschiedenen Farben tönten. Ein Verband verdeckte eines ihrer Ohren. Sie trug ein ärmelloses psychedelisches T-Shirt, und Norman konnte eine Tätowierung auf ihrem linken Bizeps erkennen. Seine Augen waren nicht gut genug, daß er erkennen konnte, was sie darstellte, aber Norman war lange genug Cop und wußte, daß es sich entweder um den Namen einer Rockgruppe oder die schlecht ausgeführte Zeichnung einer Marihuanapflanze handelte.

Plötzlich sah sich Norman über die Straße laufen, ohne an die Kameras zu denken; sah sich die kleine Miß Geile Pflaume mit der Rockstar-Frisur packen; sah sich eine seiner großen Hände um ihren dünnen Hals legen und nach oben gleiten, bis die Hand vom Vorsprung ihres Kinns aufgehalten wurde. »Rose Daniels«, würde er zu der anderen sagen, zu der Tacofresserin mit dem dunklen Haar und der Figur wie Dynamit. »Hol sie mir sofort hier raus, sonst brech ich diesem Spermakübel hier den Hals wie einen Hühnerknochen.«

Das wäre toll, aber er war ziemlich sicher, daß Rosie sich gar nicht mehr in dem Haus aufhielt. Bei seinen Recherchen in der Bibliothek hatte er herausgefunden, daß fast dreitausend Frauen die Dienste von Daughters and Sisters in Anspruch genommen hatten, seit Leo und Pamela Stevenson das Haus 1974 gründeten, und die durchschnittliche Länge eines Aufenthalts lag bei vier Wochen. Sie schickten sie mit ziemlichem Tempo in die Gemeinschaft hinaus, wo sie die Krankheit verbreiten konnten wie hübsche Moskitos. Wenn sie ihre Abschlußprüfung bestanden, bekamen sie wahrscheinlich Dildos statt Diplome.

Nein, Rose war mit ziemlicher Sicherheit nicht mehr hier, arbeitete in irgendeinem Drecksjob, den ihre Lesbenfreundinnen ihr besorgt hatten, und ging nach Feierabend in ihre trostlose Bude, die sie ihr ebenfalls besorgt hatten. Aber die Nutten auf der anderen Straßenseite wußten mit Sicherheit, wo sie wohnte – die Stevenson hatte die Adresse wahrscheinlich in ihrer Kartei, und die beiden da im Garten waren wahrscheinlich schon auf einen Tee und Pfadfinderinnenplätzchen in ihrem Rattenloch gewesen. Und wer nicht selbst dort gewesen war, hatte selbstverständlich von den anderen alles erzählt bekommen, weil das einfach die Art der Weiber war. Man mußte sie umbringen, damit sie das Maul hielten.

Die jüngere der Gärtnerinnen, die mit der Rockstarfrisur, erschreckte ihn ganz fürchterlich, als sie den Kopf hob, ihn sah … und winkte. Einen schrecklichen Augenblick war er sicher, daß sie ihn auslachte, daß sie ihn alle *auslachten, daß sie in einer Reihe an den Fenstern von Schloß Lesbo standen und ihn auslachten, Inspektor Norman Daniels, dem es gelungen war, ein halbes Dutzend Drogenbosse einzubuchten, der aber seine eigene Frau nicht daran hindern konnte, seine verfluchte BankCard zu stehlen.*

Seine Hände ballten sich zu Fäusten.

Reiß dich zusammen! *schrie Norman Daniels' Version von Ms. Praktisch-Vernünftig in seinem Kopf.* Wahrscheinlich winkt sie jedem! Sogar streunenden Hunden! Das machen Fotzen wie die eben!

Ja. Ja, natürlich, so war es. Norman entspannte die Hände, hob eine und zerhackte die Luft mit einem kurzen Winken. Er brachte sogar ein knappes Lächeln zustande, was die Schmerzen in den Muskeln und Sehnen – sogar den Knochen – in seinem Rachen wieder auflodern ließ. Als sich die kleine Miß Geile Pflaume wieder ihrer Gartenarbeit zuwandte, erlosch sein Lächeln, und er eilte mit klopfendem Herzen weiter.

Er versuchte, sich wieder auf sein derzeitiges Problem zu konzentrieren – wie er eine der Nutten von den anderen isolieren und zum Reden bringen konnte (vorzugsweise die Obernutte; damit würde er das Risiko vermeiden, eine an Land zu ziehen, die nicht wußte, was er wissen mußte) –, aber mit seiner Fähigkeit, das Problem vernünftig zu überdenken, schien es vorbei zu sein, jedenfalls vorläufig.

Er hob die Hände zum Gesicht und massierte sich die Kiefergelenke. Diese Schmerzen kannte er von früher, aber nicht in diesem Ausmaß – was hatte er bloß mit Klopfer gemacht? *In der Zeitung stand es nicht, aber die Schmerzen in seinem Kiefer – und in den Zähnen, in den Zähnen hatte er sie auch –, deuteten darauf hin, daß es ziemlich happig gewesen sein mußte.*

Wenn sie mich erwischen, bekomme ich Ärger, *sagte er zu sich.* Sie haben Fotos der Bißwunden, die ich ihm zugefügt habe. Sie haben Proben meines Speichels und ... nun ... anderer Flüssigkeiten, die ich möglicherweise zurückgelassen habe. Heutzutage verfügen sie über ein ganzes Arsenal exotischer Tests, sie testen *alles,* und ich kann mich nicht mal an meine eigene Blutgruppe erinnern, geschweige denn, ob ich Körperflüssigkeiten absondere.

Ja, das stimmte, aber sie würden ihn nicht erwischen. Er hatte sich im Whitestone als Alvin Dodd aus New Haven eingetragen, und wenn es darauf ankam, konnte er sogar einen Führerschein vorzeigen – mit Foto *–, mit dem er das beweisen konnte. Wenn die Cops hier die Cops zu Hause anriefen, würde man ihnen sagen, daß sich Norman Daniels tausend Meilen vom Mittelwesten entfernt aufhielt, im Zion National Park in Utah zeltete und einen wohlverdienten Urlaub nahm. Vielleicht sagten sie den Cops hier sogar, sie sollten sich nicht lächerlich machen, Norman Daniels wäre ein echter Goldjunge. Sie würden ihnen doch ganz sicher nicht die Geschichte von Wendy Yarrow erzählen, oder?*

Nein, wahrscheinlich nicht. Aber früher oder später –

Aber das Später interessierte ihn eigentlich gar nicht mehr. Neuerdings war nur noch das Früher relevant für ihn. Rose zu finden und ein ernstes Gespräch mit ihr zu haben. Ihr ein Geschenk zu machen. Seine BankCard. Und die würde nie wieder aus einem Mülleimer oder der Brieftasche einer schmierigen kleinen Tunte gefischt werden. Er würde dafür sorgen, daß sie sie nie wieder verlor oder wegwarf. Er würde sie an einem sicheren Ort verstecken. Und wenn er nur Dunkelheit nach der … der Einführung dieses letzten Geschenks sehen konnte … nun, vielleicht war das ein Segen.

Nachdem seine Gedanken wieder zu der BankCard zurückgekehrt waren, kreisten sie unablässig darum, wie fast immer neuerdings, ob er schlief oder wach war. Es war, als wäre dieses Stück Plastik zu einem unheimlichen grünen Fluß geworden (dem Merchant's statt dem Mississippi), und der Strom seiner Gedanken war ein Nebenfluß, der sich in ihn ergoß. Alle Gedanken flossen neuerdings bergab und verloren am Ende ihre Identität, wenn sie sich mit dem grünen Strom seiner Besessenheit vereinten. Die gewaltige, unbeantwortete Frage stieg wieder an die Oberfläche: Wie hatte sie es wagen können? Wie hatte sie es nur jemals wagen können, die Karte zu nehmen? Daß sie fortgegangen war, ihn verlassen hatte, das hätte er noch verstehen können, auch wenn er es nicht billigen konnte, und auch wenn er wußte, sie mußte dafür sterben, daß sie ihn so sehr zum Narren gehalten, daß sie ihren Verrat so gründlich in ihrem stinkenden Frauenherzen verborgen hatte. Aber daß sie es gewagt hatte, seine BankCard zu stehlen, etwas zu nehmen, das ihm gehörte, wie der Junge, der die Bohnenranke hinaufgeklettert war und dem schlafenden Riesen sein goldenes Huhn gestohlen hatte …

Ohne zu merken, was er tat, steckte sich Norman den Zeigefinger der linken Hand in den Mund und biß zu. Er hatte Schmerzen – sogar große Schmerzen –, aber diesmal spürte er sie nicht; so sehr war er in Gedanken versunken. An den Zeigefingern beider Hände hatte er dicke Schwielen, weil es eine alte Angewohnheit von ihm war, unter großer Belastung hineinzubeißen, die bis in seine Kindheit zurückreichte. Zuerst hielt die Hornhaut, aber als er länger über die BankCard nachdachte, deren grüne Farbe in seinen Gedanken immer dunkler wurde, bis sie den fast schwarzen Farbton einer Fichte in der Dämmerung angenommen hatte (eine vollkommen andere Farbe als das Limonengrün der Card), biß er sie durch, und Blut floß ihm über Hand und Lippen. Er grub die Zähne in seinen Finger, genoß die Schmerzen, zermalmte das Fleisch, schmeckte das Blut, so salzig und dickflüssig, wie Klopfers Blut, als er ihm die Sehne durchgebissen hatte, die unten an seinem –

»Mommy? Warum macht der Mann das mit seiner Hand?«

»Sei still und komm.«

Das brachte ihn wieder zu sich. Er sah benommen über seine Schulter, wie ein Mann, der gerade aus einem kurzen, aber tiefen Nickerchen erwacht ist, und sah eine junge Frau mit einem kleinen Jungen, etwa drei Jahre alt, die sich von ihm entfernten – sie zerrte das Kind so schnell mit, daß sie fast rannte, und als die Frau ihrerseits zurück sah, stellte Norman fest, daß sie entsetzt war.

Was genau hatte er getan?

Er betrachtete seinen Finger und sah die tiefen, blutenden Halbmonde auf beiden Seiten. Eines Tages würde er sich das verdammte Ding einfach abbeißen, abbeißen und verschlucken. Es wäre nicht das erstemal, daß er etwas abgebissen hätte. Oder geschluckt.

Aber dies war keine gute Straße. Er nahm ein Taschentuch aus der Hosentasche und wickelte es um seinen blutenden Finger. Dann hob er den Kopf und sah sich um. Er stellte überrascht fest, daß es bereits langsam dunkel wurde; in manchen Häusern brannte schon Licht. Wie weit war er gegangen? Wo befand er sich genau?

Er las mit zusammengekniffenen Augen das Straßenschild an der nächsten Kreuzung und entzifferte die Worte Dearborn Avenue. *Rechts von ihm lag ein kleiner Tante-Emma-Laden mit einem Schild, auf dem stand:* OFENFRISCHE BRÖTCHEN. *Normans Magen knurrte. Er merkte, daß er zum erstenmal richtig Hunger hatte, seit er aus dem Bus von Continental Express ausgestiegen war und in der Cafeteria des Busbahnhofs kalte Frühstücksflocken gegessen hatte, weil sie das auch gegessen hätte.*

Plötzlich wollte er ein paar Brötchen, nichts anderes auf der Welt als Brötchen … aber nicht nur *Brötchen. Er wollte ofenfrische Brötchen, wie sie seine Mutter gebacken hatte. Sie war eine fette Schlampe gewesen, die nie aufhören konnte zu keifen, aber kochen konnte sie echt gut. Ohne Zweifel. Und sie selbst war ihre beste Kundin gewesen.*

Aber sie sollten besser wirklich frisch sein, *dachte Norman, als er die Stufen hinaufging. Im Inneren konnte er einen alten Mann hinter der Theke herumkramen sehen.* Sie sollten besser echt frisch sein, Kumpel, sonst gnade dir Gott.

Er wollte gerade die Tür aufmachen, als ihm eines der Plakate im Schaufenster auffiel. Es war hellgelb, und obwohl er nicht wissen konnte, daß Rosie es selbst aufgehängt hatte, spürte er eine Regung in sich, noch bevor er die Worte Daughters and Sisters *las.*

Er beugte sich nach vorne, um es zu lesen, und mit einemmal wurden seine Augen sehr klein und sehr aufmerksam, und das Herz schlug ihm schneller in der Brust.

KOMMT UND BESUCHT UNS AM SCHÖNEN
ETTINGER'S PIER

WIR FEIERN KLAREN HIMMEL UND WARME TAGE
MIT DEM NEUNTEN JÄHRLICHEN SOMMERANFANGS-
PICKNICK UND -KONZERT
AM SAMSTAG, DEN 4. JUNI

VERKAUFSSTÄNDE * KUNSTGEWERBE *
GLÜCKSSPIELE * GESCHICKLICHKEITSSPIELE *
RAP DJ FÜR DIE KLEINEN

!!!PLUS!!!

LIVE CONCERT DER INDIGO GIRLS, 20:00 UHR
KINDERTAGESSTÄTTE FÜR ALLEINERZIEHENDE
»JEDER IST HERZLICH EINGELADEN«

DER ERLÖS DER VERANSTALTUNG FLIESST
DAUGHTERS AND SISTERS ZU, UND VERGESSEN
SIE NICHT, GEWALT GEGEN *EINE* FRAU IST
EIN VERBRECHEN GEGEN *ALLE* FRAUEN.

Samstag, der 4. Nächsten *Samstag. Würde sie da sein, seine Rambling Rose? Selbstverständlich würde sie da sein, sie und ihre neuen Lesbo-Freundinnen. Fotze und Fotze gesellt sich gern.*

Norman strich mit dem Finger, in den er sich gebissen hatte, die fünfte Zeile von unten des Plakats entlang. Hellrote Flecken Blut drangen bereits durch das Taschentuch, das er darum gewickelt hatte.

Jeder ist herzlich eingeladen.

Da stand es, und Norman dachte, daß er sie vielleicht beim Wort nehmen würde.

8

Donnerstag vormittag, fast halb zwölf. Rosie trank einen Schluck Evian, rollte ihn im Mund herum, schluckte und griff wieder nach dem Skript.

»Sie kam tatsächlich; diesmal spielten ihm seine Ohren keinen Streich. Peterson konnte das Stakkatoklappern ihrer hohen Absätze den Flur entlang kommen hören. Er konnte sich vorstellen, daß sie die Handtasche bereits geöffnet hatte, nach dem Schlüssel kramte und sich Gedanken machte, welcher Teufel sie verfolgen könnte, obwohl sie besser auf den aufpassen sollte, der ihr auflauerte. Er vergewisserte sich rasch, daß er das Messer noch hatte, dann zog er den Nylonstumpf über den Kopf. Als der Schlüssel im Schloß rasselte, zog Peterson das Messer heraus und –«

»Schnitt-Schnitt-*Schnitt!*« brüllte Rhoda ungeduldig durch die Lautsprecher.

Rosie sah auf und durch die Glasscheibe hinaus. Es gefiel ihr nicht, wie Curt Hamilton einfach nur an seinem Mischpult saß und die Kopfhörer auf dem Schlüsselbein baumeln hatte, aber richtig beunruhigte sie die Tatsache, daß Rhoda mitten im Tonstudio eine ihrer schlanken Zigaretten rauchte, obwohl an der Wand groß und deutlich das Schild RAUCHEN VERBOTEN hing.

Rhoda sah aus, als hätte sie einen schrecklichen Vormittag, aber da war sie nicht die einzige.

»Rhoda? Hab ich was falsch gemacht?«

»Wenn Sie Nylonstümpfe tragen, wahrscheinlich nicht«, sagte Rhoda und schnippte Asche in einen Pappbecher, der vor ihr auf dem Mischpult stand. »Möglicherweise machen Sie sich auch auf Stümpfen ganz gut, aber ich würde sie trotzdem Nylon*strümpfe* nennen.«

Einen Augenblick hatte Rosie nicht die geringste Ahnung, was sie meinte, dann ging sie im Geiste noch einmal die letzten Sätze durch, die sie gelesen hatte, und stöhnte. »Herrje, Rhoda, es tut mir leid.«

Curt setzte den Kopfhörer wieder auf und drückte einen Knopf. »*Kill All My Tomorrows*, Take dreiundsieb…«

Rhoda legte ihm eine Hand auf den Arm und sagte etwas, das Rosies Magen mit Eiswasser füllte: »Laß gut sein.« Dann sah sie zum Fenster, sah Rosies erschrockenes Gesicht und lächelte ihr knapp, aber aufrichtig zu. »Alles in Ordnung, Rosie, wir machen nur eine halbe Stunde früher Mittagspause. Kommen Sie raus.«

Rosie stand zu schnell auf, stieß sich ordentlich den linken Schenkel am Tisch an und hätte fast die Plastikflasche Evian-Mineralwasser umgestoßen. Sie verließ hastig die Kabine.

Rhoda und Curt standen davor, und einen Moment war Rosie sicher – nein, sie *wußte* es –, daß die beiden über sie geredet hatten.

Wenn du das wirklich glaubst, solltest du vielleicht einen Arzt aufsuchen, sagte Ms. Praktisch-Vernünftig schneidend. *Einen, der dir Tintenkleckse zeigt und dich fragt, wie du ans Töpfchen gewöhnt worden bist.* Rosie hatte normalerweise keine Verwendung für diese Stimme, aber jetzt war sie ihr höchst willkommen.

»Ich kann es besser«, sagte sie zu Rhoda. »Und heute nachmittag werde ich es besser machen. Bei Gott.«

Stimmte das? Das Schlimme war, sie wußte es einfach nicht. Sie hatte den ganzen Morgen versucht, sich in *Kill All My Tomorrows* hineinzuversetzen wie in *Der Teufelsrochen,* aber mit mäßigem Erfolg. Sie glitt langsam in die Welt, wo Alma St. George von ihrem psychopathischen Bewunderer Peterson verfolgt wurde, und dann riß eine der Stimmen von gestern abend sie wieder heraus: die von Anna, die ihr sagte, daß der Mann, der sie zu Daughters and Sisters geschickt hatte, ermordet worden war, oder die von Bill, panisch und bestürzt, als er sie fragte, was los sei, oder ihre eigene, die schlimmste von allen, die ihm sagte, daß er nicht mehr in ihre Nähe kommen sollte. Einfach nicht mehr in ihre Nähe.

Curt klopfte ihr auf die Schulter.

»Sie haben einen schlechten Tag«, sagte er. »So was kommt vor. Das erleben wir oft hier in der Audiokammer des Schreckens, oder nicht, Rho?«

»So ist es«, sagte Rhoda, aber ihr Blick wich nicht von Rosies Gesicht, und Rosie konnte sich ziemlich gut vorstellen, was Rhoda sah. Sie hatte gestern nacht nur zwei oder drei Stunden geschlafen und hatte keinen Superkosmetikkram, mit dem man das übertünchen konnte.

Und selbst wenn, wüßte ich nicht, wie man damit umgeht, dachte sie.

Als sie noch die High School besuchte, hatte sie eine Grundausstattung an Make-up gehabt (witzigerweise in dem Lebensabschnitt, wo man derlei Sachen am wenigsten brauchte), aber seit sie Norman geheiratet hatte, war sie mit etwas Puder und zwei oder drei Lippenstiften in den natürlichsten Farben ausgekommen. Wenn ich eine Nutte ansehen wollte, hätte ich eine geheiratet, hatte Norman einmal zu ihr gesagt.

Sie glaubte, daß Rhoda ihre Augen am gründlichsten studierte: die roten Lider, das blutunterlaufene Weiße, die dunklen Ringe darunter. Als sie das Licht ausgeschaltet hatte, mußte sie über eine Stunde hemmungslos schluchzen, aber sie hatte sich nicht in den Schlaf geweint – das wäre ein Segen gewesen.

Die Tränen waren getrocknet, und danach hatte sie einfach in der Dunkelheit gelegen und versucht, nicht nachzudenken, aber trotzdem nachgedacht. Als Mitternacht kam und verstrich, war ihr ein wahrhaft schrecklicher Gedanke gekommen: daß es falsch gewesen war, Bill anzurufen, daß es falsch gewesen war, zu einem Zeitpunkt auf seinen Trost zu verzichten – und möglicherweise seinen Schutz – , wo sie ihn am dringendsten brauchte.

Schutz? dachte sie. *O Mann, das ist ein guter Witz. Ich weiß, du magst ihn, Süße, und daran ist nichts auszusetzen, aber seien wir ehrlich: Norman würde ihn zum Frühstück verspeisen.*

Aber sie konnte nicht wissen, ob Norman in der Stadt war – das hatte Anna immer und immer wieder betont. Peter Slowik hatte einige ehrenamtliche Tätigkeiten ausgeübt, die nicht alle beliebt waren. Etwas anderes konnte dafür verantwortlich sein, daß er in Schwierigkeiten geraten ... daß er umgebracht worden war.

Aber Rosie wußte es. Wußte es in ihrem *Herzen.* Es war Norman.

Doch die Stimme hatte immerzu geflüstert, während die Stunden verstrichen. Wußte sie es *wirklich* in ihrem Herzen?

Oder verschanzte sich der Teil von ihr, der nicht praktisch und vernünftig war, sondern nur ängstlich und verwirrt, einfach hinter diesem Gedanken? Hatte er möglicherweise Annas Anruf als Gelegenheit genutzt, um ihre Freundschaft mit Bill Steiner abzuwürgen, ehe sie sich weiterentwickeln konnte?

Sie wußte es nicht, aber sie wußte *eines*: Bei dem Gedanken, daß sie ihn vielleicht nie mehr wiedersah, fühlte sie sich elend … und verzagt, als hätte sie einen lebenswichtigen Teil ihres Antriebs verloren. Es war natürlich unmöglich, daß ein Mensch so schnell von einem anderen abhängig wurde, aber als ein Uhr kam und ging, dann zwei (und drei), erschien ihr der Gedanke immer weniger lächerlich. Wenn eine derart rasche Abhängigkeit unmöglich war, warum war sie dann so erschrocken und niedergeschlagen bei der Vorstellung, sie würde ihn nie wiedersehen?

Als sie schließlich *doch* eingeschlafen war, hatte sie wieder geträumt, sie würde mit ihm Motorrad fahren; sie würde dieses dunkelrote Gewand tragen und ihn mit den bloßen Oberschenkeln umklammern. Als der Wecker sie aus dem Schlaf gerissen hatte – viel zu früh nach dem Einschlafen-, hatte sie keuchend geatmet, und ihr war am ganzen Körper heiß gewesen, als hätte sie Fieber.

»Rosie, alles klar?« fragte Rhoda.

»Ja«, sagte sie. »Nur …« Sie sah Curtis an, dann wieder Rhoda. Sie zuckte die Achseln und zog die Mundwinkel zu einem kläglichen Lächeln hoch. »Es ist nur, wissen Sie, eine schlechte Zeit im Monat für mich.«

»Hm-hmm«, sagte Rhoda. Sie schien nicht überzeugt zu sein. »Dann kommen Sie mit uns runter in die Kantine. Wir ertränken unseren Kummer in Thunfischsalat und Erdbeermilchshakes.«

»Gute Idee«, sagte Curt. »Auf meine Rechnung.«

»Oh, Big Spender«, sagte Rhoda und verdrehte die Augen.

Diesmal war Rosies Lächeln ein wenig aufrichtiger, aber sie schüttelte den Kopf. »Ich passe. Ich möchte einen langen Spaziergang machen und mir den Wind ins Gesicht wehen lassen. Damit der Staub rausgeweht wird.«

»Wenn Sie nichts essen, werden Sie uns wahrscheinlich gegen drei einfach umkippen«, sagte Rhoda.

»Ich esse einen Salat. Versprochen.« Rosie lief bereits zu dem quietschenden alten Fahrstuhl. »Wenn ich mehr esse, würde ich wahrscheinlich ein halbes Dutzend gute Takes ruinieren, weil ich rülpsen muß.«

»Heute käme es darauf auch nicht mehr an«, sagte Rhoda. »Viertel nach zwölf, okay?«

»Auf jeden Fall«, sagte sie, doch während der Fahrstuhl die vier Stockwerke zur Halle hinunterfuhr, ging ihr immer wieder Rhodas letzte Bemerkung durch den Kopf: *Heute käme es darauf auch nicht mehr an.* Und wenn sie heute nachmittag *nicht* besser war? Wenn sie von Take dreiundsiebzig zu Take achtzig und zu Take hundertwerweißwieviel kamen? Wenn Mr. Lefferts nun morgen bei ihrem Treffen beschloß, ihr statt einem Vertrag die Kündigung zu geben? Was dann?

Sie verspürte einen plötzlichen Haß auf Norman in sich hochsteigen, das erstemal, daß sie ihn sich bewußt eingestand. Er traf sie zwischen den Augen wie ein stumpfer, schwerer Gegenstand – ein Türstopper vielleicht, oder das stumpfe Ende einer alten, rostigen Axt. Auch wenn Norman Mr. Slowik *nicht* umgebracht hatte, auch wenn sich Norman noch zu Hause in seiner anderen Zeitzone befand, er folgte ihr immer noch, so wie Peterson der armen, verängstigten Alma St. George folgte. Er folgte ihr in ihrem Kopf.

Der Fahrstuhl kam zum Stillstand, die Tür ging auf. Rosie betrat die Halle, und der Mann, der vor der Wegweisertafel des Gebäudes stand, drehte sich mit verzagtem und zugleich hoffnungsvollem Gesichtsausdruck zu ihr um. Es war ein Ausdruck, mit dem er jünger denn je aussah … fast wie ein Teenager.

»Hi, Rosie«, sagte Bill.

9

Sie verspürte den plötzlichen und erstaunlich ausgeprägten Wunsch, einfach wegzulaufen, bevor er sah, wie er sie aus der Fassung gebracht hatte, aber dann sah er ihr in die Augen, und Weglaufen kam nicht mehr in Frage. Sie hatte den faszinierenden grünen Unterton in seinen Augen vergessen, wie Sonnenstrahlen in seichtem Wasser.

Statt zur Eingangstür zu fliehen, ging sie langsam auf ihn zu und fühlte sich ängstlich und glücklich zugleich. Am deutlichsten aber verspürte sie ein überwältigendes Gefühl der Erleichterung.

»Ich hab dir doch gesagt, du sollst nicht in meine Nähe kommen.«

Sie konnte das Zittern in ihrer Stimme hören.

Er griff nach ihrer Hand. Sie dachte, daß sie sie ihm nicht geben sollte, aber sie konnte nicht verhindern, daß er sie nahm … auch nicht, daß ihre gefangene Hand sich in seinem Griff drehte, damit sie seine langen Finger umfassen konnte.

»Ich weiß«, sagte er nur, »aber das kann ich nicht, Rosie.«

Das machte ihr angst, und sie ließ seine Hand los. Sie studierte unsicher sein Gesicht. So etwas war ihr noch nie passiert, *niemals*, und sie hatte keine Ahnung, wie sie reagieren oder sich verhalten sollte.

Er breitete die Arme aus, was möglicherweise nur eine Geste war, die seine Hilflosigkeit unterstreichen und betonen sollte, aber mehr brauchte ihr übermüdetes, hoffnungsvolles Herz nicht; es fegte das unentschlossene Zaudern aus ihrem Gehirn fort und übernahm das Kommando. Rosie trat wie eine Schlafwandlerin in seine ausgebreiteten Arme, und als er die Arme um ihren Oberkörper legte, drückte sie das Gesicht an seine Schulter und machte die Augen zu. Als seine Hände über ihr Haar strichen, das sie heute morgen nicht geflochten hatte, sondern offen auf die Schultern fallen ließ, hatte sie ein seltsames und wunderbares Gefühl: Es war, als wäre sie gerade aufgewacht. Als hätte sie tatsächlich geschlafen, nicht nur eben, als sie sich von ihm umarmen ließ, nicht nur seit heute morgen, als der Wecker sie aus dem Traum vom Motorradfahren gerissen hatte, sondern seit vielen Jahren, wie Schneewittchen, nachdem sie den Apfel gegessen hatte. Aber jetzt war sie wieder wach, hellwach, und sah sich mit Augen um, die gerade erst anfingen, zu sehen.

»Ich bin froh, daß du gekommen bist«, sagte sie.

10

Sie gingen langsam den Lake Drive hinunter in Richtung Osten, einem kräftigen, warmen Wind entgegen.

Als er den Arm um sie legte, schenkte sie ihm ein zaghaftes Lächeln. Sie waren drei Meilen westlich des Sees, aber Rosie war zumute, als könnte sie den ganzen Weg bis dorthin zu Fuß gehen, wenn er nur weiter seinen Arm um sie gelegt ließ. Den ganzen Weg bis zum See, und vielleicht auch darüber hinweg, indem sie ruhig von einem Wellenkamm auf den nächsten stieg.

»Warum lächelst du?« fragte er sie.

»Ach, nichts weiter«, sagte sie. »Ich schätze, mir war einfach nach Lächeln zumute.«

»Bist du wirklich froh, daß ich gekommen bin?«

»Ja. Ich konnte letzte Nacht kaum schlafen. Ich dachte mir, daß ich einen Fehler gemacht hätte. Ich schätze, ich *habe* einen Fehler gemacht, aber ... Bill?«

»Ich bin ganz Ohr.«

»Ich habe es getan, weil ich mehr für dich empfinde, als ich nach allem, was ich durchgemacht habe, je wieder für möglich gehalten hätte, und es ist alles so *schnell* passiert ... ich muß verrückt sein, daß ich dir das erzähle.«

Er drückte sie kurz noch fester an sich. »Du bist nicht verrückt.«

»Ich habe dich angerufen und dir gesagt, du sollst dich von mir fernhalten, weil etwas passiert ist – passiert sein *könnte* –, und ich wollte nicht, daß dir etwas zustößt. Nicht um alles in der Welt. Das will ich immer noch nicht.«

»Es ist Norman, richtig? Wie in Bates. Er ist doch gekommen, um nach dir zu suchen.«

»Mein *Herz* sagt, daß es so ist«, sagte Rosie und wählte ihre Worte sehr sorgfältig, »und meine *Nerven* sagen, daß es so ist, aber ich bin nicht sicher, ob ich meinem Herzen trauen kann – es lebt schon so lange in Angst –, und meine Nerven ... meine Nerven sind einfach überstrapaziert.«

Sie sah auf die Uhr, dann zu der Würstchenbude an der Ecke. In der Nähe standen Bänke auf einem Grünstreifen, wo Sekretärinnen Mittagspause machten.

»Würdest du eine Lady zu einem Riesen-Hot-Dog mit Sauerkraut einladen?« fragte sie. Plötzlich schien ihr ein Rülpser am Nachmittag das Unwichtigste auf der Welt zu sein. »So einen hab ich nicht mehr gegessen, seit ich ein Kind war.«

»Ich denke, das läßt sich machen.«

»Wir können uns auf eine Bank setzen, dann werde ich dir von Norman, wie in Bates, erzählen. Und dann kannst du selbst entscheiden, ob du dich weiter mit mir treffen willst oder nicht. Wenn du der Meinung bist, daß du es nicht willst, hätte ich vollstes Verständnis –«

»Rosie, das werde ich nicht –«

»Sag das nicht. Erst, wenn ich dir von ihm erzählt habe. Und du solltest lieber essen, bevor ich anfange, sonst könnte dir der Appetit vergehen.«

11

Fünf Minuten später kam er zu der Bank, wo sie saß. Er balancierte vorsichtig ein Tablett, auf dem er zwei Riesen-Hot-Dogs und zwei Pappbecher Limonade trug. Sie nahm eine Wurst und einen Becher, stellte das Getränk neben sich auf die Bank und sah ihn ernst an. »Du mußt aufhören, mich zum Essen einzuladen. Ich komme mir schon vor wie das verwahrloste Kind auf den UNICEF-Plakaten.«

»Ich lade dich *gern* zum Essen ein«, sagte er. »Du bist zu dünn, Rosie.«

Norman ist da anderer Meinung, dachte sie, aber unter den gegebenen Umständen war das nicht die richtige Antwort. Sie war nicht sicher, was die richtige Antwort gewesen wäre, und mußte an die pseudogeistreichen Sätze denken, die Figuren in Fernsehserien wie *Melrose Place* immer von sich gaben. Jetzt wäre sie für ein wenig von diesem munteren Geplapper dankbar gewesen. *Ich Dummerchen hab vergessen, meinen Drehbuchautor mitzubringen*, dachte sie. Statt zu reden, betrachtete sie ihren Hot Dog mit Sauerkraut und stocherte in dem Brötchen herum, während sie die Stirn runzelte und erwartungsvoll den Mund spitzte, als wäre das ein Ritual vor der Nahrungsaufnahme, das seit Generationen in ihrer Familie von der Mutter an die Tochter weitergegeben wurde.

»Also, erzähl mir von Norman, Rosie.«

»Ja, gut. Laß mich nur überlegen, wo ich anfangen soll.«

Sie biß von ihrem Würstchen ab und genoß das Prickeln des Sauerkrauts auf der Zunge, dann trank sie einen Schluck Limonade. Sie überlegte sich, daß Bill vielleicht nichts mehr mit ihr zu tun haben wollte, wenn sie fertig war, daß er nur Abscheu und Ekel für eine Frau empfinden konnte, die so viele Jahre mit einer Kreatur wie Norman leben konnte, aber jetzt war es zu spät, sich darüber Gedanken zu machen. Sie machte den Mund auf und fing an. Ihre Stimme klang einigermaßen fest, was eine beruhigende Wirkung auf sie hatte.

Sie fing damit an, daß sie ihm von einem fünfzehnjährigen Mädchen erzählte, das sich mit einem rosafarbenen Samtband im Haar unglaublich hübsch vorgekommen war, und wie dieses Mädchen eines Abends zu einem Basketballspiel der Schulmannschaft ging, weil die Zusammenkunft der Future Homemakers in allerletzter Sekunde abgesagt worden war und sie zwei Stunden Zeit totschlagen mußte, bis ihr Vater kam, um sie abzuholen. Vielleicht, gab sie zu, wollte das Mädchen auch nur, daß die Leute sehen sollten, wie hübsch sie mit diesem Haarband aussah, aber in der Schulbibliothek war kein Mensch. Ein Junge mit einer Lederjacke hatte sich auf der Tribüne zu ihr gesetzt, ein großer Junge mit breiten Schultern, ein Oberschüler, der da draußen gewesen und mit den anderen auf dem Spielfeld herumgerannt wäre, wenn sie ihn nicht im Dezember wegen einer Prügelei aus der Mannschaft geworfen hätten. Sie fuhr fort und hörte selbst, wie ihr Mund Dinge von sich gab, von denen sie geschworen hätte, daß sie sie unausgesprochen mit ins Grab nehmen würde. Nicht von dem Tennisschläger, *das* würde sie mit ins Grab nehmen, aber wie Norman sie in der Hochzeitsnacht gebissen hatte und sie sich einzureden versuchte, daß er es aus lauter Liebe tat, von der Fehlgeburt, die Norman verschuldet hatte, und von dem entscheidenden Unterschied zwischen Schlägen ins Gesicht und Schlägen auf den Rücken. »Darum muß ich andauernd pinkeln«, sagte sie und sah nervös lächelnd auf ihre Hände hinab, »aber es wird langsam besser.« Sie erzählte ihm von den ersten Jahren ihrer Ehe, als er ihr die Zehen oder Fingerspitzen mit dem Feuerzeug verbrannte; erfreulicherweise hatte diese spezielle Form der Folter aufgehört, als Norman das Rauchen aufgegeben hatte. Sie erzählte ihm von dem Abend, als Norman von der Arbeit nach Hause gekommen war, sich die ganzen Nachrichten über wortlos vor den Fernseher setzte, sein Abendessen, das er nicht anrührte, auf dem Schoß; wie er den Teller wegstellte, als Dan Rather fertig war, und wie er sie mit der Spitze eines Bleistifts piekste, der auf dem Tischchen am einen Ende der Couch lag. Er piekste so fest, daß es weh tat, und kleine schwarze Pünktchen wie Leberflecke auf ihrer Haut zurückblieben, aber nicht so fest, daß Blut geflossen wäre. Sie erzählte Bill, daß Norman ihr manchmal auch schlimmer weh getan, aber nie wieder mehr Angst gemacht hatte. Am schlimmsten fand sie sein Schweigen. Wenn sie mit ihm reden und herausfinden wollte, was los war, antwortete er nicht. Er folgte ihr nur, als sie zurückwich (sie hatte nicht weglaufen wollen; das wäre wahrscheinlich gewesen, als hätte sie ein brennendes Streichholz in ein Pulverfaß geworfen), beantwortete ihre Fragen nicht und achtete nicht auf ihre ausgestreckten Hände mit den gespreizten Fingern. Er piekste sie weiter mit dem Bleistift in die Arme und die Schultern und den Brustkorb – sie hatte ein Oberteil mit einem etwas tieferen Ausschnitt getragen – und machte jedesmal ein Geräusch wie bei einer kleinen Explosion, wenn sich die stumpfe Bleistiftspitze in ihre Haut bohrte: *Bumm! Bumm!*

Bumm! Schließlich hockte sie mit angezogenen Knien und über dem Hinterkopf verschränkten Armen in einer Ecke, und er kniete mit ernstem, fast wißbegierigem Gesicht über ihr, piekste sie mit dem Bleistift und gab dieses Geräusch von sich. Sie erzählte Bill, sie sei überzeugt gewesen, daß er sie umbringen würde, daß sie als einzige Frau in die Weltgeschichte eingehen würde, die je mit einem Bleistift Nr. 2 der Firma Mongol erstochen worden war … und sie erinnerte sich, wie sie sich ständig ermahnt hatte, nicht zu schreien, weil die Nachbarn sie hören würden und sie nicht so gefunden werden wollte. Jedenfalls nicht, wenn sie noch am Leben war. Die Schande wäre zu groß gewesen. Als sie kurz vor dem Punkt war, wo sie gegen ihren Willen geschrien hätte, war Norman ins Bad gegangen und hatte die Tür abgeschlossen. Er blieb lange Zeit im Bad, und da hatte sie sich überlegt, ob sie weglaufen sollte – einfach zur Tür hinaus, ins Nirgendwo –, aber es war Nacht, und er war zu Hause. Wenn er herausgekommen wäre und festgestellt hätte, daß sie nicht mehr da war, sagte sie, hätte er sie gejagt und gefunden und getötet, das wußte sie. »Er hätte mir den Hals gebrochen wie einen Hühnerknochen«, erzählte sie Bill, ohne aufzuschauen. Sie hatte sich aber geschworen, daß sie ihn verlassen würde; gleich das nächstemal, wenn er ihr weh tat. Aber nach dieser Nacht hatte er lange Zeit nicht mehr Hand an sie gelegt. Etwa fünf Monate. Und als er *doch* wieder angefangen hatte, war es anfangs nicht so schlimm gewesen, und sie hatte sich gesagt, wenn sie es aushalten konnte, immer wieder mit einem Bleistift gepiekst zu werden, konnte sie auch ein paar Schläge wegstecken. Das hatte sie bis 1985 gedacht, als die Situation plötzlich eskaliert war. Sie erzählte Bill, wie schrecklich Norman in jenem Jahr gewesen war, weil er den Ärger mit Wendy Yarrow hatte.

»Das war das Jahr, in dem du die Fehlgeburt gehabt hast, richtig?« fragte Bill.

»Ja«, erzählte sie ihren Händen. »Außerdem hat er mir eine Rippe gebrochen. Vielleicht auch mehrere. Ich kann mich nicht mal mehr erinnern, ist das nicht *schrecklich?*«

Er antwortete nicht, daher sprach sie hastig weiter und erzählte ihm, das Schlimmste (natürlich abgesehen von der Fehlgeburt) seien seine Phasen langen Schweigens gewesen, wenn er sie einfach nur angesehen und laut durch die Nase geatmet hatte wie ein Tier, das sich auf einen Angriff vorbereitet. Nachdem Wendy Yarrow gestorben war, sagte sie, war es etwas besser geworden. Sie erzählte auch, wie sie am Ende ein paar Aussetzer gehabt hatte, wie ihr manchmal die Zeit davonlief, wenn sie im Schaukelstuhl saß, und wie sie manchmal den Tisch deckte und horchte, ob Normans Auto in die Garage fuhr, und dabei feststellte, daß sie im Lauf des Tages sechs- oder sogar achtmal geduscht hatte. Normalerweise, ohne das Licht im Bad einzuschalten. »Ich habe gern im Dunkeln geduscht«, sagte sie, wagte aber immer noch nicht, von ihren Händen aufzusehen. »Das war wie in einem nassen Schrank.«

Zuletzt erzählte sie ihm von Annas Anruf, den Anna aus einem wichtigen Grund so schnell gemacht hatte. Sie hatte etwas erfahren, das nicht in dem Zeitungsartikel stand, eine Einzelheit, die die Polizei nicht an die Öffentlichkeit dringen ließ, damit sie falsche Geständnisse oder irreführende Tips ausschließen konnten. Peter Slowik hatte mehr als drei Dutzend Bißwunden, und mindestens ein entscheidender Teil seiner Anatomie fehlte. Die Polizei glaubte, daß der Mörder ihn mitgenommen hatte ... auf die eine oder andere Weise. Anna wußte aus den Therapiesitzungen, daß Rosie McClendon, deren erster wichtiger Kontakt in der Stadt Annas Ex-Mann gewesen war, mit einem Beißer verheiratet war. Es könnte ein Zufall sein, hatte Anna rasch hinzugefügt. Aber ... andererseits ...

»Ein Beißer«, sagte Bill leise. Es hörte sich fast an, als würde er Selbstgespräche führen. »Nennt man Männer wie ihn so? Ist das der Fachausdruck?«

»Ich glaube, ja«, sagte Rosie. Und weil sie Angst hatte, er würde ihr vielleicht nicht glauben (er könnte denken, daß sie »fabuliert« hatte, in Normansprache), glitt sie mit der Schulter kurz aus dem rosa T-Shirt mit der Aufschrift Tape Engine, das sie trug, und zeigte ihm den alten, weißen Ring der Narbe dort, die an einen Haifischbiß erinnerte. Das war der erste gewesen, das Geschenk aus ihrer Hochzeitsnacht. Dann drehte sie den linken Unterarm nach oben und zeigte ihm noch einen. Diesmal mußte sie nicht an einen Biß denken; aus einem unerfindlichen Grund dachte sie an glatte weiße Gesichter, die fast in üppigem grünem Unterholz verborgen waren.

»Der hier hat ziemlich geblutet und sich entzündet«, sagte sie ihm. Sie sagte es im Tonfall von jemand, der eine Routineinformation weitergibt – etwa daß Großmutter vorhin angerufen oder der Briefträger ein Päckchen dagelassen hatte. »Aber ich war nicht beim Arzt. Norman brachte eine große Flasche Antibiotika nach Hause. Die hab ich genommen, und darauf ist es besser geworden. Er kennt alle möglichen Leute, von denen er etwas bekommen kann. Diese Leute nennt er ›Daddys kleine Helfer‹. Das ist eigentlich ziemlich komisch, wenn man darüber nachdenkt, findest du nicht?«

Sie redete immer noch weitgehend zu ihren Händen, die sie im Schoß gefaltet hatte, aber dann riskierte sie doch einen raschen Blick auf ihn, um seine Reaktion auf ihre Schilderung zu sehen. Was sie sah, setzte sie in Erstaunen.

»Was?« fragte er heiser. »Was ist, Rosie?«

»Du weinst«, sagte sie, und nun bebte ihre Stimme.

Bill sah überrascht drein. »Nein, stimmt nicht. Jedenfalls *glaube* ich nicht, daß ich weine.«

Sie streckte einen Finger aus, beschrieb sanft einen Halbkreis damit unter seinem Auge und zeigte ihm die Fingerspitze. Er betrachtete sie eingehend und biß sich auf die Unterlippe.

»Und viel gegessen hast du auch nicht.« Sein halber Hot Dog lag noch auf dem Teller, und senfbestrichenes Sauerkraut quoll aus dem Brötchen.

Bill warf den Pappteller in den Abfalleimer neben der Bank, dann sah er Rosie wieder an und wischte sich geistesabwesend die Nässe von den Wangen.

Rosie spürte, wie eine trostlose Gewißheit über sie kam. Jetzt würde er fragen, warum sie bei ihm geblieben war, und sie würde nicht von der Parkbank aufstehen und gehen (ebensowenig, wie sie das Haus in der Westmoreland Street verlassen hatte, bis letzten Monat), aber es würde die erste Barriere zwischen ihnen aufrichten, weil es eine Frage war, die sie nicht beantworten konnte. Sie *wußte* nicht, warum sie bei ihm geblieben war, so wenig wie sie wußte, warum am Ende nur ein Tropfen Blut erforderlich gewesen war, um ihr ganzes Leben zu verändern. Sie wußte nur, die Dusche war der beste Ort im ganzen Haus gewesen, dunkel und naß und voller Dampf, und manchmal war ihr eine halbe Stunde in Pus Stuhl wie fünf Minuten vorgekommen, und wenn man in der Hölle lebte, war ›Warum‹ eine Frage ohne Bedeutung. In der Hölle gab es keine Motivation. Die Frauen bei den Therapiesitzungen hatten das verstanden; dort hatte niemand sie gefragt, warum sie geblieben war. Dort wußten sie es. Wußten es aus eigener Erfahrung. Sie hatte eine Ahnung, als wüßten manche von ihnen sogar von dem Tennisschläger ... oder von Schlimmerem als einem Tennisschläger.

Aber als Billy schließlich seine Frage stellte, unterschied sie sich so sehr von der, die Rosie erwartet hatte, daß sie einen Moment nur stammeln konnte.

»Wie groß ist die Wahrscheinlichkeit, daß er diese Frau ermordet hat, die ihn 1985 in so große Schwierigkeiten brachte? Diese Wendy Yarrow?«

Sie war schockiert, aber es war nicht die Art von Schock, die man angesichts einer undenkbaren Frage empfindet; sie war etwa so schockiert wie jemand, der ein vertrautes Gesicht an einem völlig unwahrscheinlichen Ort antrifft. Die Frage, die er laut ausgesprochen hatte, ging ihr schon seit Jahren, unausgesprochen und deshalb nicht richtig ausformuliert, im Kopf herum.

»Rosie, ich hab dich gefragt, wie groß die Wahrscheinlichkeit ist –«

»Ich glaube, sie ist ... nun, ziemlich groß.«

»Es war praktisch für ihn, daß sie einfach gestorben ist, richtig? Es hat ihn davor bewahrt, daß er die ganze Sache in einem Zivilprozeß durchstehen mußte.«

»Ja.«

»Wenn sie gebissen worden wäre, glaubst du, die Zeitungen hätten es gedruckt?«

»Ich weiß nicht. Vielleicht nicht.« Sie sah auf die Uhr und stand hastig auf. »O Mann, ich muß gehen, und zwar gleich. Rhoda wollte um Viertel nach Zwölf wieder anfangen, und jetzt ist es schon zehn nach.«

Sie gingen Seite an Seite zurück. Sie wünschte sich, er würde wieder den Arm um sie legen, und als ein Teil ihres Verstands ihr gerade sagte, daß sie nicht zuviel verlangen sollte, und ein anderer (Ms. Praktisch-Vernünftig), sie sollte keinen Ärger herausfordern, tat er genau dies.

Ich glaube, ich verliebe mich in ihn.

Der Gedanke setzte sie nicht im geringsten in Erstaunen, und darum folgte der nächste auf den Fuß: *Nein, Rosie, ich glaube, das stand in der Zeitung von gestern. Ich glaube, das ist schon passiert.*

»Was hat Anna bezüglich der Polizei gesagt?« fragte er sie. »Möchte sie, daß du zu ihnen gehst und Anzeige erstattest?«

Sie erstarrte in seinen Armen, ihr Hals wurde trocken, während Adrenalin in ihren Kreislauf gepumpt wurde. Nur ein einziges Wort war dazu erforderlich. Das Wort, das mit P anfing.

Cops sind eine verschworene Gemeinschaft. Das hatte Norman ihr immer wieder gesagt. *Unser Justizsystem ist eine Familie, und Cops sind Brüder.* Rosie wußte nicht, ob das stimmte, wie weit sie füreinander eintreten würden – oder einander *decken* –, aber sie wußte, die Polizisten, die Norman ab und zu mit nach Hause brachte, waren ihm auf unheimliche Weise ähnlich gewesen, und sie wußte auch, er hatte nie ein böses Wort gegen einen gesagt, nicht einmal gegen seinen allerersten Partner bei den Detectives, ein gerissenes, korruptes Schwein namens Gordon Satterwaite, den Norman verabscheut hatte. Und da war natürlich Harley Bissington, dessen Hobby es gewesen war – zumindest im Hause Daniels –, Rosie mit den Augen auszuziehen. Harley hatte eine Art Hautkrebs bekommen und war vor drei Jahren in den Vorruhestand gegangen, aber 1985 war er Normans Partner gewesen, als die Richie Bender/Wendy Yarrow-Sache über die Bühne gegangen war. Und wenn sie so über die Bühne gegangen war, wie Rosie vermutete, dann hatte Harley Norman gedeckt. In großem Maßstab gedeckt. Und nicht nur, weil er selbst in der Sache mit drinsteckte. Er hatte es getan, weil das Justizsystem eine Familie und Cops Brüder waren. Cops sahen die Welt mit anderen Augen als die Angestellten, die von neun bis fünf arbeiteten (die K-Mart-Einkäufer, in Normansprache); Cops sahen die Welt mit abgezogener Haut und zuckenden Nerven. Das machte sie alle ein bißchen anders; es machte manche *sehr viel* anders … und dann gab es da noch Norman.

»Ich *denke* nicht daran, zur Polizei zu gehen«, sagte Rosie mit sich überschlagender Stimme. »Anna hat gesagt, das muß ich nicht, und niemand kann mich zwingen. Die Polizisten sind *seine* Freunde. Seine *Brüder*. Sie halten zusammen, sie –«

»Ruhig«, sagte er ein wenig erschrocken. »Alles in Ordnung, bleib ganz ruhig.«

»Ich *kann* nicht ruhig bleiben! Ich meine, du hast keine *Ahnung*. Darum hab ich dich angerufen, weil du nicht weißt, wie es ist … wie *er* ist … und wie es zwischen ihm und dem Rest von ihnen läuft. Wenn ich *hier* zur Polizei gehen würde, würden sie *dort* bei der Polizei nachfragen. Und wenn einer von ihnen … jemand, der mit ihm arbeitet, der um drei Uhr morgens mit ihm irgendwo auf der Lauer gelegen hat, der ihm sein Leben anvertraut hat …« Sie dachte an Harley, an Harley, der dauernd ihre Brüste anstarrte und jedesmal nachsah, wo ihr Rocksaum aufhörte, wenn sie sich setzte.

»Rosie, du mußt nicht –«

»Doch, ich *muß!*« sagte sie mit einer Heftigkeit, die völlig untypisch für sie war. »Wenn so ein Cop wüßte, wie er sich mit Norman in Verbindung setzen könnte, *würde er es tun.* Er würde sagen, daß ich über ihn geredet habe. Wenn ich ihnen meine Adresse geben würde – und das muß man, wenn man eine Beschwerde einreicht –, würde er ihm die auch geben.«

»Ich bin sicher, kein Cop würde –«

»Hast du sie schon mal in deinem Haus gehabt, wo sie Poker gespielt oder sich *Debbie Does Dallas* angesehen haben?«

»Nun … nein. Nein, aber …«

»Ich schon. Ich habe gehört, worüber sie reden, und ich weiß, was sie über den Rest der Welt denken. Genauso sehen sie uns, als den Rest der Welt. Sogar die Besten von ihnen. Es gibt sie … und dann gibt es noch die Leute, die im K-Mart einkaufen. So ist das.«

Er machte den Mund auf, um etwas zu sagen, war aber nicht sicher, was, daher machte er ihn wieder zu. Die Vorstellung, daß Norman die Adresse ihres Zimmers in der Trenton Street herausfinden könnte, weil ein Polizist die Signaltrommeln schlug, hatte etwas Überzeugendes, aber das war nicht der Hauptgrund, warum er still blieb. Ihr Gesichtsausdruck – die Miene einer Frau, die eine verhaßte und unfreiwillige Reise zurück in eine unglückliche Zeit unternommen hat – sprach schon dafür, daß er ohnehin nichts sagen konnte, das sie überzeugt hätte. Sie hatte Angst vor den Cops, das war alles, und er war alt genug, zu wissen, daß man nicht alle Schreckgespenster mit Logik vertreiben konnte.

»Außerdem«, sagte sie, »meinte Anna, daß ich das gar nicht müßte. Anna sagte, wenn es *wirklich* Norman ist, würden *sie* ihn zuerst sehen, nicht ich.«

Bill dachte darüber nach und entschied, daß es logisch klang. »Was wird sie unternehmen?«

»Sie hat schon angefangen. Sie hat einer Frauengruppe daheim – wo ich herkomme – ein Fax geschickt und ihnen mitgeteilt, was hier los ist. Sie hat sie gebeten, irgendwelche Informationen über Norman herzuschicken, und sie haben nur eine Stunde später einen ganzen Stapel Material zurückgefaxt, einschließlich der Fotos.«

Bill zog die Brauen hoch. »Schnelle Arbeit, besonders nach Feierabend.«

»Zu Hause ist mein Mann jetzt ein Held«, sagte sie niedergeschlagen. »Wahrscheinlich mußte er seit einem Monat keinen Drink mehr selbst bezahlen. Er hatte das Kommando über ein Team, das einen großen Drogenring geknackt hat. Sein Bild war zwei oder drei Tage hintereinander auf der ersten Seite der Zeitung.«

Bill pfiff durch die Zähne. Vielleicht war sie doch nicht so paranoid.

»Die Frau, der Anna ihre Bitte übermittelte, ist noch einen Schritt weiter gegangen«, fuhr Rosie fort. »Sie rief das Polizeirevier an und fragte, ob sie ihn sprechen könnte. Sie erzählte eine große Geschichte, daß ihre Gruppe ihm einen Frauentapferkeitspreis überreichen wollte.«

Er dachte darüber nach, dann prustete er vor Lachen. Rosie lächelte kläglich.

»Der diensthabende Sergeant hat den Computer überprüft und gesagt, daß Lieutenant Daniels im Urlaub ist. Irgendwo im Westen, glaubte er.«

»Aber er *könnte* seinen Urlaub hier verbringen«, sagte Bill nachdenklich.

»Ja. Und wenn jemand verletzt wird, ist es allein meine Sch...«

Er legte ihr die Hände auf die Schultern und wirbelte sie herum. Sie riß die Augen auf, und er sah, daß sie sich instinktiv ducken wollte. Es war ein Blick, der ihm auf eine völlig neue Weise das Herz zerriß. Plötzlich fiel ihm eine Geschichte ein, die er am Zion American Center gehört hatte, wo er bis zum neunten Lebensjahr Religionsunterricht gehabt hatte. Etwas darüber, wie Leute zur Zeit der Propheten manchmal zu Tode gesteinigt wurden. Damals hatte er das für die grausamste Bestrafung gehalten, die sich je ein Mensch ausgedacht hatte, viel schlimmer als ein Erschießungskommando oder der elektrische Stuhl, eine Form der Hinrichtung, für die es nie eine Rechtfertigung geben konnte. Als er nun sah, was Norman Daniels aus dieser reizenden Frau mit dem zierlichen, verwundbaren Gesicht gemacht hatte, kamen ihm Zweifel.

»Sag nicht, daß es deine Schuld ist«, bat er sie. »Du hast Norman nicht gemacht.«

Sie blinzelte, als wäre das ein Gedanke, der ihr noch nie gekommen war.

»Aber wie, um alles in der Welt, konnte er überhaupt diesen Slowik finden?«

»Indem er zu mir wurde«, sagte sie.

Bill sah sie an. Sie nickte.

»Es hört sich verrückt an, aber das ist es nicht. Er kann es wirklich. Ich habe selbst *gesehen*, wie er es getan hat. Wahrscheinlich hat er so den Drogenring zu Hause auffliegen lassen.«

»Ahnung? Intuition?«

»Mehr. Es ist fast wie Telepathie. Er nennt es die Angel auswerfen.«

Bill schüttelte den Kopf. »Wir reden hier von einem echt seltsamen Typen, was?«

Das überraschte sie, so daß sie ein kurzes Lachen ausstieß. »O Mann, du hast ja keine Ahnung! Wie dem auch sei, die Frauen bei D & S haben alle sein Foto gesehen und werden spezielle Vorsichtsmaßnahmen treffen, besonders für das Picknick am Samstag. Einige werden mit Mace bewaffnet sein ... diejenigen, die sich in einer kritischen Situation vielleicht daran erinnern, wie man es benützt, sagt Anna. Das klang alles ganz gut, aber dann sagte sie: ›Keine Bange, Rosie, wir sind schon mit ähnlichen Drohungen fertig geworden‹, und das hat alles wieder zunichte gemacht. Denn wenn ein Mann ermordet wird – ein netter Mann wie der, der mich in diesem schrecklichen Busbahnhof gerettet hat –, ist das *nicht* nur eine Drohung.«

Ihre Stimme wurde lauter, sie sprach wieder schneller. Er nahm ihre Hand und streichelte sie. »Ich weiß, Rosie«, sagte er mit einem, wie er hoffte, beruhigenden Tonfall. »Ich weiß, daß es das nicht ist.«

»Sie glaubt, daß sie weiß, was sie tut – Anna, meine ich –, daß sie das alles schon mal mitgemacht hat, weil sie die Cops gerufen hat, als ein Betrunkener einen Ziegelstein durch eines der Fenster geworfen oder sich vor der Tür herumgetrieben hat, um seine Frau anzuspucken, als sie herauskam, um die Morgenzeitung zu holen. Aber sie hat nie auch nur im entferntesten jemand wie *Norman* kennengelernt, und das weiß sie nicht, und das macht mir angst.« Sie machte eine Pause und versuchte sich wieder zu beruhigen, dann lächelte sie ihn an. »Wie dem auch sei, sie sagt, daß ich mich überhaupt nicht einschalten muß, jedenfalls in diesem Stadium noch nicht.«

»Da bin ich froh.«

Das Corn Building lag jetzt direkt vor ihnen. »Du hast gar nichts zu meinem Haar gesagt.« Sie sah wieder auf, diesmal mit einem hastigen, schüchternen Blick. »Heißt das, es ist dir nicht aufgefallen, oder es gefällt dir nicht?«

Er betrachtete ihr Haar und grinste. »Es *ist* mir aufgefallen, und es gefällt mir *gut*, aber ich hatte andere Dinge im Kopf – zum Beispiel Angst, ich würde dich nie wiedersehen.«

»Tut mir leid, daß du es dir so zu Herzen genommen hast.« Das stimmte, aber gleichzeitig *freute* sie sich, daß er es sich so zu Herzen genommen hatte. Hatte sie etwas auch nur entfernt Ähnliches empfunden, als sie und Norman miteinander gegangen waren? Sie konnte sich nicht erinnern. Sie sah deutlich vor sich, wie er sie eines Abends bei einem Stockcar-Rennen unter einer Decke befummelt hatte, aber zumindest im Augenblick verschwand alles andere in einem Nebel.

»Du bist durch die Frau im Bild auf die Idee gekommen, richtig? Das du an dem Tag gekauft hast, als wir uns kennengelernt haben.«

»Möglich«, sagte sie vorsichtig. Fand er das seltsam, und war das der wahre Grund, warum er nichts zu ihrem Haar gesagt hatte?

Aber er überraschte sie wieder, möglicherweise noch mehr als mit seiner Frage nach Wendy Yarrow.

»Bei den meisten Frauen ist es so, wenn sie sich die Haare färben lassen, sehen sie aus wie Frauen, die sich die Haare haben färben lassen«, sagte er. »Meistens tun Männer so, als würden sie das nicht bemerken, aber sie tun es. Aber bei dir … sieht es aus, als wäre dein Haar gefärbt gewesen, als du in den Laden gekommen bist, und so wie jetzt sieht es in Wirklichkeit aus. Das hört sich wahrscheinlich nach dem schrecklichsten Schmus an, den du je gehört hast, aber es stimmt … und blond sieht normalerweise am wenigsten echt aus. Aber du solltest es auch zu einem Zopf flechten, wie die Frau in dem Bild. Damit würdest du wie eine Wikingerprinzessin aussehen. Verdammt sexy.«

Dieses Wort drückte einen großen roten Knopf in ihrem Inneren und löste Empfindungen aus, die übermächtig faszinierend und schrecklich beunruhigend zugleich waren. *Ich mag Sex nicht*, dachte sie. *Ich habe Sex nie gemocht, aber –*

Rhoda und Curt kamen ihnen aus der anderen Richtung entgegen. Die Vier trafen sich vor der alten Drehtür des Corn

Building. Rhoda maß Bill von oben bis unten mit strahlenden, neugierigen Blicken.

»Bill, das sind die Leute, mit denen ich arbeite«, sagte Rosie. Statt abzuklingen, stieg ihr die Hitze weiter in die Wangen. »Rhoda Simons und Curtis Hamilton. Rhoda, Curt, das ist ...« Eine kurze, abgrundtief schwarze Sekunde lang konnte sie sich nicht an den Namen dieses Mannes erinnern, der ihr schon soviel bedeutete. Dann fiel er ihr Gott sei Dank wieder ein. »Bill Steiner«, fuhr sie fort.

»Freut mich, Sie kenn'zulernen«, sagte Curt und schüttelte Bill die Hand. Er sah zum Gebäude und war eindeutig bereit, den Kopf wieder zwischen die Kopfhörer zu klemmen.

»Jeder Freund von Rosie, wie man so sagt«, sagte Rhoda und streckte ebenfalls die Hand aus. Die schmalen Armreife an ihrer Hand klirrten gedämpft.

»Ist mir ein Vergnügen«, sagte Bill und drehte sich wieder zu Rosie um. »Gilt unsere Verabredung am Samstag noch?«

Sie dachte angestrengt nach, dann nickte sie.

»Dann hol ich dich um halb neun ab. Vergiß nicht, dich warm anzuziehen.«

»Mach ich.« Sie konnte spüren, wie sich die Röte über ihren ganzen Körper ausbreitete, bis ihre Brustwarzen sich aufrichteten und ihre Fingerspitzen kribbelten. Die Art, wie er sie ansah, brachte sie wieder in Wallung, aber diesmal war es nicht beängstigend, sondern angenehm. Sie wurde plötzlich von dem Wunsch überwältigt – komisch, aber dennoch überraschend heftig –, die Arme um ihn zu legen ... und die Beine ... und ihn dann zu erklimmen wie einen Baum.

»Nun, dann sehn wir uns«, sagte Bill. Er beugte sich nach vorne und hauchte ihr einen Kuß auf den Mundwinkel. »Rhoda, Curtis, es war schön, Sie kennenzulernen.«

Er drehte sich um und schlenderte pfeifend davon.

»Eines muß ich Ihnen lassen, Rosie, Sie haben einen ausgezeichneten Geschmack«, sagte Rhoda. »Diese *Augen!*«

»Wir sind nur Freunde«, sagte Rosie verlegen. »Ich habe ihn kennengelernt ...« Sie verstummte. Plötzlich schien es ihr kompliziert, zu erklären, wie sie ihn kennengelernt hatte, und peinlich obendrein. Sie zuckte die Achseln und lachte nervös.

»Nun, Sie wissen schon.«

»Ja, ich weiß«, sagte Rhoda und sah Bill nach, wie er die Straße hinunterging. Dann drehte sie sich zu Rosie um und lachte erfreut. »Ich weiß *wirklich* Bescheid. In diesem alten Weibsbild hier schlägt das Herz einer wahren Romantikerin. Und die hofft, daß Sie und Mr. Steiner sehr gute Freunde werden. Sind Sie nun bereit, wieder an die Arbeit zu gehen?«

»Ja«, sagte Rosie.

»Werden wir gegenüber heute morgen eine Verbesserung feststellen, nachdem Sie Ihre … anderen Angelegenheiten nun mehr oder weniger in Ordnung gebracht haben?«

»Ich bin sicher, es wird viel besser werden«, sagte Rosie. Und so war es.

VI

Der Tempel des Stiers

I

Bevor sie Donnerstag abend zu Bett ging, nahm Rosie ihr neues Telefon und rief Anna an, um zu erfahren, ob sie etwas Neues gehört oder jemand Norman irgendwo in der Stadt gesehen hatte. Anne verneinte beide Fragen mit Nachdruck, versicherte ihr, daß alles ruhig sei, und kam mit dem alten Spruch daher, daß keine Neuigkeiten gute Neuigkeiten seien. Was das anging, hatte Rosie ihre Zweifel, behielt sie aber für sich. Statt dessen sprach sie Anna zaghaft ihr Beileid über den Tod ihres Ex-Manns aus und fragte sich, ob Knigge Verhaltensmaßregeln für so eine Situation parat hatte.

»Danke, Rosie«, sagte Anna. »Peter war ein seltsamer und schwieriger Mann. Er liebte die Menschen, war aber selbst nicht besonders liebenswert.«

»Auf mich hat er einen netten Eindruck gemacht.«

»Das glaube ich dir. Für Fremde war er der gute Samariter. Für seine Familie und Leute, die seine Freunde sein wollten – ich habe zu beiden Gruppen gehört, daher weiß ich es –, war er mehr wie der Leviter, der auf der anderen Seite vorbeiging. Beim Thanksgiving-Essen hat er einmal den Truthahn genommen und nach seinem Bruder Hal geworfen. Ich kann mich nicht mehr genau erinnern, worum es bei dem Streit ging, aber wahrscheinlich um die PLO oder Cesar Chavez. Normalerweise ging es um eins von beiden.«

Anna seufzte.

»Am Samstag nachmittag wird ein Gedächtniskreis für ihn stattfinden – wir sitzen alle auf Klappstühlen im Kreis herum, wie Trinker bei einem Treffen der AA, und reden über ihn. Jedenfalls *glaube* ich, daß es so abläuft.«

»Hört sich hübsch an.«

»Findest du?« fragte Anna. Rosie konnte sich vorstellen, wie sie auf die ihr eigene, unbewußt arrogante Art die Brauen in die Höhe zog und mehr Ähnlichkeit mit Maude hatte denn je. »*Ich* finde, es hört sich albern an, aber vielleicht hast du recht. Wie dem auch sei, ich werde das Picknick so lange verlassen, bis es vorbei ist, aber ich werde ohne Bedauern zurückkommen. Die mißhandelten Frauen dieser Stadt freilich, die haben ohne Zweifel einen Freund verloren.«

»Wenn Norman es getan hat –«

»Ich *wußte*, daß das kommen würde«, sagte Anna. »Ich arbeite schon seit vielen Jahren mit Frauen, die unterdrückt, verprügelt, mißhandelt und verstümmelt worden sind, und kenne den grandiosen Masochismus, den sie entwickeln können. Das gehört ebenso zum Mißhandeltensyndrom wie die Blackouts und die Depressionen. Erinnerst du dich, wie die Raumfähre *Challenger* explodiert ist?«

»Ja ...« Rosie verstand den Zusammenhang nicht, aber sie konnte sich erinnern.

»An diesem Tag einige Zeit später kam eine in Tränen aufgelöste Frau zu mir. Sie hatte überall an Wangen und Armen rote Male; sie hatte sich selbst gekniffen und geschlagen. Sie sagte, es sei ihre Schuld, daß die Männer und diese nette Lehrerin sterben mußten. Als ich sie nach dem Grund fragte, sagte sie mir, sie hätte nicht nur einen, sondern *zwei* Briefe geschrieben, in denen sie sich für das bemannte Raumfahrtprogramm eingesetzt hatte, einen an die *Chicago Tribune* und einen an den Abgeordneten ihres Wahlkreises. Nach einer Weile nehmen mißhandelte Frauen die Schuld auf sich, so ist das eben. Und nicht nur für manches – für *alles*.«

Rosie mußte an Bill denken, der mit dem Arm um ihre Taille mit ihr zum Corn Building zurückgekehrt war. *Sag nicht, daß es deine Schuld ist,* hatte er gesagt. *Du hast Norman nicht gemacht.*

»Ich habe diesen Aspekt des Syndroms lange Zeit nicht verstanden«, sagte Anna, »aber ich glaube, inzwischen bin ich dahintergekommen. *Jemand* muß schuld sein, sonst wären Schmerzen und Depressionen und Isolation sinnlos. Man würde verrückt werden. Und lieber schuldig als verrückt. Aber für dich wird es Zeit, daß du diese Phase abschließt, Rosie.«

»Ich verstehe nicht.«

»O doch, du verstehst sehr gut«, sagte Anna ruhig, und danach wandten sie sich anderen Themen zu.

2

Zwanzig Minuten, nachdem sie sich von Anna verabschiedet hatte, lag Rosie mit offenen Augen und unter dem Kissen verschränkten Händen auf dem Bett und sah in die Dunkelheit hinauf, während Gesichter wie Luftballons durch ihren Geist schwebten. Rob Lefferts, der wie Mr. Pennybags auf den gelben Gemeinschaftskarten aussah; sie sah, wie er ihr die Karte anbot, auf der stand, »Du kommst aus dem Gefängnis frei.« Rhoda Simons mit einem Bleistift im Haar, die Rosie sagte, daß es Nylonstrümpfe hieß, nicht Nylonstümpfe. Gert Kinshaw, die menschliche Version des Planeten Jupiter, die Jogginghosen und ein Männerunterhemd mit V-Ausschnitt trug, beide in Größe XXXL. Cynthia Sowieso (Rosie konnte sich immer noch nicht genau an ihren Nachnamen erinnern), die fröhliche Punkerin mit dem zweifarbigen Haar, die behauptete, daß sie manchmal stundenlang vor einem Bild saß, wo sich der Fluß tatsächlich zu bewegen schien.

Und natürlich Bill. Sie sah seine haselnußbraunen Augen mit dem grünen Unterton, sah sein dunkles, an den Schläfen zurückgekämmtes Haar, sah sogar die winzige Narbe an seinem Ohrläppchen, das er sich (vielleicht am College, als Folge einer in betrunkenem Zustand abgeschlossenen Wette) einmal hatte durchstechen, aber wieder zuwachsen lassen. Sie spürte die Berührung seiner Hand an der Taille, seine warmen, kräftigen Finger; spürte, wie ihre Hüfte manchmal an seiner streifte, und fragte sich, ob es ihn erregt hatte, sie zu berühren.

Inzwischen gestand sie sich ein, daß seine Berührung *sie* auf jeden Fall erregte. Er war so völlig anders als Norman, daß er ihr wie ein Besucher aus einem anderen Sonnensystem vorkam.

Sie schloß die Augen. Döste.

Ein weiteres Gesicht kam aus der Dunkelheit geschwebt. Normans Gesicht. Norman lächelte, aber seine grauen Augen waren so kalt wie Eiszapfen. *Ich werfe die Angel nach dir aus, Süße,* sagte Norman. *Ich liege gar nicht weit von dir auf meinem eigenen Bett und werfe die Angel nach dir aus. Nicht mehr lange, und ich werde mit dir reden. Aus der Nähe werde ich mit dir reden. Es dürfte eine ziemlich kurze Unterhaltung werden. Und wenn ich mit dir fertig bin …*

Er hob eine Hand. Darin hielt er einen Bleistift, einen Mongol Nr. 2. Die Spitze sah wie die einer Stecknadel aus.

Diesmal werde ich mich nicht mit deinen Armen und Schultern aufhalten. Diesmal nehme ich mir gleich die Augen vor. Oder vielleicht deine Zunge. Was meinst du, wie das sein wird, Süße? Wenn ich dir einen Bleistift mitten durch deine geschwätzige, verlogene Zunge bohren w…

Sie riß die Augen auf, und Normans Gesicht verschwand. Sie machte die Augen wieder zu und beschwor Bills Gesicht herauf.

Einen Augenblick war sie sicher, daß es nicht erscheinen, daß statt dessen Normans Gesicht wieder auftauchen würde, aber es blieb verschwunden.

Am Samstag gehen wir aus, dachte sie. *Wir werden den ganzen Tag zusammen verbringen. Wenn er mich küssen will, lasse ich ihn. Wenn er mich halten und anfassen will, lasse ich ihn. Es ist verrückt, wie sehr ich mir wünsche, bei ihm zu sein.*

Sie döste wieder ein, und nun dachte sie, daß sie von dem Picknick träumen mußte, das sie und Bill übermorgen eingeplant hatten.

Jemand anders picknickte in der Nähe, jemand mit einem Baby. Sie konnte es ganz leise weinen hören. Dann ertönte Donnergrollen – etwas lauter.

Wie in meinem Bild, dachte sie. *Ich werde ihm beim Essen von meinem Bild erzählen. Heute habe ich es vergessen, weil wir uns über soviel anderes unterhalten mußten, aber …*

Der Donner grollte wieder, näher und lauter. Diesmal erfüllte das Geräusch sie mit Unbehagen. Regen würde das Picknick verderben, Regen würde das Picknick von Daughters and Sisters am Ettinger's Pier ertränken, und Regen würde vielleicht sogar dazu führen, daß das Konzert abgesagt werden mußte.

Keine Bange, Rosie, der Donner ist nur in dem Bild, und dies alles ist ein Traum.

Aber wenn es ein Traum war, wieso konnte sie dann noch das Kissen auf ihren Handgelenken und Unterarmen spüren? Wieso konnte sie ihre ineinander verschränkten Finger und die leichte Decke auf ihrem Körper spüren? Wieso konnte sie den Verkehr der Stadt draußen vor ihrem Fenster hören?

Grillen sangen und summten: *Zirp-zirp-zirp-zirp-zirp.*

Das Baby weinte.

Plötzlich blitzte es purpurn hinter ihren Lidern auf, und der Donner grollte wieder, näher denn je.

Rosie keuchte und setzte sich im Bett auf, das Herz schlug ihr heftig in der Brust. Keine Blitze. Kein Donner. Zugegeben, sie bildete sich immer noch ein, daß sie Grillen hören konnte, aber möglicherweise spielten ihr auch nur ihre Ohren einen Streich. Sie sah durch das Zimmer zum Fenster und erblickte das umrißhafte Rechteck, das darunter an der Wand lehnte. Das Bild von Rose Madder. Morgen würde sie es in eine Papiertüte stecken und mit zur Arbeit nehmen. Rhoda oder Curt kannten vielleicht einen Laden in der Nähe, wo sie es neu rahmen lassen konnte.

Trotzdem konnte sie immer noch leise die Grillen hören.

Im Park, dachte sie und legte sich wieder hin.

Obwohl das Fenster geschlossen ist? fragte Ms. Praktisch-Vernünftig. Sie hörte sich zweifelnd an, aber an sich nicht ängstlich. *Bist du sicher, Rosie?*

Auf jeden Fall. Immerhin war es fast Sommer, viel mehr Grillen für den Dollar, verehrte Kundschaft, und was spielte es überhaupt für eine Rolle? Na gut, vielleicht *war* etwas mit dem Bild nicht geheuer. Höchstwahrscheinlich existierten die Ungereimtheiten nur in ihrem Kopf, wo die letzten Hirngespinste noch herumspukten, aber auch wenn sie davon ausging, daß es *wirklich* das Bild war, na und? Sie spürte nichts wirklich *Böses* daran.

Aber kannst du sagen, daß es dir nicht gefährlich vorkommt, Rosie? Nun schwang ein Unterton von Furcht in der Stimme von Ms. Praktisch-Vernünftig mit. *Vergiß das Böse. Kannst du wirklich sagen, daß das Bild nicht* gefährlich *wirkt?*

Nein, das konnte sie *nicht* sagen, aber andererseits lauerten überall Gefahren. Man mußte nur daran denken, was Anna Stevensons Ex-Mann zugestoßen war.

Aber sie *wollte* nicht daran denken, was Peter Slowik zugestoßen war; sie wollte nicht wieder auf der Straße der Schuldgefühle wandeln, wie sie es in den Therapiesitzungen manchmal genannt hatten. Sie wollte an den Samstag denken, und wie es sein würde, von Bill Steiner geküßt zu werden. Würde er ihr die Hände auf die Schultern legen oder um die Taille? Wie genau würden sich seine Lippen auf ihren anfühlen? Würde er ...

Rosies Kopf sank auf die Seite. Donner grollte. Die Grillen summten lauter denn je, und dann hüpfte eine auf dem Boden in Richtung Bett, aber Rosie bemerkte es nicht. Diesmal war die Leine gerissen, die ihren Geist mit ihrem Körper verband, und sie schwebte davon in die Dunkelheit.

3

Ein Blitzschlag weckte sie, nicht purpurn, sondern gleißend weiß. Dem Blitz folgte Donner – nicht grollend, sondern ohrenbetäubend laut.

Rosie fuhr kerzengerade im Bett hoch, holte tief Luft und drückte sich den Saum der Decke an die Brust. Ein weiterer Blitz zuckte, und in seinem Licht konnte sie ihren Tisch, den Küchentresen, das kleine Sofa, eigentlich kaum mehr als ein großer Sessel, die offene Tür zum Bad und den an den Ringen zurückgezogenen Duschvorhang mit seinem Gänseblümchenmuster erkennen. Das Licht war so grell, ihre Augen so unvorbereitet, daß sie die Phantombilder in Komplementärfarben immer noch sah, als es in dem Zimmer längst wieder dunkel geworden war. Sie stellte fest, daß sie das Baby immer noch schreien hören konnte, aber die Grillen waren verstummt. Und es wehte ein Wind. Das konnte sie nicht nur hören, sondern spüren. Er wehte ihr das Haar von den Schläfen zurück, und sie konnte das Rascheln-Knistern-

Schaben von Papier hören. Sie hatte die fotokopierten Skriptseiten des nächsten Romans von »Richard Racine« auf dem Tisch liegen lassen, und der Wind hatte sie kunterbunt durcheinander auf den Boden geweht.

Das ist kein Traum, dachte sie und schwang die Füße aus dem Bett. Als sie zum Fenster sah, stockte ihr der Atem in der Kehle. Entweder war das Fenster verschwunden, oder aber die *ganze Wand* war zum Fenster geworden.

Wie auch immer, sie konnte die Tremont Street und den Bryant Park nicht mehr sehen; statt dessen sah sie eine Frau in einem dunkelroten Chiton, die auf der Kuppe eines bewachsenen Hügels stand und zu der Ruine eines Tempels hinuntersah. Aber nun flatterte der Saum ihres kurzen Gewands an den langen, glatten Oberschenkeln der Frau; nun konnte Rosie feine blonde Haare, die sich aus dem Zopf gelöst hatten, wie Plankton im Wind wogen sehen, und ebenso die purpurschwarzen Gewitterwolken, die am Himmel dahinrasten. Und sie konnte erkennen, wie das struppige Pferd beim Grasen den Kopf bewegte.

Wenn es sich um ein Fenster handelte, dann stand es sperrangelweit offen. Vor Rosies Augen steckte das Pferd die Schnauze in ihr Zimmer, schnupperte an den Bodendielen, fand sie uninteressant, wich zurück und graste auf seiner Seite weiter.

Noch mehr Blitze, neuerliches Donnergrollen. Der Wind wehte wieder, und Rosie hörte die fortgewehten Seiten durch die Kochnische wirbeln und flattern. Der Saum ihres Nachthemds flatterte an ihren Beinen, als sie aufstand und langsam auf das Bild zuging, das mittlerweile die gesamte Wand beanspruchte, vom Boden bis zur Decke, von einer Seite auf die andere. Der Wind wehte ihr das Haar zurück, und sie konnte den bevorstehenden Regen süß in der Luft riechen.

Und er wird nicht mehr lange auf sich warten lassen, dachte sie. *Ich werde naß werden. Wir alle, schätze ich.*

ROSE, WAS HAST DU VOR? kreischte Ms. Praktisch-Vernünftig. *WAS IN GOTTES NAMEN, HAST D…*

Rosie erstickte die Stimme – in diesem Augenblick kam es ihr so vor, als hätte sie für ihr ganzes Leben genug von ihr gehört – und blieb vor der Wand stehen, die keine Wand mehr war. Direkt vor ihr, keine zwei Schritte entfernt, stand die blonde Frau in dem Chiton. Sie hatte sich nicht umgedreht, aber nun konnte Rosie die Bewegungen ihrer erhobenen Hand sehen, während die Frau den Hügel hinabsah, und die gerade noch sichtbare linke Brust, die sich beim Atmen hob und senkte.

Rosie holte tief Luft und trat in das Bild hinein.

4

Auf der anderen Seite war es mindestens zehn Grad kühler, das hohe Gras kitzelte sie an Knöcheln und Schienbeinen. Einen Augenblick glaubte sie, daß sie ganz leise ein Baby weinen hören konnte, doch dann verstummte das Geräusch. Sie warf einen Blick über die Schulter und rechnete damit, daß sie ihr Zimmer sehen würde, doch das war nicht mehr da. Ein knorriger alter Olivenbaum breitete seine Wurzeln und Äste an der Stelle aus, wo Rosie in diese Welt getreten war. Darunter sah sie die Staffelei eines Malers und einen Hocker davor. Auf dem Hocker stand ein offener Malkasten mit Pinseln und Farben.

Die Leinwand auf der Staffelei war genau so groß wie das Bild, das Rosie im Liberty City Kredite & Pfandleihe gekauft hatte. Es zeigte ihr Zimmer in der Trenton Street, wie es sich von der Wand darbot, wo sie Rose Madder aufgehängt hatte. Eine Frau, unverkennbar Rosie selbst, stand mitten im Zimmer, Richtung Tür zum Treppenhaus. Ihre Haltung und Position entsprachen nicht exakt derjenigen der Frau, die auf die Tempelruine hinunter sah – beispielsweise hatte sie die Hand nicht erhoben –, kam ihr aber doch immerhin so nahe, daß Rosie es mit der Angst zu tun bekam. Und noch etwas an dem Bild war beängstigend: Die Frau in dem Bild trug eine dunkelblaue Hose und ein pinkfarbenes ärmelloses Oberteil. Das war die Kleidung, die Rosie für ihren Motorradausflug mit Bill tragen wollte. *Ich muß etwas anderes anziehen*, dachte sie panisch, als könnte sie verändern, was sie jetzt sah, indem sie in der Zukunft andere Kleidungsstücke trug.

Ein Schatten, der nicht dorthin gehörte, war in dem Zimmer zu sehen – er fiel wie ein Schmutzfleck über das Sofa, das eigentlich nur ein Kuschelsessel war, und die Wand dahinter. Die Frau in dem Bild sah zur Tür, und Rosie glaubte an der Haltung ihres Rückens und ihrer Schulter zu sehen, daß sie aus dieser Richtung eine Gefahr erwartete, aber vielleicht war die Bedrohung schon bei ihr im Zimmer, und sie sah sie nur nicht.

Wie Alma St. George in dem neuen Buch von »Richard Racine«, dachte Rosie.

Etwas knabberte an ihrem Oberarm, und Rosie stieß einen kurzen Schrei aus. Sie drehte sich um und erblickte das kleine Pferd, das sie mit schuldbewußten braunen Augen ansah. Donner grollte am Himmel.

Eine Frau stand neben dem hübschen Pferdekarren, vor den das struppige kleine Tier gespannt war. Sie trug ein rotes, in zahlreiche Falten gelegtes Gewand. Es reichte ihr bis zu den Knöcheln, war aber gazeartig, fast transparent; Rosie konnte den warmen Farbton ihrer milchkaffeebraunen Haut unter den kunstvollen Falten erkennen. Ein Blitz zuckte über den Himmel, und Rosie sah wieder, was ihr zuerst an dem Bild aufgefallen war, nachdem Bill sie von dem Essen in Pop's Kitchen nach Hause gebracht hatte: den Schatten des Wagens, der auf das Gras fiel, und den Schatten der Frau, der aus dem des Wagens hervorwuchs.

»Mach dir keine Sorgen«, sagte die Frau in dem roten Gewand. »Radamanthus ist dein *kleinstes* Problem. Der frißt nur Gras und Klee. Er wollte nur an dir schnuppern, das ist alles.«

Rosie verspürte eine plötzliche, überwältigende Erleichterung, als ihr klar wurde, daß dies die Frau war, die Norman stets (in einem Tonfall maßloser Verbitterung) »schlampige Mulattenschnalle« genannt hatte. Es war Wendy Yarrow, aber Wendy Yarrow war tot, also mußte dies ein Traum sein, Q. E. D. So realistisch er auch wirken, so realistisch die Einzelheiten auch sein mochten (zum Beispiel wischte sie sich gerade eine Spur Feuchtigkeit vom Oberarm, die die Schnauze des Pferdes hinterlassen hatte), es war nur ein Traum.

Selbstverständlich ist es einer, sagte sie sich. *Niemand geht einfach in Bilder hinein, Rosie.*

Das hatte wenig bis gar keine Wirkung auf sie. Die Tatsache, daß es sich bei der Frau am Wagen um Wendy Yarrow handelte, dagegen schon.

Der Wind wehte, und wieder vernahm sie das Schreien des Babys. Und jetzt sah Rosie noch etwas: auf dem Wagen stand ein großer, aus grünem Schilf geflochtener Korb. Seidenband zierte den Griff, und an den Ecken befanden sich Schleifchen aus Seide. Der Saum einer eindeutig handgewobenen rosafarbenen Decke hing über den Rand.

»Rosie.«

Die Stimme klang tief und angenehm heiser. Dennoch bekam Rosie am ganzen Rücken eine Gänsehaut. Etwas stimmte nicht mit dieser Stimme, und Rosie hatte eine Ahnung, als könnte nur eine andere Frau das hören – wenn ein Mann so eine Stimme hörte, dachte er sofort an Sex und vergaß alles andere. Trotzdem stimmte etwas nicht damit. Ganz und gar nicht.

»Rosie«, wiederholte die Stimme, und plötzlich wußte sie es: Es war, als wäre die Stimme darum bemüht, wie die eines Menschen zu klingen; bemüht, sich zu *erinnern*, wie man sich wie ein Mensch anhörte.

»Sieh sie nicht direkt an«, sagte die Frau in dem roten Gewand. Sie klang besorgt. »Der Anblick ist nichts für deinesgleichen.«

»Nein, das will ich auch nicht«, sagte Rosie. »Ich will nach Hause.«

»Das kann ich dir nicht verdenken, aber dafür ist es zu spät«, sagte die Frau und streichelte den Hals des Pferdes. Ihre dunklen Augen blickten ernst, ihr Mund war verkniffen. »Und faß sie auch nicht an. Sie will dir nicht weh tun, aber sie hat sich nicht mehr so gut unter Kontrolle.« Sie klopfte sich mit einem Finger an die Schläfe.

Rosie drehte sich widerstrebend zu der Frau in dem Chiton um und machte einen Schritt nach vorne. Die Beschaffenheit des Rückens der Frau, ihrer bloßen Schulter und des Halses faszinierte sie. Die Haut war seidiger als geflammte Seide. Aber weiter oben am Hals …

Rosie wußte nicht, worum es sich bei den grauen Schatten handeln konnte, die unmittelbar unter dem Haaransatz lauerten, und sie glaubte, sie *wollte* es auch nicht wissen. Bißwunden, war ihr erster panischer Gedanke, aber es waren keine Bißwunden. Rosie wußte, wie Bißwunden aussahen. War es Lepra? Etwas Schlimmeres? Etwas Ansteckendes?

»Rosie«, sagte die betörende, heisere Stimme zum drittenmal, und etwas an ihr bewirkte, daß Rosie am liebsten geschrien hätte, so wie sie manchmal schreien wollte, wenn sie Norman lächeln gesehen hatte. Sie erinnerte sich, wie sich die Frau in Rot an die Schläfe gedeutet hatte.

Die Frau ist verrückt. Was sonst noch mit ihr nicht stimmt – die Flecken auf ihrer Haut – ist zweitrangig. Sie ist verrückt.

Blitze zuckten. Donner grollte. Und mit dem nächsten Windstoß war aus der Richtung der Tempelruine am Fuß des Hügels das ferne Weinen eines Babys zu hören.

»Wer sind Sie?« fragte Rosie. »Wer sind Sie, und warum bin ich hier?«

Statt einer Antwort streckte die Frau den rechten Arm aus, drehte ihn herum und zeigte eine alte, ringförmige Narbe an der Unterseite. »Der hier hat ziemlich geblutet und sich entzündet«, sagte sie mit ihrer betörenden, heiseren Stimme.

Rosie streckte ebenfalls den Arm aus. Es war nicht der rechte, sondern der linke, aber die Narbe war genau dieselbe. Da wurde sie von einer kurzen, aber schrecklichen Erleuchtung überkommen: Wenn sie den kurzen dunkelroten Chiton anziehen würde, dann würde sie die rechte Schulter statt der linken unbedeckt lassen, und wenn sie einen goldenen Armreif tragen würde, dann über dem linken Ellbogen, statt über dem rechten.

Die Frau auf dem Hügel war ihr Spiegelbild.

Die Frau auf dem Hügel war –

»Sie sind ich, richtig?« fragte Rosie. Und als die Frau mit dem geflochtenen Haar Anstalten traf, sich umzudrehen, fügte sie mit einer schrillen, bebenden Stimme hinzu: »Drehen Sie sich nicht um, ich will es nicht sehen!«

»Nicht so voreilig«, sagte Rose Madder mit einer seltsamen, geduldigen Stimme. *»Du* bist richtig Rosie, *du* bist Rosie Richtig. Was du auch vergessen magst, vergiß das niemals. Und vergiß eines ganz besonders nicht: *Ich vergelte.* Was du für mich tust, das tue ich für dich. Darum wurden wir zusammengebracht. Das ist unser Gleichgewicht. Das ist unser *Ka.*«

Ein Blitz zuckte über den Himmel; Donner hallte dröhnend; der Wind pfiff zischelnd durch den Olivenbaum. Die blonden Härchen, die sich aus dem Zopf von Rose Madder befreit hatten, flatterten ungestüm. Selbst im düsteren Licht sahen sie wie gesponnenes Gold aus.

»Geh jetzt hinunter«, sagte Rose Madder. »Geh hinunter und bring mir mein Baby.«

5

Der Schrei des Kindes wehte zu ihnen herauf wie etwas von einem anderen Kontinent, und Rosie sah von erneuter Angst erfüllt zu der Ruine des Tempels hinunter, dessen Perspektive immer noch seltsam und unangenehm schiefwinklig zu sein schien. Außerdem pochten ihre Brüste wieder, wie häufig in den Monaten nach ihrer Fehlgeburt.

Rosie machte den Mund auf, ohne recht zu wissen, was für Worte herauskommen würden, auf jeden Fall eine Art Widerspruch, doch eine Hand ergriff ihre Schulter, bevor sie etwas sagen konnte. Sie drehte sich um. Es war die Frau in Rot. Diese schüttelte zur Vorsicht mahnend den Kopf, klopfte sich wieder an die Schläfe und deutete zu der Tempelruine hinab.

Rosies rechtes Handgelenk wurde von einer anderen Hand gepackt, die so kalt wie ein Grabstein war. Sie drehte sich um und stellte im letzten Moment fest, daß die Frau in dem Chiton sich ihr zugewandt hatte. Rasch senkte Rosie, der wirre Gedanken an Medusa durch den Kopf gingen, den Blick, damit sie das Gesicht der anderen nicht sehen mußte. Statt dessen sah sie den Rücken der Hand, die ihren Arm umklammert hielt. Der Handrücken war mit einem dunkelgrauen Fleck bedeckt, bei dem Rosie an einen Raubfisch denken mußte (selbstverständlich einen Teufelsrochen). Die Fingernägel sahen dunkel und abgestorben aus. Vor Rosies Augen kam ein kleiner weißer Wurm unter ihnen hervorgekrochen.

»Geh jetzt«, sagte Rose Madder. »Tu du für mich, was ich selbst nicht tun kann. Und vergiß nicht: *Ich vergelte es.*«

»Gut«, sagte Rosie. Ein schreckliches, perverses Verlangen, der anderen Frau in die Augen zu sehen, war über sie gekommen. Um zu sehen, was dort sein würde. Es war Wahnsinn, aber der Wunsch hatte sie dennoch mit der Kraft einer Besessenheit im Griff. Aufzusehen, vielleicht ihr eigenes Gesicht unter dem toten, grauen Schatten einer Krankheit zu sehen, die einen in den Irrsinn trieb, während sie einen bei lebendigem Leibe verschlang. »Na gut, ich gehe, ich werde es versuchen, aber bringen Sie mich nicht dazu, Sie anzusehen.«

Die Hand ließ ihren Unterarm los ... aber langsam, als wäre sie bereit, sofort wieder zuzupacken, sollte die Frau, der die Hand gehörte, eine Schwäche bei Rosie spüren. Dann wurde die Hand umgedreht, und ein toter, grauer Finger deutete den Hügel hinab, wie der Geist der zukünftigen Weihnacht Ebenezer Scrooge eine besondere Grabinschrift gezeigt hatte.

»Dann geh«, sagte Rose Madder. »Verschwende unsere Zeit nicht mit Fragen.«

Rosie ging mit gesenktem Blick bergab und beobachtete, wie ihre bloßen Füße durch das hohe, scharfkantige Gras schritten. Erst als ein besonders lauter Donnerschlag erklang und sie erschrocken aufschaute, stellte sie fest, daß die Frau in dem roten Kleid sie begleitet hatte.

»Werden Sie mir helfen?« fragte Rosie.

»Ich kann nur bis hierher mitkommen.« Die Frau in Rot deutete auf die umgestürzte Säule. »Ich habe, was sie hat, aber bis jetzt hat es mich nur gestreift.«

Sie streckte den Arm aus, und Rosie sah einen amorphen rosafarbenen Fleck, der sich auf ihrer Haut – *in* ihrer Haut – zwischen Handgelenk und Unterarm krümmte. Einen ähnlichen hatte sie auf der Handfläche. Der war fast hübsch und erinnerte Rosie an die Kleeblüte, die sie zwischen den Bodendielen in ihrem Zimmer gefunden hatte. Ihr Zimmer, das sie als ihre Zuflucht betrachtet hatte, schien jetzt sehr weit entfernt zu sein. Vielleicht war *das* der Traum, ihr ganzes Leben, und dies hier war die einzige Wirklichkeit.

»Das sind bis jetzt die beiden einzigen, die ich habe«, sagte sie, »aber die reichen aus, daß ich da nicht rein kann. Der Stier würde mich riechen und angerannt kommen. Er würde es auf mich abgesehen haben, aber wir würden beide getötet werden.«

»Was für ein Stier?« fragte Rosie verwundert und ängstlich. Sie hatten die umgestürzte Säule fast erreicht.

»Erinyes. Er bewacht den Tempel.«

»Welchen Tempel?«

»Die Herrin hat recht – es nützt nichts, Zeit mit Fragen zu vergeuden. Schon gar nicht mit Männerfragen.«

»Was meinen Sie damit? Was sind Männerfragen?«

»Fragen, wo man die Antworten drauf schon kennt, Mädchen. Komm hierher.«

»Wendy Yarrow« stand neben dem moosverkrusteten Endstück der Säule und sah Rosie ungeduldig an. Nicht weit entfernt ragte der Tempel auf. Wenn Rosie ihn ansah, taten ihr die Augen weh, als würde sie eine Kinoleinwand ansehen, wo der Film verschwommen war. Sie sah ansatzweise Wölbungen, wo mit Sicherheit keine waren; sie sah Schattenfiguren, die verschwanden, wenn sie blinzelte.

»Erinyes ist einäugig, und das eine Auge ist blind, aber sein Geruchssinn ist vollkommen in Ordnung. Ist deine Zeit, Mädchen?«

»Meine ... Zeit?«

»Deine Zeit des *Monats!*«

Rosie schüttelte den Kopf.

»Gut, denn dann wären wir erledigt, noch bevor wir angefangen haben. Ich auch nicht, ich hatte keine Blutung mehr, seit die Krankheit ausgebrochen ist. Zu dumm, denn das Blut wäre am besten. Trotzdem –« Der lauteste Donnerschlag bisher zerriß den Himmel direkt über ihren Köpfen, und nun fielen eiskalte Regentropfen herunter.

»Wir müssen uns beeilen!« sagte die Frau in Rot. »Reiß zwei Stücke von deinem Nachthemd ab, Mädchen – ein Streifen als Verband und ein großes Stück, in das du einen Stein einwickeln kannst, wo aber noch soviel übrig ist, daß du ihn zubinden kannst. Gib keine Widerworte, und stell keine Fragen mehr. Tu es einfach.«

Rosie bückte sich, ergriff den Saum ihres Baumwollnachthemds und riß einen langen breiten Streifen aus der Seite heraus, so daß ihr linkes Bein fast bis zur Hälfte entblößt wurde. *Ich werde beim Gehen aussehen wie eine Kellnerin in einem chinesischen Restaurant*, dachte sie. Sie riß einen zweiten, schmaleren Streifen ab, und als sie aufschaute, stellte sie erschrocken fest, daß »Wendy« einen langen, gefährlich aussehenden zweischneidigen Dolch in der Hand hielt. Rosie konnte sich nicht erklären, woher er kam, es sei denn, die Frau hätte ihn an ihrem Oberschenkel festgeschnallt gehabt, wie die Heldin in einem dieser wild-romantischen Romane von Paul Sheldon – Geschichten, in denen es für alles einen Grund gab, wie weit hergeholt auch immer.

Und wahrscheinlich hatte sie ihn genau dort, dachte Rosie. Sie wußte, sie hätte auch gern ein Messer gehabt, wenn sie in Gesellschaft der Frau in dem dunkelroten Chiton unterwegs wäre. Sie mußte wieder daran denken, wie die Frau tatsächlich mit ihr unterwegs war, sich mit einem Finger an die Schläfe gedeutet und Rosie gesagt hatte, sie sollte sie nicht berühren. *Sie will dir nicht weh tun*, hatte »Wendy Yarrow« gesagt, *aber sie hat sich nicht mehr so gut unter Kontrolle.*

Rosie machte den Mund auf, um die Frau, die neben der umgestürzten Säule stand, zu fragen, was sie mit dem Messer vorhatte … aber dann machte sie den Mund wieder zu. Wenn Männerfragen welche waren, deren Antworten man schon kannte, dann war das eine Männerfrage.

»Wendy« schien Rosies Blick zu spüren und sah auf. »Das große Stück brauchst du zuerst«, sagte sie. »Sei bereit, Mädchen.«

Bevor Rosie etwas sagen konnte, hatte »Wendy« mit der Spitze des Dolchs ihre eigene Haut durchbohrt. Sie zischte ein paar Worte, die Rosie nicht verstand – möglicherweise ein

Gebet –, dann machte sie einen Schnitt an ihrem Unterarm, dessen Farbe zu ihrem Kleid paßte. Er wurde breiter, Blut quoll heraus, als Haut und das Gewebe darunter auseinanderklafften.

»Ooooh, das hat *weh* getan!« stöhnte die Frau, dann streckte sie die Hand mit dem Dolch aus. »Gib es mir. Das große Stück, das große Stück!«

Rosie drückte es ihr verwirrt und ängstlich in die Hand, aber schlecht wurde ihr nicht; der Anblick von Blut machte ihr nichts aus. »Wendy Yarrow« legte den Stoff zu einem Polster zusammen, das sie auf die Wunde preßte, kurz festhielt und umdrehte. Sie schien nicht die Absicht zu haben, einen Druckverband anzulegen; sie wollte nur den Stoff mit ihrem Blut tränken. Als sie ihn Rosie zurückgab, hatte der Fetzen, der kornblumenblau gewesen war, als Rosie sich in ihr Bett in der Trenton Street gelegt hatte, eine weitaus dunklere Farbe ... aber eine, die ihr nicht unbekannt war. Blau und Scharlachrot zusammen ergaben die dunkelrote Farbe des Chitons.

»Und jetzt such einen Stein und binde dieses Stück Stoff darum«, sagte sie zu Rosie. »Wenn du damit fertig bist, zieh das Ding aus, das du trägst, und wickle beides darin ein.«

Rosie sah sie mit großen Augen an und war über diesen Befehl weitaus mehr bestürzt als über den Anblick des Bluts, das aus dem Arm der Frau quoll. »Das kann ich nicht!« sagte sie. »Ich hab nichts darunter an!«

»Wendy« grinste humorlos. »Ich werd's keinem verraten«, sagte sie. »Gib mir bis dahin das andere Stück, bevor ich verblute.«

Rosie reichte ihr den schmaleren Stoffstreifen, noch blau, worauf die Frau mit der braunen Haut ihn sich rasch um den verletzten Arm wickelte. Links von ihnen explodierten Blitze wie ein monströses Feuerwerk. Rosie hörte einen Baum mit einem langgezogenen, splitternden Krachen umstürzen. Jetzt konnte sie einen heißen Kupfergeruch in der Luft wahrnehmen, wie von glühenden Pennys. Dann folgte der Regen, als hätte der Blitz die himmlischen Schleusen geöffnet. Er fiel in kalten Sturzbächen herab, die der Wind fast waagerecht verwehte. Rosie sah, wie er das Stück Stoff in ihrer Hand durchnäßte und zum Dampfen brachte, und sie sah die ersten Rinnsale von rosa-blutigem Wasser daraus hervorquellen und an ihren Fingern hinabfließen. Es sah aus wie Fruchtsaft, wie Erdbeer-Kool-Aid.

Ohne weiter darüber nachzudenken, worauf sie sich eingelassen hatte, hob Rosie die Hände über die Schultern, packte ihr Nachthemd, beugte sich nach vorne und zog es sich über den Kopf. Sofort stand sie in der kältesten Dusche der Welt und rang nach Luft, während der Regen wie Nadelstiche auf ihre Wangen, Schultern und ihren ungeschützten Rücken herunterpasselte. Sie verkrampfte sich und bekam von Kopf bis Fuß eine Gänsehaut.

»Au!« rief sie mit einer verzweifelten, atemlosen schwachen Stimme. »Herrje! Ist das *kalt!*«

Sie ließ ihr immer noch weitgehend trockenes Nachthemd über die Hand rutschen, mit der sie den blutigen Fetzen hielt, und erspähte einen Stein, so groß wie ein Zimtbrötchen, der zwischen zwei Bruchstücken der umgestürzten Säule lag. Sie hob ihn auf, ließ sich auf die Knie sinken und breitete dann ihr Nachthemd über Kopf und Schultern aus, so wie ein Mann, der in einen unerwarteten Wolkenbruch gerät, seine Zeitung als behelfsmäßiges Zelt benützen würde. Unter diesem zeitweiligen Schutz wickelte sie den blutgetränkten Fetzen um den Stein. Es blieben zwei lange, feuchte Stücke übrig, die Rosie zusammenband, wobei sie das Gesicht verzog, als »Wendys« vom Regen verwässertes Blut herausfloß und im Boden versickerte. Als sie den blutigen Streifen um den Stein gebunden hatte, wickelte sie ihr (längst nicht mehr trockenes) Nachthemd um den Stein, wie ihr befohlen worden war. Sie wußte, der größte Teil des Blutes würde sowieso herausgewaschen werden. Dies war kein Regenguß und kein Wolkenbruch mehr. Es war eine Sturzflut.

»Los doch!« sagte die dunkelhäutige Frau im roten Kleid zu ihr. »Geh in den Tempel! Geh schnurstracks durch und bleib nicht stehen! Heb nichts auf und glaub nichts, was du siehst und hörst. Es spukt dort, da beißt keine Maus den Faden ab, aber nicht mal im Tempel des Stiers gibt es 'nen Geist, der 'ner lebenden Frau was tun kann.«

Rosie zitterte heftig, durch das Wasser in ihren Augen verschwamm ihre Sicht, Wasser tropfte ihr von der Nase, Wassertropfen hingen an ihren Ohrläppchen wie ein exotischer Schmuck. »Wendy« stand ihr gegenüber, das Haar klebte ihr an Stirn und Wangen, ihre dunklen Augen blitzten. Sie mußte brüllen, um sich über den unbarmherzigen tosenden Wind hinweg verständlich zu machen.

»Geh durch das Tor auf der anderen Seite des Altars, dann kommst du in einen Garten, wo alle Pflanzen tot sind! Hinter dem Garten wirst du einen kleinen Wald sehen, wo *auch* alle Bäume tot sind, außer einem! Zwischen dem Garten und dem Wäldchen fließt ein Bach! Du *darfst* nicht davon trinken, so sehr du es auch möchtest – du *darfst* es nicht, nicht mal berühren darfst du ihn! Spring auf den Steinen zur anderen Seite! Wenn du dir auch nur einen einzigen Finger mit dem Wasser naß machst, wirst du alles vergessen, sogar deinen Namen!«

Elektrizität raste mit grellem Lichtschein durch das Firmament und verwandelte die Gewitterwolken in die Gesichter strangulierter Kobolde. Rosie hatte in ihrem ganzen Leben noch nie so gefroren oder ihr Herz so wild schlagen gespürt, das verzweifelt versuchte, ihre nasse, kalte Haut mit Wärme zu versorgen. Und wieder kam ihr der Gedanke: Dies war ebensowenig ein Traum, wie das Wasser, das in Strömen vom Himmel fiel, ein Nieselregen war.

»Geh in das Wäldchen! Zu den toten Bäumen! Der Baum, der noch gesund ist, ist ein Granatapfelbaum! Heb die Samen auf, die in den Früchten am Boden sind, aber probier die Früchte nicht, steck dir nicht mal die Hand in den Mund, mit der du die Kerne berührt hast! Geh bei dem Baum die Stufen runter in die Gänge, die darunter liegen! Such das Baby und bring es her, aber hüte dich vor dem Stier! Hüte dich vor dem Stier Erinyes! Und jetzt geh! Beeil dich!«

Sie fürchtete sich vor dem Tempel des Stiers mit seinen seltsam verzerrten Perspektiven, daher stellte Rosie erleichtert fest, daß ihr sehnlicher Wunsch, endlich aus diesem Gewitter herauszukommen, stärker als alles andere war. Sie wollte weg von Wind und Blitzen und Regen, aber sie wollte auch ein

Dach über dem Kopf haben, falls der Regen zu Hagel werden sollte. Sie fand die Vorstellung, nackt bei Hagel im Freien zu sein, und sei es nur im Traum, äußerst unangenehm.

Sie ging ein paar Schritte, dann blieb sie stehen und drehte sich zu der anderen Frau um. »Wendy« sah so nackt aus wie Rosie selbst, da der dünne Gazestoff ihres Kleids wie Farbe an ihrem Körper klebte.

»Wer ist Erinyes?« rief Rosie. *»Was ist er?«* Sie warf einen Blick über die Schulter zu dem Tempel, als rechnete sie damit, daß der Gott nach Nennung seines Namens erscheinen würde. Kein Gott erschien; nur der Tempel ragte schwimmend im Regenguß auf.

Die Frau mit der braunen Haut verdrehte die Augen. *»Warum benimmst du dich so dumm, Mädchen?«* rief sie zurück. *»Geh jetzt, los doch! Geh, solange du noch kannst!«* Und damit deutete sie wortlos zu dem Tempel, genau so, wie es ihre Herrin getan hatte.

6

Rosie, nackt und weiß, drückte den durchnäßten Ball ihres Nachthemds an den Bauch, um ihn so gut es ging zu schützen, und ging auf den Tempel zu. Fünf Schritte brachten sie zu dem umgestürzten Steinkopf im Gras. Sie sah auf ihn hinab und erwartete, Norman zu sehen. Natürlich würde es Norman sein, damit sollte sie besser rechnen. So lief es in Träumen immer ab.

Aber so war es nicht. Der schüttere Haaransatz, die fleischigen Wangen und der struppige David-Crosby-Schnurrbart gehörten dem Mann, der an dem Tag, als sich Rosie auf der Suche nach Daughters and Sisters verirrte, unter der Tür der Wee Nip Tavern gelehnt hatte.

Ich hab mich schon wieder verirrt, dachte sie. *O Mann, und wie.*

Sie ging vorbei an dem umgestürzten Kopf aus Stein mit seinen leeren Augen, die zu weinen schienen, und dem langen Grashalm, der wie eine grüne Narbe über seiner Wange und Stirn lag, und als sie sich dem seltsam verzerrten Tempel näherte, schien er hinter ihr zu flüstern: *He Baby willstes besorgt haben siehst gar nicht schlecht aus sogar ziemlich gut tolle Titten was meinste willstes besorgt haben 'n tollen Ritt willstes besorgt haben willstes von hinten was meinste?*

Sie ging die Stufen hinauf, die, von Unkraut und Algen überwuchert, glatt und tückisch waren, und schien zu spüren, wie der Kopf sich auf seinem steinernen Sockel drehte und dabei Wasser aus dem durchnäßten Boden quetschte, damit er sehen konnte, wie ihre bloßen Arschbacken hüpften, als sie der Dunkelheit entgegenkletterte.

Denk nicht daran, denk nicht daran, denk nicht daran.

Sie widerstand dem Drang zu laufen – um sowohl dem Regen wie auch diesem eingebildeten Glotzen zu entfliehen –, ging langsam weiter und mied die Stellen, wo die Elemente den Stein rissig gemacht und klaffende Lücken hinterlassen hatten, in denen man sich den Knöchel ausrenken, möglicherweise sogar brechen konnte. Was längst nicht die schlimmste Möglichkeit war; wer konnte wissen, was für giftige Tiere sich in diesen dunklen Öffnungen zusammengerollt haben mochten und nur darauf warteten, zu stechen oder zu beißen?

Wasser tropfte von ihren Schulterblättern und lief ihr am Rücken hinab, und sie fror mehr denn je, aber dennoch trat sie auf die oberste Stufe und betrachtete das Ornament über dem breiten, dunklen Eingang des Tempels. Sie hatte es in ihrem Bild nicht erkennen können; es verschwand in der Dunkelheit unter dem Dachvorsprung.

Es zeigte einen Jungen mit hartem Gesicht, der an einem Pfahl, möglicherweise einem Telefonmast, lehnte. Sein helles Haar fiel ihm in die Stirn, und er hatte den Kragen seiner Jacke hochgeschlagen. Eine Zigarette hing ihm von der Unterlippe, und seine lässig gekrümmte Haltung wies ihn als Mr. Total Cool, Modell Späte Siebziger Jahre, aus. Und was sagte diese Haltung sonst noch? *He Baby*, sagte sie, *he Baby, he Baby willstes besorgt haben 'n tollen Ritt willstes besorgt haben willstes von hinten was meinste?*

Es war Norman.

»Nein«, flüsterte sie. Fast ein Stöhnen. »O nein.«

O *doch.* Es war Norman, durchaus; Norman, während er noch der Geist der zukünftigen Prügel war; Norman, der am Telefonmast Ecke State Street und Highway 49 in der Innenstadt von Aubreyville lehnte (in der Innenstadt von Aubreyville, *das* war ein Witz); Norman, der den vorüberfahrenden Autos nachsah, während aus Finnegan's Pub, wo die Tür offenstand und die Seeburg zu voller Lautstärke aufgedreht worden war, die Musik der Bee Gees drang, die »You Should Be Dancing« sangen.

Der Wind ließ vorübergehend nach, und Rosie konnte wieder das Baby weinen hören. Es hörte sich nicht an, als wäre es verletzt; eher, als hätte es großen Hunger. Das ferne Wimmern bewirkte, daß Rosie sich von dem widerwärtigen Ornament losreißen und ihre bloßen Füße in Bewegung setzen konnte, aber kurz bevor sie den Tempel betrat, sah sie noch einmal auf ... sie konnte nicht anders. Der Knabe Norman war verschwunden, falls er je da gewesen war. Nun sah sie in Stein gemeißelte Worte direkt über sich. LUTSCH MEINEN AIDS-KRANKEN SCHWANZ, stand da.

In Träumen bleibt nichts konstant, dachte sie. *Sie sind wie Wasser.*

Sie sah über ihre Schulter und sah »Wendy« immer noch bei der umgestürzten Säule stehen; in den zusammengefallenen Spinnweben ihres Kleides sah sie total durchnäßt aus. Rosie hob die freie Hand zu einem zaghaften Winken. »Wendy« hob ebenfalls die Hand, dann blieb sie einfach beobachtend stehen und schien den prasselnden Regen gar nicht zu bemerken.

Rosie trat durch die breite Tür ins kühle Innere des Tempels. Sie blieb nervös stehen und war bereit, sofort wieder hinauszulaufen, wenn sie sah ... nun ... wenn sie, sie wußte nicht was, sah. »Wendy« hatte ihr gesagt, sie solle sich wegen der Geister keine grauen Haare wachsen lassen, aber Rosie dachte, die Frau im roten Kleid hatte gut reden; schließlich war sie da draußen.

Sie nahm an, daß es drinnen wärmer war als draußen, aber es kam ihr nicht wärmer *vor* – der Tempel strahlte die durchdringende Kälte von feuchtem Gestein aus, die Kälte von Grüften und Mausoleen, und einen Augenblick war Rosie nicht sicher, ob sie es über sich bringen konnte, den schattigen Gang mit seinen uralten, hereingewehten Haufen vertrockneten Herbstlaubs entlangzugehen, der vor ihr lag. Es war einfach zu kalt ... und zwar in weit mehr als einer Hinsicht kalt. Sie stand schlotternd da, atmete kurz und abgehackt, hatte die Arme fest vor der Brust überkreuzt, und winzige Dampfschwaden stiegen von ihrer Haut empor. Rosie berührte ihre linke Brustwarze mit der Fingerspitze und war nicht überrascht, daß sie sich wie ein Stück Marmor anfühlte.

Der Gedanke, daß sie wieder zu der Frau auf dem Hügel zurückkehren mußte, die Vorstellung, ihr mit leeren Händen gegenüberzutreten, rüttelte Rosie auf. Sie ging langsam und vorsichtig den Gang entlang und horchte nach dem fernen Wimmern des Babys. Es hörte sich meilenweit entfernt an, als würde es durch eine vage, magische Verbindung zu ihr übermittelt werden.

Geh hinunter und bring mir mein Baby.

Caroline. Der Name, den sie ihrem eigenen Baby hatte geben wollen, das sie durch Normans Prügel verloren hatte, kam ihr einfach so in den Sinn. Das Pochen in ihren Brüsten fing wieder an. Rosie berührte sie und verzog das Gesicht. Sie waren empfindlich.

Allmählich gewöhnten sich ihre Augen an die Dunkelheit, und sie fand, daß der Tempel des Stiers ein seltsam christliches Aussehen hatte – tatsächlich wies er eine gewisse Ähnlichkeit mit der Methodistenkirche von Aubreyville auf, die sie zweimal die Woche besucht hatte, bis sie Norman heiratete. In derselben Methodistenkirche hatte sie geheiratet, und dort hatte auch die Trauerfeier für ihre Eltern und ihren kleinen Bruder nach dem Verkehrsunfall stattgefunden, bei dem sie ums Leben gekommen waren. Rosie sah Reihen alter Holzbänke, die ganz hinten waren, umgestürzt, und halb unter Verwehungen nach Zimt duftender Blätter verborgen. Weiter vorne standen sie noch aufrecht, in ordentlichen Reihen. In regelmäßigen Abständen lagen dickleibige grüne Bücher darauf verteilt, bei denen es sich um das *Methodist Book of Hymns and Praise* handeln konnte, mit dem Rosie aufgewachsen war.

Als nächstes – während sie wie eine seltsame, nackte Braut den Mittelgang entlang lief – bemerkte sie den Geruch. Unter dem angenehmen Duft des Laubs, das im Lauf der Jahre zur offenen Tür hereingeweht war, lauerte ein weniger angenehmer Geruch. Ein wenig wie Schimmel, ein wenig wie Mehltau, ein bißchen wie Fäulnis im Endstadium, und doch wie nichts von alledem. Vielleicht alter Schweiß? Ja, vielleicht. Und möglicherweise andere Körperflüssigkeiten. Samen, kam ihr in den Sinn. Und Blut.

Nachdem ihr der Geruch aufgefallen war, folgte das fast unbestreitbare Gefühl, daß sie von feindseligen Augen beobachtet wurde. Sie spürte, wie diese Augen ihre Nacktheit aufmerksam studierten, möglicherweise darüber grübelten, jede unbedeckte Kurve und Linie zur Kenntnis nahmen und sich die Bewegung ihrer Muskeln unter der nassen, glatten Haut einprägten.

Will mit dir reden – aus der Nähe, schien der Tempel ihr unter dem hohlen Trommeln des Regens und dem Knistern des Laubs unter ihren bloßen Füßen zuzuflüstern. *Mit dir reden – ganz aus der Nähe … aber wir werden nicht lange reden müssen, um zu sagen, was wir zu sagen haben. Oder, Rosie?*

Sie blieb im vorderen Bereich des Tempels stehen und hob eines der grünen Bücher auf, das in der zweiten Reihe lag. Als sie es aufklappte, schlug ihr ein so starker Fäulnisgeruch entgegen, daß sie fast daran erstickte. Das Bild am oberen Seitenrand war eine grobe Skizze, wie sie im Methodistengesangbuch ihrer Jugend nie abgedruckt gewesen war; sie zeigte eine Frau auf den Knien, die Fellatio an einem Mann vollzog, dessen Füße keine Füße waren, sondern Hufe. Sein Gesicht war nicht sorgfältig ausgeführt, nur angedeutet, dennoch sah Rosie die gräßliche Ähnlichkeit … oder bildete sich ein, sie zu sehen. Er sah wie Harley Bissington aus, Normans früherer Partner, der jedesmal so aufmerksam ihren Rocksaum angestarrt hatte, wenn sie sich setzte.

Unter dem Bild war die vergilbte Seite eng mit kyrillischen Worten vollgeschrieben, die Rosie nicht lesen konnte, aber trotzdem kannte. Sie brauchte nur einen Moment, bis ihr der Grund dafür klar wurde; es waren die Buchstaben von Peter

Slowiks Zeitung, die er gelesen hatte, als sie zu dem Stand von Traveller's Aid gegangen war und ihn um Hilfe gebeten hatte.

Dann fing das Bild erschreckend unvermittelt an, sich zu bewegen; die Linien schienen auf ihre weißen, vom Wasser runzligen Finger zuzukriechen und kleine Schleimspuren, wie von Schnecken, zu hinterlassen. Irgendwie lebte das Buch. Rosie schlug es zu, und als sie das feuchte, schmatzende Geräusch aus seinem Inneren hörte, war ihr Hals wie zugeschnürt. Als sie es fallen ließ, schreckte der Knall, mit dem es auf die Bank aufprallte, oder Rosies entsetzter Aufschrei eine Schar Fledermäuse im schattigen Bereich des, wie sie vermutete, Chorgestühls auf. Mehrere kreisten ziellos über ihr dahin, schwarze Schwingen trugen abscheulich plumpe schwarze Leiber durch die Luft, und dann verkrochen sie sich wieder in ihren Löchern. Vor Rosie ragte der Altar auf, und sie bemerkte erleichtert die schmale, offene Tür links davon, durch die ein Rechteck reinen, weißen Lichts hereinfiel.

Duuu bischt rischtig Rouu-schiee, wisperte die zungenlose, auf kalte Weise amüsierte Stimme des Tempels. *Unnd duuu bischt Rouu-schiee Rischtig … komm hierrrrherrr zu mirrr … unnd isch beschorgsch dirrrr tüschtig …*

Sie drehte sich nicht um, sondern hielt den Blick starr auf die Tür und das Tageslicht dahinter gerichtet. Der Regen hatte nachgelassen, das Grollen von oben war zu einem konstanten, tiefen Murmeln abgeklungen.

Ist nur was für Männer, Rouu-schiee, flüsterte der Tempel und fügte dann etwas hinzu, das Norman immer gesagt hatte, wenn er eine ihrer Fragen nicht beantworten wollte, aber auch nicht besonders wütend auf sie war: *Das ist Männersache.*

Im Vorbeigehen sah sie in den Altarbereich, wandte den Blick aber hastig wieder ab. Er war leer – es gab keine Kanzel, keine Symbole, keine heiligen Bücher –, aber sie sah wieder einen Manta-Schatten auf dem kahlen Stein. Seine rostrote Farbe deutete auf Blut hin, und die Größe des Schattens sprach dafür, daß im Lauf der Jahre eine Menge davon vergossen worden war. Eine Menge.

Wie dasch Kakerlaken-Hotel, Rouu-schiee, flüsterte der Raum, und das Laub auf dem Boden raschelte und gab ein Geräusch von sich wie Gelächter, das zwischen Zähnen ohne Zahnfleisch hervordringt. *Schie gehn rein, aber schie gehn nicht wieder rauuuuuuusch.*

Sie ging mit festen Schritten weiter auf die Tür zu, sah starr geradeaus und versuchte, nicht auf die Stimme zu hören. Sie rechnete halb damit, daß ihr die Tür vor der Nase zuschlagen würde, wenn sie davor stand, aber sie blieb offen. Und auch kein lauerndes Schreckgespenst mit Normans Gesicht sprang heraus. Sie trat auf eine flache Steinstufe, roch den frischen Duft von regennassem Gras und stellte fest, daß es wieder wärmer wurde, obwohl der Regen nicht völlig nachgelassen hatte. Überall tropfte und plätscherte Wasser. Donner grollte (aber sie war sicher, daß er sich entfernte). Und das Baby, von dem sie in den letzten Minuten nichts wahrgenommen hatte, nahm sein fernes Weinen wieder auf.

Der Garten war zweigeteilt – Blumen links, Gemüse rechts –, aber alles war welk. Unwiederbringlich verdorrt, und durch das üppige Grün um den Garten und den Tempel des Stiers herum wirkte alles um so trostloser im Vergleich – wie ein Leichnam mit offenen Augen und heraushängender Zunge. Riesige Sonnenblumen mit gelben, faserigen Stengeln, braunen Naben und eingerollten, verblaßten Blütenblättern überragten alles wie kranke Gefangenenwärter in einem Gefängnis, dessen Häftlinge alle gestorben sind. Die Blumenbeete waren voll von abgefallenen Blüten, bei deren Anblick Rosie in einer alptraumhaften Remineszenz daran denken mußte, was sie gesehen hatte, als sie vier Wochen nach der Beerdigung den Friedhof besuchte, wo ihre Familie lag. Sie legte frische Blumen auf das Grab und ging zum hinteren Teil des Gottesackers, um sich zu sammeln, und fand zu ihrem Entsetzen Halden verfaulender Blumen in der Mulde zwischen der Mauer und dem Wäldchen hinter dem Friedhof. Ihr Verwesungsgestank hatte sie daran erinnert, was unter der Erde mit ihrer Mutter, ihrem Vater und ihrem Bruder passierte. Wie sie sich veränderten.

Rosie wandte sich hastig von den Blumen ab, aber was sie in dem todgeweihten Gemüsegarten sah, war auf den ersten Blick auch nicht besser: eine der Reihen schien voller Blut zu sein. Rosie wischte sich das Wasser aus den Augen, sah noch mal hin und seufzte erleichtert. Kein Blut, sondern Tomaten. Eine sechs Meter lange Reihe heruntergefallener, verrottender Tomaten.

Rosie.

Das war diesmal nicht der Tempel. Es war Normans Stimme, *direkt hinter ihr,* und plötzlich fiel ihr auf, daß sie Normans Kölnisch Wasser riechen konnte. *Alle meine Männer tragen English Leather, oder sie tragen gar nichts,* dachte sie und spürte, wie ihr eine eisige Hand über den Rücken strich.

Er stand hinter ihr.

Direkt hinter ihr.

Streckte die Hand nach ihr aus.

Nein, das glaube ich nicht. Das glaube ich nicht, selbst wenn ich es glaube.

Das war selbstverständlich ein vollkommen blödsinniger Gedanke, wahrscheinlich blöd genug, um wenigstens einen kurzen Eintrag im Guinness Buch der Rekorde zu verdienen, aber irgendwie gab er ihr Halt. Rosie ging langsam – wohl wissend, daß sie wahrscheinlich völlig die Beherrschung verlieren würde, wenn sie auch nur ein klein wenig schneller lief – die drei Stufen hinunter (weitaus bescheidener als die vor dem Eingang des Gebäudes) in die Überreste des Stiergartens hinab, wie sie ihn im Geiste getauft hatte. Der Regen fiel immer noch, aber nur ein Nieselregen, und der Wind war zu einem Flüstern abgeklungen. Rosie ging einen Gang hinab, der von zwei Reihen brauner und schiefer Maisstauden gebildet wurde (auf gar keinen Fall würde sie barfuß über die Tomaten laufen und spüren, wie sie unter ihren Fußsohlen zerplatzten), und lauschte dem steinigen Plätschern eines Bachs in der Nähe. Das Geräusch wurde konstant lauter, je weiter sie kam, und als sie aus den Maispflanzen hervortrat, sah sie den Bach keine fünf Schritte entfernt. Der Bach war rund zwei Meter breit und für gewöhnlich seicht, dem flachen Ufer nach zu urteilen, jetzt aber nach dem Wolkenbruch angeschwollen. Nur die höchsten Stellen der vier großen weißen Steine, die den Übergang bildeten, ragten daraus hervor wie die ausgebleichten Panzer von Schildkröten.

Das Wasser des Bachs hatte eine undurchdringliche, pechschwarze Farbe. Sie ging langsam darauf zu und merkte kaum, daß sie mit der freien Hand ihr Haar packte und das Wasser herauspreßte. Als sie sich dem Bach näherte, nahm sie einen eigentümlichen Mineralgeruch wahr, der von dem Bach ausging, metallisch und doch seltsam anziehend. Plötzlich hatte sie Durst, großen Durst, ihr Hals war so ausgedörrt wie ein Kamin.

Du darfst nicht davon trinken, so sehr du es auch möchtest. Du darfst es nicht.

Ja, das hatte die Frau gesagt; sie hatte Rosie gesagt, wenn sie auch nur einen Finger in dem Wasser naß machen würde, vergäße sie alles, was sie jemals gewußt hatte. Sogar ihren eigenen Namen. Aber wäre das wirklich so schlimm? Dachte man eingehender darüber nach, war es wirklich so schlimm, besonders wenn sie unter anderem auch Norman vergessen konnte, die Möglichkeit, daß er noch nicht mit ihr fertig war und daß er ihretwegen einen Menschen getötet hatte?

Sie schluckte und hörte ein staubtrockenes Rascheln in der Kehle. Wieder strich Rosie, ohne selbst richtig zu merken, was sie tat, mit einer Hand an ihrem Oberkörper entlang, über die Rundung ihrer Brust und am Hals hinauf, wobei sie Feuchtigkeit sammelte, die sie von ihrer Handfläche leckte. Das löschte ihren Durst allerdings nicht, sondern entfachte ihn erst richtig. Das Wasser, das um die Steine herum floß, schimmerte glänzend schwarz, und nun schien der auf unheimliche Weise anziehende Mineralgeruch ihren ganzen Kopf zu durchziehen. Sie wußte, wie das Wasser schmecken würde – schal und zäh, wie kalter Sirup – und wie es ihren Bauch mit seltsamen Salzen und exotischen Bromiden füllen würde. Mit dem Geschmack von Erde ohne Erinnerung. Dann würde sie nicht mehr an den Tag denken müssen, als Mrs. Pratt (schneeweiß war ihr Gesicht gewesen, abgesehen von den Lippen, die die Farbe von Heidelbeeren hatten) an die Tür geklopft und ihr mitgeteilt hatte, daß ihre Familie, *ihre ganze Familie,* bei einem Autounfall ums Leben gekommen war; und sie müßte nie wieder an Norman mit dem Bleistift oder Norman mit dem Tennisschläger denken. Müßte keine Bilder von dem Mann vor dem Wee Nip oder der dicken Frau, die die Leute von Daughters and Sisters Wohlfahrts-Lesben genannt hatte, mehr sehen. Müßte nicht mehr davon träumen, wie sie in der Ecke saß, wo ihr vor Schmerzen in den Nieren schlecht wurde und sie sich immer wieder ermahnte, daß sie sich, wenn sie es nicht vermeiden konnte, in ihre Schürze übergeben mußte. Es wäre gut, das alles zu vergessen. Manches verdiente es, vergessen zu werden, anderes – etwa was er ihr mit dem Tennisschläger angetan hatte – mußte vergessen werden ... aber die meisten Menschen bekamen nie die Chance dazu, nicht einmal in einem Traum.

Rosie zitterte jetzt am ganzen Körper, sie konnte den Blick nicht von dem Wasser abwenden, das vorüberströmte wie mit schwarzer Tinte getränkte durchsichtige Seide; ihr Hals brannte wie ein Buschfeuer, ihre Augen pulsierten in den Höhlen, und sie sah im Geiste, wie sie sich flach auf den Bauch legte, den ganzen Kopf in diese Schwärze steckte und trank wie ein Pferd.

Du würdest Bill auch vergessen, flüsterte Ms. Praktisch-Vernünftig fast um Verzeihung bittend. *Du würdest den grünen Farbton in seinen Augen vergessen und die kleine Narbe an seinem rechten Ohrläppchen. Inzwischen gibt es auch vieles, woran du dich gern erinnern würdest. Das weißt du doch, Rosie, oder nicht?*

Ohne weiter zu zögern (sie glaubte, daß nicht einmal der Gedanke an Bill sie retten könnte, wenn sie noch länger wartete), setzte Rosie einen Fuß auf den ersten Stein und streckte beide Hände aus, um das Gleichgewicht nicht zu verlieren. Rotgetöntes Wasser tröpfelte unablässig aus der feuchten Kugel ihres Nachthemdes, und sie konnte den Stein in der Mitte des Bündels spüren wie den Kern in einem Pfirsich. Sie stand mit dem linken Fuß auf dem Stein und dem rechten am Ufer, nahm allen Mut zusammen und setzte den Fuß hinter sich auf den Stein vor ihr. So weit, so gut. Sie hob den linken Fuß und trat auf den dritten Stein. Diesmal verlagerte sich ihr Gewicht etwas, sie neigte sich nach rechts und ruderte mit dem linken Arm, damit sie die Balance nicht verlor, während das Murmeln des seltsamen Wassers in ihren Ohren hallte. Wahrscheinlich war es nicht so nahe, wie es schien, und einen

Moment später, als sie auf den Steinen mitten im Bach stand, klopfte nur noch ihr Herzschlag nachdrücklich in ihren Ohren.

Aus Angst, sie könnte erfrieren, wenn sie zu lange zögerte, trat Rosie auf den letzten Stein und von dort auf das abgestorbene Gras am anderen Ufer. Sie war nur drei Schritte auf den Hain kahler Bäume zugegangen, als ihr auffiel, daß ihr Durst vergangen war wie ein böser Traum.

Es war, als wären irgendwann in der Vergangenheit Riesen dort lebendig begraben worden, die beim Versuch, sich zu befreien, gestorben waren; die Bäume waren ihre fleischlosen Hände, die vergeblich nach dem Firmament griffen und stumm von Mord sprachen. Die toten Zweige waren ineinander verflochten und bildeten seltsame geometrische Muster vor dem Himmel. Ein Pfad führte in sie hinein. Bewacht wurde er vom steinernen Standbild eines Knaben mit riesigem erigiertem Phallus. Er hielt die Hände hoch über den Kopf, als wollte er damit andeuten, daß der zusätzliche Punkt gut war. Als Rosie an ihm vorbei ging, drehte er seine steinernen, pupillenlosen Augen nach ihr. Sie war ganz sicher.

He, Baby! spie der Junge aus Stein direkt in ihrem Kopf aus. *Willst du auf die Knie? Willst du es von hinten mit mir treiben?*

Sie wich davor zurück und hob die eigenen Hände zu einer abwehrenden Geste, aber der Junge aus Stein war wieder nur aus Stein … wenn er überhaupt, auch nur einen Moment, etwas anderes gewesen war. Wasser tropfte von seinem grotesk überdimensionierten Penis. *Du hast keine Probleme, eine Erektion zu bekommen,* dachte Rosie und betrachtete die pupillenlosen Augen und das allzu wissende Lächeln des Jungen aus Stein (hatte er vorhin auch schon gelächelt? Rosie versuchte, sich zu erinnern, stellte aber fest, daß sie es nicht konnte). *Wie Norman dich darum beneiden würde.*

Sie eilte an der Statue vorbei den Weg zu dem Hain abgestorbener Bäume entlang und widerstand dem Wunsch, über die Schulter zu sehen und sich zu vergewissern, daß die Statue ihr nicht folgte, weil sie den steinernen Ständer zum Einsatz bringen wollte. Sie wagte es nicht, hinzusehen. Sie hatte

Angst, ihr überstrapaziertes Gehirn könnte die Statue sehen, auch wenn sie gar nicht da war.

Der Regen war zu einem zögernden Nieseln geworden, und Rosie stellte plötzlich fest, daß sie das Baby nicht mehr hören konnte. Vielleicht war es eingeschlafen. Vielleicht hatte der Stier Erinyes es satt gehabt, sich das Geplärre anzuhören, und hatte es verschlungen wie ein Appetithäppchen. Wie auch immer, wie sollte sie es finden, wenn es nicht schrie?

Eins nach dem anderen, Rosie, murmelte Ms. Praktisch-Vernünftig.

»*Du* hast gut reden«, murrte Rosie.

Sie horchte weiter, wie das Regenwasser von den abgestorbenen Bäumen tropfte, und stellte – widerwillig – fest, daß sie Gesichter in der Rinde sehen konnte. Es war nicht so, als würde man auf dem Rücken liegen, Wolken betrachten und die Phantasie neunzig Prozent der Arbeit machen lassen; es waren richtige Gesichter. *Schreiende* Gesichter. Für Rosie sahen sie überwiegend wie die Gesichter von Frauen aus. Frauen, mit denen jemand geredet hatte – aus der Nähe.

Als sie ein kleines Stück gegangen war, kam sie um eine Biegung und mußte feststellen, daß der Weg von einem Baum versperrt wurde, den offenbar auf dem Höhepunkt des Sturms ein Blitz getroffen hatte. Eine Seite war gesplittert und schwarz. Mehrere Zweige auf dieser Seite schwelten noch verdrossen, wie die Asche eines nicht gründlich gelöschten Lagerfeuers. Rosie hatte Angst davor, darüber zu klettern; scharfe Kanten und Splitter und Dornen aus Holz ragten überall auf dem gespaltenen Stamm auf.

Sie ging rechts um den Baum herum, wo die Wurzeln aus dem Boden gerissen worden waren. Sie befand sich schon fast wieder auf dem Weg, als eine der Wurzeln des Baums plötzlich erbebte, zuckte und sich dann wie eine staubige braune Schlange um ihren Oberschenkel schlang.

He, Baby! Willst du's von hinten? Willst du's von hinten machen, du Nutte?

Die Stimme ertönte aus der bröckelnden, trockenen Erdhöhle, wo der Baum bis vor kurzem gestanden hatte. Die Wurzel glitt höher an Rosies Oberschenkel hinauf.

Willst du's mit allen vieren auf den Boden, Rosie? Klingt das nicht gut? Ich komme zur Hintertür rein, ich werde dich verschlingen wie ein getoastetes Käsesandwich. Oder würdest du lieber meinen Aids-kranken –

»Laß mich los«, sagte Rosie leise und drückte das zusammengeknüllte Bündel ihres Nachthemds gegen die Wurzel, die sie festhielt. Die Wurzel ließ sofort los und fiel von ihr herunter. Rosie eilte vollends um den Baum herum und wieder auf den Weg. Die Wurzel hatte so fest gedrückt, daß ein roter Streifen auf Rosies Oberschenkel zurückblieb, doch das Mal verblaßte zusehends. Sie nahm an, sie müßte nach diesem Erlebnis Todesangst haben, möglicherweise *wollte* etwas, daß sie Todesangst hatte. Wenn ja, hatte es nicht funktioniert. Sie entschied, daß es sich, alles in allem, um ein ziemlich banales Schreckenskabinett handelte – für jemanden, der vierzehn Jahre lang mit Norman Daniels zusammengelebt hatte.

7

Nach weiteren fünf Minuten erreichte sie das Ende des Pfads. Dieser mündete in einer vollkommen kreisrunden Lichtung, in deren Mitte das einzige Lebende inmitten dieser Einöde stand. Es war der schönste Baum, den Rosie in ihrem Leben gesehen hatte, und sie vergaß ein paar Sekunden buchstäblich zu atmen. Damals, in Aubreyville, hatte sie getreulich die Sonntagsschule der Methodistenkirche besucht, und nun fiel ihr die Geschichte von Adam und Eva im Paradies ein, und sie dachte, wenn es *wirklich* einen Baum der Erkenntnis von Gut und Böse gegeben hatte, dann mußte er genau wie der hier ausgesehen haben.

Er war üppig in lange, schmale Blätter polierten Grüns gekleidet, und an seinen Ästen hingen überreichlich purpurrote Früchte. Das Fallobst um den Baum herum bildete einen dunkelroten Wall, dessen Farbe genau der des kurzen Gewands der Frau entsprach, die Rosie nicht anzusehen gewagt hatte. Viele heruntergefallene Früchte waren noch frisch und prall;

wahrscheinlich hatte der Sturm, der gerade weiterzog, sie von dem Baum geschüttelt. Aber selbst diejenigen, deren Fäulnis schon weit fortgeschritten war, sahen unvorstellbar süß aus. Rosie lief das Wasser im Mund zusammen, wenn sie daran dachte, eine der Früchte aufzuheben und hineinzubeißen. Sie stellte sich vor, das Obst würde sauer und süß zugleich schmecken, wie ein am frühen Morgen gepflückter Rharbarber oder wie Himbeeren an dem Tag, bevor sie zu voller Reife gelangten. Noch während Rosie den Baum betrachtete, fiel eine der Früchte (Rosie fand, sie hatte ebensowenig Ähnlichkeit mit einem Granatapfel wie eine Schreibtischschublade) von einem überladenen Ast, landete auf dem Boden und zeigte zerplatzend ihr dunkelrotes Fruchtfleisch. Sie konnte die vom tropfenden Saft umgebenen Samenkerne erkennen.

Rosie machte einen Schritt auf den Baum zu und blieb stehen. Sie pendelte zwischen zwei Polen hin und her: ihrer inneren Überzeugung, daß dies alles ein Traum sein mußte, und der gleichermaßen nachdrücklichen Versicherung ihrer äußeren Wahrnehmung, daß es keiner war, daß niemand auf Erden jemals einen derart wirklichkeitsnahen Traum erlebt hatte. Im Augenblick schwenkte sie, wie eine Kompaßnadel in einer Landschaft, wo es zu viele Mineralvorkommen gibt, von Zweifeln geplagt wieder zur Traum-Hypothese zurück. Links von dem Baum fand sich etwas, das Ähnlichkeit mit einem U-Bahn-Eingang hatte. Breite weiße Stufen führten in die Dunkelheit hinab. Über ihnen befand sich eine Säulenplatte aus Alabaster, in die ein einziges Wort eingraviert worden war: LABYRINTH.

Das geht echt zu weit, dachte Rosie, ging aber trotzdem auf den Baum zu. Wenn dies *wirklich* ein Traum war, konnte es nicht schaden, Anweisungen zu befolgen; wenn sie das tat, führte sie möglicherweise sogar den Augenblick schneller herbei, wenn sie wieder in ihrem Bett aufwachen, nach dem Wecker tasten und dessen selbstgefälligem Rasseln ein Ende bereiten würde, bevor ihr der Schädel davon platzte. Wie sehr sie diesmal sein Rasseln begrüßen würde! Sie fror, ihre Füße waren schmutzig, sie war von einer Wurzel gepackt und von einem Knaben aus Stein anzüglich begafft worden, der in einer anständig eingerichteten Welt zu jung gewesen wäre, auch nur zu wissen, was, zum Teufel, er da vor sich sah. Am meisten aber spürte sie, daß sie eine ausgewachsene Erkältung, vielleicht sogar eine Bronchitis, bekommen würde, wenn sie nicht bald wieder zurück in ihr Zimmer kam. Damit hätte sich ihre Verabredung am Samstag erledigt, und sie würde obendrein die ganze nächste Woche nicht im Aufnahmestudio arbeiten können.

Rosie merkte nicht, wie absurd es war zu glauben, man könne aufgrund eines im Traum unternommenen Ausflugs krank werden, als sie sich dicht vor der heruntergefallenen Frucht niederkniete. Sie betrachtete die Frucht gründlich und fragte sich wieder, wie sie schmecken würde (mit nichts vergleichbar, das man in der Obstabteilung des A & P finden konnte, soviel stand fest), dann schlug sie einen Zipfel ihres Nachthemds zurück. Sie riß noch einen Fetzen ab und wollte sich ein quadratisches Stück verschaffen, was ihr besser als erwartet gelang. Sie legte es hin, hob Samenkörner vom Boden auf und legte jedes einzelne auf das Stück Stoff, in dem sie sie mitnehmen wollte.

Ein guter Plan, dachte sie. *Wenn ich nur noch wüßte,* warum *ich sie mitnehme.*

Ihre Fingerspitzen wurden sofort taub, als hätte sie eine Novokainspritze in die Hand bekommen. Gleichzeitig stieg ihr der köstlichste Duft in die Nase. Er war süß, aber nicht blumig, und Rosie mußte an die Kuchen, Torten und Plätzchen denken, die aus Großmutters Ofen gekommen waren. Aber ihr fiel noch etwas ein, das Lichtjahre von Oma Weeks' Küche mit ihrem verblaßten Linoleumboden und den Drucken von Currier & Ives entfernt war: was sie empfunden hatte, als Bills Hüfte auf dem Rückweg zum Corn Building ihre gestreift hatte.

Sie legte zwei Dutzend Kerne auf das Stück Stoff, zögerte, zuckte die Achseln und fügte noch einmal zwei Dutzend hinzu. Ob das ausreichen würde? Wie sollte sie das wissen, wo sie doch nicht mal wußte, wozu sie dienten? Bis dahin sollte sie sich besser beeilen. Sie konnte das Baby wieder hören, aber seine Schreie waren jetzt kaum mehr als Wimmerlaute mit schwachem Echo – wie man sie von Babys hörte, wenn sie bereit waren, endlich aufzugeben und einzuschlafen.

Sie legte den feuchten Stoff zusammen, dann steckte sie die Ecken fest und machte ein Päckchen, das sie an die Samentütchen erinnerte, die ihr Dad damals, als sie noch regelmäßig die Sonntagsschule besuchte, in jedem Winter von der Burpee Company bekommen hatte. Mittlerweile hatte sich Rosie so an ihre Nacktheit gewöhnt, daß sie sich nicht mehr schämte, sondern ihrer nur überdrüssig wurde: Sie wollte eine Tasche. Wenn Wünsche Schweine wären, wäre Speck immer im Sonderangebot.

Der Teil von ihr, der praktisch und vernünftig war, merkte einen Sekundenbruchteil, bevor sie ihre dunkelrot gefleckten Finger in den Mund steckte, was sie vorhatte. Sie riß die Finger mit klopfendem Herzen zurück; der süße Kuchenduft erfüllte ihren ganzen Kopf. *Probier die Früchte nicht,* hatte »Wendy« zu ihr gesagt. *Steck dir nicht mal die Hand in den Mund, mit der du die Samen berührt hast!*

Dieser Ort steckte voller Fallen.

Sie richtete sich auf und betrachtete ihre fleckigen, kribbelnden Finger, als hätte sie sie noch nie gesehen. Sie wich vor dem Baum zurück, der in seinem Kreis heruntergefallener Früchte und verstreuter Samenkerne stand.

Es ist nicht der Baum der Erkenntnis, dachte Rosie. *Es ist auch nicht der Baum des Lebens. Ich glaube, dies ist der Baum des Todes.*

Ein kleiner Windstoß blies an ihr vorbei, raschelte in den langen, glänzenden Blättern des Granatapfelbaums und schien ihren Namen hundertfach und sarkastisch flüsternd zu raunen: *Rosie-Rosie-Rosie!*

Sie kniete sich wieder hin und wünschte sich grünes Gras, aber es gab keins. Sie legte das Nachthemd mit dem Stein darin weg, das kleine Samenpäckchen obendrauf, dann riß sie händeweise das abgestorbene, nasse Gras aus. Sie schrubbte die Hand, mit der sie die Kerne berührt hatte, so gut es ging ab. Der dunkelrote Fleck verblaßte, verschwand aber nicht völlig, und die Substanz blieb unter ihren Nägeln kleben. Wie ein Muttermal, das nie völlig ausbleichte. Derweil wurden die Schreie des Babys immer sporadischer.

»Okay«, murmelte Rosie bei sich und stand auf. »Sieh nur zu, daß du dir deine verdammten Finger nicht in den Mund steckst. Dann kann dir nichts passieren!«

Sie ging zu der Treppe, die unter dem weißen Stein hinabführte, und blieb einen Moment stehen, während ihr vor der Dunkelheit graute und sie versuchte, genügend Mut aufzubringen, um ihr zu trotzen. Der Alabasterstein, in den das Wort LABYRINTH gemeißelt war, kam ihr nicht mehr wie eine Säulenplatte vor, sondern wie der Gedenkstein am Ende eines schmalen, offenen Grabs.

Aber das Baby war da unten; es wimmerte wie alle Babys, wenn niemand kommt, um sie zu trösten, und sie sich daran geben, es so gut sie können selbst zu erledigen. Dieser einsame, resignierte Laut war es, der sie schließlich aufrüttelte. Kein Baby sollte sich an so einem dunklen und einsamen Ort selbst in den Schlaf schreien müssen.

Rosie zählte die Stufen beim Hinuntergehen. Bei sieben kam sie unter dem Überhang und dem Stein durch. Bei vierzehn sah sie über die Schulter zu dem weißen Rechteck aus Licht, das sie hinter sich ließ, und als sie sich wieder nach vorne drehte, schwebte dessen Umriß wie ein leuchtendes Gespenst vor ihren Augen in der Dunkelheit. Sie ging immer weiter hinunter, ihre bloßen Füße klatschten auf dem Stein. Sie konnte das Entsetzen, das sie erfaßt hatte, mit Worten nicht vertreiben, nicht einmal lindern. Wenn sie nur damit leben konnte, wäre sie schon gut bedient.

Fünfzig Stufen. Fünfundsiebzig. Hundert. Bei hundertfünfundzwanzig blieb sie stehen, weil sie merkte, daß sie wieder sehen konnte.

Du spinnst, dachte sie. *Einbildung, Rosie, das ist alles.*

Aber es war keine Einbildung. Sie hob langsam eine Hand zum Gesicht. Die Hand und das kleine Tütchen Samenkerne glommen in einem düsteren, verhexten Grün. Sie hob die andere Hand, mit der sie den in die Fetzen ihres Nachthemds eingewickelten Stein hielt, direkt daneben. Tatsächlich, sie konnte sehen. Sie drehte den Kopf erst in die eine, dann in die andere Richtung. Die Wände der Treppenflucht leuchteten schwach grün. Schwarze Umrisse stiegen auf und bewegten sich träge darin, als wären die Wände in Wirklichkeit die Glasscheiben eines Aquariums, in dem tote Wesen sich drehten und schwebten.

Hör auf, Rosie! Hör auf damit, so was zu denken!

Aber sie konnte nicht aufhören. Traum hin oder her, Panik und ungeordneter Rückzug standen dicht bevor.

Dann sieh nicht hin!

Gute Idee. Großartige Idee. Rosie senkte den Blick zu den vagen Röntgengespenstern ihrer eigenen Füße und stieg weiter bergab, wobei sie nun flüsternd mitzählte. Das grüne Licht wurde zunehmend heller, je tiefer sie kam, und als sie bei zweihundertzwanzig angelangt war, der letzten Stufe, kam es ihr vor, als stünde sie auf einer von gedämpften grünen Scheinwerfern angestrahlten Bühne. Sie sah auf und versuchte, sich gegen den Anblick zu wappnen, der sich ihr bieten mochte. Die Luft hier unten war in Bewegung, klamm, aber einigermaßen frisch ... aber sie trug einen Geruch mit sich, der Rosie nicht besonders gefiel. Es war der Geruch eines Zoos, als wäre ein wildes Tier hier unten eingesperrt. Was natürlich den Tatsachen entsprach: der Stier Erinyes.

Vor ihr ragten drei freistehende Steinmauern auf, die ihr mit der Schmalseite zugewandt waren und im Halbdunkel verschwanden. Jede war etwa vier Meter hoch, viel zu hoch, um darüber zu schauen. Auch sie glommen in diesem dumpfen grünen Leuchten, und Rosie studierte nervös die vier Durchgänge, die sie bildeten. Welchen? Irgendwo weit von ihr wimmerte das Baby wieder ... aber es wurde unerbittlich immer leiser. Als würde sie ein Radio hören, dessen Lautstärke langsam, aber konstant heruntergedreht wurde.

»Schrei!« rief Rosie, dann zuckte sie zusammen, als sie die hallenden Echos ihrer eigenen Stimme hörte: *»Ei! ... ei! ... ei!«*

Nichts. Die vier Passagen – die vier Eingänge ins Labyrinth – klafften stumm vor ihr wie schmale vertikale Münder mit einem identischen Ausdruck bestürzten Schreckens. Nicht weit im zweiten von rechts sah sie einen dunklen Haufen irgendeiner Substanz.

Du weißt genau, was das ist, dachte sie. *Nachdem du vierzehn Jahre mit angehört hast, wie Norman und Harley und ihre Freunde sich unterhalten haben, müßtest du schon ziemlich dumm sein, wenn du Bullenscheiße nicht erkennen könntest.*

Dieser Gedanke, und die damit verknüpften Erinnerungen – Erinnerungen an die Männer, die im Wohnzimmer saßen und sich über ihren Job unterhielten und Bier tranken und sich über ihren Job unterhielten und rauchten und sich über ihren Job unterhielten und Witze über Nigger und Schmalzköpfe und Tacofresser rissen und sich dann wieder ein bißchen über ihren Job unterhielten –, machte sie wütend. Statt die Empfindung zu unterdrücken, überwand Rosie die Selbstkonditionierung eines ganzen Lebens und genoß sie. Es war *gut*, wütend zu sein, ein anderes Gefühl als Angst kennenzulernen. Als Kind hatte sie auf dem Spielplatz einen wahrhaft durchdringenden, schrillen Schrei draufgehabt, der Fensterglas zum Bersten und Augäpfel fast zum Platzen brachte. Mit etwa zehn Jahren hatte Rosie ihn mit dem Argument abgewöhnt bekommen, daß es nicht damenhaft und obendrein schädlich für das Gehirn sei, so zu schreien. Nun wollte sie wissen, ob sie den Schrei immer noch in ihrem Repertoire hatte. Sie sog die klamme unterirdische Luft in ihre Lungen, so tief sie konnte, machte die Augen zu und rief sich ins Gedächtnis zurück, wie sie hinter der Elm Street School Fangen oder im dschungelähnlichen, wildwuchernden Garten von Billy Calhoun Red Rover und die Texas Rangers gespielt hatte. Einen Augenblick glaubte sie, sie könne fast das vertraute Aroma ihres Lieblingsflanellhemds riechen, das sie getragen hatte, bis es ihr buchstäblich am Leib zerfallen war, und dann machte sie den Mund auf und stieß den alten, pulsierenden, jodelähnlichen Schrei aus.

Sie war entzückt, fast ekstatisch, als sie feststellte, daß sich der Schrei wie in alten Zeiten anhörte, aber etwas war noch besser: Sie *fühlte* sich wieder wie in den alten Zeiten, wie eine Mischung aus Wonder Woman, Supergirl und Annie Oakley. Und er schien auch noch dieselbe Wirkung auf ihre Umwelt zu haben; das Baby fing wieder an zu schreien, noch bevor sie damit fertig war, ihren Kriegsruf vom Schulhof in die Dunkelheit zwischen den Steinmauern hinauszubrüllen. Das Baby schrie buchstäblich wie am Spieß.

Rasch jetzt, Rosie, du mußt dich beeilen. Wenn das Baby wirklich müde ist, wird es die Lautstärke nicht lange durchhalten.

Rosie ging ein paar Schritte nach vorne und sah in jeden der vier Eingänge zu dem Labyrinth, dann schritt sie an jedem einzelnen vorbei und horchte. Aus dem dritten Eingang schien das Schreien etwas lauter zu dringen. Möglicherweise bildete sie es sich nur ein, aber es war wenigstens ein Anfang. Sie nahm diesen Weg, ihre bloßen Füße klatschten auf dem Boden, doch dann blieb sie stehen, legte den Kopf schief und biß sich auf die Unterlippe. Es schien, als hätte ihr alter Kriegsruf nicht nur das Baby aufgeschreckt. Irgendwo hier drinnen – wie weit entfernt, konnte man wegen des Echos unmöglich sagen – stapften Hufe auf Stein. Sie bewegten sich gemächlich, schienen näher zu kommen, klangen wieder ein wenig ab und kamen erneut näher, und dann (irgendwie war das beängstigender als das Geräusch selbst) verstummten sie völlig. Sie hörte ein tiefes, feuchtes Schnauben. Dem folgte ein noch tieferes Grunzen. Dann war nur noch das Baby zu hören, dessen Plärren bereits wieder leiser wurde.

Rosie stellte fest, daß sie sich den Stier nur zu gut vorstellen konnte, ein riesiges Tier mit drahtigem Fell und breiten schwarzen Schultern, die drohend über dem gesenkten Kopf aufragten. Selbstverständlich würde er einen goldenen Ring in der Nase haben, wie der Minotaurus in dem Sagenbuch, das sie als Kind gehabt hatte, und das grüne Leuchten aus den Wänden würde sich wie winzige Fünkchen wabernden Lichts in diesem Ring spiegeln. Erinyes stand jetzt stumm in einem der vor ihr liegenden Durchgänge und hatte die Hörner gesenkt. Horchte nach ihr. Wartete auf sie.

Sie ging den schwach leuchtenden Korridor entlang, ließ eine Hand über die Wand gleiten und lauschte nach Stier und Baby gleichermaßen. Auch nach weiteren Kothaufen hielt sie Ausschau, sah aber keine. Jedenfalls noch nicht. Nach etwa drei Minuten mündete der Weg, den sie eingeschlagen hatte, in einer T-Kreuzung. Links schien sich das Weinen des Baby lauter anzuhören *(Oder habe ich nur ein dominierendes Ohr zu meiner dominierenden Hand?* fragte sie sich), daher wandte sie sich in diese Richtung. Sie war erst zwei Schritte weit gekommen, als sie wieder stehenblieb. Mit einemmal wußte sie, wofür die Samenkerne waren: sie war eine unterirdische Gretel, allerdings ohne Bruder, mit dem sie ihre Angst teilen konnte. Sie ging zu der T-Kreuzung zurück, kniete nieder und klappte einen Zipfel ihres Päckchens auf. Sie legte einen Kern auf den Boden, so daß das spitze Ende in die Richtung zeigte, aus der sie gekommen war. Wenigstens, überlegte sie sich, gab es hier unten keine Vögel, die ihre Wegmarkierungen auffressen konnten.

Rosie erhob sich und ging weiter. Fünf Schritte brachten sie zu einem neuen Durchgang. Sie sah hinein und stellte fest, daß er sich nicht weit entfernt in drei Wege verzweigte. Sie entschied sich für den mittleren und kennzeichnete auch ihn mit einem Granatapfelkern. Dreißig Schritte und zwei Biegungen später bildete dieser Weg eine Sackgasse an einer Mauer, auf die mit schwarzer Farbe acht Worte gepinselt waren: WILLST DU ES VON HINTEN MIT MIR TREIBEN?

Rosie ging zurück zu der dreifachen Gabelung, bückte sich, um den Kern aufzuheben, und legte ihn an den Anfang eines neuen Wegs.

8

Sie hatte keine Ahnung, wie lange sie auf diese Weise brauchte, um den Weg ins Zentrum des Labyrinths zu finden, da die Zeit rasch jegliche Bedeutung verlor. Sie wußte, es konnte nicht schrecklich lang gedauert haben, weil das Baby weiter schrie … aber als Rosie ziemlich nahe dort war, waren die Pausen zwischen dem Schreien wieder größer geworden. Zweimal hörte sie die Hufe des Stiers dumpf auf dem Steinboden hallen, einmal in der Ferne, einmal so dicht in der Nähe, daß sie ruckartig stehenblieb und die Hände an die Brust preßte, während sie darauf wartete, daß er am Ende des Durchgangs erscheinen würde, wo sie sich befand.

Wenn sie einen Weg zurückgehen mußte, hob sie stets den letzten Kern wieder auf, damit sie sich auf dem Weg nach draußen nicht verirrte. Sie hatte mit fast fünfzig angefangen; als sie schließlich um eine Ecke kam und direkt vor sich ein deutlich stärkeres grünes Licht sah, waren es noch drei.

Sie ging zum Ende des Durchgangs, stand an seiner Mündung und sah in einen quadratischen Raum mit Steinboden. Sie schaute kurz zur Decke, sah aber nur eine höhlenartige Schwärze, bei deren Anblick ihr schwindlig wurde. Sie senkte den Blick wieder, bemerkte mehrere große Dungfladen auf dem Boden und konzentrierte ihre Aufmerksamkeit dann auf die Mitte des Raums. Dort lag ein dickliches, blondes Baby auf einem Wust von Decken. Die Augen des Mädchens waren vom Weinen ganz verquollen, die Wangen naß vor Tränen, aber sie war wieder verstummt, zumindest vorläufig. Sie hatte die Füße in die Luft gestreckt und schien ihre Zehen betrachten zu wollen. Ab und zu stieß sie ein tränenersticktes, schluchzendes Stöhnen aus. Das rührte Rosie, wie es das Kreischen des Babys nicht vermocht hatte; es war, als wüßte das Kind irgendwie, daß es ausgesetzt worden war.

Bring mir mein Baby.

Wessen *Baby? Wer ist es in Wirklichkeit? Und wer hat es hierhergebracht?*

Rosie stellte fest, daß sie die Antwort auf diese Frage nicht interessierte, jedenfalls jetzt nicht. Das kleine Mädchen gehörte *irgend jemandem,* das genügte vorerst; es lag süß und ganz allein da und versuchte, im kalten grünen Licht im Zentrum des Labyrinths mit seinen Zehen zu spielen.

Und dieses Licht kann nicht gut für das Kind sein, dachte Rosie geistesabwesend und beeilte sich, zur Mitte des Raums zu laufen. *Es muß sich um eine Art von Strahlung handeln.*

Das Baby drehte den Kopf herum, sah Rosie und streckte ihr die Arme entgegen. Nach dieser Geste hatte Rosie es rückhaltlos ins Herz geschlossen. Sie schlug die oberste Decke über Brust und Bauch des Mädchens, dann hob sie es auf. Der Säugling schien etwa drei Monate alt zu sein. Das Baby schlang die Arme um Rosies Hals, dann ließ es den Kopf –

plong! – auf Rosies Schulter sinken. Es fing wieder an zu schluchzen, aber sehr leise.

»Schon gut«, sagte Rosie und tätschelte dem Baby sanft den in die Decke eingewickelten Rücken. Sie konnte seine Haut riechen, warm und lieblicher als jedes Parfum. Sie drückte die Nase in das feine Haar um den ebenmäßigen Kopf. »Schon gut, Caroline, alles ist gut, wir verschwinden aus diesem häßlichen alten –«

Sie hörte hallenden Hufschlag hinter sich, machte den Mund zu und betete, daß der Stier ihre fremde Stimme nicht gehört hatte; und sie betete, daß der Klang der Hufe wieder leiser werden und sich entfernen würde, wenn Erinyes einen Weg einschlug, der ihn wieder von ihr fort führte. Aber diesmal hatte sie kein Glück. Die Hufschläge rückten weiter vor – und wurden peitschender, je näher der Stier kam. Dann verstummten sie, aber Rosie konnte etwas Großes schwer atmen hören, wie ein dicker Mann, der gerade eine Treppe hinaufgestiegen ist.

Langsam drehte sich Rosie, die sich alt und steif vorkam, mit dem Baby auf dem Arm in die Richtung, aus der das Geräusch ertönte. Sie drehte sich zu Erinyes um, und Erinyes war da.

Der Stier würde mich riechen und angerannt kommen. Das hatte die Frau in dem roten Kleid zu ihr gesagt ... und noch etwas. *Er würde es auf mich abgesehen haben, aber wir würden beide sterben.* Hatte Erinyes sie gerochen? Sie gerochen, obwohl der Mond für sie noch nicht voll war? Rosie glaubte es nicht. Sie glaubte, daß es die Aufgabe des Stiers war, das Baby zu bewachen – vielleicht, *alles* zu bewachen, was sich im Zentrum des Labyrinths befand –, und er vom Geschrei des Babys angelockt worden war, genau wie Rosie auch. Vielleicht spielte das eine Rolle, vielleicht nicht. Wie auch immer, der Stier war hier, und er war das häßlichste Vieh, das Rosie je in ihrem Leben gesehen hatte.

Er stand am Ende des Durchgangs, durch den er gerade gekommen war, und seine Gestalt wirkte irgendwie so verzerrt wie die Architektur des Tempels, durch den Rosie gerade gekommen war – es sah aus, als sähe sie ihn durch Ströme klaren, rasch fließenden Wassers. Doch der Stier selbst stand, jedenfalls im Moment, vollkommen still. Er hatte den Kopf gesenkt. Ein gewaltiger Vorderhuf, so tief eingekerbt, daß er fast wie die Klaue eines riesigen Raubvogels aussah, scharrte unruhig auf dem Steinboden. Seine Schultern überragten Rosie mit ihren eins achtundsechzig um mindestens zehn Zentimeter, und sie schätzte sein Gewicht auf mindestens eine Tonne. Der gesenkte Kopf war flach wie ein Hammer und glänzte wie Seide. Seine Hörner glichen Stummeln, kaum länger als dreißig Zentimeter, aber scharf und spitz. Rosie konnte sich leicht vorstellen, wie die sich in ihren nackten Bauch bohrten ... oder in ihren Rücken, wenn sie versuchte, die Flucht zu ergreifen. Aber sie konnte sich nicht vorstellen, wie der Tod *sein würde;* nicht einmal nach all den Jahren mit Norman konnte sie sich das vorstellen.

Der Stier hob ein wenig den Kopf, und Rosie konnte sehen, daß er tatsächlich nur ein Auge mitten über dem Maul hatte, ein milchiges blaues Ding, riesig und mißgestaltet. Als er den Kopf senkte und wieder rastlos mit dem Huf auf dem Boden scharrte, wurde Rosie eines klar: Er bereitete sich darauf vor, sie zu attackieren.

Das Baby stieß einen markerschütternden Schrei fast unmittelbar neben Rosies Ohr aus, so daß sie zusammenzuckte.

»Psst«, sagte sie und wiegte es auf den Armen. »Still, mein Kindchen, hab keine Angst.«

Sie selbst freilich hatte Angst, jede Menge Angst. Der Stier, der da drüben vor der schmalen Tür stand, war drauf und dran, ihr die Eingeweide herauszureißen und die grün leuchtenden Wände damit zu schmücken. Sie vermutete, ihre Eingeweide würden vor dem Grün eine schwarze Farbe haben, wie die Schemen, die sich ab und zu tief im Inneren des Steins zu bewegen schienen. In diesem Raum gab es nichts, wohinter sie sich hätte verstecken können, nicht einmal eine einzige Säule, und wenn sie zu dem Durchgang laufen würde, von wo sie gekommen war, würde der blinde Stier ihre Füße auf dem Steinboden hören und ihr den Weg abschneiden, noch ehe sie die halbe Strecke zurückgelegt hätte – er würde sie aufspießen, gegen die Wand schleudern, erneut aufspießen und sie dann zu Tode trampeln. Und das Baby auch, wenn sie es bei sich behalten würde.

Das eine Auge ist blind, aber sein Geruchssinn ist vollkommen in Ordnung.

Rosie betrachtete den Stier mit großen Augen und war wie hypnotisiert von dem scharrenden Vorderhuf. Als das Scharren schließlich aufhörte …

Sie sah auf das feuchte, zusammengerollte Knäuel ihres Nachthemds hinunter, das sie in der Hand hielt. Das zusammengerollte Knäuel mit dem umwickelten Stein in der Mitte.

Sein Geruchssinn ist vollkommen in Ordnung.

Sie ließ sich auf ein Knie nieder, behielt den Stier im Auge und drückte das Baby mit der rechten Hand an ihre Schulter. Mit der linken schlug sie ihr Nachthemd auseinander. Das Stück Stoff, das sie um den Stein gewickelt hatte, war dunkelrot von »Wendy Yarrows« Blut gewesen, aber der Wolkenbruch hatte das meiste fortgespült, der Stoff war nur noch blaßrosa. Nur die Zipfel des Fetzens, die sie zusammengebunden hatten, waren noch dunkler – sie waren wahrhaftig dunkelrot.

Rosie nahm den Stein in die linke Hand und prüfte sein Gewicht. Als der Stier gerade die Muskeln spannte, warf sie den Stein wie eine Kegelkugel, so daß er links von dem Stier über den Boden kullerte. Der Stier schwenkte den Kopf ruckartig in diese Richtung, blähte die Nüstern und rannte auf das zu, was er hörte und roch.

Rosie sprang blitzschnell wieder auf die Füße. Sie ließ die zusammengeknüllten Fetzen ihres Nachthemds bei den Decken des Babys liegen. Das kleine Bündel mit den letzten drei Granatapfelkernen hielt sie noch in der Hand, aber das merkte Rosie nicht. Sie merkte nur, wie sie durch den Raum zu dem Durchgang rannte, zu dem sie wollte, während Erinyes hinter ihr dem Stein nachlief, mit einem ausschlagenden Huf schräg dagegen trat, ihn wieder einholte, mit dem flachen Hammer seines Kopfs dagegenstieß, so daß er in einen der anderen Durchgänge flog, wieder hinterherrannte und dabei heiser schnaubte. Derweil sprintete Rosie, aber in Zeitlupe, weshalb ihr alles wieder wie ein Traum vorkam, weil man sich im

Traum *immer* so bewegte, besonders in Alpträumen, wo der Bösewicht immer nur zwei Schritte hinter einem war. In Alpträumen wurde jede Flucht zu einem Unterwasserballett.

Sie stürzte in dem Moment in den engen Gang, als sie hörte, wie die Hufe herumwirbelten und sich wieder näherten. Sie kamen schnell, holten auf, und als sie sich ihr näherten, schrie Rosie, drückte das kreischende, ängstliche Baby an die Brust und lief um ihr Leben. Es nützte ihr nichts. Der Stier war schneller. Er überholte sie ... und dann verschwand er auf der anderen Seite der Mauer rechts von ihr. Erinyes hatte den Schwindel mit dem Stein so rechtzeitig durchschaut, daß er umkehren und sie einholen konnte, aber dann hatte er den richtigen Durchgang um einen verpaßt.

Rosie hastete keuchend, mit trockenem Mund, weiter und spürte den Rhythmus ihres Herzschlags in den Schläfen, ihrem Hals, den Augäpfeln. Sie hatte keine Ahnung, wo sie war oder in welche Richtung sie gehen mußte; nun hing alles von den Kernen ab. Wenn sie auch nur einen vergessen hatte, mußte sie vielleicht stundenlang herumirren, tagelang, oder so lange, bis der Stier sie doch fand und niedertrampelte.

Sie kam an eine Kreuzung von fünf Wegen, sah nach unten und fand keinen Kern. *Statt dessen* sah sie einen funkelnden, scharf riechenden Spritzer Stierpisse, und dabei kam ihr ein schrecklich plausibler Gedanke. Angenommen, da *hatte* ein Kern gelegen? Sie konnte sich nicht erinnern, daß sie einen hier hingelegt hatte, zugegeben, daher war es an sich ohne Bedeutung, daß keiner da war. Aber sie konnte sich auch nicht erinnern, daß sie *keinen* hingelegt hatte. Angenommen, sie hatte einen hingelegt, und er war dem Stier am Huf kleben geblieben, als das Tier mit gesenktem Kopf und seinen kurzen spitzen Hörnern über die Kreuzung gestürmt war und dabei Pisse verspritzt hatte?

Das darfst du nicht denken, Rosie – plausibel oder nicht, du darfst es nicht denken. Du würdest starr vor Angst werden, und schließlich würde der Stier dich finden und töten. Euch beide töten.

Sie lief geradewegs über die Kreuzung, wobei sie den Hals des Babys mit einer Hand abstützte, weil sie nicht wollte, daß sein Kopf hin und her kippte. Der Gang verlief zwanzig Meter lang gerade, machte eine rechtwinklige Biegung und erstreckte sich dann noch einmal zwanzig Meter bis zu einer T-Kreuzung. Rosie lief dorthin und ermahnte sich, den Kopf nicht zu verlieren, sollte sie dort keinen Kern finden. In diesem Fall würde sie einfach den Weg zu der Fünferkreuzung zurückgehen und es mit einer anderen Möglichkeit versuchen, kinderleicht, kein Problem … das heißt, wenn sie nicht den Kopf verlor. Noch während sie sich mit diesen Gedanken wappnete, stöhnte eine fremde, ängstliche Stimme tief in ihrem Innern: *Verirrt; das hast du davon, daß du deinen Mann verlassen hast, so endet alles, du hast dich im Labyrinth verirrt, spielst Verstecken mit einem Stier, machst Botengänge für eine Wahnsinnige … das passiert mit bösen Frauen, mit Frauen, die ihren angestammten Platz verlassen. Im Dunkeln verirrt …*

Sie sah den Kern, dessen spitzes Ende eindeutig nach rechts zeigte, und schluchzte vor Erleichterung. Sie gab dem Baby einen Kuß auf die Wange und stellte fest, daß es wieder eingeschlafen war.

9

Rosie wandte sich nach rechts und ging mit Caroline – der Name war sicher so gut wie jeder andere – auf dem Arm weiter. Das alptraumhafte Gefühl, durch Wasser zu waten, verließ sie nie, ebensowenig die Angst, daß sie irgendwann an eine Kreuzung kommen würde, die sie nicht mit einem Kern markiert hatte, aber an jeder fraglichen Stelle fand sie einen. Aber auch Erinyes war da, und das Klappern seiner Hufe auf dem Steinboden, manchmal fern und gedämpft, manchmal nahe und erschreckend klar, erinnerte sie an die Zeit, als sie, mit fünf oder sechs Jahren, mit ihren Eltern nach New York City gefahren war. Die beiden deutlichsten Erinnerungen an diesen Ausflug waren die an die Rockettes, die in der Radio City Music Hall über die Bühne tanzten und die Beine in völligem Einklang schwenkten; und an das beängstigende geschäftige Chaos in der Grand Central Station mit ihren Echos und riesigen beleuchteten Schildern und den strömenden Menschenmassen. Die Menschen in der Grand Central Station hatten sie genauso fasziniert wie die Rockettes (und aus den überwiegend gleichen Gründen, aber diese Erkenntnis kam ihr erst viel später), aber der Lärm der Züge hatte ihr große Angst gemacht, weil man nie sagen konnte, woher sie kamen oder wohin sie fuhren. Das unbestimmte Quietschen und Rattern schwoll an und klang ab, schwoll an und klang ab, manchmal ertönte es aus der Ferne, manchmal schien es den Boden unter den Füßen zum Beben zu bringen. Als sie den Stier Erinyes hörte, der blind durch das Labyrinth rannte, wurden ihr diese Erinnerungen mit erstaunlicher Klarheit ins Gedächtnis gerufen. Rosie erkannte, daß sie, die nie einen einzigen Dollar für die staatliche Lotterie ausgegeben oder auch nur einmal beim Bingo der Kirchengemeinde um einen Truthahn oder eine Glasschüssel gespielt hatte, gerade an einem Glücksspiel teilnahm, bei dem der Preis ihr Leben war – und wenn sie verlor, würde sie sterben … und das Baby auch. Sie dachte an den Mann in Portside, den mit dem hübschen, unzuverlässigen Gesicht, und an das Monte-Spiel mit drei Karten auf seinem Koffer. Jetzt war *sie* das Pik-As. Und die nackte Tatsache war, der Stier brauchte nicht unbedingt seine Ohren oder seinen Geruchssinn, um sie zu finden; möglicherweise stieß er durch reinen Zufall auf sie.

Aber dazu kam es nicht. Rosie lief um eine letzte Biegung herum und sah die Treppe vor sich. Keuchend, lachend und weinend zugleich spurtete sie durch die Passage darauf zu. Sie sprang ein halbes Dutzend Stufen hinauf, dann blieb sie stehen und sah sich um. Von hier konnte sie das Labyrinth sehen, das sich als Wirrwarr von Ecken, Rechts- und Linkskurven, Kreuzungen und Sackgassen in die Düsternis erstreckte. Irgendwo weit rechts konnte sie Erinyes galoppieren hören. *Fort*galoppieren. Sie waren vor ihm sicher, und Rosie ließ erleichtert die Schultern sinken.

Die Stimme von »Wendy« meldete sich in Rosies Kopf zu Wort: *Laß das, Mädchen – komm mit dem Kind hierher zurück. Du hast deine Sache gut gemacht, aber du bist noch nicht fertig.*

Nein, eindeutig nicht. Sie mußte mehr als zweihundert Stufen hochsteigen, diesmal mit einem Kind auf dem Arm, und sie war jetzt schon erschöpft.

Eine nach der anderen, meine Liebe, sagte Ms. Praktisch-Vernünftig. *So mußt du es machen. Eine Stufe nach der anderen.*

Ja, ja. Ms. P & S, Königin der Zwölf-Stufen-Philosophie.

Rosie machte sich an den Aufstieg (eine Stufe nach der anderen), sah von Zeit zu Zeit über die Schulter und dachte unausgegorene

(können Stiere Treppen hinaufsteigen?)

schreckliche Gedanken, während das Labyrinth hinter ihr zurückblieb. Das Baby auf ihren Armen wurde schwerer und schwerer, als würde hier ein seltsames mathematisches Gesetz in Kraft treten: je näher an der Oberfläche, desto schwerer das Kind. Sie konnte ein Pünktchen Tageslicht über sich erkennen und richtete den Blick darauf. Eine Weile schien es sie zu verspotten und überhaupt nicht größer zu werden, während ihr Atem immer schneller ging und das Blut in ihren Schläfen hämmerte. Zum erstenmal seit fast zwei Wochen schmerzten ihre Nieren wieder; ihr Pochen bildete einen dumpfen Kontrapunkt zum gequälten Schlag ihres Herzens. Das alles beachtete sie gar nicht – jedenfalls so gut sie konnte – und behielt den Blick auf das Pünktchen gerichtet. Schließlich wurde es größer und nahm den Umriß der Öffnung am Ende der Treppe an.

Fünf Stufen vom Ausgang entfernt überkam sie ein lähmender Krampf in den Muskeln ihres rechten Oberschenkels, der ihr Fleisch vom Knie bis hinauf zur rechten Pobacke zusammenzog. Als sie sich bückte, um das Bein zu massieren, kam es ihr anfangs so vor, als wollte sie Stein kneten. Leise stöhnend und mit einem Mund, der zu einer Fratze des Schmerzes verzerrt war, bearbeitete sie ihre Muskeln (was sie im Verlauf ihrer Ehe ziemlich oft getan hatte), bis sie sich allmählich wieder entspannten. Sie winkelte das Bein an und wartete, ob der Krampf wieder zuschlagen würde. Als er ausblieb, ging sie zaghaft die letzten Stufen hinauf, wobei sie das schmerzende Bein schonte. Oben angekommen, sah sie sich mit dem fassungslosen Blick eines Bergarbeiters um, der, allen seinen Erwartungen zum Trotz, einen schrecklichen Stolleneinbruch überlebt hat.

Während sie unter der Erde gewesen war, waren die Wolken aufgebrochen, dunstiges Spätsommerlicht erhellte den Tag. Es war feucht und schwül, aber Rosie dachte, daß sie noch niemals in ihrem Leben köstlichere Luft geatmet hatte. Sie wandte das von Schweiß und Tränen nasse Gesicht dankbar dem verwaschenen Jeansblau zu, das sie zwischen den Wolken sehen konnte. Irgendwo in der Ferne grollte der Donner noch haßerfüllt, wie ein vertriebener Schläger, der leere Drohungen ausstößt. Da mußte sie an Erinyes denken, der unten in der Dunkelheit herumrannte und immer noch nach der Frau suchte, die in sein Reich eingedrungen und seinen kostbaren Schatz gestohlen hatte. *Cherchez la femme,* dachte Rosie mit dem Anflug eines Lächelns. *Du kannst* chercher *so lange du willst, mein Freund; diese* femme, *ganz zu schweigen von ihrer* petite fille – *sind dir entkommen.*

10

Rosie entfernte sich langsam von der Treppe. Am Anfang des Wegs, der zum Hain der abgestorbenen Bäume zurückführte, setzte sie sich und nahm das Baby auf den Schoß. Sie wollte nur wieder zu Atem kommen, aber die dunstige Sonne schien ihr warm auf den Rücken, und als sie den Kopf wieder hob, schloß sie aus dem leicht gewandeten Umriß ihres Schattens, daß sie gedöst haben mußte.

Als sie aufstand und wegen der Schmerzen, die durch ihren rechten Oberschenkel schossen, das Gesicht verzog, hörte sie die schrillen, krächzenden Schreie zahlreicher Vögel – sie hörten sich an wie eine große Familie, die beim Sonntagsessen einen erbitterten Streit austrägt. Das Kind auf ihrem Arm gab ein leises Schnarchgeräusch von sich, als Rosie es etwas bequemer bettete, ließ damit eine kleine Spuckeblase zwischen den geschürzten Lippen erblühen und verstummte wieder. Rosie amüsierte die gelassene, schläfrige Zuversicht, und gleichzeitig beneidete sie das Kind darum.

Sie ging den Weg entlang, dann blieb sie stehen und drehte sich noch einmal zu dem einzelnen lebenden Baum mit seinen glänzenden grünen Blättern, seinen tödlichen, purpurroten Früchten und dem aus dem Märchenbuch entsprungenen U-Bahn-Eingang dahinter um. Das alles betrachtete sie eine ganze Weile und prägte es sich ein.

Das alles ist echt, dachte sie. *Wie könnte etwas, das man so deutlich sehen kann, nicht echt sein? Und ich bin eingedöst, das weiß ich. Wie kann man in einem Traum einschlafen? Wie kann man einschlafen, wenn man schon schläft?*

Vergiß es, sagte Ms. Praktisch-Vernünftig. *Das ist, zumindest vorläufig, das Beste.*

Ja, das stimmte wahrscheinlich.

Rosie ging weiter, und als sie den umgestürzten Baum erreichte, der den Weg versperrte, sah sie amüsiert und ziemlich verärgert, daß sie sich den mühsamen Weg um die Wurzeln herum hätte sparen können: Es führte ein gangbarer Weg um das andere Ende des Baums herum.

Zumindest jetzt, dachte sie, als sie ihn einschlug. *Bist du sicher, daß er vorhin auch schon da war?*

Das steinige Murmeln des schwarzen Bachs kam ihr zu Ohren, und als sie dort war, konnte sie sehen, daß der Pegel bereits gefallen war und die Steine nicht mehr so gefährlich klein aussahen; jetzt wirkten sie fast so groß wie Bodenfliesen, und der Geruch des Wassers hatte sein seltsam anziehendes Aroma verloren. Jetzt roch es nur noch wie sehr hartes Wasser, das einen orangefarbenen Ring in der Badewanne und der Toilettenschüssel hinterlassen würde.

Das Keifen der Vögel – *Du warst es, Nein, ich war es nicht, Doch, du warst es* – fing wieder an, und sie erblickte zwanzig oder dreißig der häßlichsten Geschöpfe, die sie je in ihrem Leben gesehen hatte, auf dem Dach des Tempels. Sie waren viel zu groß für Krähen, und nach einem Moment kam Rosie zum Ergebnis, daß es sich um die Bussarde oder Geier dieser Welt handeln mußte. Aber woher waren sie gekommen? Und warum waren sie hier?

Ohne es zu merken, bis das Baby sich wand und im Schlaf protestierte, drückte Rosie es fester an die Brust, während sie die Vögel beobachtete. Sie flogen alle im selben Moment in die Höhe, ihre Schwingen flatterten wie Laken auf der Wäscheleine. Es war, als hätten sie gesehen, wie Rosie sie anstarrte, und es hätte ihnen nicht gefallen. Die meisten suchten Zuflucht in den abgestorbenen Bäumen hinter ihr, aber einige blieben am dunstigen Himmel und zogen dort ihre Kreise, als bildeten sie ein schlimmes Vorzeichen in einem Western.

Woher sind sie gekommen? Was wollen sie?

Weitere Fragen, auf die Rosie keine Antwort wußte. Sie verdrängte sie und überquerte den Bach auf den Steinen. Als sie sich dem Tempel näherte, sah sie einen wenig begangenen, aber noch sichtbaren Pfad um seine Steinmauer herum und beschritt ihn, ohne auch nur einen Moment darüber nachzudenken, obwohl sie nackt war und Dornenbüsche auf beiden Seiten des Pfads wuchsen. Sie schritt vorsichtig dahin, ging seitwärts, damit sie sich die Hüften nicht zerkratzte, und hielt

(Caroline)

das Baby hoch, außer Reichweite der Dornen. Rosie bekam trotz ihrer Vorsicht zwei oder drei Kratzer ab, aber nur einer – an ihrem ohnehin malträtierten rechten Oberschenkel – war so tief, daß Blut floß.

Als Rosie um die Ecke des Tempels kam und an seiner Fassade hochsah, kam es ihr so vor, als hätte sich das Gebäude irgendwie verändert; die Veränderung war so grundlegend, daß sie sie gar nicht erfassen konnte. Sie vergaß die Sache vorübergehend angesichts der Erleichterung, mit der sie »Wendy« noch bei der umgestürzten Säule stehen sah, aber als sie sechs Schritte auf die Frau in dem roten Kleid zugegangen war, blieb Rosie stehen, drehte sich um und betrachtete das Gebäude mit offenen Augen, mit offenem *Geist*.

Diesmal sah sie die Veränderung sofort und stieß ein leises Grunzen der Überraschung aus. Der Tempel des Stiers sah jetzt steif und unwirklich aus ... zweidimensional. Rosie mußte an eine Zeile aus einem Gedicht denken, das sie an der High School gelesen hatte, etwas über ein gemaltes Schiff auf einem gemalten Ozean. Das seltsame, beunruhigende Gefühl, daß die Perspektive des Tempels nicht stimmte (oder er sich in einem seltsamen, nicht-euklidischen Universum befand, wo andere geometrische Gesetze galten), war verschwunden, und mit ihm die Aura des Bedrohlichen. Nun sahen alle Linien gerade aus, wie man es bei so einem Bauwerk erwartete; keine unerwarteten Windungen oder Zacken in der Architektur beunruhigten das Auge. Das Gebäude sah tatsächlich wie das Gemälde eines Künstlers aus, dessen mittelmäßiges Talent und unbändiger Hang zur Romantik zusammengewirkt und ein wahrhaft schlechtes Kunstwerk geschaffen hatten – die Art von Bild, die immer in einer Ecke im Keller oder auf einem Regal im Dachboden Staub anzusetzen scheint, zusammen mit alten Ausgaben von *National Geographic* und Stapeln von Puzzles, bei denen ein oder zwei Stücke fehlten.

Oder vielleicht auch im selten besuchten dritten Gang einer Pfandleihe.

»Mädchen! Du, Mädchen!«

Sie drehte sich zu »Wendy« um und stellte fest, daß diese ungeduldig winkte.

»Beeil dich und bring das Baby her! Das ist keine Touristenattraktion!«

Rosie schenkte ihr keine Beachtung. Sie hatte ihr Leben für dieses Kind riskiert und hatte nicht vor, sich zur Eile antreiben zu lassen. Sie schlug die Decke zurück und sah einen Körper, der nackt und weiblich war, wie ihr eigener. Aber damit war die Ähnlichkeit auch schon erschöpft. Das Kind hatte keine Narben, keine Spuren, die wie die verblassenden Zähne alter Klappfallen aussahen. Soweit Rosie erkennen konnte, wies der kleine, zierliche Babyleib nicht ein einziges Muttermal auf. Sie strich langsam mit einem Finger an dem Baby entlang, von der Wölbung des Knöchels über die Wölbung der Hüfte bis zur Wölbung der Schulter. Perfekt.

Ja, perfekt. Und nachdem du nun dein Leben für sie riskiert hast, *Rosie, nachdem du sie vor der Dunkelheit und dem Stier und Gott weiß, wovor noch, gerettet hast, das da unten lauern mag, hast du wirklich vor, sie diesen beiden Frauen zu übergeben? Beide sind von einer Krankheit gezeichnet, und die auf dem Hügel ist obendrein im*

Kopf nicht ganz richtig. Und zwar ernsthaft. Hast du wirklich die Absicht, ihnen das Kind zu geben?

»Es wird ihm an nichts fehlen«, sagte die Frau mit der braunen Haut. Rosie wirbelte in Richtung der Stimme herum. »Wendy Yarrow« stand jetzt dicht neben ihr, sah Rosie an und schien alles zu verstehen.

»Ja«, sagte sie und nickte, als hätte Rosie ihre Zweifel laut ausgesprochen. »Ich weiß, was du denkst, und ich versichere dir, es ist schon gut. Sie ist verrückt, *daran* kann kein Zweifel bestehen, aber ihr Wahnsinn erstreckt sich nicht auf das Kind. Sie weiß, sie kann das Kind nicht behalten, auch wenn sie es geboren hat, ebensowenig, wie du es behalten kannst.«

Rosie sah zum Hügel, wo sie die Frau in dem Chiton, die neben dem Pony stand und darauf wartete, welchen Ausgang die Episode nehmen würde, gerade noch erkennen konnte.

»Wie heißt sie?« fragte Rosie. »Die Mutter des Babys? Heißt sie –«

»Hör auf«, fiel ihr die dunkelhäutige Frau im roten Kleid hastig ins Wort, als wollte sie verhindern, daß Rosie ein Wort in den Mund nahm, das besser unausgesprochen blieb. »Ihr Name ist nicht wichtig, Mädchen. Ihr Geisteszustand schon. Sie ist heutzutage eine ziemlich ungeduldige Lady, abgesehen von allen anderen Leiden. Wir sollten besser nicht mehr schwatzen und raufgehen.«

Rosie sagte: »Ich hatte mich entschieden, mein Baby Caroline zu nennen. Norman hat gesagt, das könnte ich. Ihm war es so oder so egal.« Sie fing an zu weinen.

»Ich finde, das ist ein hübscher Name. Ein *guter* Name. Jetzt hör auf zu weinen. Laß gut sein.« Sie legte Rosie einen Arm um die Schultern, dann gingen sie gemeinsam den Hügel hinauf. Das Gras strich sanft über Rosies nackte Beine und kitzelte sie an den Knien. »Wirst du einen Rat von mir annehmen, Mädchen?«

Rosie sah sie neugierig an.

»Ich weiß, im Kummer ist guter Rat oft ungebeten, aber vergiß nicht, ich bin dafür qualifiziert: Ich wurde in der Sklaverei geboren, bin in Ketten aufgewachsen und bekam von einer Frau die Freiheit geschenkt, die nicht ganz eine Göttin ist. Von *ihr.*« Sie deutete zu der Frau, die sie schweigend beobachtete und auf sie wartete. »Sie hat das Wasser der Jugend getrunken und es mir auch zu trinken gegeben. Nun reisen wir zusammen, und dabei weiß ich nichts über sie, aber manchmal, wenn ich in den Spiegel seh, wünsch ich mir Falten. Ich stand an den Gräbern meiner Kinder und deren Kinder und Kindeskinder, bis in die fünfte Generation. Ich habe Kriege kommen und gehen sehen wie Wellen am Strand, die Fußspuren auslöschen und Sandburgen fortspülen. Ich habe brennende Leiber gesehen, und Köpfe, die zu Hunderten in den Straßen der Stadt Lud auf Pfähle gespießt worden waren. Ich habe gesehen, wie weise Männer ermordet wurden und Narren ihre Plätze einnahmen, und lebe immer noch.«

Sie seufzte tief.

»Ich lebe immer noch, und das allein ist meine Qualifikation, dir einen Rat mit auf den Weg zu geben. Willst du ihn hören? Antworte schnell. *Sie* soll ihn nicht mitbekommen, und wir nähern uns ihr rasch.«

»Ja, sprich«, sagte Rosie.

»Am besten geht man mit der Vergangenheit rücksichtslos um. Es kommt nicht auf die Schläge an, die wir kriegen, sondern auf die, die wir überleben. Und nun vergiß nicht, wenn dir dein Verstand lieb ist, oder sogar dein Leben, *sieh sie nicht an!*«

Die Frau in Rot sprach die letzten Worte als nachdrückliches Murmeln. Keine Minute später stand Rosie wieder vor der blonden Frau. Sie richtete den Blick fest auf den Saum von Rose Madders Chiton und merkte erst, daß sie das Baby wieder zu fest drückte, als »Caroline« in ihren Armen zappelte und entrüstet mit einem Ärmchen ruderte. Das Kind war erwacht und betrachtete Rosie mit strahlendem Interesse. Seine Augen hatten dieselbe dunstig blaue Farbe wie der Sommerhimmel über ihnen.

»Das hast du gut gemacht«, sagte die tiefe, angenehm heisere Stimme. »Ich danke dir. Und nun gib sie mir.«

Rose Madder streckte die Hände aus. Dunkelgraue Schatten bedeckten sie. Und nun sah Rosie etwas, das ihr noch weniger gefiel: ein dicker, graugrüner Ausschlag wuchs zwischen den Fingern der Frau wie Moos. Oder Schuppen. Ohne nachzudenken, was sie tat, drückte Rosie das Baby an sich. Diesmal zappelte es heftiger und stieß einen kurzen Schrei aus.

Eine braune Hand drückte Rosies Schulter. »Ich hab dir doch gesagt, es ist alles in Ordnung. Sie würde ihm nie etwas antun, und außerdem werde ich mich hauptsächlich darum kümmern, bis unsere Reise zu Ende ist. Das wird nicht mehr lange dauern, und dann gibt sie das Kind … nun, das ist nicht wichtig. Eine Weile gehört das Baby noch ihr. Gib es ihr, Mädchen.«

Mit dem Gefühl, daß es das Grausamste war, das sie in einem Leben voller Grausamkeiten je hatte tun müssen, streckte Rosie die Hände mit dem Baby aus. Ein leises, zufriedenes Grunzen ertönte, als die schattenhaften Hände es nahmen. Das Baby schaute in das Gesicht, das Rosie nicht ansehen durfte … und lachte.

»Ja, ja«, gurrte die angenehme, heisere Stimme, und Rosie hätte schreien können, als sie den Unterton darin hörte, der sie an Normans Lachen erinnerte. »Ja, Süße, es war dunkel, was? Dunkel und häßlich und schlimm, o ja, das weiß Mama.«

Die fleckigen Hände drückten das Baby an das dunkelrote Gewand. Das Kind sah auf, lächelte, legte den Kopf an die Brust seiner Mutter und machte die Augen wieder zu.

»Rosie«, sagte die Frau in dem Chiton. Ihre Stimme klang versonnen, nachdenklich, irrsinnig. Die Stimme einer Despotin, die bald die Herrschaft über imaginäre Armeen an sich reißen wird.

»Ja«, flüsterte Rosie beinahe.

»*Richtig* Rosie. Rosie Richtig.«

»J-ja. Kann sein.«

»Weißt du noch, was ich dir gesagt habe, bevor du nach unten gegangen bist?«

»Ja«, sagte Rosie. »Ich erinnere mich genau.« Sie wünschte sich, es wäre nicht so.

»Was war es?« fragte Rose Madder begierig. »Was habe ich dir gesagt, Rosie Richtig?«

»›Ich vergelte‹.«

»Ja. Ich vergelte. War es schlimm für dich, da unten in der Dunkelheit? War es schlimm für dich, Rosie Richtig?«

Sie dachte gründlich darüber nach. »Schlimm, aber längst nicht das Schlimmste. Ich glaube, am schlimmsten war der Bach. Ich wollte trinken.«

»Gibt es vieles in deinem Leben, das du vergessen möchtest?«

»Ja. Wahrscheinlich.«

»Deinen Mann?«

Sie nickte.

Die Frau, die das schlafende Baby an die Brust hielt, sagte mit einer eigentümlichen, tonlosen Gewißheit, bei der Rosie fröstelte: »Du solltest von ihm geschieden werden.«

Rosie machte den Mund auf, stellte fest, daß sie kein Wort herausbrachte, und machte ihn wieder zu.

»Männer sind Bestien«, sagte Rose Madder im Plauderton. »Manche kann man besänftigen und dressieren, manche nicht. Wenn wir an einen geraten, der nicht besänftigt und dressiert werden kann – einen Schuft –, sollen wir uns dann verflucht oder betrogen vorkommen? Sollen wir am Straßenrand sitzen – oder in einem Schaukelstuhl neben dem Bett, was auf dasselbe hinausläuft – und unser Schicksal beklagen? Sollen wir gegen unser *Ka* aufbegehren? Nein, denn *Ka* ist das Rad, welches die Welt bewegt, und wer dagegen aufbegehrt, Mann oder Frau, wird unter ihm zerquetscht werden. Aber mit gemeinen Bestien muß man sich auseinandersetzen. Und wir müssen an diese Aufgabe voller Hoffnung herangehen, denn die nächste Bestie kann immer anders sein.«

Bill ist keine Bestie, dachte Rosie, wußte aber, sie würde es nie wagen, das in Gegenwart dieser Frau laut auszusprechen. Nur allzu leicht konnte sie sich vorstellen, wie die Frau sie packte und ihre Kehle mit den Zähnen zerfleischte.

»Wie dem auch sei, Bestien kämpfen«, sagte Rose Madder. »Das ist ihre Art, die Köpfe zu senken und aufeinander einzustürmen, damit sie ihre Hörner erproben können. Hast du verstanden?«

Rosie glaubte plötzlich, daß sie *tatsächlich* verstand, was die Frau ihr sagen wollte, und das erfüllte sie mit Entsetzen. Sie hob die Finger zum Mund und berührte ihre Lippen, die sich trocken und fiebrig anfühlten. »Es wird keinen Kampf geben«, sagte sie. »Es wird keinen Kampf geben, weil sie nichts voneinander wissen. Sie –«

»Bestien kämpfen«, wiederholte Rose Madder, dann hielt sie Rosie etwas hin. Rosie brauchte einen Moment, bis ihr klar wurde, worum es sich handelte: den goldenen Armreif, den sie über dem rechten Ellbogen getragen hatte.

»Ich ... ich kann nicht ...«

»Nimm ihn«, sagte die Frau in dem Chiton plötzlich schroff und ungeduldig. »Nimm ihn, nimm ihn! Und hör auf zu winseln! Bei allen Göttern, die je existiert haben, *hör mit deinem schafsmäßigen Winseln auf!*«

Rosie streckte eine zitternde Hand aus und nahm den Armreif. Obwohl ihn die blonde Frau am Körper getragen hatte, fühlte er sich kalt an. *Ich weiß nicht, was ich tun werde, wenn sie mir sagt, ich soll ihn anlegen,* dachte Rosie, aber Rose Madder verlangte nicht von ihr, daß sie ihn anlegte. Statt dessen streckte sie die fleckige Hand aus und zeigte auf den Olivenbaum. Die Staffelei war verschwunden, und das Bild war – wie das in Rosies Zimmer – zu gewaltiger Größe angeschwollen. Und es hatte sich verändert. Es zeigte immer noch das Zimmer in der Tremont Street, aber die Frau stand nicht mehr mit dem Gesicht zur Tür, und der Schatten, der auf Wand und Sofa gefallen war, war fort. Logisch; das Zimmer lag jetzt im Dunkeln. Nur eine Andeutung von blondem Haar und eine bloße Schulter waren über der Bettdecke zu sehen.

Das bin ich, dachte Rosie staunend. *Das bin ich, wie ich schlafe und diesen Traum habe.*

»Geh jetzt«, sagte Rose Madder und berührte sie am Hinterkopf. Rosie machte einen Schritt auf das Bild zu, um auch nur der leichtesten Berührung dieser kalten und schrecklichen Hand zu entgehen. Dabei stellte sie fest, daß sie – ganz leise – Verkehrslärm hören konnte. Grillen hüpften im hohen Gras um ihre Füße und Waden herum. »Geh, kleine Rosie Richtig. Danke, daß du mein Baby gerettet hast.«

»*Unser* Baby«, sagte Rosie und verspürte augenblicklich Todesangst. Jemand, der es wagte, diese Frau zu verbessern, mußte selbst den Verstand verloren haben.

Aber die Frau in dem dunkelroten Chiton schien mehr amüsiert als erbost zu sein, als sie antwortete. »Ja, ja, wenn es dir gefällt – *unser* Baby. Geh jetzt. Erinnere dich an das, woran du dich erinnern mußt, und vergiß, was du vergessen mußt. Schütze dich selbst, wenn du dich nicht im Kreis meines Schutzes befindest.«

Worauf du dich verlassen kannst, dachte Rosie. *Und ich werde nicht zu dir kommen und dich um einen Gefallen bitten, das kannst du mir glauben. Das wäre, als würde man Idi Amin bitten, eine Gartenparty auszurichten, oder Adolf Hitler, eine –*

Der Gedanke brach ab, als sie sah, wie die Frau in dem Gemälde sich im Bett wälzte und die Decke über die nackte Schulter zog.

Kein Bild, nicht mehr.

Ein Fenster.

»Geh, Mädchen«, sagte die Frau im roten Kleid leise. »Du hast deine Sache gut gemacht. Aber nun geh, bevor sie es sich anders überlegt.«

Rosie schritt auf das Bild zu, als Rose Madder hinter ihr noch etwas sagte, aber nun klang ihre Stimme nicht angenehm oder heiser, sondern laut und schroff und mörderisch: »*Und vergiß nicht: Ich vergelte.*«

Rosie kniff nach diesem unerwarteten Ausruf die Augen zusammen und machte einen Sprung vorwärts, weil sie dachte, daß die Frau in dem Chiton den Gefallen, den sie ihr getan hatte, schon vergessen hatte und sie doch umbringen wollte. Sie stolperte über etwas (möglicherweise den unteren Rand des Gemäldes?), und dann hatte sie das Gefühl, zu fallen. Sie spürte, daß ihr Magen sich drehte wie ein Zirkusclown, und dann herrschte nur noch Dunkelheit, die an ihren Augen und Ohren vorbeirauschte. In dieser Dunkelheit schien sie ein geheimnisvolles Geräusch zu hören; es war in weiter Ferne, kam aber immer näher. Vielleicht war es das Geräusch der Züge in den tiefen Tunneln unter der Grand Central Station, vielleicht war es Donnergrollen, vielleicht auch der Stier Erinyes, der mit gesenktem Kopf und vorgestreckten kurzen, spitzen Hörnern blind in den Tiefen seines Labyrinths herumlief.

Und dann wußte Rosie, zumindest eine kurze Weile, überhaupt nichts mehr.

II

Sie schwebte stumm und ohne Gedanken, traumlos wie ein Embryo in seiner Fruchtblase, bis sieben Uhr morgens. Dann riß der Big Ben auf dem Nachttisch sie mit seinem unbarmherzigen Gebrüll aus dem Schlaf. Rosie fuhr kerzengerade in die Höhe, fuchtelte mit zu Klauen geformten Händen in der Luft und schrie etwas, das sie nicht verstand, Worte aus einem Traum, den sie schon vergessen hatte: *»Zwing mich nicht, dich anzusehen! Zwing mich nicht, dich anzusehen! Zwing mich nicht! Zwing mich nicht!«*

Dann sah sie die beigefarbenen Wände, das Sofa, das eigentlich nur ein Kuschelsessel mit Größenwahn war, und das Licht, das zum Fenster hereinfiel, und das alles half ihr, den erforderlichen Halt in der Wirklichkeit zu finden. Wer auch immer sie in ihrem Traum gewesen sein, wo immer sie sich befunden haben mochte, jetzt war sie wieder Rosie McClendon, eine alleinstehende Frau, die Audiobücher aufnahm, um ihren Lebensunterhalt zu verdienen. Sie hatte lange Zeit mit einem bösen Mann zusammengelebt, aber sie hatte ihn verlassen und einen guten kennengelernt. Sie wohnte in einem Zimmer in 897 Trenton Street, erster Stock, Ende des Flurs, schöne Aussicht auf den Bryant Park. Oh, und noch etwas. Sie war eine alleinstehende Frau, die nicht die Absicht hatte, jemals wieder einen Riesen-Hot-Dog zu essen, schon gar keinen mit Sauerkraut. Anscheinend bekamen die ihr nicht. Sie konnte sich nicht daran erinnern, was sie geträumt hatte,

(Erinnere dich an das, woran du dich erinnern mußt, und vergiß, was du vergessen mußt)

aber sie wußte, wie es angefangen hatte: Sie war in dieses verdammte Bild hineingegangen wie Alice durch den Spiegel.

Rosie blieb einen Moment sitzen, wo sie war, und nahm ihre Rosie-Richtig-Welt so gut sie konnte in sich auf, dann streckte sie die Hand nach dem unbarmherzigen Wecker aus. Sie bekam ihn nicht zu fassen, sondern stieß ihn auf den Boden. Dort lag er und stieß seinen hektischen, sinnlosen Schrei aus.

»Stellt Behinderte ein, es macht Spaß, ihnen zuzusehen«, krächzte sie.

Sie bückte sich, tastete nach dem Wecker und war wieder fasziniert von den blonden Haaren, die sie aus dem Augenwinkel sah – Locken, die so ganz und gar nicht zu dem unterwürfigen kleinen Mäuschen Rose Daniels paßten. Sie bekam den Wecker zu fassen, tastete mit dem Daumen nach dem Knopf zum Abschalten und hielt inne, als ihr etwas anderes auffiel: Die Brust, die an ihrem rechten Unterarm lag, war nackt.

Sie brachte den Wecker zum Schweigen, hielt ihn aber noch in der Hand, als sie sich im Bett aufsetzte. Sie schob das Laken und die leichte Decke nach unten. Ihre untere Hälfte war so nackt wie die obere.

»Wo ist mein Nachthemd?« fragte sie das leere Zimmer. Sie glaubte, daß sie sich noch niemals so ausgesprochen dumm angehört hatte … aber selbstverständlich war sie nicht daran gewöhnt, mit Nachthemd ins Bett zu gehen und ohne aufzuwachen. Nicht einmal vierzehn Jahre Ehe mit Norman hatten sie auf etwas so Außergewöhnliches vorbereiten können. Sie stellte den Wecker wieder auf den Nachttisch, schwang die Beine aus dem Bett –

»Au!« schrie sie, erschrocken und besorgt über die Schmerzen in ihren steifen Hüften und Schenkeln. Sogar ihr Po tat weh. *»Au, au, AU!«*

Sie setzte sich auf die Bettkante und beugte zaghaft das rechte Bein, dann das linke. Sie konnte sie bewegen, aber sie taten *weh*, besonders das rechte. Es war, als hätte sie den ganzen gestrigen Tag bis zum Umfallen trainiert, Rudermaschine, Laufband, Stairmaster, aber die einzige Anstrengung war der Spaziergang mit Bill gewesen, und da waren sie lediglich gemütlich geschlendert.

Das Geräusch war wie das der Züge in der Grand Central Station, dachte sie.

Was für ein Geräusch?

Einen Augenblick lang dachte sie, es läge ihr auf der Zunge – jedenfalls *etwas* –, aber dann war es wieder fort. Sie stand langsam und vorsichtig auf, blieb einen Moment neben dem Bett stehen und ging dann zum Bad. *Hinkte* zum Bad. Ihr rechtes Bein fühlte sich an, als hätte sie es tatsächlich überlastet, und ihre Nieren schmerzten. Was, um alles in der Welt, hatte sie im Schlaf gemacht?

Sie erinnerte sich, wie sie einmal gelesen hatte, daß manche Leute im Schlaf »rannten«. Vielleicht hatte sie *das* getan; vielleicht war das Durcheinander ihrer Träume, an das sie sich nicht richtig erinnern konnte, so schrecklich gewesen, daß sie tatsächlich versucht hatte, davor wegzulaufen. An der Tür zum Bad blieb sie stehen und sah zum Bett zurück. Das Betttuch war zerknittert, aber nicht herausgezogen oder zerwühlt, wie zu erwarten war, wenn sie *wirklich* so aktiv im Schlaf gewesen wäre.

Aber Rosie sah etwas, das ihr ganz und gar nicht gefiel, das ihr die alten Zeiten unvermittelt plötzlich und in aller Schrecklichkeit ins Gedächtnis zurück rief: Blut. Aber es waren die Spuren von dünnen Linien, nicht von Tropfen, und sie waren so weit unten, daß sie nicht von einer zerschlagenen Nase oder einer aufgeplatzten Lippe stammen konnten … es sei denn, ihre Bewegungen im Schlaf wären so heftig gewesen, daß sie sich wahrhaftig im Bett herumgedreht hatte. Ihr nächster Gedanke war, daß sie Besuch vom Kardinal bekommen hatte (Rosies Mutter hatte immer darauf bestanden, daß sie so von ihrer Menstruation sprach, wenn sie überhaupt davon sprechen mußte), aber es war die völlig falsche Zeit des Monats dafür.

Ist deine Zeit, Mädchen? Ist der Mond voll für dich?

»Was?« fragte sie das leere Zimmer. »Was ist mit dem Mond?«

Wieder schwebte ihr etwas vor, zeigte sich fast und verschwand dann wieder, bevor sie es zu fassen bekam. Sie sah an sich hinab, und da fand zumindest ein Rätsel seine Lösung.

Sie hatte einen Kratzer am rechten Oberschenkel, und zwar einen ziemlich schlimmen, wie es aussah. Daher stammte zweifellos das Blut auf dem Laken.

Hab ich mich im Schlaf gekratzt? Ist das der Grund für –

Diesmal verweilte der Gedanke, der ihr in den Sinn kam, etwas länger, vielleicht, weil es gar kein Gedanke war, sondern ein Bild. Sie sah eine nackte Frau – sich selbst –, die vorsichtig zur Seite gewandt einen Pfad entlangschritt, der rechts und links von Dornenbüschen überwachsen war. Als sie die Dusche andrehte und eine Hand unter das Wasser hielt, um die Temperatur zu prüfen, fragte sie sich, ob man in einem Traum spontan bluten konnte, wenn der Traum realistisch genug war. Wie die Leute, die am Karfreitag an Händen und Füßen bluteten.

Stigmata? Willst du damit sagen, daß du zu allem anderen auch noch an Stigmata leidest?

Ich will gar nichts damit sagen, weil ich nichts weiß, beantwortete sie ihre Frage, und das war ja die reine Wahrheit. Sie nahm an, sie könnte – mit Mühe – glauben, daß sich spontan ein Kratzer in der Haut einer Schlafenden zeigen konnte, der einem im Traum zugefügten Kratzer entsprach. Es war weit hergeholt, aber nicht völlig von der Hand zu weisen. Unmöglich war dagegen, daß man ein Nachthemd vom Körper verschwinden lassen konnte, indem man träumte, daß man nackt war.

(Zieh das Ding aus, das du trägst.

Das kann ich nicht! Ich hab nichts darunter an!

Ich werd's keinem verraten …)

Phantomstimmen. Eine erkannte sie als ihre eigene, aber die andere?

Aber das war nicht wichtig; sicher nicht. Sie hatte das Nachthemd im Schlaf ausgezogen, das war alles, möglicherweise auch in einem wachen Intermezzo, an das sie sich jetzt ebensowenig erinnern konnte wie an ihre wirren Träume, in denen sie im Dunkeln herumgerannt war oder Bäche mit schwarzem Wasser auf weißen Steinen überquert hatte. Sie hatte es ausgezogen, und wenn sie nachsah, würde sie es zweifellos zusammengeknüllt unter dem Bett finden.

»Genau. Es sei denn, ich habe es gegessen, oder so w...«

Sie zog die Hand zurück, mit der sie die Wassertemperatur geprüft hatte, und betrachtete sie erstaunt. Verblassende purpurrote Flecken waren an ihren Fingerspitzen zu sehen, und sie hatte etwas hellere Reste derselben Substanz unter den Nägeln. Sie hob die Hand langsam zum Gesicht, worauf eine Stimme tief in ihrem Innersten – diesmal nicht die Stimme von Ms. Praktisch-Vernünftig, jedenfalls glaubte sie es nicht – mit unbestreitbarer Angst reagierte. *Steck dir nicht mal die Hand in den Mund, mit der du die Kerne berührt hast!*

»Was für Kerne?« fragte Rosie ängstlich. Sie roch an ihren Fingern und nahm gerade noch den Hauch eines Aromas wahr, ein Geruch, der sie ans Backen und an süßen, karamelisierten Zucker erinnerte. »Was für *Kerne?* Was ist gestern nacht passiert? Ist es –« Da verstummte sie. Sie wußte, was sie sagen wollte, aber sie wollte nicht hören, wie die Frage tatsächlich ausgesprochen wurde, damit sie nicht wie eine unvollendete Angelegenheit im Raum stehenblieb: *Ist es* noch nicht *zu Ende?*

Sie ging unter die Dusche, drehte das Wasser so heiß, daß sie es gerade noch ertragen konnte, und griff nach der Seife. Sie wusch sich die Hände besonders sorgfältig und schrubbte sie, bis sie nicht mal mehr eine Spur der dunkelroten Substanz sehen konnte, auch nicht unter den Fingernägeln. Dann wusch sie sich das Haar und begann dabei mit Sprechübungen. Curt hatte ihr Kinderreime in verschiedenen Tonarten und Stimmlagen vorgeschlagen, und die sagte sie nun auf, freilich mit leiser Stimme, damit sie die Leute über und unter ihr nicht störte. Als sie fünf Minuten später aus der Kabine kam und sich abtrocknete, fühlte sich ihr Körper wieder etwas mehr nach Fleisch und Blut an, und nicht mehr nach etwas, das aus Stacheldraht und Glasscherben zusammengebastelt war. Ihre Stimme klang auch wieder fast normal.

Sie wollte zunächst Jeans und ein T-Shirt anziehen, entschied sich dann aber, als sie daran dachte, daß Rob Lefferts sie zum Essen eingeladen hatte, statt dessen für einen neuen Rock. Dann setzte sie sich vor den Spiegel und flocht ihr Haar. Sie kam nur langsam voran, weil ihr Rücken, ihre

Schultern und die Oberarme ebenfalls ganz steif waren. Das heiße Wasser hatte ihr gutgetan, sie aber nicht völlig wiederhergestellt.

Ja, das Baby war für sein Alter ziemlich groß, dachte sie und war so sehr mit dem Zopf beschäftigt, daß sie zunächst gar nicht registrierte, was sie gedacht hatte. Doch als sie fast fertig war, sah sie in den Spiegel, der das Zimmer hinter ihr reflektierte, und ihre Augen wurden groß. Die anderen, unbedeutenderen Unstimmigkeiten des Morgens waren wie aus ihrem Gedächtnis getilgt.

»O mein Gott«, sagte Rosie mit kraftloser Stimme. Sie stand auf und ging mit Beinen, die sich so gefühllos wie Stelzen anfühlten, durch das Zimmer.

Das Bild war weitgehend unverändert. Die blonde Frau stand immer noch auf dem Hügel, der geflochtene Zopf hing zwischen den Schulterblättern, und sie hatte den linken Arm erhoben, aber nun schien es logisch, daß sie die Augen mit der Hand beschirmte, denn die Gewitterwolken am Himmel hatten sich verzogen. Der Himmel über der Frau in dem kurzen Gewand hatte das verblichene Jeansblau eines schwülen Julitags. Ein paar schwarze Vögel, die vorher nicht da gewesen waren, kreisten am Himmel, aber die bemerkte Rosie kaum.

Der Himmel ist blau, weil das Gewitter vorbei ist, dachte sie. *Es hat aufgehört, als ich ... nun ... als ich anderswo war.*

Von diesem »Anderswo« wußte sie nur noch, daß es dunkel und unheimlich gewesen war. Das genügte; an mehr *wollte* sie sich nicht erinnern, und sie überlegte sich, daß sie das Bild vielleicht doch nicht neu rahmen lassen wollte. Sie wußte, sie hatte es sich anders überlegt und würde es Bill morgen nicht zeigen, nicht einmal erwähnen. Es wäre schlimm, wenn er die Veränderung von wolkenverhangenem Gewitterhimmel zu dunstigem Sonnenschein sehen würde, aber noch schlimmer wäre es, wenn ihm keine Veränderung auffiele. Das würde bedeuten, daß sie den Verstand verlor.

Ich bin nicht sicher, ob ich das verdammte Ding überhaupt noch haben will, dachte sie. *Es macht mir angst. Willst du etwas wirklich Komisches hören? Ich glaube, es ist verhext.*

Sie hob die ungerahmte Leinwand auf, hielt sie mit den Handflächen an den Ecken fest und verwehrte ihrem Bewußtsein Zugang zu dem Gedanken,

(Vorsicht Rosie fall nicht hinein)

der Grund dafür war, daß sie es auf diese Weise behandelte. Rechts neben der Tür zum Flur war ein kleiner Wandschrank, in dem bis jetzt nur die Tennisschuhe standen, die sie angehabt hatte, als sie Norman verließ, und ein neuer Pullover aus einem billigen Synthetikstoff. Sie mußte das Bild abstellen, damit sie die Tür aufmachen konnte (selbstverständlich hätte sie es unter einen Arm klemmen können, damit sie eine Hand freibekam, aber irgendwie wollte sie das nicht), und als sie es wieder aufhob, hielt sie inne und sah es starr an. Die Sonne schien, das war mit Sicherheit neu, und große schwarze Vögel kreisten am Himmel über dem Tempel, das war *wahrscheinlich* neu, aber hatte sie nicht noch etwas übersehen? Eine andere Veränderung? Sie war fast sicher und vermutete, sie könne es nicht sehen, weil nichts dazugekommen war, sondern etwas fehlte. Etwas war nicht mehr da. Etwas –

Ich glaube, ich will es gar nicht wissen, sagte sich Rosie brüsk. *Ich will nicht mal darüber nachdenken, so ist das.*

Ja, so war das. Aber es tat ihr leid, daß sie so empfand, denn sie hatte das Bild allmählich als ihren persönlichen Glücksbringer betrachtet, eine Art Hasenpfote. Und an einem konnte absolut kein Zweifel bestehen: Der Gedanke an Rose Madder, die so furchtlos auf ihrem Hügel stand, hatte Rosie durch den ersten Tag im Aufnahmestudio gebracht, als sie Panik bekommen hatte. Darum wollte sie keine unangenehmen Gefühle dem Bild gegenüber haben, und ganz bestimmt wollte sie keine Angst davor haben ..., aber sie hatte Angst. Schließlich veränderte sich das Wetter bei Ölgemälden normalerweise nicht über Nacht, und für gewöhnlich zogen sie sich auch nicht zusammen oder dehnten sich aus, als würde ein unsichtbarer Filmvorführer die Linsen wechseln. Sie wußte nicht, was sie auf lange Sicht mit dem Bild machen sollte, aber sie wußte genau, wo es den heutigen Tag und das kommende Wochenende verbringen würde: in diesem Schrank, wo es ihren alten Turnschuhen Gesellschaft leisten konnte.

Sie stellte es hinein, lehnte es an eine Wand (wobei sie gegen den Drang ankämpfte, es *zur Wand hin* umzudrehen) und machte die Tür wieder zu. Als sie das erledigt hatte, schlüpfte sie in ihre einzige gute Bluse, nahm ihre Handtasche und ging aus dem Zimmer. Als sie den langen, halbdunklen Flur hinunterging, der zur Treppe führte, drangen flüsternd zwei Worte aus den tiefsten Tiefen ihrer Erinnerung hervor: *Ich vergelte.* Rosie blieb am oberen Ende der Treppe stehen, zitterte so heftig, daß sie beinahe ihre Tasche fallen gelassen hätte, und einen Moment zogen die Schmerzen in ihrem rechten Bein fast bis zur Pobacke hinauf, als hätte sie einen schlimmen Krampf bekommen. Dann ging es vorbei, und sie ging rasch ins Erdgeschoß hinunter. *Ich werde nicht darüber nachdenken,* sagte sie sich, als sie auf der Straße zur Bushaltestelle ging. *Ich muß nicht darüber nachdenken, wenn ich nicht will, und ich will es ganz eindeutig nicht. Statt dessen denke ich an Bill. An Bill und sein Motorrad.*

12

Gedanken an Bill begleiteten sie zur Arbeit und in die finstere Welt von *Kill All My Tomorrows*, und beim Essen hatte sie noch weniger Zeit, an die Frau in dem Bild zu denken. Mr. Lefferts ging mit ihr in ein kleines italienisches Restaurant namens Della Femina, das hübscheste Restaurant, in dem Rosie je gewesen war, und als sie ihre Melone verspeiste, bot er ihr ein, wie er sich ausdrückte »solideres geschäftliches Abkommen« an. Er schlug ihr einen Vertrag vor, der achthundert Dollar pro Woche für zwanzig Wochen oder zwölf Bücher vorsah, je nachdem, was zuerst erreicht wurde. Das waren nicht die tausend Dollar, die sie laut Rhoda fordern sollte, aber Robbie versprach auch, sie mit einem Agenten bekannt zu machen, der ihr so viele Rundfunkspots besorgen konnte, wie sie wollte.

»Bis zum Jahresende können Sie zweiundzwanzigtausend Dollar verdienen, Rose. Oder noch mehr, wenn Sie wollen ... aber warum sollten Sie sich überlasten?«

Sie fragte ihn, ob sie das Wochenende über Bedenkzeit haben könne. Mr. Lefferts versicherte ihr, daß er nichts dagegen habe. Bevor er sie in der Halle des Corn Building absetzte (Rhoda und Curt saßen auf einer Bank neben dem Fahrstuhl und tuschelten wie zwei Diebe miteinander), hielt er ihr die Hand hin. Sie erwiderte die Geste und ging davon aus, er wolle ihr die Hand schütteln. Statt dessen nahm er ihre Hand in seine beiden, verbeugte sich und küßte sie. Die Geste – noch nie hatte ihr jemand die Hand geküßt, obwohl sie es schon oft in Filmen gesehen hatte – jagte ihr einen Schauer über den Rücken.

Erst als sie in der Aufnahmekabine saß und zusah, wie Curt nebenan ein neues Tonband einlegte, kehrten ihre Gedanken zu dem Bild zurück, das nun sicher

(hoffst du, Rosie, hoffst du)

im Schrank verstaut war. Plötzlich wußte sie, was die andere Veränderung gewesen war, was nun an dem Bild fehlte: der Armreif. Die Frau in dem dunkelroten Chiton hatte ihn über dem rechten Ellbogen getragen. Heute morgen war ihr Arm bis zu der wohlgeformten Schulter hinauf entblößt gewesen.

13

Als sie am Abend in ihr Zimmer zurückkehrte, ließ sich Rosie auf die Knie sinken und sah unter ihr ungemachtes Bett. Der goldene Armreif war ganz hinten, er stand in der Dunkelheit aufrecht und glänzte schwach. Rosie kam er wie der Ehering einer Riesin vor. Noch etwas lag daneben: ein kleines, zusammengefaltetes Quadrat aus blauem Stoff. Es schien, als hätte sie schließlich doch ein Stück ihres verschwundenen Nachthemds gefunden. Purpurrote Spritzer waren darauf. Sie sahen wie Blut aus, aber Rosie wußte, daß es keins war; es war der Saft von Früchten, die man besser nicht probierte. Heute morgen unter der Dusche hatte sie ähnliche Flecken von ihren Händen geschrubbt.

Der Armreif war außerordentlich schwer – mindestens ein Pfund, wenn nicht zwei. Wenn er tatsächlich aus Gold bestand, wie es aussah, wieviel mochte er wert sein? Zwölftausend Dollar? Fünfzehn? Nicht schlecht, wenn man überlegte, daß er aus einem Bild kam, das sie gegen einen fast wertlosen Verlobungsring getauscht hatte. Trotzdem gefiel es ihr nicht, ihn zu berühren, daher legte sie ihn auf den Nachttisch neben das Lämpchen.

Sie hielt das kleine Stück blauen Stoffs einen Moment in der Hand, saß wie ein Teenager da, den Rücken ans Bett gestützt, die Beine überkreuzt, und schlug dann einen Zipfel zurück. Sie sah drei Kerne, drei kleine Samenkerne, die Rosie von hoffnungslosem, unbegründetem Grauen erfüllt betrachtete, während die unbarmherzigen Worte wie Glocken aus Gußeisen in ihrem Kopf hallten:

Ich vergelte.

VII

Picknick-Gäste

I

Norman hatte die Angel nach ihr ausgeworfen.

Er lag am Donnerstag bis spät in die Nacht und über die dunkle Messersschneide der Mitternacht hinweg bis in den Freitagmorgen hinein wach in seinem Hotelzimmer. Er schaltete sämtliche Lichter aus, abgesehen von der Neonröhre über dem Waschbecken im Bad; die warf einen diffusen Schimmer über das Zimmer, der ihm gefiel. Er fühlte sich an das Licht von Straßenlaternen erinnert, die man durch dichten Nebel sah. Er lag fast in derselben Haltung wie Rosie, bevor sie in derselben Donnerstagnacht eingeschlafen war, allerdings mit nur einer Hand unter dem Kissen, statt mit beiden. Die andere brauchte er zum Rauchen, und um die Flasche Glenlivet, die auf dem Boden stand, zum Mund zu führen.

Wo bist du, Rosie? *fragte er seine Frau, die nicht mehr da war.* Wo bist du, und wie hast du den Mut gefunden, einfach abzuhauen, ein ängstliches kleines Mäuschen wie du?

Diese zweite Frage lag ihm besonders am Herzen – wie sie es hatte wagen können. Die erste spielte keine große Rolle, nicht in praktischer Hinsicht, weil er wußte, wo sie am Samstag sein würde. Ein Löwe muß sich nicht darum kümmern, wo ein Zebra frißt; er muß nur am Wasserloch warten, wohin es zum Trinken kommt. So weit, so gut, aber trotzdem … wie hatte *sie es überhaupt erst wagen können, ihn zu verlassen? Auch wenn es für ihn kein Leben mehr nach ihrem endgültig letzten Gespräch gab, das wollte er wissen. War es geplant gewesen? Zufall? Ein impulsives Fehlverhalten? Hatte ihr jemand geholfen (das heißt, abgesehen vom verstorbenen Peter Slowik und dem Fotzenverein in der Durham Avenue)? Was hatte sie gemacht, seit sie in dieser hübschen kleinen Stadt am See gelandet war? Arbeitete sie als Kellnerin? Schüttelte sie in einer Absteige wie dieser hier Fürze aus den Bettlaken? Das glaubte er nicht. Sie war zu faul für Hausarbeit, da mußte man sich nur mal ansehen, wie sie seinen Haushalt geführt hatte, und sie konnte nichts anderes. Wenn man Titten hatte, blieb einem nur noch eine Möglichkeit. Sie stand in diesem Augenblick irgendwo da draußen und verkaufte sich an ei-*

ner Straßenecke. Na klar doch, was sonst? Weiß Gott, sie war lausig im Bett, mit ihr zu vögeln war etwa so aufregend gewesen, als würde man Lehm ficken, aber Männer bezahlten für eine Muschi, auch wenn sie nichts anderes tat als daliegen und ein wenig tropfen, wenn das Rodeo vorbei war. Ja, klar, darum stand sie wahrscheinlich irgendwo da draußen und verkaufte sich.

Aber er würde sie danach fragen. Er würde sie alles fragen. Und wenn er alle Antworten hatte, die er brauchte; alle Antworten, die er von ihresgleichen je wollte, würde er ihr den Gürtel um den Hals legen, damit sie nicht schreien konnte, und dann würde er beißen … und beißen … und beißen. Seine Kiefer taten immer noch weh von dem, was er mit Klopfer gemacht hatte, dem erstaunlichen Judenbengel, aber davon würde er sich nicht abhalten lassen, nicht einmal bremsen. Er hatte drei Percodan in seiner Reisetasche, und die würde er nehmen, bevor er sich über sein verirrtes Lamm hermachte, seine süße kleine Rambling Rose. Und hinterher, wenn es vorbei war, wenn die Wirkung des Percodans nachließ …

Aber das konnte er nicht sehen, und er wollte *es nicht sehen. Er hatte eine Ahnung, daß es kein Hinterher* geben würde, *nur Dunkelheit. Und das war gut. Tatsächlich konnte sich eine kräftige Dosis Dunkelheit genau als das erweisen, was der Arzt verordnet hatte.*

Er lag im Bett, trank den besten Scotch der Welt und qualmte eine Zigarette nach der anderen, während er zusah, wie der Rauch in seidigen Schwaden zur Decke stieg, die blau wurden, wenn sie durch das schwache weiße Licht vom Bad trieben; und er warf die Angel nach ihr aus. Er warf die Angel nach ihr aus, aber sein Haken glitt nur durch Wasser. Nichts biß an, und das machte ihn rasend. Es war fast, als wäre sie von Außerirdischen entführt worden, oder so. Einmal, als er schon reichlich betrunken war, hatte er sich eine brennende Zigarette auf die Hand fallen lassen, die Faust darum geballt und sich vorgestellt, es wäre ihre *statt seiner, daß er seine Hand über ihre halten und die Glut hineindrücken würde. Und als die Schmerzen unerträglich wurden und Rauch zwischen seinen Knöcheln hervorquoll, flüsterte er: »Wo bist du, Rose? Wo versteckst du dich, du Nutte?«*

Nicht lange danach schlief er ein. Er erwachte am Freitag morgen gegen zehn, unausgeruht und verkatert und mit einem undeutli-

chen Gefühl von Angst. Er hatte die ganze Nacht seltsame Träume gehabt. Darin war er noch wach gewesen und hatte in seinem Bett im neunten Stock des Whitestone gelegen, das Licht vom Bad tauchte den Raum in dämmeriges Licht, durch das der Rauch der Zigaretten nach wie vor in wabernden blauen Membranen aufstieg. Nur konnte er in seinen Träumen Bilder wie im Kino in dem Rauch erkennen. Er konnte Rose *in dem Rauch sehen.*

Da bist du ja, *dachte er, als er sie in einem schweren Gewitter durch einen toten Garten gehen sah. Aus einem unerfindlichen Grund war Rose nackt, und er verspürte einen unerwarteten Anflug von Lust. Seit acht Jahren oder länger hatte er beim Anblick ihres nackten Körpers nichts anderes mehr als resignierten Ekel empfunden, aber jetzt sah sie anders aus. Sogar ziemlich gut.*

Nicht, weil sie abgenommen hat, *dachte er in dem Traum,* obwohl es ganz danach aussieht ... jedenfalls ein bißchen. Hauptsächlich liegt es daran, wie sie bewegt, was sie hat. Was ist es?

Dann kam er darauf. Sie sah aus wie eine Frau, die mit jemandem fickt und noch nicht einmal annähernd genug davon hat. Wenn es ihm auch nur im entferntesten in den Sinn gekommen wäre, an dieser Feststellung zu zweifeln – zu sagen: Was, *Rosie?* Das muß ein Witz sein, Vetter –, *dann hätte ein Blick auf ihre Frisur die Frage ein für allemal beantwortet. Sie hatte es schlampenblond gefärbt, als hielte sie sich für Sharon Stone, oder gar Madonna.*

Er sah zu, wie seine Rauch-Rose den unheimlichen toten Garten verließ und sich einem so dunklen Bach näherte, daß eher Tinte statt Wasser darin zu fließen schien. Sie überquerte ihn, indem sie von Stein zu Stein hüpfte, wobei sie die Arme ausstreckte, um das Gleichgewicht zu halten, und dabei sah er, daß sie eine Art nassen, zusammengeknüllten Fetzen in einer Hand trug. Norman fand, daß der Fetzen wie ein Nachthemd aussah, und dachte: Warum ziehst du es nicht an, du schamloses Flittchen? Oder glaubst du, daß dein Freund vorbeikommt und dir die Dose pudert? Das würde ich gern sehen. Wirklich. Ich will dir eins sagen – solltest du auch nur Händchen mit einem Kerl halten, wenn ich dich schließlich gefunden habe, dann wird ihm sein Lustbolzen wie eine Geburtstagskerze aus dem Arsch ragen, wenn die Cops ihn finden.

Aber es kam niemand vorbei – jedenfalls nicht in dem Traum. Die Rose über seinem Bett, die Rauch-Rose, ging auf einem Weg durch einen kleinen Wald, dessen Bäume so tot aussahen wie ... nun, so tot wie Peter Slowik. Schließlich kam sie zu einer Lichtung, wo ein Baum noch am Leben zu sein schien. Sie kniete nieder, sammelte ein paar Kerne ein und wickelte sie in einen Fetzen ihres Nachthemds. Als sie das getan hatte, richtete sie sich auf, ging zu einer Treppe hinter dem Baum (in Träumen wußte man nie, was für eine abgefahrene Sache als nächstes passieren würde) und stieg hinunter. Er wartete darauf, daß sie wieder heraufkommen würde, als er eine Präsenz hinter sich spürte, etwas so Kaltes und Frostiges wie ein Luftzug aus einem offenen Kühlhaus. In seiner Zeit als Cop hatte er mit einigen ziemlich furchteinflößenden Gesellen zu tun gehabt – am schlimmsten waren wahrscheinlich die PCP-Abhängigen, um die er und Harley Bissington sich ab und zu kümmern mußten –, und nach einer Weile entwickelte man einen sechsten Sinn für ihre Gegenwart. Den spürte Norman jetzt. Jemand näherte sich ihm von hinten, und er zweifelte nicht einen Augenblick daran, daß dieser Jemand gefährlich war.

»Ich vergelte«, *flüsterte eine Frauenstimme. Es war eine angenehme Stimme, und sanft, aber dennoch furchteinflößend. Irrsinn schwang darin mit.*

»Schön für dich, du Miststück«, sagte Norman in seinem Traum. »Wenn du versuchst, mir etwas zu vergelten, werde ich dein Äußeres rundum erneuern.«

Sie schrie, ein Geräusch, das ohne Umweg über die Ohren direkt in seinen Kopf zu dringen schien, und er spürte, wie sie sich mit ausgestreckten Händen auf ihn stürzte. Er holte tief Luft und blies den Zigarettenrauch auseinander. Die Frau verschwand. Norman spürte, daß sie fort war. Danach herrschte eine Zeitlang nur Dunkelheit, in deren Mitte er friedlich schwebte, außer Reichweite der Ängste und Begierden, die ihn quälten, wenn er wach war.

Am Freitag morgen wachte er um zehn nach zehn auf, wandte den Blick vom Wecker ab zur Decke des Hotelzimmers und rechnete halb damit, Phantomgestalten durch verfallende Schwaden von Zigarettenrauch gleiten zu sehen. Selbstverständlich waren keine Gestalten da, weder Phantome noch andere. Und auch kein Rauch, was das anging – nur das anhaltende Aroma von Pall Malls, in hoc signo vinces. *Da war nur Detective Norman Daniels, der in einem verschwitzten Bett lag, das nach Tabak und Fusel roch. Er hatte einen Geschmack im Mund, als hätte er den vergangenen Abend damit verbracht, die Spitze eines frisch geputzten Lederschuhs zu lutschen, und seine linke Hand tat teuflisch weh. Er öffnete sie und sah eine glänzende Blase mitten auf der Handfläche. Er betrachtete sie lange Zeit, während auf dem scheißeverkrusteten Sims vor seinem Fenster Tauben flatterten und gurrten. Schließlich fiel ihm wieder ein, daß er sich die Brandblase selbst mit einer Zigarette zugefügt hatte, und er nickte. Er hatte es getan, weil er Rose nicht sehen konnte, so sehr er es auch versuchte ... und dann hatte er, gleichsam als Entschädigung dafür, die ganze Nacht irre Träume von ihr gehabt.*

Er legte zwei Finger rechts und links neben die Blase und drückte allmählich immer fester zu, bis sie platzte. Er wischte sich die Hand am Bettlaken ab und genoß den stechenden Schmerz. Er lag rund eine Minute nur da und betrachtete seine Hand – beobachtete sie gleichsam, wie sie vor sich hin pochte. Dann griff er unters Bett und zog seine Reisetasche hervor. In ihr lag unten eine kleine Blechdose mit ungefähr einem Dutzend ausgesuchter Tabletten. Ein paar waren zum Aufputschen, aber die meisten waren Beruhigungsmittel. Für ihn galt grundsätzlich, wie Norman festgestellt hatte, daß er ohne jede pharmazeutische Hilfe seine Rauschanfälle bekam; von ihnen wieder runterzukommen bedeutete manchmal ein Problem.

Er nahm eine Percodan mit einem kleinen Schluck Scotch, dann legte er sich zurück, starrte zur Decke und rauchte wieder eine Zigarette nach der anderen, die er in dem überquellenden Aschenbecher ausdrückte, wenn sie heruntergebrannt waren.

Diesmal dachte er nicht an Rose, jedenfalls nicht unmittelbar; diesmal kreisten seine Gedanken um das Picknick, das ihre neuen Freundinnen veranstalteten. Er hatte Ettinger's Pier einen Besuch abgestattet, und was er dort sah, war nicht besonders ermutigend. Die Anlage war riesig – eine Mischung aus Strand, Picknickplatz und Freizeitpark –, und er sah keine Möglichkeit, alles zu überwachen, damit er sie kommen oder gehen sehen konnte. Wenn er sechs Männer zur Verfügung gehabt hätte (vier, die ihr Handwerk verstanden, hätten auch ausgereicht), wäre die Sache anders gewesen, aber er war allein. Es gab drei Zugänge, vorausgesetzt, sie kam nicht mit einem Boot, und er konnte schwerlich alle drei gleichzeitig im

Auge behalten. Das bedeutete, er mußte in der Menge suchen, und in der Menge zu suchen war ein Scheißjob. Er wünschte sich, er hätte glauben können, daß Rose morgen die einzige wäre, die ihn erkennen konnte, aber wenn Wünsche Schweine wären, wäre Speck immer im Sonderangebot. Er mußte davon ausgehen, daß sie nach ihm Ausschau hielten, und er mußte auch davon ausgehen, daß sie von einer ihrer Schwestergruppen zu Hause Bilder von ihm bekommen hatten. Was es mit dem X auf sich hatte, wußte er nicht, aber er glaubte mittlerweile, die ersten beiden Buchstaben von FAX standen für Fucked Again – schon wieder angeschmiert.

Das war ein Teil des Problems. Der andere war seine Überzeugung, die durch mehr als eine bittere Erfahrung gestützt wurde, daß Verkleidungen in so einer Situation todsicher zu einem Desaster führten. Die einzige Methode, die schneller und mit größerer Sicherheit Fehlschläge produzierte, waren in seinem Metier die allseits beliebten Wanzen, durch die man sechs Monate Überwachungs- und Ermittlungsarbeit ruinieren konnte, wenn sich zufällig ein Kind mit einem ferngesteuerten Boot oder Auto in der Gegend herumtrieb, wo man den Hammer auf einen Schleimbeutel heruntersausen lassen wollte.

Na gut, *dachte er.* Hör auf zu jammern. Vergiß nicht, was der alte Whitey Slater immer zu sagen pflegte: Die Situation ist nun mal so, wie sie ist. Die einzige Frage ist, wie du sie meisterst. Und denk nicht mal dran, die Sache abzublasen. Es sind noch vierundzwanzig Stunden bis zu der gottverdammten Party, und wenn du sie dort verpaßt, kannst du sie bis Weihnachten suchen, ohne sie zu finden. Falls du es noch nicht bemerkt hast, dies ist eine große Stadt.

Er stand auf, ging ins Bad und duschte, wobei er die Hand mit der Brandblase vor den Duschvorhang hielt. Er zog verwaschene Jeans und ein unauffälliges grünes Hemd an, setzte die CHISOX-Mütze auf und steckte die billige Brille in die Hemdtasche, jedenfalls vorerst. Er fuhr mit dem Fahrstuhl in die Halle hinunter und ging zum Kiosk, um sich eine Zeitung und eine Packung Heftpflaster zu holen. Während er darauf wartete, daß der Trottel an der Kasse sein Wechselgeld zählte, sah er dem Mann über die Schulter und durch eine Glasscheibe an der Rückwand des Kiosks. Durch diese Scheibe konnte er die Dienstbotenaufzüge sehen, und die Tür von einem ging gerade auf. Drei schwatzende, lachende Zimmermädchen kamen heraus. Sie hatten ihre Handtaschen dabei, und Norman vermutete, daß sie in die Mittagspause gingen. Die in der Mitte – schlank, hübsch, flaumiges blondes Haar – hatte er schon einmal anderswo gesehen. Nach einem Moment fiel es ihm ein. Auf dem Weg zu Daughters and Sisters. Die Blonde war eine Zeitlang neben ihm gegangen. Rote Hose. Süßer kleiner Arsch.

»Hier, Sir«, sagte der Verkäufer. Norman steckte das Wechselgeld in die Tasche, ohne es eines Blickes zu würdigen. Auch das Trio der Zimmermädchen beachtete er nicht mehr, als er sich an ihnen vorbei drängte – nicht mal die mit dem süßen Hintern. Er hatte sie automatisch taxiert, das war alles – ein Polizistenreflex, ein Knie, das von alleine ausschlug. Sein bewußtes Denken kreiste um eines, und nur um eines: wie er Rose morgen am besten aufspüren konnte, ohne selbst gesehen zu werden.

Er ging den Korridor zu den Türen entlang, als er zwei Worte hörte und zuerst dachte, sie müßten aus seinem eigenen Kopf gekommen sein: Ettinger's Pier.

Er kam mit seinen Schritten aus dem Takt, sein Herz fing rasend an zu schlagen, und die Blase an seiner Handfläche pochte heftig. Es war ein einziger Schritt, den er aussetzte, mehr nicht – ein kurzes Zögern, dann ging er weiter mit gesenktem Kopf auf die Drehtür zu. Ein flüchtiger Beobachter hätte denken können, daß er ein kurzes Muskelzucken im Knie oder in der Wade verspürt hatte, mehr nicht, und das war gut so. Er durfte sich keinen Ausrutscher leisten, das war das Schlimme. Wenn die Frau, die gesprochen hatte, eine der Fotzen aus ihrem Clubhaus drüben in der Durham Avenue war, erkannte sie ihn möglicherweise, wenn er die Aufmerksamkeit auf sich lenkte … hatte ihn vielleicht schon erkannt, wenn es die kleine Süße, mit der er gestern zusammen die Straße überquert hatte, gewesen war, die die beiden Zauberworte ausgesprochen hatte. Er wußte, daß es unwahrscheinlich war – als Cop hatte er aus erster Hand erleben dürfen, wie unglaublich, unfaßbar blind die meisten Zivilisten waren –, aber von Zeit zu Zeit passierte es doch. Mörder und Entführer und Bankräuber, die lange genug auf der Flucht waren, daß sie es auf die Liste der zehn meistgesuchten Personen des FBI geschafft hatten, saßen plötzlich wieder im Knast, weil ein Verkäufer im 7-Eleven, der True Detective las, oder eine Politesse, die alle Reality Crime Shows im Fernsehen ansah, sie wiedererkannt hatten. Er wagte nicht, stehenzubleiben, aber ...

... aber er mußte stehenbleiben.

Norman kniete sich unvermittelt links neben der Schwingtür nieder und drehte den Frauen den Rücken zu. Er senkte den Kopf und tat so, als würde er sich den Schuh binden.

»... schade, daß ich das Konzert verpasse, aber wenn ich das Auto will, kann ich die Gelegenheit nicht ...«

Dann waren sie zur Tür draußen, aber was Norman gehört hatte, überzeugte ihn: Die Frauen unterhielten sich tatsächlich über das Picknick, das Picknick und das Konzert, mit dem der Tag zu Ende gehen sollte, eine Gruppe mit Namen Indian Girls, wahrscheinlich Lesben. Also bestand die Möglichkeit, daß diese Frau Rosie kannte. Keine große Chance – morgen würden sich jede Menge Leute, die nicht direkt mit Daughters and Sisters zu tun hatten, am Ettinger's Pier herumtreiben –, aber immerhin eine Chance. Und Norman gehörte zu den Leuten, die felsenfest an den vielzitierten Wink des Schicksals glaubten. Das Schlimme war, er wußte noch nicht, welche der drei gesprochen hatte.

Laß es Blondie sein, betete er, als er sich rasch wieder aufrichtete und zur Schwingtür hinausging. Laß es Blondie mit den großen Augen und dem Knackarsch sein. Laß sie es sein, was meinst du?

Natürlich war es gefährlich, ihnen zu folgen – man konnte nie sagen, wann eine von ihnen müßig den Blick umherschweifen ließ und den Superbonus von Wer mag das sein? gewann –, aber in seiner Situation hatte er keine andere Wahl. Er schlenderte hinter ihnen her und hielt den Kopf wie beiläufig zur Seite gedreht, als würde ihn der Schrott in den Schaufenstern, an denen er vorbeiging, über alle Maßen interessieren.

»Wie sieht es heute mit den Kissenbezügen aus?« fragte die fette Tonne, die innen ging, die beiden anderen.

»Sind ausnahmsweise mal alle da«, sagte die ältere Frau, die außen ging. »Und bei dir, Pam?«

»Ich hab noch nicht gezählt, es ist zu deprimierend«, antwortete Blondie, worauf sie alle lachten – dieses schrille Kichern, bei dem Norman immer glaubte, ihm würden die Plomben aus den Zähnen fallen. Er blieb sofort stehen, betrachtete die Sportartikel in einem

Schaufenster und ließ die Zimmermädchen ihrer Wege gehen. Sie war es tatsächlich – kein Zweifel. Blondie war diejenige, die die Zauberworte Ettinger's Pier *ausgesprochen hatte. Das änderte vielleicht alles, vielleicht nichts. Im Augenblick war er zu aufgeregt, sich darüber den Kopf zu zerbrechen. Auf jeden Fall war es ein erstaunlicher Glücksfall – ein unglaublicher, wundersamer Zufall, auf den man bei jedem langwierigen Fall hoffte und der einem öfter zu Hilfe kam, als man für möglich halten würde.*

Vorerst würde er alles im Geiste abspeichern und mit Plan A fortfahren. Er würde nicht mal im Hotel nach Blondie fragen, jedenfalls noch nicht. Er wußte, daß sie Pam hieß, und das war für den Anfang schon eine ganze Menge.

Norman ging zur Bushaltestelle, wartete fünfzehn Minuten auf den Bus zum Flughafen und stieg ein. Es war eine lange Fahrt; der Flughafen lag am Stadtrand. Als er schließlich vor Terminal A ausstieg, zog er die dunkle Brille auf, überquerte die Straße und ging zum Dauerparkplatz. Der erste Wagen, den er kurzschließen wollte, stand schon so lange dort, daß die Batterie leer war. Der zweite, ein unauffälliger Ford Tempo, sprang an. Er sagte dem Mann am Ausgang, daß er drei Wochen in Dallas gewesen sei und den Parkschein verloren hätte. Er verlor immer seinen Parkschein, sagte er. Seine Wäschemarken verlor er auch immer, und bei Photomat mußte er immer den Führerschein vorzeigen, wenn er seine Schnappschüsse abholen wollte. Der Mann in der Kabine nickte in einem fort, wie man es bei einer langweiligen Geschichte tut, die man schon zehntausendmal gehört hat. Als Norman ihm devot zehn Dollar Trinkgeld anbot, horchte der Mann in der Kabine auf. Das Geld wechselte den Besitzer.

Norman Daniels fuhr fast im selben Moment aus dem Dauerparkplatz, als Robbie Lefferts Normans flüchtiger Frau ein, wie er sich ausdrückte, »solideres geschäftliches Abkommen« anbot.

Zwei Meilen entfernt parkte Norman Daniels hinter einem schrottreifen Buick und tauschte die Nummernschilder aus. Wieder zwei Meilen weiter fuhr er durch eine Robo-Wash Waschanlage. Er hatte im stillen gewettet, daß der Tempo dunkelblau sein würde, aber er verlor. Das Auto war grün. Norman glaubte nicht, daß es von Bedeutung wäre – der Mann in der Kassenkabine hatte nur von seinem kleinen Schwarzweißfernseher aufgeschaut, als er ihm den Zehner unter die Nase gehalten hatte –, aber es war besser, kein Risiko einzugehen. Dann fühlte man sich einfach wohler.

Norman schaltete das Radio ein und suchte einen Oldie-Sender. Shirley Ellis wurde gespielt, und er sang Shirleys Anweisungen laut mit: »If the first two letters are ever the same / Drop them both and say the name / Like Barry-Barry, drop the B, oh-Arry / That's the only rule that is contrary.« Norman stellte fest, daß er jedes Wort dieses albernen alten Songs auswendig kannte. Was war das für eine Welt, in der man sich zwei Jahre nach der High School nicht mehr an die verfluchten quadratischen Gleichungen oder die verschiedenen Formen des französischen Verbs avoir *erinnern konnte, aber mit vierzig Jahren noch jedes Wort von* Nick-Nick-bo-bick, banana-fanna-fo-fick, fee-fi-mo-mick, Nick? *kannte? Was war das für eine Welt?*

Eine, die langsam hinter mir zurückbleibt, *dachte Norman gelassen, und das schien die Wahrheit zu sein. Es war wie in diesen Science-fiction-Filmen, wo der Raumfahrer die Erde auf dem Monitor erst zur Größe eines Balls, dann einer Münze und schließlich eines Punkts schrumpfen sah, und dann war sie verschwunden. Dieses Bild sah er jetzt im Geiste vor sich – ein Raumschiff auf einer fünfjährigen Mission, um neue Welten zu erforschen, die kein Mensch zuvor gesehen hatte. Das Raumschiff* Norman, *das sich Warp-Geschwindigkeit näherte.*

Shirley Ellis verstummte, und etwas von den Beatles wurde gespielt. Norman drehte den Lautstärkeknopf des Radios so heftig herum, daß er ihn abbrach. Heute wollte er sich diese Hippy-Dippie-»Hey Jude«-Scheiße nicht anhören.

Er war immer noch ein paar Meilen von der eigentlichen Stadt entfernt, als er ein Geschäft namens The Base Camp *sah. ARMEEÜBERSCHUSS, WIE SIE IHN NIE FINDEN! stand auf dem Schild davor, worüber Norman aus einem unerfindlichen Grund prustend lachen mußte. Er fand, daß es irgendwie der komischste Spruch war, den er in seinem ganzen Leben gehört hatte; mit Sicherheit lag ein Sinn darin, aber es war unmöglich, ihn zu erkennen. Wie auch immer, das Schild war nicht wichtig. In dem Laden gab es wahrscheinlich etwas, das er brauchte, und das zählte.*

Über dem mittleren Gang hing ein großes Spruchband mit der Aufschrift VORSICHT IST IMMER BESSER ALS NACHSICHT.

Norman sah drei verschiedene Marken »Schock-Gas«, Pfeffergaskugeln, ein Fach mit Ninja-Wurfsternen (die perfekte Waffe zur Selbstverteidigung, wenn man in seinem Haus von einem blinden Querschnittsgelähmten angegriffen wurde), Gaspistolen, die Hartgummikugeln verschossen, Zwillen, normale Schlagringe und welche mit Dornen, Totschläger und Bolas, Peitschen und Trillerpfeifen.

Etwa in der Mitte dieses Gangs stand ein Schaukasten aus Glas, in dem sich die, Normans Meinung nach, einzig nützliche Waffe im ganzen Base Camp *befand. Für dreiundsechzig fünfzig kaufte er einen Schocker, der einen gewaltigen Stromschlag (wenn auch wahrscheinlich nicht die auf der Verpackung versprochenen 99 000 Volt) zwischen seinen beiden Stahlpolen erzeugte, wenn man auf die Knöpfe drückte. Norman stufte diese Waffe als ebenso gefährlich ein wie eine Kleinkaliberpistole, und das Beste daran war, man mußte nichts unterschreiben, wenn man sie kaufte.*

»Wollnsche ne neu-wohl Baddrie daschu?« fragte der Verkäufer. Es war ein kugelköpfiger junger Mann mit einer Hasenscharte und einem T-Shirt, auf dem stand: ES IST BESSER EINE WAFFE ZU HABEN, DIE MAN NICHT BRAUCHT, ALS EINE ZU BRAUCHEN, DIE MAN NICHT HAT. *Für Norman sah er aus, als wären seine Eltern Bruder und Schwester gewesen. »Da-it läuft die nä-lich – neu-wohl.«*

Norman kapierte, was ihm der junge Mann mit der Hasenscharte sagen wollte, und er nickte. »Geben Sie mir zwei«, sagte er. »Machen wir einen drauf.«

Der junge Mann lachte, als hätte er in seinem Leben nie etwas Komischeres gehört, nicht mal ARMEEÜBERSCHUSS, WIE SIE IHN NIE FINDEN, *und bückte sich, um zwei Neun-Volt-Batterien unter dem Tresen hervorzuholen, die er neben Normans Omega-Schocker hinknallte.*

»Doll-fietcha!« rief der junge Mann und lachte wieder. Nach einem Moment hatte Norman auch das entschlüsselt und lachte mit dem jungen Mister Hasenscharte, und später dachte er, daß das genau der Augenblick gewesen war, als er Warp-Geschwindigkeit erreichte und sämtliche Sterne zu Strichen wurden. Volle Kraft voraus, Mr. Sulu – diesmal lassen wir das klingonische Imperium weit *hinter uns.*

Er fuhr mit dem gestohlenen Tempo in die Stadt zurück, und zwar in ein Viertel, wo die lächelnden Models der Zigarettenwerbung nicht mehr weiß waren, sondern schwarz, und sah einen Friseurladen mit dem reizenden Namen Verpaß mir den Schnitt. *Er trat ein und sah einen jungen Farbigen mit coolem Schnurrbart vor einem altmodischen Friseurstuhl sitzen. Der junge Mann hatte die Kopfhörer eines Walkman auf den Ohren und eine Ausgabe von* Jet *auf dem Schoß liegen.*

»Was wollnse?« fragte der schwarze Friseur. Er sagte es wahrscheinlich schroffer, als er es zu einem Schwarzen gesagt hätte, aber nicht unhöflich. Zu so einem Mann war man nicht ohne Grund unhöflich, schon gar nicht, wenn man allein in seinem Laden war. Er war mindestens eins sechsundachtzig groß, mit breiten Schultern und großen, stämmigen Beinen. Außerdem roch er nach Cop.

Über dem Spiegel hingen Fotografien von Michael Jordan, Charles Barkley und Jalen Rose. Jordan trug ein Baseballtrikot der Birmingham Barons. Über seinem Bild hing ein Zettel mit der Aufschrift DER EINSTIGE & KÜNFTIGE BULL. Norman deutete darauf. »Mach mir so'n Schnitt«, sagte er.

Der schwarze Friseur sah Norman argwöhnisch an und vergewisserte sich zuerst, ob er nicht betrunken oder high war, dann versuchte er zu ergründen, ob das ein Witz sein sollte. Letzteres war wahrscheinlich schwieriger als ersteres. »Was sagense da, Bruder? Soll das heißn, Sie wollne Glatze?«

»Genau das soll es heißen.« Norman strich mit einer Hand durch sein Haar, das dicht und schwarz war und gerade erste Spuren von Grau an den Schläfen erkennen ließ. Es war weder außergewöhnlich kurz noch außergewöhnlich lang. Er trug es seit fast zwanzig Jahren in dieser Länge. Er sah in den Spiegel und versuchte sich vorzustellen, wie er aussehen würde, so kahl wie Michael Jordan, nur weiß. Es gelang ihm nicht. Mit etwas Glück würden Rose und ihre neuen Freundinnen es auch nicht können.

»Sicher?«

Plötzlich wurde Norman fast übel vor Verlangen, diesen Mann niederzuschlagen und ihm die Knie auf die Brust zu drücken und sich über ihn zu beugen und ihm die gesamte Oberlippe, mitsamt seinem coolen Schnurrbart, einfach aus dem Gesicht zu beißen. Und er vermutete, daß er den Grund dafür kannte. Er sah dem denkwürdigen kleinen Schwanzlutscher Ramon Sanchez ähnlich. Der versucht hatte, Geld mit der Kreditkarte abzuheben, die Normans verlogenes Miststück von einer Frau ihm gestohlen hatte.

O Friseur, *dachte Norman,* o Friseur, du bist nahe dran, daß ich dir dein Licht auspuste. Noch eine Frage, noch ein falsches Wort, und ich *werde* dir dein Licht auspusten. Und ich kann nichts zu dir sagen. Ich könnte dich nicht mal warnen, wenn ich es wollte, denn im Augenblick würde meine Stimme schon ausreichen, das Faß zum Überlaufen zu bringen. So sieht's aus, und so läuft's.

Der Friseur warf ihm noch einen langen, vorsichtigen Blick zu. Norman blieb stehen und ließ ihn sich sattsehen. Nun fühlte er sich gelassen. Was geschehen sollte, würde geschehen. Es lag alles in den Händen dieses Niggers.

»Na gut, scheint Ihr Ernst zu sein«, sagte der Friseur schließlich. Seine Stimme klang sanft und entwaffnend. Norman entspannte die rechte Hand, mit der er tief in der Hosentasche den Schocker umklammert hatte. Der Friseur legte seine Zeitschrift auf den Tresen zu den Flaschen mit Aftershave und Kölnischwasser (auf einem kleinen Messingschild dort stand SAMUEL LOWE), dann stand er auf und schüttelte eine Plastikschürze aus. »Wenn Sie wie Mike aussehen wollen, dann los.«

Zwanzig Minuten später betrachtete sich Norman nachdenklich im Spiegel. Samuel Lowe stand neben seinem Stuhl und beobachtete ihn. Lowe schien nervös zu sein, aber auch interessiert. Er hatte den Blick eines Mannes, der etwas Bekanntes aus einer völlig neuen Perspektive sieht. Zwei neue Kunden waren hereingekommen. Auch sie beobachteten Norman, der sich selbst betrachtete, und stellten identische, bewundernde Mienen zur Schau.

»Der Mann sieht gut aus«, sagte einer der Neuankömmlinge. Er sagte es in einem leicht überraschten Tonfall, und hauptsächlich zu sich selbst.

Norman bekam nicht völlig auf die Reihe, daß er der Mann im Spiegel war. Er blinzelte, und der Mann im Spiegel blinzelte auch; er lächelte, und der Mann im Spiegel lächelte, aber das half nichts. Vorher hatte er die Stirn eines Cops gehabt; jetzt hatte er die Stirn eines Mathematikprofessors, eine Stirn, die bis in die Stratosphäre reichte.

Er kam nicht über die glatten, irgendwie sinnlichen Konturen seines kahlen Schädels hinweg. Und darüber, wie weiß er war. Norman war nicht der Meinung, daß er auch nur ein bißchen sonnengebräunt war, aber verglichen mit seinem blassen Schädel wirkte der Rest seines Körpers so braun wie der eines Bademeisters. Sein Kopf sah seltsam zerbrechlich und zu perfekt aus, um zu jemandem wie ihm zu gehören. Um überhaupt zu einem menschlichen Wesen zu gehören, besonders einem Mann. Sein Kopf sah aus, als sei er aus Delfter Porzellan gemacht.

»Sie ham echt kein schlechten Kopf, Mann«, sagte Lowe. Er sagte es zögernd, aber Norman hatte nicht den Eindruck, als wollte er ihm schmeicheln, und das war gut, weil Norman nicht in der Stimmung war, sich von jemand Honig ums Maul schmieren zu lassen. »Sie sehn gut aus. Jünger. *Oder nicht, Dale?«*

»Nicht schlecht«, stimmte der andere Neuankömmling zu. »Nee, Sir, echt nicht.«

»Wieviel, haben Sie gesagt?« wandte sich Norman an Samuel Lowe. Er drehte sich von dem Spiegel weg und stellte entnervt und ein wenig ängstlich fest, daß er versuchte, seinem Kopf im Spiegel mit den Augen zu folgen, damit er sehen konnte, wie er von hinten aussah. Das Gefühl der Bewußtseinsspaltung war stärker denn je. Er war nicht *der Mann im Spiegel, der Mann mit dem Gelehrtenkahlkopf über den buschigen schwarzen Brauen; wie könnte er? Das war ein Fremder, mehr nicht, ein phantastischer Lex Luthor, der in Metropolis nichts Gutes im Schilde führte, und was er von jetzt an tat, würde keine Rolle spielen. Von jetzt an würde nichts mehr eine Rolle spielen. Abgesehen davon natürlich, Rose zu erwischen. Und mit ihr zu reden.*

Aus der Nähe.

Lowe warf ihm wieder diesen vorsichtigen Blick zu, und dazwischen sah er zu den beiden anderen Kunden, und da wurde Norman plötzlich klar, daß er sich vergewisserte, ob sie ihm beistehen würden, sollte der große weiße Mann – der große kahle *weiße Mann – plötzlich durchdrehen und Amok laufen.*

»Tut mir leid«, sagte er und versuchte, mit leiser und versöhnlicher Stimme zu sprechen. »Sie haben etwas gesagt, richtig? Was war es gleich noch mal?«

»Ich sagte, dreißig hört sich nicht schlecht an. Was meinen Sie?«

Norman holte ein zusammengefaltetes Bündel Geldscheine aus der linken Vordertasche, zog zwei Zwanziger aus dem dunkel angelaufenen alten Geldclip heraus und hielt sie ihm hin.

»Dreißig hört sich nach zu wenig an«, sagte er. »Nehmen Sie vierzig und akzeptieren Sie meine Entschuldigung. Sie haben großartig gearbeitet. Ich habe nur eine verdammt miese Woche hinter mir, das ist alles.« Du hast ja keine Ahnung, Kumpel, dachte er.

Samuel Lowe entspannte sich sichtlich und nahm das Geld. »Kein Problem, Bruder«, sagte er. »Und ich hab's ernst gemeint – Ihr Kopf sieht echt nicht schlecht aus. Sie sind nicht Michael, aber wie Michael is' keiner.«

»Außer Michael«, sagte der Neuankömmling namens Dale. Die drei Schwarzen lachten herzlich und nickten einander zu. Obwohl er alle drei hätte töten können, ohne sich nennenswert anzustrengen, nickte Norman und stimmte in ihr Lachen ein. Die Neuankömmlinge in dem Barbierladen hatten alles verändert. Es wurde Zeit, wieder vorsichtig zu sein. Er ging immer noch lachend hinaus.

Ein Teenagertrio, ebenfalls Schwarze, lehnte in der Nähe des Tempo an einem Zaun, aber sie hatten dem Auto nichts getan – wahrscheinlich, weil die Rostlaube den Aufwand nicht gelohnt hätte. Sie betrachteten Normans weißen Schädel interessiert, dann sahen sie einander an und verdrehten die Augen. Sie waren um die Vierzehn; Jungs, die ihm keinen großen Ärger machen wollten. Der in der Mitte wollte gerade sagen: »Sehn Sie mich an?« wie Robert De Niro in Taxi Driver. Norman schien es zu spüren und sah ihn an – nur ihn, schien es, ohne die anderen beiden auch nur zu beachten. Der in der Mitte kam zu dem Ergebnis, daß es vielleicht besser wäre, seine De-Niro-Imitation noch ein bißchen zu üben, und ließ es bleiben.

Norman stieg in sein frisch gewaschenes gestohlenes Auto ein und fuhr davon. Sechs Blocks weiter, Richtung Stadtmitte, stattete er einem Second-Hand-Bekleidungsgeschäft namens Play It Again, Sam einen Besuch ab. Mehrere Kunden hielten sich in dem Laden auf, und sie sahen ihn alle an, aber das machte nichts. Es machte Norman nichts aus, wenn er von allen angestarrt wurde, besonders, wenn ihre Aufmerksamkeit seinem frisch rasierten Schädel galt. Wenn sie seinen Schädel ansahen, würden sie fünf Minuten später nicht mehr die geringste Ahnung haben, wie sein Gesicht aussah.

Er fand eine Lederjacke, an der Nieten und Reißverschlüsse und kleine Silberkettchen glänzten, die in jeder Falte knirschte, als er sie vom Bügel nahm. Der Verkäufer machte den Mund auf, um zweihundertvierzig Dollar für die Jacke zu verlangen, sah die gequälten Augen, die ihn unter der ehrfurchtgebietenden weißen Wüste des frisch rasierten Schädels anstarrten, und sagte Norman, daß die Jacke hundertachtzig plus Steuern kostete. Er wäre noch weiter runtergegangen, wenn Norman gehandelt hätte, aber Norman handelte nicht. Er war müde, hatte pochende Kopfschmerzen und wollte zurück ins Hotel und schlafen. Er wollte bis morgen durchschlafen. Er brauchte allen Schlaf, den er kriegen konnte, denn morgen würde ein anstrengender Tag werden.

Auf dem Weg zurück machte Norman noch zwei Besuche. Den ersten in einem Orthopädiegeschäft. Hier kaufte Norman einen nichtmotorisierten Rollstuhl aus zweiter Hand, den er zusammengeklappt im Kofferraum des Tempo unterbrachte. Dann ging er ins Frauenkulturzentrum und Museum. Er bezahlte sechs Dollar Eintritt, würdigte die Ausstellungsstücke aber keines Blickes und beachtete das Auditorium gar nicht, wo eine Podiumsdiskussion über natürliche Geburt stattfand. Er besuchte rasch den Andenkenstand, dann ging er wieder.

Im Whitestone begab er sich auf sein Zimmer, ohne jemand nach Blondie mit dem süßen kleinen Arsch zu fragen. In seinem momentanen Zustand hätte er sich nicht zugetraut, jemand nach einem Glas Mineralwasser zu fragen. Sein frisch rasierter Schädel hämmerte wie ein Amboß aus Stahl, seine Augen pulsierten in den Höhlen, seine Zähne taten weh, und sein Kiefer schmerzte. Am schlimmsten war, daß sein Verstand ein Stück über ihm zu schweben schien, wie ein Luftballon bei der Parade von Macy's an Thanksgiving; es schien, als wäre er nur an einem dünnen Faden mit dem Rest von Normans Körper verbunden und könnte jeden Moment davonfliegen. Er mußte sich hinlegen. Mußte schlafen. Vielleicht würde sein Verstand dann in den Kopf zurückkehren, wohin er gehörte. Was Blondie anging, wäre er wahrscheinlich am besten beraten, wenn er sie als As im Ärmel betrachtete, auf das er nur zurückgriff, wenn es sich gar nicht vermeiden ließ. Im Notfall Scheibe einschlagen.

Norman legte sich am Freitag nachmittag um vier Uhr ins Bett. Das Pochen hinter seinen Schläfen hatte nichts mehr mit einem Ka-

ter Vergleichbares an sich; es war zu Kopfschmerzen angewachsen, die er als seine »Speziellen« bezeichnete. Er bekam sie manchmal, wenn er hart arbeitete, und seit Rose ihn verlassen hatte und sein großer Drogenfall in die heiße Phase getreten war, waren zwei pro Woche keine Ausnahme. Als er im Bett lag und zur Decke sah, tränten seine Augen, seine Nase lief, und er konnte komische bunte Zickzackmuster um die Ränder aller Gegenstände pulsieren sehen. Die Schmerzen hatten ein Stadium erreicht, wo er sich fühlte, als hätte er einen schrecklichen Fötus im Kopf, dessen Geburt unmittelbar bevorstand; ein Stadium, wo er sich nur noch flach hinlegen konnte und darauf warten mußte, daß sie vorübergingen, und das schaffte er am besten, wenn er jeden Augenblick für sich nahm und von einem zum anderen ging wie jemand, der auf Steinen hüpfend einen Bach überquerte. Das löste eine verschwommene Erinnerung tief in seinem Gedächtnis aus, aber Norman kam nicht an dem unbarmherzigen Pochen vorbei, daher ließ er es dabei bewenden. Er rieb sich mit der Hand über den Kopf. Die Glätte da oben schien nicht zu ihm zu gehören; es war, als würde er die Haube eines frisch gewachsten Autos berühren.

»Wer bin ich?« fragte er das leere Zimmer. »Wer bin ich? Warum bin ich hier? Was mache ich? Wer bin ich?«

Bevor er eine dieser Fragen beantworten konnte, schlief er ein. Die Schmerzen verfolgten ihn eine ganze Strecke in die traumlose Tiefe hinein, folgten ihm wie ein schlimmer Einfall, der einen nicht mehr losläßt, aber schließlich ließ Norman sie hinter sich. Sein Kopf sackte auf dem Kissen zur Seite, und eine Nässe, die nicht exakt Tränen war, lief ihm aus dem linken Auge und dem linken Nasenloch und rann seine Wange hinab. Er fing laut an zu schnarchen.

Als er zwölf Stunden später aufwachte, Samstag morgen um vier Uhr, waren seine Kopfschmerzen wie weggeblasen. Er fühlte sich frisch und voller Energie, wie meistens nach seinen »Speziellen«. Er setzte sich auf, stellte die Füße auf den Boden und sah zum Fenster hinaus in die Dunkelheit. Die Tauben saßen da draußen auf dem Sims und gurrten sogar im Schlaf. Er war vollkommen und unerschütterlich davon überzeugt, daß dieser Tag das Ende der ganzen Angelegenheit bringen würde. Wahrscheinlich auch sein *Ende, aber das war nebensächlich. Allein durch das Wissen, daß er keine Kopfschmerzen mehr haben würde, nie mehr, schien es akzeptabel zu sein.*

Auf der anderen Seite des Zimmers hing seine neue Motorradjacke über einem Stuhl wie ein schwarzer Geist ohne Kopf.

Wach früh auf, Rose, *dachte er fast zärtlich.* Wach früh auf, Honigkuchen, und bewundere den Sonnenaufgang, ja? Du solltest dir wirklich die beste Aussicht dafür suchen, denn es wird der letzte sein, den du je sehen wirst.

2

Rosie erwachte Samstag morgen ein paar Minuten nach vier, tastete nach der Nachttischlampe und war überzeugt, daß sich Norman bei ihr im Zimmer befand, daß sie sein Kölnisch Wasser riechen konnte, meine Männer tragen English Leather, oder sie tragen gar nichts.

Bei ihrem verstörten Versuch, das Licht anzumachen, hätte sie die Lampe fast zu Boden gestoßen, aber als Rosie es endlich geschafft hatte (der Fuß hing halb über dem Abgrund), schwand ihre Angst rasch. Es war nur ihr Zimmer, klein und ordentlich und normal, und sie konnte nur das schwache, warme Aroma ihrer eigenen Haut riechen. Außer ihr war niemand hier ... nur Rose Madder natürlich. Aber Rose Madder hatte sie sicher im Schrank verstaut, wo sie zweifellos immer noch stand, mit einer Hand die Augen beschirmte und zu der Tempelruine hinuntersah.

Ich hab von ihm geträumt, dachte sie, als sie sich aufsetzte. *Ich hatte wieder einen Alptraum mit Norman, darum bin ich so erschrocken aufgewacht.*

Sie schob die Lampe wieder ganz auf den Nachttisch. Sie stieß klirrend gegen den Armreif. Rosie hob ihn auf und betrachtete ihn. Seltsam, wie schwer es ihr fiel, sich daran zu erinnern,

(woran du dich erinnern mußt)

wie sie zu dem Schmuck gekommen war. Hatte sie ihn in Bills Laden gekauft, weil er aussah wie der, den die Frau in ihrem Bild trug? Sie wußte es nicht, und das beunruhigte sie. Wie konnte man

(was du vergessen mußt)
so etwas vergessen?

Rosie hob den Armreif, der sich schwer wie Gold anfühlte, aber wahrscheinlich nur aus vergoldetem Blei bestand, und betrachtete durch ihn hindurch das Zimmer wie eine Frau, die durch ein Teleskop sieht.

Dabei fiel ihr ein Bruchstück ihres Traums wieder ein, und ihr wurde klar, daß sie ganz und gar nicht von Norman geträumt hatte. Sie hatte von Bill geträumt. Sie waren mit seinem Motorrad gefahren, aber statt sie zu dem Picknickplatz am See zu bringen, war er mit ihr auf einem Weg gefahren, der immer tiefer in einen finsteren Wald voll toter Bäume führte. Nach einer Weile kamen sie auf eine Lichtung, wo ein einziger grüner Baum stand, dessen Früchte dieselbe Farbe hatten wie der Chiton von Rose Madder.

Oh, was für eine prima Vorspeise! hatte Bill fröhlich gerufen, war vom Motorrad gesprungen und zu dem Baum gelaufen. *Von denen hab ich gehört – wenn man eine ißt, kann man durch seinen Hinterkopf sehen, wenn man zwei ißt, lebt man ewig!*

An dieser Stelle hatte der Traum die Grenze zwischen dem nur Beunruhigenden und dem echten Alptraumland überschritten. Sie wußte irgendwie, daß die Frucht dieses Baums keine Zauberkräfte hatte, sondern giftig war, und sie lief zu ihm, weil sie verhindern wollte, daß er in eine der schrecklichen Früchte biß. Aber Bill ließ sich nicht überzeugen. Er legte nur den Arm um sie, drückte sie ein wenig und sagte: *Sei nicht albern, Rosie – ich weiß, wie Granatäpfel aussehen, und das hier sind keine.*

Da war sie aufgewacht, hatte in der Dunkelheit gezittert und nicht an Bill gedacht, sondern an Norman ... als würde Norman irgendwo in der Nähe im Bett liegen und an *sie* denken. Bei dem Gedanken verschränkte Rosie die Arme vor der Brust und drückte sie fest an sich. Es war gut möglich, daß er genau das tat. Sie legte den Armreif auf den Nachttisch zurück, ging ins Bad und drehte die Dusche auf.

Ihr beunruhigender Traum von Bill und den vergifteten Früchten, ihre Frage, wo und wie sie zu dem Armreif gekommen war, und ihre zwiespältigen Gefühle hinsichtlich des

Bilds, das sie gekauft, aus dem Rahmen genommen und dann wie ein Geheimnis im Schrank versteckt hatte … das alles verblaßte angesichts einer größeren und unmittelbareren Sorge: ihrer Verabredung. Die war heute, und jedesmal, wenn sie daran dachte, verspürte sie einen heißen Stich in der Brust. Sie war ängstlich und glücklich zugleich, vor allem aber war sie neugierig. Ihr Ausflug. Ihr *gemeinsamer* Ausflug.

Wenn er überhaupt kommt, flüsterte eine Stimme in ihr geheimnisvoll. *Vielleicht war alles nur ein Witz, weißt du. Oder du hast ihn abgeschreckt.*

Rosie wollte gerade unter die Dusche steigen, als ihr im letzten Moment auffiel, daß sie ihren Slip noch anhatte.

»Er wird kommen«, murmelte sie, bückte sich und schlüpfte heraus. »Er wird auf jeden Fall kommen. Ich weiß es.«

Als sie sich unter den Wasserstrahl stellte und nach dem Shampoo griff, flüsterte eine Stimme tief im Innern ihres Verstands – diesmal eine vollkommen andere Stimme: *Bestien kämpfen.*

»Was?« Rosie erstarrte mit der Plastikflasche in einer Hand. Sie hatte Angst und wußte nicht genau, warum. »Was hast du gesagt?«

Nichts. Sie konnte sich nicht mal mehr genau erinnern, was sie gedacht hatte, nur daß es wieder mit diesem verdammten Bild zu tun gehabt hatte, das ihr wie ein Refrain im Kopf herumspukte, den man nicht mehr vergessen konnte. Als sie ihr Haar einschäumte, beschloß Rosie plötzlich, daß sie es weggeben würde. Nach diesem Entschluß fühlte sie sich besser, wie bei dem Gedanken, eine schlechte Angewohnheit aufzugeben – rauchen, zum Mittagessen Alkohol trinken –, und als sie aus der Duschkabine kam, summte sie fröhlich vor sich hin.

3

Bill quälte sie nicht mit Zweifeln, indem er sich verspätete. Rosie hatte einen der Küchenstühle ans Fenster gezogen, damit sie nach ihm Ausschau halten konnte (um Viertel nach sieben hatte sie das getan, drei volle Stunden, nachdem sie geduscht hatte), und fünfundzwanzig Minuten nach acht parkte ein Motorrad mit einer Kühltasche auf dem Gepäckträger in einer der Parklücken vor dem Haus. Der Kopf des Fahrers war unter einem blauen Helm verborgen, und durch den schiefen Winkel konnte sie sein Gesicht nicht sehen, aber sie wußte, daß er es war. Den Umriß seiner Schultern hatte sie sich schon unauslöschlich eingeprägt. Er ließ den Motor einmal aufheulen, dann machte er ihn aus und klappte mit dem Absatz des Stiefels den Ständer der Harley herunter. Er stieg von der Maschine ab, und einen Moment konnte man die Konturen seines Oberschenkels deutlich unter den verwaschenen Jeans erkennen. Rosie verspürte einen Schauer zaghafter, aber unmißverständlicher Lust in sich und dachte: *Daran werde ich heute nacht vor dem Einschlafen denken; das werde ich sehen. Und wenn ich großes, großes Glück habe, werde ich davon träumen.*

Sie überlegte, ob sie hier oben auf ihn warten sollte, ob sie ihn zu sich kommen lassen sollte wie ein Mädchen, das sich im Haus seiner Eltern wohl fühlt, auf den Jungen warten würde, der sie zum Abschlußball ausführen möchte; das auf ihn warten würde, auch wenn er schon da ist, um ihn, mit einem heimlichen, verhaltenen Lächeln, in ihrem trägerlosen Abendkleid am Fenster ihres Zimmers hinter dem Vorhang zu beobachten, wie er aus dem frisch gewaschenen und gewachsten Auto seines Vaters aussteigt und zur Tür kommt, wo er sich nervös die Krawatte zurechtrückt oder an seinem Kummerbund zupft.

Sie überlegte es sich, doch dann riß sie die Schranktür auf, griff hinein und riß den Pullover heraus. Sie lief den Flur entlang und schlüpfte unterwegs hinein. Als sie das Ende der Treppe erreichte, wo er ihr schon auf halbem Weg entgegenkam und den Kopf hob, um sie anzusehen, überlegte sie sich, daß sie das perfekte Alter hatte: zu alt, um der Form halber schüchtern zu sein, aber immer noch jung genug, um daran zu glauben, daß sich manche Hoffnungen – die, auf die es wirklich ankommt – entgegen aller Wahrscheinlichkeit doch noch erfüllen können.

»Hi«, sagte sie und sah zu ihm hinunter. »Du bist pünktlich.«

»Klar«, sagte er und sah hoch. Er wirkte ein wenig überrascht. »Ich bin *immer* pünktlich. So bin ich erzogen worden. Ich glaube, es steckt schon in meinen Genen.« Er streckte ihr eine Hand – im Handschuh – entgegen wie ein Kavalier in einem Film. Er lächelte. »Bist du bereit?«

Auf diese Frage wußte sie noch keine Antwort, daher ging sie ihm einfach entgegen, nahm seine Hand und ließ sich von ihm ins Freie führen, wo die Sonne den ersten Samstag im Juni begrüßte.

Er führte sie zum Bordstein, wo das Motorrad stand, betrachtete sie kritisch von oben bis unten und schüttelte den Kopf. »Nee, nee, der Pullover bringt's nicht«, sagte er. »Zum Glück hat mich meine Pfadfinderausbildung noch nie im Stich gelassen.«

Auf beiden Seiten des Gepäckträgers der Harley hingen Satteltaschen. Er machte eine davon auf und holte eine Lederjacke wie seine eigene heraus: auf beiden Seiten oben und unten Taschen mit Reißverschluß, ansonsten schwarz und schlicht. Keine Nieten, Epauletten, Blitzembleme oder ähnlicher Flitterkram. Sie war kleiner als die von Bill. Rosie betrachtete die Jacke, die schlapp wie ein Pelz in seiner Hand hing, und wurde von der Frage gequält, die auf der Hand lag.

Er sah ihren Blick, verstand ihn sofort und schüttelte den Kopf.

»Es ist die Jacke von meinem Dad. Er hat mir das Fahren auf einer alten Indian beigebracht, die er gegen einen Eßzimmertisch und eine Schlafzimmereinrichtung eingetauscht hatte. In dem Jahr, als er einundzwanzig wurde, ist er mit dieser Maschine kreuz und quer durch Amerika gefahren, sagt er. Man mußte sie noch mit Kickstarter anlassen, und wenn man vergaß, das Getriebe in Leerlauf zu schalten, ist sie einfach unter einem weggeschossen.«

»Was ist passiert? Hat er sie zu Schrott gefahren?« Sie lächelte zaghaft. »Hast *du* sie zu Schrott gefahren?«

»Weder noch. Sie ist an Altersschwäche gestorben. Seither gibt es nur Harleys in der Familie Steiner. Das ist eine Heritage, dreizehnachtzig Kubik.« Er strich zärtlich über den Rumpf. »Dad ist seit rund fünf Jahren nicht mehr gefahren.«

»Hat er keine Lust mehr?«

Bill schüttelte den Kopf. »Nein, er hat den grünen Star.«

Sie schlüpfte in die Jacke. Sie schätzte, daß Bills Vater mindestens acht Zentimeter kleiner und rund zwanzig Kilo leichter sein mußte als sein Sohn, aber trotzdem sah die Jacke komisch an ihr aus und ging ihr fast bis zu den Knien. Aber sie war warm, und Rosie zog den Reißverschluß von einer Art sinnlicher Freude erfüllt bis zum Kinn hoch.

»Du siehst gut aus«, sagte er. »Ein bißchen komisch, wie ein Kind, das die Sachen seines Vaters anprobiert, aber gut. Wirklich.«

Sie glaubte, daß sie jetzt sagen konnte, was ihr nicht über die Lippen gekommen war, als sie und Bill auf der Bank saßen und Hot Dogs aßen, aber plötzlich schien es sehr wichtig zu sein, daß sie es sagte.

»Bill?«

Er sah sie mit seinem verhaltenen Lächeln an, aber seine Augen waren ernst. »Ja?«

»Tu mir nicht weh.«

Er dachte darüber nach, während das verhaltene Lächeln blieb und seine Augen weiter ernst dreinschauten, dann schüttelte er den Kopf. »Nein. Bestimmt nicht.«

»Versprochen?«

»Ja. Versprochen. Komm schon, steig auf. Bist du schon mal auf einem eisernen Pony geritten?«

Sie schüttelte den Kopf.

»Also, diese kleinen Stützen hier sind für deine Füße.« Er beugte sich über das Heck des Motorrads, fuhrwerkte irgendwo herum und brachte einen Helm zum Vorschein. Sie nahm die purpurrote Farbe ohne die geringste Überraschung zur Kenntnis. »Hier, nimm das Ding.«

Sie setzte den Helm auf, beugte sich nach vorne, betrachtete sich ernst in einem Seitenspiegel der Harley und prustete vor Lachen. »Ich seh aus wie ein Footballspieler!«

»Aber der hübscheste in der Mannschaft.« Er nahm sie an den Schultern und drehte sie herum. »Man macht ihn unter dem Kinn zu. Hier, laß mich.« Einen Augenblick war sein Gesicht in Kußweite von ihrem entfernt, und sie fühlte sich schwindlig und wußte, wenn er sie hier auf dem sonnigen Bürgersteig küssen wollte, wo die Leute ihren samstagvormittäglichen Besorgungen nachgingen, würde sie ihn lassen.

Dann trat er zurück.

»Ist der Gurt zu fest?«

Sie schüttelte den Kopf.

»Sicher?«

Sie nickte.

»Dann sag was.«

»'r Kurt issuu fst«, sagte sie und prustete wieder vor Lachen, als sie seinen überraschten Gesichtsausdruck sah. Dann stimmte er in ihr Lachen ein.

»Bist du bereit?« fragte er wieder. Er lächelte noch, aber in seinen Augen stand wieder der ernste Ausdruck, als wäre ihm bewußt, daß sie sich auf ein schwerwiegendes Unternehmen eingelassen hatten, wo jedes Wort oder jede Bewegung weitreichende Konsequenzen haben konnten.

Sie machte eine Faust, klopfte sich auf den Helm und grinste nervös. »Ich denke ja. Wer steigt zuerst auf, du oder ich?«

»Ich.« Er schwang das Bein über den Sattel der Harley. »Jetzt du.«

Sie hob das Bein vorsichtig über den Sattel und legte ihm die Hände auf die Schultern. Ihr Herz schlug sehr schnell.

»Nein«, sagte er. »Um meine Taille, okay? Ich muß die Hände und Arme zum Lenken frei haben.«

Sie schob die Hände unter seinen Armen durch und verschränkte sie über seinem flachen Bauch. Plötzlich war ihr zumute, als träumte sie wieder. War das alles wirklich die Folge eines kleinen Tropfens Blut auf einem Laken? Einer impulsiven Entscheidung, einfach zur Tür hinauszuspazieren und immer weiter zu gehen? War so etwas überhaupt möglich?

Lieber Gott, bitte mach, daß es kein Traum ist, dachte sie.

»Füße auf die Stützen, klar?«

Sie stellte die Füße hoch und fühlte sich ängstlich und verzaubert, als Bill das Motorrad aufrichtete und den Ständer hochtrat. Jetzt, da nur seine Beine sie aufrecht hielten, kam es ihr vor wie der Augenblick, wenn das letzte Tau eines kleinen Bootes gelöst wird und es am Dock treibt und ungehinderter als vorher auf den Wellen schwankt. Sie beugte sich ein wenig näher zu seinem Rücken, machte die Augen zu und inhalierte tief. Der Geruch des von der Sonne gewärmten Leders war ziemlich genau so, wie sie ihn sich vorgestellt hatte, und das war gut. Alles war gut. Beängstigend und gut.

»Ich hoffe, es gefällt dir«, sagte Bill. »Ich finde es toll.«

Er drückte einen Knopf am rechten Lenker, worauf die Harley unter ihnen wie ein Gewehr losging. Rosie zuckte zusammen und rutschte näher zu ihm; ihr Griff wurde fester und nicht mehr ganz so zaghaft.

»Alles klar?« rief er.

Sie nickte, überlegte sich, daß er das nicht sehen konnte, und rief zurück, daß alles klar sei.

Einen Augenblick später rollte der Bordstein links von ihnen rückwärts. Er warf einen kurzen Blick über die Schulter, auf den Verkehr, dann fuhr er über die Trenton Street zur rechten Seite. Es war nicht wie das Wenden mit einem Auto; das Motorrad *kippte* wie ein kleines Flugzeug, das beim Landeanflug die Richtung korrigiert. Bill gab Gas, worauf die Harley vorwärts schoß, so daß Rosie der Wind in den Helm blies und sie lachen mußte.

»Ich wußte, daß es dir gefallen würde!« rief Bill über die Schulter, als sie an der Ampel an der Ecke hielten. Als er die Füße neben das Motorrad stellte, war es, als wären sie wieder mit festem Boden verbunden, aber nur mit der dünnsten denkbaren Leitung. Als die Ampel grün wurde, heulte der Motor wieder auf, diesmal nachdrücklicher, und sie bogen auf die Deering Avenue ab, die parallel zum Bryant Park verlief, und rollten unter den Schatten alter Eichen dahin, die die

Straße wie Tintenkleckse überzogen. Sie schaute über seine rechte Schulter und erblickte die Sonne, die ihnen den Weg zwischen den Bäumen hindurch wies und ihr wie ein Spiegeltelegraph in die Augen schien, und als er sich auf die Seite legte und die Maschine in die Calumet Avenue lenkte, neigte sie sich mit ihm.

Ich wußte, daß es dir gefallen würde, hatte er gesagt, als sie losgefahren waren, aber es gefiel ihr nur, solange sie den nördlichen Teil der Stadt durchquerten, eine Gegend mit zunehmend vorstädtischem Charakter, deren Holzhäuser sie an *All in the Family* denken ließen, wo es an jeder Ecke ein Wee Nip zu geben schien. Als sie sich auf dem Skyway befanden, der zur Stadt hinausführte, gefiel es ihr nicht mehr nur, sie *liebte* es, und als er vom Skyway auf die Route 27 wechselte, einer zweispurigen asphaltierten Straße, die am Seeufer entlang bis zum nächsten Bundesstaat führte, dachte sie, daß sie glücklich und zufrieden für alle Zeiten weiterfahren könnte. Wenn er sie gefragt hätte, was sie davon hielte, bis nach Kanada zu fahren, um vielleicht ein Spiel der Blue Jays in Toronto anzusehen, hätte sie ihm einfach den Kopf zwischen seine Schulterblätter auf die Lederjacke gelegt, damit er ihr Nicken spüren konnte.

Auf dem Highway 27 war es am besten. Im Sommer würde selbst um diese Zeit, am frühen Morgen, dichter Verkehr herrschen, aber heute war er fast menschenleer, ein schwarzes Band mit einem unterbrochenen gelben Streifen in der Mitte. Rechts konnte man den strahlend blauen See zwischen den Bäumen funkeln sehen; links passierten sie Milchbetriebe, Blockhäuser für Touristen und Souvenirshops, die sich gerade für das Sommergeschäft rüsteten.

Sie sah keine Veranlassung zu reden, war nicht sicher, ob sie hätte reden können, wenn er sie angesprochen hätte. Er beschleunigte die Harley nach und nach, bis die rote Tachonadel gerade nach oben zeigte, wie ein Uhrzeiger, der auf zwölf steht, und der Wind heftiger in ihren Helm blies. Für Rosie war es wie die Träume vom Fliegen, die sie als junges Mädchen gehabt hatte; Träume, in denen sie furchtlos und tollkühn über Felder und Felswände und Dächer und Schornsteine hinweggefegt war, während ihre Haare wie eine Flagge hinter ihr wehten. Aus diesen Träumen war sie stets zitternd erwacht, schweißgebadet, erschrocken und entzückt zugleich, und genauso fühlte sie sich jetzt auch. Wenn sie nach links schaute, sah sie ihren Schatten dahinsausen, wie sie ihn in jenen Träumen gesehen hatte, aber nun wurde er von einem zweiten Schatten begleitet, und das machte es noch besser. Falls sie sich je in ihrem Leben glücklicher gefühlt hatte als in diesem Augenblick, wußte sie nicht, wann das gewesen sein sollte. Die ganze Welt ringsum schien perfekt zu sein, und sie schien perfekt dazu zu passen.

Sie spürte minimalste Temperaturschwankungen: kalt, wenn sie durch ausgedehnte Schattenflächen flogen; warm, wenn sie wieder in die Sonne kamen. Bei sechzig Meilen pro Stunde kamen die Gerüche wie in Kapseln – so konzentriert, als wären sie aus Düsentriebwerken abgefeuert worden: Kühe, Mist, Heu, Erde, gemähtes Gras, frischer Asphalt, als sie eine Baustelle passierten, Dieselabgase, als sie hinter einem Kleinlaster herfuhren. Ein Hundemischling lag auf der Pritsche des Lasters, Kopf auf den Pfoten, und betrachtete sie desinteressiert. Als Bill auf einem geraden Streckenabschnitt zum Überholen ansetzte, winkte der Farmer am Steuer Rosie mit der Hand. Sie konnte die Krähenfüßchen um seine Augen herum sehen, die rote, rissige Haut auf seiner Nase, das Funkeln seines Eherings im Sonnenschein. Vorsichtig wie ein Hochseilartist, der einen Trick ohne Netz vorführt, zog sie eine Hand unter Bills Arm hervor und winkte zurück. Der Farmer lächelte ihr zu und blieb hinter ihnen zurück.

Als sie zehn oder fünfzehn Meilen von der Stadt entfernt waren, deutete Bill auf ein funkelndes Metallgebilde am Himmel. Einen Augenblick später konnte sie das einförmige Hämmern der Rotoren des Helikopters hören, und wieder einen Moment später zwei Männer in der Plexiglasblase sitzen sehen. Als der Hubschrauber mit einem tosenden Luftzug über sie hinwegrauschte, konnte sie erkennen, wie der Passagier sich zum Piloten beugte und ihm etwas ins Ohr brüllte.

Ich kann alles sehen, dachte sie, und dann fragte sie sich, was daran so erstaunlich sein sollte. Sie sah nichts, das sie nicht auch aus einem Auto gesehen hätte. *Aber gewiß doch,* dachte sie. *Ich sehe mehr, weil ich es nicht durch eine Scheibe hindurch sehe, und damit ist es mehr als nur Szenerie. Es ist die* Welt, *keine Szenerie, und ich gehöre dazu. Ich fliege über die Welt, wie früher in meinen Träumen, aber jetzt bin ich nicht allein.*

Der Motor pulsierte konstant zwischen ihren Beinen. Es war nicht gerade ein sexuelles Gefühl, aber es machte ihr deutlich bewußt, was sie da unten hatte und wozu es da war. Wenn sie nicht die Landschaft bewunderte, betrachtete sie fasziniert die kurzen dunklen Haare in Bills Nacken und fragte sich, wie es sein würde, sie mit den Fingern zu berühren und glattzustreichen wie Gefieder.

Eine Stunde, nachdem sie den Skyway verlassen hatten, befanden sie sich in ländlicher Umgebung. Bill schaltete die Harley in den zweiten herunter, und als sie zu einem Schild mit der Aufschrift PICKNICKGELÄNDE »SHORELAND« CAMPING NUR MIT GENEHMIGUNG kamen, schaltete er in den ersten und bog auf einen Kiesweg ab.

»Halt dich fest«, sagte er. Jetzt, wo der Wind nicht mehr wie ein Hurrikan durch ihren Helm wehte, konnte sie ihn deutlich hören. »Schlaglöcher.«

Es *gab* Schlaglöcher, aber die Harley meisterte sie mühelos und verwandelte sie in bloße Vertiefungen. Fünf Minuten später fuhren sie auf einen kleinen, aus der Erde gestampften Parkplatz. Dahinter lagen Picknicktische und gemauerte Grillplätze auf einer ausgedehnten, schattigen grünen Wiese verstreut, deren sanftes Gefälle zu den Felsklippen hinabführte, die man nicht ganz als Strand bezeichnen konnte. Dahinter erstreckte sich der See bis zum Horizont, aber die Linie, wo sich Wasser und Himmel trafen, verschwand in blauem Dunst. Shoreland war menschenleer, abgesehen von ihnen, und als Bill die Harley ausmachte, verschlug die Stille Rosie den Atem. Möwen kreisten über dem Wasser und riefen mit ihren hohen, schrillen Stimmen zum Ufer. Irgendwo, weit entfernt im Westen, konnte man Motorenlärm hören, aber so leise, daß nicht auszumachen war, ob es sich um einen Lastwagen oder einen Traktor handelte. Das war alles.

Er schob mit der Stiefelspitze einen flachen Stein zu dem Motorrad, dann klappte er den Ständer so herunter, daß er auf dem Stein stand. Er stieg ab, drehte sich zu ihr um und lächelte. Als er ihr Gesicht sah, wich das Lächeln einer besorgten Miene.

»Rosie? Alles in Ordnung?«

Sie sah ihn überrascht an. »Ja, warum?«

»Du siehst so merkwürdig aus ...«

Kann ich mir vorstellen, dachte sie. *Kann ich mir nur zu gut vorstellen.*

»Alles bestens«, sagte sie. »Mir ist nur, als wäre dies alles ein Traum, mehr nicht. Ich frage mich immer, wie ich hierhergekommen bin.« Sie lachte nervös.

»Aber du wirst nicht ohnmächtig, oder so was?«

Diesmal lachte Rosie weniger gekünstelt. »Nein, mir geht es wirklich gut.«

»Und es hat dir gefallen?«

»Prima.« Sie machte sich am Gurt des Helms zu schaffen, allerdings ohne großen Erfolg.

»Beim erstenmal ist es immer schwer. Komm, ich helf dir.«

Er beugte sich zu ihr, um den Gurt zu öffnen, wieder in Kußreichweite, aber diesmal wich er nicht zurück. Er zog ihr mit den Handflächen den Helm vom Kopf, dann gab er ihr einen Kuß auf den Mund und ließ den Helm, den er am Gurt hielt, an den ersten beiden Fingern der linken Hand baumeln, während er die rechte auf ihren verlängerten Rücken preßte, und für Rosie brachte dieser Kuß alles in Ordnung; sein Mund und der Druck seiner Handfläche waren, als käme sie nach Hause. Sie spürte, wie sie zu weinen anfing, aber das machte nichts. Diese Tränen taten nicht weh.

Er wich ein kleines Stück zurück, ohne die Hand von ihrem Rücken zu nehmen, und sah ihr ins Gesicht, während der Helm wie ein Pendel sanft gegen ihr Knie schlug. »Alles klar?«

Ja, wollte sie sagen, aber ihre Stimme versagte ihr den Dienst. Statt dessen nickte sie.

»Prima«, sagte er, und dann küßte er ihr ernst, wie ein Mann, der eine wichtige Aufgabe erledigt, ihre kühlen, nassen

Wangen von außen auf ihre Nase zu – zuerst unter dem rechten Auge, dann unter dem linken. Seine Küsse waren so sanft wie ein Wimpernschlag. Sie hatte in ihrem ganzen Leben nichts Ähnliches gespürt, und plötzlich schlang sie die Arme um ihn, drückte ihn fest an sich, preßte das Gesicht an die Schulter seiner Jacke und kniff die immer noch tränenden Augen fest zu. Er hielt sie und streichelte mit der Hand, die auf ihrem Rücken gewesen war, ihren Zopf.

Nach einer Weile löste sie sich von ihm, rieb sich die Augen mit den Armen und versuchte zu lächeln. »Ich weine nicht immer«, sagte sie. »Das glaubst du mir wahrscheinlich nicht, aber es stimmt.«

»Ich glaube es dir«, sagte er und nahm seinen Helm ab. »Komm, hilf mir mit der Kühltasche.«

Sie half ihm die Elastikkordeln zu lösen, mit denen die Tasche befestigt war, dann trugen sie sie zu einem der Picknicktische. Dort blieb sie stehen und sah zum Wasser hinunter. »Dies muß das schönste Fleckchen auf der ganzen Welt sein«, sagte sie. »Ich kann nicht glauben, daß außer uns keiner hier ist.«

»Nun, der Highway 27 liegt etwas abseits des Tourismusbetriebs. Ich bin früher, als ich noch ein Kind war, mit meinen Eltern hergekommen. Mein Dad hat gesagt, er hat es nur durch Zufall gefunden, als er mit dem Motorrad unterwegs war. Nicht mal im August sind viele Leute hier, wenn die anderen Strände überfüllt sind.«

Sie warf ihm einen raschen Blick zu. »Bist du schon mit anderen Frauen hier gewesen?«

»Nee«, sagte er. »Möchtest du gern einen Spaziergang machen? Wir könnten uns Appetit fürs Essen holen, außerdem will ich dir was zeigen.«

»Was?«

»Wahrscheinlich ist es besser, wenn ich's dir zeige«, sagte er.

»Gut.«

Er führte sie zum Wasser hinunter, wo sie sich nebeneinander auf einen großen Stein setzten und die Schuhe auszogen. Sie betrachtete amüsiert die weißen Frotteesocken, die er unter den Motorradstiefeln trug; diese Art von Socken ließ sie immer an die Junior High School denken.

»Mitnehmen oder hierlassen?« fragte sie und hielt die Turnschuhe hoch.

Er dachte darüber nach. »Du nimmst deine mit, ich laß meine hier. Die verflixten Stiefel sind sogar mit trockenen Füßen fast unmöglich anzuziehen. Mit nassen Füßen kannst du es vergessen.« Er zog die weißen Socken aus und legte sie fein säuberlich über die klobigen Schuhspitzen. Die Art, wie er es tat, und ihr blitzsauberes Aussehen brachten Rosie zum Lächeln.

»Was ist?«

Sie schüttelte den Kopf. »Nichts. Komm, zeig mir deine Überraschung.«

Sie gingen am Ufer entlang nach Norden, Rosie mit den Turnschuhen in der linken Hand, Bill voraus. Die erste Berührung mit dem Wasser war so kalt, daß sie stöhnte, aber nach einer oder zwei Minuten fühlte es sich gut an. Sie konnte ihre Füße wie blasse Fische sehen, aufgrund der Brechung des Lichts ein wenig vom Rest ihres Körpers getrennt. Der Grund war mit Kieselsteinen übersät, aber nicht so sehr, daß es weh tat. *Du könntest dir die Füße in Stücke schneiden und würdest es nicht merken*, dachte sie. *Sie sind taub, Süße.* Aber sie schnitt sie sich nicht auf. Ihr kam es so vor, als würde er nicht *zulassen*, daß sie sich die Füße aufschnitt. Der Gedanke war albern, aber überzeugend.

Nachdem sie rund vierzig Meter am Ufer entlanggegangen waren, kamen sie zu einem überwucherten Pfad, der sich die Böschung hinaufschlängelte, körniger weißer Sand zwischen niederen, zähen Wacholderbüschen, und sie verspürte einen kurzen Schauder von *déjà vu*, als hätte sie diesen Weg schon einmal in einem fast vergessenen Traum gesehen.

Er deutete zum Grat der Anhöhe hinauf und sprach mit leiser Stimme. »Da gehen wir rauf. Sei so leise du kannst.«

Er wartete, bis sie in die Turnschuhe geschlüpft war, dann ging er vor. Oben angekommen, blieb er stehen und wartete auf sie, und als sie bei ihm war und etwas sagen wollte, legte er ihr erst den Finger auf die Lippen und zeigte dann mit ihm auf etwas.

Sie befanden sich am Rand einer kleinen, mit Gestrüpp bewachsenen Lichtung, einer Art Aussichtspunkt, fünfzehn Meter über dem See. In der Mitte lag ein umgestürzter Baum. Unter dem Wirrwarr der erdverkrusteten Wurzeln lag eine schlanke rote Füchsin, die drei Junge säugte. In der Nähe war ein viertes im Sonnenlicht damit beschäftigt, seinen eigenen Schwanz zu jagen. Rosie beobachtete sie entzückt.

Er beugte sich näher zu ihr, und sein Flüstern kitzelte sie am Ohr, daß sie erschauerte. »Ich bin vorgestern hergefahren, um festzustellen, ob das Picknickgelände überhaupt noch existiert und noch so schön ist. Ich bin ein bißchen rumgelaufen und hab die Burschen hier gefunden. *Vulpes fulva* – der Rotfuchs. Die Jungen dürften um die sechs Wochen alt sein.«

»Wieso weißt du soviel über sie?«

Bill zuckte die Achseln. »Ich mag Tiere, das ist alles«, sagte er. »Ich lese über sie und versuche, sie in freier Wildbahn zu beobachten, wenn ich kann.«

»Jagst du?«

»Großer Gott, nein. Ich mach nicht mal Fotos. Ich beobachte nur.«

Jetzt hatte die Füchsin sie gesehen. Ohne sich zu rühren, wurde sie eher noch stiller; ihre Augen waren hell und wachsam.

Sieh sie nicht direkt an, dachte Rosie plötzlich. Sie hatte keine Ahnung, was dieser Gedanke bedeuten sollte; sie wußte nur, daß sie nicht ihre eigene Stimme in ihrem Kopf hörte. *Sieh sie nicht direkt an. Der Anblick ist nichts für deinesgleichen.*

»Sie sind wunderschön«, hauchte Rosie. Sie nahm seine Hand zwischen ihre beiden.

»Ja, das sind sie«, sagte er.

Die Füchsin drehte sich zu dem vierten Jungen um, das seinen Schwanz mittlerweile in Ruhe ließ, dafür aber auf seinen eigenen Schatten sprang. Sie stieß ein kurzes, schrilles Bellen aus. Das Junge drehte sich um, betrachtete die Neuankömmlinge am Ende des Wegs mit frechem Blick, trottete zu seiner Mutter und legte sich neben sie. Sie leckte ihm den Kopf und putzte es rasch und gekonnt, ließ Rosie und Bill aber dabei nicht aus den Augen.

»Hat sie einen Mann?« flüsterte Rosie.
»Ja, hab ich auch schon gesehen. Ein ziemlich großer Rüde.«
»Nennt man sie so?«
»Hm-hmm, Rüden.«
»Wo steckt er?«
»Irgendwo in der Gegend. Auf der Jagd. Die Kleinen bekommen wahrscheinlich eine Menge Möwen mit gebrochenen Flügeln zum Essen angeschleppt.«
Rosies Blick wanderte zu den Wurzeln des Baums, unter denen die Füchse ihren Bau hatten, und das Gefühl von *déjà vu* kam wieder über sie. Das Bild einer sich bewegenden Wurzel, die nach etwas zu greifen schien, kam ihr kurz in den Sinn, flackerte und erlosch wieder.
»Machen wir ihr angst?« fragte Rosie.
»Vielleicht ein wenig. Wenn wir näher hingehen würden, würde sie kämpfen.«
»Ja«, sagte Rosie. »Und wenn wir ihnen was tun würden, würde sie es uns vergelten.«
Er sah sie seltsam an. »Nun, wahrscheinlich würde sie es versuchen, ja.«
»Ich bin froh, daß du sie mir gezeigt hast.«
Sein Lächeln ließ sein ganzes Gesicht erstrahlen. »Gut.«
»Gehen wir wieder zurück. Ich will ihr keine Angst machen. Außerdem habe ich Hunger.«
»Einverstanden. Ich auch.«
Er hob eine Hand und winkte feierlich. Die Füchsin sah ihnen mit ihren strahlenden, stillen Augen nach ... dann runzelte sie die Schnauze zu einem lautlosen Knurren und ließ eine Reihe spitzer weißer Zähne sehen.
»Ja«, sagte Bill. »Du bist eine gute Mutter. Paß auf sie auf.«
Er wandte sich ab. Rosie wollte ihm folgen, aber dann sah sie noch einmal in diese strahlenden, stillen Augen. Die Füchsin hatte immer noch die Zähne gefletscht, während sie im Sonnenschein ihre Jungen säugte. Ihr Fell war mehr orange als rot, aber seine Schattierungen – der schroffe Kontrast zu dem Grün ringsum – ließen Rosie irgendwie erschauern. Eine Möwe flog über ihnen da-

hin, deren Schatten über die struppige Lichtung glitt, aber die Füchsin ließ Rosie nicht aus den Augen. Rosie spürte ihren Blick, wachsam und zutiefst konzentriert in seiner Stille, auch noch, als sie sich umgedreht hatte, um Bill zu folgen.

4

»Wird ihnen nichts geschehen?« fragte sie, als sie wieder am Seeufer angelangt waren. Sie hielt sich an seiner Schulter fest und balancierte, als sie erst den linken und dann den rechten Turnschuh auszog.

»Du meinst, ob die Jungen gejagt und erlegt werden?«

Rosie nickte.

»Nicht, wenn sie sich von Gärten und Hühnerhäusern fernhalten und Mom und Dad schlau genug sind, sie nicht in die Nähe der Farmen zu lassen – das heißt, wenn sie normal bleiben. Die Füchsin ist mindestens vier Jahre alt, der Rüde vielleicht sieben. Wenn du ihn nur gesehen hättest. Sein Schweif hat die Farbe von Ahornlaub im Herbst.«

Sie hatten den halben Weg zum Picknickgelände zurückgelegt und standen bis zu den Knöcheln im Wasser. Sie konnte seine Stiefel auf dem Stein sehen, wo er sie zurückgelassen hatte; die makellosen weißen Socken lagen immer noch über den Schuhspitzen.

»Was meinst du, ›wenn sie normal bleiben‹?«

»Tollwut«, sagte er. »Meistens räubern sie nur in Gärten und Hühnerställen, wenn sie tollwütig werden. Dann fallen sie auf. Und werden getötet. Füchsinnen bekommen sie häufiger als Rüden, und sie bringen den Jungen gefährliches Verhalten bei. Die Rüden gehen ziemlich schnell ein, aber Füchsinnen können die Tollwut lange mit sich herumschleppen, und dann werden sie immer bösartiger.«

»Wirklich?« fragte sie. »Wie schrecklich.«

Er blieb stehen und betrachtete ihr blasses, teilnahmsvolles Gesicht, dann nahm er sie in die Arme und drückte sie. »Aber es muß nicht dazu kommen«, sagte er. »Bis jetzt haben sie es ja geschafft.«

»Aber es könnte dazu kommen. Es *könnte.*«

Er dachte darüber nach und nickte. »Ja, klar«, sagte er. »Alles ist möglich. Komm, essen wir. Was meinst du?«

»Klingt nicht schlecht.«

Aber sie dachte, daß sie nicht viel essen konnte, daß der strahlende, aufmerksame Blick der Füchsin ihr den Appetit verschlagen hatte. Doch als er die Sachen ausbreitete, die er zum Essen mitgebracht hatte, überkam sie sofort Heißhunger. Ihr Frühstück hatte aus Orangensaft und einer trockenen Scheibe Toast bestanden; sie war so aufgeregt (und ängstlich) gewesen wie eine Braut am Morgen ihrer Hochzeit. Als sie Brot und Fleisch sah, vergaß sie den Fuchsbau nördlich des Strands.

Er holte immer mehr Essen aus der Kühltasche – Roastbeefsandwiches, Thunfischsandwiches, Geflügelsalat, Kartoffelsalat, Krautsalat, zwei Dosen Cola, eine Thermoskanne mit Eistee, zwei Stückchen Torte, ein großes Stück Kuchen –, bis sie an Clowns denken mußte, die im Zirkus ihr Wägelchen ausluden, und sie lachte. Das war wahrscheinlich nicht höflich, aber mittlerweile hatte sie genug Vertrauen zu ihm, daß sie nicht mehr dachte, sie müßte immer höflich sein. Das war gut, denn sie war nicht sicher, ob sie sich das Lachen hätte verbeißen können.

Er sah mit einem Salzstreuer in der linken und einem Pfefferstreuer in der rechten Hand auf. Sie sah, daß er sorgfältig Tesa über die Löcher geklebt hatte, falls die Streuer umfallen sollten, und darüber mußte sie mehr denn je lachen. Sie setzte sich auf die Bank beim Campingtisch, verbarg das Gesicht in den Händen und versuchte, sich zusammenzureißen. Sie hätte es fast geschafft, als sie zwischen den Fingern hindurch blinzelte und diesen unglaublichen Stapel von Sandwiches sah – ein halbes Dutzend für zwei Personen, jedes diagonal durchgeschnitten und in Zellophan eingeschlagen. Da mußte sie wieder lachen.

»Was?« fragte er und lächelte selbst. »Was ist los, Rosie?«

»Rechnest du damit, daß Freunde vorbeikommen?« fragte sie immer noch kichernd. »Vielleicht eine Mannschaft der Jugendliga? Oder eine Pfadfindergruppe?«

Sein Lächeln wurde breiter, aber in seinen Augen blieb der ernste Blick. Es war ein vielsagender Gesichtsausdruck, aus dem hervorging, daß er begriff, was hier komisch war, und was nicht, und da sah sie endlich, daß er *tatsächlich* in ihrem Alter war, oder so dicht dran, daß es keine Rolle spielte. »Ich wollte nur sicher sein, daß etwas dabei ist, das dir schmeckt, das ist alles.«

Ihr Kichern verstummte, aber sie lächelte ihn weiter an. Nicht seine Liebenswürdigkeit fiel ihr auf, die ihn jünger machte, sondern seine Offenheit, durch die er irgendwie älter wirkte.

»Bill, ich kann einfach alles essen«, sagte sie.

»Da bin ich ganz sicher«, sagte er und setzte sich neben sie, »aber darum geht es nicht. Mir geht es nicht darum, was du aushalten kannst oder womit du klarkommst, sondern darum, was du magst und haben willst. Das möchte ich dir geben, weil ich verrückt nach dir bin.«

Sie sah ihn ernst an, ihr Lachen war verstummt, und als er ihre Hand nahm, legte sie die andere auf seine. Sie versuchte, zu verstehen, was er gerade gesagt hatte, aber das fiel ihr schwer – es war, als würde sie versuchen, ein klobiges, unhandliches Möbelstück durch eine schmale Tür zu schaffen, das sie hin und her drehte, um eine Möglichkeit zu finden, wie es klappen konnte.

»Warum?« fragte sie. »Warum ich?«

Er schüttelte den Kopf. »Ich weiß nicht. Tatsache ist, Rosie, ich weiß nicht sehr viel über Frauen. Ich hatte eine Freundin an der Junior High School, und wahrscheinlich hätten wir miteinander geschlafen, aber sie zog weg, bevor es dazu kommen konnte. Ich hatte eine Freundin, als ich das College besuchte, und mit der *habe* ich geschlafen. Vor fünf Jahren verlobte ich mich mit einem wunderbaren Mädchen, das ich ausgerechnet im städtischen Zoo kennengelernt hatte. Ihr Name war Bronwyn O'Hara. Klingt wie jemand aus einem Roman von Margaret Mitchell, oder?«

»Das ist ein reizender Name.«

»Sie war ein reizendes Mädchen. Sie ist an einer Gehirnblutung gestorben.«

»Oh, Bill, das tut mir so leid.«

»Seither bin ich mit zwei Mädchen ausgegangen, und das ist keine Übertreibung – ich bin mit zwei Mädchen ausgegangen, Ende der Geschichte. Meine Eltern streiten sich meinetwegen. Mein Vater sagt, ich hätte mich lebendig begraben, meine Mutter sagt: ›Laß den Jungen in Ruhe, hör auf zu nörgeln.‹ Nur sagt sie *nörr-kelln*.«

Rosie lächelte.

»Dann bist du in den Laden gekommen und hast das Bild gefunden. Du hast von Anfang an gewußt, daß du es haben mußt, richtig?«

»Ja.«

»So ging es mir mit dir. Ich wollte nur, daß du das weißt. Ich tue das alles nicht aus Güte oder Mitleid oder Pflichtgefühl. Ich tue es nicht, weil die arme Rosie so ein schweres, schweres Leben hatte.« Er zögerte, dann sagte er: »Ich tue es, weil ich dich liebe.«

»Das kannst du nicht wissen. Noch nicht.«

»Ich weiß, was ich weiß«, sagte er, und sie fand die sanfte Beharrlichkeit in seinem Ton etwas beängstigend. »Aber das war jetzt genug Seifenoper. Essen wir.«

Sie aßen. Als sie fertig waren und Rosies Bauch sich wie ein gegen den Bund ihrer Hose gespanntes Trommelfell anfühlte, verstauten sie die Reste wieder in der Kühltasche, die Bill auf dem Gepäckträger der Harley festschnallte. Es war niemand gekommen, Shoreland gehörte immer noch ganz ihnen. Sie gingen zum Wasser hinunter und setzten sich wieder auf den großen Stein. Rosie entwickelte allmählich eine starke Bindung zu diesem Stein; es war, dachte sie, ein Stein, den man ein- oder zweimal im Jahr besuchen kommen konnte, einfach um sich zu bedanken ... das heißt, wenn sich alles gut entwickelte. Und das war so, jedenfalls bis jetzt. Sie konnte sich an keinen Tag ihres Lebens als erwachsene Frau erinnern, der schöner gewesen wäre.

Bill schlang die Arme um sie, dann legte er ihr die Finger der linken Hand auf die rechte Wange und drehte ihr Gesicht zu sich. Er küßte sie. Fünf Minuten später war sie *tatsächlich* einer Ohnmacht nahe; halb träumend, halb wach; auf eine

Weise erregt, wie sie es sich nie hatte vorstellen können; auf eine Weise erregt, daß sie plötzlich die Bücher und Geschichten und Filme begriff, die sie bis jetzt nie verstanden, sondern einfach akzeptiert hatte, wie ein Blinder akzeptieren muß, wenn ein Sehender ihm sagt, daß der Sonnenuntergang wunderschön ist. Ihre Wangen brannten, ihre Brüste fühlten sich unter seiner sanften Berührung durch die Bluse hindurch weich an, und wie von einer leichten Röte überzogen. Sie spürte den Wunsch in sich aufsteigen, sie hätte keinen BH angezogen. Bei dem Gedanken wurden ihre Wangen röter denn je. Ihr Herzschlag raste, aber das war gut. Sogar nicht nur gut, sondern wunderbar. Sie faßte ihn da unten an und spürte, wie hart er war. Als hätte sie Stein berührt, aber Stein hätte nicht unter ihrer Handfläche pulsiert wie ihr eigenes Herz.

Er ließ ihre Hand eine Zeitlang, wo sie war, dann hob er sie behutsam und küßte die Handfläche. »Nicht mehr«, sagte er.

»Warum nicht?« Sie sah ihn freimütig und ungekünstelt an. Norman war der einzige Mann in ihrem Leben, mit dem sie Sex gehabt hatte, und er war nicht der Typ Mann, der scharf wurde, nur weil man ihn durch die Hose anfaßte. Manchmal – in den letzten Jahren zunehmend häufig – wurde er überhaupt nicht scharf.

»Weil ich sonst nicht mehr aufhören könnte, ohne einen schweren Fall von blauen Eiern zu erleiden.«

Sie sah ihn stirnrunzelnd und so aufrichtig verwirrt an, daß er in Lachen ausbrach.

»Vergiß es, Rosie. Es ist nur so, ich möchte, daß alles stimmt, wenn wir zum erstenmal miteinander schlafen – daß uns keine Moskitos in den Hintern stechen; daß wir uns nicht in giftigem Efeu wälzen; daß nicht im entscheidenden Augenblick ein paar Jungs von der Uni aufkreuzen. Außerdem hab ich dir versprochen, du wärst um vier wieder zu Hause, damit du T-Shirts verkaufen kannst, und ich will nicht, daß wir uns abhetzen müssen.«

Sie sah auf die Uhr und stellte erstaunt fest, daß es schon zehn nach zwei war. Wie konnte das sein, wenn sie nur fünf oder zehn Minuten auf dem Stein gesessen und geknutscht hatten? Sie kam widerstrebend zum Ergebnis, daß es gar nicht sein konnte. Sie waren mindestens eine halbe Stunde hier gewesen, wahrscheinlich eher fünfundvierzig Minuten.

»Komm«, sagte er und rutschte von dem Stein herunter. Er verzog das Gesicht, als seine Fußsohlen in das kalte Wasser platschten, und sie konnte gerade noch die Wölbung in seiner Hose sehen, bevor er sich abwandte. *Ich war das*, dachte sie und bemerkte erstaunt, welche Gefühle den Gedanken begleiten: Freude, Erheiterung, sogar eine gewisse Selbstgefälligkeit.

Sie ließ sich ebenfalls von dem Stein heruntergleiten und hatte seine Hand in ihrer, noch ehe ihr bewußt wurde, daß sie sie genommen hatte. »Okay, was nun?«

»Wie wäre es mit einem kleinen Spaziergang, bevor wir uns an die Heimfahrt machen? Ein bißchen abkühlen.«

»Einverstanden, aber nicht zu den Füchsen. Ich möchte den Wurf nicht noch mal stören.«

Sie, dachte Rosie, *ich will* sie *nicht noch mal stören.*

»Na gut. Gehen wir nach Süden.«

Er wollte sich abwenden. Sie drückte seine Hand, damit er sich wieder umdrehte, und dann trat Rosie nahe an ihn heran und legte ihm ihre Arme um den Hals. Die Härte unterhalb seiner Gürtellinie war nicht völlig abgeklungen, noch nicht, und sie war froh. Bis heute hatte sie keine Ahnung gehabt, daß einer Frau tatsächlich etwas an dieser Härte gefallen könnte – sie hatte es immer für eine Erfindung der Zeitschriften gehalten, deren Hauptaufgabe darin bestand, für Kleidung und Make-up und Haarpflegemittel zu werben. Jetzt wußte sie es vielleicht ein wenig besser. Sie drückte sich fest an die harte Stelle und sah ihm in die Augen.

»Stört es dich, wenn ich dir etwas sage, das mir meine Mutter beigebracht hat, als ich zu meiner ersten Geburtstagsparty ging? Ich glaube, ich war vier oder fünf.«

»Schieß los«, sagte er lächelnd.

»Danke für die schöne Zeit, Bill. Danke für den schönsten Tag meines Lebens, seit ich erwachsen geworden bin. Danke, daß du mich eingeladen hast.«

Bill gab ihr einen Kuß. »Für mich war es auch schön, Rosie. Es ist Jahre her, seit ich so glücklich war. Komm, gehen wir spazieren.«

Sie gingen diesmal am Ufer entlang nach Süden, Hand in Hand. Er führte sie einen anderen Pfad hoch zu einer langen, schmalen Wiese, die aussah, als wäre jahrelang niemand mehr dort gewesen. Das Licht der Nachmittagssonne fiel in staubigen Strahlen darauf, Schmetterlinge flatterten willkürlich und ziellos durch das Timotheusgras. Bienen summten, und links von ihnen bearbeitete ein Specht gnadenlos einen Baum. Er zeigte ihr Blumen und nannte von den meisten die Namen. Sie glaubte, daß er ein paar verwechselte, sagte es ihm aber nicht. Rosie zeigte auf eine Gruppe von Pilzen, die unten um den Stamm einer Eiche am Rand der Wiese herum wuchsen, und sagte ihm, daß sie giftig seien, aber nicht besonders gefährlich, weil sie bitter schmeckten. Diejenigen, die nicht bitter schmeckten, konnten einem Ärger machen oder einen umbringen.

Als sie wieder zum Picknickgelände zurückkamen, waren die Collegestudenten eingetroffen, von denen Bill gesprochen hatte – ein Kleinbus und ein Scout-Geländewagen voller junger Leute. Sie waren freundlich, aber laut, während sie Kühltaschen voll Bier in den Schatten schleppten und ihr Volleyballnetz aufspannten. Ein etwa neunzehnjähriger Junge trug seine Freundin, die Khakishorts und ein Bikinioberteil trug, auf den Schultern herum. Als er zu traben anfing, kreischte sie glücklich und trommelte ihm mit den Handflächen auf seinen Bürstenschnitt. Als sie ihnen zusah, fragte sich Rosie, ob die Schreie des Mädchens zu der Füchsin auf der Lichtung dringen würden, und kam zu dem Schluß, daß sie laut genug waren. Sie konnte fast vor sich sehen, wie das Tier auf der Lichtung lag, den Schwanz über den schlafenden, satten Jungen zusammengerollt, mit gespitzten Ohren die Schreie der Menschen am Strand hörte und sich mit ihren strahlenden und verschlagenen Augen umsah, in denen man sich gut den Wahnsinn vorstellen konnte.

Die Rüden gehen ziemlich schnell ein, aber Füchsinnen können die Tollwut lange mit sich herumschleppen, dachte Rosie, und dann mußte sie an die Pilze denken, die sie am Rand der Wiese gesehen hatte, im Schatten, wo es feucht war. Spinnenpilze, hatte Rosies Großmutter die Pilze genannt, als sie sie ihr eines Sommers gezeigt hatte, und obwohl Oma Weeks den Namen mit Sicherheit erfunden hatte – Rosie hatte ihn mit Sicherheit nie in einem Pflanzenbuch gesehen –, vergaß sie nie das irgendwie eklige Aussehen der Pilze, das blasse und wachsähnliche Fleisch mit den zahlreichen dunklen Flecken, die *wirklich* ein wenig wie Spinnen aussahen, dachte sie, wenn man eine ausgeprägte Phantasie hatte ... und ihre war ausgeprägt gewesen.

Füchsinnen können die Tollwut lange mit sich herumschleppen, dachte sie wieder. *Die Rüden gehen ziemlich schnell ein, aber ...*

»Rosie? Ist dir kalt?«

Sie sah ihn verständnislos an.

»Du hast gezittert.«

»Nein, mir ist nicht kalt.« Sie betrachtete die Jugendlichen, die sie und Bill, weil sie älter als fünfundzwanzig waren, gar nicht sahen, dann wieder Bill. »Aber vielleicht wird es Zeit, daß wir zurückfahren.«

Er nickte. »Ich glaube, du hast recht.«

5

Auf der Rückfahrt zur Stadt war der Verkehr dichter, und als sie den Skyway verlassen hatten, wurde er noch dichter. Das hielt auf, aber anhalten mußten sie trotzdem nie. Bill steuerte mit der schweren Harley durch Lücken, wenn sich welche auftaten, wobei Rosie sich ein wenig vorkam, als würde sie auf dem Rücken einer großen, dressierten Libelle fliegen, aber er ging keine unnötigen Risiken ein, und sie zweifelte nie an ihm, nicht einmal, wenn er auf dem unterbrochenen Mittelstreifen zwischen den Fahrspuren fuhr und auf beiden Seiten große Lastwagen passierte, die wie geduldige Mastodonten Schlange standen und warteten, bis sie die Mautkabinen des Skyway passiert hatten. Als sie die ersten Schilder mit Aufschriften wie STRAND und AQUARIUM und ETTINGER'S PIER & FREIZEITPARK vor sich sahen, war Rosie froh, daß sie so früh aufgebrochen waren. Sie würde rechtzeitig zu ihrer

Schicht im T-Shirt-Verkaufsstand kommen, und das war gut. Sie würde Bill ihren Freundinnen vorstellen, und das war noch besser. Rosie war sicher, daß er ihnen gefallen würde. Als sie unter einem leuchtend rosafarbenen Spruchband mit der Aufschrift *SOMMERANFANG MIT DAUGHTERS AND SISTERS!* hindurchfuhren, verspürte Rosie eine Aufwallung von Glücksgefühl, an die sie sich später an diesem langen, langen Tag des Grauens noch erinnern sollte.

Sie konnte die Achterbahn sehen, lauter Kurven und ein kompliziertes Gitter von Streben als Silhouette vor dem Himmel, konnte die Schreie hören, die wie Dunst davon aufstiegen. Sie drückte Bill einen Moment fester und lachte. Alles würde gut werden, dachte sie, und als ihr – nur einen Augenblick – die dunklen und wachsamen Augen der Füchsin einfielen, verdrängte sie die Erinnerung, wie man bei einer Hochzeit Gedanken an den Tod verdrängt.

6

Während Bill Steiner mit seinem Motorrad vorsichtig auf dem Kiesweg zum Shoreland fuhr, fuhr Norman Daniels sein gestohlenes Auto auf einen riesigen Parkplatz an der Press Street. Der Parkplatz lag etwa fünf Querstraßen von Ettinger's Pier entfernt und bot Zugang zu einem halben Dutzend Attraktionen am Strand – dem Freizeitpark, dem Aquarium, der alten Straßenbahn, den Geschäften und Restaurants. Es gab Parkplätze, die näher an diesen Sehenswürdigkeiten und Lokalen lagen, aber Norman wollte *nicht näher ran. Es könnte erforderlich sein, daß er diese Gegend ziemlich schnell verließ, und in dem Fall wollte er nicht im Verkehr steckenbleiben.*

Die vordere Hälfte des Parkplatzes Press Street war am Samstagmorgen um Viertel vor zehn so gut wie verlassen, nicht gut für einen Mann, der unauffällig bleiben wollte, aber in der Sektion für Ganztages- und Dauerparker standen jede Menge Autos, die überwiegend Leuten gehörten, die mit der Fähre nach Norden gefahren waren, zu Tagesausflügen oder einem Angelurlaub am Wochenende.

Norman parkte den Tempo in einer Lücke zwischen einem Winnebago mit einem Nummernschild aus Utah und einem gigantischen RoadKing RV aus Massachussetts. Zwischen diesen Dinosauriern war der Tempo so gut wie unsichtbar, und das paßte Norman ausgezeichnet.

Er stieg aus, nahm seine neue Lederjacke vom Sitz und zog sie an. Aus einer Tasche holte er eine Sonnenbrille – nicht dieselbe, die er gestern getragen hatte – und setzte sie auf. Dann ging er zum Heck des Autos, sah sich einmal um, vergewisserte sich, daß er nicht beobachtet wurde, und machte den Kofferraum auf. Er holte den Rollstuhl heraus und klappte ihn auseinander.

*Er hatte die Aufkleber, die er im Andenkenkiosk des Frauenkulturzentrums gekauft hatte, kreuz und quer darauf geklebt. Oben, in den Konferenzzimmern und Auditorien, hatten sie vielleicht eine Menge kluge Leute, die Vorträge hielten und Symposien besuchten, aber unten, im Andenkenkiosk, verkauften sie genau den schrillen, albernen Mist, den Norman gesucht hatte. Er hatte keine Verwendung für Schlüsselanhänger mit dem Frauen-Zeichen oder Plakate, die eine auf dem Berg Golgatha gekreuzigte Frau zeigten (*JESUSINA STARB FÜR DEINE SÜNDEN*), aber die Aufkleber waren perfekt.* EINE FRAU OHNE MANN IST WIE EIN FISCH OHNE FAHRRAD, *stand auf einem. Ein anderer, offenbar von jemand geschrieben, der noch nie eine Schlampe gesehen hatte, deren Augenbrauen und Frisur von einer kaputten Crackpfeife versengt worden waren, lautete:* FRAUEN SIND NICHT KOMISCH! *Er hatte Sticker mit Parolen wie* ICH BIN FÜR DIE ABTREIBUNG UND GEHE WÄHLEN, SEX IST POLITIK, *und* R-E-S-P-E-C-T, FIND OUT WHAT IT MEANS TO ME. *Norman fragte sich, ob eines dieser Wunderkinder ohne BH wußte, daß dieser Song von einem Mann geschrieben worden war. Aber er kaufte sie alle. Sein Lieblingssticker war der, den er sorgfältig in die Mitte der kunstlederbespannten Rückenlehne des Stuhls geklebt hatte, neben die kleine Halterung für seinen Walkman:* ICH BIN EIN MANN, DER FRAUEN RESPEKTIERT, *stand darauf.*

Und das stimmt durchaus, *dachte er, sah sich noch einmal auf dem Parkplatz um und vergewisserte sich, ob niemand den Krüppel beobachtete, der munter auf seinem Rollstuhl Platz nahm.* Solange sie sich benehmen, respektiere ich sie schon.

Er sah überhaupt niemanden, schon gar keinen, der ihn beobachtete. Er drehte den Rollstuhl und begutachtete sein Spiegelbild auf dem Lack des frisch gewaschenen Tempo. Und? *fragte er sich.* Was meinst du? Wird es klappen?

Er glaubte schon. Da eine Verkleidung nicht in Frage kam, hatte er versucht, über eine Verkleidung hinauszugehen und eine richtige Figur zu erschaffen, wie ein guter Schauspieler auf der Bühne eine richtige Figur erschaffen kann. Sogar einen Namen für diesen neuen Burschen hatte er sich ausgedacht: Hump McDaniels. Hump war ein Armeeveteran, der nach Hause gekommen und etwa zehn Jahre mit einer Motorradbande Gesetzloser herumgezogen war – eine von den Banden, bei denen Frauen nur zwei oder drei sehr begrenzte Verwendungsmöglichkeiten haben. Dann hatte er den Unfall gehabt. Zu viele Biere, nasse Straße, ein Brückenpfeiler. Er war von der Hüfte an gelähmt, aber wieder gesund gepflegt worden von einer aufopfernden jungen Frau namens …

»Marilyn«, sagte Norman und dachte an Marilyn Chambers, die jahrelang seine Lieblingspornodarstellerin gewesen war. Auf Platz zwei folgte Amber Lynn, aber Marilyn Lynn hörte sich verdammt getürkt an. Als nächster Name fiel ihm McCoo ein, aber der taugte auch nichts; Marilyn McCoo war das Flittchen, das in den siebziger Jahren, als das Leben noch nicht so seltsam gewesen war wie heute, mit den Fifth Dimension gesungen hatte.

Auf der anderen Straßenseite lag ein unbebautes Grundstück mit einem Schild – HIER ENTSTEHT NÄCHSTES JAHR EIN WEITERER QUALITÄTSNEUBAU VON DELANEY CONSTRUCTION! *stand darauf –, und Marilyn Delaney war ein guter Name. Wahrscheinlich würde keine der Frauen von Daughters and Sisters ihn bitten, seine Lebensgeschichte zu erzählen, aber um den Spruch abzuwandeln, der das T-Shirt des Verkäufers im Base Camp geziert hatte, es war besser, eine Geschichte zu haben, die man nicht braucht, als eine zu brauchen, die man nicht hat.*

Und sie würden ihm Hump McDaniels abkaufen. Ganz sicher hatten sie schon eine Menge Typen wie ihn gesehen, die ein Erlebnis gehabt hatten, das ihr Leben veränderte, und sich nun bemühten, Buße für ihre schlimme Vergangenheit zu tun. Und die Humps dieser Welt taten natürlich genauso Buße, wie sie alles andere in ihrem Leben getan hatten, in dem sie mitten hinein ins kalte Wasser spran-

gen. Hump McDaniels versuchte, zu einer Art Frau ehrenhalber zu werden, das war alles. In seinem Leben als Cop hatte Norman erleben können, wie sich Schleimbeutel in leidenschaftliche Drogengegner, Jesus-Freaks und Perot-Partisanen verwandelt hatten. Im tiefsten Innern blieben sie selbstverständlich die engstirnigen Arschlöcher, die sie immer gewesen waren, und sangen das alte Lied nur in einer anderen Tonart. Doch das war nicht wichtig. Wichtig war nur, daß sie allgegenwärtig waren und ständig an den Rändern jeder Szene hingen, zu der sie gehören wollten. Sie waren wie Präriegrasbüschel in der Wüste oder Eiszapfen in Alaska. Daher glaubte er, jawohl, daß Hump auch als Hump akzeptiert werden würde, selbst wenn sie nach Inspektor Daniels Ausschau hielten. Selbst die Zynischsten unter ihnen würden ihn wahrscheinlich höchstens als geilen Krüppel abtun, der den Typ »empfindsamer, fürsorglicher Mann« spielte, damit er sich an einem Samstag abend eine Frau für ein Nümmerchen aufreißen konnte. Mit etwas Glück würde Hump McDaniels so auffällig sein und doch unbemerkt bleiben wie der Kerl auf Stelzen, der bei der Parade zum vierten Juli Onkel Sam spielt.

Darüber hinaus war der Plan denkbar einfach. Er würde die größte Konzentration von Frauen aus dem Heim suchen und sie als Norman Daniels von der Seitenlinie aus beobachten – ihre Spiele, ihre Gesprächsrunden, ihr Picknick. Wenn jemand ihm einen Hamburger oder einen Maiskolben oder ein Stück Kuchen brachte, was eine wohlmeinende Fotze zweifellos tun würde (man konnte ihnen den Drang, dem Mannsvolk Essen zu bringen, einfach nicht austreiben – das war ein Instinkt, bei Gott), dann würde er es dankend annehmen und jeden Bissen davon essen. Er würde nur sprechen, wenn er angesprochen würde, und wenn er zufällig ein Plüschtier beim Ring- oder Ballwerfen gewinnen sollte, würde er es einem kleinen Kind schenken … aber peinlich genau darauf achten, daß er dem kleinen Racker nicht den Kopf tätschelte; selbst damit konnte man heute wegen Kindesmißbrauch belangt werden.

Aber sonst würde er ausschließlich beobachten. Nach seiner Rambling Rose Ausschau halten. Das konnte er problemlos tun, wenn er als Teil des Geschehens akzeptiert worden war; er war Weltmeister im Beobachten. Hatte er sie entdeckt, konnte er die Angelegenheit gleich hier am Pier bereinigen, wenn er wollte; er mußte nur warten, bis sie aufs Töpfchen ging, ihr folgen und ihr den Hals umdrehen wie einem Suppenhuhn. Es würde innerhalb von Sekunden vorbei sein, und genau da lag das Problem. Er wollte nicht, daß es innerhalb von Sekunden vorbei sein würde. Er wollte sich Zeit nehmen können. Ein nettes, gemütliches Gespräch mit ihr führen. Wollte sich alles berichten lassen, was sie erlebt hatte, seit sie einfach mit seiner Bank-Card in der Tasche auf und davon war. Die ganze Wahrheit, sozusagen, von A bis Z. Beispielsweise könnte er sie fragen, was sie empfunden hatte, als sie seine Geheimzahl eintippte, und ob sie gekommen war, als sie sich gebückt hatte, um das Geld aus dem Automaten zu ziehen – das Geld, für das er gearbeitet, das er verdient hatte, indem er nächtelang wachgeblieben war und Schleimbeutel verhaftete, die anständigen Menschen alles mögliche antun würden, wenn Leute wie er sie nicht daran hinderten. Er wollte sie fragen, wie sie sich je einbilden konnte, sie würde ungeschoren davonkommen. Wie sie sich je einbilden konnte, sie hätte ihm entkommen können.

Und wenn sie ihm alles gesagt hatte, was er hören wollte, würde er mit ihr reden.

Nur daß reden vielleicht nicht ganz das richtige Wort dafür war, was er vorhatte.

Punkt eins war, sie aufzuspüren. Punkt zwei war, sie aus gebührender Entfernung zu beobachten. Punkt drei war, ihr zu folgen, wenn sie genug hatte und die Party verließ … wahrscheinlich nach dem Konzert, vielleicht auch schon früher, wenn er Glück hatte. Wenn sie das Gelände des Freizeitparks hinter sich gelassen hatten, konnte er den Rollstuhl wegwerfen. Es würden Fingerabdrücke darauf sein (mit einem Paar Motorradhandschuhen hätte sich dieses Problem vermeiden und Hump McDaniels noch glaubwürdiger darstellen lassen, aber er hatte nicht viel Zeit gehabt, ganz zu schweigen von seinen gräßlichen Kopfschmerzen, seinen »Speziellen«), doch das machte nichts. Er hatte eine Ahnung, als würden Fingerabdrücke danach sein geringstes Problem sein.

Er wollte sie bei ihr zu Hause haben, und Norman dachte, daß er das wahrscheinlich hinkriegte. Wenn sie in den Bus einstieg (und sie würde mit dem Bus fahren; sie hatte kein Auto und würde sich ganz bestimmt kein Taxi leisten), würde er sich direkt hinter sie setzen. Sollte sie ihn doch irgendwo zwischen dem Pier und der Absteige, wo sie ihre Freier bediente, erkennen, würde er sie auf der Stelle tö-

ten, egal, was dann passierte. Aber wenn alles gut lief, konnte er direkt hinter ihr durch die Tür in ihre Wohnung gehen, und auf der anderen Seite der Tür würde sie Qualen erleiden, wie sie noch keine Frau auf dieser Welt erlitten hatte.

Norman rollte zu einem Häuschen mit der Aufschrift TAGESKARTEN, sah, daß der Eintrittspreis für Erwachsene zwölf Dollar betrug, gab dem Mann in dem Häuschen das Geld und rollte in den Park hinein. Der Weg war frei; es war früh, Ettinger's noch nicht überfüllt. Das hatte selbstverständlich auch seine Nachteile. Er mußte sorgfältig darauf achten, daß er nicht die falsche Art von Aufmerksamkeit auf sich lenkte. Aber das konnte er. Er –

»Kumpel! He, Kumpel! Kommen Sie noch mal her!«

Norman hielt sofort an, seine Hände erstarrten auf den Rädern des Rollstuhls, und sah mit leeren Augen zum Geisterschiff und dem gigantischen Roboter in der altmodischen Kapitänsuniform, der davor stand. »Ahoi, und ab ins Grauen, *Leute!« rief der Roboter-Schiffskapitän immer wieder mit seiner mechanisch dröhnenden Stimme. Nein, er wollte nicht die falsche Art von Aufmerksamkeit auf sich lenken … und schon hatte er genau das geschafft.*

»He, Glatzkopf! Sie da im Rollstuhl!«

Leute drehten sich nach ihm um. Darunter auch eine fette schwarze Schlampe in einem roten Trägerrock, die etwa halb so schlau wie der Verkäufer mit der Hasenscharte im Base Camp aussah. Sie kam Norman vage vertraut vor, aber das tat er als reine Paranoia ab – er kannte niemand in dieser Stadt. Sie drehte sich um und ging weiter, wobei sie sich eine Handtasche, so groß wie ein Aktenkoffer, unter den Arm klemmte, aber es glotzten ihn immer noch eine Menge Leute an. Normans Schritt fühlte sich plötzlich schweißnaß an.

»He, Mann, kommen Sie zurück! Sie haben mir zuviel gegeben!«

Einen Augenblick begriff er den Sinn dieser Worte gar nicht – als wären sie in einer fremden Sprache gesprochen worden. Dann verstand er sie, und ein gewaltiges Gefühl der Erleichterung – verbunden mit Ekel vor seiner eigenen Dummheit – kam über ihn. Natürlich hatte er dem Kassierer zuviel gegeben. Er hatte vergessen, daß er kein Erwachsener war, sondern ein Behinderter.

Er machte kehrt und rollte zum Kartenhäuschen zurück. Der Kerl, der sich herausbeugte, war fett und schien ebenso wütend auf

Norman zu sein, wie Norman auf sich selbst. Er hielt Norman einen Fünfdollarschein hin. »Sieben Mücken für Behinderte, können Sie nicht lesen?« fragte er Norman und zeigte mit dem Geldschein zuerst auf das Schild über dem Kartenhäuschen, dann hielt er ihn Norman vors Gesicht.

Norman stellte sich kurz vor, wie er dem Fettsack den Fünfer mit einem glühenden Schürhaken in den Arsch bohrte, dann nahm er ihn und steckte ihn in die Jackentasche. »'tschuldigung«, sagte er unterwürfig.

»Ja, ja«, sagte der Mann in der Kabine und wandte sich ab.

Norman rollte mit klopfendem Herzen wieder in den Park hinein. Er hatte sorgfältig eine Figur konstruiert ... einfache, aber angemessene Pläne geschmiedet, um seine Ziele zu erreichen ... und dann hatte er gleich zu Beginn nicht nur etwas Dummes gemacht, sondern etwas unglaublich Dummes. Was war mit ihm los?

Er wußte es nicht, aber von jetzt an würde er besser aufpassen müssen.

»Das kann ich«, murmelte er bei sich. »Und wie ich das kann.«

»Ahoi, und ab ins Grauen, Leute!« rief der Roboterseemann zu ihm herunter, als Norman an ihm vorbeirollte. In einer Hand schwenkte er eine Maiskolbenpfeife, so groß wie eine Kloschüssel. »Ahoi, und ab ins Grauen, Leute! Ahoi, und ab ins Grauen, Leute!«

»Wie Sie meinen, Capt'n«, murmelte Norman und rollte weiter. Er kam an eine Kreuzung von drei Wegen, wo Pfeile zum Pier, zum Hauptweg und zum Picknickgelände zeigten. Unter dem Pfeil zum Picknickgelände war ein kleines Schild befestigt, auf dem stand: FREUNDE VON DAUGHTERS & SISTERS, ESSEN AM MITTAG, ESSEN UM SECHS, KONZERT UM ACHT. VIEL SPASS!

Worauf ihr euch verlassen könnt, dachte Norman und rollte mit seinem beklebten Rollstuhl den betonierten, von Blumenrabatten gesäumten Weg zum Picknickgelände entlang. Eigentlich handelte es sich um einen Park, und zwar einen schönen. Es gab einen Spielplatz für Kinder, die die Abenteuerfahrten satt hatten oder zu anstrengend fanden. Es gab fröhliche Heckentiere, wie man sie in Disney World sehen konnte, Sandgruben zum Hufeisenwerfen, ein Softballfeld und jede Menge Picknicktische. Ein offenes Leinwand-

zelt war aufgebaut worden, und Norman konnte Männer in weißen Schürzen darin sehen, die das Grillen vorbereiteten. Hinter dem Zelt sah Norman eine Reihe von Buden, die eindeutig nur für den heutigen Tag aufgebaut worden waren – in einer konnte man Lose für handgefertigte Steppdecken kaufen, in einer T-Shirts (viele mit denselben Sprüchen, die »Humps« Rollstuhl schmückten), in einer anderen alle Broschüren, die das Herz begehrten – wenn man herausfinden wollte, wie man seinen Mann verließ und Glück bei seinen lesbischen Schwestern fand.

Wenn ich eine Waffe hätte, *dachte er,* eine schwere und schnelle, zum Beispiel eine Mac-10, könnte ich die Welt in nur zwanzig Sekunden zu einem besseren Ort machen. Zu einem *viel* besseren.

Die meisten Anwesenden waren Frauen, aber es waren immerhin so viele Männer anwesend, daß sich Norman nicht besonders verdächtig vorkam. Er rollte an den Buden vorbei, war freundlich, nickte, wenn ihm zugenickt wurde, und lächelte, wenn ihm zugelächelt wurde. Er kaufte ein Los für die Steppdecke mit den Schneeflocken und schrieb als Namen Richard McDaniels auf. Es war vielleicht doch nicht so gut, sich Hump zu nennen – zumindest hier nicht. Er kaufte eine Broschüre mit dem Titel Auch Frauen haben verfassungsmäßige Rechte *und erzählte der Lesbenkönigin in der Bude, daß er sie seiner Schwester Jeannie in Topeka schicken würde. Die Lesbenkönigin lächelte und wünschte ihm einen schönen Tag. Norman erwiderte das Lächeln und wünschte ihr dasselbe. Er hielt nach allem allgemein und einem speziell Ausschau: Rose. Er sah sie noch nicht, aber das machte nichts; der Tag war noch jung. Er war überzeugt, daß sie zum Mittagessen hier sein würde, und wenn er sie erst einmal im Visier hatte, wäre alles gut, alles wäre gut, und die Sache würde ein gutes Ende finden. Gut, er hatte Mist am Kartenhäuschen gebaut, na und? Das hatte er hinter sich, und er würde keinen Mist mehr bauen. Auf keinen Fall.*

»Cooler Rollstuhl, mein Freund«, sagte eine junge Frau mit Leopardenshorts fröhlich. Sie hielt einen kleinen Jungen an der Hand. Der kleine Junge hatte ein Kirscheis in der freien Hand und schien zu versuchen, sich das gesamte Gesicht damit zu verschmieren. Für Norman sah er wie ein Weltklasse-Lausebengel aus. »Und coole Sprüche.«

Sie streckte eine Hand aus, damit Norman einschlagen konnte, und Norman fragte sich – nur einen Augenblick –, wie schnell dieses dumme Ich-bremse-auch-für-Krüppel-Grinsen von ihrem Gesicht verschwinden würde, wenn er ihr die Finger abbeißen würde, statt auf die Hand zu schlagen, wie sie es erwartete. Sie hielt die linke Hand ausgestreckt, und Norman sah ohne Überraschung, daß sie keinen Ehering trug, obwohl der Balg mit dem Kirschdreck im ganzen Gesicht ihr ziemlich ähnlich sah.

Du Schlampe, *dachte er.* Wenn ich dich ansehe, wird mir alles klar, was mit dieser Scheißwelt nicht stimmt. Was hast du gemacht? Dich von einer deiner Lesbenfreundinnen mit der Klistierspritze befruchten lassen?

Er lächelte und schlug ihr sanft auf die ausgestreckte Hand. »Danke, danke, danke«, sagte er.

»Haben Sie eine Freundin hier?« fragte die Frau. Sie war genau der neugierige Typ.

»Klar, Sie«, sagte er prompt.

Sie lachte erfreut. »Danke. Aber Sie wissen, was ich gemeint habe.«

»Nee, ich bin nur die Lage am Peilen«, sagte er. »Wenn ich im Weg bin oder es eine geschlossene Gesellschaft ist, verzieh ich mich wieder.«

»Nein, nein!« sagte sie und sah bei dem Gedanken völlig entsetzt aus ... was Norman genau gewußt hatte. »Bleiben Sie. Sehen Sie sich um. Freuen Sie sich. Kann ich Ihnen was zu essen bringen? Es wäre mir ein Vergnügen. Zuckerwatte? Vielleicht einen Hot Dog?«

»Nein, danke«, sagte Norman. »Ich hatte vor einer Weile einen Motorradunfall – darum sitze ich jetzt in diesem wunderbaren Rollstuhl.« Das Miststück nickte teilnahmsvoll; er hätte sie in drei Minuten soweit haben können, daß sie Rotz und Wasser heulte, wenn er gewollt hätte. »Seitdem scheine ich keinen großen Appetit mehr zu haben.« Er grinste sie strahlend an. »Aber ich liebe das Leben, bei Gott!«

Sie lachte. »Schön für Sie. Schönen Tag noch.«

Er nickte. »Ebenso. Und dir auch einen schönen Tag, mein Sohn.«

»Klar«, sagte das Kind gleichgültig und betrachtete Norman mit feindseligen Augen über den kirschverschmierten Wangen. Norman verspürte einen Moment aufrichtige Panik, weil er den Eindruck

hatte, daß der Junge direkt in ihn hineinsah und den Norman erkannte, der sich hinter Hump McDaniels' Kahlkopf und der Lederjacke mit ihren unzähligen Reißverschlüssen versteckte. Er sagte sich, daß er eine ganz gewöhnliche Paranoia verspürte, nicht mehr und nicht weniger –, immerhin war er ein Eindringling am Hof seiner Feinde und das Gefühl unter diesen Umständen nichts Ungewöhnliches –, aber er machte sich trotzdem rasch wieder auf seinen Weg.

Er glaubte, er würde sich wieder besser fühlen, wenn er das Kind mit den feindseligen Augen hinter sich gelassen hätte, aber das stimmte nicht. Sein kurzer Anflug von Optimismus war einem Gefühl der Unruhe gewichen. Das Mittagessen war nicht mehr fern, in etwa fünfzehn Minuten würden die Leute Platz nehmen, und immer noch war keine Spur von ihr zu sehen. Ein paar Frauen waren unterwegs und fuhren Achterbahn, aber er hielt es für unwahrscheinlich, daß sie dabei war. Rosie gehörte nicht zu den Frauen, die auf den Putz hauten.

Nein, da hast du recht, zu denen hat sie nie gehört ... aber vielleicht hat sie sich geändert, *flüsterte eine Stimme in seinem Inneren. Sie wollte noch etwas sagen, aber Norman brachte sie brutal zum Schweigen, bevor sie auch nur ein Wort herausbekommen konnte. Er wollte diesen Mist nicht hören, obwohl er wußte, daß sich* etwas *in Rose verändert haben mußte, sonst wäre sie immer noch zu Hause, würde jeden Mittwoch seine Hemden bügeln, und dies alles wäre nicht passiert. Der Gedanke an Rose, die sich so sehr verändert hatte, daß sie mit seiner BankCard das Haus verließ, beschäftigte sein Denken auf eine nagende, bohrende Art, die er kaum noch ertragen konnte. Wenn er nur daran dachte, überkam ihn ein Gefühl von Panik, als würde ihm eine schwere Last auf der Brust liegen.*

Du mußt dich beherrschen, *sagte er sich.* Das mußt du. Betrachte es als verdeckte Ermittlung, etwas, das du schon tausendmal vorher gemacht hast. Wenn du es so sehen kannst, wird alles gut. Ich will dir was sagen, Normie: Vergiß, daß du nach *Rose* suchst. Vergiß, daß es Rose ist, bis du sie tatsächlich siehst.

Er versuchte es. Es half, daß alles ziemlich genauso lief, wie er es geplant hatte; Hump McDaniels war als regulärer Teil des Umfelds akzeptiert worden. Zwei Lesben, die die Ärmel ihrer T-Shirts abge-

schnitten hatten, damit man ihre übertrainierten Arme sehen konnte, bezogen ihn kurz in ihr Frisbeespiel ein, und eine ältere Frau mit weißem Haar oben und wirklich häßlichen Krampfadern unten brachte ihm ein Joghurteis, weil er, sagte sie, in diesem Stuhl wirklich aussah, als wäre ihm heiß und unbequem. »Hump« dankte ihr freundlich und gab zu, daß ihm tatsächlich ein wenig heiß sei. Aber du bist alles andere als heiß, Süße, *dachte er, als die Frau mit dem grauen Haar sich entfernte.* Kein Wunder, daß du dich mit diesen Lesbenschlampen herumtreibst – du würdest keinen Mann finden, wenn dein Leben davon abhängen würde. *Aber das Joghurteis war gut – kalt –, und er schlang es gierig runter.*

Der Trick bestand darin, nie lange an einem Ort zu bleiben. Er rollte vom Picknickgelände zum Hufeisenwerfen, wo zwei unfähige Männer ein Doppel gegen zwei gleichermaßen unfähige Frauen spielten. Norman hatte den Eindruck, als könnte das Spiel sich bis Sonnenuntergang hinziehen. Er rollte am Küchenzelt vorbei, wo die ersten Hamburger vom Grill kamen und Kartoffelsalat in Servierschüsseln gefüllt wurde. Schließlich rollte er zum Hauptgang und den Karussells, hielt den Kopf gesenkt und betrachtete verstohlen die Frauen, die zu den Picknicktischen unterwegs waren, manche mit Kinderwagen, die sie vor sich her schoben, andere mit Preisen unter dem Arm. Rose war nicht unter ihnen.

Sie schien nirgendwo zu sein.

7

Norman war so sehr damit beschäftigt, nach Rose Ausschau zu halten, daß er die schwarze Frau nicht bemerkte, der er schon einmal aufgefallen war und die ihn jetzt wieder ansah. Es war eine außerordentlich große Frau, die tatsächlich eine gewisse Ähnlichkeit mit William »Kühlschrank« Perry hatte.

Gert war auf dem Spielplatz und schubste einen kleinen Jungen auf der Schaukel an. Nun hielt sie inne und schüttelte den Kopf, als wollte sie ihn klar bekommen. Sie betrachtete immer noch den Krüppel mit der Motorradjacke, obwohl sie ihn jetzt nur von hinten sehen konnte. Auf der Rückseite klebte ein Sticker an der Lehne seines Rollstuhls. ICH BIN EIN MANN, DER FRAUEN RESPEKTIERT, stand darauf.

Außerdem bist du ein Mann, der mir bekannt vorkommt, dachte Gert. *Oder hast du nur Ähnlichkeit mit einem Schauspieler?*

»Komm schon, Gert!« befahl Melanie Huggins' kleiner Junge. »Schubs mich an! Ich will hoch rauf! Ich will den Looping machen!«

Gert schubste ihn höher, aber der kleine Stanley würde auch nicht ansatzweise den Looping machen – nicht in *diesen* prozeßgeilen Zeiten, schönen Dank auch. Aber sein Lachen war ansteckend; sie mußte selbst grinsen. Sie schubste ihn noch etwas höher und verdrängte den Mann im Rollstuhl aus ihrem Denken. Aus ihrem *bewußten* Denken.

»Ich will den Looping machen, Gert! Bitte! Los doch, *bitte-bitte!*«

Nun, dachte Gert, *einmal konnte vielleicht nicht schaden.*

»Halt dich fest, Stan«, sagte sie. »Ab geht die Post.«

8

Norman rollte weiter, obwohl er wußte, daß er die letzten Picknickbesucher passiert hatte. Er hielt es für klug, sich rar zu machen, während die Frauen von Daughters and Sisters und ihre Freundinnen aßen. Außerdem nahm sein Gefühl von Panik ständig zu, und er hatte Angst, jemand könnte bemerken, daß etwas mit ihm nicht stimmte, wenn er blieb. Rose müßte hier sein, und inzwischen hätte er sie sehen müssen, aber er hatte sie nicht gesehen. Er glaubte *nicht mehr, daß sie hier war, aber das schien unsinnig zu sein. Sie war eine Maus, Herrgott noch mal, eine* Maus, *und wenn sie nicht hier bei ihren befreundeten Maus-Fotzen war, wo dann? Wohin konnte sie gehen, wenn nicht hierher?*

Er rollte unter einem Bogen mit der Aufschrift WILLKOMMEN AUF DEM HAUPTWEG *durch und den breiten, geteerten Weg entlang, ohne groß darauf zu achten, wohin er fuhr. Das Beste am Rollstuhlfahren war, hatte er herausgefunden, daß einem die Leute Platz machten.*

Es wurde voller in dem Park, was er für gut hielt, aber sonst war gar nichts gut. Sein Kopf pochte wieder, und in der strömenden Menge kam er sich seltsam vor, wie ein Fremder in seiner eigenen Haut. Warum, zum Beispiel, lachten *so viele? Was, in Gottes Namen, hatten sie zu lachen? Wußten sie nicht, wie die Welt beschaffen war? Sahen sie nicht, daß alles –* alles! *– im Begriff war, den Bach runterzugehen? Er stellte mit Abscheu fest, daß sie ihm inzwischen alle wie Lesben und Schwuchteln vorkamen, als wäre die ganze Welt zu einem Schmelztiegel gleichgeschlechtlicher Liebhaber geworden, Frauen Diebe, Männer Lügner, ohne jeden Respekt vor dem Leim, der die Gesellschaft zusammenhielt.*

Seine Kopfschmerzen wurden schlimmer, und die grellen Zickzackmuster an den Rändern von allem tauchten wieder auf. Der Lärm ringsum war nervtötend laut geworden, als hätte ein grausamer Gnom in seinem Kopf den Lautstärkenregler auf Maximum gedreht. Das Rumpeln der Wagen, die die erste Steigung der Achterbahn erklommen, hörte sich wie ein Erdrutsch an, und die Schreie der Insassen, wenn die Wagen die erste Abfahrt hinunter rasten, zerrissen ihm die Trommelfelle wie Granatsplitter. Die Dampfpfeifenorgel, die ihre Töne herausfurzte, die elektronischen Geräusche der Videospiele, das insektenhafte Summen der Go-Karts, die auf der Rennstrecke herumfuhren … diese Geräusche verschmolzen alle in seinem verwirrten und furchtsamen Geist wie hungrige Monster. Am schlimmsten war das Brüllen des mechanischen Seemanns vor dem Geisterschiff, das durch alles drang und sich in das Gewebe seines Gehirns grub wie eine stumpfe Klinge. Norman dachte, wenn er sich noch einmal das brüllende »Ahoi, und ab ins Grauen, *Leute!« anhören mußte, würde sein Verstand brechen wie ein trockener Zweig. Entweder das, oder er würde einfach aus diesem beschissenen, dummen Rollstuhl springen und schreiend durch –*

Halt, Normie!

Er rollte in die Lücke zwischen der Bude, wo sie Krapfen verkauften, und der, wo Pizza stückweise angeboten wurde, und dort hielt *er, mit dem Rücken zu all den vorbeiströmenden Menschen. Wenn diese besondere Stimme ertönte, hörte Norman immer zu. Es war die Stimme, die ihm vor neun Jahren gesagt hatte, daß er Wendy Yarrow nur zum Schweigen bringen konnte, wenn er sie tötete, und es war auch die Stimme, die ihn schließlich davon überzeugte, Rose ins*

Krankenhaus zu bringen, als sie sich damals die Rippe gebrochen hatte.

Normie, du bist verrückt geworden, *sagte diese ruhige, klare Stimme jetzt.* Nach den Maßstäben der Gerichte, vor denen du tausendmal ausgesagt hast, bist du vollkommen durchgedreht. Das weißt du, oder nicht?

Leise wurde ihm mit dem Wind vom See her zugeweht: »Ahoi, und ab ins Grauen, *Leute!«*

Normie?

»Ja«, flüsterte er. Er fing an, seine schmerzenden Schläfen mit den Fingerspitzen zu massieren. »Ja, ich denke, das weiß ich.«

Na gut, ein Mensch kann mit seinen Unzulänglichkeiten leben ... wenn er bereit ist, sie sich einzugestehen. Du mußt herausfinden, wo sie ist, und das bedeutet, du mußt ein Risiko eingehen. Aber schon als du hierhergekommen bist, bist du ein Risiko eingegangen, richtig?

»Ja«, sagte er. »Ja, Daddy, das bin ich.«

Okay, Schluß mit dem Quatsch. Hör mir zu, Normie.

Norman hörte zu.

9

Gert schubste Stan Huggins noch eine Zeitlang an der Schaukel an, aber seine Rufe, ihn noch stärker zu schubsen, damit er »den Looping machen konnte«, wurden immer nervtötender. Sie hatte nicht die Absicht, das noch mal zu machen; beim erstenmal wäre er um ein Haar heruntergefallen, und Gert war sekundenlang sicher gewesen, sie würde einen Herzschlag kriegen und tot umfallen.

Außerdem kreisten ihre Gedanken wieder um den Mann. Den kahlköpfigen Mann.

Kannte sie ihn von irgendwo? Ja?

Könnte er Rosies Mann gewesen sein?

Oh, das ist verrückt. Paranoia deluxe.

Wahrscheinlich, ja. Mit ziemlicher Sicherheit. Aber der Gedanke ließ sie nicht mehr los. Die Größe schien ungefähr hinzukommen ... aber bei einem Mann im Rollstuhl war das schwer zu sagen, oder? Das wußte ein Kerl wie Rosies Mann natürlich auch.

Hör auf. Du siehst Gespenster. Warum entspannst du dich nicht?

Stan hatte das Schaukeln satt und fragte Gert, ob sie mit ihm auf das Klettergerüst steigen würde. Sie lächelte und schüttelte den Kopf.

»*Warum* nicht?« fragte er schmollend.

»Weil deine alte Freundin Gert die Figur für das Klettergerüst nicht mehr hat, seit sie aus Windeln und Gummihosen herausgewachsen ist«, sagte sie. Sie sah Randi Franklin bei der Rutsche und traf eine impulsive Entscheidung. Wenn sie die Sache nicht etwas weiter verfolgte, würde sie verrückt werden. Sie fragte Randi, ob sie eine Weile auf Stan aufpassen könnte. Die junge Frau sagte klar, sicher, und Gert nannte sie einen Engel, was Randi eindeutig nicht war ... aber ein bißchen positive Bestärkung hatte noch keinem geschadet.

»Wohin gehst du, Gert?« fragte Stan sichtlich enttäuscht.

»Muß was erledigen, Großer. Geh da rüber und rutsch eine Weile mit Andrea und Paul.«

»Rutschen ist was für Babys«, sagte Stan verdrossen, aber er zog ab.

10

Gert ging den Weg entlang, der vom Picknickgelände zum Hauptweg führte, und dort angekommen, strebte sie den Kartenhäuschen zu. Vor denen für Tageskarten und Halbtageskarten standen lange Schlangen, und sie war ziemlich sicher, daß der Mann, mit dem sie reden wollte, ihr keine Hilfe sein würde – sie hatte ihn schon im Einsatz gesehen.

Die Hintertür der Kabine für Tageskarten stand offen. Gert blieb noch einen Moment stehen, nahm allen Mut zusammen und ging darauf zu. Sie hatte keine offizielle Befugnis bei Daughters and Sisters, die hatte sie nie gehabt, aber sie liebte Anna, die sie aus einer Beziehung mit einem Mann herausgeholt hatte, der sie im Alter zwischen sechzehn und neunzehn neunmal krankenhausreif geschlagen hatte. Jetzt war sie siebenunddreißig und seit fast fünfzehn Jahren Annas inoffizielle rechte Hand. Mißhandelten Neuankömmlingen das beizubringen, was Anna ihr beigebracht hatte – daß man nicht zu Männern, Freunden, Vätern und Stiefeltern zurückkehren mußte, die einen schlugen –, war nur eine ihrer Aufgaben. Sie unterrichtete Selbstverteidigung (nicht, weil man damit Leben retten, sondern weil man damit seine Würde bewahren konnte); sie half Anna, Veranstaltungen wie diese zu planen, um Geld aufzutreiben; sie arbeitete mit Annas gebrechlicher alter Buchhalterin, damit die Institution finanziell zumindest einigermaßen solide dastand. Und wenn es Sicherheitsprobleme gab, tat sie ihr Bestes, damit fertig zu werden. In dieser Eigenschaft setzte sie sich jetzt in Bewegung und klappte dabei ihre Handtasche auf. Sie war Gerts tragbares Büro.

»Pardon, Sir«, sagte sie und beugte sich zu der offenen Hintertür hinein. »Könnte ich Sie einen Moment sprechen.«

»Die Information ist links vom Geisterschiff«, sagte er, ohne sich umzudrehen. »Wenn Sie ein Problem haben, gehen Sie dorthin.«

»Sie verstehen nicht«, sagte Gert. Sie holte tief Luft und bemühte sich, gelassen weiterzusprechen. »Es ist ein Problem, bei dem nur Sie mir helfen können.«

»Das macht vierundzwanzig Dollar«, sagte der Kartenverkäufer zu dem jungen Paar auf der anderen Seite des Fensters, »und sechs zurück. Schönen Tag.« Zu Gert, immer noch ohne den Kopf zu drehen: »Ich bin beschäftigt, Lady, falls Sie es nicht bemerkt haben. Wenn Sie sich darüber beschweren wollen, wie die Spiele aufgezogen werden, oder etwas in der Art, dann watscheln Sie einfach rüber zur Information und –«

Das reichte; Gert hatte nicht die Absicht, sich von diesem Kerl sagen zu lassen, daß sie *irgendwo* hinwatscheln sollte, schon gar nicht in diesem unerträglichen Die-Welt-ist-voller-Idioten-Tonfall. Vielleicht *war* die Welt voller Idioten, aber sie war keiner, und sie wußte etwas, das dieser überhebliche Blödmann nicht wußte: Peter Slowik hatte über achtzig

Bißwunden gehabt, und es war nicht unmöglich, daß der Mann, der dafür verantwortlich war, sich im Moment hier befand und nach seiner Frau suchte. Sie betrat die Kabine – es wurde eng, aber sie schaffte es – und packte den Verkäufer an den Schultern seines blauen Uniformhemds. Sie drehte ihn herum. Auf dem Namensschild an seiner Brusttasche stand CHRIS. Chris starrte in Gerts dunkles Mondgesicht und schien es nicht fassen zu können, daß ihn eine Kundin angefaßt hatte. Er machte den Mund auf, aber Gert sprach, ehe er einen Ton herausbekam.

»Mund halten und zuhören. Es besteht die Möglichkeit, daß Sie heute morgen einem sehr gefährlichen Mann eine Tageskarte verkauft haben. Einem Mörder. Also kommen Sie mir nicht damit, was für einen schweren Tag Sie gehabt haben, Chris, weil mir das nämlich scheiß-e-gal ist.«

Chris sah sie mit vor Überraschung aus den Höhlen quellenden Augen an. Bevor er seine Stimme oder seine Haltung wieder erlangen konnte, hatte Gert eine etwas unscharfe, gefaxte Fotografie aus der Tasche geholt und hielt sie ihm unter die Nase. *Detective Norman Daniels. Leiter des Drogenfahndungsteams*, lautete die Bildunterschrift.

»Sie müssen zum Wachpersonal«, sagte Chris. Sein Tonfall klang gekränkt und verdrossen zugleich. Hinter ihm hob der erste Mann in der Schlange – er trug einen idiotischen Mr.-Magoo-Hut und ein T-Shirt mit der Aufschrift BESTER GROSSVATER DER WELT – plötzlich eine Videokamera und begann zu drehen; scheinbar rechnete er mit Handgreiflichkeiten, so daß er seinen Film später an eine der Reality-Shows verkaufen konnte.

Wenn ich gewußt hätte, was für ein Spaß das ist, hätte ich nicht gezögert, dachte Gert.

»Nein, da will ich nicht hin, jedenfalls noch nicht; ich will zu Ihnen. Bitte. Sehen Sie sich dieses Bild nur kurz an und sagen Sie mir –«

»Lady, wenn Sie wüßten, wieviel Leute ich an einem einzigen Tag zu sehen be –«

»Denken Sie an einen Mann im Rollstuhl. Ziemlich früh. Vor dem großen Ansturm, okay? Großer Typ. Kahl. Sie haben sich aus der Kabine gelehnt und ihm nachgerufen. Er ist zurückgekommen. Er muß sein Wechselgeld vergessen haben, oder so was.«

Chris' Augen leuchteten auf. »Nein, das war es nicht«, sagte er. »Er dachte, er hätte es mir passend gegeben. Ich weiß es, weil es ein Zehner und zwei Einer waren. Er hatte entweder den Preis einer Tageskarte für Behinderte vergessen, oder er hat ihn gar nicht gewußt.«

Klar, dachte Gert. *Genau so was würde ein Mann vergessen, der nur so* tut, *als wäre er ein Krüppel, wenn ihm andere Sachen durch den Kopf gehen.*

Mr. Magoo war offenbar zum Ergebnis gekommen, daß doch keine Schlägerei stattfinden würde, und hatte die Videokamera gesenkt. »Könnte ich bitte eine Karte für mich und meinen Enkel haben?« fragte er durch das Sprechloch.

»Halten Sie die Luft an«, sagte Chris. Ein Charmeur, wenn Gert je einen kennengelernt hatte, aber dies war nicht der geeignete Zeitpunkt, ihm Tips zu geben, wie er sein Benehmen aufpolieren konnte. Die Situation erforderte Diplomatie. Als er sich wieder zu ihr umdrehte, resigniert und bedrängt, hielt sie ihm das Bild noch mal hin und sprach mit einer sanften Erleuchte-mich-o-weiser-Mann-Stimme weiter.

»War das der Mann im Rollstuhl? Stellen Sie ihn sich ohne Haare vor.«

»Oh, Lady, kommen Sie! Er hatte auch noch eine Sonnenbrille auf.«

»Versuchen Sie es. Er ist gefährlich. Wenn auch nur die kleinste Möglichkeit besteht, daß er hier ist, *muß* ich mit Ihrem Wachpersonal sprechen.«

Boing, das war ein Fehler. Sie merkte es sofort, aber das war immer noch ein paar Sekunden zu spät. Das Flackern in seinen Augen war kurz, aber nicht zu übersehen. Wenn sie wegen eines Problems, das ihn nichts anging, zum Wachpersonal wollte, gut. *Wenn* es ihn etwas anging, und sei es nur am Rande, war das *nicht* gut. Vielleicht hatte er schon Ärger mit dem Wachpersonal gehabt, vielleicht hatte er auch nur einen Verweis bekommen, weil er so ein unfreundliches Arschloch war. Wie auch immer, er war zum Ergebnis gekommen, daß die ganze Angelegenheit ein Ärgernis bedeutete, das er nicht brauchte.

»Das ist nicht der Mann«, sagte er. Er hatte das Foto genommen und es sich genauer angesehen. Jetzt versuchte er, es ihr wieder in die Hand zu drücken. Gert hob die Hände, drückte sie über ihrem gewaltigen Busen an die Brust und weigerte sich, es zu nehmen, jedenfalls vorerst.

»Bitte«, sagte sie. »Wenn er hier ist, sucht er nach einer Freundin von mir, aber ganz bestimmt nicht, um mit ihr Riesenrad zu fahren.«

»He!« rief jemand in der wachsenden Schlange. »Mach voran, los!«

Zustimmende Rufe ertönten, und Monsieur Bester Großvater der Welt hob die Videokamera wieder. Diesmal schien er allerdings nur Gerts neuen Freund, Mr. Überfreundlich, auf Band bannen zu wollen. Gert sah, wie Chris zu ihm schaute, wie seine Wangen Farbe bekamen und wie er verstohlen sein Gesicht mit der Hand abschirmte, wie ein Missetäter, der nach seiner Festnahme aus dem Gerichtsgebäude geführt wird. Die Chance, daß sie hier etwas herausfand, war vertan.

»Das ist *nicht* der Mann!« schnappte Chris. »Nicht die geringste Ähnlichkeit! Und jetzt schaffen Sie Ihren fetten Arsch fort, sonst lasse ich Sie aus dem Park werfen.«

»Sie haben's gerade nötig«, sagte Gert verschnupft. »Ich könnte ein Menü mit zwölf Gängen auf Ihrem Hinterteil aufstellen und würde keine einzige Gabel in die Spalte fallenlassen.«

»Raus! Sofort!«

Gert stapfte mit glühend heißen Wangen zum Picknickgelände zurück. Sie kam sich wie eine Närrin vor. Wie hatte sie es nur so total vermasseln können? Sie versuchte sich einzureden, daß es an der Umgebung lag – zu laut, zu chaotisch, zu viele Leute, die wie die Verrückten herumliefen und versuchten, sich zu amüsieren –, aber es lag nicht an der Umgebung. Sie hatte Angst, darum war es passiert. Die Vorstellung, Rosies Mann könnte Peter Slowik umgebracht haben, war schlimm, aber der Gedanke, daß er heute *hier* sein und sich als gelähmter Rocker verkleidet haben könnte, war tausendmal schlimmer. Sie hatte schon früher Irre gesehen, aber ein Irrer mit dieser Ausbildung und besessener Entschlossenheit …

Wo war Rosie überhaupt? Nicht hier, das war alles, was Gert mit Sicherheit wußte. *Noch nicht* hier, verbesserte sie sich.

»Ich hab's vermasselt«, murmelte sie, und dann fiel ihr ein, was sie fast allen Frauen sagte, die zu D&S kamen: *Wenn ihr es wißt, handelt entsprechend.*

Okay, sie würde entsprechend handeln. Das bedeutete, das Wachpersonal des Parks blieb außen vor, zumindest vorerst – wahrscheinlich war es unmöglich, sie zu überzeugen, und wenn, würde es wahrscheinlich zu lange dauern. Aber sie hatte den kahlköpfigen Rocker im Picknickbereich rumhängen und mit mehreren Leuten reden sehen, überwiegend Frauen. Lana Kline hatte ihm sogar etwas zu essen spendiert. Ein Eis, wie es ausgesehen hatte.

Gert lief hastig zum Picknickgelände zurück; sie mußte pinkeln, versuchte aber, nicht darauf zu achten. Sie hielt nach Lana oder einer anderen Frau Ausschau, die mit dem Kahlkopf gesprochen hatte, aber es war, als würde sie nach einem Polizisten suchen – nie war einer in der Nähe, wenn man einen brauchte.

Aber jetzt mußte sie *wirklich*; es brachte sie um. Warum, verdammt noch mal, hatte sie soviel Eistee trinken müssen?

11

Norman rollte langsam den Hauptweg des Freizeitparks entlang, zurück zum Picknickgelände. Die Frauen aßen immer noch, aber bestimmt nicht mehr lange – er konnte die ersten leeren Tabletts sehen, die abgeräumt wurden. Er mußte sich beeilen, wenn er handeln wollte, solange sich die meisten noch an einem Ort aufhielten. Sorgen machte er sich keine mehr; das war vorbei. Er wußte genau, wohin er mußte, wenn er eine Frau allein finden wollte, mit der er reden konnte – aus der Nähe. Frauen können an keiner Toilette vorbeigehen, Normie, *hatte sein Vater ihm mal gesagt.* Sie sind wie Hündinnen, die an keinem einzigen Fliederbusch vorbeigehen können, ohne sich hinzuhocken.

Norman rollte mit seinem Stuhl hastig an dem Schild mit der Aufschrift ZU DEN TOILETTEN *vorbei.*

Nur eine, *dachte er.* Nur eine, die allein dorthin kommt und mir sagen kann, wo Rose hingegangen ist, wenn sie nicht hier ist. Wenn sie in San Francisco ist, folge ich ihr dorthin. Wenn sie in Tokio ist, folge ich ihr dorthin. Und wenn sie in der Hölle ist, folge ich ihr dorthin. Warum nicht? Wahrscheinlich landen wir sowieso dort, und wahrscheinlich in einem gemeinsamen Haushalt.

Er ging durch einen kleinen Hain von Zierfichten und ließ sich einen Hang zu einem Backsteingebäude ohne Fenster, aber mit je einer Tür an jedem Ende, hinunterrollen – Männer rechts, Frauen links. Norman rollte an der Tür mit der Aufschrift FRAUEN *vorbei und parkte auf der anderen Seite des Gebäudes. Norman hielt es für einen ausgesprochen vorteilhaften Platz – ein schmaler Streifen gestampfte Erde, eine Reihe Mülleimer aus Plastik, und ein hoher Bretterzaun, der für Abgeschiedenheit sorgte. Er stand aus dem Rollstuhl auf und spähte um die Ecke des Gebäudes, wobei er den Kopf immer weiter nach vorne schob, bis er den Weg sehen konnte. Er fühlte sich wieder in Ordnung, ruhig und gelassen. Kopfschmerzen hatte er immer noch, aber sie waren zu einem dumpfen Pochen abgeklungen.*

Zwei Frauen kamen aus dem Hain – nicht gut. Das war selbstverständlich das Schlimmste an seinem momentanen Beobachtungsposten – die Tatsache, daß Frauen häufig zu zweit aufs Klo gingen. Was machten sie da drinnen, um Himmels willen? Aneinander rumfingern?

Die beiden gingen rein. Norman konnte sie durch die Lüftungsklappe hören; sie lachten und sprachen über jemand namens Fred. Fred machte dies, Fred machte das, Fred machte was anderes. Scheinbar war Fred der Supertyp. Jedesmal, wenn die Frau, die redete, eine Pause machte, um Luft zu holen, kicherte die andere, ein so abgehacktes Geräusch, daß Norman sich fühlte, als würde jemand sein Gehirn in Glasscherben rollen, wie ein Bäcker einen Krapfen in Zucker. Aber er blieb stehen, wo er war, damit er den Pfad im Auge behalten konnte, und er stand vollkommen reglos, abgesehen von seinen Händen, die er ballte und spreizte, ballte und spreizte.

Schließlich kamen sie heraus, redeten immer noch über Fred, kicherten immer noch, gingen so dicht nebeneinander, daß ihre Hüften und Schultern aneinander streiften, und Norman mußte alle Anstrengung aufbieten, daß er nicht hinter ihnen herlief und ihre Nuttenköpfe packte, einen mit jeder Hand, damit er sie gegeneinander schlagen und zerschmettern konnte wie zwei mit Sprengstoff gefüllte Kürbisse.

»Nicht«, flüsterte er sich zu. Große, klare Schweißtropfen liefen ihm am Gesicht hinab und standen auf seinem frisch rasierten Schädel. »Oh, nicht, jetzt nicht, um Himmels willen, mach es jetzt nicht kaputt.« Er zitterte, seine Kopfschmerzen waren in voller Stärke wieder da und hämmerten wie eine Faust. Die grellen Zickzacklinien tanzten am Rand seines Gesichtsfelds, und sein rechtes Nasenloch tropfte.

Die nächste Frau, die des Wegs kam, war allein, und Norman kannte sie – weißes Haar oben, häßliche Krampfadern unten. Die Frau, die ihm das Joghurteis am Stiel spendiert hatte.

Ich hab auch einen Stiel für dich, *dachte er, und ein Ruck durchfuhr ihn, als sie den Asphaltweg herunterkam.* Ich hab einen Stiel für dich, und wenn ich nicht augenblicklich die Antworten bekomme, die ich suche, dann wirst du jeden Zentimeter davon runterschlucken.

Dann kam noch jemand aus dem kleinen Hain. Auch die hatte Norman schon gesehen – die fette, neugierige Nutte im roten Trägerrock, die ihn angestarrt hatte, als der Kerl im Kartenhäuschen ihn zurückgerufen hatte. Wieder verspürte er dieses nervtötende Gefühl, daß er sie kannte, als würde einem ein Name auf der Zunge liegen, aber jedesmal zurückweichen, wenn man ihn aussprechen wollte. Kannte er sie wirklich? Wenn er nur nicht diese Kopfschmerzen –

Sie schleppte immer noch diese riesige Handtasche mit sich herum, die wie ein Aktenkoffer aussah, und sie kramte darin herum. Was suchst du, Dickmadam? *dachte Norman.* Ein paar Twinkies? Ein paar Schokoriegel? Vielleicht ein –

Und plötzlich fiel es ihm ein, einfach so. Er hatte in der Bibliothek von ihr gelesen, in einem Zeitungsartikel über Daughters and Sisters. Dort war sie sogar abgebildet gewesen, in einer geduckten, albernen Karatehaltung, aber sie hatte weniger Ähnlichkeit mit Bruce Lee als mit einem extragroßen Wohnmobil. Sie war das Miststück, das dem Reporter gesagt hatte, daß Männer nicht ihre Feinde waren … »aber wenn sie schlagen, schlagen wir zurück«. Gert. An den Nachnamen konnte er sich nicht erinnern, aber ihr Vorname war Gert.

Verschwinde hier, Gert, *dachte Norman, während er die dicke schwarze Frau im roten Trägerrock betrachtete. Er hatte die Hände zu Fäusten geballt, seine Fingernägel gruben sich in die Handflächen.*

Aber sie verschwand nicht. »Lana!« rief sie statt dessen. »He, Lana!«

Die weißhaarige Frau drehte sich um und ging zu der Dickmadam zurück. Zu Gert, die aussah wie der »Kühlschrank« in Weiberklamotten. Er beobachtete, wie die weißhaarige Frau namens Lana seine Dirty Gertie zu den Bäumen zurückführte. Gertie zeigte ihr unterwegs etwas. Sah wie ein Blatt Papier aus.

Norman wischte sich mit den Armen den Schweiß aus den Augen und wartete darauf, daß Lana ihren Plausch mit Gert beendete und zur Toilette kam. Auf der anderen Seite des Wäldchens, im Picknickbereich, wurde der Nachtisch serviert, und wenn der gegessen war, würde sich das Rinnsal der Frauen, die hierherkamen, in einen Sturzbach verwandeln. Wenn sich sein Glück nicht wendete, und zwar schnell, konnte ein richtiges Fiasko aus seinem Unternehmen werden.

»Komm schon, komm schon«, murmelte Norman, und als wäre er erhört worden, kam jemand den Weg herunter. Es war weder Gert noch Lana, die Joghurteis-Lady, sondern eine andere, die Norman aber auch erkannte – eine der Huren, die im Garten beschäftigt gewesen waren, als er Daughters and Sisters ausgekundschaftet hatte. Die mit der zweifarbigen Rockstarfrisur. Das freche Luder hatte ihm sogar zugewinkt.

Und mir einen Mordsschrecken eingejagt, *dachte er,* aber Rache ist süß, richtig? Komm her. Komm ruhig her zu Papa.

Norman spürte, wie er eine Erektion bekam, und seine Kopfschmerzen waren wie weggeblasen. Er stand reglos wie eine Statue, spähte mit einem Auge um die Ecke und betete, daß Gert nicht gerade jetzt zurückkommen und das Mädchen mit dem halb grünen, halb orangefarbenen Haar es sich nicht anders überlegen würde. Niemand kam aus dem Wäldchen, und das Mädchen mit dem versauten Haar kam näher. Ms. Punky-Grungy Schleimbeutel 1994, komm in meinen Salon, sprach die Spinne zur Fliege, näher und näher, und jetzt streckte sie die Hand nach der Türklinke aus, aber die Tür ging nicht auf, weil Norman Cynthias dünnes Handgelenk umklammerte, bevor sie die Klinke auch nur berühren konnte.

Sie sah ihn erschrocken an und riß die Augen auf.

»Komm mit«, sagte er und zerrte sie hinter sich her. »Komm mit nach hinten, damit ich mit dir reden kann. Damit ich mit dir reden kann – aus der Nähe.«

12

Gert Kinshaw lief zu den Toiletten, sie rannte fast, als sie – Wunder über Wunder – vor sich genau die Frau sah, nach der sie suchte. Sie machte sofort ihre riesige Handtasche auf und suchte nach dem Foto.

»Lana!« rief sie. »He, Lana!«

Lana kam den Weg wieder herauf. »Ich suche nach Cathy Sparks«, sagte sie. »Hast du sie gesehen?«

»Klar, die ist beim Hufeisenwerfen«, sagte Gert und deutete mit dem Daumen zum Picknickgelände. »Da hab ich sie vor nicht mal zwei Minuten gesehen.«

»Prima!« Lana wandte sich sofort in diese Richtung. Gert warf einen sehnsüchtigen Blick zum Toilettenhäuschen und begleitete sie. Sie dachte, ihre Blase würde es noch einen Moment aushalten. »Ich dachte, sie hätte vielleicht einen ihrer Panikanfälle bekommen und wäre einfach abgehauen«, sagte Lana. »Du weißt ja, wie sie ist.«

»Hm-hmm.« Gert gab Lana das Fax-Foto, bevor sie wieder bei den Bäumen waren. Lana betrachtete es neugierig. Sie bekam Norman zum erstenmal zu sehen, da sie nicht bei D & S wohnte. Sie war Sozialarbeiterin in der Psychiatrie und wohnte mit ihrem nicht gewalttätigen Ehemann und ihren drei artigen, nicht verhaltensgestörten Kindern in Crescent Heights.

»Wer ist das?« fragte Lana.

Bevor Gert antworten konnte, kam Cynthia Engstrom vorbei. Wie immer mußte Gert grinsen, selbst unter diesen Umständen, als sie ihre schrille Frisur sah.

»Hi, Gert, tolles Hemd!« sagte Cynthia herzlich. Das war kein Kompliment, sondern einfach nur einer ihrer Sprüche, ein kleiner Cindy-ismus …

»Danke. Tolle Hose. Aber ich wette, wenn du dir richtig Mühe geben würdest, könntest du eine finden, bei der deine Pobacken noch weiter raushängen.«

»Sag mir Bescheid, wenn du welche gefunden hast«, sagte Cynthia und ging weiter, wobei ihr schlanker, aber unbestreitbar süßer Po hin und her wogte wie das Pendel einer Uhr. Lana sah ihr amüsiert nach, dann konzentrierte sie sich wieder auf das Foto. Dabei strich sie sich geistesabwesend über das weiße Haar, das sie zu einem Pferdeschwanz gebunden hatte.

»Kennst du ihn?« fragte Gert.

Lana schüttelte den Kopf, aber Gert dachte, daß sie damit eher ihrem Zweifel Ausdruck geben als die Frage verneinen wollte.

»Stell ihn dir ohne Haare vor.«

Lana machte etwas Besseres; sie deckte das Foto vom Haaransatz mit der Hand ab. Dann studierte sie es eingehender denn je und bewegte dabei ihre Lippen, als würde sie es nicht betrachten, sondern lesen. Als sie Gert wieder ansah, war ihr Gesicht verwirrt und besorgt zugleich.

»Ich hab heute morgen einem Mann ein Joghurteis spendiert«, begann sie zögernd. »Er trug eine Sonnenbrille, aber –«

»Er saß im Rollstuhl«, sagte Gert, und obwohl sie wußte, daß die Schwierigkeiten damit erst anfingen, kam es ihr trotzdem vor, als wäre ihr eine große Last von den Schultern genommen worden. Es war besser, Bescheid zu wissen, als keine Ahnung zu haben. Besser, man hatte Gewißheit.

»Ja. Ist er gefährlich? Das ist er, nicht? Ich bin mit einigen Frauen hier, die in den letzten Jahren schwere traumatische Erlebnisse hatten. Sie sind ziemlich empfindlich. Wird es Ärger geben, Gert? Ich frage ihretwegen, nicht meinetwegen.«

Gert dachte lange darüber nach, bevor sie sagte: »Ich glaube, alles wird gut. Ich glaube, das Schlimmste ist fast überstanden.«

13

Norman riß Cynthia die ärmellose Bluse vom Leib und entblößte ihre Brüste, die nicht größer als Teetassen waren. Er drückte ihr eine Hand auf den Mund, brachte sie zum Schweigen und drückte sie gleichzeitig an die Wand. Er rieb den Unterleib an ihrem. Er spürte, wie sie zurückweichen wollte, was ihr selbstverständlich nicht gelang, und das erregte ihn noch mehr, weil er sie gefangen hatte. Aber nur sein Körper war erregt. Sein Geist schwebte einen Meter über seinem Kopf und beobachtete gelassen, wie Norman sich nach vorne beugte und die Zähne in die Schulter von Miß Punky-Grungy grub.

Er saugte sich wie ein Egel an ihr fest und trank ihr Blut, das durch die Haut quoll. Es schmeckte heiß und salzig, und als er in seine Hose ejakulierte, merkte er es kaum, ebenso wenig wie er merkte, daß sie unter seiner schwieligen Handfläche schrie.

14

»Bleib bei deinen Patientinnen, bis ich Entwarnung gebe«, sagte Gert zu Lana. »Und tu mir einen Gefallen – sprich mit *niemand* darüber, noch nicht. Deine Freundinnen sind heute nicht die einzigen Frauen hier, die psychisch labil sind.«

»Ich weiß.«

Gert drückte ihren Arm. »Alles wird gut werden. Ich verspreche es.«

»Okay, du mußt es am besten wissen.«

»Ja, klar, träum weiter. Aber ich weiß *eines*, er dürfte nicht schwer zu finden sein, wenn er immer noch mit diesem Rollstuhl herumfährt. Aber wenn du ihn siehst, geh ihm aus dem Weg. Hast du verstanden? *Geh ihm aus dem Weg!*«

Lana sah sie zutiefst erschrocken an. »Was hast du vor?«

»Pinkeln gehen, bevor ich an Harnvergiftung sterbe. Dann gehe ich zum Wachpersonal und erzähle ihnen, daß ein Mann im Rollstuhl versucht hat, mir die Handtasche zu entreißen. Und dann werden wir weitersehen, aber vor allen Dingen müssen wir ihn von unserem Picknick fortschaffen.« Rosie war nicht hier, sie hatte vielleicht eine Verabredung, und Gert war noch nie in ihrem Leben für etwas so dankbar gewesen. Sie war sein Zünder; wenn Rosie nicht da war, hatten sie eine Chance, ihn zu neutralisieren, bevor er Schaden anrichten konnte.

»Soll ich auf dich warten, während du auf der Toilette bist?« fragte Lana nervös.

»Ich komm schon zurecht.«

Lana betrachtete stirnrunzelnd den Weg, der durch das Wäldchen führte.

»Vielleicht warte ich trotzdem«, sagte sie.

Gert lächelte. »Okay. Dauert nicht lange, glaub mir.«

Sie hatte das Toilettenhäuschen fast erreicht, als ein Geräusch sie aus ihren Gedanken riß: Jemand keuchte. Nein – *zwei* Jemande. Ein Lächeln verzog Gerts großen Mund. Jemand genoß hinter der Toilette ein kleines Nachmittagsvergnügen, wie es sich anhörte. Einen hübschen kleinen ...

»Raus damit, du Miststück!«

Als Gert die Stimme hörte, so tief, daß es fast wie das Knurren eines Hundes klang, gefror ihr das Lächeln auf den Lippen.

»Sag mir, wo sie ist, aber *sofort!*«

15

Gert lief so schnell um das quadratische Backsteingebäude herum, daß sie gerade noch dem abgestellten Rollstuhl ausweichen und verhindern konnte, daß sie kopfüber darüber stolperte. Der kahlköpfige Mann mit der Motorradjacke – Norman Daniels – hatte ihr den Rücken zugewandt und hielt Cynthia so fest an ihren dünnen Oberarmen, daß seine Daumen fast in ihrem mageren Fleisch verschwanden. Er hatte das Gesicht fest gegen ihres gedrückt, aber Gert konnte trotzdem die seltsame Verkantung von Cynthias Nase erkennen.

Sie hatte das schon öfter gesehen, einmal in ihrem eigenen Spiegel. Die Nase des Mädchens war gebrochen.

»Sag mir, wo sie ist, oder du mußt dir nie wieder Lippenstift kaufen, weil ich dir deine Scheißlippen einfach aus deinem Scheißge…«

Gert dachte nicht mehr, hörte nicht mehr. Sie schaltete auf Autopilot. Zwei Schritte brachten sie zu Daniels. Dabei verschränkte sie die Finger beider Hände, so daß sie eine Keule bildeten. Die hob sie über die rechte Schulter, so hoch sie konnte; sie wollte mit soviel Wucht wie möglich zuschlagen. Kurz bevor sie die Hände heruntersausen ließ, richtete Cynthia den Blick ihrer entsetzten Augen auf sie, und Rosies Mann sah es. Er war schnell, das mußte Gert ihm lassen. Er war schrecklich schnell. Ihre verschränkten Hände trafen ihn, und zwar fest, aber nicht am Halsansatz, wo sie ihn hatte treffen wollen. Er drehte sich bereits um, daher erwischte sie ihn seitlich am Gesicht. Die Chance, ihn schnell und problemlos außer Gefecht zu setzen, war damit vertan. Als er ihr das Gesicht zuwandte, war Gerts erster Gedanke, daß er Erdbeeren gegessen haben mußte. Er grinste sie an und entblößte Zähne, von denen noch Blut tropfte. Das Grinsen versetzte Gert in Panik und erfüllte sie mit der Gewißheit, daß durch ihr Eingreifen zwei Frauen hinter der Toilette sterben würden statt einer. Das war kein Mann. Das war Grendel in einer Motorradjacke.

»Schau an, es ist Dirty Gertie!« rief Norman aus. »Willst du *ringen*, Gertie? Willst du das? *Ringen?* Willst du mich mit deinen 52D-Dingern niederknüppeln, ist das deine Absicht?« Er lachte und schlug sich mit der flachen Hand auf die Brust, um zu zeigen, wie sehr ihn der Gedanke erheiterte. Die Reißverschlüsse seiner Jacke klirrten.

Gert warf einen Blick zu Cynthia, die an sich heruntersah, als würde sie sich fragen, wo ihr Hemd abgeblieben war.

»Cindy, lauf!«

Cynthia sah sie benommen an, wich zögernd zwei Schritte zurück und lehnte sich dann einfach an das Toilettenhäuschen, als hätte allein der Gedanke an Flucht sie erschöpft. Gert konnte bereits die Schwellungen sehen, die wie frischer Teig an ihren Wangen und der Stirn aufgingen.

»Gert-Gert-bo-Bert«, krähte Norman und kam auf sie zu. »Banana-fanna-fo-Fert, fee-fi-mo-Mert ... *Gert!*« Darüber lachte er wie ein Kind, dann wischte er sich mit dem Arm Cynthias Blut vom Mund. Gert konnte Schweißperlen auf seinem kahlen Schädel sehen. Sie sahen wie Zechinen aus. »Oooh, Gertie«, krähte Norman und schwenkte den Oberkörper von einer Seite auf die andere, wie eine Kobra, die aus dem Korb eines Schlangenbeschwörers aufsteigt. »Oooh, *Gertie*, ich werd dich rollen wie einen Krapfen. Ich werd dein Innerstes nach außen stülpen, wie bei einem Handschuh. Ich –«

»Warum kommst du dann nicht und tust es?« fuhr sie ihn an. »Das hier ist nicht der Abschlußball der High School, du feiges Arschloch! Wenn du mich willst, dann komm und hol mich!«

Daniels hörte auf zu schwanken und sah sie fassungslos an; anscheinend konnte er nicht glauben, daß diese fette Qualle ihn angeschrien hatte. Ihn *verspottet* hatte. Hinter ihm wich Cynthia stolpernd und erschöpft weitere zwei Schritte zurück, wobei ihr Hosenboden knisternd die Wand des Toilettenhäuschens streifte, dann blieb sie erneut stehen.

Gert winkelte die Arme an und hielt sie vor sich. Ihre Handflächen waren etwa vierzig Zentimeter auseinander und gegeneinander gekehrt. Die Finger hatte sie gespreizt. Sie ließ den Kopf zwischen die Schultern sinken wie eine Bärenmutter. Norman begutachtete ihre Abwehrhaltung, worauf sein überraschter Gesichtsausdruck in Heiterkeit umschlug.

»Was hast du vor, Gert?« fragte er sie. »Glaubst du, du kannst mir mit einer Bruce-Lee-Nummer kommen? He, ich muß dir was sagen, er ist *tot*, Gertie. Genau wie du in fünfzehn Sekunden – eine fette alte Niggerschlampe, die tot am Boden liegt.« Er lachte.

Plötzlich dachte Gert an Lana Kline, wie sie sich nervös umsah und sagte, daß sie vielleicht doch warten würde, bis Gert auf der Toilette gewesen war.

»Lana!« schrie sie, so laut sie konnte. *»Er ist hier! Wenn du noch da bist, lauf und hol Hilfe!«*

Rosies Mann sah wieder einen Moment verblüfft drein, dann entspannte er sich. Das Lächeln gewann wieder die

Oberhand. Er sah rasch über die Schulter und vergewisserte sich, daß Cynthia noch da war, dann schaute er Gert wieder an. Sein Oberkörper schwang wieder hin und her.

»Wo ist meine Frau?« fragte er. »Wenn du mir das sagst, brech ich dir vielleicht nur einen Arm. Verdammt, vielleicht laß ich dich sogar laufen. Sie hat meine BankCard gestohlen. Ich will sie wiederhaben, das ist alles.«

Ich kann ihn nicht angreifen, dachte Gert. *Er muß zu mir kommen – andernfalls habe ich keine Chance, mit ihm fertig zu werden. Aber wie soll ich ihn dazu bringen?*

Sie mußte an Peter Slowik denken – die fehlenden Teile und die Stellen, wo die Bißwunden am dichtesten gewesen waren –, und plötzlich glaubte sie, daß sie es vielleicht wußte.

»Du gibst dem Ausdruck *kau mir einen ab* 'ne völlig neue Bedeutung, was, du Schwuchtel? Es hat dir nicht gereicht, seinen Schwanz nur zu lutschen, was? Also, wie sieht's aus? Kommst du, oder hast du zu viel Angst vor Frauen?«

Diesmal verschwand das Lächeln nicht nur von seinem Gesicht; als sie ihn eine Schwuchtel nannte, fiel es so unvermittelt von ihm ab, daß Gert es fast wie einen Eiszapfen auf den Stahlkappen seiner Stiefel zerschellen hören konnte. Das Schwanken hörte auf.

»ICH BRING DICH UM, DU MISTSTÜCK!« schrie Norman und griff an.

Gert wich zur Seite aus, wie bei dem Angriff von Cynthia, als Rosie ihr neues Bild in den Kellerraum von D&S gebracht hatte. Sie hielt die Hände länger gesenkt als bei ihren Lektionen für die Mädchen, da sie wußte, nicht einmal seine blinde Wut konnte ihren Erfolg garantieren – er war ein kräftiger Mann, und wenn sie ihn nicht sofort fertigmachte, würde sie von ihm zerfleischt werden wie eine Ratte in einer Häckselmaschine. Norman streckte die Hände nach ihr aus, fletschte die Zähne und machte sich zum Zubeißen bereit. Gert wich noch ein Stück zurück, ihr Po streifte an der Backsteinwand, und sie dachte: *Gott steh mir bei.* Dann packte sie Normans dicke, haarige Handgelenke.

Verdirb es nicht, indem du darüber nachdenkst, ermahnte sie sich, drehte sich zu ihm, rammte ihm eine große Hüfte in die

Seite und wirbelte nach links. Ihre Beine streckten sich, die Muskeln traten hervor, und ihr Trägerrock aus Kordsamt hatte keine Chance; er riß mit einem Geräusch wie ein im Kamin explodierender Kieferknorren am Rücken fast bis zur Taille auf.

Der Schwung wirkte wie ein Zauberspruch. Ihre Hüfte war zu einem Kugellager geworden, Norman flog hilflos darüber hinweg, und sein wutverzerrtes Gesicht nahm einen erschrockenen Ausdruck an. Er knallte Kopf voraus gegen den Rollstuhl. Der Stuhl kippte und fiel auf ihn.

»Puuuh«, sagte Cynthia, die noch an der Wand lehnte, mit einer heiseren krächzenden Stimme.

Lana Klines braune Augen spähten vorsichtig um die Ecke des Häuschens. »Was ist? Was schreist du –« Sie sah den blutenden Mann, der versuchte, unter dem umgekippten Rollstuhl hervorzukommen, sah seinen heimtückischen, bösen Blick und verstummte.

»Lauf und hol Hilfe«, fuhr Gert sie an. »Das Wachpersonal. Sofort. Und schrei, was du kannst.«

Norman stieß den Rollstuhl weg. Von seiner Stirn tropfte das Blut nur, aber aus seiner Nase lief es wie ein Wasserfall. »Dafür bring ich dich um«, flüsterte er.

Gert hatte nicht die Absicht, ihm dazu eine Chance zu geben. Als Lana sich umdrehte, davonlief und dabei schrie, was das Zeug hielt, warf sich Gert mit einem Sprung auf Norman Daniels, um den Hulk Hogan sie beneidet hätte. Sie hatte ein ordentliches Gewicht – hundertdreißig Kilo, nach jüngsten Messungen –, und Normans Bemühungen, auf die Füße zu kommen, wurden im Keim erstickt. Seine Arme knickten ab wie die Beine eines Kartentischs, der das Gewicht eins LKW-Motors aushalten sollte, seine ohnehin schon mitgenommene Nase wurde auf die festgetretene Erde zwischen der Backsteinmauer und dem Zaun gedrückt, und seine Eier wurden mit lähmender Wucht gegen eine der Fußstützen des Rollstuhls gerammt. Er versuchte zu schreien – sein Gesicht sah auf jeden Fall wie das eines Mannes aus, der zu schreien versucht –, brachte aber nur ein heiseres Krächzen heraus.

Nun saß sie über ihm, der zerrissene Trägerrock war ihr bis über die Hüften hochgerutscht, und während sie dasaß und sich fragte, was sie als nächstes tun sollte, mußte sie an die ersten zwei oder drei Therapiesitzungen denken, an denen Rosie teilgenommen hatte, bis sie genügend Mut aufbrachte, selbst etwas zu sagen. Als erstes hatte sie ihnen erzählt, daß sie schreckliche Rückenschmerzen hatte, die mitunter nicht mal ein heißes Bad lindern konnte. Als sie den Grund dafür nannte, hatten viele Frauen verständnisvoll genickt. Zu denen hatte auch Gert gehört. Sie griff nach unten, zog den Rock höher und entblößte einen großen, blauen Baumwollschlüpfer.

»Rosie hat gesagt, daß du ein Nierentyp bist, Norman. Sie sagt, weil du einer von den vorsichtigen Typen bist, die nicht gern Spuren hinterlassen. Außerdem gefällt dir, wie sie aussieht, wenn du sie dort schlägst, richtig? Dieser kränkliche Ausdruck. Alle Farbe weicht aus dem Gesicht, richtig? Sogar aus den Lippen. Ich weiß es, weil ich mal einen Freund hatte, der genauso war. Wenn du diesen kränklichen Gesichtsausdruck siehst, wird irgendwas in deinem Inneren gut, oder nicht? Zumindest vorübergehend.«

»... Miststück ...«, flüsterte er.

»Ja, sicher, du bist ein Nierentyp, ich sehe Gesichtern viel an, das ist eine Begabung von mir.« Sie rutschte auf den Knien höher an ihm hinauf. Sie war fast schon bei den Schultern angekommen. »Manche Männer sind Schenkeltypen, manche sind Arschtypen, manche Tittentypen, und dann gibt es ein paar Kerle, kranke Arschlöcher wie du, Norman, die sind eben Nierentypen. Nun, du kennst ja wahrscheinlich das alte Sprichwort – ›Alles Geschmackssache, sagte die alte Jungfer und küßte die Kuh‹.«

»... runter von mir ...«, flüsterte er.

»Rosie ist nicht hier, Norm«, sagte sie, beachtete ihn nicht und rutschte ein Stück höher, »aber sie läßt dir über *meine* Nieren eine kleine Nachricht von ihren Nieren überbringen. Ich hoffe, du bist bereit, denn hier kommt sie.«

Sie rutschte ein letztes Stück auf den Knien, brachte sich über seinem Gesicht in Position und ließ laufen. Ah, welche Erleichterung.

Zuerst schien Norman gar nicht zu begreifen, was passierte. Dann kapierte er es. Er schrie und versuchte, sie abzuschütteln. Gert spürte, wie sie hochgehoben wurde, und preßte sich mit den Pobacken wieder auf ihn. Sie war überrascht, daß er nach den Schlägen, die er einstecken mußte, noch zu dieser Anstrengung fähig war.

»Keine Chance, mein Bester«, sagte sie und entleerte weiter ihre Blase. Er lief nicht Gefahr, zu ertrinken, aber sie hatte noch nie ein Gesicht soviel Ekel und Wut ausdrücken sehen. Und weshalb? Wegen einem bißchen heißem Wasser. Wenn es jemals in der gesamten Weltgeschichte jemand verdient hatte, angepißt zu werden, dann dieser kranke Drecks...

Norman stieß einen lauten, unartikulierten Schrei aus, hob beide Hände, packte ihre Unterarme und grub die Nägel hinein. Gert schrie (hauptsächlich vor Überraschung, obwohl es scheußlich weh tat) und verlagerte ihr Gewicht nach hinten. Er nutzte die Bewegung, bäumte sich wieder auf, diesmal fester, und schaffte es, sie umzukippen. Sie flog gegen die Backsteinmauer links von ihr. Norman rappelte sich taumelnd auf die Füße, sein Gesicht und der kahle Schädel waren pitschnaß, die Motorradjacke tropfte, und das T-Shirt unter der Jacke klebte ihm am Körper.

»Du hast mich vollgepißt, du Fotze«, keuchte er und stürzte sich auf sie.

Cynthia streckte den Fuß aus. Norman stolperte darüber und knallte wieder gegen den Rollstuhl. Er kroch auf Händen und Knien davon weg, dann drehte er sich um. Er versuchte aufzustehen, hätte es beinahe geschafft, sackte aber stöhnend wieder zusammen und sah Gert mit seinen hellgrauen Augen an. Augen, in denen der Wahnsinn stand. Gert ging auf ihn zu. Sie wollte dafür sorgen, daß er am Boden blieb. Sie würde ihm den Rücken brechen wie eine Schlange, wenn es erforderlich sein sollte, und der Zeitpunkt war genau richtig, bevor er genügend Kraftreserven mobilisieren und wieder aufstehen konnte.

Er griff in eine der zahlreichen Taschen seiner Motorradjacke, und einen Augenblick, in dem ihr fast das Herz stehenblieb, war sie überzeugt, daß er eine Waffe hatte, daß er ihr zwei- oder dreimal in den Bauch schießen würde. *Wenigstens sterbe ich mit leerer Blase,* dachte sie und blieb stehen.

Es war keine Waffe, aber schlimm genug: Er hatte einen Schocker. Gert kannte eine verrückte Obdachlose in der Stadt, die damit Ratten tötete, die so groß waren, daß man sie für Cockerspaniels halten konnte, die zufällig keinen Stammbaum hatten.

»Willst du was hiervon haben?« fragte Norman, der sich auf die Knie aufgerichtet hatte. Er schwenkte den Schocker vor sich hin und her. »Willst du eine Kostprobe, Gertie? Kannst ruhig kommen und sie dir holen, weil du sie bekommen wirst, ob du willst oder ...«

Er verstummte und sah zweifelnd zur Ecke des Gebäudes. Aus der Richtung riefen Frauen aufgeregt und erschrocken durcheinander. Sie waren noch ein gutes Stück entfernt, kamen aber langsam näher.

Gert nutzte den Augenblick seiner Unaufmerksamkeit, wich einen Schritt zurück, packte die Haltegriffe des umgestürzten Rollstuhls und zog ihn hoch. Sie stellte sich dahinter, und die Griffe des Stuhls verschwanden völlig in ihren großen, braunen Fäusten. Sie setzte Norman mit ruckartigen Bewegungen nach.

»Ja, komm nur«, sagte sie. »Komm her, Nierentyp. Komm her, Feigling. Komm schon, Schwuchtel. Willst mir eine verpassen, was? Hast du deinen Phaser auf Betäubung gestellt, ja? Komm schon, los. Ich glaube, wir haben noch Zeit für einen letzten Tango, bevor die Männer mit den weißen Kitteln kommen und dich nach Sunnydale Acres bringen, oder wo man kranke Wichser wie dich auch immer hinschaffen –«

Er stand auf, sah wieder dorthin, von wo die Stimmen erklangen, und Gert dachte: *Zum Teufel, ich hab nur ein Leben, laß es mich eben als Blondine leben,* und rammte den Rollstuhl, so fest sie konnte, gegen ihn. Er traf ihn mit voller Wucht, und Norman klappte wieder mit einem Aufschrei zusammen. Gert stürzte sich auf ihn und hörte Cynthias tränenerstickten, zitternden Schrei einen Augenblick zu spät:

»Paß auf, Gert, er hat das Ding immer noch!«

Ein leises, aber teuflisches Surren ertönte – *Siiiiiit!* –, dann schoß ein Blitzschlag verchromter Schmerzen von Gerts Knöchel, wo er den Schocker angesetzt hatte, bis zu ihrer Hüfte hinauf. Die Tatsache, daß ihre Haut naß vom Urin war, machte Normans Waffe wahrscheinlich um so wirksamer. Die Muskeln in ihrem linken Bein verkrampften sich, daß ihr die Tränen in die Augen schossen, dann versagten sie ihren Dienst vollkommen. Gert fiel zu Boden. Dabei packte sie den Arm, mit dem er den Schocker hielt, und drehte ihn so fest sie konnte herum. Norman heulte vor Schmerzen und trat mit beiden Beinen um sich. Ein Fuß verfehlte sie ganz, aber der andere traf sie mit dem Absatz mitten in den Solarplexus, direkt unterhalb der Brüste. Der Schmerz kam so plötzlich und heftig, daß Gert ihr Bein zumindest vorübergehend vergaß, aber sie hielt den Schocker fest und drehte ihm den Arm weiter um, bis sich seine Hand öffnete und das bösartige Gerät auf den Boden fiel.

Er kroch von ihr weg; Blut blubberte aus seinem Mund und floß in feinen Tropfen aus seiner Nase. Seine Augen waren groß und ungläubig; die Vorstellung, daß ihm eine Frau das alles angetan hatte, bekam er nicht auf die Reihe, *konnte* er wahrscheinlich nicht auf die Reihe bekommen. Er stand taumelnd auf, sah dorthin, von wo sich die Stimmen näherten – sie waren jetzt sehr nahe – und floh dann am Bretterzaun entlang zurück auf den Freizeitpark zu. Gert glaubte nicht, daß er weit kommen würde, bevor er dem Wachpersonal des Parks auffiel; er sah aus wie ein Komparse aus einem Film der *Freitag der 13.*-Serie.

»Gert …«

Cynthia weinte und versuchte, zu Gert zu kriechen, die auf der Seite lag und dem fliehenden Norman nachsah. Gert drehte sich zu dem Mädchen um und stellte fest, daß er sie schlimmer verprügelt hatte, als sie zuerst dachte. Ein Bluterguß wie eine Gewitterwolke erblühte über ihrem rechten Auge, und ihre Nase würde wahrscheinlich nie wieder wie früher aussehen, egal wie viele Ärzte daran arbeiten würden.

Gert rappelte sich auf die Knie hoch und kroch auf Cynthia zu. Sie trafen sich und umarmten einander, schlangen die

Arme um sich, damit sie nicht umkippten. Cynthia sagte unter großer Anstrengung mit ihren geschwollenen Lippen: »Ich hätte ihn selber zu Boden geworfen ... wie du es uns beigebracht hast ... aber er hat mich überrascht.«

»Schon gut«, sagte Gert und küßte sie sanft auf die Schläfe. »Bist du schwer verletzt?«

»Weiß nicht ... huste kein Blut ... Schritt in die richtige Richtung.« Sie versuchte zu lächeln. Es bereitete ihr eindeutig Schmerzen, aber sie versuchte es trotzdem. »Hast ihn vollgepißt.«

»Ja, hab ich.«

»Verdammt gut«, flüsterte Cynthia und fing wieder an zu weinen. Gert nahm sie in die Arme, und so fand die erste Gruppe Frauen sie, dicht gefolgt von zwei Wachmännern des Piers: auf den Knien zwischen der Rückwand der Toilette und dem umgestürzten Rollstuhl, jede mit dem Kopf an der Schulter der anderen, aneinandergeklammert wie schiffbrüchige Matrosen.

16

Rosies erster verschwommener Eindruck von der Notaufnahme des East Side Receiving Hospital war, daß sich alle von Daughters and Sisters dort versammelt hatten. Als sie den Raum durchquerte und zu Gert ging (ohne die Männer richtig zu bemerken, die sich um sie drängten), stellte sie jedoch fest, daß mindestens drei fehlten: Anne, die wahrscheinlich noch bei der Gedenkfeier für ihren Ex-Mann war; Pam, die arbeitete; und Cynthia. Beim Gedanken an Cynthia wurde sie aschfahl.

»Gert!« rief sie und drängte sich durch die Männer, die sie kaum eines Blickes würdigte. »Gert, wo ist Cynthia? Ist sie –«

»Oben.« Gert versuchte, Rosie beruhigend zuzulächeln, aber es gelang ihr nicht besonders gut. Ihre Augen waren geschwollen und rot vom Weinen. »Sie haben sie aufgenommen, und wahrscheinlich wird sie eine Weile hierbleiben, aber sie wird wieder gesund, Rosie. Er hat sie ziemlich übel zusammengeschlagen, aber sie wird wieder. Weißt du, daß du einen Motorradhelm trägst? Sieht irgendwie ... süß aus.«

Bills Hände machten sich wieder an der Schnalle unter ihrem Kinn zu schaffen, aber Rosie merkte nicht einmal, wie ihr der Helm abgenommen wurde. Sie sah Gert an ... Consuela ... Robin. Suchte in ihren Augen nach Blicken, die sagen sollten, daß sie infiziert war, daß sie eine Seuche in ihr vormals sauberes Haus gebracht hatte. Suchte nach Haß.

»Es tut mir leid«, sagte sie heiser. »Das alles tut mir so leid.«

»Warum?« fragte Robin, die sich aufrichtig überrascht anhörte. »*Du* hast Cindy doch nicht verprügelt.«

Rosie sah sie unsicher an, dann wieder Gert. Gert hatte den Blick auf etwas anderes gerichtet, und als Rosie ihm folgte, verspürte sie Angst. Sie nahm zum erstenmal bewußt zur Kenntnis, daß neben den Frauen von D&S auch Cops anwesend waren. Zwei in Zivil, drei in Uniform. *Cops.*

Sie streckte eine Hand aus, die sich taub anfühlte, und ergriff Bills Finger.

»Sie müssen mit dieser Frau sprechen«, sagte Gert zu einem der Cops. »Ihr Mann hat das alles getan. Rosie, das ist Lieutenant Hale.«

Jetzt drehten sich alle zu ihr um, zu der Frau eines Cops, die die tödliche Vermessenheit besessen hatte, die BankCard ihres Mannes zu stehlen und dann zu versuchen, aus seinem Leben zu verschwinden.

Normans Brüder, die sie ansahen.

»Ma'am?« sagte der Zivilbeamte namens Hale, und im ersten Moment hörte er sich so sehr wie Harley Bissington an, daß sie am liebsten geschrien hätte.

»Ruhig, Rosie«, sagte Bill. »Ich bin hier, und ich bleibe hier.«

»Ma'am, was können Sie uns darüber sagen?« Jetzt hörte er sich wenigstens nicht mehr wie Harley an. Das war nur ein Streich gewesen, den ihr Verstand ihr gespielt hatte.

Rosie sah zum Fenster hinaus zu einer Abfahrt des Freeway. Sie sah nach Osten, in die Richtung, wo die Nacht in wenigen Stunden schweigend aus dem See emporsteigen würde. Sie biß sich auf die Lippen, dann sah sie den Polizisten wieder an.

Sie legte ihre Hand auf die von Bill und sprach mit einer heiseren Stimme, die sie kaum als ihre eigene erkannte.

Du hörst dich an wie die Frau in dem Bild, dachte sie. *Du hörst dich an wie Rose Madder.*

Dann verdrängte sie den Gedanken.

»Er ist mein Mann, er ist ein Detective, und er ist verrückt.«

VIII

Viva el Toro

I

Er hatte sich gefühlt, als würde er irgendwie über seinem eigenen Kopf schweben, aber das alles hatte sich geändert, als Dirty Gertie ihn vollgepißt hatte. Jetzt fühlte sich sein Kopf nicht mehr wie ein Heliumballon an, sondern wie ein flacher Stein, den eine kräftige Hand über die Oberfläche eines Sees hatte hüpfen lassen. Jetzt schwebte er nicht mehr; jetzt schien er zu springen.

Er konnte immer noch nicht glauben, was das fette schwarze Miststück ihm angetan hatte. Er wußte es, ja, aber zwischen wissen und glauben lagen manchmal Welten, und dies war so ein Fall. Es war, als hätte eine dunkle Verwandlung stattgefunden und ihn zu einem neuen Lebewesen gemacht, einem Ding, das hilflos über die Oberfläche der Wahrnehmung wuselte und ihm nur kurze Zeiträume des Nachdenkens und seltsame, zusammenhanglose Bruchstücke von Erfahrung gestattete.

Er erinnerte sich, wie er hinter dem Scheißhaus das letztemal auf die Füße gestolpert war, während sein Gesicht aus einem halben Dutzend Schnitten und Aufschürfungen blutete, seine Nase halb verstopft war und nach wiederholten Zusammenstößen mit seinem eigenen Rollstuhl schmerzte, seine Rippen und Eingeweide pochten, nachdem Dirty Gertie mit ihren rund dreihundert Pfund auf ihm gehockt hatte … aber mit alledem hätte er leben können – und mit noch mehr. Ihre Nässe und ihr Geruch, nicht nur Urin, sondern der Urin einer Frau, waren der Grund dafür, daß er den Eindruck hatte, als würde sein Verstand sich jedesmal aufbäumen, wenn er daran zurückdachte. Wenn er sich vorstellte, was sie getan hatte, wollte er schreien, und die Welt – mit der er unter allen Umständen in Verbindung bleiben mußte, wenn er nicht hinter Gittern enden wollte, wahrscheinlich in eine Zwangsjacke geschnürt und mit Thorazin vollgepumpt – wurde verschwommen.

Als er an dem Zaun entlangstolperte, dachte er: Schnapp sie dir, schnapp sie dir, du mußt umkehren und sie dir schnappen, sie dir schnappen und töten für das, was sie getan hat, nur so wirst du je wieder schlafen können, nur so wirst du je wieder *denken* können.

Aber ein Teil von ihm wußte es besser, und daher schnappte er sie sich nicht, sondern lief weg.

Dirty Gertie dachte wahrscheinlich, daß ihn die Leute vertrieben hatten, die sich dem Schauplatz näherten, aber das stimmte nicht. Er lief weg, weil seine Rippen so sehr schmerzten, daß er nur flach atmen konnte, jedenfalls im Moment, sein Bauch weh tat und in seinen Hoden jener tiefe, verzweifelte Schmerz pochte, den nur Männer kannten.

Aber die Schmerzen waren nicht der einzige Grund für seine Flucht – auch das, was die Schmerzen bedeuteten. Er hatte Angst, daß Dirty Gertie mehr als nur ein Unentschieden erzielen könnte, wenn er sich wieder mit ihr einließ. Darum floh er, lief so schnell er konnte an dem Bretterzaun entlang, und die Stimme von Dirty Gertie verfolgte ihn wie ein spöttischer Geist: Sie läßt dir über *meine* Nieren eine kleine Nachricht von ihren Nieren überbringen … eine kleine Nachricht, Normie … hier kommt sie …

Dann kam einer dieser Aussetzer, ein kurzer, der Stein seines Verstands traf auf die flache Oberfläche der Wirklichkeit, prallte ab und flog wieder davon, und als er wieder zu sich kam, war eine kurze Zeitspanne – vielleicht nur fünfzehn Sekunden, vielleicht auch fünfundvierzig – verstrichen. Er lief den Hauptweg Richtung Freizeitpark entlang, lief so hirnlos wie eine Kuh bei einer Stampede, lief sage und schreibe von den Ausgängen des Parks weg, *statt darauf zu, lief Richtung Pier, lief Richtung See, wo es ein Kinderspiel wäre, ihn in die Enge zu treiben und zu schnappen.*

Derweil kreischte in seinem Kopf die Stimme seines Vaters, des Weltklasse-Pimmelgrabschers (und bei mindestens einem denkwürdigen Jagdausflug auch Weltklasse-Schwanzlutschers). Sie war eine Frau! *kreischte Ray Daniels.* Wie hast du dir nur von einer Fotze dermaßen die Fresse polieren lassen können?

Er verdrängte diese Stimme aus seinem Denken. Der Alte hatte ihn zu Lebzeiten genügend angebrüllt: der Teufel sollte Norman holen, wenn er sich jetzt, wo der Alte tot war, denselben Mist wieder anhören würde. Er konnte es Gertie zeigen, er konnte es Rose zeigen, er konnte es allen zeigen … aber damit er das konnte, mußte er erst mal hier weg … und zwar bevor jeder Wachmann im Park nach dem

Kahlkopf mit dem blutigen Gesicht Ausschau hielt. Auch so gafften ihn schon zu viele Leute an, warum auch nicht? Er stank nach Pisse und sah aus, als wäre er von einem Berglöwen angefallen worden.

Er bog in eine Gasse ein, die zwischen der Videospielhalle und der Südsee-Abenteuerfahrt hindurch führte, ohne einen Plan zu haben, nur fort von den Gaffern und dem Hauptweg, und da zog er das große Los.

*Die Seitentür der Videospielhalle ging auf, und jemand, den Norman für ein Kind hielt, kam heraus. Es mit Sicherheit zu sagen war unmöglich. Er hatte die Größe eines Kinds und war angezogen wie ein Kind – Jeans, Reeboks, T-Shirt von Michael McDermott (*ICH LIEBE EIN MÄDCHEN NAMENS REGEN*, stand darauf, was immer zum Teufel das heißen sollte) –, aber sein ganzer Kopf war unter einer Latexmaske verborgen. Ferdinand, der Stier. Ferdinand hatte ein breites, dümmliches Grinsen im Gesicht. Seine Hörner waren mit Blumengirlanden geschmückt. Norman zögerte keine Sekunde, er streckte einfach die Hand aus und riß dem Jungen die Maske vom Kopf. Er erwischte auch eine gute Handvoll Haar, aber das war ihm scheißegal.*

»He!« *schrie der Junge. Ohne Maske sah er wie ein Elfjähriger aus. Aber er hörte sich mehr erbost als ängstlich an. »Geben Sie mir die wieder, sie gehört mir, ich habe sie gewonnen! Was glauben Sie eigentlich, w…«*

Norman streckte wieder den Arm aus, nahm das Gesicht des Jungen in die Hand und schubste ihn mit aller Kraft rückwärts. Die Seitenwand der Südsee-Abenteuerfahrt bestand aus Segeltuch, und der Junge sauste hindurch, daß seine teuren Turnschuhe in die Luft flogen.

»Ein Wort zu jemand, und ich komm zurück und bring dich um«, sagte Norman zu dem noch flatternden Segeltuch. Dann ging er mit raschen Schritten wieder zum Hauptweg und zog dabei die Stiermaske über den Kopf. Sie stank nach Gummi und dem verschwitzten Haar des vorherigen Besitzers, aber diese Gerüche störten Norman nicht. Der Gedanke, daß sie bald auch nach Gerties Pisse stinken würde, dagegen schon.

Dann hatte sein Verstand wieder einen dieser Aussetzer, und er verschwand eine Weile in der Ozonschicht. Als er diesmal wieder zu sich kam, stapfte er auf den Parkplatz am Ende der Press Street und hatte eine Hand rechts gegen seine Rippen gedrückt, wo ihm mittlerweile jeder Atemzug qualvolle Schmerzen bereitete. Das Innere der Maske stank genau so, wie er befürchtet hatte, daher zog er sie ab und sog dankbar die frische Luft ein, die nicht nach Pisse und Muschi stank. Er sah auf die Maske hinunter und erschauerte – etwas an diesem abgeschmackten, lächelnden Gesicht setzte ihm zu. Ein Stier mit einem Ring durch die Nase und Blumengirlanden an den Hörnern. Ein Stier mit dem Lächeln eines Geschöpfs, dem etwas genommen wurde, das aber zu dumm ist, auch nur zu wissen, was es war. Sein erster Impuls war, das gottverdammte Ding wegzuwerfen, aber er hielt sich zurück. Er mußte an den Parkplatzaufseher denken, der sich zweifellos daran erinnern würde, wenn ein Mann mit der Maske von Ferdinand dem Stier von dem Parkplatz fuhr, aber wahrscheinlich nicht unbedingt sofort eine Verbindung zu dem Mann herstellte, nach dem sich die Polizei zweifellos in kurzer Zeit erkundigen würde. Wenn sie ihm noch einen kleinen zeitlichen Vorsprung verschaffte, lohnte es sich, die Maske zu behalten.

Er setzte sich ans Steuer des Tempo, warf die Maske auf den Sitz, bückte sich und hielt die Zündkabel aneinander. Als er sich so bückte, drang ihm der Gestank von Pisse, der von seinem Hemd ausging, so klar und scharf in die Nase, daß seine Augen tränten. Rosie hat gesagt, daß du ein Nierentyp bist, *hörte er Dirty Gertie, das Niggerweib aus der Hölle, im Geiste sagen. Er hatte schreckliche Angst, daß sie von jetzt an* immer *in seinem Kopf sein würde - als hätte sie ihn irgendwie vergewaltigt und den befruchteten Samen eines mißgebildeten und abnormen Kindes in ihm hinterlassen.*

Du bist einer von den vorsichtigen Typen, die nicht gern Spuren hinterlassen.

Nein, dachte er. Nein, hör auf, denk nicht daran.

Sie läßt dir über *meine* Nieren eine kleine Nachricht von ihren Nieren überbringen … *und dann war es ihm ins Gesicht gespritzt, stinkend und heiß wie das Fieber einer Kinderkrankheit.*

»Nein!« Diesmal schrie er es laut hinaus und schlug mit der Faust auf das gepolsterte Armaturenbrett. »Nein, sie kann nicht! *Sie* kann nicht! *SIE KANN MIR DAS NICHT ANTUN!« Er schlug mit der Faust zu, traf den Rückspiegel und riß ihn aus seiner Halterung. Der Spiegel prallte von der Windschutzscheibe ab und*

fiel zu Boden. Norman schlug auf die Windschutzscheibe selbst ein, verletzte sich die Hand, und sein Polizeiring hinterließ ein Muster von Rissen, das wie ein übergroßer Stern aussah. Er wollte gerade auf das Lenkrad einschlagen, als er sich wieder unter Kontrolle bekam. Er schaute auf und sah den Parkschein, der an der Sonnenblende steckte. Er konzentrierte sich darauf und bemühte sich, die Beherrschung wiederzuerlangen.

Als er sich einigermaßen beruhigt hatte, holte Norman sein Geld aus der Tasche und zog einen Fünfer aus dem Geldclip. Dann wappnete er sich gegen den Geruch (aber eigentlich konnte man wirklich nichts dagegen tun), zog die Ferdinand-Maske über den Kopf und fuhr langsam zur Kassenkabine. Er lehnte sich zum Fenster hinaus und betrachtete den Parkplatzwächter durch die Sehschlitze. Er sah, wie sich der Wächter mit einer zitternden Hand an der Tür der Kabine festhielt, als er sich nach vorne beugte, um den dargebotenen Geldschein zu nehmen, und Norman bemerkte etwas äußerst Erfreuliches: Der Mann war betrunken.

»Viva el Toro«, sagte der Parkplatzwächter und lachte.

»Genau«, sagte der Stier, der sich aus dem Ford Tempo beugte. »El Toro grande.«

»Das macht zwei fünfzig –«

»Behalten Sie den Rest«, sagte Norman und fuhr los.

Er war einen halben Block weit gekommen, als er an den Straßenrand fuhr, weil ihm klar wurde, wenn er diese gottverdammte Maske nicht auf der Stelle vom Kopf bekam, würde er alles noch viel schlimmer machen, indem er hineinkotzte. Er zog daran, zerrte mit den hektischen Fingern eines Mannes daran, dem klar geworden ist, daß er einen Blutegel am Gesicht haften hat, und dann war wieder eine Weile alles weg, er hatte einen weiteren Aussetzer, und sein Verstand schoß von der Oberfläche der Wirklichkeit fort wie ein Marschflugkörper.

Als er diesmal wieder zu sich kam, saß er mit entblößter Brust an einer roten Ampel am Steuer. An der gegenüberliegenden Straßenecke zeigte eine Uhr die Zeit an: 14:07. Er sah sich um und erblickte sein Hemd auf dem Boden, zusammen mit dem Rückspiegel und der gestohlenen Maske. Dirty Ferdie, der abgeschlafft und seltsam verzerrt aussah, sah mit leeren Augen, durch die Norman die Fußbodenmatte auf der Beifahrerseite erkennen konnte, zu ihm auf.

Das glückliche, dümmliche Lächeln des Stiers war zu einer Art wissendem Grinsen geworden. Aber das machte nichts. Wenigstens hatte er das verdammte Ding nicht mehr auf dem Kopf. Er schaltete das Radio ein, das immer noch auf den Oldie-Sender eingestellt war, und Tommy James & The Shondells sangen »Hanky Panky.« Norman sang sofort mit.

Auf der Spur neben ihm saß ein Mann, der wie ein Buchhalter aussah, am Steuer eines Camry und beobachtete Norman mit verhaltener Neugier. Zuerst begriff Norman nicht, was der Mann so interessant fand, aber dann fiel ihm ein, daß er Blut im Gesicht hatte – inzwischen weitgehend getrocknet, wie es sich anfühlte. Und natürlich hatte er das Hemd ausgezogen. Er mußte etwas unternehmen, und zwar bald. In der Zwischenzeit ...

Er bückte sich, hob die Maske auf, schob eine Hand hinein und ergriff die Gummilippen mit den Fingerspitzen. Dann hielt er sie ans Fenster hoch, bewegte den Mund zu dem Song und ließ Ferdinand mit Tommy James und den Shondells singen. Er bewegte das Handgelenk vor und zurück, so daß Ferdinand sich auch noch im Rhythmus zu wiegen schien. Der Mann, der wie ein Buchhalter aussah, sah hastig wieder geradeaus. Blieb einen Moment reglos sitzen. Dann beugte er sich zur Seite und drückte die Verriegelung der Beifahrertür herunter.

Norman grinste.

Er warf die Maske wieder auf den Boden und wischte sich die Hand, die darin gewesen war, an der nackten Brust ab. Er wußte, wie unheimlich er aussehen mußte, wie ein Irrer, aber der Teufel sollte ihn holen, wenn er das vollgepißte Hemd wieder anzöge. Die Motorradjacke lag neben ihm auf dem Sitz, und die war innen wenigstens trocken. Norman schlüpfte hinein und zog den Reißverschluß bis zum Kinn hoch. Während er damit beschäftigt war, wurde die Ampel grün, und der Camry neben ihm fegte über die Kreuzung wie aus einer Kanone geschossen. Norman fuhr ebenfalls an, aber gemächlicher, und sang mit dem Radio: »I saw her walkin on down the line ... You know I saw her for the very first time ... A pretty little girl, standin' all alone ... Hey, pretty baby, can I take you home?« Dabei mußte er an die High School denken. Damals war das Leben noch gut gewesen. Keine süße kleine Rose, die alles versaute und all diesen Ärger verursachte.

Wo bist du, Rose? *dachte er.* Warum warst du nicht bei dem Nuttenpicknick? Verdammt noch mal, wo steckst du?

»Sie ist bei ihrem eigenen Picknick«, flüsterte el Toro, und seine Stimme hatte etwas Fremdes und Wissendes – als würde er es nicht als Spekulation sagen, sondern mit dem schlichten, unbestreitbaren Wissen eines Orakels.

Norman fuhr an den Bordstein, ohne das Schild PARKEN VERBOTEN – LADEZONE zu beachten, und riß die Maske wieder vom Boden hoch. Schob sie wieder über seine Hand. Aber diesmal drehte er sie zu sich selbst. Er konnte seine Finger in den leeren Augenhöhlen erkennen, aber die Augenhöhlen schienen ihn trotzdem anzusehen.

»Was meinst du damit, bei ihrem eigenen Picknick?« fragte er heiser.

Er bewegte die Finger und damit den Mund des Stiers. Er konnte sie nicht spüren, aber er konnte sie sehen. Er ging davon aus, daß die Stimme, die er hörte, seine eigene Stimme war, aber sie klang *nicht wie seine Stimme und schien auch nicht aus seiner Kehle zu kommen; sie schien ihren Ursprung zwischen diesen grinsenden Gummilippen zu haben.*

»Ihr gefällt, wie er sie küßt«, sagte Ferdinand. »Kannst du dir das vorstellen? Und ihr gefällt, was er mit seinen Händen macht. Sie will, daß er den Hanky-Panky mit ihr macht, bevor sie zurück müssen.« Der Stier schien zu seufzen und bewegte auf Normans Handgelenk den Kopf hin und her, eine seltsam kosmopolitische Geste der Resignation. »Aber das ist es, was alle Frauen mögen, oder nicht? Den Hanky-Panky. Den Dirty Boogie. Die ganze Nacht.«

»Wer?« brüllte Norman die Maske an. Pulsierende Venen standen an seinen Schläfen vor. »Wer küßt sie? Wer befummelt sie? Und wo sind sie? Sag es mir!«

Aber die Maske schwieg. Das heißt, wenn sie überhaupt je etwas gesagt hatte.

Was wirst du unternehmen, Normie? *Die Stimme kannte er. Dads Stimme. Lästig, aber nicht beängstigend. Diese andere Stimme* war *beängstigend gewesen. Auch wenn sie aus seiner Kehle gekommen war, war sie beängstigend gewesen.*

»Sie finden«, flüsterte er. »Ich werde sie finden, und dann werde ich ihr zeigen, wie man den Hanky-Panky macht. Meine *Version.«*

Ja, aber wie? *Wie* willst du sie finden?

Sein erster Gedanke war ihr Clubhaus in der Durham Avenue. Er war ganz sicher, daß sie dort in den Akten hatten, wo Rose jetzt wohnte. Aber es war trotzdem keine gute Idee. Das Haus war eine umgebaute Festung. Man brauchte eine elektronische Schlüsselkarte – die wahrscheinlich große Ähnlichkeit mit seiner gestohlenen Bank-Card hatte –, um reinzukommen, und wahrscheinlich eine Zahlenkombination, damit die Alarmanlage nicht losging.

Und was war mit den Leuten dort? Nun, er könnte sich den Weg freischießen, sollte es erforderlich sein; ein paar von ihnen töten und den Rest verscheuchen. Sein Dienstrevolver lag im Hotel im Zimmertresor – einer der Vorteile, wenn man mit dem Bus unterwegs war –, aber Schußwaffen waren für gewöhnlich der letzte Ausweg eines Arschlochs. Angenommen, die Adresse war im Computer? Vermutlich war es so, alle Welt benützte die Dinger heute. Höchstwahrscheinlich würde er sich immer noch daran zu schaffen machen und eine der Frauen zu zwingen versuchen, ihm das Paßwort und den Dateinamen zu geben, wenn die Polizei aufkreuzte und ihm den Arsch wegschoß.

Dann fiel ihm etwas ein – eine andere Stimme. Sie driftete aus seinem Gedächtnis empor wie eine Gestalt, die man durch Zigarettenrauch sieht: ... schade, daß ich das Konzert verpasse, aber wenn ich das Auto will, kann ich die Gelegenheit nicht ...

Wessen Stimme war das, und welche Gelegenheit konnte die Sprecherin nicht verstreichen lassen?

Nach einem Moment fiel ihm die Antwort auf die erste Frage ein. Es war Blondies Stimme. Blondie mit den großen Augen und dem süßen kleinen Arsch. Blondie, die in Wirklichkeit Pam Sowieso hieß. Pam arbeitete im Whitestone. Pam kannte seine Rambling Rose vielleicht, und Pam konnte es sich nicht leisten, eine Gelegenheit verstreichen zu lassen. Was für eine Gelegenheit konnte das sein? Wenn man genauer darüber nachdachte, wenn man die alte Jagdmütze aufsetzte und sein brillantes Detektivgehirn einschaltete, war die Antwort darauf gar nicht so schwer, oder? Wenn man dieses Auto wollte, konnte man nur eines nicht verstreichen lassen, nämlich die Gelegenheit, ein paar Überstunden zu machen. Und da das Konzert, das sie verpaßte, heute abend stattfand, standen die Chan-

cen nicht schlecht, daß sie jetzt im Hotel sein würde. Und selbst wenn nicht, würde sie es bald sein. Und wenn sie es wußte, würde sie es ihm sagen. Die Punkernutte hatte es ihm nicht gesagt, aber nur, weil er nicht genug Zeit gehabt hatte, das Thema ausführlich mit ihr durchzusprechen. Aber diesmal würde er alle Zeit haben, die er brauchte.

Dafür würde er sorgen.

2

John Gustafson, Lieutenant Hales Partner, fuhr Rosie und Gert Kinshaw zum Polizeirevier des dritten Bezirks in Lakeshore. Bill fuhr mit seiner Harley hinterher. Rosie drehte sich immer wieder um und vergewisserte sich, ob er noch da war. Gert bemerkte es, sagte aber nichts dazu.

Hale stellte Gustafson als »meine bessere Hälfte« vor, aber Hale war der Leithund des Teams; das wußte Rosie von dem Moment an, als sie die beiden Männer zusammen sah. Sie merkte es daran, wie Gustafson ihn ansah, wie er Hale beobachtete, als dieser auf dem Beifahrersitz des Zivilwagens, eines Caprice, Platz nahm. Rosie hatte das alles schon tausendmal gesehen, bei sich zu Hause.

Sie kamen an der Uhr einer Bank vorbei – derselben, die Norman vor gar nicht so langer Zeit gesehen hatte –, und Rosie duckte sich, um die Uhrzeit zu lesen. 16:09. Der Tag zog sich in die Länge wie warme Karamelmasse.

Sie sah über die Schulter nach hinten, weil sie außer sich vor Angst war, Bill könnte verschwunden sein, und in einem heimlichen Eckchen ihres Verstands und ihres Herzens war sie überzeugt, daß er verschwunden wäre. Aber er war nicht verschwunden. Er grinste sie an, hob eine Hand und winkte ihr kurz zu. Sie hob auch die Hand und winkte zurück.

»Scheint ein netter Kerl zu sein«, sagte Gert.

»Ja«, stimmte Rosie zu, aber sie wollte nicht über Bill reden, da die beiden Cops auf dem Vordersitz zweifellos jedes Wort verfolgten, das sie sprachen. »Du hättest im Krankenhaus bleiben sollen. Dich untersuchen lassen, ob er dich mit diesem Schockerding nicht verletzt hat.«

»Verdammt, das hat mir *gut*getan«, sagte Gert grinsend. Sie trug einen blau-weiß gestreiften Morgenmantel des Krankenhauses über ihrem zerrissenen Kleid. »Ich hab mich zum erstenmal richtig wach gefühlt, seit ich 1974 beim Zeltlager der Baptisten meine Jungfernschaft verloren habe.«

Rosie versuchte ein entsprechendes Grinsen, brachte aber nur ein klägliches Lächeln zustande. »Ich schätze, das war's mit dem Sommeranfangspicknick, oder?« fragte sie.

Gert sah verwirrt drein. »Was meinst du damit?«

Rosie betrachtete ihre Hände und stellte ohne Überraschung fest, daß sie zu Fäusten geballt waren. »*Norman* meine ich. Das Stinktier beim Picknick. Ein großes, beschissenes Stinktier.« Sie hörte das Wort, dieses *beschissen*, aus ihrem Mund kommen, und konnte kaum glauben, daß sie es gesagt hatte, besonders in einem Polizeiauto mit zwei Detectives auf den Vordersitzen. Noch überraschter war sie, als ihre zur Faust geballte linke Hand vorwärts schnellte und dicht über der Fensterkurbel gegen die Türbespannung schlug.

Gustafson zuckte am Steuer leicht zusammen. Hale sah sich mit ausdruckslosem Gesicht nach ihr um und wandte sich wieder nach vorne. Möglicherweise flüsterte er seinem Partner etwas zu. Rosie war nicht sicher, und es war ihr auch egal.

Gert nahm ihre pochende Hand und versuchte wie eine Masseurin, die einen verkrampften Muskel bearbeitet, die Faust zu entspannen. »Schon gut, Rosie.« Sie sagte es leise, aber ihre Stimme grollte wie ein großer Lastwagen im Leerlauf.

»Nein, es ist nicht gut!« schrie Rosie. »Es ist *nicht* gut, sag das ja nicht!« Nun brannten ihr Tränen in den Augen, aber das kümmerte sie auch nicht. Zum erstenmal, seit sie erwachsen war, weinte sie vor Wut, nicht vor Scham oder Angst. »Warum geht er nicht weg? Warum läßt er mich nicht in *Ruhe?* Er schlägt Cindy zusammen, er verdirbt das Picknick … dieses Aas!« Sie versuchte, wieder gegen die Tür zu schlagen, aber Gert hielt ihre Hand fest. *»Norman, dieses beschissene Aas!«*

Gert nickte. »Ja. Norman, dieses beschissene Aas!«

»Er ist wie ein … ein Muttermal! Je mehr man reibt und es loswerden will, desto dunkler wird es! Scheiß-Norman! Stinkender, verrückter Scheiß-Norman! Ich hasse ihn! *Ich hasse ihn!*«

Sie verstummte und rang keuchend nach Luft. Ihr Gesicht pochte, ihre Wangen waren naß von Tränen … und dennoch fühlte sie sich nicht gerade schlecht.

Bill? Wo ist Bill?

Sie drehte sich um und war *sicher*, daß er diesmal verschwunden sein würde, aber er war da. Er winkte. Sie winkte zurück, dann drehte sie sich etwas ruhiger wieder nach vorne.

»Du bist wütend, Rosie. Du hast ein Recht, wütend zu sein. Aber –«

»Oh, ich bin wütend, ganz recht.«

»– aber er hat uns den Tag nicht verdorben, weißt du.«

Rosie blinzelte. »Was? Aber wie können sie einfach weitermachen? Nach allem …«

»Wie konntest *du* einfach weitermachen, nachdem er dich so oft geschlagen hatte?«

Rosie schüttelte nur den Kopf; sie verstand nicht.

»Teilweise ist es Ausdauer«, sagte Gert. »Teilweise einfach schlichte, alte Starrköpfigkeit. Aber am meisten wollen wir der Welt unser fröhliches Gesicht zeigen. Zeigen, daß wir uns nicht einschüchtern lassen. Glaubst du, es ist das erstemal, daß so was passiert? Von wegen. Norman ist der schlimmste, aber nicht der erste. Und wenn ein Stinktier beim Picknick auftaucht und seinen Duft verspritzt, dann wartet man eben, bis der Wind das Schlimmste weggeblasen hat, und macht weiter. Und das machen sie jetzt am Ettinger's Pier, und nicht nur, weil wir einen bindenden Vertrag mit den Indigo Girls unterschrieben haben. Wir machen weiter, weil wir uns selbst überzeugen müssen, daß wir unser Leben nicht aus uns herausprügeln lassen … unser *Recht* auf Leben. Oh, einige sind sicher gegangen – Lana Kline und ihre Patientinnen sind fort, könnte ich mir denken –, aber die anderen werden bleiben. Consuela und Robin sind zum Ettinger's Pier zurück, sobald wir das Krankenhaus verlassen hatten.«

»Schön für euch«, sagte Lieutenant Hale vom Vordersitz.

»Wie konnten Sie ihn entkommen lassen?« fragte Rosie ihn vorwurfsvoll. »Mein Gott, wissen Sie überhaupt, wie er entkommen *ist?*«

»Nun, strenggenommen haben nicht *wir* ihn entkommen lassen«, sagte Hale nachsichtig. »Das war die Sache des Wachpersonals am Pier; als die ersten Polizisten dort eintrafen, war Ihr Mann längst fort.«

»Wir glauben, daß er einem Kind eine Maske gestohlen hat«, sagte Gustafson. »Eine, die den ganzen Kopf bedeckt. Er hat sie aufgezogen und ist einfach rausmarschiert. Er hat Glück gehabt, das kann ich Ihnen sagen.«

»Er hat *immer* Glück gehabt«, sagte Rose verbittert. Sie bogen auf den Parkplatz des Polizeireviers ein; Bill folgte ihnen. Zu Gert sagte sie: »Du kannst meine Hand jetzt loslassen.«

Gert gehorchte, und Rosie schlug sofort wieder gegen die Tür. Diesmal war der Schmerz schlimmer, aber ein neuerwachter Teil von ihr genoß diesen Schmerz.

»Warum läßt er mich nicht *in Ruhe?*« fragte sie wieder niemand im besonderen. Und eine aufreizende heisere Stimme antwortete aus dem tiefsten Inneren ihres Verstands.

Du sollst von ihm geschieden werden, sagte diese Stimme. *Du sollst von ihm geschieden werden, Rosie Richtig.*

Sie sah auf ihre Arme hinab und stellte fest, daß sie eine Gänsehaut bekommen hatte.

3

Sein Geist stieg wieder hoch empor, up up and away in my beautiful balloon, wie das gerissene Luder Marilyn McCoo einmal gesungen hatte, und als er wieder herunterkam, fuhr er mit dem Tempo gerade in eine Tiefgarage. Er wußte nicht mit Sicherheit, wo er sich befand, glaubte aber, daß es die Garage war, die einen halben Block vom Whitestone entfernt lag, wo er den Tempo schon einmal abgestellt hatte. Als er sich bückte, um die Zünddrähte voneinander zu lösen, sah er etwas Interessantes: Die Nadel der Tankanzeige zeigte ganz nach oben. Während seines letzten Blackouts hatte er gehalten, um zu tanken. Warum hatte er das getan?

Weil es gar nicht das Benzin war, was ich haben wollte, *beantwortete er seine Frage.*

Er beugte sich wieder nach vorne und wollte sich im Rückspiegel betrachten, dann fiel ihm ein, daß der auf dem Boden lag. Er hob ihn auf und betrachtete sich eingehend. Sein Gesicht wies Blutergüsse auf und war an manchen Stellen geschwollen; es war gottverdammt offensichtlich, daß er eine Schlägerei gehabt hatte, aber das Blut war weg. Er hatte es auf der Toilette einer Tankstelle abgewaschen, während eine automatische Pumpe den Tank des Tempo gefüllt hatte. Also konnte er sich wieder auf der Straße blicken lassen – solange er sein Glück nicht herausforderte –, und das war gut.

Als er die Zündkabel voneinander löste, fragte er sich kurz, wie spät es sein mochte. Er konnte es unmöglich sagen, da er keine Uhr trug, der verfluchte Tempo keine Uhr hatte und er sich in einer Tiefgarage befand. Spielte es eine Rolle? Spielte –

»Nee«, sagte eine bekannte Stimme leise. »Spielt keine Rolle. Die Zeit ist aus den Fugen.«

Er sah nach unten und erblickte die Stiermaske, die von ihrem Platz vor dem Beifahrersitz zu ihm aufsah: leere Augen, beunruhigend schiefes Lächeln, absurde, blumengeschmückte Hörner. Plötzlich wollte er diese Maske. Sie war albern, er haßte die Girlanden, und dieses Bin-ich-froh-daß-ich-kastriert-bin-Lächeln haßte er noch mehr … aber vielleicht brachte sie ihm Glück. Natürlich redete sie nicht, das bildete er sich alles nur ein, aber ohne die Maske hätte er nie und nimmer von Ettinger's Pier fliehen können, soviel stand fest.

Okay, okay, *dachte er,* viva el Toro, *und bückte sich, um die Maske aufzuheben.*

Und dann, scheinbar ohne Unterbrechung, beugte er sich nach vorne, schlang die Arme um Blondies Taille und drückte sie fest – fest – fest, damit sie keine Luft zum Schreien bekam. Sie war gerade aus einer Tür mit der Aufschrift ZUTRITT NUR FÜR PERSONAL *gekommen und hatte einen Wagen vor sich her geschoben, und er glaubte, daß er wahrscheinlich eine ganze Weile hier draußen auf sie gewartet hatte, aber das machte nichts, denn sie würden gleich wieder da reingehen, wo der Zutritt* NUR FÜR PER-

SONAL gestattet war, nur Pam und ihr neuer Freund Norman, viva el Toro.

Sie trat nach ihm, und einige Tritte trafen seine Schienbeine, aber sie trug Turnschuhe, daher spürte er die Treffer kaum. Er ließ ihre Taille mit einer Hand los, zog die Tür hinter sich zu und schob den Riegel vor. Ein rascher Rundumblick, um sicherzustellen, daß außer ihnen beiden niemand da war. Samstag, später Nachmittag, freies Wochenende, eigentlich durfte niemand da sein … und es war niemand da. Der Raum war lang und schmal, eine kurze Reihe Spinde stand am gegenüberliegenden Ende. Der Geruch war herrlich – frisches, gebügeltes Leinen, bei dem Norman an den Waschtag bei ihnen zu Hause denken mußte, als er ein Kind war.

Hohe Türme ordentlich zusammengelegter Bettlaken lagen auf Paletten, Waschkörbe waren voll von flauschigen Badetüchern, auf den Regalen drängten sich Kissenbezüge. An einer Wand wurden Tagesdecken in hohen Stapeln aufbewahrt. Norman drängte Pam dazwischen und beobachtete ohne das geringste Interesse, wie der Rock ihrer Uniform an ihren Schenkeln hinaufrutschte. Sein Geschlechtstrieb war im Urlaub, vielleicht hatte er sich sogar endgültig in den Ruhestand verabschiedet, was auch nicht tragisch gewesen wäre. Das Rohr zwischen seinen Beinen hatte ihm im Lauf der Jahre eine Menge Ärger eingehandelt. Es war ein verflixtes Ding, das einen zur Überzeugung bringen konnte, daß Gott möglicherweise mehr mit Andrew Dice Clay gemeinsam hatte, als man glauben wollte. Zwölf Jahre lang bemerkte man es gar nicht, und die nächsten fünfzig – wenn nicht gar sechzig – schleppte es einen hinter sich her wie ein amoklaufender, kahlköpfiger tasmanischer Teufel.

»Nicht schreien«, sagte er. »Nicht schreien, Pammie. Wenn du schreist, bring ich dich um.« Es war eine leere Drohung – zumindest im Augenblick –, aber das konnte sie ja nicht wissen.

Pam hatte tief Luft geholt; nun ließ sie sie lautlos wieder entweichen. Norman entspannte sich.

»Bitte tun Sie mir nicht weh«, sagte sie, und, o Mann, war das *originell,* das *hatte er vorher noch nie gehört, nee, nee.*

»Ich will dir nicht weh tun«, sagte er freundlich. »Ganz bestimmt nicht.« Etwas flatterte in seiner Gesäßtasche. Er tastete danach und spürte Latex. Die Maske. Das überraschte ihn nicht gerade. »Du

mußt mir nur sagen, was ich wissen will, Pam. Dann gehst du glücklich deiner Wege, und ich meiner.«

»Woher kennen Sie meinen Namen?«

Er zeigte ihr das vielsagende Verhör-Achselzucken, das sagen sollte, er wußte eine Menge, *das war sein Job.*

Sie saß in dem umgestürzten Stapel dunkelbrauner Tagesdecken, genau wie die auf seinem Bett im neunten Stock, und strich sich den Rock über die Knie. Ihre Augen hatten eine wirklich außergewöhnliche blaue Farbe. Eine Träne sammelte sich auf dem unteren Lid des linken, zitterte, lief an ihrer Wange hinab und hinterließ eine Mascara-Spur.

»Werden Sie mich vergewaltigen?« fragte sie. Sie sah ihn mit ihren außergewöhnlichen babyblauen Augen an, tolle Augen – welche Frau muß einem Mann ihre Muschi vor die Nase halten, wenn sie solche Augen hat, richtig, Pammy? –, aber er sah nicht den Ausdruck darin, den er sehen wollte. Den Ausdruck, den man im Verhörzimmer sah, wenn man einen Kerl den ganzen Tag und die halbe Nacht mit Fragen gelöchert hatte und er kurz davor war, klein beizugeben: einen unterwürfigen Blick, einen flehentlichen Blick, einen Blick, der sagte, ich werde dir alles erzählen, alles, wenn du nur ein bißchen locker läßt. Diesen Blick sah er in Pammys Augen nicht.

Noch nicht.

»Pam –«

»Bitte vergewaltigen Sie mich nicht, bitte nicht, aber wenn, wenn es sein muß, bitte benutzen Sie ein Kondom, ich hab solche Angst vor Aids.«

Er starrte sie ungläubig an, dann prustete er vor Lachen. Es tat ihm im Bauch weh, wenn er lachte, und im Zwerchfell noch mehr, aber am meisten im Gesicht, doch eine Zeitlang konnte er einfach nicht aufhören. Er sagte sich, daß er aufhören mußte, *daß ein Hotelangestellter, vielleicht sogar der Hausdetektiv, vorbeikommen und das Gelächter hören und sich fragen könnte, was es zu bedeuten hatte, aber nicht mal* das *half; letztendlich ließ der Lachkrampf von alleine nach.*

Blondie sah ihn zuerst erstaunt an, dann lächelte sie selbst zaghaft. Hoffnungsvoll.

Norman bekam sich allmählich wieder in den Griff, aber da standen ihm schon Tränen in den Augen. »Ich werd dich nicht verge-

waltigen, Pam«, sagte er schließlich – als er wieder sprechen konnte, ohne daß es sich wegen seines Lachens unaufrichtig anhörte.

»Woher kennen Sie meinen Namen?« fragte sie wieder. Jetzt klang ihre Stimme etwas kräftiger.

Er zog die Maske aus der Tasche, schob die Hand hinein und bewegte sie wie für das Arschloch von Buchhalter in dem Camry. »Pam-Pam-bo-Bam, banana-fanna-fo-Fam, fee-fi-mo-Mam«, ließ er die Maske singen. Er ließ sie hin und her wippen, wie Shari Lewis mit verfluchtem Lamb Chop, aber dies war ein Stier, kein Lamm, ein beschissener, dämlicher Schwuchtelstier mit Blumen an den Hörnern. Es gab keinen Grund auf der Welt, warum ihm das Scheißding gefallen sollte, aber irgendwie gefiel es ihm doch.

»Ich mag dich auch irgendwie«, sagte Ferdinand Schwuchtelstier und sah Norman mit seinen leeren Augenhöhlen an. Dann drehte er sich zu Pam um und sagte, während Norman seine Lippen bewegte: »Stört dich das?«

»N-N-Nein«, sagte sie, aber der Ausdruck, den er wollte, war immer noch nicht in ihren Augen, noch nicht, wenn sie sich auch auf dem besten Weg befanden; sie hatte Angst vor ihm – vor ihnen –, soviel stand fest.

Norman ging in die Hocke und ließ die Hände zwischen den Beinen baumeln. Ferdinands Gummihörner zeigten jetzt auf den Boden. Er sah sie ernst an. »Ich wette, du möchtest gern, daß ich aus diesem Raum und aus deinem Leben verschwinde, oder nicht, Pammy?«

Sie nickte so heftig, daß ihr Haar auf den Schultern wippte.

»Ja, das dachte ich mir, und es soll mir recht sein. Du mußt mir nur eines sagen, und schon bin ich wieder weg. Und es ist nicht mal schwer.« Er beugte sich zu ihr; Ferdinands Hörner schleiften am Boden. »Ich will nur wissen, wo Rose ist. Rose Daniels. Wo wohnt sie?«

»O mein Gott.« Das letzte bißchen Farbe in Pammys Gesicht – zwei rote Flecken auf den Wangenknochen – verschwand, und ihre Augen wurden so groß, daß es schien, als würden sie aus den Höhlen purzeln. »O mein Gott, Sie sind es. Sie sind Norman.«

Das verblüffte und ärgerte ihn – er sollte ihren Namen kennen, so lief das, aber sie seinen nicht –, und alles weitere war darauf zurückzuführen. Sie war von den Decken aufgesprungen, während er noch *daran schluckte, daß sie seinen Namen kannte, und um ein Haar wäre sie ihm entkommen. Er setzte ihr nach und streckte die rechte Hand aus, über die er noch die Stiermaske gestreift hatte. Wie aus weiter Ferne konnte er sich sagen hören, daß er sie auf keinen Fall fortlassen würde, daß er mit ihr reden wollte, und zwar ganz aus der Nähe.*

Er packte sie am Hals. Sie stieß einen erstickten Laut aus, der ein Schrei sein wollte, und schnellte mit überraschender Kraft nach vorne. Wäre die Maske nicht gewesen, hätte er sie trotzdem festhalten können. Die Maske rutschte aus seiner verschwitzten Hand. Pam riß sich los, fiel *mit ausgestreckten, rudernden Armen auf die Tür zu, und zuerst begriff Norman gar nicht, was als nächstes passierte.*

Ein Geräusch ertönte, ein fleischiges Geräusch, das eine gewisse Ähnlichkeit mit dem Knallen eines Sektkorkens hatte, und dann ruderte Pam wie wild mit den Armen, hämmerte mit den Händen gegen die Tür und hielt den Kopf in einem seltsamen Winkel zurückgelegt, wie jemand, der während einer patriotischen Zeremonie konzentriert auf die Flagge starrte.

»Hä?« sagte Norman, worauf Ferd, der schief auf seiner Hand saß, vor seinen Augen auftauchte. Ferdinand sah aus, als wäre er betrunken.

»Hoppla«, sagte der Stier.

Norman riß die Maske von seiner Hand, stopfte sie wieder in die Gesäßtasche und bemerkte ein tröpfelndes Geräusch, als regnete es. Er sah auf den Boden und stellte fest, daß Pams linker Turnschuh nicht mehr weiß war. Jetzt war er rot. Blut bildete eine Lache um ihn herum; es fiel in großen Tropfen zu Boden. Ihre Hände flatterten immer noch. Norman fand, daß sie wie kleine Vögel aussahen.

Es hatte fast den Eindruck, als wäre sie an der Tür festgenagelt, und als Norman näher kam, stellte er fest, daß sie das in gewisser Weise auch war. An der Rückseite der verdammten Tür war ein Kleiderhaken festgeschraubt. Sie hatte sich aus Normans Griff losgerissen, war nach vorne gekippt und hatte sich aufgespießt. Der Kleiderhaken steckte in ihrem linken Auge.

»O Pam, Scheiße, du dummes Ding«, sagte Norman. Er war wütend und enttäuscht zugleich. Er sah das alberne Grinsen des Stiers vor sich und hörte ihn immer wieder Hoppla *sagen, wie einen klug-*

scheißerischen Trickfilmhelden in einem Zeichentrickfilm von Warner Brothers.

Er zerrte Pam von dem Haken. Ein unbeschreibliches, knorpeliges Geräusch erklang, als sie sich davon löste. Ihr unversehrtes Auge – blauer denn je, schien es Norman –, starrte ihn voll wortlosem Entsetzen an.

Dann machte sie den Mund auf und schrie.

Norman dachte nicht nach; seine Hände schienen aus eigenem Antrieb zu handeln; er packte ihr Gesicht an den Wangen, plazierte die Handflächen unter ihrem zierlichen Kieferknochen und drehte ruckartig. Ein einmaliges, peitschendes Knacken ertönte – als wäre jemand auf eine Zedernschindel getreten –, und sie wurde in seinen Armen schlaff. Sie war von uns gegangen, und was sie auch über Rose gewußt haben mochte, war mit ihr gegangen.

»Oh, du dummes Ding«, hauchte Norman. »Hast dir an dem verdammten Kleiderhaken das Auge ausgestochen, ist das nicht zu blöd?«

Er schüttelte sie in seinen Armen. Ihr Kopf rollte haltlos von einer Seite auf die andere. Nun trug sie einen nassen roten Latz auf der Vorderseite ihrer weißen Uniform. Er trug Pam zurück zu den Tagesdecken und ließ sie dort fallen. Dort lag sie nun mit gespreizten Beinen.

»Schamloses Miststück«, sagte Norman. »Kannst nicht mal genug kriegen, wenn du tot bist, was?« Er schlug ihre Beine übereinander und setzte sich auf die Laken. Um ein Handgelenk trug sie einen billigen grünen Armreif – sah fast wie ein kurzes Stück Telefonkabel aus. Ein Schlüssel war daran befestigt.

Norman sah ihn an, dann zu den Spinden am anderen Ende des Raums.

Du kannst da nicht hingehen, Normie, *sagte sein Vater.* Ich weiß, was du denkst, aber du müßtest den Verstand verloren haben, wenn du dich auch nur in die Nähe der Durham Avenue wagen würdest.

Norman lächelte. Du mußt den Verstand verloren haben, wenn du dorthin gehst. *Das war irgendwie komisch, wenn man darüber nachdachte. Davon abgesehen, wohin sollte er sonst gehen? Was könnte er sonst versuchen? Er hatte nicht viel Zeit. Die Brücken hinter ihm standen in hellen Flammen, alle miteinander.*

»Die Zeit ist aus den Fugen«, murmelte Norman Daniels und streifte den Schlüsselanhänger von Pams Handgelenk. Er ging zu den Spinden, während er den Schlüsselring lange genug in den Mund nahm, daß er die Stiermaske wieder auf seine Hand setzen konnte. Dann hielt er Ferd hoch und ließ ihn die aufgeklebten Namensschilder an den Spinden lesen.

»Der hier«, sagte Ferd und klopfte mit seinem Latexgesicht gegen den Spind, auf dem PAM HAVERFORD stand.

Der Schlüssel paßte ins Schloß. In dem Spind befanden sich ein paar Jeans, ein T-Shirt, BH, Duschbeutel und Pams Handtasche. Norman trug die Tasche zu einem der Wäschekörbe und kippte den Inhalt auf eines der Handtücher. Er ließ Ferdinand über den Sachen kreisen wie einen bizarren Aufklärungssatelliten.

»Da haben wir es, großer Junge«, murmelte Ferd.

Norman zog ein dünnes Plastikscheibchen aus dem Durcheinander von Schminkzeug, Kleenex und Zetteln. Damit konnte man zweifellos die Eingangstür ihres Clubhauses aufmachen. Er nahm es und wollte sich umdrehen –

»Warte«, flüsterte el Toro. Er rückte an Normans Ohr und flüsterte, wobei seine blumengeschmückten Hörner wippten.

Norman hörte zu, dann nickte er. Er zog die Maske wieder von seiner verschwitzten Hand, stopfte sie in die Tasche und bückte sich über den verstreuten Inhalt von Pams Handtasche. Diesmal suchte er gründlicher, wie er einen »Ereignis-Schauplatz«, wie es im heutigen Ermittlerjargon hieß, durchsucht haben würde … nur hätte er dabei die Spitze eines Kugelschreibers oder Bleistifts benützt, statt der Fingerspitzen.

Fingerabdrücke sind mit Sicherheit kein Problem, *dachte er und lachte.* Nicht mehr.

Er schob ihre Geldklammer beiseite und hob ein kleines rotes Buch auf, dessen Deckel die Aufschrift TELEFON – ADRESSEN trug. Er schlug unter D nach und fand einen Eintrag »Daughters and Sisters«, aber das war nicht das, wonach er gesucht hatte. Er schlug die erste Seite des Buchs auf, wo viele Zahlenfolgen zwischen Pams Kritzeleien – hauptsächlich Augen und gemusterte Querbinder – geschrieben standen. Aber die Zahlen sahen alle wie Telefonnummern aus.

Er blätterte zur letzten Seite, die andere wahrscheinlichste Stelle, sah noch mehr Augen, noch mehr Fliegen … und in der

Mitte, fein säuberlich eingerahmt und mit Sternchen markiert, folgendes:

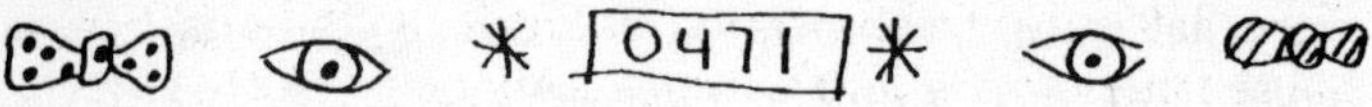

»O Mann«, sagte er. »Behaltet eure Karten, Leute, aber ich glaube, wir haben hier ein Bingo. Oder nicht, Pammy?«

Norman riß die letzte Seite aus Pams Buch, steckte sie in die Brusttasche und schlich auf Zehenspitzen zur Tür zurück. Er horchte. Niemand war da draußen. Er atmete aus und berührte die Ecke des Blatts, das er gerade in die Tasche gesteckt hatte. Dabei prallte sein Verstand wieder ab und hüpfte davon, und eine Zeitlang war gar nichts mehr da.

4

Hale und Gustafson führten Rosie und Gert in eine Ecke des Reviers, die fast Ähnlichkeit mit einem Konferenzzimmer hatte; das Mobiliar war alt, aber einigermaßen bequem, und es gab keine Schreibtische, hinter denen sich die Detectives verschanzen konnten. Statt dessen ließen sie sich auf ein verblaßtes grünes Sofa fallen, das zwischen dem Getränkeautomaten und einem Tisch mit einer Bunn-O-Matic-Kaffeemaschine stand. Statt eines grimmigen Plakats mit Drogensüchtigen oder Aids-Opfern hing ein Bild der Schweizer Alpen über der Kaffeemaschine. Die Detectives waren ruhig und verständnisvoll, das Verhör behutsam und respektvoll, aber weder ihr Verhalten noch die zwanglose Umgebung halfen Rosie nennenswert. Sie war immer noch zornig, wütender, als sie je in ihrem Leben gewesen war, aber sie hatte auch schreckliche Angst. Allein schon weil sie hier war.

Im Verlauf der Befragung verlor sie mehrmals fast völlig die Kontrolle über ihre Emotionen, aber jedesmal, wenn das passierte, sah sie durch den Raum, wo Bill auf der anderen Seite des hüfthohen Geländers mit der Aufschrift ZUTRITT NUR FÜR POLIZEIPERSONAL saß und geduldig wartete.

Sie wußte, sie sollte aufstehen und zu ihm gehen und ihm sagen, daß er nicht mehr warten mußte – er sollte einfach nach Hause fahren und morgen anrufen. Aber sie brachte es nicht fertig. Es war so wichtig für sie, daß er da saß, wie es wichtig für sie gewesen war, daß er ihnen mit der Harley folgte, als die Detectives sie hierher fuhren; sie brauchte ihn, wie ein Kind mit lebhafter Phantasie das Nachttischlämpchen braucht, wenn es mitten in der Nacht aufwacht.

Das Problem war, sie kam auf verrückte Ideen. Sie *wußte*, daß sie verrückt waren, aber dieses Wissen half ihr nicht. Sie verschwanden eine Weile, dann beantwortete sie die Fragen der Cops und hatte keine verrückten Ideen, und dann ertappte sie sich wieder, wie sie glaubte, daß sie Norman unten im Keller hatten, daß sie ihn da unten *versteckten*, klar doch, weil die Gesetzeshüter eine verschworene Gemeinschaft waren, Cops waren Brüder, und die Frauen von Cops durften nicht weglaufen und ein eigenes Leben führen, was auch passierte. Norman wartete wohlbehalten in einer winzigen Zelle unten im Keller, wo einen niemand hören konnte, selbst wenn man schrie, so laut man konnte; einer Zelle mit schwitzenden Betonwänden und einer nackten Glühbirne an einem Kabel, und wenn diese sinnlose Scharade vorbei war, würden sie sie zu ihm bringen. Sie würden sie zu Norman bringen.

Verrückt. Aber sie wußte nur *wirklich*, daß es verrückt war, wenn sie aufschaute und Bill auf der anderen Seite des niederen Geländers sah, wo er wartete, bis sie fertig war, damit er sie auf dem Rücken seines stählernen Ponys nach Hause bringen konnte.

Sie gingen es immer wieder zusammen durch, manchmal stellte Gustafson die Fragen, manchmal Hale, und auch wenn Rosie nicht den Eindruck hatte, daß sie Guter Cop/Böser Cop spielten, wünschte sie sich, sie würden mit ihren endlosen Fragen und ihren endlosen Formularen aufhören und sie gehen lassen. Wenn sie hier rauskam, würde das lähmende Hin und Her zwischen Wut und Angst ein wenig nachlassen.

»Erzählen Sie mir noch mal, wie es dazu kam, daß Sie das Bild von Mr. Daniels in der Handtasche hatten, Ms. Kinshaw«, sagte Gustafson. Er hatte einen halb fertiggestellten Bericht vor sich liegen und einen Bic in einer Hand. Er runzelte schrecklich die Stirn; Rosie fand, er sah wie ein Junge aus, der eine Abschlußprüfung schreiben mußte, auf die er sich nicht vorbereitet hatte.

»Das hab ich Ihnen schon zweimal gesagt«, sagte Gert.

»Dies wird das letztemal sein«, sagte Hale leise.

Gert sah ihn an. »Großes Ehrenwort?«

Hale grinste – ein ausgesprochen einnehmendes Grinsen – und nickte. »Großes Ehrenwort.«

Sie erzählte ihnen wieder, wie sie und Anna Norman Daniels nach einigem Zögern mit dem Mord an Peter Slowik in Verbindung gebracht und sich Normans Bild per Fax besorgt hatten. Dann berichtete sie, wie ihr der Mann im Rollstuhl aufgefallen war, als der Kartenverkäufer ihm nachgerufen hatte. Rosie kannte die Geschichte, aber Gerts Tapferkeit setzte sie dennoch in Erstaunen. Als Gert zu dem Zweikampf mit Norman hinter der Toilette kam, den sie so nüchtern und sachlich schilderte, als würde sie ihren Einkaufszettel verlesen, ergriff Rosie ihre große Hand und drückte sie fest.

Als sie diesmal fertig war, sah Gertie Hale an und zog die Brauen hoch. »Okay?«

»Ja«, sagte Hale. »Ausgezeichnet. Cynthia Engstrom verdankt Ihnen ihr Leben. Wenn Sie ein Cop wären, würde ich Sie für eine Auszeichnung vorschlagen.«

Gert schnaubte. »Ich würde nie den Eignungstest bestehen. Zu dick.«

»Trotzdem«, sagte Hale ohne zu lächeln und sah ihr in die Augen.

»Ich weiß das Kompliment zu schätzen, aber was ich wirklich von Ihnen hören will, ist, daß Sie den Kerl schnappen.«

»Wir schnappen ihn«, sagte Gustafson. Er hörte sich durch und durch überzeugt an, und Rosie dachte: *Sie kennen meinen Norman nicht, Officer.*

»Sind Sie mit uns fertig?« fragte Gert.

»Mit Ihnen ja«, sagte Hale. »Ich habe noch ein paar Fragen an Ms. McClendon ... fühlen Sie sich dazu imstande? Wenn nicht, wir könnten damit auch noch warten.« Er machte eine Pause. »Aber wir *sollten* nicht damit warten. Ich glaube, das wissen wir beide, richtig?«

Rosie machte kurz die Augen zu und schlug sie wieder auf. Sie sah zu Bill, der vor dem Geländer saß, dann zu Hale.

»Fragen Sie, was Sie fragen müssen«, sagte sie. »Aber machen Sie es so kurz wie möglich. Ich will nach Hause.«

5

Als er diesmal in seinen Kopf zurückkehrte, stieg er in einer Vorortstraße, in der er fast sofort die Durham Avenue erkannte, aus dem Tempo aus. Er parkte anderthalb Blocks vom Muschipalast entfernt. Es war noch nicht dunkel, dämmerte aber; die Schatten unter den Bäumen waren dunkel und samtig, irgendwie üppig.

Er sah an sich hinunter und stellte fest, daß er in seinem Zimmer gewesen sein mußte, bevor er das Hotel verlassen hatte. Seine Haut roch nach Seife, und er trug andere Kleidung. Und gute Kleidung für dieses Unternehmen: grüne Hosen, ein weißes T-Shirt, ein blaues Baumwollhemd, das er aus der Hose hängen ließ. Er sah aus wie ein Typ, der am Wochenende vorbeikam, um nach einem schadhaften Gasanschluß zu sehen, oder ...

»Oder die Alarmanlage zu überprüfen«, sagte Norman flüsternd und grinste. »Verdammt gerissen. Señor Daniels. Verdammt ger...«

Da traf ihn die Panik wie ein Blitzschlag, und er griff mit der Hand zur Gesäßtasche der Hose, die er jetzt trug. Er spürte nur die Wölbung seiner Brieftasche. Er klatschte die Hand auf die linke Gesäßtasche und stieß einen schroffen Seufzer der Erleichterung aus, als er die schlaffe Latexmaske unter seinen Fingern wabbeln spürte. Er hatte offenbar seinen Dienstrevolver vergessen – hatte ihn im Zimmersafe liegenlassen –, aber er hatte an die Maske gedacht, und im Augenblick schien die Maske viel wichtiger zu sein als der Revolver. Wahrscheinlich verrückt, aber ohne Zweifel richtig.

Er ging auf dem Bürgersteig Richtung 251. Wenn nur ein paar Fotzen anwesend waren, würde er versuchen, sie alle als Geiseln zu nehmen. Wenn es mehrere waren, würde er so viele er konnte festhalten – vielleicht ein halbes Dutzend – und die restlichen in die Berge fliehen lassen. Dann würde er sie einfach eine nach der anderen abmurksen, bis eine von ihnen Rosies Adresse ausspuckte. Wenn keine sie wußte, würde er alle abmurksen und in der Kartei nachsehen ... aber er glaubte nicht, daß es dazu kommen würde.

Was wirst du machen, wenn die Cops da sind, Normie? *fragte sein Vater nervös.* Cops davor, Cops im Inneren, Cops, die das Haus vor dir schützen?

Das wußte er nicht. Und es interessierte ihn auch nicht.

Er ging an 245, 247 und 249 vorbei. Zwischen dem letzten Haus und dem Bürgersteig ragte eine Hecke auf, und als Norman deren Ende erreicht hatte, blieb er plötzlich stehen und betrachtete 251 Durham Avenue mit zusammengekniffenen, argwöhnischen Augen. Er war darauf vorbereitet gewesen, viel Aktivität oder wenig Aktivität zu sehen, aber er war nicht darauf vorbereitet gewesen, was er tatsächlich *sah, nämlich gar keine Aktivität.*

Daughters and Sisters stand am Ende des schmalen, tiefen Rasenstücks, und die Jalousien im ersten und zweiten Stock waren wegen der Hitze des Tages heruntergelassen. Das Haus war stumm wie eine Ruine. Die Fenster links von der Veranda waren nicht zugezogen, aber dunkel. Nichts regte sich im Inneren. Niemand hielt sich auf der Veranda auf. Keine Autos in der Einfahrt.

Ich kann nicht einfach hier stehenbleiben, *dachte er und setzte sich wieder in Bewegung. Er ging an dem Grundstück vorbei und sah in den Gemüsegarten, wo er beim letztenmal die beiden Huren gesehen hatte – eine war die Hure gewesen, die er sich hinter der Toilette geschnappt hatte. Heute abend war der Garten ebenfalls menschenleer. Und der Hof ebenfalls, soweit er ihn einsehen konnte.*

Das ist eine Falle, Normie, *sagte sein Vater.* Das weißt du doch, oder nicht?

Norman ging bis zu einem Haus im Cape-Cod-Stil mit der Hausnummer 257, dann machte er kehrt und schlenderte unauffällig wieder den Bürgersteig zurück. Er wußte, es sah aus *wie eine Falle, da hatte die Vater-Stimme ganz recht, aber irgendwie machte es nicht den* Eindruck *einer Falle.*

Ferdinand der Stier stieg vor seinen Augen empor wie ein käsiges Latexgespenst – Norman hatte die Maske aus der Gesäßtasche gezogen und über die Hand gestülpt, ohne es zu bemerken. Er wußte, das war keine gute Idee; wenn jemand aus einem Fenster sah, würde er sich bestimmt fragen, warum der große Mann mit dem geschwollenen Gesicht mit einer Gummimaske redete … und die Maske antworten ließ, indem er ihre Lippen bewegte. Aber das alles schien nicht wichtig zu sein. Das Leben war sehr … nun, fundamental geworden. Norman gefiel das irgendwie.

»Nöö, das ist keine Falle«, sagte Ferdinand.

»Bist du sicher?« fragte Norman. Er war fast wieder vor Nr. 251 angelangt.

»Ja«, sagte Ferdinand und nickte mit seinen girlandengeschmückten Hörnern. »Sie haben einfach mit ihrem Picknick weitergemacht, das ist alles. Im Augenblick sitzen sie wahrscheinlich alle im Kreis und rösten Marshmallows, während eine Lesbe im Kleid von Oma ›Blowin' in the Wind‹ singt. Du bist nichts weiter als eine unbedeutende Störung in ihrem Tagesablauf gewesen.«

Er blieb vor dem Gehweg stehen, der zum Haus führte, und betrachtete die Maske wie vom Donner gerührt.

»He – tut mir leid, Mann«, sagte el Toro kleinlaut, »aber ich mache die Nachrichten nicht, weißt du, ich überbringe sie nur.«

Norman stellte erstaunt fest, daß es etwas Schlimmeres gab, als nach Hause zu kommen, wo man feststellen muß, daß die eigene Frau mit der BankCard, die einem gehörte, in ihrer Handtasche auf und davon war: wenn man ignoriert wurde.

Wenn man von einer Bande Frauen *ignoriert wurde.*

»Dann bring ihnen bei, das nicht zu tun«, sagte Ferd. »Verpaß ihnen eine Lektion. Los doch, Norm. Zeig ihnen, wer du bist. Zeig es ihnen, damit sie es nie mehr vergessen.«

»Damit sie es nie mehr vergessen«, murmelte Norman, und die Maske auf seiner Hand nickte enthusiastisch.

Er steckte sie wieder in die Tasche und zog Pams Schlüsselkarte und den Zettel aus ihrem Adreßbuch aus der linken Brusttasche, während er auf dem Gehweg zum Haus ging. Er schritt die Stufen zur Veranda hinauf und sah einmal – beiläufig, wie er hoffte – zu der Fernsehkamera über der Tür hinauf. Er drückte die Schlüsselkarte gegen sein Bein. Möglicherweise wurde er doch beobachtet. Er wäre gut beraten, das nicht zu vergessen, Glück hin oder her; schließlich war Ferdinand nur eine Gummimaske mit Norman Daniels' Hand als Gehirn.

Der Schlitz für die Karte war genau da, wo er ihn erwartet hatte. Daneben hing eine Sprechanlage mit einer kleinen Tafel, die Besuchern Anweisungen gab, den Knopf zu drücken und zu sprechen.

Norman drückte den Knopf, beugte sich nach vorne und sagte: »Midland Gas, wir suchen nach einem Leck in der Gegend hier, zehn-vier?«

Er ließ den Knopf los. Wartete. Sah zu der Kamera hinauf. Schwarzweiß; wahrscheinlich würde man nicht sehen, wie geschwollen sein Gesicht war ... hoffte er. Er lächelte, um zu zeigen, wie harmlos er war, während sein Herz wie ein kleiner, tückischer Motor in seiner Brust hämmerte.

Keine Antwort. Nichts.

Er drückte noch mal den Knopf. »Jemand zu Hause, Leute?«

Er ließ ihnen Zeit und zählte langsam bis zwanzig. Sein Vater flüsterte, daß es eine Falle war, genau so eine Falle, wie er selbst sie in einer ähnlichen Situation gestellt hätte, lockt den Schleimbeutel herein, wiegt ihn in dem Glauben, daß das Haus verlassen ist, und dann fallt über ihn her wie eine Ladung Backsteine. Ja, es war eine Falle, wie er selbst sie gestellt hätte ... aber es war niemand da. Er war fast überzeugt davon. Das Haus machte so einen leeren Eindruck wie eine weggeworfene Bierdose.

Norman schob die Magnetkarte in den Schlitz. Ein kurzes, lautes Klicken ertönte. Er zog die Karte heraus, drehte den Türknauf und betrat das Foyer von Daughters and Sisters. Von links ertönte ein leises, konstantes Geräusch: Piep-piep-piep-piep. Es war ein Einbruchalarm mit Tastatur. Die Worte EINGANGSTÜR blinkten im Anzeigefeld.

Norman sah auf den Zettel, den er mitgebracht hatte, betete eine Sekunde lang darum, daß die Zahl darauf war, wofür er sie hielt, und tippte 0471. Einen quälenden Augenblick piepste der Alarmton weiter, dann verstummte er. Norman atmete aus und machte die Tür zu. Er schaltete den Alarm wieder ein, ohne auch nur darüber nachzudenken, Cop-Instinkt im Dienst, sonst nichts.

Er sah sich um, bemerkte die Treppe zum ersten Stock hinauf, und ging den Hauptflur entlang. Er steckte den Kopf in den ersten Raum rechts. Sah wie ein Klassenzimmer aus, Stühle standen im Kreis, eine Tafel an einem Ende. Auf der Tafel standen die Worte WÜRDE, VERANTWORTUNG und GLAUBEN.

»Worte der Weisheit, Norm«, sagte Ferdinand. Er saß wieder auf Normans Hand. Wie durch Zauberei war er dorthin gekommen. »Worte der Weisheit.«

»Wenn du das sagst; sieht für mich nach derselben alten Scheiße aus.« Er schaute sich um, dann fuhr er mit erhobener Stimme fort. Es schien fast ein Sakrileg zu sein, in dieser irgendwie verstaubten Stille zu rufen, aber ein Mann mußte tun, was ein Mann tun mußte. »Hallo? Jemand da? Midland Gas!«

»Hallo?« rief Ferd von Ende seines Arms und sah sich mit seinen leeren Augen strahlend um. Er sprach mit dem komischen deutschen Akzent, den Normans Vater manchmal draufgehabt hatte, wenn er betrunken war. »Hallo, bisse da, Cholly?«

»Sei still«, murmelte Norman.

»Ja, Sir, Cap'n«, antwortete el Toro und verstummte sofort.

Norman drehte sich langsam um und ging weiter den Flur entlang. Er sah in weitere Zimmer – ein Salon, ein Eßzimmer, eine kleine Bibliothek –, aber die waren alle menschenleer. Ebenso die Küche am Ende des Flurs, und damit stand er vor einem neuen Problem: Wo sollte er finden, wonach er suchte?

Er holte tief Luft, machte die Augen zu und versuchte, nachzudenken (und die Kopfschmerzen zurückzudrängen, die sich wieder meldeten). Er brauchte eine Zigarette, wagte aber nicht, sich eine anzuzünden; möglicherweise hatten sie Rauchmelder, die beim ersten Hauch von Tabak schon loslegten.

Er holte nochmals tief Luft, bis auf den Boden seiner Lunge hinunter, und nun endlich konnte er den Geruch hier drinnen identifizieren – es war nicht der Geruch von Staub, sondern der von Frauen; von Frauen, die lange mit ihresgleichen eingepfercht waren; Frauen, die im Bemühen, die reale Welt auszusperren, ein gemeinsames Leichentuch der Selbstgerechtigkeit um sich herum gewoben hatten. Es war ein Geruch von Blut und Muschi und Duschgel und Duftkissen und Haarspray und Deorollern und Parfums mit Fick-mich-Namen wie Sin und White Shoulders und Obsession. Es war der Gemüsegeruch des Zeugs, das sie gerne aßen, und das fruchtige Aroma der Tees, die sie gerne tranken; es war nicht der Geruch von Staub, son-

dern etwas wie Hefe, ein Fermentationsprozeß, der einen Geruch erzeugte, den man durch Putzen nicht wieder wegbekam: der Geruch von Frauen ohne Männer. Auf einmal drang ihm dieser Geruch in die Nase, in den Hals, in sein Herz, *würgte ihn, machte ihn schwindlig, erstickte ihn fast.*

»Reiß dich zusammen, Cholly«, sagte Ferdinand schneidend. »Du riechst nur die Spaghettisauce von gestern abend! Ich meine, laß die Kirche im Dorf!«

Norman stieß den Atem aus, holte wieder Luft und öffnete die Augen. Spaghettisauce, ja. Ein roter Geruch, wie von Blut. Aber es war wirklich nur Spaghettisauce.

»Entschuldige, einen Augenblick bin ich ein bißchen ausgerastet«, sagte er.

»Jawoll, aber wer wäre das nicht?« sagte Ferd, und nun schienen seine leeren Augen Mitgefühl und Verständnis auszudrücken. »Immerhin ist das hier der Ort, wo Circe Männer in Schweine verwandelt.« Die Maske drehte sich auf Normans Handgelenk und ließ den Blick ihrer leeren Augen schweifen. »Jawoll, genau das isser.«

»Was meinst du damit?«

»Nichts. Vergiß es.«

»Ich weiß nicht, wo ich anfangen soll«, sagte Norman und sah sich ebenfalls um. »Ich muß mich beeilen, aber Herrgott, das Haus ist so groß! Es müssen mindestens zwanzig Zimmer sein.«

Der Stier deutete mit den Hörnern zu einer Tür auf der anderen Seite der Küche. »Versuch es damit.«

»Verdammt, das ist wahrscheinlich nur die Vorratskammer.«

»Das glaube ich nicht, Norm. Ich glaube nicht, daß sie ein Schild mit der Aufschrift PRIVAT an der Tür der Vorratskammer anbringen würden, du etwa?«

Da hatte er nicht unrecht. Norman ging, steckte die Maske wieder in die Tasche (und bemerkte den Spaghettikocher, der auf dem Regal neben dem Spülbecken zum Trocknen aufgestellt worden war), dann klopfte er an die Tür. Nichts. Er versuchte es mit dem Knauf. Der ließ sich mühelos drehen. Er öffnete die Tür, tastete rechts an der Wand und drückte auf den Lichtschalter.

Das Deckenlicht beleuchtete einen mit wildem Papierkram überhäuften Dinosaurier von Schreibtisch. Auf einem Stapel balancierte ein kleines Messingschild mit der Aufschrift ANNA STEVENSON und ES LEBE DAS CHAOS. An der Wand hing ein gerahmtes Bild von zwei Frauen, die Norman kannte. Eine die verstorbene Susan Day. Die andere war das weißhaarige Miststück von dem Zeitungsfoto, die wie Maude aussah. Sie hatten die Arme umeinander gelegt und sahen einander lächelnd in die Augen wie richtige Lesben.

An einer Wand des Raums standen Aktenschränke. Norman ging zu ihnen, ließ sich auf ein Knie nieder, streckte die Hand nach dem Fach mit dem Etikett D-E aus und hielt inne. Sie benutzte den Namen Daniels nicht mehr. Er konnte sich nicht erinnern, ob Ferdinand ihm das erzählt oder ob er es selber herausgefunden oder sein Instinkt es ihm gesagt hatte, aber er wußte, daß es stimmte. Sie hatte ihren Mädchennamen wieder angenommen.

»Du bleibst Rose Daniels bis zu dem Tag, an dem du stirbst, du Fotze«, sagte er und wandte sich statt dessen dem Fach M zu. Er zog. Nichts. Abgeschlossen.

Ein Problem, aber kein großes. Er würde etwas aus der Küche holen, um ihn aufzubrechen. Er drehte sich um und wollte hinausgehen, als er wieder stehenblieb, weil sein Blick auf einen Weidenkorb neben dem Schreibtisch fiel. Am Griff des Korbs war ein Zettel befestigt: GEH AUF DIE REISE, KLEINER BRIEF, stand in alter englischer Schrift darauf. In dem Korb lag ein kleiner Stapel Post, und unter einem Umschlag, der an das Kabelfernsehen von Lakeland adressiert war, ragte folgendes hervor:

endon
renton Street

–endon?

McClendon?

Er riß den Brief in die Höhe, stieß den Korb um und verstreute den größten Teil der Post auf dem Boden; seine Augen waren weit aufgerissen und gierig.

Ja, McClendon, bei Gott – Rosie McClendon! Und gleich darunter, deutlich und leserlich geschrieben, die Adresse, für die er durch die Hölle gegangen war: 897 Trenton Street.

Ein langer, verchromter Brieföffner lag halb unter einem übriggebliebenen Stapel von Flugblättern für das Picknick. Norman nahm ihn, schlitzte den Brief auf und steckte den Brieföffner in die Gesäßtasche, ohne darüber nachzudenken. Gleichzeitig zog er die Maske heraus und setzte sie wieder auf seine Hand. Das Blatt Papier hatte einen geprägten Briefkopf – ANNA STEVENSON in großen Buchstaben, Daughters and Sisters in etwas kleineren.

Norman hatte für dieses kleine Ego-Signal nur einen flüchtigen Blick übrig, dann hielt er die Maske über das Papier und ließ Ferdinand für sich lesen. Anna Stevensons Handschrift war groß und elegant – arrogant, hätten manche bestimmt gesagt. Normans verschwitzte Finger zitterten und wollten sich in Ferdinands Kopf verkrampfen, was die Latexmaske beim Lesen konvulsivisch zucken und zappeln ließ.

Liebe Rosie,

ich wollte Dir nur kurz ein paar Zeilen in Deine neue »Bude« schicken (ich weiß, wie wichtig diese ersten Briefe sein können!) und Dir sagen, wie froh ich bin, daß Du zu uns hier bei Daughters and Sisters gekommen bist, und wie froh, daß wir Dir helfen konnten. Außerdem wollte ich Dich wissen lassen, daß ich mich sehr über Deinen neuen Job freue – ich habe so eine Ahnung, als würdest Du nicht lange in der Trenton Street wohnen!

Jede Frau, die zu Daughters and Sisters kommt, erneuert das Leben aller anderen – derer, die in der ersten Zeit ihrer Genesung bei ihr sind, und derer, die nach ihr kommen, denn jede läßt ein bißchen von ihrer Erfahrung, Kraft und Hoffnung zurück. *Meine* Hoffnung ist, daß wir Dich oft hier sehen, Rosie, nicht nur, weil Deine Genesung noch lange nicht abgeschlossen ist und Du viele Gefühle hast (vorwiegend Wut, möchte ich annehmen), mit denen Du noch nicht ins reine gekommen bist, sondern auch, weil es Deine Pflicht ist, das weiterzugeben, was Du hier gelernt hast. Das alles muß ich Dir wahrscheinlich nicht sagen, aber –

Ein Klick, nicht besonders laut, aber in der Stille deutlich zu hören. Dem folgte ein anderes Geräusch: Piep-piep-piep-piep.

Der Einbruchalarm.

Norman hatte Gesellschaft bekommen.

6

Anna bemerkte den grünen Tempo gar nicht, der anderthalb Blocks von Daughters and Sisters entfernt am Bordstein parkte.

Sie war tief in einen privaten Tagtraum versunken, von dem sie noch nie jemandem erzählt hatte, nicht einmal ihrer Therapeutin, den notwendigen Tagtraum, den sie sich für schreckliche Tage wie diesen aufsparte. Darin war sie auf dem Umschlag des Magazins *Time* abgebildet. Es war kein Foto, sondern ein leuchtendes Ölgemälde, das sie in einem dunkelblauen Hängekleid zeigte (Blau stand ihr am besten, und ein Hängekleid würde verbergen, wie deprimierend sie in den letzten zwei oder drei Jahren um die Taille zugenommen hatte). Sie sah über die linke Schulter und präsentierte dem Künstler ihre Schokoladenseite, und ihr Haar fiel wie ein Wasserfall über ihre rechte Schulter. Ein *sexy* Wasserfall.

Die Bildunterschrift lautete schlicht: *AMERIKANISCHE ERLÖSERIN.*

Sie bog in die Einfahrt ein und verdrängte den Tagtraum widerwillig (sie war gerade zu der Stelle gekommen, wo die Verfasserin schrieb: »Obwohl sie das Leben von fünfzehnhundert mißhandelten Frauen wieder lebenswert gemacht hat, ist Anna Stevenson überraschend, sogar rührend bescheiden geblieben …«). Sie machte den Motor des Infiniti aus, blieb einen Moment sitzen und rieb sich sanft die Haut unter den Augen.

Peter Slowik, den sie zum Zeitpunkt ihrer Scheidung für gewöhnlich Peter den Großen oder Rasputin den irren Marxisten genannt hatte, war im Leben ein wilder Schwätzer gewesen, und seine Freunde schienen entschlossen gewesen zu sein, seiner im nämlichen Geist zu gedenken. Die Ansprachen hatten sich endlos in die Länge gezogen, und jedes »Gedächtnisbouquet« (Anna hätte die politisch korrekten Armleuchter, die ihre Zeit damit verbrachten, sich derart alberne Ausdrücke auszudenken, fröhlich mit dem Maschinengewehr niedermähen können) schien länger als das vorhergehende zu sein, und um sechzehn Uhr, als sie endlich aufgestanden waren, um zu essen und den Wein zu trinken – ein grauenhaftes Gesöff, das Peter mit Sicherheit auch gekauft hätte, wäre er dafür zuständig gewesen –, war sie überzeugt, daß sich die Form des Klappstuhls, auf dem sie saß, in ihren Arsch eintätowiert haben mußte.

Aber sie war nie auf den Gedanken gekommen, früher zu gehen – sich nach einem Sandwich und einem Schluck Wein einfach davonzuschleichen. Die Leute würden zusehen und beobachten, wie sie sich verhielt. Immerhin war sie Anna Stevenson, eine bedeutende Frau in der politischen Hierarchie dieser Stadt, und sie mußte mit verschiedenen Leuten sprechen, nachdem der offizielle Teil zu Ende war. Leute, mit denen sie von anderen Leuten im Gespräch *gesehen* werden wollte, denn so drehte sich das Karussell.

Und um alles noch spaßiger zu machen, hatte ihr Piepser innerhalb von fünfundvierzig Minuten dreimal losgelegt. *Wochen* vergingen, in denen das Ding stumm in ihrer Handtasche lag, aber heute nachmittag, während einer Veranstaltung mit langen Schweigepausen, unterbrochen von Leuten, die außerstande zu sein schienen, mehr als ein tränenersticktes Murmeln von sich zu geben, hatte das Gerät verrückt gespielt. Nach dem drittenmal hatte sie es satt, daß sich alle Köpfe nach ihr umdrehten, und das verfluchte Ding abgeschaltet. Sie hoffte, daß niemand beim Picknick die Wehen, daß kein Kind ein Hufeisen an den Kopf bekommen hatte, und am meisten, daß Rosies Mann nicht aufgetaucht war. Daß er das getan hatte, bezweifelte sie freilich; er würde sich hüten. Wie dem auch sei, wer sich über ihren Piepser meldete, hätte auf jeden Fall zuerst bei D & S angerufen, und der Anrufbeantworter in ihrem Büro wäre ihre erste Anlaufstelle gewesen. Sie könnte die Nachrichten abhören, während sie pinkeln ging. In den meisten Fällen würde das ausreichen.

Sie stieg aus dem Auto aus, schloß es ab (selbst in einer guten Wohngegend wie dieser konnte man nicht vorsichtig genug sein) und ging die Verandastufen hinauf. Sie öffnete mit ihrer elektronischen Karte, brachte das *Piep-piep-piep* der Alarmanlage zum Schweigen, ohne darüber nachzudenken; angenehme Fetzen ihres Tagtraums

(einzige Frau ihrer Zeit, die von allen *Fraktionen der zunehmend zersplitterten Frauenbewegung geliebt und respektiert wird)*

gingen ihr immer noch durch den Kopf.

»Hallo, Haus!« rief sie und ging den Flur entlang.

Schweigen antwortete ihr, wie sie erwartet ... und, seien wir ehrlich, auch gehofft hatte. Mit etwas Glück blieben ihr zwei oder gar drei gesegnete Stunden der Ruhe, bevor das abendliche Kichern, Prasseln von Duschen, Türenschlagen und Gackern der Fernsehkomödien anfing.

Sie ging in die Küche und fragte sich, ob ein langes, entspannendes Schaumbad nicht die schlimmsten Spuren des Tages abwaschen würde. Dann verstummte sie und sah zur Tür ihres Arbeitszimmers. Die Tür war nur angelehnt.

»Gottverdammt«, murmelte sie. »Gott*verdammt!*«

Wenn es etwas gab, das ihr mehr als alles andere mißfiel – abgesehen vielleicht von Leuten, die einen unbedingt betatschen mußten –, dann war es ein Eindringen in ihre Privatsphäre. Sie hatte kein Schloß an der Tür ihres Arbeitszimmers, weil sie nicht glaubte, daß sie das nötig hätte. Immerhin war dies *ihr* Haus; die Mädchen und Frauen, die hierherkamen, kamen durch ihre Großzügigkeit und auf ihre Kosten. Es sollte nicht nötig sein, diese Tür abzuschließen. Annas Wunsch, daß sie draußen blieben, wenn sie nicht hineingebeten wurden, sollte genügen.

Meistens genügte er auch, aber ab und zu überlegte sich eine Frau, daß sie *ganz dringend* etwas aus ihrer Akte brauchte, daß sie *ganz dringend* Annas Fotokopierer benützen mußte (der viel schneller war als der unten im Gemeinschaftsraum), daß sie *ganz dringend* eine Briefmarke brauchte, und dann kam diese respektlose Person herein, durchwühlte einen Schreibtisch, der nicht ihr gehörte, sah vielleicht Sachen, die nicht für ihre Augen bestimmt waren, verpestete die Luft mit dem Geruch eines billigen Drugstoreparfums ...

Anna blieb mit einer Hand auf dem Türknauf stehen und sah in den dunklen Raum, der in ihrer Kindheit eine Vorratskammer gewesen war. Sie blähte leicht die Nasenflügel und runzelte die Stirn. Sie nahm einen Geruch wahr, schon richtig, aber es war kein Parfum. Es war etwas, das sie an den irren Marxisten erinnerte. Es war …

Meine Männer tragen English Leather, oder sie tragen gar nichts.

Jesus! Jesus Christus!

Sie bekam Gänsehaut auf den Armen. Sie war eine Frau, die sich etwas auf ihren Pragmatismus einbildete, aber plötzlich fiel es ihr nur allzu leicht, sich vorzustellen, daß der Geist von Peter Slowik in ihrem Büro auf sie wartete, ein so substanzloser Schemen wie der Gestank dieses aufdringlichen Kölnisch Wassers, das er benutzt hatte …

Ihr Blick fiel auf ein Licht in der Dunkelheit: der Anrufbeantworter. Das kleine rote Licht blinkte wie verrückt, als hätte die ganze Stadt heute angerufen.

Es *war* etwas passiert. Auf einmal wußte sie es. Das erklärte auch den Piepser … aber sie war dumm genug gewesen, ihn abzuschalten, damit die Leute sie nicht ständig anstarrten. Etwas war passiert, wahrscheinlich am Ettinger's Pier. Jemand war verletzt. Oder, Gott steh uns bei –

Sie betrat ihr Arbeitszimmer, tastete nach dem Lichtschalter neben der Tür, dann erstarrte ihre Hand, verwirrt darüber, was ihre Finger herausgefunden hatten. Der Schalter war schon oben, was bedeutete, das Deckenlicht hätte an sein sollen, aber das war es nicht.

Anna drückte zweimal auf den Schalter und wollte es gerade zum drittenmal tun, als eine Hand auf ihre rechte Schulter gelegt wurde.

Sie schrie angesichts dieser Berührung, ein Schrei, so schrill und voller Panik wie von der Heldin eines Horror-Films, und als eine zweite Hand ihren linken Oberarm umklammerte und sie auf den Absätzen herumdrehte, als sie den Umriß sah, der sich gegen das Licht der Küche abzeichnete, schrie sie wieder.

Das Ding, das hinter der Tür gestanden und auf sie gewartet hatte, war kein Mensch. Hörner wuchsen ihm aus dem Kopf, Hörner, an denen sich seltsame, tumorähnliche Wucherungen zu befinden schienen. Es war –

»Viva el Toro«, sagte eine hohle Stimme, und da wurde ihr klar, daß es ein *Mann* war, ein Mann mit einer Maske, aber dadurch ging es ihr nicht besser, denn sie konnte sich gut vorstellen, wer dieser Mann war.

Sie riß sich aus seinem Griff los und wich zu ihrem Schreibtisch zurück. Sie konnte immer noch English Leather riechen, aber auch etwas anderes. Heißes Gummi. Schweiß. Und Urin. War es ihrer? Hatte sie sich naß gemacht? Sie wußte es nicht. Sie war von der Hüfte abwärts taub.

»Rühren Sie mich nicht an«, sagte sie mit einer zitternden Stimme, die in krassem Gegensatz zu ihrem sonstigen ruhigen und befehlsgewohnten Tonfall stand. Sie streckte die Hand hinter sich und tastete nach dem Knopf, mit dem sie die Polizei rufen konnten. Er war irgendwo da, aber unter Papierstapeln verborgen. »Wagen Sie es nicht, mich anzufassen, ich warne Sie.«

»Anna-Anna-bo-Banna, banana-fanna-fo-Fanna«, sagte die Kreatur mit der gehörnten Maske in einem meditativen Tonfall und schlug die Tür hinter sich zu. Nun befanden sie sich in völliger Dunkelheit.

»Bleiben Sie mir vom Leib«, sagte sie und ging am Schreibtisch entlang, schlich am Schreibtisch entlang. Wenn sie es ins Bad schaffen und die Tür abschließen –

»Fee-fi-mo-Manna …«

Von links. Und nahe, sie sprang nach rechts, aber nicht schnell genug. Kräftige Arme legten sich um sie. Sie versuchte wieder zu schreien, aber die Arme drückten sie fest, und der Schrei kam nur als stummer Luftschwall heraus.

Wenn ich Misery Chastain wäre, würde ich – dachte sie, und dann spürte sie Normans Zähne an ihrem Hals, er saugte an ihr wie ein geiler Junge in einem Auto am Waldrand, und dann waren seine Zähne *in* ihrem Hals, etwas Warmes floß an ihrem Oberkörper hinunter, und sie dachte nichts mehr.

7

Als die letzten Fragen gestellt und die letzten Aussagen unterschrieben waren, war es längst dunkel.
Rosies Gedanken wirbelten durcheinander, und sie fühlte sich etwas unwirklich, wie nach den gelegentlichen ganztägigen Klassenarbeiten, mit denen sie einen an der High School konfrontierten.

Gustafson machte sich auf den Weg, um seinen Papierkram, den er vor sich her trug, als wäre es der Heilige Gral, zu den Akten zu nehmen, und Rosie stand auf. Sie ging auf Bill zu, der ebenfalls aufstand. Gert hatte sich auf die Suche nach der Damentoilette gemacht.

»Ms. McClendon?« fragte Hale an ihrem Ellbogen.

Rosies Erschöpfung wich einer plötzlichen, gräßlichen Vorahnung.

Sie waren ganz unter sich; Bill war so weit entfernt, daß er nicht mithören konnte, was Hale zu sagen hatte, und was er zu ihr sagte, würde er mit einer leisen, verschwörerischen Stimme vorbringen. Er würde ihr sagen, daß sie sofort diese alberne Sache mit ihrem Mann beenden sollte, solange sie noch Zeit hatte, wenn sie wußte, was gut für sie war. Daß sie von jetzt an in Gegenwart von Cops den Mund nicht mehr aufmachen sollte, es sei denn, a) einer stellte ihr eine Frage, oder b) einer machte den Reißverschluß seiner Hose auf. Er würde sie daran erinnern, daß dies eine Familienangelegenheit war, daß –

»Ich *werde* ihn einlochen«, sagte Hale gelassen. »Ich weiß nicht, ob ich Sie völlig davon überzeugen kann, was ich auch sage, aber ich will trotzdem, daß Sie es aus meinem Mund hören. Ich *werde* ihn einlochen. Das ist ein Versprechen.«

Sie sah ihn mit offenem Mund an.

»Ich werde ihn schnappen, weil er ein Mörder und verrückt und gefährlich ist. Und ich werde es tun, weil mir nicht gefällt, wie Sie sich im Revier umschauen und jedesmal zusammenfahren, wenn irgendwo eine Tür knallt. Oder wie Sie zusammenzucken, wenn ich auch nur eine Hand bewege.«

»Das bin ich nicht –«

»O *doch*. Sie können nichts dafür, aber Sie tun es. Es macht nichts, weil ich verstehe, *warum* Sie es tun. Wenn ich eine Frau wäre und durchgemacht hätte, was Sie durchgemacht haben ...« Er verstummte und sah sie fragend an. »Haben Sie schon mal daran gedacht, wie gottverdammt glücklich Sie sich schätzen können, daß Sie überhaupt noch am Leben sind?«

»Ja«, sagte Rosie. Ihre Beine zitterten.

Bill stand am Geländer und sah sie sichtlich besorgt an. Sie lächelte ihm gezwungen zu und hob einen Finger – einen Augenblick noch.

»Worauf Sie sich verlassen können«, sagte Hale. Er sah sich in dem Dienstzimmer um, und Rosie folgte seinem Blick. An einem Schreibtisch nahm ein Cop die Aussage eines weinenden Teenagers in einer High-School-Jacke auf. An einem anderen, gleich bei dem Drahtglasfenster, das vom Boden bis zur Decke reichte, steckten ein uniformierter Beamter und ein Detective, der die Jacke ausgezogen hatte, so daß man seinen .38er Police Special im Halfter am Gürtel sehen konnte, die Köpfe zusammen und betrachteten Fotos. Bei einer Reihe Monitore auf der anderen Seite des Raums unterhielt sich Gustafson mit einem jungen Streifenpolizisten, der nach Rosies Meinung nicht älter als sechzehn aussah, über die Protokolle.

»Sie wissen eine Menge über Cops«, sagte Hale, »aber das meiste ist falsch.«

Sie wußte nicht, was sie darauf antworten sollte, aber das machte nichts; er schien keine Antwort zu erwarten.

»Wollen Sie wissen, was meine *größte* Motivation ist, ihn einzulochen, Ms. McClendon? Numero uno der alten Hitparade?«

Sie nickte.

»Ich werde ihn einlochen, weil er ein Cop ist. Ein *Held*, um Himmels willen. Aber wenn sein Foto das *nächstemal* auf Seite eins der Lokalzeitung abgebildet ist, dann wird er entweder der *verstorbene* Norman Daniels sein, oder er wird Fußschellen und einen orangefarbenen Sträflingsanzug tragen.«

»Danke, daß Sie das sagen«, antwortete Rosie. »Es bedeutet mir sehr viel.«

Er führte sie zu Bill, der die Klappe des Geländers öffnete und sie in die Arme nahm. Sie machte die Augen zu und drückte ihn fest an sich.

Hale fragte: »Ms. McClendon?«

Sie schlug die Augen auf, sah Gert in das Zimmer kommen und winkte. Dann sah sie Hale schüchtern, aber nicht furchtsam an. »Sie können mich Rosie nennen, wenn Sie möchten.«

Darüber lächelte er kurz. »Möchten Sie etwas hören, das Sie vielleicht Ihre anfängliche, alles andere als begeisterte Reaktion auf dieses Revier revidieren läßt?«

»Ja ... ja, meinetwegen.«

»Lassen Sie *mich* raten«, sagte Bill. »Sie haben Probleme mit den Cops in Rosies Heimatstadt.«

Hale lächelte säuerlich. »So ist es. Sie weigern sich, uns zu faxen, was sie über Daniels' Bluttests wissen, nicht mal seine Fingerabdrücke rücken sie raus. Wir haben es schon mit Polizeianwälten zu tun. Winkeladvokaten für Cops!«

»Sie beschützen ihn«, sagte Rosie. »Ich wußte es.«

»Bis jetzt ja. Das ist ein Instinkt, wie der, alles stehen- und liegenzulassen und den Killer zu jagen, wenn ein Cop niedergeschossen wird. Sie werden aber aufhören, uns Sand ins Getriebe zu werfen, wenn sie einsehen, daß wir es ernst meinen.«

»Glauben Sie das wirklich?« fragte Gert.

Er dachte nach, dann nickte er. »Ja.«

»Wie sieht es mit Polizeischutz für Rosie aus, bis alles vorbei ist?« fragte Bill.

Hale nickte wieder. »Es parkt schon ein Streifenwagen mit zwei Polizisten vor Ihrem Haus in der Trenton Street, Rosie.«

Sie sah von Gert zu Bill, zu Hale, und war von neuem betroffen und ängstlich. Die Situation kam ihr wie ein Sandsack vor. Sie kriegte sie allmählich in den Griff, und dann kam sie aus einer völlig neuen Richtung auf sie zu und haute sie wieder um.

»Warum? *Warum?* Er weiß nicht, wo ich wohne, er *kann* nicht wissen, wo ich wohne! Darum ist er zu dem Picknick gekommen, weil er dachte, ich würde dort sein. Cynthia hat es ihm doch nicht verraten, oder?«

»Sie sagt nein.« Hale betonte das zweite Wort so unmerklich, daß Rosie es nicht mitbekam. Gert und Bill schon; sie wechselten einen Blick.

»Na also! Und Gert hat es ihm auch nicht gesagt! Oder, Gert?«

»Nein, Ma'am«, sagte Gert.

»Trotzdem möchte ich auf Nummer Sicher gehen – belassen wir es dabei. Ich hab die Jungs vor dem Haus, wo Sie wohnen, und Verstärkung – mindestens zwei Wagen – in dem Viertel. Ich will Ihnen nicht wieder angst machen, aber ein Irrer, der sich mit der Vorgehensweise der Polizei auskennt, ist ein besonderer Irrer. Besser, man geht kein Risiko ein.«

»Wenn Sie meinen«, sagte Rosie mit leiser Stimme.

»Ms. Kinshaw, ich lasse Ihnen jemand schicken, der Sie hinfährt, wohin Sie wollen –«

»Ettinger's«, sagte Gert und strich ihr Kleid glatt. »Ich werd bei dem Konzert einen neuen Modetrend begründen.«

Hale grinste, dann streckte er Bill die Hand hin. »Mr. Steiner, hat mich gefreut, Sie kennenzulernen.«

Bill schüttelte die Hand. »Mich auch. Danke für alles.«

»Das ist mein Job.« Er sah von Gert zu Rosie. »Gute Nacht, Mädels.« Er sah rasch wieder Gert an, und ein Grinsen, das ihn mit einem Schlag fünfzehn Jahre jünger machte, breitete sich auf seinem Gesicht aus. »Erwischt«, sagte er und lachte. Nachdem sie einen Moment nachgedacht hatte, lachte Gert mit ihm.

8

Draußen, auf der Treppe, drängten sich Bill, Gert und Rosie etwas zusammen. Die Luft war klamm, Nebel wehte vom See herein. Er war noch dünn, wenig mehr als ein Schimmer um die Straßenlaternen und Dunst über dem nassen Asphalt, aber Rosie vermutete, daß er in einer Stunde zum Schneiden dick sein würde.

»Willst du heute abend zu D & S kommen, Rosie?« fragte Gert. »Sie werden in zwei Stunden vom Konzert zurückkommen; wir könnten bis dahin Popcorn machen.«

Rosie, die auf keinen Fall zu D & S wollte, wandte sich an Bill. »Wenn ich nach Hause gehe, bleibst du bei mir?«

»Klar«, sagte er sofort und nahm ihre Hand. »Wäre mir ein Vergnügen. Und mach dir wegen der Unterbringung keine Sorgen – ich hab noch keine Couch gesehen, auf der ich nicht schlafen konnte.«

»Dann hast du meine noch nicht gesehen«, sagte sie, obwohl sie wußte, ihr Sofa würde kein Problem sein, weil Bill nicht dort schlafen würde. Sie hatte ein Einzelbett, was bedeutete, es würde eng werden, aber sie dachte, daß sie trotzdem zurechtkommen würden. Vielleicht erwies sich die Enge ja sogar als förderlich.

»Nochmals danke, Gert«, sagte sie.

»Keine Ursache.« Gert umarmte sie kurz und heftig, dann beugte sie sich nach vorne und gab Bill einen kräftigen Schmatz auf die Wange. Ein Polizeiauto kam um die Ecke und wartete im Leerlauf. »Gib gut auf sie acht, Junge.«

»Mach ich.«

Gert ging zu ihrem Fahrzeug, dann blieb sie stehen und zeigte auf Bills Harley, die auf einem der Parkplätze mit der Aufschrift NUR FÜR EINSATZFAHRZEUGE DER POLIZEI auf dem Ständer stand. »Und schmeiß das Ding in dem verdammten Nebel nicht um.«

»Ich paß auf, Ma, versprochen.«

Sie holte mit einer großen Faust aus und machte ein gespielt finsteres Gesicht, worauf Bill ihr mit halb geschlossenen Augen und einer Leidensmiene das Kinn hinhielt, daß Rosie lachen mußte. Sie hätte nie gedacht, daß sie einmal auf der Treppe eines Polizeireviers lachen würde, aber in diesem Jahr war eine Menge geschehen, womit sie nie gerechnet hätte.

Eine *Menge.*

9

Trotz allem, was passiert war, genoß Rosie die Rückfahrt zur Trenton Street fast so sehr wie die Fahrt heute morgen aufs Land. Sie hielt sich an Bill fest, während sie auf den Hauptstraßen durch die Stadt fuhren und die schwere Harley-Davidson durch den dichter werdenden Nebel pflügte. Die letzten drei Blocks war es, als würden sie durch einen baumwollgesäumten Traum fahren. Der Scheinwerfer der Harley erzeugte einen gleißenden, wolkigen Zylinder, der durch die Luft schnitt wie der Lichtstrahl einer Taschenlampe durch ein verrauchtes Zimmer.

Als Bill schließlich in die Trenton Street einbog, waren die Häuser kaum mehr als Schemen, und Bryant Park war ein gewaltiges, weißes Nichts.

Der Streifenwagen, den Hale zugesagt hatte, parkte vor Nr. 897. Die Worte *Helfen und Schützen* standen auf der Seite geschrieben. Der Parkplatz vor dem Wagen war frei. Bill lenkte das Motorrad dorthin, zog die Schaltung mit dem Fuß in den Leerlauf und machte den Motor aus. »Du zitterst«, sagte er, als er ihr herunterhalf.

Sie nickte und stellte fest, sie konnte nur mit Mühe verhindern, daß ihre Zähne beim Sprechen klapperten. »Mehr wegen der Feuchtigkeit als der Kälte.« Und doch vermutete sie da schon, daß es wahrscheinlich an keinem von beiden lag; sie wußte tief im Inneren, daß die Dinge nicht so standen, wie sie sollten.

»Nun, dann wollen wir dir was Trockenes und Warmes anziehen.«

Er verstaute ihre Helme, schloß die Zündung der Harley ab und steckte den Schlüssel in die Tasche.

»Ich finde, das hört sich nach der Idee dieses Jahrhunderts an.«

Er nahm ihre Hand und ging mit ihr den Bürgersteig entlang zur Treppe des Hauses. Als sie an dem Streifenwagen vorbeikamen, grüßte Bill den Polizisten am Steuer mit der Hand. Der Polizist erwiderte den Gruß, indem er lässig mit der Hand zum Fenster heraus winkte, und das Licht der

Straßenlaterne funkelte auf seinem Ring. Sein Partner schien zu schlafen.

Rosie machte die Handtasche auf, nahm den Schlüssel heraus, den sie zu dieser späten Stunde brauchen würde, um die Eingangstür aufzuschließen, und drehte ihn im Schloß um. Sie bekam nur ganz am Rande mit, was sie tat; ihre anfängliche Angst hatte sie wieder überkommen wie ein riesiger Gegenstand aus Eisen, der ein Stockwerk eines alten Gebäudes nach dem anderen durchschlug, ein Gegenstand, der bis in den Keller hinabstürzen würde. Plötzlich verkrampfte sich ihr Magen, ihr Kopf pochte, *und sie hatte keine Ahnung, warum.*

Sie hatte etwas gesehen, *etwas*, und sie konzentrierte sich so sehr darauf, was es gewesen sein könnte, daß sie nicht hörte, wie die Fahrertür des Streifenwagens aufging und leise zugeschlagen wurde. Sie hörte auch nicht die leisen, knirschenden Schritte auf dem Bürgersteig hinter ihnen.

»Rosie?«

Bills Stimme aus der Dunkelheit. Sie befanden sich im Hausflur, aber sie konnte kaum das Bild des alten Tattergreises (sie glaubte, daß es Calvin Coolidge war) rechts an der Wand sehen, oder den dürren Umriß des Kleiderständers mit seinen Messingfüßen und dem Dickicht von Messinghaken, der neben der Treppe stand. Warum war es so verdammt *dunkel* hier drinnen?

Weil das Deckenlicht aus war, darum; das war einfach. Aber sie hatte noch eine Frage, die schwerer zu beantworten war: Warum schlief der Cop auf dem Beifahrersitz des Streifenwagens in so einer unbequemen Haltung, Kinn auf der Brust, Mütze so tief ins Gesicht gezogen, daß er wie ein Schurke in einem Gangsterfilm aus den dreißiger Jahren aussah? Warum schlief er überhaupt, wo der Verdächtige, nach dem sie Ausschau hielten, angeblich jeden Moment aufkreuzen konnte? *Hale wäre wütend, wenn er das wüßte,* dachte sie geistesabwesend. Er würde mit dem Uniformierten reden wollen. Aus der Nähe.

»Rosie? Was hast du?«

Die Schritte hinter ihnen wurden jetzt schneller.

Sie spulte im Geiste Eindrücke zurück wie eine Videokassette. Sah Bill den Uniformierten am Steuer des Streifenwagens mit der Hand grüßen, womit er hallo sagte, schön euch zu sehen, ohne den Mund aufzumachen. Sie sah, wie der Cop ebenfalls die Hand hob; sah das Licht der Straßenlaterne auf dem Ring funkeln, den er trug. Sie war nicht nahe genug gewesen, um die Worte zu lesen, die darauf standen, aber plötzlich wußte sie, wie sie lauteten. Sie hatte sie schon oft spiegelverkehrt in ihre Haut eingestanzt gesehen, wie den Veterinärsstempel auf einem Stück Fleisch.

Hilfsbereitschaft, Loyalität, Kameradschaft.

Die Schritte kamen hastig hinter ihnen die Treppe hinauf. Die Tür wurde heftig zugeschlagen. Jemand keuchte leise und schnell in der Dunkelheit, und Rosie konnte English Leather riechen.

10

Normans Verstand hatte wieder einen seiner längeren Aussetzer, während er ohne Hemd am Spülbecken von Daughters and Sisters stand und frisches Blut von Gesicht und Brust wusch. Die Sonne hatte tief am Horizont gestanden und ihm orangerot in die Augen geschienen, als er den Kopf hob und nach einem Handtuch griff. Er nahm das Handtuch, und plötzlich, ohne daß er etwas mitbekommen hätte, stand er draußen und es war dunkel. Er trug wieder die Baseballmütze der White Sox. Außerdem einen Mantel von London Fog. Weiß Gott, woher er ihn hatte, aber er war mehr als passend, da sich ein immer dichterer Nebel über die Stadt gesenkt hatte. Er strich mit einer Hand über den teuren, imprägnierten Stoff des Mantels, und ihm gefiel, wie der Stoff sich anfühlte. Ein elegantes Stück. Er versuchte wieder, sich zu erinnern, wie er dazu gekommen war, aber es gelang ihm nicht. Hatte er noch jemand getötet? Schon möglich, Freunde und Nachbarn, schon möglich; wenn man im Urlaub war, war alles möglich.

Er sah die Trenton Street hinunter und erblickte einen Streifenwagen – wo Norman herkam, sagten sie Charlie-David-Wagen dazu –, der auf halbem Weg zur nächsten Kreuzung bis zu den Radkappen im Nebel parkte. Er griff in die tiefe linke Tasche des Man-

tels – ein wirklich hübscher Mantel, irgend jemand hatte eindeutig einen guten Geschmack – und berührte etwas Zusammengeknülltes aus Latex. Norman lächelte glücklich, wie ein Mann, der einem alten Freund die Hand schüttelte. »El Toro«, flüsterte er. »El Toro grande.« Er griff in die andere Tasche, ohne recht zu wissen, was er finden würde, nur von der Gewißheit erfüllt, daß etwas darin sein würde, das er brauchte.

Er stieß mit der Spitze des Mittelfingers dagegen, zuckte zusammen und holte den Gegenstand behutsam heraus. Es war der verchromte Brieföffner vom Schreibtisch seiner Freundin Maude.

Wie sie geschrien hat, dachte er und lächelte, während er den Brieföffner in den Händen drehte und das Licht der Straßenlaternen wie weiße Flüssigkeit daran abgleiten ließ. Ja, sie hatte geschrien ... aber dann hatte sie aufgehört. Am Ende hörten die Schnallen immer auf zu schreien, und was das für eine Erleichterung war!

In der Zwischenzeit hatte er eine harte Nuß zu knacken. Es würden zwei – in Worten: zwei – Streifenpolizisten in dem Auto sitzen, das dort parkte; sie hatten Schußwaffen, er dagegen nur einen verchromten Brieföffner. Er mußte sie ausschalten, und zwar so leise wie möglich. Ein hübsches Problem, und er hatte nicht die geringste Ahnung, wie er es lösen sollte.

»Norm«, flüsterte eine Stimme. Sie kam aus seiner linken Tasche.

Er griff hinein und zog die Maske heraus. Ihre leeren Augen sahen von gefesselter, nichtssagender Aufmerksamkeit erfüllt zu ihm auf, und das Lächeln sah wieder wie ein höhnisches Grinsen aus. In diesem Licht hätten die Blumengirlanden an den Hörnern Klumpen getrockneten Bluts sein können.

»Was?« Er sagte es in einem leisen, verschwörerischen Flüstern. »Was ist?«

»Du mußt einen Herzanfall markieren«, sagte el Toro, also tat Norman genau das. Er schleppte sich langsam über den Bürgersteig auf die Stelle zu, wo der Streifenwagen parkte, wobei er immer langsamer wurde, je näher er kam. Er achtete sorgfältig darauf, daß er den Kopf gesenkt hielt und den Streifenwagen nur aus den Augenwinkeln betrachtete. Inzwischen mußten sie ihn gesehen haben, selbst wenn sie unfähige Trottel waren – sie mußten ihn gesehen haben, er war der einzige, der sich im Freien aufhielt –, und er wollte, daß sie einen Mann sahen, der seine Füße betrachtete, der *um jeden Schritt kämpfte. Ein Mann, der entweder betrunken oder krank war.*

Er hatte inzwischen die rechte Hand in den Mantel gesteckt und massierte sich die linke Brustseite. Er konnte spüren, wie die Klinge des Brieföffners, den er in dieser Hand hielt, kleine Furchen in sein Hemd zog. Als er sich seinem Ziel näherte, stolperte er kurz – nur ein mittelschweres Stolpern – und blieb stehen. Er stand vollkommen still, hielt den Kopf gesenkt, zählte bis fünf und ließ seinen Körper keinen Millimeter schwanken. Inzwischen dürfte ihre erste Vermutung – daß es sich um Mr. Suffkopp handelte, der nach ein paar Stunden im Dew Drop Inn nach Hause ging – anderen Mutmaßungen gewichen sein. Aber er wollte, daß sie zu ihm kamen. Sollte es erforderlich sein, würde er zu ihnen gehen, aber wenn er das tat, würden sie ihn wahrscheinlich niederschießen.

Er machte wieder drei Schritte, nicht auf den Streifenwagen zu, sondern auf die nächste Treppe. Er packte das kalte, vom Nebel beschlagene schmiedeeiserne Geländer, das an der Seite der Treppe verlief, blieb wieder keuchend stehen, Kopf immer noch gesenkt, und hoffte, daß er wie ein Mann aussah, der einen Herzanfall hatte, und nicht wie einer, der einen Brieföffner unter seinem Mantel versteckt hatte.

Als er gerade zu dem Schluß kommen wollte, daß er einen schweren Fehler gemacht hatte, wurden die Türen des Polizeiautos aufgestoßen. Er hörte es mehr, als er es sah, und dann hörte er ein noch erfreulicheres Geräusch: Schritte, die auf ihn zu kamen. Jesses, Rocky, die Cops, *dachte er und riskierte einen kurzen Blick. Er* mußte *ihn riskieren, mußte ihre jeweilige Position kennen. Wenn sie nicht dicht nebeneinander waren, würde er einen Zusammenbruch vortäuschen müssen … und das war nicht ganz ungefährlich. In diesem Fall würde einer von ihnen wahrscheinlich zu dem Streifenwagen laufen und über Funk einen Krankenwagen rufen.*

Sie waren ein typisches Charlie-David-Team, ein Veteran und ein Bürschlein, das noch grün hinter den Ohren war. Norman kam der Grünschnabel unheimlich vertraut vor, wie jemand, den er schon im Fernsehen gesehen hatte. Aber das spielte keine Rolle. Sie standen dicht beisammen, fast Schulter an Schulter, und das spielte eine Rolle. Das war sehr schön. Bequem.

»Sir?« fragte der Linke – der Ältere. »Sir, haben Sie ein Problem?«

»Tut verdammt weh«, keuchte Norman.

»Was tut weh?« Immer noch der Ältere. Da war ein entscheidender Augenblick, noch nicht der Zeitpunkt, um zuzustoßen, aber fast. Der ältere Cop konnte seinem Partner jeden Moment den Befehl geben, den Notarzt anzufordern, und dann säße er in der Patsche, aber er konnte noch nicht losschlagen; sie waren ein ganz klein bißchen zu weit entfernt.

In diesem Augenblick fühlte er sich wieder als Herr der Lage, wie seit Beginn dieses Unternehmens nicht mehr: kalt und klar und vollkommen hier; *er bekam alles mit, von den Nebeltröpfchen auf dem schmiedeeisernen Geländer, bis zu einer schmutziggrauen Taubenfeder, die neben einer zerknüllten Kartoffelchipspackung im Rinnstein lag. Er konnte das leise, regelmäßige Zischeln hören, mit dem die beiden Cops Luft holten.*

»Da drin«, stöhnte Norman und rieb sich mit der rechten Hand unter dem Mantel die Brust. Die Spitze des Brieföffners stieß durch sein Hemd und piekste ihn in die Haut, aber er merkte es kaum. »Als hätte ich eine Gallenkolik, nur in der Brust.«

»Vielleicht sollte ich besser einen Krankenwagen rufen«, sagte der jüngere Cop, und plötzlich wußte Norman, an wen der junge Bursche ihn erinnerte: an Jerry Mathers, den Jungen, der Biber in Lieber Biber *gespielt hatte. Er hatte bei der Wiederholung alle Sendungen auf Kanal 11 gesehen, manche fünf- oder sechsmal.*

Aber der ältere Cop hatte kein bißchen Ähnlichkeit mit Wally, Bibers älterem Bruder.

»Wart noch 'n Augenblick«, sagte der ältere Cop, und dann schenkte er Norman unglaublicherweise die Gelegenheit, auf die er gewartet hatte. »Ich seh mir das mal an. Ich war Sanitäter in der Armee.«

»Mantel ... Knöpfe ...«, sagte Norman, der Biber aus den Augenwinkeln beobachtete.

Der ältere Cop kam noch einen Schritt näher. Er stand jetzt unmittelbar vor Norman. Biber kam ebenfalls einen Schritt auf ihn zu. Der ältere Cop machte den obersten Knopf von Normans neuerworbenen London Fog auf. Dann den zweiten. Als er mit dem dritten beschäftigt war, zog Norman den Brieföffner heraus und stieß ihn dem Mann tief in den Hals. Ein Sturzbach von Blut quoll aus der Wunde und lief an seiner Uniform hinab. In der nebligen Dunkelheit sah es wie Steaksauce aus.

Biber war, wie sich herausstellte, kein Problem. Er stand starr vor Entsetzen da, während sein Partner die Hände hob und kraftlos gegen den Griff des Dings in seinem Hals schlug. Er sah aus wie ein Mann, der einen exotischen Egel loswerden wollte. »Bläh!« *keuchte er.* »Arrgh! Bläh!«

Biber drehte sich zu Norman um. In seinem Schock schien er gar nicht mitbekommen zu haben, daß Norman etwas mit dem grausigen Schicksal seines Partners zu tun hatte, was Norman freilich nicht im geringsten überraschte. Es war eine Reaktion, die er schon früher gesehen hatte. In seinem Schock und seiner Überraschung sah der Cop nicht älter als zehn Jahre aus, nicht mehr so ähnlich *wie Biber, sondern genauso.*

»Etwas stimmt nicht mit Al!« sagte Biber. Norman wußte noch etwas über diesen jungen Mann, der sich bald zu den in Erfüllung ihrer Pflicht ehrenhaft Gefallenen der Stadt gesellen würde: In seinem Kopf war er davon überzeugt, daß er schrie, fest überzeugt, aber tatsächlich kam nur ein erschrockenes Flüstern heraus. »Etwas stimmt nicht mit Al!«

»Ich weiß«, sagte Norman und verpaßte dem Jungen einen Hieb aufs Kinn, ein riskanter Schlag, wenn der Gegner gefährlich war, aber in seinem gegenwärtigen Zustand wäre ein Zwölfjähriger mit Biber fertig geworden. Der Schlag traf sein Ziel, der junge Cop taumelte gegen das schmiedeeiserne Geländer, an dem sich Norman vor nicht einmal dreißig Sekunden festgehalten hatte. Biber war nicht so k.o., wie Norman gehofft hatte, aber seine Augen waren umwölkt und glasig geworden, er würde keine Schwierigkeiten machen. Seine Mütze war ihm heruntergefallen. Das Haar darunter war kurz, aber nicht so kurz, daß man es nicht hätte packen können. Norman grub die Hände hinein und riß den Kopf des Jungen brutal nach unten, während er gleichzeitig das Knie hob. Das Geräusch klang gedämpft, aber grandios, als würde ein Mann mit einer Keule auf einen gepolsterten Sack voll Porzellan einschlagen.

Biber fiel um wie ein Stein. Norman drehte sich nach seinem Partner um und machte eine unglaubliche Feststellung: Der Partner war nicht mehr da.

Norman wirbelte mit funkelnden Augen herum und entdeckte ihn. Er ging ganz langsam den Bürgersteig entlang und hielt die Hände vor sich ausgestreckt wie ein Zombie in einem Grusel-

schocker. Norman machte eine ganze Drehung auf den Absätzen und hielt nach Zeugen dieser Komödie Ausschau. Er sah keine. Kreischen und Johlen ertönten aus dem Park; Teenager rannten dort herum und spielten Fangen im Nebel, aber das machte nichts. Bis jetzt hatte er unglaubliches Glück gehabt. Wenn es noch fünfundvierzig Sekunden anhielt, höchstens eine Minute, hätte er es geschafft.

Er lief dem älteren Cop hinterher, der wieder stehengeblieben war und einen erneuten Versuch unternahm, Anna Stevensons Brieföffner aus seinem Hals zu ziehen. Er hatte es tatsächlich geschafft, sich fünfundzwanzig Meter weit zu schleppen.

»Officer!« sagte Norman mit tiefer, gebieterischer Stimme und berührte den Cop am Ellbogen.

Der Cop fuhr ruckartig herum. Seine Augen waren glasig und quollen aus den Höhlen, die Augen von etwas, das an der Wand einer Jagdhütte hängen sollte, dachte Norman. Seine Uniform war vom Hals bis zu den Knien scharlachrot verfärbt. Norman hatte nicht die geringste Ahnung, wie dieser Mann noch am Leben sein konnte, geschweige denn bei Bewußtsein. Ich schätze, im Mittelwesten werden die Cops härter gebaut, dachte er.

»'ufn!« sagte der Polizist drängend. »'ufn! Si! Vrstkung!« Die Stimme klang blubbernd und erstickt, aber immer noch erstaunlich kräftig. Norman wußte sogar, was der Mann sagen wollte. Er hatte da hinten einen schweren Fehler gemacht, einen Anfängerfehler, aber Norman glaubte dennoch, daß er stolz gewesen wäre, diesen Mann als Partner gehabt zu haben. Der Griff des Brieföffners, der aus dem Hals des Mannes ragte, bewegte sich beim Sprechen auf und ab, was Norman daran erinnerte, wie die Stiermaske aussah, wenn er die Lippen von innen bewegte.

»Ja, ich rufe Verstärkung.« Norman sagte es in einem leisen, hektischen Tonfall der Aufmerksamkeit. »Aber vorerst wollen wir Sie zum Auto zurückbringen. Kommen Sie. Hier entlang, Officer!« Er hätte den Namen des Cops gebraucht, kannte ihn aber nicht; das Namensschild an der Uniform war mit Blut überzogen. Und Officer Al konnte er ihn wohl kaum nennen. Er zog den Mann noch einmal behutsam am Arm, und diesmal kam er mit.

Norman führte den stolpernden, blutenden Charlie-David-Polizisten mit dem Brieföffner im Hals zu seinem Streifenwagen zurück und rechnete jeden Moment damit, daß jemand aus dem zunehmend dichteren Nebel kommen würde – ein Mann, der ein Sechserpack kaufen wollte, eine Frau, die im Kino gewesen war, Jugendliche auf dem Nachhauseweg von einer Verabredung (vielleicht, Gott schütze den König, einer Verabredung im Freizeitpark am Ettinger's Pier) – und wenn das geschah, müßte er sie ebenfalls töten. Wenn man einmal angefangen hatte, Leute umzubringen, schien es kein Halten mehr zu geben; der erste Mord zog Kreise wie ein Stein, den man in einen Teich warf.

Aber es kam niemand. Nur die körperlosen Stimmen hallten vom Park herüber. Es war echt ein Wunder, wie die Tatsache, daß sich Officer Al noch auf den Beinen halten konnte, obwohl er blutete wie ein abgestochenes Schwein und eine so breite und dichte Blutspur hinter sich herzog, daß sie an manchen Stellen Pfützen bildete. Im nebelgedämpften Licht der Straßenlaternen glänzten die Pfützen wie Motoröl.

Norman bückte sich und hob Bibers Mütze von der Treppe auf, und als sie an der offenen Fahrerseite des Streifenwagens vorbeikamen, beugte er sich rasch hinein, warf sie auf den Sitz und zog den Zündschlüssel ab. Es hingen eine ganze Anzahl Schlüssel an dem Ring, so viele, daß sie nicht flach aneinander lagen, sondern abstanden wie Sonnenstrahlen auf der Buntstiftzeichnung eines Kindes, aber Norman fand problemlos den für den Kofferraum.

»Kommen Sie«, flüsterte er ermutigend. »Kommen Sie, nur noch ein kleines Stück, dann können wir Verstärkung anfordern.« Er erwartete immer noch, daß der Cop zusammenbrach, aber das tat er nicht. Allerdings hatte er den Versuch aufgegeben, sich den Brieföffner aus dem Hals zu ziehen.

»Geben Sie acht auf den Bordstein, Officer, hoppala.«

Der Cop machte einen Schritt vom Bordstein herunter. Als er den schwarzen Uniformschuh in den Rinnstein setzte, klaffte die Wunde um den Brieföffner herum auf wie die Kiemen eines Fischs, und ein neuerlicher Blutschwall quoll auf seinen Hemdkragen.

Jetzt bin ich auch noch ein Polizistenmörder, *dachte Norman. Er rechnete damit, daß der Gedanke niederschmetternd sein würde, aber das war er nicht. Wahrscheinlich, weil er tief in seinem Inneren wußte, daß er diesen prachtvollen, zähen Polizeibeamten nicht wirklich getötet hatte; jemand anderes hatte es getan.* Etwas. *Wahr-*

scheinlich war es der Stier gewesen. Je länger Norman darüber nachdachte, desto plausibler kam es ihm vor.

»Stehenbleiben, Officer, da sind wir.«

Der Cop blieb am Heck des Autos stehen. Norman schloß mit dem Schlüssel, den er ausgesucht hatte, den Kofferraum auf. Darin lagen ein Ersatzreifen (glatt wie ein Babyhintern, sah Norman), ein Wagenheber, zwei kugelsichere Westen (Kapok, nicht Kevlar) – ein Paar Stiefel, eine Ausgabe von Penthouse *voll Ölflecken, ein Werkzeugkasten und ein Funkgerät, dessen Eingeweide halb heraushingen. Mit anderen Worten, ein ziemlich voller Kofferraum, wie jeder zweite Kofferraum aller Polizeiautos, die Norman je gesehen hatte. Aber wie bei jedem zweiten Kofferraum aller Polizeiautos, die Norman je gesehen hatte, war da immer noch Platz für etwas mehr. Er schob den Werkzeugkasten auf eine Seite und das Funkgerät auf die andere, während Bibers Partner schwankend und vollkommen stumm neben ihm stand; sein Blick war scheinbar starr auf einen Punkt in weiter Ferne gerichtet, als könnte er schon den Ausgangspunkt seiner neuen Reise sehen. Norman verstaute den Wagenheber hinter dem Ersatzreifen, dann sah er von dem freien Stauraum zu dem Mann, für den er ihn geschaffen hatte.*

»Okay«, sagte er. »Gut. Aber ich muß mir Ihre Mütze leihen, okay?«

Der Cop sagte nichts, schwankte nur einfach auf den Füßen hin und her, aber Normans listiges Weibsbild von einer Mutter hatte gern gesagt »Schweigen heißt Zustimmung«, und das, fand Norman, war ein gutes Motto, auf jeden Fall besser als der Lieblingsspruch seines Vaters, der lautete: »Sind sie alt genug zum Pinkeln, sind sie alt genug für mich.« Norman nahm dem Cop die Mütze ab und setzte sie selbst auf. Die Baseballmütze verschwand im Kofferraum.

*»*Bluh*«, sagte der Cop und hielt Norman eine verschmierte Hand hin. Seine Augen folgten der Bewegung nicht; sie schienen endgültig in weiter Ferne verschwunden zu sein.*

»Ja, ich weiß, Blut, dieser gottverdammte Stier«, sagte Norman und stieß den Polizisten in den Kofferraum. Dort blieb der Mann liegen, nur ein zuckendes Bein ragte noch heraus. Norman knickte es am Knie ab, schob es hinein und schlug den Kofferraumdeckel zu. Dann ging er zu dem Grünschnabel zurück. Der versuchte gerade,

sich aufzurichten, obwohl sein Blick verriet, daß er immer noch weitgehend ohne Besinnung war. Er blutete aus den Ohren. Norman ließ sich auf ein Knie nieder, legte dem jungen Mann die Hände um den Hals und drückte. Der Cop fiel nach hinten. Norman setzte sich auf ihn und drückte weiter. Als Biber sich nicht mehr bewegte, hielt Norman das Ohr an die Brust des jungen Mannes. Er hörte drei Herzschläge da drinnen, unregelmäßig und schwach, wie Fische, die am Ufer zappeln. Norman seufzte, legte Biber wieder die Hände um den Hals und drückte mit den Daumen auf die Luftröhre. Jetzt wird jemand kommen, *dachte er,* jetzt wird mit Sicherheit jemand kommen, *aber es kam niemand. Jemand rief: »Du Wichser!« aus dem weißen Fleck des Bryant Park, worauf schrilles Gelächter folgte, wie es nur Betrunkene oder Schwachsinnige zustande bringen, aber das war alles. Norman hielt wieder das Ohr an die Brust des Cops. Der Bursche war ein Bühnenrequisit, und er wollte nicht, daß sein Requisit im entscheidenden Moment zum Leben erwachte.*

Diesmal tickte nichts, außer Bibers Uhr.

Norman hob ihn auf, schleppte ihn zur Beifahrerseite des Caprice und lud ihn ein. Er schob dem Grünschnabel die Mütze so tief er konnte ins Gesicht – das schwarz und geschwollen war, so daß der Junge wie ein Troll aussah – und schlug die Tür zu. Inzwischen pochte jeder Teil von Normans Körper, aber die schlimmsten Schmerzen hatte er wieder in Zähnen und Kiefer.

Maude, *dachte er.* Das ist nur wegen Maude.

Plötzlich war er sehr froh, daß er sich nicht erinnern konnte, was er mit Maude angestellt ... was er ihr angetan *hatte. Aber natürlich war er es überhaupt nicht gewesen; es war der Stier, el Toro grande. Trotzdem, lieber Gott, alles tat ihm so* weh. *Es war, als würde er von innen auseinandergenommen werden, systematisch zerlegt: Bolzen, Schraube, Rädchen, Bolzen, Schraube ...*

Biber rutschte langsam nach links, seine toten Augen quollen aus dem Gesicht wie Glasmurmeln. »Das kannst du mir nicht antun, Nellie«, sagte Norman und zog ihn wieder in die Höhe. Er beugte sich weiter hinüber und legte Biber den Sicherheitsgurt an. Das half. Norman wich ein Stück zurück und begutachtete seine Arbeit kritisch. Alles in allem, fand er, hatte er seine Sache nicht schlecht gemacht. Biber sah aus, als würde er ein Nickerchen machen, eine Mütze voll Schlaf nehmen.

Er beugte sich wieder zum Fenster hinein, achtete sorgfältig darauf, daß er die Haltung von Biber nicht veränderte, und klappte das Handschuhfach auf. Er ging davon aus, daß er einen Erste-Hilfe-Kasten finden würde, und wurde nicht enttäuscht. Er machte den Deckel auf, holte ein altes, verstaubtes Fläschchen Anacin heraus und schluckte fünf oder sechs. Er lehnte an der Seite des Autos, zerkaute sie und verzog das Gesicht wegen des scharfen Essiggeschmacks, als sein Verstand wieder einen dieser Aussetzer hatte.

Als er wieder zu sich kam, war Zeit vergangen, aber wahrscheinlich nicht besonders viel; er hatte immer noch den sauren Geschmack von Aspirin im Mund. Er stand im Flur des Mietshauses, wo sie wohnte, und drückte immer wieder auf den Lichtschalter. Es tat sich nichts; der kleine Raum blieb dunkel. Demnach hatte er etwas mit dem Licht angestellt. Das war gut. In der anderen Hand hielt er eine Waffe der Charlie-David-Cops. Er hielt sie am Lauf und hatte so eine Ahnung, als hätte er den Kolben benutzt, um auf etwas einzuschlagen. Vielleicht Sicherungen? War er unten im Keller gewesen? Möglich, aber das war nicht wichtig. Das Licht hier unten funktionierte nicht, und das war genug.

Dies war eine Mietskaserne – recht ansprechend hergerichtet, aber dennoch eine Mietskaserne. Der Geruch von billigem Essen, wie es immer auf einer Kochplatte zubereitet wurde, war überdeutlich. Es war ein Geruch, der sich mit der Zeit in den Wänden festsetzte und den man nicht wieder herausbekam. In zwei oder drei Wochen würde zu dem Geruch auch noch die übliche Geräuschkulisse einer Mietskaserne im Sommer kommen: das leise, mannigfaltige Surren von Ventilatoren aus den zahlreichen Fenstern, mit denen versucht wurde, Zimmer zu kühlen, die im August wie Backöfen sein würden. Sie hatte ihr hübsches kleines Haus gegen diese beengte Bude eingetauscht, aber jetzt hatte er keine Zeit, über dieses Rätsel nachzudenken. Die Frage war im Augenblick, wie viele Mieter in diesem Gebäude wohnten und wie viele an einem Samstag abend zu Hause sein würden. Mit anderen Worten, wie viele sich als Problem erweisen konnten.

Keiner, *sagte die Stimme aus der Tasche von Normans neuem Mantel. Es war eine tröstliche Stimme.* Keiner, weil nicht wichtig ist, was danach geschieht, und das vereinfacht alles. Wenn dir jemand in die Quere kommt, tötest du ihn einfach.

Er drehte sich um, ging hinaus auf die Treppe und zog die Tür hinter sich zu. Er drückte dagegen und stellte fest, daß sie verschlossen war. Wahrscheinlich hatte er das Schloß geknackt – es sah gewiß nicht aus, als wäre es eine nennenswerte Herausforderung –, aber es war ein wenig beunruhigend, daß er es nicht mit Sicherheit wußte. Und das Licht – warum hatte er sich die Mühe gemacht, das Licht kaputtzumachen, wo sie doch mit allergrößter Wahrscheinlichkeit allein kommen würde? Und was das anbetraf, wie konnte er wissen, ob sie nicht schon drinnen war?

Das zweite war leicht – er wußte, sie war nicht drinnen, weil der Stier es ihm gesagt hatte, und er glaubte ihm. Was die erste Frage anging, möglicherweise war sie nicht allein. Vielleicht war Gertie bei ihr, oder ... nun, el Toro hatte etwas von einem Freund gesagt. Das konnte Norman schlicht und einfach nicht glauben, aber ... »Es gefällt ihr, wie er sie küßt«, hatte Ferd gesagt. Papperlapapp, das würde sie nie wagen ... aber es konnte nicht schaden, auf Nummer Sicher zu gehen.

Er ging die Stufen hinunter, weil er zu dem Streifenwagen zurückgehen, sich wieder ans Lenkrad setzen und warten wollte, bis sie aufkreuzte, und da geschah der letzte Aussetzer, ein kurzes Hochwirbeln, kein Abprallen, als würde vor einem Spiel eine Münze geworfen werfen, wer hat Anstoß, und als er wieder zu sich kam, schlug er die Haustür hinter sich zu, sprang in die Dunkelheit und schloß die Hände um den Hals von Rosies Freund. Er hatte keine Ahnung, woher er wußte, daß der Mann ihr Freund war, und nicht nur ein Zivilbeamter, der den Auftrag bekommen hatte, sie sicher nach Hause zu bringen, aber wen interessierte das? Er wußte es, das war genug. Sein ganzer Kopf bebte vor Entrüstung und Wut. Hatte er gesehen, wie der Kerl

(es gefällt ihr, wie er sie küßt)

vor dem Hineingehen Spucke mit ihr getauscht hatte, während seine Hände möglicherweise an ihrer Taille hinabglitten und die Arschbacken hielten? Er konnte sich nicht erinnern, wollte sich nicht erinnern, mußte sich nicht erinnern.

»Ich hab's dir ja gesagt!« sagte der Stier. Selbst in seiner Wut klang seine Stimme vollkommen gelassen. »Ich hab's dir gesagt, oder nicht? Das haben ihre Freundinnen ihr beigebracht! Nett. Sehr nett!«

»Ich bring dich um, du Wichser«, flüsterte er in das unsichtbare Gesicht des Mannes, der Roses Freund war, und drängte ihn an die Wand des Hausflurs. »Und, o Mann, wenn ich kann, wenn Gott mich läßt, dann werd ich dich zweimal umbringen.«

Er legte Bill Steiner die Hände um den Hals und drückte langsam zu.

11

»Norman!« kreischte Rosie in der Dunkelheit. *»Norman, laß ihn los!«*

Bills Hand, die sacht ihren Arm berührte, seit sie den Schlüssel aus dem Türschloß gezogen hatte, war plötzlich fort. Sie hörte stolpernde Schritte – *Stapfen* – in der Dunkelheit. Dann ein lauteres Poltern, als ob jemand einen anderen gegen die Windfangwand stieß.

»Ich bring dich um, du Wichser«, ertönte ein Flüstern aus dem Dunkel. »Und, o Mann, wenn ich kann, wenn Gott mich läßt –«

Dann werd ich dich zweimal umbringen, dachte sie zu Ende, bevor sein Mund es aussprechen konnte; das war eine von Normans Lieblingsdrohungen, die er häufig dem Bildschirm zuschrie, wenn der Linienrichter eine Entscheidung gegen Normans heißgeliebte Yankees fällte oder wenn ihn jemand im Straßenverkehr schnitt. *Wenn Gott mich läßt, dann werd ich dich zweimal umbringen.* Dann hörte sie ein ersticktes Würgen, und das war selbstverständlich Bill. Das war Bill, den Norman mit seinen großen und kräftigen Pranken erwürgte.

Statt der Angst, die Norman stets in ihr geweckt hatte, spürte sie, wie die Wut zurückkehrte, die sie zuerst in Hales Wagen und anschließend im Polizeirevier verspürt hatte. Diesmal schien sie fast davon überwältigt zu werden. *»Laß ihn in Ruhe, Norman!«* schrie sie. *»Nimm deine verdammten Hände von ihm!«*

»Sei still, du Hure!« antwortete es aus der Dunkelheit, aber neben Wut konnte sie auch Überraschung aus Normans

Stimme hören. Bis heute hatte sie ihm weder einen einzigen Befehl gegeben – während ihrer ganzen Ehe nicht –, noch in so einem Ton mit ihm gesprochen.

Und noch etwas – über der Stelle, wo Bill sie berührt hatte, spürte sie ein Band dumpfer Wärme. Es war der Armreif. Der goldene Armreif, den die Frau mit der Toga ihr gegeben hatte. Und in Gedanken hörte Rosie jetzt, wie die Frau sie anfuhr: *Hör mit deinem schafsmäßigen Winseln auf!*

»Hör auf, ich warne dich!« schrie sie Norman an und ging auf die Stelle zu, von wo das erstickte Würgen und Grunzen erklang. Sie streckte die Hände vor sich aus wie eine Blinde und hatte die Zähne gefletscht.

Du wirst ihn nicht erwürgen, dachte sie. *Das wirst du nicht, ich werde es nicht zulassen. Du hättest fortgehen sollen, Norman. Du hättest fortgehen und uns in Ruhe lassen sollen, als du noch konntest.*

Direkt vor ihr trommelten Füße hilflos gegen die Wand, und sie konnte sich vorstellen, wie Norman Bill mit gebleckten Zähnen dagegen drückte – Zähnen, mit denen er sie so oft gebissen hatte, und plötzlich war sie eine Frau aus Glas, mit einer hellroten Flüssigkeit gefüllt, und diese Flüssigkeit war reine, unverdünnte, rasende Wut.

»Du Dreckskerl, hast du nicht gehört? LASS IHN RUNTER, HAB ICH GESAGT!«

Sie streckte die linke Hand aus, die so kräftig wie die Klaue eines Adlers zu sein schien. Der Armreif brannte wie Feuer – sie bildete sich ein, daß sie ihn fast, wie dunkle Glut leuchtend, durch den Pullover und die Jacke sehen konnte, die Bill ihr geliehen hatte. Aber sie spürte keine Schmerzen, nur eine Art gefährlicher Hochstimmung. Sie packte den Mann, der sie vierzehn Jahre lang geschlagen hatte, an den Schultern und zog ihn rückwärts. Es ging erstaunlich leicht. Sie packte seinen Arm durch den glatten, imprägnierten Stoff seines Mantels, dann riß sie den eigenen Arm herum und wirbelte Norman fort. Sie hörte das hastige Tapsen seiner stolpernden Schritte, dann ein Pochen, dann eine Explosion berstenden Glases. Cal Coolidge, oder wer immer das auf dem Bild da oben war, hatte einen Sturzflug gemacht.

Sie konnte Bill husten und würgen hören. Sie tastete mit gespreizten Fingern nach ihm, fand seine Schulter und legte die Hand darauf. Er stand gebückt da, sog abgehackt jeden Atemzug ein und hustete ihn sofort wieder aus. Das überraschte sie nicht. Sie wußte, wie stark Norman war.

Sie glitt mit der rechten Hand an seinem linken Arm hinab und ergriff ihn oberhalb des Ellbogens. Sie hatte Angst, die linke Hand zu nehmen, weil sie fürchtete, sie könnte ihn damit verletzen. Sie spürte die Energie darin vibrieren, darin pochen. Das Schrecklichste an dem Gefühl war wahrscheinlich, wie sehr es ihr gefiel.

»Bill«, flüsterte sie. »Komm. Komm mit mir.«

Sie mußte ihn nach oben schaffen. Sie wußte nicht genau, warum, noch nicht, aber sie zweifelte nicht daran, daß ihr das Wissen zur Verfügung stehen würde, wenn sie es brauchte. Aber er bewegte sich nicht. Er stützte sich nur auf seine Hände, hustete und stieß die Würgelaute aus.

»Komm schon, verdammt!« flüsterte sie mit schroffer, herrischer Stimme … und um ein Haar wäre ihr *Der Teufel soll dich holen!* herausgerutscht. Und sie wußte, wie sie sich anhörte, o ja, wahrhaftig, selbst unter diesen verzweifelten Umständen wußte sie es ganz genau.

Aber er bewegte sich, und das war momentan das einzige, worauf es ankam. Rosie führte ihn mit der Sicherheit eines Blindenhunds durch den Flur. Er hustete und würgte immer noch, konnte aber wenigstens gehen.

»Halt!« schrie Norman aus seinem Bereich der Dunkelheit. Er hörte sich offiziell und verzweifelt zugleich an. »Halt, oder ich schieße!«

Nein, das wirst du nicht, es würde dir ja den ganzen Spaß verderben, dachte sie, aber er schoß *tatsächlich,* die .45er des toten Cops schlug schräg in die Decke ein, das Geräusch klang schrecklich laut in der Enge des Flurs, und der Geruch des Schießpulvers war so beißend, daß die Augen tränten. Außerdem blitzte einen Sekundenbruchteil grelles, rotes Licht auf, und sie vermutete, daß er eben deshalb geschossen hatte: damit er das Umfeld sehen und sich einprägen konnte, wo sie und Bill sich aufhielten. Sie waren bis zum Fuß der Treppe vorgedrungen.

Bill stieß ein ersticktes, brennendes Würgen aus, sackte gegen sie und drückte sie an die Wand des Treppenhauses. Während sie sich bemühte, nicht auf die Knie zu sinken, hörte sie Schritte in der Dunkelheit, als Norman auf sie zu stürmte.

12

Sie sprang die ersten beiden Stufen hinauf und zog Bill mit sich. Er strampelte mit den Füßen und versuchte, zu helfen; möglicherweise gelang es ihm sogar teilweise. Als Rosie die zweite Stufe erreicht hatte, schlug sie mit der linken Hand hinter sich und warf den Kleiderständer wie eine Straßensperre über die Treppe. Als Norman dagegen lief und zu fluchen anfing, ließ sie Bill los, der zusammensackte, aber nicht fiel. Er würgte immer noch, und sie spürte, wie er sich bückte und versuchte, wieder zu Atem zu kommen, seine Luftröhre wieder freizumachen.

»Bleib da«, murmelte sie. »Bleib einfach so, Bill.«

Sie ging zwei Stufen hinauf und auf der anderen Seite von ihm wieder herunter, damit sie den linken Arm einsetzen konnte. Wenn sie ihn die Treppe hinaufschaffen wollte, brauchte sie alle Kraft, die der goldene Armreif spendete. Sie legte ihm einen Arm um die Taille, und auf einmal ging es ganz leicht. Sie schleppte ihn mit sich hinauf, atmete schwer und neigte sich nach rechts wie eine Frau, die eine schwere Last ausgleichen muß; aber sie keuchte nicht, und ihre Knie gaben nicht nach. Sie hatte das Gefühl, als hätte sie ihn so eine Leiter hinaufschleppen können, wenn es erforderlich gewesen wäre. Ab und zu setzte er einen Fuß auf und versuchte zu helfen, aber meistens schlurften seine Zehen nur über den Teppichboden der Stufen. Als sie die zehnte Stufe erreichten – die Hälfte, wie sie gezählt hatte –, half er ein bißchen mehr mit. Das war gut, denn hinter ihnen ertönte ein Krachen und Splittern, als der Kleiderständer unter Normans zweihundert Pfund brach. Jetzt konnte sie hören, wie er die Verfolgung wieder aufnahm, allerdings nicht zu Fuß – jedenfalls hörte es sich nicht danach an –, sondern auf Händen und Knien kriechend.

»Du solltest es nicht zu weit treiben, Rose«, keuchte er. Wie weit hinter ihnen? Sie konnte es nicht mit Sicherheit sagen. Der Kleiderständer hatte ihn zwar aufgehalten, aber Norman mußte keinen Mann mit sich schleppen, der verletzt und nur zu drei Vierteln bei Bewußtsein war. »Bleib auf der Stelle stehen. Lauf nicht weg. Ich will nur mit dir r...«

»Hau ab!« Sechzehn ... siebzehn ... achtzehn. Auch hier war das Licht ausgefallen, und da es keine Fenster gab, herrschte eine Dunkelheit wie in einem Kohlebergwerk. Dann stolperte sie vorwärts, der Fuß, der die neunzehnte Stufe gesucht hatte, fand nur ebenen Boden. Offenbar hatte die Treppe nur achtzehn Stufen, keine zwanzig. Sie hatten es vor ihm in den ersten Stock geschafft; wenigstens das war ihnen gelungen. *»Bleib mir vom Leib, Nor...«*

Da kam ihr ein so schrecklicher Gedanke, daß sie wie angewurzelt stehenblieb. Sie saugte die zweite Silbe des Namens ihres Mannes wieder in sich hinein wie jemand, der einen Schlag in die Magengrube bekommen hat.

Wo waren ihre Schlüssel? Hatte sie sie an der Eingangstür im Schloß stecken lassen?

Sie ließ Bill los, damit sie in der linken Tasche der Lederjacke, die er ihr geliehen hatte, suchen konnte, und in dem Moment schloß sich Normans Hand sanft und mit überzeugender Kraft um ihre Wade, wie die Windung einer Schlange, die ihre Beute erdrückt, statt sie mit Gift zu töten. Ohne nachzudenken, trat sie so fest sie konnte mit dem anderen Fuß nach hinten. Die Sohle ihres Turnschuhs landete genau auf Normans ohnehin schon angeknackster Nase, und er stieß einen heulenden Schmerzensschrei aus. Der wurde zu einem überraschten Aufschrei, als er nach dem Geländer griff, es verfehlte und rückwärts die dunkle Treppe hinunterstürzte. Rosie hörte ein zweifaches Krachen, als er sich hintereinander überschlug.

Brich dir den Hals! schrie sie innerlich, als sich ihre Hand um den tröstlichen runden Umriß des Schlüsselrings in der

Jackentasche schloß – sie hatte ihn doch eingesteckt, Gott und allen Engeln im Himmel sei Dank.

Aber nein. Sie konnte schon hören, wie er sich da unten regte, dann verfluchte er sie, und dann erklang das unmißverständliche Pochen seiner Knie, als er die Treppe wieder heraufkroch und sie dabei mit allen möglichen Schimpfworten belegte – Fotze und Lesbe und Hure und Nutte.

»Ich kann gehen«, sagte Bill plötzlich. Seine Stimme klang gepreßt und piepsig, aber Rosie war trotzdem dankbar, sie zu hören. »Ich kann laufen, Rosie, laß uns in dein Zimmer gehen. Der verrückte Dreckskerl kommt schon wieder rauf.«

Bill fing an zu husten. Unter ihnen – nicht weit entfernt – lachte Norman. »Ganz recht, Goldstück, der verrückte Dreckskerl kommt schon wieder rauf. Der verrückte Dreckskerl wird dir die Augen aus dem verdammten Kopf reißen und sie dir zu fressen geben. Ich frage mich, wie sie schmekken?«

»HAU AB, NORMAN!« kreischte Rosie und führte Bill den pechschwarzen Korridor entlang. Sie hatte den linken Arm immer noch um seine Taille gelegt; mit der rechten tastete sie sich an der Wand entlang, glitt mit den Fingern darüber und suchte nach ihrer Tür. Die linke Hand hatte sie an Bills Seite zur Faust geballt und hielt die einzigen drei Schlüssel umklammert, die sie bis jetzt in diesem neuen Leben bekommen hatte – Eingangstür, Briefkasten und Wohnungstür. *»BLEIB UNS VOM LEIB, ICH WARNE DICH!«*

Aus der Dunkelheit hinter ihr – noch auf der Treppe, aber schon wieder ziemlich weit oben – ertönte eine unglaublich groteske Antwort: *»WAGE es nicht,* mich zu warnen, *du HURE!«*

Die Wand wich einer Tür, die Rosies Wohnungstür sein mußte. Sie ließ Bill los, nahm den Schlüssel dafür – im Gegensatz zum Schlüssel der Eingangstür hatte der Zimmerschlüssel einen eckigen Kopf – und stocherte damit in der Dunkelheit nach dem Schloß. Sie konnte Norman nicht mehr hören. War er auf der Treppe? Im Flur? Direkt hinter ihnen, von Bills keuchenden Atemzügen angelockt? Sie fand das Schloß, preßte den rechten Zeigefinger als Orientierungshilfe darauf und wollte den Schlüssel hineinstecken. Er ging nicht hinein. Sie spürte, wie die Spitze in den Schlitz eindrang, aber weiter konnte sie ihn nicht bewegen. Sie spürte, wie Panik mit emsigen kleinen Rattenzähnen an ihrem Verstand zu nagen begann.

»Er geht nicht rein!« sagte sie keuchend zu Bill. »Es ist der richtige Schlüssel, aber er paßt nicht!«

»Dreh ihn um. Wahrscheinlich hältst du ihn verkehrt herum.«

»Was ist denn da unten los?« Das war eine neue Stimme, weiter unten im Flur und über ihnen. Wahrscheinlich im zweiten Stock auf dem Treppenabsatz. Den Worten folgte das vergebliche *Klick-klick-klick* des Lichtschalters. »Und warum funktioniert das Licht nicht?«

»Bleiben Sie –«, rief Bill, fing aber sofort wieder an zu husten. Ein gräßliches Krächzen erklang aus seiner Kehle, als er versuchte, sich zu räuspern. *»Bleiben Sie, wo Sie sind! Kommen Sie nicht runter! Rufen Sie die P…«*

»Ich *bin* die Polizei, Pißkopf«, sagte eine leise, seltsam gedämpfte Stimme unmittelbar neben ihnen. Ein leises, belegtes Grunzen ertönte, ein eifriges und zugleich zufriedenes Geräusch. Bill wurde von ihrer Seite gerissen, als sie es endlich geschafft hatte, den Zimmerschlüssel ins Schloß zu stecken.

»Nein!« schrie sie und fuchtelte mit der linken Hand in der Dunkelheit. Der Armreif an ihrem Oberarm war heißer denn je. *»Nein, laß ihn in Ruhe! LASS IHN IN RUHE!«*

Sie bekam glattes Leder zu fassen – Bills Jacke –, aber dann entglitt es ihr wieder. Das gräßliche Würgen, das Krächzen von jemand, dessen Kehle mit feinem Sand vollgestopft wird, fing wieder an. Norman lachte. Auch das hörte sich gedämpft an. Rosie ging auf das Lachen zu, hielt die Arme vor sich ausgestreckt und tastete mit gespreizten Fingern. Sie berührte die Schulter von Bills Jacke, griff darüber hinweg und berührte etwas Abscheuliches – es fühlte sich an wie totes Fleisch, das trotzdem irgendwie lebte. Es war schlaff … gummiartig …

Gummi.

Er trägt eine Maske, dachte Rosie. *Eine Art Maske.*

Dann wurde ihre linke Hand gepackt und in eine warme Nässe gezogen, die sie gerade noch als seinen Mund identifizieren konnte, bevor sich seine Zähne in ihre Finger gruben und bis auf die Knochen bissen.

Die Schmerzen waren gräßlich, aber wieder bestand ihre Reaktion darauf nicht in Angst und einer hilflosen Unterwürfigkeit, um Norman seinen Willen zu lassen, weil Norman immer seinen Willen durchsetzte, sondern einer so großen Wut, daß sie Wahnsinn gleichkam. Statt zu versuchen, die Hand aus seinen knirschenden, mahlenden Zähnen zu befreien, krümmte sie die Finger am zweiten Knöchel und drückte die Fingerkuppen auf das Zahnfleisch unter seinen Vorderzähnen. Dann preßte sie den Ballen ihrer übernatürlich kräftigen linken Hand an sein Kinn und zog.

Sie verspürte ein seltsam knirschendes Gefühl unter der Hand, ein Geräusch, wie es ein Brett unter dem Knie eines Mannes oder einer Frau von sich gab, bevor es brach. Sie spürte, wie Norman zusammenzuckte, hörte ihn ein hohles, fragendes Heulen ausstoßen, das fast ausschließlich aus Vokalen zu bestehen schien – *Aaaoouuu?* –, und dann glitt sein Unterkiefer nach vorne wie eine Schublade, als er aus dem Gelenk ausgerenkt wurde. Norman schrie vor Schmerzen, und als Rosie die blutende Hand befreite, dachte sie: *Das hast du nun von deinem Beißen, du Aas, versuch es jetzt mal.*

Sie hörte, wie er zurückwich, und ortete seine Position durch seine Schreie und sein Hemd, das an der Wand entlang glitt. *Jetzt greift er zur Waffe,* dachte sie und drehte sich wieder zu Bill um. Bill lehnte an der Wand, ein dunkler Umriß in der Dunkelheit, und hustete wieder verzweifelt.

»He, Leute, kommt schon, ein Witz ist okay, aber was zuviel ist, ist zuviel.« Das war der Mann von oben, der sich quengelig und verunsichert anhörte, aber jetzt schien er *unten* zu sein, am anderen Ende des Flurs, und eine böse Vorahnung erfüllte Rosies Herz, noch während sie den Schlüssel im Schloß drehte und die Tür aufstieß. Sie hörte sich gar nicht wie sie selbst an, sondern wie die andere, als sie schrie.

»Gehen Sie weg, Sie Narr! Er wird Sie umbringen! Kommen Sie nicht –«

Ein Schuß ertönte. Sie sah nach links und konnte einen flüchtigen, alptraumhaften Blick auf Norman werfen, der mit überkreuzten Beinen auf dem Boden saß. Sie hatte nicht genügend Zeit, daß sie erkennen konnte, was er auf dem Kopf trug, und dennoch wußte sie sofort, was es war: eine Stiermaske mit einem albern grinsenden Gesicht. Blut – ihr Blut – verschmierte die Mundöffnung. Sie konnte Normans gequälte Augen erkennen, die Augen eines Höhlenmenschen, der im Begriff ist, einen letzten, vernichtenden Kampf zu führen.

Der andere Mieter schrie, als Rosie Bill durch die Tür zog und sie hinter sich zuschlug. Ihr Zimmer lag im Schatten, das Licht der Straßenlaternen, die normalerweise einen Lichtstreifen auf den Fußboden warf, wurde durch den Nebel gedämpft, aber verglichen mit Hausflur, Treppenhaus und Korridor schien es regelrecht hell zu sein.

Als erstes sah Rosie dem Armreif, der schwach im Dunkeln glänzte. Er lag neben dem Sockel der Lampe auf dem Nachttisch.

Ich hab es ganz alleine geschafft, dachte sie. Ihr Erstaunen war so groß, daß sie sich wie gelähmt vorkam. *Ich hab es ganz alleine geschafft, nur weil ich* dachte, *ich würde ihn tragen –*

Logisch, antwortete eine andere Stimme, und das war eine Besucherin, die sich schon lange nicht mehr in Rosies Kopf hatte sehen lassen: Ms. Praktisch-Vernünftig. *Logisch, denn in dem Armreif war nie die Macht,* niemals, *die Macht war immer in* ihr, *die Macht war immer in –*

Nein, nein. Das würde sie nicht weiter verfolgen, auf keinen Fall. In diesem Augenblick wurde ihre Aufmerksamkeit sowieso abgelenkt, denn Norman prallte wie ein Güterzug gegen die Tür. Das billige Holz splitterte unter seinem Gewicht; die Tür ächzte in den Scharnieren. Ein Stück weiter weg wimmerte der Mieter von oben, ein Mann, den Rosie nie kennengelernt hatte.

Rasch, Rosie, rasch! Du weißt, was du zu tun hast, wohin du gehen mußt –

»Rosie ... ruf ... muß rufen ...« Weiter kam Bill nicht, dann fing er wieder an zu husten – so sehr, daß er nicht zu Ende sprechen konnte. Sie hatte sowieso keine Zeit, auf derlei dummes Zeug zu hören. Später mochten sich seine Einfälle vielleicht als brauchbar erweisen, aber im Augenblick bedeuteten sie nur ihren sicheren Tod. Ihre Aufgabe bestand nur darin, sich seiner anzunehmen, ihn zu beschützen ... und das bedeutete, ihn an einen Ort zu bringen, wo er in Sicherheit war. Wo sie *beide* in Sicherheit waren.

Rose riß die Schranktür auf und rechnete damit, die fremde, andere Welt darin zu sehen, wie damals, als sie durch Donnergrollen erwacht war, anstelle ihrer Schlafzimmerwand. Sonnenschein würde herausfluten und ihre an die Dunkelheit angepaßten Augen blenden ...

Aber es war nur ein Schrank, klein und stickig, und nichts war darin – das einzige, was sie darin aufbewahrt hatte, trug sie am Leib: einen Pullover und ein Paar Turnschuhe. O ja, das Bild war da, es lehnte an der Wand, wo sie es abgestellt hatte, aber es war nicht gewachsen oder hatte sich verändert oder sich geöffnet, oder was immer es tat. Es war nur ein Bild, das aus dem Rahmen gebrochen war, ein mittelmäßiges Gemälde, wie man sie ganz hinten bei Trödlern oder auf Flohmärkten oder in Pfandleihen finden konnte. Mehr nicht.

Draußen auf dem Flur warf sich Norman wieder gegen die Tür. Das Krachen war lauter; ein langer Splitter brach aus dem Holz und fiel auf den Boden. Noch ein paar Stöße würden genügen; möglicherweise reichten schon zwei oder drei. Die Türen von Mietshäusern waren nicht dafür gebaut, den Angriffen eines Wahnsinnigen standzuhalten.

»Es war mehr als nur ein verdammtes Bild!« schrie Rosie. »Es stand für mich dort, und es war mehr als nur ein gottverdammtes Bild! Ich bin in eine andere Welt gegangen! *Ich weiß es, weil ich noch ihren Armreif habe!*«

Sie drehte den Kopf, betrachtete ihn, lief zum Nachttisch und hob ihn auf. Er fühlte sich schwerer denn je an. Und heiß.

»Rosie«, sagte Bill. Sie konnte ihn gerade noch erkennen; er hielt sich den Hals mit den Händen. Sie glaubte, daß er Blut am Mund hatte. »Rosie, wir müssen die –« Dann schrie er auf, als helles Licht in das Zimmer fiel ... aber es war nicht hell genug für den strahlenden Sommersonnenschein, mit dem sie gerechnet hatte. Es war Mondschein, der aus dem offenen

Schrank drang und den Fußboden erhellte. Sie ging mit dem Armreif in der Hand zu Bill und sah hinein. Wo die Rückwand des Schranks gewesen war, sah sie die Hügelkuppe, sah Gras, das sich in einer sanften und wechselhaften nächtlichen Brise wiegte, sah die fahlen Linien und Säulen des Tempels im Dunkeln schimmern. Und über allem stand der Mond, eine polierte Silbermünze an einem purpur-schwarzen Himmel.

Sie mußte an die Fuchsmutter denken, die sie heute gesehen hatten, vor tausend Jahren, die ebenfalls zu so einem Mond aufschaute. Die Füchsin, die zum Himmel sah, während ihre Jungen im Windschatten des umgestürzten Baumstamms schliefen; die mit ihren schwarzen Augen gebannt den Mond betrachtete.

Bill sah bestürzt aus. Das Licht fiel auf seine Haut wie Silberbronze. »Rosie«, sagte er mit schwacher und besorgter Stimme. Er bewegte weiter die Lippen, sagte aber nichts mehr.

Sie ergriff seinen Arm. »Komm mit, Bill. Wir müssen gehen.«

»Was geht hier vor?« In seinem Schmerz und seiner Verwirrung war er bemitleidenswert. Sein Gesichtsausdruck löste seltsame und widersprüchliche Empfindungen in ihr aus: wilde Ungeduld wegen seiner langsamen, schwerfälligen Reaktionen, und heftige Liebe – nicht ganz mütterlich –, die ihr Denken wie eine Flamme verzehrte. Sie würde ihn beschützen. Ja. Ja. Sie würde ihn bis in den Tod beschützen, sollte es erforderlich sein.

»Frag nicht, was hier vorgeht«, sagte sie. »Vertrau mir, wie ich dir vertraut habe, als du Motorrad gefahren bist. Vertrau mir und komm mit. *Wir müssen sofort gehen!*«

Sie zog ihn mit der rechten Hand weiter; der Armreif baumelte an ihrer linken wie ein Donut aus Gold. Einen Moment leistete Bill Widerstand, dann schrie Norman wieder und warf sich gegen die Tür. Mit einem Aufschrei der Angst und Wut packte Rosie Bills Arm fester. Sie zog ihn in den Schrank und dann in die Welt im Mondschein, die jetzt auf der anderen Seite lag.

13

Von dem Augenblick an, als das Miststück den Kleiderständer vor die Treppe warf, lief alles gefährlich in die falsche Richtung. Norman verhedderte sich irgendwie darin; zumindest der London Fog, der ihm so gut gefiel. Einer der Messinghaken bohrte sich einfach durch ein Knopfloch, tollste Nummer der Woche, und ein anderer geriet in seine Tasche, wie ein vertrottelter Taschendieb, der nach einer Brieftasche tastet. Ein dritter stieß seinen plumpen Messingfinger in Normans ohnehin schon übel zugerichtete Eier. Er brüllte, verfluchte sie und versuchte, von dem Ding loszukommen. Der tückische, hartnäckige Kleiderständer weigerte sich, ihn freizugeben, und es erwies sich als unmöglich, ihn einfach mitzuschleppen; einer seiner gebogenen Füße schien sich irgendwie wie ein Enterhaken am Treppenpfosten verfangen zu haben und hielt Norman fest wie ein Anker.

Er mußte da rauf, er mußte. Er wollte nicht, daß sie sich mit diesem Schwanzlutscher in ihr kleines Schlupfloch einschloß, bevor er sie erwischte.

Er zweifelte nicht daran, daß er die Tür aufbrechen konnte, sollte es erforderlich sein, in all seinen Jahren als Cop hatte er einen ganzen Haufen davon aufgebrochen, manche ziemlich zähe alte Dinger, aber die Zeit wurde hier zu einem wichtigen Faktor. Er wollte sie nicht erschießen, das wäre zu schnell und viel, viel zu leicht für seine Rambling Rose, aber wenn es das Schicksal nicht bald besser mit ihm meinte, blieb ihm vielleicht keine andere Möglichkeit. Was wäre das für ein Jammer!

»Bring mich ins Spiel, Trainer!« rief der Stier aus der Manteltasche. »Ich bin braungebrannt, in Bestform, ausgeruht und bereit!«

Ja, das war eine verdammt gute Idee. Norman riß die Maske aus der Tasche, zog sie über den Kopf und atmete den Geruch von Gummi und Pisse ein. In dieser Verbindung waren die Gerüche gar nicht so schlimm; tatsächlich waren sie sogar irgendwie angenehm. Tröstlich.

»Viva el Toro!« rief er und wand sich aus dem Mantel. Er sprang mit der Waffe in der Hand nach vorne. Der verdammte Kleiderständer zerbrach unter seinem Gewicht, aber vorher versuchte er noch, einen seiner verdammten Haken durch Normans linkes Knie zu boh-

ren. Norman spürte es kaum. Er grinste, schnappte unter der Maske heftig mit den Zähnen und freute sich über das laute Klicken, das sie von sich gaben, ein Geräusch wie von Billardkugeln, die aneinanderstießen.

»Du solltest es nicht zu weit treiben, Rose.« Er wollte aufstehen, aber die Kniescheibe, in die sich der Kleiderhaken gebohrt hatte, gab nach. »Bleib auf der Stelle stehen. Lauf nicht weg. Ich will nur mit dir reden.«

Sie schrie eine Antwort; Worte, Worte, Worte, unwichtig. Er kroch weiter, so schnell er konnte und so leise er konnte. Schließlich nahm er eine Bewegung über sich wahr. Er streckte blitzschnell den Arm aus, bekam ihre linke Wade zu fassen und grub die Nägel hinein. Das tat gut!

Ich hab dich! *dachte er wild triumphierend.* Bei Gott, ich hab dich! Ich –

Ihr Fuß schnellte so unvermittelt und brutal aus der Dunkelheit wie ein mit Bleikugeln gefüllter Totschläger, traf seine Nase und brach sie an einer neuen Stelle. Die Schmerzen waren unerträglich – ihm war, als wäre ein Schwarm afrikanischer Bienen in seinem Kopf freigelassen worden.

Sie riß sich von ihm los, aber das bekam Norman kaum mit. Er taumelte bereits rückwärts, streckte die Hand nach dem Geländer aus, spürte aber nur, wie er es kurz mit den Fingern streifte. Er fiel fast bis zu dem Kleiderständer hinunter, während er die Waffe mit dem Finger außerhalb des Abzugsbügels festhielt, damit er sich nicht aus Versehen selbst durchlöcherte … was so, wie die Dinge liefen, gar nicht so unwahrscheinlich schien. Er blieb einen Moment liegen, dann schüttelte er den Kopf, um ihn klarzubekommen, und schleppte sich wieder hinauf.

Diesmal hatte sein Denken keinen richtigen Aussetzer, keine totale Unterbrechung des Bewußtseins, aber er hatte keine Ahnung, was sie von der Treppe zu ihm heruntergebrüllt und was er darauf geantwortet hatte. Seine wunde Nase überstrahlte alles und baute einen roten Schirm der Schmerzen vor ihm auf.

Er merkte, daß jemand anders versuchte, sich in die Party zu drängen, der legendäre unschuldige Zuschauer, und Rosies kleiner Schwanzlutscherfreund rief ihm zu, daß er bleiben solle, wo er war. Das Schöne daran war, nun wußte er genau, wo der Schwanzlut-

scherfreund steckte, kein Problem. Norman streckte die Hand nach dem Schwanzlutscherfreund aus, und der Schwanzlutscherfreund war da. Er legte dem Schwanzlutscherfreund die Hände um den Hals und würgte ihn erneut. Diesmal wollte er den Job zu Ende bringen, aber auf einmal spürte er Rosies Hände seitlich am Gesicht ... auf der Haut der Maske. Es war, als würde man nach einer Novokainspritze liebkost werden.

Rosie. Rosie faßte ihn an. Sie war da. Zum erstenmal, seit sie mit seiner gottverdammten BankCard in der Handtasche auf und davon war, stand sie unmittelbar vor ihm, und Norman verlor vollkommen das Interesse an ihrem Loverboy. Er packte ihre Hand, zog sie durch die Mundöffnung der Maske und biß zu, so fest er konnte. Es war Ekstase. Aber –

Aber dann geschah etwas. Etwas Schlimmes. Etwas Gräßliches. Ihm kam es so vor, als hätte sie ihm den Unterkiefer aus dem Gelenk gerissen. Schmerzen rasten seitlich an seinem Kopf hinauf wie polierte Pfeile aus Edelstahl und prallten mit lautem Knall unter der Schädeldecke zusammen. Er schrie und wich vor ihr zurück, das Miststück, oh, das dreckige Miststück, was war geschehen, daß sie sich von dem berechenbaren Ding, das sie gewesen war, in dieses Monster verwandelt hatte?

Da meldete sich der unschuldige Zuschauer wieder zu Wort, und Norman war ziemlich sicher, daß er ihn mit einem Schuß getroffen hatte. Auf jeden Fall hatte er irgend jemand getroffen; Leute, die so schrien, waren entweder angeschossen worden oder hatten sich verbrannt. Als er die Waffe in die Richtung schwenkte, wo Rose und der Schwanzlutscherfreund standen, hörte er, wie eine Tür zugeschlagen wurde. Das Miststück hatte es doch in ihr Zimmer geschafft.

Im Augenblick jedoch war selbst das zweitrangig. Sein Kiefer hatte die Nase als Mittelpunkt der Schmerzen abgelöst, so wie die Nase vorher das Knie und die schmerzenden Hoden abgelöst hatte. Was hatte sie ihm angetan? Die untere Hälfte seines Gesichts fühlte sich nicht nur an, als wäre sie aufgerissen, sondern als wäre sie irgendwie gedehnt; seine Zähne schienen Satelliten zu sein, die irgendwo vor seiner Nasenspitze schwebten.

Mach dich nicht lächerlich, Normie, *flüsterte sein Vater.* Sie hat dir den Kiefer ausgerenkt, das ist alles. Du weißt, was dagegen zu tun ist, also tu es!

»Halt's Maul, du alte Schwuchtel«, wollte Norman sagen, aber mit seinem deformierten Gesicht brachte er nur Allaul u alluchl! *zusammen. Er legte die Waffe weg, zog die Maske mit den Daumen hoch (er hatte sie beim Aufsetzen nicht bis ganz nach unten gezogen, was die Sache einfacher machte), und dann drückte er behutsam die Handballen seitlich gegen seinen Unterkiefer. Es war, als würde er Kugellager berühren, die aus ihren Sockeln gesprungen waren.*

Er wappnete sich gegen die Schmerzen, glitt mit den Händen weiter nach unten, hielt sie schräg und drückte ruckartig nach oben. Er verspürte Schmerzen, o ja, aber hauptsächlich, weil zunächst nur eine Seite seines Kiefers wieder einrastete. Nun stand seine untere Gesichtshälfte schief, wie eine Kommodenschublade, die nicht richtig in der Führungsschiene sitzt.

Wenn du dein Gesicht lange so verziehst, Norman, bleibt es für immer so stehen! *fauchte seine Mutter ihn an, verspritzte ihr Gift, an das er sich so gut erinnern konnte.*

Norman drückte noch einmal die rechte Seite seines Gesichts nach oben. Diesmal hörte er ein Klicken tief in seinem Kopf, als auch das rechte Kiefergelenk wieder einrastete. Der ganze Kiefer schien trotzdem auf merkwürdige Weise locker zu sein, als wären die Sehnen überdehnt worden und bräuchten eine Weile, sich wieder zu spannen. Er hatte das groteske Gefühl, daß sein Unterkiefer beim Gähnen bis zum Gürtel hinunterklappen würde.

Die Maske, Normie, *flüsterte sein Vater.* Die Maske wird dir helfen, wenn du sie ganz runterziehst.

»Ganz recht«, sagte der Stier. Seine Stimme klang gedämpft, weil er so zerknautscht auf Normans Kopf saß, aber Norman konnte ihn trotzdem mühelos verstehen.

Er zog sie behutsam herunter, ganz herunter, bis er den Saum direkt unter dem Kiefer spürte, und das half tatsächlich; *die Maske schien seinen lockeren Kiefer wie ein Suspensorium zu halten.*

»Genau«, sagte el Toro. »Du kannst mich einfach als Kiefergurt betrachten.«

Norman atmete tief durch, als er aufstand und dabei die .45er des Cops in den Hosenbund steckte. Alles paletti, *dachte er.* Hier drin sind nur die Jungs; Zutritt für Schnallen verboten. *Jetzt kam es ihm so vor, als könnte er durch die Schlitze der Maske sogar besser sehen, als wäre seine Sehkraft verstärkt worden. Zweifellos nur Ein-*

bildung, aber er empfand es tatsächlich so, und es war ein gutes Gefühl. Stärkte das Selbstvertrauen.

Er drückte sich an die Wand, dann stürmte er vorwärts und warf sich gegen die Tür, durch die sie und ihr Schwanzlutscherfreund gegangen waren. Sein Kiefer wackelte selbst in der engen Hülle der Maske schmerzhaft, aber er warf sich trotzdem, ohne zu zögern und mit derselben Wucht, noch einmal gegen die Tür. Die Tür erbebte im Rahmen, und ein langer Splitter brach aus dem oberen Paneel heraus.

Plötzlich wünschte er sich, Harley Bissington wäre hier. Zusammen hätten sie die Tür im ersten Anlauf geschafft, und er hätte Harley erlauben können, es Rose zu besorgen, während er selbst sich um ihren Freund kümmerte. Es Rose zu besorgen war einer der großen unterdrückten Wünsche in Harleys Leben gewesen, was Norman zwar nicht verstand, aber trotzdem jedesmal, wenn Harley sie besuchen kam, an seinem Gesicht hatte ablesen können.

Er warf sich wieder gegen die Tür.

Beim sechsten Versuch – vielleicht war es auch die glückliche Sieben, er war sich nicht ganz sicher – wurde Norman in das Zimmer katapultiert. Sie waren hier drinnen, alle beide, mußten hier drinnen sein, aber im Augenblick konnte er niemand sehen. Schweiß lief ihm in die Augen, seine Sicht verschwamm einen Moment. Das Zimmer schien menschenleer zu sein, aber das war unmöglich. Zum Fenster waren sie nicht hinaus; das war geschlossen und verriegelt.

Er lief im kümmerlichen Licht der nebelverschleierten Straßenlaterne vor dem Fenster durch das Zimmer und schwenkte den Kopf dabei von einer Seite auf die andere, so daß Ferdinands Hörner die Luft durchbohrten. Wo steckte sie? Das Miststück! Wohin, in Gottes Namen, konnte sie verschwunden sein?

Er sah eine offene Tür auf der anderen Seite des Zimmers und den geschlossenen Deckel einer Toilette. Er rannte hin und sah ins Bad. Nichts. Es sei denn –

Er zog die Pistole und gab zwei Schüsse auf den Duschvorhang ab, womit er ein Paar überraschte schwarze Augen in dem blumengemusterten Vinyl aufriß. Dann riß er den Vorhang an den Ringen zurück. Die Wanne war leer. Die Kugeln hatten zwei blaue Porzellankacheln von der Wand gerissen; das war das ganze Ausmaß der Schäden. Aber das war vielleicht gut so; er hatte sie ohnehin nicht erschießen wollen.

Nein, aber wohin konnte sie gegangen sein?

Norman stürmte in das Zimmer zurück, ließ sich auf die Knie nieder (verzog das Gesicht wegen der Schmerzen, spürte sie aber nicht richtig) und schwenkte den Lauf der Waffe unter dem Bett. Nichts. Frustriert schlug er mit der Faust auf den Boden.

Er ging auf das Fenster zu, obwohl er seinen Augen durchaus trauen konnte, weil es außer dem Fenster keine Möglichkeit mehr gab … hatte er jedenfalls geglaubt, bis er Licht – helles Licht, das wie Mondschein aussah – aus einer Tür dringen sah, an der er bei seinem überstürzten Eindringen einfach vorbeigetrampelt war.

Mondschein? Glaubst du wirklich, daß du das siehst? Spinnst du, Normie? Ich weiß nicht, ob du dich erinnern kannst, aber es ist neblig draußen, mein Junge. *Neblig.* Und selbst wenn dies die Nacht des vollsten Vollmonds des Jahrhunderts wäre, das ist ein Schrank. Ein Wandschrank im ersten Stock, um genau zu sein.

Vielleicht, aber Norman war zu der Überzeugung gelangt, daß dieser nach Schweiß stinkende, pimmelgrapschende, schwanzlutschende Versager von einem Vater mit seinen fettigen Haaren nicht automatisch alles wußte. Norman wußte, *daß es nicht unbedingt logisch war, wenn Mondlicht aus einem Wandschrank im ersten Stock fiel … trotzdem sah er* genau das.

Er ging mit der Pistole in der Hand langsam auf die Tür zu und blieb im strahlenden Licht stehen. Er sah durch die Augenlöcher der Maske (nur sah es jetzt auf unheimliche Weise wie ein Augenloch aus, durch das er mit beiden Augen sah) und starrte in den Wandschrank.

Haken ragten aus den Brettern der Seitenwände des Schranks, Kleiderbügel hingen an einer Stange in der Mitte, aber die Rückwand des Schranks war nicht mehr da. An ihrer Stelle befand sich ein mit hohem Gras bewachsener Hang im Mondschein. Er konnte sehen, wie Glühwürmchen unter den dunklen Bäumen willkürliche Lichtspuren zeichneten. Die Wolken am Himmel sahen aus wie Lampen, wenn sie am Mond vorbeizogen, der nicht ganz voll war, aber fast. Unten am Hügel lag eine Art Ruine. Für Norman sah sie wie ein verfallenes altes Plantagenhaus oder eine verlassene Kirche aus.

Ich bin vollkommen durchgedreht, *dachte er.* Entweder das, oder sie hat mich irgendwie bewußtlos geschlagen, und dies alles ist ein verrückter Traum.

Nein, das akzeptierte er nicht. Konnte er nicht akzeptieren.

»KOMM ZURÜCK, ROSE!« schrie er in den Schrank, der genaugenommen gar kein Schrank mehr war. »KOMM ZURÜCK, DU MISTSTÜCK!«

Nichts. Nur dieses unmögliche Panorama ... und der winzige Hauch einer Brise, die nach Gras und Blumen duftete und den Beweis lieferte, daß es sich nicht um eine unheimlich realistische optische Täuschung handelte.

Und noch etwas: Grillen zirpten.

»Du hast meine BankCard gestohlen, du Miststück«, sagte Norman mit leiser Stimme. Er streckte die Hand aus und hielt sich an einem der Kleiderbügel fest, die an der Stange hingen, wodurch er wie ein Straßenbahnfahrgast aussah, der sich an einer Halteschlaufe festhält. Vor ihm lag die seltsame Welt im Mondschein, aber alle Angst, die er hätte verspüren können, wurde von Entrüstung erstickt. »Du hast sie gestohlen, und darüber will ich mit dir reden. Aus ... der ... Nähe.«

Er trat in den Wandschrank, duckte sich unter der Stange durch und stieß ein paar Kleiderbügel auf den Holzboden. Er blieb noch einen Moment stehen, wo er war, und sah in die andere Welt hinüber, die vor ihm lag.

Dann ging er vorwärts.

Er hatte das Gefühl, als wäre er ein Stück nach unten gegangen, wie manchmal in alten Häusern, wo die Böden der verschiedenen Zimmer nicht mehr alle dieselbe Höhe hatten, aber das war alles. Ein Schritt, und er stand nicht mehr auf Dielen, nicht mehr in einem Zimmer im ersten Stock; er stand in Gras, und die duftende Brise wehte um ihn herum. Sie blies in das Augenloch (ja, jetzt war es nur noch eines; er hatte keine Ahnung, wie das sein konnte, aber nach dem Schritt, den er gerade gemacht hatte, kam es ihm nicht allzu seltsam vor) und kühlte seine geschwollene, verschwitzte Haut. Er griff nach der Maske und wollte sie für eine Weile abziehen, damit sein ganzes Gesicht in den Genuß der Brise kommen konnte, aber die Maske bewegte sich nicht. Keinen Millimeter. Es war, als wäre das Latex irgendwie mit seiner Haut verwachsen. Als wäre el Toro ein Teil von ihm geworden.

IX

Ich vergelte

I

Bill sah sich mit dem argwöhnischen Blick von jemand, der seinen Augen nicht traut, auf dem Hügel im Mondlicht um. Mit einer Hand griff er sich an den geschwollenen Hals und rieb. Rosie konnte bereits die Blutergüsse sehen, die sich wie Fächer entfalteten.

Eine nächtliche Brise strich wie eine fürsorgliche Hand über ihre Stirn. Sie war sanft und warm und duftete nach Sommer. Keine neblige Feuchtigkeit lag darin, kein klammer Geruch von dem großen See, der im Osten der Stadt lag.

»Rosie? Passiert das alles wirklich?«

Bevor sie sich überlegen konnte, was sie auf diese Frage antworten sollte, meldete sich eine drängende Stimme – die sie gut kannte – zu Wort.

»Mädchen! *Du*, Mädchen!«

Es war die Frau in Rot, aber jetzt trug sie ein anderes Kleid – blau, dachte Rosie, obwohl man es im Mondschein unmöglich genau sagen konnte. »Wendy Yarrow« stand auf halber Höhe des Hügels.

»Bring ihn hier runter, Mädchen! Wir dürfen keine Zeit verlieren! Der andere wird jeden Moment hier sein, und du mußt noch Sachen erledigen! Wichtige Sachen!«

Rosie hielt Bill immer noch am Arm. Sie versuchte, ihn mit sich zu ziehen, aber er weigerte sich und sah erschrocken den Hügel hinab zu »Wendy«. Hinter ihnen – gedämpft, aber immer noch schrecklich nahe – brüllte Norman ihren Namen. Bill zuckte zusammen, bewegte sich aber immer noch nicht.

»Wer ist das, Rosie? Wer ist diese Frau?«

»Unwichtig. Komm mit!«

Diesmal zog sie ihn nicht nur am Arm, sie riß ihn mit, von Panik erfüllt. Er folgte ihr, aber sie waren nur wenige Schritte weit gekommen, als er zusammenklappte und so heftig hustete, daß ihm die Augen aus den Höhlen quollen. Rosie nutzte die Gelegenheit und zog den Reißverschluß der Jacke, die er ihr geliehen hatte, nach unten. Sie zog die Jacke aus und ließ sie ins Gras fallen. Der Pullover folgte. Die Bluse darunter war ärmellos, und Rosie streifte den Armreif über. Sofort verspürte sie eine Woge von Energie in sich aufsteigen, und in ihren Augen war die Frage, ob das tatsächlich so war oder sie es sich nur einbildete, vollkommen nebensächlich. Sie warf einen hastigen Blick über die Schulter und rechnete fast damit, daß Norman auf sie zugestürmt kam, aber er kam nicht, jedenfalls noch nicht. Sie sah nur den Pferdekarren, das kleine Pferd selbst, das frei herumlief und auf der Wiese graste, und die Staffelei, die sie schon einmal gesehen hatte. Das Bild hatte sich wieder verändert. Zunächst einmal die Gestalt, die man von hinten sah, keine Frau mehr – sie sah aus wie ein Dämon mit Hörnern. Es *war* ein Dämon, vermutete sie, aber es war auch ein Mann. Es war Norman, und sie erinnerte sich, wie sie im hellen Blitz des Mündungsfeuers die Hörner von seinem Kopf hatte abstehen sehen.

»Mädchen, warum bist du so langsam? *Beweg dich!*«

Sie legte den linken Arm um Bill, dessen Hustenanfall nachließ, und schleppte ihn halb zu der ungeduldig wartenden »Wendy«. Als Rosie dort ankam, trug sie ihn fast.

»Wer … sind Sie?« fragte Bill die schwarze Frau, als sie dort waren, und bekam prompt einen weiteren Hustenanfall.

»Wendy« achtete nicht auf die Frage, legte ebenfalls einen Arm um ihn und stützte die Rosie abgewandte Seite. Als sie sprach, wandte sie sich direkt an Rosie. »Ich habe ihren anderen *Zat* an der Seite des Tempels hingehängt, also ist *das* kein Problem … aber wir müssen uns beeilen! Wir dürfen keine Sekunde verlieren!«

»Ich habe keine Ahnung, was Sie meinen«, sagte Rosie, aber mit einem Teil ihres Verstands glaubte sie, daß sie es vielleicht doch wußte. »Was ist ein *Zat?*«

»Vergiß jetzt deine Fragen«, sagte die schwarze Frau. »Wir müssen schnell machen.«

Mit Bill zwischen sich gingen sie den Hang hinunter zum Tempel des Stiers (es war wirklich erstaunlich, wie ihr alles wieder einfiel, dachte Rosie, wie die Einzelheiten eines immer wiederkehrenden Traums). Ihre Schatten begleiteten sie wie die Schatten von Frauen, die gefoltert und auf einer Streckbank in die Länge gezogen worden waren. Das Gebäude ragte über ihnen auf – schien sich *zu ihnen* zu neigen –, als wäre es lebendig und hungrig. Rosie war zutiefst dankbar, als »Wendy« sich nach rechts wandte und sie zur Seite des Tempels führte.

Hinter dem Tempel hing der andere *Zat* an den Zweigen eines Dornbuschs wie ein Kleidungsstück am Haken. Rosie betrachtete ihn mit Mißfallen, aber nicht besonders überrascht. Es war ein dunkelroter Chiton, das exakte Gegenstück dessen, den die Frau mit der angenehmen, irren Stimme getragen hatte.

»Zieh das an«, sagte die schwarze Frau.

»Nein«, sagte Rosie kläglich. »Nein, ich habe Angst.«

»KOMM ZURÜCK, ROSE!«

Bill zuckte zusammen, als er diese Stimme hörte, und drehte mit aufgerissenen Augen, so blasser Haut, daß man nicht nur das Mondlicht dafür verantwortlich machen konnte, und bebenden Lippen den Kopf herum. Rosie hatte auch Angst, verspürte aber zugleich den Zorn darunter, wie ein großer Hai, der unter einem kleinen Boot kreist. Sie hatte sich verzweifelt an die Hoffnung geklammert, daß Norman ihnen nicht folgen konnte, daß das Bild irgendwie hinter ihnen zuschnappen würde. Jetzt wußte sie, daß diese Hoffnung vergeblich war. Er würde das Bild finden und bald bei ihnen in dieser Welt sein, wenn er es nicht schon war.

»KOMM ZURÜCK, DU MISTSTÜCK!«

»Zieh ihn an«, wiederholte die Frau.

»Warum?« fragte Rosie, hatte aber mit den Händen schon ihre Bluse gepackt und zog sie über den Kopf. »Warum muß ich ihn anziehen?«

»Weil *sie* es so will, und was sie will, das bekommt sie auch.« Die schwarze Frau sah Bill an, der Rosie anstarrte. »Dreh dich um«, sagte sie zu ihm. »In deiner Welt kannst du sie nackt ansehen, bis dir die Augen rausfallen, aber nicht in meiner. Dreh dich um, wenn du weißt, was gut für dich ist.«

»Rosie?« sagte Bill unsicher. »Das *ist* ein Traum, oder?«

»Ja«, sagte sie mit einer Kälte in der Stimme – einer Art

spontaner Berechnung –, die sie nie zuvor gehört hatte. »Ja, ganz recht. Tu, was sie sagt.«

Er drehte sich so unvermittelt um wie ein Soldat, der eine Kehrtwendung macht. Nun sah er den schmalen Pfad, der zur Rückseite des Gebäudes führte.

»Nimm diesen Tittenpanzer ab«, sagte die schwarze Frau und stieß ungeduldig mit dem Daumen gegen Rosies Büstenhalter. »Das kannst du nicht unter einem *Zat* tragen.«

Rosie hakte den BH auf und zog ihn aus. Dann schlüpfte sie aus den zugeschnürten Turnschuhen und streifte die Jeans ab. Sie stand in ihrer schlichten weißen Unterhose da und sah »Wendy« fragend an. »Wendy« nickte.

»Ja, das auch.«

Rosie zog die Unterhose aus und nahm vorsichtig das Gewand – den *Zat* – von dem Dornbusch. Die schwarze Frau kam näher und half ihr.

»Ich weiß, wie man das anzieht, gehen Sie mir aus dem Weg!« fauchte Rosie sie an und zog den Chiton wie ein Hemd über den Kopf.

»Wendy« betrachtete sie mit abschätzendem Blick und unternahm keinen Versuch mehr, sich einzumischen, nicht einmal, als Rosie kurz Schwierigkeiten mit dem Träger des *Zat* hatte. Als sie das Gewand angezogen hatte, war Rosies rechte Schulter entblößt, und der goldene Armreif prangte über ihrem linken Ellbogen. Sie war zum Ebenbild der Frau in dem Gemälde geworden.

»Du kannst dich jetzt umdrehen, Bill«, sagte Rosie.

Er gehorchte. Er sah sie von oben bis unten an, und seine Augen blieben einen oder zwei Momente an den Umrissen ihrer Brustwarzen unter dem fein gewobenen Stoff hängen. Rosie störte es nicht. »Du siehst wie ein anderer Mensch aus«, sagte er schließlich. »Ein gefährlicher Mensch.«

»So ist das nun mal in Träumen«, sagte sie und hörte wieder Kälte und Berechnung in ihrer Stimme. Sie haßte diesen Unterton ... aber zugleich gefiel er ihr. Er gefiel ihr sogar sehr.

»Muß ich dir sagen, was du zu tun hast?« fragte die schwarze Frau.

»Nein. Natürlich nicht.«

Rosie hob die Stimme, und der Schrei, der aus ihrem Mund drang, war melodisch und wild, überhaupt nicht ihre Stimme, sondern die Stimme der anderen … aber es *war* auch ihre Stimme; sie war es.

»*Norman!*« rief sie. »*Norman, ich bin hier unten!*«

»Herr im Himmel, Rosie, nein!« keuchte Bill. »Bist du wahnsinnig?«

Er versuchte, sie an den Schultern zu halten, aber sie stieß seine Hand ungeduldig weg und warf ihm einen warnenden Blick zu. Er wich vor ihr zurück, wie »Wendy Yarrow« es getan hatte.

»Das ist der einzige Weg, und es ist der *richtige* Weg. Außerdem …« Sie sah »Wendy« mit einem Anflug von Unsicherheit an. »Ich werde nichts wirklich *tun* müssen, oder doch?«

»Nein«, sagte die Frau im blauen Gewand. »Die Herrin wird alles tun. Wenn du ihr in den Weg kommen würdest – wenn du auch nur versuchst, ihr bei ihrer Aufgabe zu helfen –, würde sie dich unglücklich machen. Du mußt nur tun, was nach Meinung dieses Dreckskerls da oben alle Frauen sowieso tun.«

»Ihn an der Nase herumführen«, murmelte Rosie, deren Augen im silbernen Mondlicht schwammen.

»Ganz recht«, antwortete die andere. »Ihn an der Nase herumführen.«

Rosie holte tief Luft und rief ihn noch einmal, spürte den Armreif wie ein seltsames, berauschend köstliches Feuer auf ihrer Haut brennen, genoß den Klang ihrer Stimme, so laut, wie ihr Kriegsruf der Texas Rangers im Labyrinth unten, mit dem sie das Baby wieder zum Schreien gebracht hatte. »*Hiiiiier uuuuuu-huunten, Norman!*«

Bill starrte sie an. Erschrocken. Sie wollte diesen Gesichtsausdruck nicht sehen, aber gleichzeitig wollte sie ihn *doch* sehen. Sie *wollte* es. Er war ein Mann, oder nicht? Und manchmal mußten Männer lernen, wie es ist, vor einer Frau Angst zu haben, richtig? Manchmal war das der einzige Schutz, den eine Frau hatte.

»Und jetzt geh«, sagte die schwarze Frau. »Ich bleibe mit deinem Mann hier. Wir sind in Sicherheit. Der andere wird durch den Tempel gehen.«

»Woher wissen Sie das?«

»Ich weiß es, weil sie es immer tun«, antwortete die schwarze Frau schlicht. »Vergiß nicht, was er ist.«

»Ein Stier.«

»Das stimmt; ein Stier. Und du bist die Jungfrau, die mit dem Seidenhut winkt, um ihn anzulocken. Vergiß nur nicht, wenn er dich erwischt, sind keine *'falias* da, die ihn ablenken können. Wenn er dich erwischt, tötet er dich. Das steht fest. Es gibt nichts, was ich oder meine Herrin tun könnten, um ihn daran zu hindern. Er will seinen Mund mit deinem Blut füllen.«

Das weiß ich besser als du, dachte Rosie. *Ich weiß es schon seit Jahren.*

»Geh nicht, Rosie«, sagte Bill. »Bleib hier bei uns.«

»Nein.«

Sie drängte sich an ihm vorbei und spürte, wie eine der Dornen ihr den Oberschenkel aufkratzte; der Schmerz tat ihr so wohl wie der Aufschrei vorhin. Sogar das Kitzeln des Blutes, das an ihrem Schenkel hinunterrann, war angenehm.

»Kleine Rosie.«

Sie drehte sich um.

»Am Ende mußt du ihm voraus sein. Du weißt, warum?«

»Ja, natürlich.«

»Was hast du gemeint, als du gesagt hast, er ist ein Stier?« fragte Bill. Er hörte sich besorgt an, mürrisch ... und doch hatte Rosie ihn nie mehr geliebt als in diesem Augenblick, und sie glaubte nicht, daß sie ihn je wieder mehr lieben könnte. Sein Gesicht war so blaß und schien so schutzlos.

Er fing wieder an zu husten. Rosie legte ihm eine Hand auf den Arm und hatte schreckliche Angst, er könnte ängstlich vor ihr zurückweichen, aber er tat es nicht. Jedenfalls noch nicht.

»Bleib hier«, sagte sie. »Bleib hier und verhalte dich vollkommen ruhig.« Dann eilte sie davon. Im Mondschein sah er einmal am anderen Ende des Tempels, wo der Weg breiter zu werden schien, einen Zipfel ihres Chitons flattern, dann war sie fort.

Einen Augenblick später erschallte ihr Ruf wieder in der Nacht, unbekümmert und doch irgendwie ehrfurchtgebietend:

»Norman, du siehst so albern mit dieser Maske aus …« Eine Pause, und dann: *»Ich hab keine Angst mehr vor dir, Norman …«*

»Herrgott, er wird sie umbringen«, murmelte Bill.

»Vielleicht«, antwortete die Frau im blauen Kleid. *»Jemand* wird heute nacht sterben, das steht …« Da verstummte sie und legte den Kopf schief; ihre glänzenden Augen wurden groß.

»Was haben S…«

Eine braune Hand schnellte vor und hielt ihm den Mund zu. Die Hand drückte nicht fest zu, aber Bill hatte den Eindruck, daß sie es könnte; sie schien voller Stahlfedern zu sein. Eine quälende Ahnung, fast eine Gewißheit, kam über ihn, als er ihre Handfläche auf seinen Lippen und ihre Fingerkuppen auf der Wange spürte: Dies war kein Traum. Sosehr er es auch glauben wollte, er konnte es einfach nicht.

Die schwarze Frau stellte sich auf Zehenspitzen, drückte sich wie eine Geliebte an ihn und hielt ihm den Mund zu.

»Psst«, flüsterte sie ihm ins Ohr. *»Er kommt.«*

Jetzt konnte er das Rascheln von Gras und Laub hören, und dann schwere, grunzende Atemzüge, in denen tief drinnen ein Pfeifen verborgen war. Es war ein Geräusch, das er normalerweise mit viel größeren Männern als Norman Daniels in Verbindung gebracht hätte – Männern mit einem Gewicht zwischen dreihundert und dreihundertfünfzig Pfund.

Oder mit einem großen Tier.

Die schwarze Frau nahm langsam die Hand von Bills Mund, dann standen sie da und horchten, wie die Kreatur näher kam. Bill legte einen Arm um sie und sie einen um ihn. So standen sie da, und in Bill keimte die Gewißheit, daß Norman – oder was immer aus Norman geworden war – doch nicht durch das Gebäude gehen würde. Er – *es* – würde hierherkommen und sie sehen. Er würde einen Moment mit den Hufen scharren, den Kopf senken, und dann würde er sie diesen schmalen, hoffnungslosen Pfad hinunterjagen, sie umstoßen, niedertrampeln, durchbohren.

»Pssssst …«, hauchte sie.

»Norman, du Idiot …«

Der Ruf schwebte wie Rauch zu ihnen, wie Mondschein.

»Du bist so ein Dummkopf … hast du wirklich geglaubt, du könntest mich erwischen? Dummer alter Stier!«

Schrilles, spöttisches Gelächter ertönte. Bill mußte an berstendes Glas und offene Brunnen und leere Zimmer um Mitternacht denken, als er es hörte. Er erschauerte und spürte Gänsehaut auf den Armen.

Vor dem Tempel herrschte vorübergehend Schweigen (nur ganz kurz vom Hauch einer Brise unterbrochen, die den Dornbusch bewegte wie eine Hand, die durch verfilztes Haar streicht) und Stille dort, wo Rosie nach ihm gerufen hatte. Am Himmel verschwand die knochige Scheibe des Mondes hinter einer Wolke und färbte deren Ränder silbern ein. Der Himmel war mit Sternen übersät, aber Bill kannte kein einziges Sternbild. Dann:

»Norrr-mannnn … willst du nicht mit mir reeeeden?«

»Oh, ich werde mit dir reden«, antwortete Norman Daniels, und Bill spürte, wie die schwarze Frau sich überrascht an ihn preßte, während sein Herz ihm ebenfalls bis zum Hals schlug. Die Stimme war keine zwanzig Meter entfernt. Es war, als hätte sich Norman absichtlich so unbeholfen bewegt, damit sie sein Vorankommen mitverfolgen konnten, und als es ihm besser in den Kram paßte, still zu sein, war er *vollkommen* still geworden. »Ich werde ganz aus der *Nähe* mit dir reden, du Fotze!«

Die schwarze Frau legte ihm einen Finger auf die Lippen, damit er den Mund hielt, aber Bill hatte den Hinweis gar nicht nötig. Ihre Blicke trafen sich, und Bill stellte fest, daß auch die schwarze Frau nicht mehr sicher war, daß Norman den Weg durch das Gebäude wählen würde.

Das Schweigen zog sich in die Länge und schien eine Ewigkeit zu dauern. Selbst Rosie schien zu warten.

Dann ergriff Norman ein Stück weiter weg das Wort. »Buh, du alter Hurensohn«, sagte er. »Was machst du denn hier?«

Bill sah die schwarze Frau an. Sie schüttelte leicht den Kopf, um ihm zu sagen, daß sie auch nicht verstand, was er meinte.

Im nächsten Moment machte Bill eine schreckliche Feststellung: Er mußte husten. Das trockene Kribbeln am Gaumen war fast unerträglich. Er vergrub den Mund in der Armbeuge und versuchte, den Hustenreiz zu unterdrücken, während er die besorgten Blicke der Frau auf sich spürte.

Ich kann es nicht lange zurückhalten, dachte er. *Herrgott, Norman, warum machst du nicht voran? Du warst doch die ganze Zeit so schnell.*

Gleichsam als Antwort auf diesen Gedanken: *»Norrr-munnnn! Du bist so verdammt LANGSAM, Norrr-munnnn!«*

»Miststück«, sagte die belegte Stimme auf der anderen Seite des Tempels. »Oh, du elendes Miststück!«

Schuhe knirschten auf verfallenem Stein. Einen Augenblick hörte Bill Schritte, die sich entfernten, und ihm wurde klar, daß sich Norman in dem Gebäude befand, das die schwarze Frau Tempel genannt hatte. Und noch etwas fiel ihm auf: Der Hustenreiz war weg, zumindest vorläufig.

Er beugte sich dicht zu der Frau im blauen Kleid und flüsterte ihr ins Ort: »Was machen wir jetzt?«

Ihre geflüsterte Antwort kitzelte ihn am Ohr: »Warten.«

2

Als Norman feststellte, daß die Maske mit seiner Haut verwachsen zu sein schien, machte ihm das einen Moment ziemliche Angst, aber bevor diese Angst in Panik umschlagen konnte, sah er nicht weit entfernt etwas, das ihn völlig von der Maske ablenkte. Er eilte ein Stück den Hang hinunter und kniete sich nieder. Er hob den Pullover auf, betrachtete ihn, warf ihn zur Seite. Dann griff er nach der Jacke. Es war tatsächlich die, die sie getragen hatte. Eine Motorradjacke. Der Kerl hatte eine Schüssel, und sie war mit ihm gefahren und hatte ihm den Schritt wahrscheinlich ziemlich fest an den Arsch gepreßt. Sie ist ihr zu groß, *dachte er.* Er hat sie ihr geliehen. *Der Gedanke trieb ihn zur Weißglut, und er spuckte auf die Jacke, bevor er sie auch zur Seite warf, auf die Füße sprang und sich wild umsah.*

»Du Miststück!« murmelte er. »Du dreckiges, betrügerisches Miststück!«

»Norman!« *Der Ruf erklang aus der Dunkelheit; einen Augenblick stockte ihm der Atem in der Kehle.*

Nahe, *dachte er.* Ach du Scheiße, sie ist ganz nahe. Ich glaube, sie ist in dem Gebäude da unten.

Er stand mucksmäuschenstill und wartete, ob sie noch mal rufen würde. Nach einem Augenblick wurde sein Warten belohnt.

»Norman, ich bin hier unten!«

Er griff wieder mit den Händen an die Maske, aber diesmal zog er nicht daran; er liebkoste sie. »Viva el Toro«, sagte Norman und ging den Hügel hinab auf die Ruine zu. Er glaubte, daß er Spuren sehen konnte, die dorthin führten – jedenfalls Flecken umgeknickten Grases, die von Füßen herrühren konnten –, aber in dem Mondschein konnte man es nicht mit Sicherheit sagen.

Als wollte sie seine Vermutung bestätigen, ertönte ihr spöttischer Schrei, der ihn wahnsinnig machte, erneut: »Hiiiiier uuuuuu-huunten, Norman!« *Als hätte sie gar keine Angst vor ihm; als könnte sie es kaum erwarten, daß er zu ihr kam. Miststück!*

»Bleib, wo du bist, Rose«, sagte er. »Rühr dich nicht von der Stelle, das ist die Hauptsache.« Er hatte die Waffe des Cops noch im Hosenbund stecken, aber sie spielte keine nennenswerte Rolle in seinen Plänen. Er wußte nicht, ob er in einer Halluzination eine Schußwaffe abfeuern konnte, und er verspürte nicht den geringsten Wunsch, es herauszufinden. Er wollte ein viel persönlicheres Gespräch mit seiner kleinen Rambling Rose führen, als es eine Schußwaffe zuließ.

»Norman, du siehst so albern mit dieser Maske aus … Ich hab keine Angst mehr vor dir, Norman …« Du wirst feststellen, daß *das* nur vorübergehend ist, du Miststück, *dachte er.*

»Norman, du Idiot!«

Na gut, vielleicht war sie nicht *in dem Gebäude; vielleicht ist sie schon auf der anderen Seite wieder rausgegangen. Spielte keine Rolle. Wenn sie dachte, sie könnte ihm auf einem normalen Spielfeld davonlaufen, würde sie die Überraschung ihres Lebens erleben. Die* letzte *Überraschung ihres Lebens.*

»Du bist so ein Dummkopf … hast du wirklich geglaubt, du könntest mich erwischen? Dummer alter Stier!«

Er ging ein Stück nach rechts und versuchte, leise zu sein, weil er sich sagte, daß es nicht nützen würde, wenn er sich wie ein, ha-ha, Stier im Porzellanladen aufführte. Er blieb am Fuß der rissigen Treppe stehen, die zu dem Tempel führte (genau darum handelte es sich, sah er jetzt, ein Tempel wie in diesen griechischen Märchen, die die Burschen sich damals ausgedacht hatten, wenn sie nicht zu sehr damit beschäftigt waren, sich gegenseitig am Arsch rumzumachen, und betrachtete ihn. Das Gebäude war eindeutig verlassen und dem Verfall anheimgegeben, aber dieser Ort kam ihm nicht unheimlich vor, sondern auf seltsame Weise vertraut.

»Norrr-mannnn … willst du nicht mit mir reeeeden?«

»Oh, ich werde mit dir reden«, sagte er. »Ich werde mit dir reden – aus der Nähe, du Fotze.« Er sah etwas in dem hohen verfilzten Gras rechts von der Treppe: ein großes Gesicht aus Stein im Unkraut, das gebannt in den Himmel starrte. Mit fünf Schritten war Norman dort und starrte es zehn Sekunden oder länger an, weil er ganz sicher sein wollte, daß er tatsächlich sah, was er zu sehen glaubte. Er sah es. Der riesige, umgestürzte Kopf hatte das Gesicht seines Vaters, und seine leeren Augen funkelten irre im Mondschein.

»Buh, du alter Hurensohn«, sagte er leise. »Was machst du denn hier?«

Sein Vater aus Stein gab keine Antwort, dafür aber seine Frau.

»Norrr-mannnn! Du bist so beschissen LANGSAAAM, Norrr-mannn!«

Eine schöne Ausdrucksweise haben sie ihr beigebracht, *bemerkte der Stier, aber jetzt gab er seine Kommentare in Normans Kopf von sich.* Tolle Leute, mit denen sie sich da eingelassen hat, zweifellos – sie haben ihr ganzes Leben verändert.

»Miststück«, sagte er mit belegter, bebender Stimme. »Oh, du Miststück.«

Er wandte sich von dem Steingesicht im Gras ab und widerstand dem Drang, sich noch einmal umzudrehen und darauf zu spucken, wie auf die Jacke … oder den Reißverschluß der Jeans aufzumachen und darauf zu pissen. Jetzt war keine Zeit für Spielchen. Er hastete die rissigen Stufen hinauf zum schwarzen Eingang des Tempels. Jedesmal, wenn er den Fuß aufsetzte, rasten quälende Schmerzen durch sein Bein und den Rücken bis in den verletzten Unterkiefer.

Es kam ihm jetzt so vor, als würde nur noch die Maske den Kiefer halten, der irrsinnig weh tat. Er wünschte sich, er hätte das Aspirin der Charlie-David-Cops mitgebracht.

Wie konnte sie das tun, Norman? *flüsterte die Stimme tief in seinem Inneren. Sie hörte sich immer noch wie die Stimme seines Vaters an, aber Norman hatte noch nie gehört, daß sein Vater so unsicher und besorgt geklungen hatte.* Wie konnte sie es *wagen*, das zu tun? Was ist mit ihr geschehen?

Er blieb mit dem Fuß auf der obersten Stufe stehen; sein Gesicht schmerzte, und sein Kiefer fühlte sich so lose an wie ein Reifen, bei dem die Radmuttern lose sind. Ich weiß es nicht, und es ist mir auch egal, *antwortete er der Geisterstimme.* Aber ich will dir eines sagen, Daddy – falls du es bist –, wenn ich sie gefunden habe, werde ich in Null Komma nichts dafür sorgen, daß es wieder ungeschehen gemacht wird. Worauf du dich verlassen kannst.

Bist du sicher, daß du das versuchen willst? *fragte die Stimme, und Norman, der gerade weitergehen wollte, hielt inne und lauschte mit gesenktem Kopf.*

Weißt du, was klüger sein könnte? *fragte die Stimme.* Es könnte klüger sein, es einfach auf sich beruhen zu lassen. Ich weiß, wie sich das anhört, aber ich will dich trotzdem in den Genuß meiner Überlegungen kommen lassen, Normie. Wenn ich derjenige wäre, der das Ruder hält, würde ich umkehren und dorthin gehen, wo ich hergekommen bin. Hier stimmt nämlich *nichts*. Es ist sogar alles verdammt daneben. Ich weiß nicht, was es ist, aber ich weiß, was für ein Gefühl ich habe – wieder eine Falle. Und wenn du in diese Falle tappst, hast du wahrscheinlich mehr Probleme am Hals als einen wackligen Unterkiefer und eine Maske, die nicht mehr abgeht. Warum drehst du dich nicht um und gehst dorthin zurück, woher du gekommen bist? Vielleicht findest du den Weg zurück in ihr Zimmer und kannst dort auf sie warten.

Weil sie kommen würden, Daddy, *antwortete Norman der Stimme. Er war erschüttert von der Beharrlichkeit und Gewißheit der Geisterstimmen, wollte es aber nicht zugeben.* Die Cops würden kommen und mich festnehmen. Sie würden mich aus dem Verkehr ziehen, bevor ich auch nur ihr Parfum zu riechen bekäme. Und weil sie mich beschimpft hat. Weil sie eine Hure geworden ist. Das erkenne ich schon daran, wie sie jetzt redet.

Vergiß doch, wie sie redet, du Idiot! Wenn sie ein verdorbenes Weibsstück geworden ist, dann laß sie doch zusammen mit ihren Freundinnen verrotten! Vielleicht ist es noch nicht zu spät, diese Sache hier abzublasen, bevor sie dir ins Gesicht explodiert.

Er dachte wirklich darüber nach ... und dann sah er zu dem Tempel und las die Worte, die über dem Eingang in Stein gemeißelt waren. SIE, DIE DIE BANKCARD IHRES MANNES STIEHLT, HAT IHR LEBEN VERWIRKT, *stand dort.*

Damit waren alle Zweifel dahin. Er würde nicht mehr auf diese pimmelgrapschende Memme von Vater hören. Er ging durch den vor ihm gähnenden Eingang in die klamme Dunkelheit dahinter. Es war dunkel ... aber nicht so dunkel, daß man nichts hätte sehen können. Fahles Mondlicht fiel steil durch die schmalen Fenster herein und beleuchtete eine Ruine, die auf unheimliche Weise wie die Kirche in Aubreyville aussah, wo Rose und ihre Familie zum Gottesdienst gegangen waren. Er schritt durch Haufen abgefallener Blätter, und als ein Schwarm flatternder, kreischender Fledermäuse durch die Mondstrahlen herabstießen, fuchtelte er nur mit den Armen und scheuchte sie weg. »Verschwindet, ihr Hurensöhne«, murmelte er.

Als er durch die Tür rechts von dem Altar eine kleine Steintreppe betrat, sah er einen Fussel an einem Dornbusch hängen. Er beugte sich darüber, nahm ihn in die Hand und hielt ihn sich vor die Augen. In diesem Licht konnte man es nicht richtig erkennen, aber er glaubte, daß der Fussel rot oder rosa war. Hatte sie Kleidungsstücke in dieser Farbe getragen? Er dachte, sie hätte Jeans angehabt, aber in seinem Kopf wirbelte alles durcheinander. Und selbst wenn sie Jeans getragen hatte, sie hatte die Jacke ausgezogen, die der Schwanzlutscher ihr geliehen hatte, und darunter vielleicht –

Ein leises Geräusch erklang hinter ihm, als würde ein Wimpel im Wind flattern. Norman drehte sich um, und eine braune Fledermaus flog ihm ins Gesicht und schnappte mit ihrem Mund mit Schnurrbarthaaren nach ihm, während ihre ledrigen Schwingen gegen seine Wangen schlugen.

Er hatte die Hand auf den Kolben der Pistole sinken lassen. Nun ließ er ihn wieder los, packte die Fledermaus und brach ihr die Knochen, indem er ihr die Flügel wie ein verrückter Akkordeonspieler an den Rumpf drückte. Er drehte sie in sich und riß sie mit solcher Kraft entzwei, daß vereinzelte Fetzen ihrer Eingeweide auf seine Schuhe fielen. »Hättest mir aus den Augen bleiben sollen, Arschloch«, sagte Norman zu der Fledermaus und warf ihre Überreste in die Schatten des Tempels.

»Du bist ein toller Fledermaustöter, Norman.«

Herrgott, das war nahe – *direkt hinter ihm! Er wirbelte so schnell herum, daß er fast das Gleichgewicht verlor und von dem Steinpodest fiel.*

Hinter dem Tempel fiel der Erdboden zu einem Bachbett hin ab, und dort, auf halbem Weg, im sicherlich totesten Garten der Welt, stand seine süße kleine Rambling Rose – stand einfach im Mondschein da und sah zu ihm hinauf. Dreierlei fiel ihm in rascher Folge auf. Erstens, daß sie keine Jeans mehr trug, wenn sie überhaupt je welche getragen hatte; sie trug ein Minikleid, das aussah, als gehörte es zur Toga-Party einer Studentenvereinigung. Zweitens, sie trug ihr Haar anders. Es war blond gefärbt und nach hinten gekämmt.

Und drittens war sie wunderschön.

»Fledermäuse und Frauen«, sagte sie kalt. »Das ist so ziemlich alles für dich, richtig? Du tust mir fast leid, Norman. Du bist ein kläglicher Abklatsch von einem Mann. Du bist kein *Mann, kein richtiger. Und die dumme Maske, die du da trägst, macht dich nicht zu einem.«*

»ICH BRING DICH UM, DU HURE!« *Norman sprang von dem Podest und lief den Hügel hinunter auf sie zu, und im fahlen Mondschein folgte ihm sein gehörnter Schatten auf dem abgestorbenen Gras.*

3

Einen Augenblick blieb sie stehen, erstarrt, jeder Muskel in ihrem Körper verkrampft, während er auf sie zugestürmt kam und unter der abscheulichen Maske schrie, die er trug. Sie setzte sich erst in Bewegung, als sie vor ihrem geistigen Auge – von Ms. Praktisch-Vernünftig geschickt, vermutete sie –

plötzlich das Bild des Tennisschlägers sah, mit blutigem Griff, den er an ihr gebraucht hatte.

Da wirbelte sie herum und floh zum Bach, wobei der Saum ihres *Zat* flatterte.

Die Steine, Rosie … wenn du in dieses *Wasser fällst …*

Aber das würde sie nicht. Sie war richtig Rosie, sie war Rosie Richtig, und sie würde nicht hineinfallen. Das heißt, nur dann nicht, wenn sie nicht daran dachte, was dann passieren würde. Der Geruch des Bachs war so durchdringend, daß ihre Augen brannten … und ihr vor Verlangen das Wasser im Mund zusammenlief. Rosie hob die linke Hand, hielt sich die Nase mit den Knöcheln des zweiten und dritten Fingers zu und sprang auf den zweiten Stein und von dort auf den vierten und von dort ans andere Ufer. Ganz leicht. Nichts dabei. Jedenfalls so lange nicht, bis ihre Füße unter ihr wegrutschten und sie der Länge nach hinfiel und auf dem feuchten Gras langsam zu dem schwarzen Wasser hinabrutschte.

4

Norman sah sie stürzen und lachte. Es sah aus, als würde sie gleich naß werden.

Keine Bange, Rose, *dachte er.* Ich werd dich rausfischen und trockenklopfen. Das mach ich.

Dann krallte sie sich im Boden fest, rappelte sich wieder auf und warf einen ängstlichen Blick über die Schulter … aber sie sah nicht ihn an; sie sah zu dem Wasser. Als sie aufstand, konnte er ihren Hintern aufblitzen sehen, nackt wie am Tag ihrer Geburt, und etwas höchst Erstaunliches geschah: Er bekam einen Steifen.

»Ich komme, Rose«, keuchte er. Ja, und vielleicht würde er bald auch noch in anderer Hinsicht kommen. Kommen, während sie ging, sozusagen.

Er eilte zum Bach hinunter, trampelte die zarten Spuren von Rose' Füßen mit Hump McDaniels derben Stiefeln nieder, und erreichte den Rand des Bachs, als Rosie gerade wieder das gegenüberliegende Ufer erklommen hatte. Dort blieb sie einen Moment stehen und schaute zurück, und nun sah sie eindeutig ihn an. Dann machte sie etwas, das ihn verblüffte, daß er einen Moment wie angewurzelt stehenblieb.

Sie zeigte ihm den ausgestreckten Mittelfinger.

Und sie machte es auch noch richtig und küßte vor seinen Augen die Fingerspitze, bevor sie auf das Wäldchen mit den toten Bäumen zulief.

Hast du das gesehen, Norm, alter Freund? *fragte el Toro in seinem Kopf.* Das Miststück hat dir glatt den Finger gezeigt. Hast du das gesehen?

»*Ja*«, hauchte er. »*Ich habe es gesehen. Und ich werde mich darum kümmern. Ich werde mich um alles kümmern.*«

Doch er hatte nicht die Absicht, blindwütig über den Bach zu stürmen und womöglich hineinzufallen. Etwas an dem Wasser hatte Rose nicht gefallen, und er täte gut daran, vorsichtig zu sein; buchstäblich darauf zu achten, wohin er trat. Vielleicht wimmelte es in dem Bach von diesen kleinen südamerikanischen Fischen mit den großen Zähnen, die eine Kuh an einem guten Tag bis auf die Knochen abnagen konnten. Er wußte nicht, ob man von Wesen in einer Halluzination getötet werden konnte, aber dies alles hier schien von mal zu mal realistischer zu werden.

Sie hat mir ihren Arsch gezeigt, *dachte er.* Ihren *nackten* Arsch. Vielleicht hab ich auch was, das ich ihr zeigen kann. Heißt es nicht, man soll Gleiches mit Gleichem vergelten?

Norman verzog die Lippen zu einer zähnefletschenden Grimasse, die ein Grinsen war, und setzte einen von Humps Stiefeln auf den ersten weißen Stein. Dabei verschwand der Mond hinter einer Wolke. Als er wieder zum Vorschein kam, hatte Norman den schmalen Bach zur Hälfte überquert. Er sah auf das Wasser hinab, zuerst nur neugierig, dann fasziniert und entsetzt. Das Mondlicht drang ebenso wenig in das Wasser, wie es in einen Strom schwarzer Tinte gedrungen wäre, aber das war es nicht, was ihm den Atem verschlug und auf der Stelle verharren ließ. Er sah das Spiegelbild des Mondes, aber in dem schwarzen Wasser war es nicht der Mond. Es war ein ausgebleichter und grinsender Totenschädel.

Trink einen Schluck von *diesem* Zeug, *sagte der Schädel auf der Wasseroberfläche flüsternd.* Teufel, nimm ein gottverdammtes *Bad* darin, wenn du willst. Vergiß den ganzen Quatsch. Trink, und du wirst ihn vergessen. Trink, und nichts wird dich je wieder quälen; nichts.

Das hörte sich so plausibel an, so richtig. Er sah nach oben, vielleicht um festzustellen, ob der Mond am Himmel soviel Ähnlichkeit mit einem Schädel hatte wie der im Wasser, aber statt dessen sah er Rose. Sie stand an der Stelle, wo der Weg in einem Hain toter Bäume verschwand, neben der Statue eines Jungen mit erhobenen Armen, dessen Schwengel vorne heraushing.

»So leicht kommst du mir nicht davon«, keuchte er. »Ich werde nicht …«

Da bewegte sich der Junge aus Stein. Er ließ die Arme sinken und packte Rose am rechten Handgelenk. Rose schrie und wehrte sich verzweifelt gegen seinen beidhändigen Griff. Der Junge aus Stein grinste, dann streckte er vor Normans Augen die Marmorzunge heraus und bewegte sie anzüglich vor Rose.

»Guter Junge«, flüsterte Norman. »Halt sie fest – halt sie nur fest.«

Er sprang ans andere Ufer und lief mit ausgestreckten Händen auf seine untreue Frau zu.

5

»Willst du es von hinten besorgt haben?« wollte der Junge aus Stein mit einer krächzenden, teilnahmslosen Stimme wissen. Die Hände, die ihr Handgelenk umklammert hielten, bestanden nur aus Kanten und unerbittlich pressendem Gewicht. Sie drehte sich um und sah Norman ans Ufer springen; die Stiermaske, die er trug, durchbohrte mit ihren Hörnern die Luft. Er stolperte auf dem nassen Gras, fiel aber nicht. Zum erstenmal, seit ihr klar geworden war, daß er es war, der in dem Polizeiauto saß, verspürte sie so etwas wie Panik. Er würde sie erwischen, und dann? Er würde sie mit den Zähnen in Stücke reißen, und sie würde schreiend sterben, mit dem Duft von English Leather in der Nase. Er würde –

»Willst du es von *hinten?*« spie der Junge aus Stein förmlich aus. »Willst du *runter*, Rosie, 'n kleinen Ritt, auf allen vieren, auf dem B…«

»Nein!« kreischte sie, und ihre Wut loderte wieder auf und legte sich wie ein roter Vorhang über ihr Denken. *»Nein, laß mich in Ruhe, hör auf mit diesem High-School-Quatsch und laß mich in RUHE!«*

Sie holte mit der linken Hand aus, ohne darüber nachzudenken, wie weh es tun würde, einer Marmorstatue mit der Faust ins Gesicht zu schlagen ... aber tatsächlich tat es gar nicht weh. Es war, als würde sie etwas Schwammiges und Verfaultes mit einem Rammbock treffen. Sie sah nur ganz kurz einen neuen Gesichtsausdruck – Staunen verdrängte Geilheit –, und dann zerbarst das Gesicht des Dings in hundert teigfarbige Fetzen. Der unerbittliche Druck seiner Hände um ihr Handgelenk ließ nach, aber nun war Norman da, Norman war fast bei ihr, hatte den Kopf gesenkt, die Hände ausgestreckt und atmete schnaubend durch die Maske.

Rosie drehte sich um, spürte die Finger seiner ausgestreckten Hand, die über den Träger des *Zat* glitten, und rannte, so schnell sie konnte.

Nun war es zu einem Wettlauf geworden.

6

Sie lief wie als junges Mädchen, bevor ihre praktische, vernünftige Mutter mit der schweren Aufgabe begonnen hatte, Rose Alicia McClendon beizubringen, was sich für eine Dame schickte und was nicht (laufen, besonders in einem Alter, wo man Brüste hatte, die dabei auf und ab hüpften, schickte sich definitiv nicht). Mit anderen Worten, sie rannte, was das Zeug hielt, senkte den Kopf und pumpte mit den zu Fäusten geballten Händen. Sie merkte, daß ihr Norman anfangs dicht auf den Fersen war, bekam aber nicht mit, wie er zurückfiel, zuerst nur Zentimeter, dann Meter. Sie konnte ihn noch grunzen und schnaufen hören, als er ein wenig hinter ihr lag, und er hörte sich ganz genau wie Erinyes im Labyrinth an. Sie nahm ihr eigenes, flacheres Atmen wahr und spürte, wie ihr Zopf auf ihrem Rücken von einer Seite zur anderen tanzte. Am deutlichsten aber spürte sie ein irres, aufgeputschtes Gefühl; spürte das Blut, das in ihren Kopf strömte, bis sie dachte, er würde platzen, aber es wäre Ekstase, wenn er tatsächlich platzen würde. Sie schaute auf und stellte fest, daß der Mond mit ihr lief, daß er hinter den Ästen der toten Bäume, die aufragten wie die Hände von Riesen, welche man lebendig begraben hatte und die beim Versuch gestorben waren, sich selbst auszugraben, über den sternenübersäten Himmel raste. Als Norman hinter ihr grunzte, sie solle stehenbleiben und aufhören, so eine Fotze zu sein, lachte sie tatsächlich. *Er denkt, ich spiele die Unnahbare,* dachte sie.

Dann kam sie um eine Wegbiegung und sah den vom Blitz gefällten Baum, der ihr den Weg versperrte. Ihr blieb keine Zeit auszuweichen, und wenn sie versuchte zu bremsen, würde sie sich nur auf einem oder mehreren Ästen des Baums aufspießen. Und selbst wenn nicht, war Norman hinter ihr. Sie hatte einen kleinen Vorsprung herausgeholt, aber wenn sie auch nur einen Augenblick stehenblieb, würde er sie packen wie ein Hund ein Kaninchen.

Das alles ging ihr binnen eines Augenblicks durch den Kopf. Dann sprang sie mit einem Aufschrei – möglicherweise aus Angst, möglicherweise aus Trotz, wahrscheinlich von beidem etwas –, streckte die Hände vor sich aus wie Supergirl, flog über den Baum und landete auf der linken Schulter. Sie schlug einen Purzelbaum, sprang benommen in die Höhe und sah Norman, der sie über den umgestürzten Baumstamm hinweg anstarrte. Er hielt mit den Händen zwei rauchgeschwärzte Aststümpfe umklammert und atmete keuchend. Sein Atem kondensierte zu Wölkchen, und sie konnte außer Schweiß und English Leather noch etwas anderes riechen.

»Du hast wieder angefangen zu rauchen, was?« sagte sie.

Die Augen unter den blumenbekränzten Hörnern betrachteten sie bar jeglicher Vernunft. Seine untere Gesichtshälfte zuckte unkontrolliert, als versuchte der Mann unter der Maske zu lächeln. »Rose«, sagte der Stier. »Hör auf damit.«

»Ich bin nicht *Rose*«, sagte sie und stieß ein kurzes, resigniertes Lachen aus, als wäre er wahrhaftig das dümmste Geschöpf auf Erden – *el Toro dumbo.* »Ich bin *Rosie.* Rosie Richtig. Aber *du* bist nicht mehr richtig im Kopf, Norman ... oder? Nicht mal in deinen Augen. Aber das ist mir egal, weil ich von dir geschieden bin.«

Damit drehte sie sich um und lief weiter.

7

Du bist nicht mehr richtig im Kopf, *dachte er, als er um den Wipfel des Baums herumging, wo genügend Platz war. Sie war auf der anderen Seite mit voller Kraft weitergerannt, aber als Norman wieder auf dem Weg war, trabte er nur gemächlich. Mehr war wirklich nicht nötig. Die innere Stimme, die ihn noch nie im Stich gelassen hatte, sagte ihm, daß der Weg weiter vorne, nicht weit von hier, zu Ende war. Das hätte ihn mit Freude erfüllen sollen, aber er konnte nicht vergessen, was sie zu ihm gesagt hatte, bevor sie ihm zum letztenmal ihren hübschen kleinen Hintern zugedreht hatte.*

Ich bin Rosie Richtig, aber *du* bist nicht mehr richtig im Kopf, nicht mal in deinen Augen ... ich bin von dir geschieden.«

Nun, *dachte er,* damit kommst du der Sache ziemlich nahe. Es *wird* eine Scheidung geben, aber zu meinen Bedingungen, Rose.

Er lief noch ein Stück weiter, dann blieb er stehen, wischte sich die Stirn mit dem Unterarm ab und wunderte sich nicht, daß er schweißnaß war, dachte nicht mal darüber nach, obwohl er immer noch die Maske trug.

»Komm lieber zurück, Rose!« rief er. »Letzte Chance!«

»Hol mich doch«, rief sie als Antwort, und ihre Stimme klang auf subtile Weise anders, obwohl er nicht sagen konnte, inwiefern. »Hol mich doch, Norman, es ist nicht mehr weit.«

Nein, es konnte nicht mehr weit sein. Er hatte sie praktisch durch das halbe verdammte Land gejagt, und dann war er ihr in eine an-

dere Welt gefolgt, in einen Traum oder sonst einen Mist, aber jetzt stand sie mit dem Rücken zur Wand.

»Du steckst in der Sackgasse, Süßschnabel«, sagte Norman, ging auf die Stelle zu, von wo ihre Stimme erklang, und ballte unterwegs die Hände zu Fäusten.

8

Sie lief auf die kreisförmige Lichtung und sah sich selbst, wie sie bei dem einzigen gesunden Baum kniete, Rücken zugewandt, Kopf gesenkt, als würde sie beten oder meditieren.

Nicht *ich*, dachte Rosie nervös. *Das bin* nicht *ich*.

Aber es hätte sein können. Die Frau, die vor dem »Granatapfelbaum« kniete und ihr den Rücken zudrehte, hätte ihre Zwillingsschwester sein können. Sie war genauso groß, hatte dieselbe Figur, dieselben langen Beine und breiten Hüften. Sie trug denselben dunkelroten Chiton – *Zat* hatte die schwarze Frau es genannt –, und ihr Haar hing als blonder Zopf bis zur Taille am Rücken hinab, genau wie bei Rosie. Der einzige Unterschied bestand darin, daß beide Arme der Frau nackt waren, da Rosie ihren Armreif trug. Aber der Unterschied würde Norman wahrscheinlich nicht auffallen. Er hatte nie gesehen, daß Rosie so etwas trug, aber sie dachte, daß es ihm in seinem jetzigen Zustand so oder so nicht aufgefallen wäre. Dann sah sie etwas, das ihm vielleicht *doch* auffallen würde – die dunklen Flecken auf Hals und Oberarmen von Rose Madder. Sie waberten wie gierige Schatten.

Rosie blieb stehen und sah zu der Frau, die im Mondschein vor dem Baum kniete.

»Ich bin gekommen«, sagte sie unsicher.

»Ja, Rosie«, sagte die andere mit ihrer angenehmen, lüsternen Stimme. »Du bist gekommen, aber noch nicht weit genug. Ich möchte, daß du dorthin gehst.« Sie deutete zu den breiten weißen Stufen, die unter dem Wort LABYRINTH nach unten führten. »Nicht weit – ein Dutzend Stufen müßten reichen, wenn du dich flach hinlegst. Nur so weit, daß du es nicht mit ansehen mußt. Du wirst das nicht sehen wollen ... aber du kannst gern zusehen, wenn du es *doch willst*.«

Sie lachte. Es hörte sich aufrichtig heiter an, und das, dachte Rosie, machte es wirklich furchtbar.

»Wie dem auch sei«, fuhr sie fort, »es könnte sein, daß du hörst, was zwischen uns vorgeht. Ja, ich glaube, das könnte gut sein.«

»Vielleicht glaubt er nicht mal im Mondschein, daß Sie ich sind.«

Wieder lachte Rose Madder. Rosies Nackenhärchen stellten sich auf, als sie es hörte. »Warum sollte er nicht, kleine Rosie?«

»Sie haben ... nun ... diese Flecken. Selbst ich kann sie bei diesem Licht erkennen.«

»Ja, *du* kannst es«, sagte Rose Madder immer noch lachend. »*Du* kannst es, aber *er* nicht. Hast du vergessen, daß Erinyes blind ist?«

Rosie wollte sagen: *Sie bringen da etwas durcheinander, Ma'am, wir sprechen hier von meinem Mann, nicht von dem Stier im Labyrinth.* Dann fiel ihr die Maske ein, die Norman trug, und sie sagte nichts.

»Geh rasch«, sagte Rose Madder. »Ich höre ihn kommen. Die Treppe hinunter, kleine Rosie ... und komm mir im Vorbeigehen nicht zu nahe.« Sie machte eine Pause, dann fuhr sie mit ihrer schrecklichen, versonnenen Stimme fort: »Es wäre nicht sicher.«

9

Norman trabte den Weg entlang und lauschte. Einen oder zwei Augenblicke glaubte er, daß er Rose reden hören würde, aber das bildete er sich wahrscheinlich nur ein. Es war sowieso nicht wichtig. Wenn jemand bei ihr war, würde er den auch erledigen. Wenn er Glück hatte, war es Dirty Gertie – vielleicht hatte der zu groß geratene kesse Vater auch den Weg in diesen Traum gefunden, und Norman hätte das Vergnügen, ihr eine .45er Kugel in die fette linke Titte zu jagen.

Beim Gedanken, Dirty Gertie zu erschießen, rannte er fast wieder. Er war jetzt so nahe, daß er sich einbildete, er könnte sie tatsächlich riechen – geisterhaft miteinander verwobene Düfte nach Dove-Seife und Silk-Shampoo. Er kam um die letzte Biegung herum.

Ich komme, Rose, *dachte er.* Kein Ausweg mehr, kein Versteck. Ich bin gekommen, um dich nach Hause zu bringen, Liebste.

10

Es war kalt auf der Treppe zum Labyrinth hinunter, und Rosie bemerkte einen Geruch, der ihr bei ihrem letzten Besuch nicht aufgefallen war – einen klammen Fäulnisgeruch. Vermischt mit dem Gestank von Ausscheidungen und verfaultem Fleisch und wildem Tier. Der beunruhigende Gedanke

(können Stiere Treppen steigen?)

kam ihr wieder, aber diesmal verspürte sie keine Angst.

Erinyes war nicht mehr in dem Labyrinth, es sei denn, die größere Welt – die Welt des Gemäldes – wäre ebenfalls ein Labyrinth.

O ja, sagte diese seltsame Stimme, die nicht ganz Ms. Praktisch-Vernünftig war, dazu ruhig. *Diese Welt, alle Welten. Und in jeder gibt es viele Sterne. Diese Mythen erklingen über einem Grundton von Wahrheit, Rosie. Darin liegt ihre Macht. Darum überleben sie.*

Sie preßte sich flach auf die Treppe, atmete keuchend, und ihr Herz klopfte. Sie litt Todesangst, spürte aber auch eine gewisse bittere Begierde in sich, die sie ganz genau identifizieren konnte: Sie war auch eine Maske für ihre Wut.

Die Hände vor ihrem Gesicht waren zu Fäusten geballt.

Tu es, dachte sie. *Tu es, töte den Dreckskerl, befreie mich. Ich will hören, wie er stirbt.*

Rosie, das ist nicht dein Ernst! Das *war* Ms. Praktisch-Vernünftig, die sich entsetzt und angewidert anhörte. *Sag, daß das nicht dein Ernst ist!*

Aber das konnte sie nicht, weil es einem Teil von ihr ernst war.

Einem Teil von ihr war es todernst.

11

Der Weg mündete in einer kreisrunden Lichtung, und da war sie. Endlich war sie da. Seine Rambling Rose. Sie kniete, hatte ihm den Rücken zugewandt, trug dieses kurze, rote Kleid (er war fast sicher, daß es rot war) und hatte das gefärbte Hurenhaar zu einer Art Zopf gebunden.

Er blieb am Rand der Lichtung stehen und sah sie an. Es war eindeutig Rose, kein Zweifel, und doch hatte sie sich verändert. Zunächst einmal war ihr Arsch kleiner, aber darauf kam es nicht an. Ihre Haltung hatte sich geändert, das spürte er, obwohl sie ihm den Rücken zudrehte. Und was hatte das zu bedeuten? Natürlich, daß es Zeit wurde, ihr die Flausen auszutreiben.

»Warum hast du dir das verdammte Haar gefärbt?« fragte er sie. »Du siehst wie eine verdammte Schlampe aus!«

»Nein, du verstehst nicht«, sagte Rose gelassen, ohne sich zu ihm umzudrehen. »Vorher war es gefärbt. Darunter ist es immer blond gewesen, Norman. Ich hatte es gefärbt, um dich zum Narren zu halten.«

Er machte zwei große Schritte auf die Lichtung und wurde wütend, wie immer, wenn sie nicht einer Meinung mit ihm war oder ihm widersprach, wenn irgend jemand nicht einer Meinung mit ihm war oder ihm widersprach. Und was sie heute abend gesagt hatte … was sie zu ihm gesagt hatte …

»Einen Scheißdreck hast du!« rief er aus.

»Einen Scheißdreck hab ich nicht«, antwortete sie und unterstrich diese erstaunlich respektlose Bemerkung mit einem verächtlichen kurzen Lachen.

Aber sie drehte sich nicht um.

Norman ging noch einmal zwei Schritte auf sie zu und blieb wieder stehen. Seine Hände hingen zu Fäusten geballt herunter. Er ließ den Blick über die Lichtung schweifen, weil ihm ihre murmelnde Stimme wieder einfiel, als er näher gekommen war. Er hielt nach Gert Ausschau, oder nach Roses kleinem Schwanzlutscherfreund, der bereit war, ihn mit seiner Kinderpistole zu erschießen oder einfach einen Stein nach ihm zu werfen. Er sah niemand, was wahrscheinlich bedeutete, daß sie Selbstgespräche geführt hatte, was sie zu Hause ständig machte. Es sei denn, jemand kauerte hinter dem Baum im Zen-

trum der Lichtung. Dieser Baum schien das einzige Lebendige in diesem Stilleben zu sein; seine Blätter waren lang und grün und schmal und glänzten wie die Blätter einer frisch geölten Avocadopflanze. Seine Äste bogen sich unter der Last von merkwürdigen Früchten, die Norman nicht mal auf einem Sandwich mit Erdnußbutter und Gelee angerührt hätte. Um Roses Beine herum lagen eine Menge heruntergefallener Früchte, und bei dem Geruch, der von ihnen aufstieg, mußte Norman an das Wasser in dem Bach denken. Wenn man solche Früchte aß, würde man entweder sterben oder so schlimme Bauchschmerzen bekommen, daß man sich wünschte, man wäre tot.

Links von dem Baum stand etwas, das ihn in seiner Ansicht bestärkte, daß es sich um einen Traum handeln mußte. Es sah aus wie ein Eingang der verdammten New Yorker U-Bahn, in Marmor gehauen. Aber das sollte nicht seine Sorge sein, ebensowenig wie der Baum mit seinen nach Pisse stinkenden Früchten. Rose war es, um die es hier ging, Rose und ihr freches Lachen. Er stellte sich vor, daß ihre koksschnupfenden kleinen Freundinnen ihr dieses Lachen beigebracht hatten, aber auch das war nicht wichtig. Er war hier, um ihr eine Lektion zu erteilen, die wichtig *war: Wenn man so lachte, lief man Gefahr, eine Tracht Prügel zu beziehen. Und genau das würde er in diesem Traum machen, wenn er es schon in Wirklichkeit nicht konnte; er würde es tun, selbst wenn er mit Polizeikugeln vollgepumpt auf dem Boden ihres Apartments liegen und ein Delirium vor dem Sterben durchlebte.*

»Steh auf.« Er ging noch einen Schritt auf sie zu und zog die Waffe aus dem Hosenbund seiner Jeans. »Wir müssen über Verschiedenes reden.«

»Ja, da hast du ganz sicher recht«, sagte sie, drehte sich aber nicht um und stand nicht auf. Sie kniete nur da, während Mondlicht und Schatten ihr Zebrastreifen auf den Rücken malten.

»Sieh mich an, *gottverdammt!«*

Er ging noch einen Schritt auf sie zu. Die Fingernägel der Hand, die nicht die Waffe hielt, gruben sich wie weißglühende Metallsplitter in die Handfläche. Und immer noch drehte sie sich nicht um. Immer noch stand sie nicht auf.

*»Erinyes aus dem Labyrinth!« sagte sie mit ihrer leisen, melodischen Stimme. »*Ecce taurus! *Sehet den Stier!« Aber immer noch stand sie nicht auf, immer noch drehte sie sich nicht um und sah ihn an.*

»Ich bin kein Stier, du Fotze!« brüllte er und zog mit den Fingern an der Maske. Sie wich nicht. Sie schien nicht mehr an seinem Gesicht zu haften oder mit seinem Gesicht verwachsen zu sein; sie schien zu seinem Gesicht geworden *zu sein.*

Wie kann das sein? *fragte er sich bestürzt.* Wie kann das möglich sein? Es ist doch nur ein alberner Jahrmarktspreis für Kinder!

Ihm fiel keine Antwort auf diese Frage ein, aber die Maske löste sich nicht, wie fest er auch daran zog, und ihm wurde mit übelkeiterregender Deutlichkeit bewußt, wenn er die Nägel hineingraben würde, würde er Schmerzen verspüren. Er würde bluten. Und tatsächlich hatte die Maske nur noch eine Augenöffnung, die mitten ins Gesicht gewandert war. Seine Sicht durch diese Öffnung war dunkler geworden; das zuvor helle Mondlicht schien wolkenverhangen zu sein.

»Nimm sie mir ab!« *fuhr er sie an.* »Nimm sie mir ab, du Miststück! Das kannst du doch, oder nicht? Ich weiß, daß du es kannst! Und verarsch mich nicht mehr! WAGE es nicht, mich weiter zu verarschen!«

Er stolperte den Rest des Weges zu der Stelle, wo sie kniete, und packte sie an der Schulter. Der Träger der Toga verrutschte, und was er darunter sah, erschreckte ihn so sehr, daß er einen kurzen, entsetzten Aufschrei ausstieß. Ihre Haut war so schwarz und verfault wie die Früchte, die um den Baumstamm herum am Boden verrotteten – diejenigen, die so verfault waren, daß sie schon flüssig wurden.

»Der Stier ist aus dem Labyrinth gekommen«, sagte Rose und erhob sich mit einer Grazie und Anmut auf die Füße, die er nie an ihr gesehen oder vermutet hatte. »Und darum muß Erinyes jetzt sterben. So steht es geschrieben; so soll es geschehen.«

»Die einzige, die hier sterben wird –«, begann er, aber weiter kam er nicht. Sie drehte sich um, und als das fahle Licht des Mondes auf sie fiel, schrie Norman auf. Er schoß zweimal mit der .45er vor sich in den Boden, ohne es zu bemerken, dann ließ er sie fallen. Er schlug die Hände an den Kopf und schrie, wich zurück und stolperte linkisch auf Beinen, die er kaum noch unter Kontrolle hatte. Sie beantwortete seinen Schrei mit einem eigenen.

Fäulnis breitete sich über die Wölbung ihres Busens aus; ihr Hals war so purpur-schwarz wie der einer Erwürgten. An manchen Stel-

len war die Haut aufgeplatzt und verströmte dicke Tränen gelben Eiters. Aber diese Anzeichen einer weit fortgeschrittenen und offensichtlich tödlichen Krankheit waren nicht der Grund dafür, daß sich seiner Kehle heulende Schreie entrangen; sie waren es nicht, die die dünne Eierschale seines Wahnsinns durchbrachen und eine weit schrecklichere Wirklichkeit eindringen ließen, wie das unbarmherzige Licht einer fremden Sonne.

Dafür war ihr Gesicht verantwortlich.

Es war das Gesicht einer Fledermaus mit den strahlenden irren Augen einer tollwütigen Füchsin; es war das Gesicht einer überirdisch schönen Göttin, das man in einer Illustration eines alten und verstaubten Buches entdeckt wie eine seltsame Blume auf einem von Unkraut überwucherten unbebauten Grundstück; es war das Gesicht seiner Rose, dessen Aussehen stets durch den zaghaften Hoffnungsschimmer in ihren Augen und die unmerkliche, sehnsüchtige Krümmung der Mundwinkel über das Unscheinbare hinaus erhoben worden war. Diese Aspekte schwebten auf dem Gesicht, das sich zu ihm umdrehte, wie Seerosen auf einem gefährlichen Teich, und dann wurden sie verweht, und Norman sah, was darunter lag. Es war das Gesicht einer Spinne, von Gier und irrer Intelligenz verzerrt. Der offene Mund ließ eine abstoßende Dunkelheit erkennen, in der seidige Tentakel wallten, an denen Hunderte Insekten und Käfer festklebten, manche tot, manche sterbend. Die Augen waren große, blutende Eier von dunkelroter Farbe, die wie lebender Glibber in den Höhlen pulsierten.

»Komm noch näher, Norman«, flüsterte die Spinne im Mondschein, und bevor sein Verstand endgültig brach, sah Norman, daß der Mund mit seinen Tentakeln und Insekten zu grinsen versuchte.

Weitere Arme bahnten sich einen Weg durch die Armöffnungen der Toga, und auch unter dem kurzen Rock hervor, aber es waren keine Arme, in Wirklichkeit waren es keine Arme, und er schrie und schrie und schrie; schreiend bat er um die Gnade des Vergessens, damit er nichts mehr wissen und sehen mußte, aber das Vergessen wollte nicht kommen.

»Komm näher«, gurrte sie, streckte die Nicht-Arme nach ihm aus und öffnete das klaffende Maul. »Ich will mit dir reden.« Klauen befanden sich an den Enden der schwarzen Nicht-Arme, und sie waren mit Borsten besetzt. Die Klauen berührten seine Handgelenke, seine Beine, das geschwollene Anhängsel, das noch *zwischen seinen Beinen pochte. Eine wand sich liebevoll in seinen Mund; die Borsten glitten über seine Zähne und die Innenseiten der Wangen. Sie ergriff seine Zunge, riß sie heraus und schwenkte sie triumphierend vor seinem ungläubig starrenden Auge.* »Ich will mit dir reden, und zwar ... aus der ... NÄHE!«

Er unternahm einen letzten verzweifelten Versuch, sich loszureißen, und wurde statt dessen in die gierige Umarmung von Rose Madder gezogen.

Wo Norman endlich lernte, was es hieß, der Gebissene zu sein, und nicht der Beißende.

12

Rosie lag auf der Treppe, hatte die Augen geschlossen, die Fäuste an den Kopf gedrückt und hörte seine Schreie. Sie versuchte nicht einmal, sich vorzustellen, was da draußen los war, und sie versuchte, daran zu denken, daß es *Norman* war, der dort schrie, Norman mit dem gräßlichen Bleistift, Norman mit dem Tennisschläger, Norman mit den Zähnen.

Doch das alles ging im Grauen seiner Schreie unter, seiner gequälten Schreie, als Rose Madder ...

... als Rose Madder tat, was immer sie tat.

Nach einer gewissen Zeit – einer *langen* Zeit – verstummten die Schreie. Rosie blieb liegen, wo sie war, entkrampfte langsam die Fäuste, ließ die Augen aber fest zugekniffen und saugte mit kurzen, abgehackten Zügen Luft in die Lunge. Sie wäre vielleicht noch Stunden dort liegen geblieben, hätte die angenehme, irre Stimme der Frau sie nicht gerufen:

»Komm hervor, kleine Rosie! Komm hervor und sei guten Mutes! Der Stier ist nicht mehr!«

Langsam kam Rosie mit Beinen, die sich taub und hölzern anfühlten, zuerst auf die Knie und dann auf die Füße. Sie ging die Stufen hinauf und blieb stehen. Sie wollte nicht hinsehen, aber ihre Augen schienen ein Eigenleben zu entwickeln; sie sahen über die Lichtung, während ihr der Atem in der Kehle stockte.

Sie stieß einen langen, leisen Seufzer der Erleichterung aus. Rose Madder kniete immer noch mit dem Rücken zu ihr. Vor ihr im Schatten lag ein Bündel, das zuerst wie Lumpen aussah. Dann kullerte eine weiße Seesterngestalt aus den Schatten ins Mondlicht. Es war eine Hand, und da sah Rosie den Rest von ihm, wie eine Frau, die plötzlich Sinn und Zusammenhang im Tintenklecks eines Psychiaters entdeckt. Es war Norman. Er war verstümmelt, und sein verbliebenes Auge quoll in einem endgültigen Ausdruck völligen Entsetzens aus seiner Höhle, aber es war zweifellos Norman.

Rose Madder streckte vor Rosies Augen einen Arm in die Höhe und pflückte eine Frucht von dem Baum. Sie zerquetschte sie mit der Hand – einer ausgesprochen menschlichen Hand, und anmutig obendrein, abgesehen von den schwarzen geisterhaften Flecken, die unmittelbar unter ihrer Haut schwebten –, so daß zuerst der dunkelrote Saft zwischen ihren Fingern herausquoll, und dann die Frucht selbst als tiefrote, feuchte Masse aufplatzte. Sie pulte ein rundes Dutzend Samenkerne aus dem Fruchtfleisch und pflanzte sie in Norman Daniels' verstümmelten Leib. Den letzten bohrte sie ihm in das glotzende Auge. Ein nasses Plopp ertönte, als sie ihn hineinstieß, als wäre jemand auf eine pralle Traube getreten.

»Was *machen* Sie da?« konnte Rosie nicht umhin zu fragen. Sie konnte gerade noch verhindern, daß sie hinzufügte: *Drehen Sie sich nicht um, Sie können es mir sagen, ohne sich umzudrehen!*

»Ich bepflanze ihn.« Dann machte sie etwas, bei dem Rosie sich vorkam, als wäre sie in einem Roman von »Richard Racine« geraten: Sie beugte sich nach vorn und küßte den Toten auf den Mund. Schließlich wich sie zurück, nahm ihn auf die Arme, stand auf und drehte sich zu der weißen Marmortreppe um, die in die Erde hinabführte.

Rosie wandte sich mit klopfendem Herzen ab.

»Angenehme Träume, du Sohn eines Dreckskerls«, sagte Rose Madder und warf Normans Leichnam unter dem Wort LABYRINTH in die Dunkelheit hinab.

Wo möglicherweise die Samen, die sie gepflanzt hatte, Wurzeln schlagen und aufgehen würden.

13

»Geh den Weg zurück, den du gekommen bist«, sagte Rose Madder. Sie stand an der Treppe; Rosie am anderen Ende der Lichtung, wo der Pfad begann, und drehte ihr den Rücken zu. Sie wollte nicht einmal das Risiko eingehen, einen Blick auf Rose Madder zu werfen, und sie hatte festgestellt, daß sie ihren Augen nicht mehr uneingeschränkt vertrauen konnte, was das Befolgen von Anweisungen betraf. »Geh zurück zu Dorcas und deinem Mann. Sie hat etwas für dich, und ich möchte auch noch mit dir reden ... aber nur kurz. Dann ist unsere Zeit zu Ende. Ich glaube, für dich wird es eine Erleichterung sein.«

»Er existiert nicht mehr, oder?« Rosie fragte und sah unverwandt auf den Weg im Mondlicht. »Wirklich nicht mehr.«

»Ich nehme an, du wirst ihn in deinen Träumen sehen«, sagte Rose Madder wegwerfend, »und wenn schon? Es ist schlicht und ergreifend so, daß böse Träume besser sind als ein böses Erwachen.«

»Ja. Ich glaube, das ist eine Erkenntnis, die die meisten Menschen einfach übersehen.«

»Geh jetzt. Ich komme zu dir. Ach, Rosie?«

»Was?«

»Vergiß nicht den Baum.«

»Den Baum? Ich verstehe n...«

»Das weiß ich. Aber du wirst verstehen. Vergiß nicht den Baum. Und nun geh.«

Rosie ging. Und drehte sich nicht um.

X

Rosie Richtig

I

Bill und die Frau – Dorcas, ihr Name war Dorcas, und doch nicht Wendy – standen nicht mehr auf dem schmalen Weg hinter dem Tempel, und Rosies Kleidungsstücke waren ebenfalls verschwunden. Allerdings machte sich Rosie deswegen keine Sorgen. Sie stapfte lediglich um das Gebäude herum, schaute den Hügel hinauf, sah sie neben dem Pferdewagen stehen und ging zu ihnen.

Bill kam ihr entgegen, sein blasses, abgespanntes Gesicht sah besorgt aus. Angesichts der Tatsache, daß er wahrscheinlich glaubte, er habe den Verstand verloren, fand Rosie das rührend.

»Rosie? Alles in Ordnung?«

»Bestens«, sagte sie und legte das Gesicht an seine Brust. Als er den Arm um sie legte, fragte sie sich, wie viele Mitglieder der menschlichen Rasse das Umarmen verstanden – wie gut es tat und daß man es manchmal stundenlang ohne Unterbrechung tun wollte. Sie glaubte, daß einige es verstanden, hatte aber ihre Zweifel, ob sie in der Mehrzahl waren. Wenn man eine Umarmung wirklich zu schätzen wußte, mußte man vielleicht lange darauf verzichtet haben.

Sie gingen zu Dorcas, die dem Pferd das weißgefleckte Maul streichelte. Das Pferd hob den Kopf und sah Rosie schläfrig an.

»Wo ist …«, begann Rosie, dann verstummte sie. *Caroline,* hätte sie fast gesagt. *Wo ist Caroline?* »Wo ist das Baby?«

Dann, kühn: »*Unser* Baby?«

Dorcas lächelte. »In Sicherheit. An einem sicheren Ort, keine Bange, Miß Rosie. Deine Kleidung ist hinten auf dem Wagen. Geh dich umziehen, wenn du magst. Ich wette, du brennst geradezu darauf, das Ding loszuwerden, das du trägst.«

»Die Wette würden Sie gewinnen«, sagte Rosie und ging nach hinten. Sie verspürte ein unvorstellbares Gefühl der Erleichterung, als sie den *Zat* nicht mehr auf der Haut spürte. Als sie den Reißverschluß ihrer Jeans zumachte, fiel ihr ein, was Rose Madder zu ihr gesagt hatte. »Ihre Herrin hat gesagt, Sie haben etwas für mich.«

»*Oh!*« sagte Dorcas erschrocken. »O je. Wenn ich das vergessen hätte, würde sie mir die Haut abziehen!«

Rosie nahm ihre Bluse, und als sie sie über den Kopf zog, hielt Dorcas ihr etwas hin. Rosie nahm es, hielt es neugierig hoch und neigte es hierhin und dorthin. Es war eine kunstvoll gefertigte kleine Keramikflasche, nicht viel größer als eine Augentropfenpipette. Ihre Öffnung war mit einem winzigen Korken verschlossen.

Dorcas sah sich um, sah Bill ein Stück entfernt stehen, wo er verträumt zu der Tempelruine hinabschaute, und schien zufrieden zu sein. Als sie sich wieder zu Rosie umdrehte, sprach sie mit einer leisen, aber nachdrücklichen Stimme. »Ein Tropfen. Für ihn. Danach.«

Rosie nickte, als wüßte sie genau, wovon Dorcas sprach. Auf diese Weise war es einfacher. Es gab Fragen, die sie stellen könnte, wahrscheinlich stellen *sollte*, aber sie war einfach zu müde, sie zu formulieren.

»Ich hätte dir weniger geben können, aber vielleicht braucht er später noch einen Tropfen. Aber sei vorsichtig, Mädchen. Das ist gefährliches Zeug.«

Als ob etwas in dieser Welt ungefährlich wäre, dachte Rosie.

»Steck es jetzt weg«, sagte Dorcas und sah zu, wie Rosie das winzige Fläschchen in die Uhrentasche ihrer Jeans steckte. »Und vergiß nicht, kein Wort davon zu *ihm*.« Sie nickte mit dem Kopf in Bills Richtung, dann zu Rosie zurück, und ihr dunkles Gesicht war grimmig. In der Dunkelheit sahen ihre Augen vorübergehend aus, als hätte sie keine Pupillen, wie die Augen einer griechischen Statue. »Und du weißt auch, warum, oder nicht?«

»Ja«, sagte Rosie. »Das ist Frauensache.«

Dorcas nickte. »Ganz recht, genau das ist es.«

»Frauensache«, wiederholte Rosie und hörte im Geiste Rose Madder sagen: *Vergiß nicht den Baum.*

Sie machte die Augen zu.

2

Sie saßen eine ganze Zeit zu dritt auf dem Hügel, Bill und Rosie eng umschlungen nebeneinander, Dorcas ein Stück entfernt bei dem Pferd, das immer noch verschlafen graste. Das Pferd sah immer wieder zu der schwarzen Frau hin, als wäre es neugierig, warum so viele Leute zu dieser ungewohnten Stunde auf waren, aber Dorcas achtete nicht darauf, sondern saß nur mit um die Knie geschlungenen Armen da und sah sehnsüchtig zum untergehenden Mond hinauf. Für Rosie sah sie wie eine Frau aus, die über die vielen Entscheidungen ihres Lebens nachdenkt und zu dem Ergebnis kommt, daß die falschen die richtigen überwiegen ... und nicht nur um einige wenige. Bill machte mehrmals den Mund auf, um etwas zu sagen, und Rosie sah ihn jedesmal ermunternd an, aber er machte ihn immer wieder zu, ohne ein Wort herauszubringen.

Als der Mond gerade die Bäume links von dem verfallenen Tempel berührte, hob das Pferd wieder den Kopf, und diesmal stieß es ein tiefes, erfreutes Wiehern aus. Rosie schaute den Hügel hinab und sah Rose Madder kommen. Kräftige, wohlgeformte Schenkel waren im blassen Licht des untergehenden Monds zu sehen. Ihr Zopf schwang von einer Seite auf die andere wie das Pendel einer Standuhr.

Dorcas stieß ein leises, zufriedenes Grunzen aus und stand auf. Rosie selbst verspürte eine seltsame Mischung aus Nervosität und Vorfreude. Sie legte eine Hand auf Bills Unterarm und sah ihn ernst an. »Sieh sie nicht an«, sagte sie.

»Nein«, stimmte Dorcas zu, »und stell keine Fragen, Billy, nicht mal, wenn sie dich dazu auffordert.«

Er sah unsicher von Dorcas zu Rosie und dann wieder zu Dorcas.

»Warum nicht? Wer ist sie überhaupt? Die Maikönigin?«

»Sie ist Königin von allem, wovon sie Königin sein will«, sagte Dorcas, »und das solltest du nicht vergessen. Schau sie nicht an, und tu nichts, was sie verärgern könnte. Mehr kann ich nicht sagen; keine Zeit. Leg die Hände in den Schoß, junger Mann, und guck da drauf. Guck nur deine Hände an.«

»Aber –«

»Wenn du sie ansiehst, verlierst du den Verstand«, sagte Rosie nur. Sie sah zu Dorcas, die nickte.

»Dies *ist* ein Traum, oder nicht ?« fragte Bill. »Ich meine … ich bin nicht tot, oder? Denn wenn dies das Leben nach dem Tod ist, würde ich lieber drauf verzichten.« Er sah an der Frau vorbei, die zu ihnen kam, und erschauerte. »Zu laut. Zu viel Geschrei.«

»Es ist ein Traum«, stimmte Rosie zu. Rose Madder war jetzt sehr nahe, eine schlanke, aufrechte Gestalt, die durch Streifen von Licht und Schatten schritt. Letztere verwandelten ihr gefährliches Gesicht in die Maske einer Katze … oder einer Füchsin. »Es ist ein Traum, in dem du genau das tun mußt, was wir dir sagen.«

»Rosie and Dorcas says, statt *Simon says.«*

»Ja. Und Dorcas ›sagt‹, leg die Hände in den Schoß und sieh sie an, bis eine von uns dir sagt, daß du damit aufhören kannst.«

»Darf ich?« fragte er und warf ihr einen verschmitzten Blick unter halbgeschlossenen Lidern zu, den sie in Wirklichkeit für einen Ausdruck benommener Verwirrung hielt.

»Ja«, sagte Rosie verzweifelt. »Ja-du-darfst, aber um Gottes willen, *schau sie nicht an!«*

Er verschränkte die Finger und senkte gehorsam den Blick.

Nun konnte Rosie das Tapsen näher kommender Schritte hören, das seidige Rascheln von Gras auf Haut. Sie senkte ebenfalls den Blick. Einen Moment später sah sie zwei bloße, vom Mondlicht versilberte Beine vor sich zum Stillstand kommen. Rosie wandte den Blick nach rechts und sah Bill, der vollkommen reglos neben ihr saß und seine gefalteten Hände so konzentriert betrachtete wie ein Zen-Schüler, der bei der morgendlichen Meditation neben dem Meister sitzen darf.

Schließlich sagte sie schüchtern, ohne aufzuschauen: »Dorcas hat mir gegeben, was Sie mir zukommen lassen wollten. Es ist in meiner Tasche.«

»Gut«, antwortete die angenehme, etwas heisere Stimme. »Das ist gut, Rosie Richtig.« Eine fleckige Hand tauchte in Rosies Gesichtskreis auf und warf ihr etwas in den Schoß. Im blassen Licht sah sie kurz Gold aufblitzen. »Für dich«, sagte Rose Madder. »Ein Souvenir, wenn du willst. Du kannst ganz nach Gutdünken damit verfahren.«

Rosie nahm das Ding in die Hand und betrachtete es staunend. Die gravierten Worte – *Hilfsbereitschaft*, *Loyalität*, *Kameradschaft* – bildeten ein Dreieck um den Stein, einen runden Obsidian. Dieser war nun von einem scharlachroten Fleck gezeichnet. Er verwandelte den Stein in ein haßerfülltes, wachsames Auge.

Das Schweigen zog sich in die Länge und bekam etwas Erwartungsvolles. Will sie, daß ich mich bedanke? fragte sich Rosie. Das würde sie nicht tun … aber sie würde ihr sagen, was sie empfand.

»Ich bin froh, daß er tot ist«, sagte sie leise und ohne Nachdruck. »Es ist eine Erleichterung.«

»Natürlich bist du froh, und natürlich ist es eine Erleichterung. Du kannst jetzt mit diesem Tier dort in deine Rosie-Richtig-Welt zurückkehren. Soweit ich das beurteilen kann, ist er gut.« Eine Andeutung von etwas – Rosie wollte sich nicht eingestehen, daß es Lüsternheit war – stahl sich in die Stimme der anderen. »Gute Flanken.« Eine Pause. »Gute Lenden.« Wieder eine Pause, dann strich sie Bill mit einer ihrer fleckigen Hände über den Kopf und zerzauste sein wirres, verschwitztes Haar. Er hielt den Atem an, als sie ihn berührte, sah aber nicht auf. »Ein gutes Tier. Beschütze ihn, dann wird er dich beschützen.«

Da sah Rosie auf. Sie hatte schreckliche Angst davor, was sie sehen könnte, aber sie konnte nicht anders.

»Nennen Sie ihn nie wieder ein Tier«, sagte sie mit vor Wut bebender Stimme. »Und nehmen Sie Ihre verseuchte Hand von ihm.«

Sie sah, wie Dorcas erschrocken zusammenzuckte, aber nur aus dem Augenwinkel. Ihr Hauptaugenmerk galt Rose Madder. Was hatte sie von dem Gesicht erwartet? Nun, wo sie es im schwindenden Mondschein sah, konnte sie es nicht genau sagen. Möglicherweise die Medusa. Eine der drei Gorgonen. Die Frau vor ihr war nicht so. Einmal (und das war noch gar nicht so lange her, dachte Rosie) war ihr Gesicht von außergewöhnlicher Schönheit gewesen, ein Antlitz, das sich mit dem der schönen Helena messen konnte. Nun waren ihre einst makellosen Züge abgehärmt und verschwammen allmählich. Einer der dunklen Flecken wucherte über ihre Wange und die Stirn wie die Unterseite eines Starenflügels. Das stechende Auge, das aus diesem Schatten herausschaute, war wütend und melancholisch zugleich. Es war nicht das Gesicht, das Norman gesehen hatte, soviel stand fest, aber sie konnte dieses Gesicht darunter erahnen – in gewisser Weise war es, als hätte sie dieses hier nur Rosies wegen aufgetragen, wie Make-up –, und das erfüllte sie mit einem Gefühl von Kälte und Übelkeit. Unter der Schönheit lag Wahnsinn ... aber nicht *nur* Wahnsinn.

Rosie dachte: *Es ist die Tollwut – die Tollwut frißt sie auf, ihre Gestalt und ihre Magie und ihren Zauber hat sie nur noch mühsam unter Kontrolle, bald wird sie völlig zusammenbrechen, und wenn ich jetzt den Blick von ihr abwende, wird sie wahrscheinlich über mich herfallen und das mit mir anstellen, was sie mit Norman gemacht hat. Später wird es ihr vielleicht leid tun, aber dann ist nichts mehr zu ändern, oder?*

Rose Madder streckte wieder die Hand aus, aber diesmal berührte sie Rosies Kopf – zuerst die Stirn, dann das Haar, das einen langen Tag hinter sich hatte: Der Zopf war in Auflösung begriffen.

»Du bist tapfer, Rosie. Du hast beherzt für deinen ... deinen Freund gekämpft. Du bist mutig und hast ein gutes Herz. Aber darf ich dir einen Rat mit auf den Weg geben, bevor ich dich zurückschicke?«

Sie lächelte, wahrscheinlich um ermutigend auszusehen, aber Rosie blieb dennoch einen Moment das Herz stehen, bevor es wie rasend weiterklopfte. Als Rose Madder die Lippen öffnete, konnte man ein Loch in ihrem Gesicht sehen, das keinerlei Ähnlichkeit mit einem Mund hatte, und sie sah nicht einmal mehr entfernt menschenähnlich aus. Ihr Mund war das Maul einer Spinne, dafür geschaffen, Insekten zu verschlingen, die nicht richtig tot waren, sondern nur betäubt.

»Gewiß.« Rosies Lippen fühlten sich taub an, als würden sie nicht zu ihr gehören.

Die fleckige Hand strich sanft über Rosies Schläfe. Das Spinnenmaul grinste. Die Augen funkelten.

»Wasch dir die Tönung aus dem Haar«, flüsterte Rose Madder. »Du bist nicht zur Blondine bestimmt.«

Sie sahen einander in die Augen und hielten Blickkontakt. Rosie stellte fest, daß sie nicht wegsehen konnte; sie hing gebannt am Gesicht der anderen Frau. Aus dem Augenwinkel sah sie Bill, der verbissen seine Hände betrachtete. Auf seinen Wangen und seiner Stirn glänzte Schweiß.

Rose Madder wandte sich zuerst ab. »Dorcas.«

»Ma'am?«

»Das Baby –?«

»– ist bereit, wenn Sie es sind.«

»Gut«, sagte Rose Madder. »Ich brenne darauf, es zu sehen, und es wird Zeit, daß wir weiterziehen. Auch für dich wird es Zeit, Rosie Richtig. Für dich und deinen *Mann*. Siehst du, ich kann ihn so nennen. Deinen *Mann*, deinen *Mann*. Aber bevor du gehst ...«

Rose Madder breitete die Arme aus.

Langsam, fast hypnotisiert, stand Rosie auf und ließ sich umarmen. Die dunklen Flecken in Rose Madders Fleisch waren heiß und fiebrig – Rosie bildete sich ein, daß sie sie fast unter ihrer eigenen Haut zucken spüren konnte. Ansonsten war die Frau in dem Chiton – in dem *Zat* – kalt wie ein Leichnam.

Aber Rosie hatte keine Angst mehr.

Rose Madder gab ihr einen Kuß auf die Wange, ganz hoch oben, und flüsterte: »Ich liebe dich, kleine Rosie. Ich wünschte, wir hätten uns zu einer anderen Zeit kennengelernt, wenn du mich in einem besseren Licht hättest sehen können, aber wir haben uns geschlagen, so gut wir konnten. Unser Zusammentreffen stand unter einem guten Stern. Und vergiß nicht den Baum.«

»Was für einen Baum?« fragte Rosie aufgeregt. »*Was für einen* Baum?« Aber Rose Madder schüttelte endgültig und unwiderruflich den Kopf, wich zurück und löste ihre Umarmung. Rosie warf einen letzten Blick in das beängstigende, mißgestaltete Gesicht und mußte wieder an die Füchsin und ihre Jungen denken.

»Bin ich du?« flüsterte sie. »Sag mir die Wahrheit, Rose Madder – bin ich du?«

Rose Madder lächelte. Es war nur ein kurzes Lächeln, aber einen Augenblick sah Rosie ein Monster darin und erschauerte.

»Das ist unwichtig, kleine Rosie. Ich bin zu alt und krank, um mich mit derlei Fragen zu befassen. Philosophie ist die Domäne der Gesunden. Wenn du den Baum nicht vergißt, wird es sowieso keine Rolle spielen.«

»Ich verstehe nicht –«

»Psssst!« Sie legte einen Finger an die Lippen. »Dreh dich um, Rosie. Dreh dich um und seh nichts mehr. Das Stück ist zu Ende.«

Rosie drehte sich um, legte die Hände auf die von Bill (er hatte die Finger immer noch fest ineinander verschränkt) und zog ihn auf die Füße. Wieder war die Staffelei verschwunden, und das Bild, das darauf gestanden hatte – ihr Apartment bei Nacht, gleichgültig in trüben Ölfarben hingemalt –, war zu enormer Größe angewachsen. Wieder war es kein Bild mehr, sondern ein Fenster. Rosie ging darauf zu, weil sie darauf brannte, hindurchzugehen und diese rätselhafte Welt für immer hinter sich zu lassen. Bill hielt sie auf, indem er an ihrem Handgelenk zog. Er drehte sich um und sprach Rose Madder an, ohne sie weiter als bis in Brusthöhe anzusehen.

»Danke, daß Sie uns geholfen haben«, sagte er.

»Gern geschehen«, sagte Rose Madder gelassen. »Vergelte es mir, indem du sie gut behandelst.«

Ich vergelte, dachte Rosie und erschauerte wieder.

»Komm mit«, sagte sie und zog Bill an der Hand. »Bitte, laß uns gehen.«

Aber er zögerte noch einen Moment. »Ja«, sagte er. »Ich werde sie gut behandeln. Ich kann mir ziemlich gut vorstellen, was mit Leuten passiert, die das nicht tun. Wahrscheinlich besser, als mir lieb ist.«

»Er ist so ein hübscher Mann«, sagte Rose Madder nachdenklich, und dann veränderte sich ihr Tonfall – er wurde erregt, fast aufgewühlt. »Nimm ihn mit, solange du es noch kannst, Rosie Richtig! Nimm ihn mit, solange du es noch kannst!«

»Geht!« rief Dorcas. »Verschwindet, ihr beiden, und zwar *auf der Stelle!«*

»Aber gib mir, was mir gehört, bevor du gehst!« kreischte Rose Madder. Ihre Stimme klang schrill und unheimlich. *»Gib es mir, du Miststück!«* Etwas – kein Arm, es war zu dünn und gelenkig für einen Arm – peitschte im Mondschein und glitt über die wie verrückt kribbelnde Haut von Rosie McClendons Unterarm.

Mit einem Aufschrei zog Rosie den goldenen Armreif ab und warf ihn der aufragenden, zuckenden Gestalt vor ihr vor die Füße. Sie bekam mit, daß Dorcas die Arme um diese Gestalt schlang und versuchte, sie zurückzuhalten, aber sie blieb nicht, um mehr zu sehen. Sie packte Bill am Arm und zog ihn durch das Fenster, wobei sie einen Moment wie eine wütende Lehrerin aussah, die einen widerwilligen Schüler zum Büro des Rektors zerrt.

3

Sie hatte nicht den Eindruck, als stolpere sie über eine Stufe, trotzdem fiel sie mehr aus dem Bild, als sie herausging. Bill ebenso. Sie landeten nebeneinander auf dem Boden des Wandschranks in einem langen, rautenförmigen Flecken Mondschein. Bill stieß sich den Kopf an der Tür an, dem Geräusch nach zu urteilen so sehr, daß es weh tun mußte, aber er schien es gar nicht zu merken.

»Das war kein Traum«, sagte er. »Herrgott, *wir waren in dem Bild!* Das du an dem Tag gekauft hast, als ich dich kennengelernt habe!«

»Nein«, sagte sie ruhig. »Ganz und gar nicht.«

Rings um sie herum wurde das Mondlicht heller und zog sich zusammen. Gleichzeitig verlor es seinen linearen Umriß und wurde kreisförmig. Es war, als würde sich hinter ihnen eine Tür langsam schließen. Rosie verspürte den Wunsch, sich umzudrehen, um zu sehen, was passierte, aber sie widerstand ihm. Und als Bill den Kopf drehen wollte, legte sie ihm sanft die Hände auf seine Wangen und zog sein Gesicht wieder zu ihrem. »Nicht«, sagte sie. »Was würde es nützen? Was passiert ist, ist jetzt vorbei.«

»Aber –«

Das Licht um sie herum war zu einem grellen Spot geschrumpft, und Rosie hatte die irre Vorstellung, daß das Licht ihnen folgen würde, sollte Bill sie in die Arme nehmen und mit ihr durch das Zimmer tanzen.

»Vergiß es«, sagte sie. »Vergiß alles. Laß es einfach dabei bewenden.«

»Aber wo ist Norman, Rosie?«

»Fort«, sagte sie, und dann, als fast komische Anmerkung: »Mein Pullover und die Jacke, die du mir geliehen hast, auch. Der Pullover war nicht teuer, aber um die Jacke tut es mir leid.«

»He«, sagte er mit einer Art benommener Unbekümmertheit, »halt dich nicht mit Kleinkram auf.«

Der Spot schrumpfte zu einem kalten und unvorstellbar grellen Stecknadelkopf aus Licht, dann erlosch er, und nur das weiße Pünktchen eines Phantombilds schwebte noch vor ihren Augen. Sie sah in den Schrank hinein. Das Bild stand genau dort, wo sie es nach ihrem ersten Ausflug in jene andere Welt aufgestellt hatte, aber es sah wieder anders aus. Nun zeigte es nur den Hügel und den Tempel im Licht der letzten Strahlen eines untergehenden Mondes. Für Rosie sah es durch die beschauliche Landschaft – und die Abwesenheit von Menschen – klassischer denn je aus.

»Herrgott«, sagte Bill. Er rieb sich den geschwollenen Hals. »Was ist passiert, Rosie? Ich komme einfach nicht dahinter, was *passiert* ist.«

Es konnte nicht allzu viel Zeit verstrichen sein; auf dem Flur schrie sich der Mieter, den Norman angeschossen hatte, immer noch die Seele aus dem Leib.

»Ich sollte nachsehen, ob ich dem Mann helfen kann«, sagte Bill und rappelte sich auf. »Rufst du einen Krankenwagen? Und die Cops?«

»Ja. Ich könnte mir denken, daß sie schon unterwegs sind, aber ich werde anrufen.«

Er ging zur Tür, dann drehte er sich zweifelnd um und massierte weiter seinen Hals. »Was wirst du der Polizei sagen, Rosie?«

Sie zögerte einen Moment und lächelte. »Keine Ahnung ... aber ich denk mir was aus. Neuerdings sind Stegreifimprovisationen meine starke Seite. Geh jetzt. Tu, was du tun mußt.«

»Ich liebe dich, Rosie. Das ist das einzige, dessen ich mir noch sicher bin.«

Er ging hinaus, bevor sie antworten konnte. Sie folgte ihm einen oder zwei Schritte, doch dann blieb sie stehen. Am Ende des Flurs konnte sie ein kümmerliches, flackerndes Licht sehen, das eine Kerze sein mußte. Jemand sagte: »Du liebe Zeit! Ist er angeschossen worden?« Bills murmelnde Antwort ging in einem neuerlichen Aufheulen des verletzten Mannes unter. Verletzt, ja, aber wahrscheinlich nicht allzu schwer, wenn er noch imstande war, einen derartigen Lärm zu machen.

Nicht sehr nett, sagte sie zu sich, nahm den Hörer ihres neuen Telefons und wählte 911. Vielleicht war es das, aber es konnte auch simpler Realismus sein. Rosie überlegte sich, daß es so oder so keine Rolle spielte. Sie sah die Welt aus einer neuen Perspektive, dachte sie, und ihre Gedanken über den kreischenden Mann auf dem Flur waren nur ein Aspekt dieser neuen Perspektive. »Es spielt keine Rolle, solange ich den Baum nicht vergesse«, sagte sie und merkte nicht einmal, daß sie es laut ausgesprochen hatte.

Das Telefon am anderen Ende wurde nach nur einem Läuten abgenommen. »Hallo, 911, dieser Anruf wird aufgezeichnet.«

»Ja, das denke ich mir. Mein Name ist Rosie McClendon, ich wohne 897 Trenton Street, erster Stock. Mein Nachbar von oben braucht einen Krankenwagen.«

»Ma'am, könnten Sie mir die Art seiner –«

Das konnte sie, konnte sie mit ziemlicher Sicherheit, aber dann fiel ihr noch etwas ein, das ihr erst in diesem Moment klargeworden war und auf der Stelle erledigt werden mußte. Sie legte den Hörer wieder auf und steckte die beiden ersten Finger ihrer rechten Hand in die Uhrentasche der Jeans. Diese kleine Tasche war manchmal praktisch, aber auch ein Ärgernis – ein weiteres sichtbares Zeichen der halbwegs unbewußten Vorurteile, die die Welt gegen Linkshänder wie sie hegte. Sie lebte in einer Welt, die, das war ein allgemeiner Grundsatz, von Rechtshändern für Rechtshänder gemacht wurde, und darum war sie voll von ähnlichen kleinen Unbequemlichkeiten. Aber das machte nichts; als Linkshänder lernte man eben, damit zu leben, so einfach war das. Und das ließ sich machen, dachte Rosie. Wie es in dem alten Song von Bob Dylan über den Highway 61 hieß, o ja, it could be very easily done – es ließ sich ganz leicht machen.

Sie fischte die winzige Keramikflasche heraus, die Dorcas ihr gegeben hatte, sah sie zwei oder drei Sekunden starr an, legte den Kopf schief und horchte zur Tür. Jemand anders war zu der Gruppe am Ende des Flurs gestoßen, und der Mann, der angeschossen worden war (jedenfalls vermutete Rosie, daß es sich um ihn handelte), redete mit einer abgehackten, weinerlichen Stimme auf sie ein. In der Ferne konnte Rosie Sirenen hören, die näher kamen.

Sie ging in die Kochnische und öffnete den winzigen Kühlschrank. Eine Packung Schinken stand darin, von der noch drei oder vier Scheiben übrig waren, ein Beutel Milch, zwei Becher Joghurt, ein Krug Saft und drei Flaschen Pepsi. Von den letzteren nahm sie eine heraus, schraubte den Verschluß auf und stellte sie auf den Tresen. Sie warf noch einen raschen Blick über die Schulter und rechnete halb damit, Bill im Türrahmen stehen zu sehen (*Was machst du da?* würde er fragen. *Was braust du da zusammen?*). Aber es war niemand an der Tür, und sie konnte ihn am Ende des Flurs hören, wo er mit der ruhigen, besonnenen Stimme sprach, die sie schon so sehr liebte.

Mit den Fingernägeln zog sie den winzigen Korken aus dem Fläschchen. Dann hielt sie es hoch und schwenkte es unter der Nase wie eine Frau, die an einem Parfumflakon schnuppert. Sie roch kein Parfum, erkannte das Aroma – bitter, metallisch, und doch seltsam attraktiv – aber trotzdem sofort. Das kleine Fläschchen enthielt Wasser aus dem Bach, der hinter dem Tempel des Stiers verlief.

Dorcas: *Ein Tropfen. Für ihn. Danach.*

Ja, nur einer; mehr wäre gefährlich, aber einer würde wahrscheinlich genügen. Alle Fragen und alle Erinnerungen – das Mondlicht, Normans schreckliche Schmerzens- und Angstschreie, die Frau, die er nicht ansehen durfte – würden dahin sein. Ebenso ihre Befürchtung, daß diese Erinnerungen wie ätzende Säure an seinem Geisteszustand und ihrer zarten Beziehung fressen könnten. Das freilich könnte sich als unbegründete Befürchtung erweisen – der menschliche Verstand war zäher und anpassungsfähiger, als die meisten Menschen für möglich hielten, das immerhin hatten sie vierzehn Jahre an Normans Seite gelehrt, aber wollte sie das Risiko wirklich eingehen? Wollte sie es eingehen, wo sich doch alles auch genau andersrum entwickeln könnte? Was war gefährlicher, seine Erinnerungen oder diese flüssige Amnesie?

Sei vorsichtig, Mädchen. Das ist gefährliches Zeug.

Rosies Blick schweifte von dem Fläschchen zum Spülbecken und langsam wieder zurück.

Rose Madder: *Ein gutes Tier. Beschütze ihn, dann wird er dich beschützen.*

Rosie dachte sich, daß der Ausdruck verächtlich und falsch sein mochte, der Gedanke jedoch richtig. Langsam, vorsichtig, neigte sie das Keramikfläschchen über die Pepsiflasche und ließ einen einzigen Tropfen hineinfallen.

Pling.

Und jetzt schütte den Rest in den Ausguß, rasch.

Sie wollte es tun, aber dann fiel ihr ein, was Dorcas noch gesagt hatte: *Ich hätte dir weniger geben können, aber vielleicht braucht er später noch einen Tropfen.*

Ja, und was ist mit mir? fragte sie sich, drückte den winzigen Korken wieder auf das Fläschchen und verstaute es in der unpraktischen Uhrentasche. *Was ist mit mir? Werde ich später einen oder zwei Tropfen brauchen, damit ich nicht den Verstand verliere?*

Sie hielt es für unwahrscheinlich. Und außerdem ...

»Wer nicht aus der Vergangenheit lernt, ist dazu verdammt, den Mist zu wiederholen«, murmelte sie. Sie wußte nicht, wer das gesagt hatte, wußte aber, es war zu plausibel, um es außer acht zu lassen. Sie lief zum Telefon zurück und hielt die präparierte Pepsi in einer Hand. Sie wählte wieder 911 und bekam denselben Telefonisten mit derselben Eröffnung: Achtung, Lady, das Gespräch wird aufgezeichnet.

»Ich bin es wieder, Rosie McClendon«, sagte sie. »Wir sind unterbrochen worden.« Sie machte eine wohlkalkulierte Pause und lachte nervös. »Herrje, das stimmt nicht ganz. Ich hab in meiner Aufregung das Telefonkabel aus dem Stecker gerissen. Hier geht alles drunter und drüber.«

»Ja, Ma'am. Ein Notarztwagen wurde auf Bitte von Ms. McClendon nach 897 Trenton Street geschickt. Wir haben von derselben Adresse einen Bericht, wonach Schüsse gefallen sind, Ma'am; handelt es sich bei dem gemeldeten Notfall um eine Schußverletzung?«

»Ja, ich glaube schon.«

»Soll ich Sie mit einem Polizeibeamten verbinden?«

»Ich möchte mit Lieutenant Hale sprechen. Er ist Detective, daher denke ich, ich möchte mit der DET-DIV verbunden werden, oder wie immer Sie es hier nennen.«

Nach einer Pause fuhr der 911-Telefonist fort, und jetzt hörte er sich nicht mehr ganz so sehr wie eine Maschine an. »Ja, Ma'am, Detective Division, so nennen wir es – DET-DIV. Ich verbinde.«

»Danke. Wollen Sie meine Telefonnummer, oder verfolgen Sie die Anrufe zurück?«

Diesmal war er ohne Frage überrascht. »Ich habe Ihre Nummer, Ma'am.«

»Das dachte ich mir.«

»Bleiben Sie dran, ich stelle Sie durch.«

Während sie wartete, hob sie die Flasche Pepsi hoch und schwenkte sie unter der Nase, wie sie es mit dem viel kleineren Fläschchen gemacht hatte. Sie glaubte, daß sie den unmerklichsten Hauch von Bitterkeit riechen konnte ... aber das bildete sie sich möglicherweise nur ein. Nicht, daß es eine

Rolle gespielt hätte. Entweder er trank es oder nicht. *Ka*, dachte sie, und dann: *Was?*

Bevor sie den Gedanken weiter verfolgen konnte, wurde der Hörer wieder abgehoben. »Detective Division, Sergeant Williams.«

Sie nannte ihm Hales Namen und wurde gebeten, zu warten. Draußen, vor ihrem Zimmer, dauerten das Murmeln und die stöhnenden Antworten an. Die Sirenen waren schon viel näher.

4

»Hallo, Hale!« bellte ihr plötzlich eine Stimme ins Ohr. Sie hörte sich ganz und gar nicht nach dem entspannten, umsichtigen Mann an, den sie kennengelernt hatte. »Sind Sie es, Ms. McClendon?«

»Ja –«

»Alles in Ordnung mit Ihnen?« Er bellte immer noch, und jetzt erinnerte er sie an alle Cops, die je ohne Schuhe in ihrem Wohnzimmer gesessen und mit ihren Füßen den ganzen Raum verpestet hatten. Er konnte nicht darauf warten, daß sie ihm die Informationen, die sie besaß, freiwillig gab; nein, er war außer sich, und darum mußte er wie ein Terrier um ihre Füße tanzen und bellen.

Männer, dachte sie und verdrehte die Augen.

»Ja.« Sie sprach langsam, wie jemand, der auf dem Spielplatz versucht, ein hysterisches Kind zu beruhigen, das vom Klettergerüst gefallen ist. »Ja, mir geht es gut. Bill – Mr. Steiner – ist auch unverletzt. Es geht uns beiden gut.«

»Geht es um Ihren Mann?« Er hörte sich erzürnt an, nur einen oder zwei Schritte von regelrechter Panik entfernt. Ein Stier auf dem offenen Feld, der mit den Hufen scharrte und nach dem roten Tuch Ausschau hielt, das ihn in Rage versetzt hatte. »War es Daniels?«

»Ja. Aber jetzt ist er fort.« Sie zögerte, dann fügte sie hinzu: »Ich weiß nicht, wohin.« *Aber ich denke, es ist heiß dort, und die Klimaanlage ist kaputt.*

»Wir finden ihn«, sagte Hale. »Das verspreche ich Ihnen, Ms. McClendon – wir finden ihn.«

»Viel Glück, Lieutenant«, sagte sie leise und richtete den Blick auf die offene Schranktür. Sie berührte ihren Oberarm, wo sie immer noch die abklingende Wärme des Armreifs spüren konnte. »Ich muß jetzt auflegen. Norman hat einen Mann von oben angeschossen, vielleicht kann ich etwas für ihn tun. Kommen Sie her?«

»Worauf Sie sich verlassen können.«

»Dann sehen wir uns, wenn Sie hier sind. Bis dann.« Sie sah einen Schatten an der Wand, der langsam größer wurde, und legte auf, bevor Hale noch etwas sagen konnte. Bill kam herein, und in dem Moment ging hinter ihm das Licht im Flur an.

Er sah sich überrascht um. »Muß eine Sicherung gewesen sein ... was bedeutet, er war im Keller. Aber wenn er eine ausschalten wollte, frage ich mich, warum er nicht –« Bevor er zu Ende sprechen konnte, fing er wieder an zu husten, und zwar heftig. Er bückte sich, verzog das Gesicht und legte die Hände an seinen geschwollenen Hals, der voller blauer Flecke war.

»Hier«, sagte sie und lief zu ihm. »Trink einen Schluck. Kommt direkt aus dem Kühlschrank und ist kalt.«

Er nahm die Pepsi, trank ein paar Schlucke, hielt die Flasche hoch und betrachtete sie neugierig. »Schmeckt komisch«, sagte er.

»Das liegt daran, daß deine Kehle wund ist. Wahrscheinlich hat sie auch ein bißchen geblutet, und das schmeckst du. Komm schon, runter damit. Ich kann dich nicht so husten hören.«

Er trank den Rest, stellte die Flasche auf den Beistelltisch, und als er sie wieder ansah, sah sie eine benommene Leere in seinen Augen, die ihr einen großen Schrecken einjagte.

»Bill? Bill, was hast du? Was ist?«

Der leere Ausdruck hielt einen Moment an, dann lachte Bill und schüttelte den Kopf. »Du wirst es nicht glauben. Wahrscheinlich liegt es an dem Streß heute, aber ...«

»Was? Was werde ich nicht glauben?«

»Ein paar Sekunden konnte ich mich nicht erinnern, wer du bist«, sagte er. »Ich konnte mich nicht an deinen *Namen* erinnern, Rosie. Aber noch verrückter ist, ich konnte mich auch nicht an *meinen* erinnern.«

Sie lachte und ging auf ihn zu. Sie konnte trampelnde Schritte – wahrscheinlich die Sanitäter – die Treppe heraufkommen hören, aber das war ihr gleich. Sie schlang die Arme um ihn und drückte ihn mit aller Kraft. »Mein Name ist Rosie«, sagte sie. »Ich bin Rosie. *Richtig* Rosie.«

»Genau«, sagte er und gab ihr einen Kuß auf die Schläfe. »Rosie, Rosie, Rosie, Rosie. Rosie.«

Sie machte die Augen zu und preßte das Gesicht an seine Schulter, und in der Dunkelheit hinter ihren geschlossenen Lidern sah sie den unnatürlichen Spinnenmund und die schwarzen Augen der Füchsin – Augen, die zu still waren, um darauf schließen zu lassen, ob nun Wahnsinn oder Besonnenheit dahinter lagen. Das alles sah sie und wußte, sie würde es noch eine ganze Weile sehen. Und in ihrem Kopf hallten zwei Worte laut wie eine gußeiserne Glocke:

Ich vergelte.

5

Lieutenant Hale zündete sich eine Zigarette an, ohne erst um Erlaubnis zu bitten, schlug die Beine übereinander und sah Rosie McClendon und Bill Steiner an, zwei Menschen, die an geradezu klassischen Liebes-Symptomen litten; jedesmal, wenn sie einander in die Augen sahen, konnte Hale fast das Wort TILT in ihren Pupillen sehen. Es reichte aus, daß er sich fragte, ob sie den lästigen Norman nicht irgendwie selbst aus dem Weg geschafft hatten … aber er wußte es besser. Sie waren nicht der Typ dazu. Diese beiden nicht.

Er hatte einen Stuhl aus der Kochnische ins Wohnzimmer gezogen und saß verkehrt herum darauf, hatte einen Arm auf die Lehne gelegt und stützte das Kinn darauf. Rosie und Bill drängten sich auf dem Kuschelsessel, der sich als Sofa ausgab. Etwas mehr als eine Stunde war seit Rosies erstem Notruf vergangen. Der verletzte Mieter von oben, John Briscoe war sein

Name, war mit einer, wie einer der Sanitäter sich ausgedrückt hatte, »Fleischwunde mit Größenwahn« ins East Side Receiving eingeliefert worden.

Jetzt hatte sich die Lage ein wenig beruhigt. Das gefiel Hale. Nur eines hätte ihm noch besser gefallen: wenn er gewußt hätte, wohin zum Teufel sich Norman Daniels abgesetzt hatte.

»Ein Instrument hier spielt falsch«, sagte er, »und das versaut das ganze Orchester.«

Rosie und Bill sahen einander an. Hale war überzeugt, daß Bills Blick Bestürzung ausdrückte, aber bei Rosie war er sich nicht so sicher. Sie wußte etwas, davon war er fast überzeugt. Etwas, das sie nicht sagte.

Er blätterte langsam in seinem Notizbuch und nahm sich Zeit, weil er sie ein bißchen zappeln lassen wollte. Aber sie wurden nicht nervös. Es überraschte ihn, daß Rosie so ruhig bleiben konnte – das hieß, wenn sie etwas verheimlichte –, aber er hatte, was sie betraf, etwas Wichtiges vergessen ... oder vielleicht von Anfang an nicht recht bedacht. Sie war selbst noch nie von der Polizei verhört worden, hatte aber Tausende von Schilderungen und Diskussionen mitbekommen, während sie stumm Norman und seinen Freunden Getränke serviert und ihre Aschenbecher ausgeleert hatte. Sie durchschaute seine Techniken.

»Na gut«, sagte Hale, als er sicher war, daß keiner der beiden ihm eine Handhabe geben würde. »Soweit haben wir es uns zusammengereimt. Norman kommt hierher. Norman schafft es irgendwie, die Officers Alvin Demers und Lee Babcock zu töten. Babcock wandert auf den Beifahrersitz, Demers in den Kofferraum. Norman macht das Licht im Hausflur kaputt, dann geht er in den Keller und schaltet wahllos ein paar Sicherungen aus, obwohl sie auf dem Schaltplan im Sicherungskasten deutlich ausgewiesen sind. Warum? Wissen wir nicht. Er ist durchgedreht. Dann geht er zum Streifenwagen zurück und tut so, als sei er Officer Demers. Als Sie und Mr. Steiner aufkreuzen, fällt er von hinten über Sie her – würgt Mr. Steiner, jagt Sie beide nach oben, schießt auf Mr. Briscoe, als der versucht, ihm den Spaß zu verderben, und bricht Ihre Tür auf. Bis hierher alles richtig?«

»Ja, ich glaube schon«, sagte Rosie. »Es war ziemlich verwirrend, aber so muß es sich abgespielt haben.«

»Und jetzt kommt der Teil, den ich nicht verstehe. Sie beide haben sich im Wandschrank versteckt –«

»Ja –«

»– und dann stürmt Norman herein wie Freddy Jason, oder wie der Typ in den Horror-Filmen heißt –«

»Nun, nicht ganz –«

»– und er läuft herum wie der Elefant im Porzellanladen, bleibt lange genug im Bad, daß er zwei Löcher in den Duschvorhang schießen kann ... und dann stürmt er wieder raus. Haben Sie nicht gesagt, daß er das getan hat?«

»So ist es gewesen«, sagte sie. »Natürlich konnten wir nicht sehen, wie er herumgelaufen ist, weil wir im Schrank waren, aber wir haben es gehört.«

»Diese wahnsinnige, kranke Karikatur von einem Cop geht durch die Hölle, um Sie zu finden, läßt sich bepissen, läßt sich die Nase zu Klump schlagen, ermordet vier Menschen, von denen wir wissen, zwei davon Cops, und dann ... was? Erschießt einen Duschvorhang und läuft weg? Das wollen Sie mir erzählen?«

»Ja.« Sie sah, daß es keinen Sinn hatte, mehr zu sagen. Er vermutete nicht, daß sie etwas Ungesetzliches getan hatte – in dem Fall hätte er sie sich weitaus härter vorgeknöpft, wenigstens zu Anfang –, aber wenn sie ihre simple Aussage ausschmückte, machte er vielleicht die ganze Nacht mit seinem Terriergekläff weiter, und sie hatte jetzt schon Kopfschmerzen davon.

Hale sah Bill an. »Erinnern Sie sich auch so daran?«

Bill schüttelte den Kopf. »Ich erinnere mich überhaupt nicht daran«, sagte er. »Ich kann mich nur noch erinnern, wie ich die Harley vor dem Polizeiauto abgestellt habe. Eine Menge Nebel. Danach kommt nur noch Nebel.«

Hale hob resigniert die Hände. Rosie ergriff Bills Hand, legte sie auf ihren Oberschenkel, bedeckte sie mit ihren beiden und lächelte süß zu ihm auf.

»Schon gut«, sagte sie. »Ich bin sicher, mit der Zeit wird es dir wieder einfallen.«

6

Bill versprach ihr, daß er bleiben würde. Er hielt sein Wort – und schlief ein, bevor er noch richtig das Kissen berührte, das sie von dem kleinen Sofa geholt hatten. Das überraschte Rosie nicht. Sie lag neben ihm an der Außenkante des schmalen Betts, sah den Nebel in Schwaden vor der Straßenlaterne draußen vorbeiziehen und wartete darauf, daß ihre Lider schwer wurden.

Da sie nicht einschlafen konnte, stand sie auf, ging in den Wandschrank, schaltete das Licht ein und setzte sich mit überkreuzten Beinen vor das Bild.

Blasses Mondlicht belebte es. Der Tempel war eine bleiche Gruft. Die Aasvögel kreisten am Himmel. *Werden sie sich morgen, wenn die Sonne aufgeht, an Normans Fleisch gütlich tun?* fragte sie sich. Sie hielt es für unwahrscheinlich. Sie glaubte, daß sich Norman an einem Ort befand, wo niemals Vögel hinkamen.

Sie betrachtete das Gemälde noch einen Moment, dann streckte sie die Hand aus und fühlte die Pinselstriche mit den Fingern. Die Berührung beruhigte sie.

Sie machte das Licht aus und ging wieder ins Bett. Diesmal schlief sie schnell ein.

7

Am ersten Tag ihres Lebens ohne Norman wachte sie in aller Frühe auf – und weckte Bill. Sie schrie.

»Ich vergelte! Ich vergelte! O Gott, ihre Augen! Ihre schwarzen Augen!«

»Rosie«, sagte er und schüttelte sie an den Schultern. *»Rosie!«*

Sie sah zuerst verständnislos zu ihm auf; ihr Gesicht war schweißnaß, ihr Nachthemd in Schweiß getränkt, so daß der Baumwollstoff ihr am ganzen Körper klebte.

»Bill?«

Er nickte. »Klar bin ich es. Du bist in Sicherheit. Wir sind beide in Sicherheit.«

Sie erschauerte und klammerte sich an ihn. Was als tröstliche Umarmung begann, wurde rasch zu etwas anderem. Sie lag unter ihm, hielt hinter seinem Nacken ihre rechte Hand um das linke Handgelenk geklammert, und als er in sie eindrang (mit Norman hatte sie nie eine derartige Zärtlichkeit und ein solches Selbstvertrauen erlebt), fiel ihr Blick auf ihre Jeans, die auf dem Boden lag. Das Keramikfläschchen befand sich noch in der Uhrentasche, und sie vermutete, daß noch mindestens drei Tropfen der bitteren, verlockenden Flüssigkeit darin sein mußten – möglicherweise mehr.

Ich nehme sie, dachte sie, bevor ihre Fähigkeit, zusammenhängend zu denken, endgültig verschwand. *Ich nehme sie selbstverständlich, wer sonst. Ich werde vergessen, und das wird das Beste sein – wer braucht schon solche Träume?*

Aber ein Teil von ihr – viel tiefer in ihrem Inneren als ihre alte Freundin Ms. Praktisch-Vernünftig – kannte die Antwort darauf: *Sie* brauchte solche Träume, und sonst niemand. *Nur* sie. Sie würde das Fläschchen samt Inhalt zwar behalten, aber nicht für sich selbst verwenden. Denn sie, die die Vergangenheit vergißt, ist dazu verdammt, sie zu wiederholen.

Sie sah zu Bill auf. Er schaute mit großen, von Lust verschleierten Augen zu ihr herab. Seine Lust, stellte sie fest, war auch ihre, und sie ließ sich von ihm führen, wohin er sie brachte, und so blieben sie eine ganze Weile, tapfere Matrosen auf der Reise im winzigen Schiff ihres Betts.

8

Am späten Vormittag ging Bill Brötchen und die Sonntagszeitung holen. Rosie duschte, zog sich an und setzte sich barfuß auf die Bettkante. Sie konnte ihre unterschiedlichen Gerüche wahrnehmen, aber auch den, den sie gemeinsam erzeugt hatten. Sie dachte, daß sie noch nie etwas Angenehmeres gerochen hatte.

Und das Allerbeste? Ganz einfach. Kein Tropfen Blut auf dem Laken. Nirgendwo Blut.

Ihre Jeans war unter das Bett gewandert. Sie zog sie mit den Zehen hervor und nahm das kleine Fläschchen aus der Uhrentasche. Sie trug die Jeans ins Bad, wo sie einen Wäschekorb aus Plastik hinter der Tür stehen hatte. Die Flasche würde sie im Arzneischränkchen verstauen, jedenfalls vorerst, wo sie sie problemlos hinter der Flasche Motrin verstecken konnte. Bevor sie die Jeans in die Wäsche warf, durchsuchte sie die anderen Taschen, ein Hausfrauenbrauch, der ihr so in Fleisch und Blut übergegangen war, daß sie es nicht einmal bemerkte … bis ihre Finger auf etwas tief in der häufiger benützten linken Tasche stießen. Sie holte den Gegenstand heraus, hielt ihn hoch und erschauerte, als sie die Stimme von Rose Madder in ihrem Kopf sprechen hörte: *Ein Souvenir … Du kannst ganz nach Gutdünken damit verfahren.*

Es war Normans Ring von der Polizeiakademie.

Sie streifte ihn über den Daumen, drehte ihn erst in die eine, dann in die andere Richtung und ließ das Licht aus dem Bad sich in den Worten *Hilfsbereitschaft, Loyalität, Kameradschaft* spiegeln. Sie erschauerte wieder und rechnete einen Moment damit, daß Norman sich um diesen abscheulichen Talisman herum kristallisierte.

Eine halbe Minute später, als sie Dorcas' Fläschchen sicher im Arzneischränkchen verstaut hatte, ging sie hastig zum Bett zurück, aber diesmal nahm sie den Geruch von Mann und Frau nicht wahr, der sich dort noch hielt. Sie dachte an den Nachttisch, und dem galt ihre Aufmerksamkeit. Sie würde den Ring vorerst in die Schublade legen. Später konnte sie sich überlegen, was sie damit anfangen sollte; im Augenblick wollte sie ihn nur nicht mehr im Blickfeld haben. Es wäre nicht sicher, ihn offen herumliegen zu lassen, soviel stand fest, und man mußte sich nicht in die Welt des Übernatürlichen begeben, um den Grund dafür zu kennen. Lieutenant Hale würde später wahrscheinlich vorbeischauen, mit einigen neuen Fragen und jeder Menge alten bewaffnet, und es wäre nicht gut, wenn er Normans Ring hier finden würde. Das wäre ganz und gar nicht gut.

Sie machte die Schublade auf, um den Ring hineinzulegen … und dann erstarrte ihre Hand.

Es lag schon etwas in der Schublade. Ein Fetzen blauen Stoffs, sorgsam zu einem Bündel zusammengelegt. Purpurfarbene Flecken waren darauf; sie sahen wie halbgetrocknete Blutstropfen aus.

»O Gott«, flüsterte Rosie. »Die *Kerne!*«

Sie nahm das Bündel heraus, das einmal zu einem billigen Baumwollnachthemd gehört hatte, setzte sich auf das Bett (plötzlich schienen ihre Knie zu schwach zu sein, sie zu tragen) und legte sich das Bündel auf den Schoß. In Gedanken hörte sie, wie Dorcas ihr sagte, daß sie die Früchte nicht essen, nicht einmal die Hand in den Mund nehmen sollte, mit denen sie die Kerne angefaßt hatte. Granatapfelbaum, hatte sie gesagt, aber Rosie glaubte nicht, daß es einer war.

Sie klappte das kleine Bündel auf und betrachtete die Samen. Das Herz raste ihr wie ein Rennpferd in der Brust.

Darfst du nich behalten, dachte sie. *Darfst du nich, darfst du nich.*

Rosie ließ den Ring ihres verstorbenen Mannes neben der Lampe liegen, jedenfalls vorerst, stand auf und ging wieder ins Bad, wobei sie das aufgeschlagene Bündel in der Handfläche hielt. Sie wußte nicht, wie lange Bill fort war; sie hatte ihr Zeitgefühl verloren, aber es mußte schon eine ganze Weile sein.

Bitte, dachte sie, *laß die Schlange beim Bäcker lang sein.*

Sie klappte die Klobrille hoch, kniete sich hin und nahm den ersten Kern von dem Stoffetzen. Sie hatte sich überlegt, daß diese Welt den Kernen vielleicht ihre Zauberkraft genommen haben könnte, aber ihre Fingerspitzen wurden sofort taub, und da wußte sie, daß es sich nicht so verhielt. Es war nicht, als wären ihre Finger vor Kälte taub geworden; mehr, als hätten die Kerne direkt eine seltsame Form von Amnesie in ihr Fleisch übertragen. Dennoch hielt sie ihn noch einen Moment fest und sah ihn starr an.

»Einen für die Füchsin«, sagte sie und warf ihn in die Kloschüssel. Das Wasser erblühte sofort in einer häßlichen purpurroten Farbe. Es sah wie Wasser aus, in dem sich jemand die Pulsadern oder die Kehle aufgeschlitzt hatte. Aber der Geruch, der zu ihr aufstieg, war nicht der von Blut; es war der bittere, leicht metallische Geruch des Bachs hinter dem Tempel des Stiers. Er war so stark, daß ihr Tränen in die Augen traten.

Sie nahm den zweiten Kern von dem Fetzen und hielt ihn vor die Augen.

»Einen für die Irre«, sagte sie und warf ihn ins Klo. Die Farbe wurde dunkler – nicht mehr die Farbe von Blut, sondern von Gerinnseln –, und der Geruch wurde so intensiv, daß ihr Tränen an den Wangen hinabliefen. Ihre Augen waren so rot, als würde sie bis zu den Ellbogen in gehackten Zwiebeln stecken.

Sie nahm den letzten Kern von dem Tuch und hielt ihn vor die Augen.

»Und einen für mich«, dachte sie. »Einen für Rosie.«

Aber als sie versuchte, den ins Klo zu werfen, gaben ihre Finger ihn nicht frei. Sie versuchte es noch einmal, mit demselben Ergebnis. Statt dessen ertönte die Stimme der Irren in Rosies Kopf, und sie klang überzeugend vernünftig: *Vergiß nicht den Baum. Vergiß nicht den Baum, kleine Rosie. Vergiß nicht …*

»Den Baum«, murmelte Rosie. »Vergiß nicht den Baum, ja, das hab ich verstanden, aber *was* für einen Baum? Und was soll ich tun? Was, in Gottes Namen, soll ich tun?«

Ich weiß nicht, antwortete Ms. Praktisch-Vernünftig, *aber was du auch tust, du solltest es schnell tun. Bill könnte jeden Moment zurückkommen. Jeden Augenblick.*

Sie spülte und sah zu, wie das purpurrote Wasser von klarem verdrängt wurde. Dann ging sie zum Bett zurück, setzte sich darauf und starrte den letzten Kern an, der auf dem Stück Baumwollstoff lag. Von dem Kern sah sie zu Normans Ring. Dann sah sie wieder zu dem Kern zurück.

Warum kann ich das verdammte Ding nicht wegwerfen? fragte sie sich. *Vergiß den gottverdammten Baum, sag mir nur, warum, in Gottes Namen, ich diesen letzten Kern nicht wegwerfen und es hinter mich bringen kann?*

Sie bekam keine Antwort. Statt dessen hörte sie das aufgeregte Knattern und Blubbern eines näher kommenden Motorrads durch das offene Fenster hereindringen. Sie kannte den Klang von Bills Harley schon. Rasch schlug Rosie, ohne weitere Fragen an sich zu richten, den Ring zusammen mit dem Kern in den weichen blauen Stoff ein. Dann legte sie den Fetzen wieder zusammen, lief zum Schreibtisch und nahm ihre Handtasche. Sie war abgeschabt und mitgenommen, diese Handtasche, bedeutete ihr aber sehr viel – sie hatte sie in jenem Frühjahr aus Ägypten mitgebracht. Rosie klappte die Tasche auf, legte das kleine blaue Bündel hinein und wühlte es bis ganz nach unten, wo es noch sicherer aufgehoben wäre als das Keramikfläschchen im Medizinschrank. Als das vollbracht war, ging sie ans offene Fenster und atmete die frische Luft in vollen Zügen ein.

Als Bill mit einer dicken Sonntagszeitung und einer ungeheuren Menge Brötchen in einer Papiertüte hereinkam, drehte Rosie sich mit einem strahlenden Lächeln zu ihm um. »Wo warst du so lange?« fragte sie und dachte bei sich: *Was bist du doch für eine Füchsin, kleine Rosie. Was bist du doch für eine F…*

Sein eigenes Lächeln, mit dem er ihres beantwortete, verschwand plötzlich. »Rosie? Alles in Ordnung?«

Ihr Lächeln wurde noch strahlender. »Alles bestens. Wahrscheinlich ist nur gerade eine Gans über mein Grab gelaufen.«

Aber es war keine Gans gewesen.

9

Darf ich dir einen Rat mit auf den Weg geben, bevor ich dich zurückschicke? hatte Rose Madder gefragt, und am Spätnachmittag, als Lieutenant Hale ihnen die schockierende Nachricht über Anna Stevenson gebracht (die wegen ihrer häufig zum Ausdruck gebrachten Aversion gegen ungebetene Besucher in ihrem Büro erst heute morgen gefunden worden war) und sich wieder verabschiedet hatte, befolgte Rosie diesen Rat. Es war Sonntag, aber Hair 2000 in der Skyview Mall hatte geöffnet. Die Friseuse, die sie bediente, verstand, was Rosie wollte, erhob aber kurz Einwände.

»Es sieht so hübsch aus, wie es ist!« sagte sie.

»Ja, kann sein«, antwortete Rosie, »aber es gefällt mir trotzdem nicht mehr.«

Also machte die Friseuse sich an die Arbeit, und als Bill sie am Abend besuchte, blieb der überraschte Protest aus, mit dem sie gerechnet hatte.

»Dein Haar ist kürzer, aber sonst siehst du aus wie bei deinem ersten Besuch im Laden«, sagte er. »Ich denke, das gefällt mir.«

Sie umarmte ihn. »Gut.«

»Möchtest du chinesisch zu Abend essen?«

»Nur wenn du mir versprichst, daß du wieder über Nacht bleibst.«

»Wenn nur alle Versprechen so leicht zu erfüllen wären«, sagte er lächelnd.

10

Die Schlagzeile am Montag: MÖRDER-COP IN WISCONSIN GESEHEN

Die Schlagzeile am Dienstag: POLIZEI WAHRT STILLSCHWEIGEN ÜBER KILLER-COP DANIELS

Die Schlagzeile am Mittwoch: ANNA STEVENSON EINGEÄSCHERT; 2000 NEHMEN AN SCWEIGEMARSCH TEIL.

Die Schlagzeile am Donnerstag: DANIELS DURCH SELBSTMORD AUS DEM LEBEN GESCHIEDEN, VERMUTEN INSIDER.

Am Freitag wurde Norman auf Seite zwei verbannt.

Am Freitag darauf war er ganz verschwunden.

11

Kurz nach dem vierten Juli übergab Robbie Lefferts Rosie einen Roman, wie er nicht in krasserem Gegensatz zu den Werken von »Richard Racine« stehen konnte: *Tausendmorgen*, von Jane Smiley.

Es war die Geschichte einer Farmersfamilie aus Iowa, aber darum ging es nicht *in Wirklichkeit;* Rosie hatte drei Jahre lang Kostüme für die Theateraufführungen der High School entworfen, und obwohl sie nie auch nur einen Schritt ins Rampenlicht gesetzt hatte, erkannte sie Shakespeares verrückten König. Smiley hatte Lear einen Blaumann angezogen, aber verrückt blieb verrückt.

Außerdem hatte sie ein Geschöpf aus ihm gemacht, das Rosie beängstigend an Norman erinnerte. An dem Tag, als sie mit dem Buch fertig war (»Ihre beste Leistung bis jetzt«, hatte Rhoda ihr gesagt, »und eine der besten Lesungen, die ich je gehört habe«), ging Rosie in ihr Zimmer zurück und holte das rahmenlose Ölbild aus dem Schrank, wo es seit der Nacht stand, in der Norman ... nun – verschwunden war. Sie sah es zum erstenmal seit jener Nacht an.

Was sie sah, überraschte sie nicht besonders. In dem Bild war es wieder Tag geworden. Der Hügel war derselbe, überwuchert und verwildert, und auch der Tempel unten war derselbe (zumindest *in etwa* derselbe; Rosie hatte den Eindruck, als hätte die seltsam verzerrte Perspektive des Tempels sich verändert, als wäre sie normal geworden), und die Frauen waren immer noch verschwunden. Rosie nahm an, daß Dorcas der Irren ein letztes Mal ihr Baby gezeigt hatte ... und dann war Rose Madder allein dorthin gegangen, wo sich Wesen wie sie hinbegaben, wenn die Stunde ihres Todes endlich herangerückt war.

Sie trug das Bild den Flur entlang zum Müllverbrennungsschacht, wobei sie es vorsichtig an den Seiten hielt, wie sie es zuletzt auch gehalten hatte – sie trug es, als befürchtete sie, ihre Hand würde in jene andere Welt hinübergleiten, wenn sie nicht aufpaßte. In Wahrheit fürchtete sie tatsächlich etwas in dieser Art.

Am Müllverbrennungsschacht blieb sie wieder stehen und betrachtete zum letztenmal gebannt das Bild, das sie auf dem staubigen Regal der Pfandleihe angesprochen hatte – mit einer zungenlosen, herrischen Stimme, die von Rose Madder selbst gewesen sein könnte. *Wahrscheinlich war es ihre,* dachte Rosie.

Sie streckte eine Hand nach der Klappe des Schachts aus, dann hielt sie inne, als ihr etwas auffiel, das ihr bisher entgangen war: zwei Umrisse im hohen Gras, ein Stück bergab. Sie strich mit dem Finger sanft über die gemalten Umrisse, runzelte die Stirn und versuchte, sich zu erinnern, was es sein könnte. Nach einigen Augenblicken fiel es ihr ein. Der kleine, rosa Klecks war ihr Pullover. Der schwarze Klecks daneben war die Jacke, die Bill ihr an jenem Tag für den Motorradausflug auf der Route 27 geliehen hatte. Der Pullover bedeutete ihr nichts; er war nur ein billiges Kunstfaserdings gewesen, aber das mit der Jacke tat ihr leid. Sie war nicht neu gewesen, aber sie hatte noch einige gute Jahre vor sich. Außerdem gab sie den Leuten gern zurück, was sie ihr geliehen hatten.

Selbst Normans BankCard hatte sie nur dieses eine Mal benutzt.

Sie betrachtete das Bild, dann seufzte sie. Es hatte keinen Sinn, es zu behalten; bald würde sie aus dem kleinen Zimmer ausziehen, das Anna ihr besorgt hatte, und sie wollte nicht mehr als unbedingt notwendig aus der Vergangenheit mitnehmen. Sie vermutete, daß sie den Teil davon nicht loswerden konnte, der wie Kugelsplitter in ihrem Kopf steckte, aber …

Vergiß nicht den Baum, Rosie, sagte eine Stimme, und diesmal hörte sie sich wie Annas Stimme an – Anna, die ihr geholfen hatte, als sie Hilfe brauchte, als sie sich an niemand wenden konnte; Anna, um die sie nicht trauern konnte, wie sie gewollt hatte … wegen der reizenden Pam mit ihren hübschen blauen Augen, die stets auf der Suche nach »jemand Interessantem« waren, hatte sie ganze Sturzbäche geweint. Aber jetzt verspürte sie einen Anflug von Traurigkeit, bei dem ihre Lippen bebten und ihre Nase kitzelte.

»Anna, es tut mir leid«, sagte sie.

Vergiß es. Diese trockene und leicht arrogante Stimme. *Du hast Norman nicht gemacht, und du mußt keine Verantwortung für ihn übernehmen. Du bist Rosie McClendon, nicht Typhus-Mary, und das solltest du bedenken, wenn die Stürme der Schwermut dich mitzureißen drohen. Aber du darfst nicht vergessen –*

»Doch, das darf ich«, sagte sie und klappte das Bild zusammen, als würde sie mit Nachdruck ein Buch zuschlagen. Das alte Holz, auf das die Leinwand gespannt war, brach entzwei. Die Leinwand selbst riß nicht, sondern explodierte förmlich zu Streifen, die wie Fetzen herunterhingen. Die Farbe auf diesen Fetzen war trüb und bedeutungslos. »Doch, das darf ich. Ich darf *alles* vergessen, wenn ich will, und ich will.«

Wer die Vergangenheit vergißt –

»*Scheiß* auf die Vergangenheit!« schrie Rosie.

Ich vergelte, antwortete eine Stimme. Sie flüsterte; sie schmeichelte. Sie warnte.

»Ich hör dir gar nicht zu«, sagte Rosie. Sie schob die Klappe des Verbrennungsschachts auf, spürte die Hitze, roch Ruß. »Ich höre dir nicht zu, ich will nichts mehr hören, es ist vorbei.«

Sie schob das zerrissene, zusammengeklappte Bild durch die Klappe wie einen Brief, der für jemand in der Hölle bestimmt ist, dann stellte sie sich auf Zehenspitzen und sah zu, wie es weit unten in die Flammen fiel.

Epilog

Die Fuchs-Frau

1

Im Oktober besucht Bill wieder mit ihr das Picknickgelände Shoreland. Diesmal fahren sie mit dem Auto; es ist ein schöner Herbsttag, aber trotzdem zu kalt für das Motorrad. Als sie dort sind, das Picknick vor ihnen ausgebreitet ist und der Wald um sie herum in herbstlichen Farben erstrahlt, stellt er ihr die Frage, die ihm, wie sie weiß, schon eine Weile auf dem Herzen liegt.

»Ja«, sagt sie. »Sobald die Scheidung rechtskräftig geworden ist.« Er umarmt sie, küßt sie, und als sie die Arme um seinen Hals legt und die Augen schließt, hört sie tief im Inneren ihres Kopfes die Stimme von Rose Madder: *Alles hängt nun vom Gleichgewicht ab ... und wenn du den Baum nicht vergißt, wird es sowieso keine Rolle spielen.*

Aber *was* für einen Baum?

Den Baum des Lebens?

Den Baum des Todes?

Den Baum des Wissens?

Den Baum der Erkenntnis?

Rosie erschauert und umarmt ihren zukünftigen Ehemann, und als er die Hand auf ihre linke Brust legt, staunt er, wie heftig ihr Herz darunter klopft.

2

Sie heiraten standesamtlich an einem Tag, der genau zwischen Thanksgiving und Weihnachten liegt, zehn Tage, nachdem Rosies Scheidung von Norman Daniels rechtskräftig wird. In ihrer ersten Nacht als Rosie Steiner wird sie durch die Schreie ihres Mannes geweckt.

»Ich kann sie nicht ansehen!« schreit er im Schlaf. *»Ihr ist es egal, wen sie tötet! Ihr ist es egal, wen sie tötet! Oh, bitte, kann nie-*

mand dafür sorgen, daß er aufhört zu SCHREIEN?« Und dann, mit leiser, ersterbender Stimme: »Was hast du da im Mund? Was sind das für Fäden?«

Sie befinden sich in einem Hotel in New York, ein Zwischenhalt auf dem Weg nach St. Thomas, wo sie ihre vierzehntägigen Flitterwochen verbringen wollen, und obwohl sie das kleine blaue Bündel zu Hause gelassen hat, auf dem Boden der Handtasche, die sie aus Ägypten mitbrachte, hat sie das Keramikfläschchen dabei. Ein Instinkt – weibliche Intuition ist in diesem Fall als Name dafür so gut wie jeder andere auch, überlegt sie sich – hat ihr dazu geraten. Sie hat es zweimal nach ähnlichen Alpträumen hervorgeholt, und am nächsten Morgen, als Bill sich rasiert, kippt sie ihm den letzten Tropfen in den Kaffee.

Das muß genügen, denkt sie später, als sie das leere Fläschchen in die Toilette wirft und runterspült. *Und wenn es nicht genügt, kann man auch nichts machen.*

Die Flitterwochen sind perfekt – viel Sonne, viel guter Sex und für keinen von beiden Alpträume.

3

Im Januar, an einem Tag, als der Wind Schneeschauer über die Ebenen und die Stadt weht, verrät Rosie Steiners Schwangerschaftstest, was sie bereits weiß, daß sie ein Baby bekommen wird. Und sie weiß noch etwas, das ihr der Test nicht verraten kann: Es wird ein Mädchen.

Caroline ist endlich unterwegs.

Alles hängt nun vom Gleichgewicht ab, denkt sie mit einer Stimme, die nicht ihre eigene ist, als sie am Fenster ihres neuen Apartments steht und in das Schneetreiben hinausschaut. Es erinnert sie an die neblige Nacht im Bryant Park, als sie beide nach Hause kamen und Norman ihnen auflauerte.

Ja, ja, ja, denkt sie, inzwischen fast gelangweilt von dem Gedanken; er kehrt ständig wieder, wie ein Ohrwurm von einer

Melodie, der einem nicht mehr aus dem Kopf geht. *Es ist im Gleichgewicht, solange ich den Baum nicht vergesse, richtig?*

Nein, antwortet die Irre mit einer so unfaßbar klaren Stimme, daß Rosie auf den Absätzen herumwirbelt, während ihr das Herz übelkeiterregend bis in die Stirn hinauf schlägt, und einen Moment überzeugt ist, daß Rose Madder bei ihr im Zimmer steht. Die Stimme ist zwar noch da, aber niemand sonst ist in dem Zimmer. *Nein ... solange du die Beherrschung nicht verlierst. Solange du das schaffst. Aber das läuft beides auf dasselbe hinaus, oder nicht?*

»Raus«, sagt sie zu dem leeren Zimmer, und ihre heisere Stimme bebt. »Raus, du Miststück. Bleib mir vom Leibe. Verschwinde aus meinem Leben.«

4

Ihr Baby wiegt dreitausendachthundertvierundachtzig Gramm. Obwohl Caroline ihr heimlicher Name ist und immer sein wird, steht in der Geburtsurkunde Pamela Gertrude. Zuerst erhebt Rosie Einwände und behauptet, daß der zweite Vorname des Kindes in Verbindung mit ihrem Nachnamen zu einer literarischen Anspielung werden wird. Sie plädiert, ohne große Begeisterung, für Pamela Anna.

»Oh, bitte«, sagt Bill, »das klingt wie ein Obstdessert in einem snobistischen kalifornischen Restaurant.«

»Aber –«

»Und mach dir keine Gedanken wegen Pamela Gertrude. Erstens wird sie nicht einmal ihrer besten Freundin je anvertrauen, daß ihr zweiter Vorname Gert ist. Und zweitens hat die Schriftstellerin, die du meinst, einmal gesagt, eine Rose ist eine Rose ist eine Rose. Einen besseren Grund, bei diesem Namen zu bleiben, kann ich mir nicht vorstellen.«

Also bleiben sie dabei.

5

Kurz vor Pammys zweitem Geburtstag beschließen ihre Eltern, ein Haus in einem Vorort zu kaufen. Inzwischen können sie es sich leisten; beide sind in ihrem jeweiligen Beruf erfolgreich.

Sie fangen mit Stapeln von Broschüren an, die sie langsam auf ein Dutzend Möglichkeiten reduzieren, dann sechs, dann vier, dann zwei. Und da fangen die Schwierigkeiten an. Rosie will das eine; Bill das andere.

Diskussionen werden zu Debatten, als die Fronten sich verhärten, und die Debatten weiten sich zu einem handfesten Streit aus – traurig, aber nicht ungewöhnlich; nicht einmal die liebevollste und harmonischste Ehe ist vor einem gelegentlichen Zank sicher ... oder, in diesem Fall, einem gegenseitigen Anschreien.

Am Ende dieses Streits geht Rosie in die Küche und fängt an, das Essen zuzubereiten; zuerst schiebt sie das Huhn in den Ofen, dann stellt sie Wasser für die Maiskolben auf, die sie frisch an einem Stand am Straßenrand gekauft hat. Eine Weile später, als sie gerade am Tresen neben dem Herd Kartoffeln schält, kommt Bill aus dem Wohnzimmer, wo er sich Fotos von Häusern angesehen hat, die der Grund für diese ungewohnte Meinungsverschiedenheit sind ... aber in Wirklichkeit hat er über den Streit nachgedacht.

Sie dreht sich nicht um, als sie ihn kommen hört, wie sonst immer; auch nicht, als er sich bückt und ihr einen Kuß in den Nacken gibt.

»Tut mir leid, daß ich dich wegen dem Haus angeschrien habe«, sagt er leise. »Ich bin immer noch der Meinung, daß das in Windsor besser für uns ist, aber es tut mir aufrichtig leid, daß ich laut geworden bin.«

Er wartet auf eine Antwort, und als sie ihm keine gibt, dreht er sich um und stapft bekümmert hinaus, weil er wahrscheinlich denkt, daß sie immer noch zornig ist. Aber das ist sie nicht; Zorn reicht als Beschreibung für ihren derzeitigen Zustand nicht aus. Sie ist von einer schwarzen Wut erfüllt, fast von Mordlust, und ihr Schweigen hat nichts mit der kindischen Gewohnheit zu tun, ihm »die kalte Schulter« zu zeigen, sondern ist eine ziemlich verzweifelte Anstrengung,

(vergiß nicht den Baum)

nicht den Topf mit kochendem Wasser vom Herd zu nehmen, sich damit umzudrehen und es ihm ins Gesicht zu schütten. Das deutliche Bild, das sie vor ihrem geistigen Auge sieht, ist ekelerregend und auf finstere Weise faszinierend: Bill taumelt rückwärts und schreit, während sich seine Haut dunkelrot verfärbt – eine Farbe, die sie manchmal in ihren Träumen sieht. Bill krallt die Fingernägel in die Wangen, während sich die ersten Blasen auf seiner qualmenden Haut bilden.

Sie hat die linke Hand tatsächlich nach dem Griff des Topfs ausgestreckt, und als sie in dieser Nacht schlaflos in ihrem Bett liegt, gehen ihr immer wieder zwei Worte durch den Kopf: *Ich vergelte.*

6

In den Tagen danach betrachtet sie zwanghaft ihre Hände, ihre Arme, ihr Gesicht ... aber hauptsächlich die Hände, weil es dort anfangen wird.

Was wird dort anfangen? Sie weiß es nicht genau ... aber sie weiß, wenn sie es sieht,

(den Baum)

wird sie es erkennen.

Sie findet ein Sportzentrum namens Elmo's Batting Cages, an der Westseite der Stadt, und geht regelmäßig hin. Die meisten Kunden sind Männer in mittleren Jahren, die ihre College-Figur behalten wollen, oder Jungs von der High School, die fünf Dollar für das Privileg ausgeben, daß sie noch eine Weile tun können, als wären sie Ken Griffey Jr. oder Big Hurt.

Ab und zu schlägt eine ihrer Freundinnen ein paar Bälle, aber die meisten sind nur Zierat, stehen vor den Schlagkäfigen oder dem etwas teureren Major-League-Schlagtunnel und schauen zu. Nur wenige Frauen Mitte Dreißig plagen sich mit tiefen und angeschnittenen Bällen herum. Wenige? Eigentlich gar keine, abgesehen von dieser Lady mit dem kurzen braunen Haar und dem blassen, ernsten Gesicht.

Die Jungs machen Witze und stoßen einander mit den Ellbogen an, kichern und ziehen die Mützen verkehrt herum auf, um zu zeigen, wie böse sie sind, aber sie beachtet sie gar nicht, weder ihr Gelächter noch die gründliche Bestandsaufnahme ihres Körpers, der nach der Geburt wieder ganz gut aussieht. Ganz gut? Für eine Tussi, die eindeutig nicht mehr die Jüngste ist (sagen sie untereinander), ist sie ein Knüller, ein Hammer.

Und nach einer Weile hören sie auf zu lachen. Sie hören auf, weil die Lady mit den ärmellosen T-Shirts und den weiten grauen Hosen nach ihrer anfänglichen Ungeschicklichkeit und ihren Fehlschlägen (manchmal wird sie sogar von den Hartgummibällen getroffen, die die Maschine ausspuckt) nicht nur gut trifft, sondern stark.

»Die hat 'nen Superschlag«, sagt einer von ihnen an dem Tag, als Rosie, keuchend und mit rotem Gesicht, das Haar als feuchter Helm am Kopf klebend, drei Bälle, einen nach dem anderen, wie an der Schnur gezogen die gesamte Länge des maschendrahtgesäumten Tunnels entlangjagt. Bei jedem Schlag stößt sie einen schrillen, überirdischen Schrei aus, wie Jennifer Capriati, wenn sie ein As schlägt. Es hört sich an, als hätte der Ball sie irgendwie beleidigt.

»Und die Maschine hat sie auch hochgedreht«, sagt ein zweiter, als die Wurfmaschine in der Mitte des Tunnels einen Fastball mit achtzig Meilen pro Stunde ausspuckt. Rosie stößt ihren eingeatmeten Kampfschrei aus, senkt den Kopf fast bis auf die Schultern und schwingt die Hüften. Der Ball saust in die andere Richtung. Sechzig Meter entfernt prallt er, immer noch steigend, gegen den Maschendraht des Tunnels, so daß sich der grüne Draht ausbeult, bevor der Ball zu den anderen fällt, die sie schon geschlagen hat.

»Ach, den hat sie gar nicht so fest getroffen«, mault ein dritter. Er nimmt eine Zigarette, steckt sie in den Mund, holt ein Streichholzbriefchen hervor und zündet ein Streichholz an. »Sie hat nur –«

Diesmal schreit Rosie *wirklich* – ein Schrei, der dem Kreischen eines hungrigen Vogels gleicht –, und der Ball saust als gerade weiße Linie den Tunnel entlang. Er trifft auf den Draht ... und geht durch. Das Loch, das er hinterläßt, sieht wie das einer auf kurze Distanz abgefeuerten Schrotflinte aus.

Der Junge mit der Zigarette steht wie erstarrt da, das Streichholz verbrennt ihm die Finger.

»Was hast du gesagt, Kumpel?« fragt der erste Junge leise.

7

Einen Monat später, als die Saison zu Ende ist und das Sportzentrum schließt, unterbricht Rhoda Simons plötzlich Rosies Lesung des neuen Romans von Gloria Naylor und sagt ihr, daß sie Feierabend machen. Rosie protestiert, es sei noch zu früh. Rhoda stimmt zu, sagt ihr aber, daß ihre Ausdruckskraft nachläßt; es wäre besser, morgen weiterzumachen, sagt sie.

»Ja, schon, aber ich will heute fertig werden«, sagt Rosie. »Es sind nur noch zwanzig Seiten. Ich will das verdammte Ding *zu Ende bringen*, Rho.«

»Was Sie jetzt machen, müssen wir nur wiederholen«, sagt Rhoda abschließend. »Ich weiß nicht, wie lange *Pamelacita* Sie gestern nacht wach gehalten hat, aber heute sind Sie nicht so gut drauf.«

8

Rosie steht auf, geht zur Tür und reißt sie so fest auf, daß die schweren, lautlosen Scharniere fast brechen. Im Kontrollraum packt sie die plötzlich völlig erschrockene Rhoda Simons am Kragen ihrer gottverdammten Bluse von Norma Kamali und schlägt ihr Gesicht auf das Mischpult. Ein Schubregler durchbohrt ihre feingeschnittene Nase wie eine Grillgabel. Blut spritzt überall hin, perlt auf das Studiofenster und läuft in häßlichen, dunkelroten Streifen daran hinunter.

»Rosie, nein!« schreit Curt Hamilton. »Mein Gott, was machen Sie da?«

Rosie gräbt die Nägel in Rhodas pulsierende Kehle und reißt sie auf, hält das Gesicht in den heißen Blutstrahl und will darin baden, will sich für dieses neue Leben taufen, gegen das sie sich so albern gewehrt hat. Sie muß Curt keine Antwort geben; sie weiß genau, was sie da macht, sie übt Vergeltung, *das macht sie,* Vergeltung, *und Gott stehe allen bei, die auf der falschen Seite ihres Rechnungsbuchs stehen. Gott stehe –*

9

»Rosie?« ruft Rhoda durch die Sprechanlage und reißt sie aus diesem gräßlichen und doch zutiefst faszinierenden Tagtraum. »Alles in Ordnung?«

Beherrsche dich, kleine Rosie.

Beherrsche dich und vergiß den Baum nicht.

Sie senkt den Blick und sieht, daß sie ihren Bleistift in zwei Stücke zerbrochen hat. Sie betrachtet die beiden Bruchstücke einen Moment und versucht, ihren rasenden Herzschlag unter Kontrolle zu bringen. Als sie denkt, daß sie mit mehr oder weniger gelassener Stimme sprechen kann, sagt sie: »Ja, alles klar. Aber Sie haben recht, die Kleine hat mich bis spät in die Nacht auf Trab gehalten, und ich bin müde. Packen wir zusammen.«

»Kluges Mädchen«, sagt Rhoda, und die Frau auf der anderen Seite der Glasscheibe – die Frau, die den Kopfhörer mit Händen abnimmt, die nur ein klein wenig zittern, denkt: *Nein. Nicht klug. Wütend.* Wütendes *Mädchen.*

Ich vergelte, flüstert eine Stimme tief in ihrem Inneren. *Früher oder später, kleine Rosie, vergelte ich. Ob du willst oder nicht, ich vergelte.*

10

Sie rechnet damit, daß sie die ganze Nacht wach bleiben wird, aber kurz nach Mitternacht schläft sie kurz ein und träumt. Sie träumt von dem Baum, *dem* Baum, und als sie aufwacht, denkt sie: *Kein Wunder, daß es mir so schwergefallen ist, es zu verstehen. Kein Wunder. Ich habe die ganze Zeit an den falschen gedacht.*

Sie legt sich zurück neben Bill, schaut zur Decke und denkt über den Traum nach. Sie hat Schreie von Möwen über dem See gehört, die immerzu kreischten, und Bills Stimme. *Ihnen wird nichts geschehen, wenn sie normal bleiben,* hat Bill gesagt. *Wenn sie normal bleiben und den Baum nicht vergessen.*

Sie weiß, was sie tun muß.

11

Am nächsten Tag ruft sie Rhoda an und sagt, daß sie nicht kommen kann. Ein Grippeanfall, sagt sie. Dann fährt sie auf der Route 27 nach Shoreland, diesmal allein. Neben ihr auf dem Sitz liegt ihre alte Handtasche, die sie aus Ägypten mitgebracht hat. Um diese Tages- und Jahreszeit hat sie das Picknickgelände für sich allein. Sie zieht die Schuhe aus, stellt sie unter einen Picknicktisch und geht durch das seichte Wasser am Seeufer nach Norden, wie damals mit Bill, als er sie zum erstenmal hierher brachte. Sie befürchtet, daß sie Schwierigkeiten haben könnte, den zugewachsenen Pfad zu finden, der vom Ufer aus hochführt, aber es gelingt ihr auf Anhieb. Als sie hinaufgeht und dabei mit den bloßen Füßen im Sand einsinkt, fragt sie sich, wie viele vergessene Träume sie hierher geführt haben, seit die Wutanfälle angefangen haben. Selbstverständlich kann sie es unmöglich sagen, und eigentlich ist es auch nicht wichtig.

Am oberen Ende des Pfads liegt die verwilderte Lichtung, und auf der Lichtung der umgestürzte Baum – an den sie sich endlich erinnert hat. Sie hat nie vergessen, was ihr in der Welt des Bildes alles widerfahren ist, und sie sieht jetzt, ohne den leisesten Anflug von Überraschung, daß dieser Baum und der andere, der über den Weg zu Dorcas' »Granatapfelbaum« gefallen war, vollkommen identisch sind.

Sie kann das Erdloch der Füchse unter dem staubigen Wurzelgeflecht am hinteren linken Ende des Baums sehen, aber es ist verlassen und sieht alt aus. Sie geht trotzdem hin und kniet nieder – sie ist sowieso nicht sicher, ob ihre zitternden Beine sie noch viel weiter getragen hätten. Sie klappt ihre alte Handtasche auf und schüttet die Relikte ihres alten Lebens auf den laubübersäten, mulchigen Boden. Zwischen zusammengeknüllten Wäschelisten, seit Jahren verfallenen Rezepten, unter einem Einkaufszettel, auf dem das Wort

SCHWEINEKOTELETTS!

unterstrichen, in Großbuchstaben und mit einem Ausrufungszeichen versehen, steht (Schweinekoteletts waren immer Normans Lieblingsgericht), findet sie das blaue Bündel mit den purpurroten Tropfen darauf.

Sie zittert und fängt an zu weinen – teilweise, weil die Bruchstücke ihres alten, schlimmen Lebens sie so traurig stimmen, und teilweise, weil sie solche Angst hat, daß ihr neues in Gefahr ist –, und sie gräbt am Fuß des umgestürzten Baums ein Loch in den Boden. Als es etwa zwanzig Zentimeter tief ist, legt sie das Bündel daneben und klappt es auf. Der Samenkern ist noch da, umgeben vom goldenen Reif des Ringes ihres ersten Mannes.

Sie legt den Kern in das Loch (der Kern hat seine Zauberkraft nicht eingebüßt; Rosies Finger werden in dem Augenblick taub, als sie ihn berührt) und stülpt den Ring wieder darüber.

»Bitte«, sagt sie, weiß aber nicht, ob sie betet, und wenn ja, an wen das Gebet gerichtet ist.

Wie dem auch sei, nach einer Weile wird sie erhört. Ein kurzes, schneidendes Bellen ertönt. Es liegt kein Mitleid darin, kein Mitgefühl, keine Barmherzigkeit. Es ist unschuldig. *Komm mir nicht dumm*, sagt es.

Rosie schaut auf und sieht die Füchsin auf der anderen Seite der Lichtung, wo das Tier reglos steht und sie ansieht. Es hat den Schwanz aufgestellt. Er leuchtet wie eine Fackel vor dem grauen, verhangenen Himmel.

»Bitte«, wiederholt sie mit leiser, gequälter Stimme. »Bitte laß mich nicht zu dem werden, wovor ich Angst habe. Bitte ... hilf mir bitte, mich zu beherrschen und den Baum nicht zu vergessen.«

Nichts erfolgt, das sie als Antwort interpretieren könnte, nicht einmal ein weiteres ungeduldiges Bellen. Die Füchsin steht nur da. Das Tier läßt die Zunge heraushängen und hechelt. Rosie hat den Eindruck, als würde es grinsen.

Sie betrachtet noch einmal den Ring um den Kern herum, dann bedeckt sie beides mit der duftenden, mulchigen Erde.

Einen für meine Herrin, denkt sie, *einen für meine Dame und einen für das kleine Mädchen am Ende der Straße. Einen für Rosie.*

Sie weicht zum Rand der Lichtung zurück, zu dem Weg, der sie zum Ufer zurückbringen wird. Als sie dort ankommt, trottet die Füchsin rasch zu dem umgestürzten Baum, schnuppert an der Stelle, wo Rosie Kern und Ring vergraben hat, und legt sich darauf. Sie hechelt und grinst immer noch (Rosie ist jetzt ganz sicher, daß sie grinst), und sie sieht Rosie immer noch mit ihren schwarzen Augen an. *Die Jungen sind fort,* sagen diese Augen, *und der Rüde, der sie mir gemacht hat, ist auch fort. Aber ich, Rosie ... ich harre aus. Und wenn es sein muß, vergelte ich.*

Rosie sucht nach Wahnsinn oder Besonnenheit in diesen Augen ... und sieht beides.

Dann legt die Füchsin die hübsche Schnauze auf den hübschen Schweif, schließt die Augen und scheint zu schlafen.

»Bitte«, flüstert Rosie zum letztenmal, und dann geht sie. Und als sie auf dem Skyway fährt, zurück zu ihrem Leben, wie sie hofft, wirft sie das letzte Andenken an ihr altes Leben – die Handtasche, die sie aus Ägypten mitgebracht hat – zum Fenster hinaus in die Coori Bay.

12

Die Wutanfälle haben aufgehört.

Pamela, das Mädchen, ist noch längst nicht erwachsen, aber alt genug, daß sie eigene Freunde hat, daß ihre Brüste knospen, daß ihre monatliche Periode eingesetzt hat. Alt genug, daß sie und ihre Mutter Diskussionen über Kleidung und Nächte außer Haus und Nächte im Haus führen, und darüber, was sie tun und lassen und mit wem sie sich wie lange treffen darf. Die stürmische Zeit von Pamelas Jugend hat noch nicht richtig angefangen, aber Rosie weiß, sie steht bevor. Aber sie sieht ihr relativ gelassen entgegen, denn die Wutanfälle haben aufgehört.

Bills Haar ist fast grau geworden und wird schütter.

Das von Rosie ist noch braun. Sie trägt es schlicht, bis auf die Schultern. Manchmal steckt sie es hoch, aber zu einem Zopf flicht sie es nicht mehr.

Es ist Jahre her, seit sie das letztemal zum Picknick im Shoreland am State Highway 27 waren; Bill schien den Platz vergessen zu haben, als er seine Harley-Davidson verkaufte, und die Harley hatte er verkauft, wie er sagte, »weil meine Reflexe zu langsam werden, Rosie. Wenn ein Vergnügen zur Gefahr wird, soll man damit aufhören.«

Sie widerspricht dieser Einstellung nicht, hat aber den Eindruck, als hätte Bill zusammen mit seiner Maschine eine Menge Erinnerungen verkauft, und um die trauert sie. Es ist, als hätte ein großer Teil seiner Jugend in den Satteltaschen gesteckt, und er hätte vergessen, nachzusehen und sie herauszuholen, bevor der nette junge Mann aus Evanston mit dem Motorrad davongefahren ist.

Sie fahren nicht mehr zum Picknick dorthin, aber einmal im Jahr, immer im Frühling, macht sich Rosie allein auf den Weg. Sie hat mit angesehen, wie der neue Baum im Schatten des umgestürzten alten von einem Schößling zu einem Trieb und dann zu einer kräftigen Jungpflanze mit glattem, geradem Stamm und selbstbewußten Ästen herangewachsen ist. Sie hat gesehen, wie er auf der Lichtung, wo jetzt keine jungen Füchse mehr herumtollen, Jahr für Jahr größer geworden ist.

Sie sitzt stumm davor, manchmal eine Stunde lang, und hat die Hände im Schoß gefaltet. Sie kommt nicht zum Beten hierher, aber hier zu sein hat etwas von einem Ritual, von Pflichterfüllung, von der Erneuerung eines ungeschriebenen Vertrags, und scheint richtig zu sein. Und wenn der Aufenthalt hier ihr hilft, keinem weh zu tun – Bill, Pammy, Rhoda, Curt (um Rob Lefferts muß sie sich keine Sorgen machen; in dem Jahr, als Pammy fünf wurde, starb er im Schlaf an einem Herzanfall) –, dann ist die Zeit gut genützt.

Wie perfekt der Baum wächst! Seine jungen Zweige sind schon dicht in schmale Blätter dunkelgrüner Färbung gekleidet, und in den vergangenen zwei Jahren hat sie tief in diesem Laub bunte Flecken gesehen – Blüten, aus denen in späteren Jahren Früchte werden. Wenn jemand diese Lichtung finden und von den Früchten essen würde, denkt Rosie, wäre die Folge ganz sicher der Tod, und zwar ein schrecklicher Tod. Von Zeit zu Zeit macht sie sich deswegen Gedanken, aber so lange sie keine Spuren sieht, daß jemand hier war, bekümmert es sie nicht sehr. Bis jetzt hat sie noch keine einzige Bierdose, keine Zigarettenpackung und kein Kaugummipapier gefunden. Es genügt ihr, hierherzukommen, die reinen, fleckenlosen Hände im Schoß zu falten und den Baum ihrer Wut mit seinen kräftigen dunkelroten Flecken zu sehen, die, in späteren Jahren, zu den betäubend süßen Früchten des Todes werden.

Manchmal, wenn sie vor dem kleinen Baum sitzt, singt sie. *»Ich bin richtig Rosie«*, singt sie, *»und ich bin Rosie Richtig ... das glaubt ihr mir besser ... ich bin ziemlich wichtig ...«*

Selbstverständlich ist sie nicht ziemlich wichtig, außer für die Leute in ihrem Leben, auf die es ankommt, und nur die zählen für sie. Alles kommt auf das Gleichgewicht an, wie die Frau in dem *Zat* gesagt haben könnte. Sie hat den sicheren Hafen erreicht, und an diesen Vormittagen im Frühling, wenn sie mit untergeschlagenen Beinen auf dieser überwucherten, stillen Lichtung in der Nähe des Sees sitzt, die sich im Lauf der Jahre nicht verändert hat (insofern ähnelt die Lichtung einem Bild – der Art von abgedroschenem Gemälde, wie man sie beim Trödler oder in Pfandleihen findet), empfindet sie manchmal eine so überwältigende Dankbarkeit, daß sie glaubt, das Herz müßte ihr zerspringen. Diese Dankbarkeit bringt sie zum Singen. Sie muß singen. Sie hat keine andere Wahl.

Und manchmal kommt die Füchsin – die inzwischen alt ist und drahtige graue Strähnen in ihrem leuchtenden Schweif hat – an den Rand der Lichtung, bleibt stehen und scheint Rosie beim Singen zuzuhören. Wenn sie dort steht, vermittelt der Ausdruck ihrer schwarzen Augen keinen erkennbaren Gedanken für Rosie, aber man kann unmöglich übersehen, wie durch und durch gesund und schlau das Gehirn hinter ihnen ist.

10. Juni 1993 – 28. Juni 1994